W0251524

S.F.
V.

Franz Kafka
Erzählungen

und andere ausgewählte Prosa

Herausgegeben von
Roger Hermes

S. Fischer

Textgrundlage dieses Bandes ist
Franz Kafka, ›Schriften Tagebücher Briefe‹, Kritische Ausgabe,
herausgegeben von Jürgen Born, Gerhard Neumann,
Malcolm Pasley und Jost Schillemeit
Frankfurt am Main: S. Fischer Verlag 1982 ff.

Lizenzausgabe mit Genehmigung
von Schocken Books Inc., New York City, USA
Copyright 1935 by Schocken Verlag, Berlin
Copyright 1946, 1963 Schocken Books Inc., New York, USA
Für diese Ausgabe:
© 1996 Schocken Books Inc., New York City, USA
Für die Nachbemerkung des Herausgebers:
© 1996 Fischer Taschenbuch Verlag GmbH, Frankfurt am Main
Satz: Fotosatz Otto Gutfreund GmbH, Darmstadt
Druck und Bindung: Clausen & Bosse, Leck
Printed in Germany
ISBN 3-10-338107-7

Erzählungen
und andere ausgewählte Prosa

Wunsch, Indianer zu werden

Wenn man doch ein Indianer wäre, gleich bereit, und auf dem rennenden Pferde, schief in der Luft, immer wieder kurz erzitterte über dem zitternden Boden, bis man die Sporen ließ, denn es gab keine Sporen, bis man die Zügel wegwarf, denn es gab keine Zügel, und kaum das Land vor sich als glatt gemähte Heide sah, schon ohne Pferdehals und Pferdekopf.

„Das Pferd des Angreifers zum eigenen Ritt benützen. Einzige Möglichkeit. Aber was für Kräfte u. Geschicklichkeiten verlangt das! Und wie spät ist es schon!"
1912 erschienen
V. Vergleich dessen Sachebene nicht explizit ist

Die Abweisung

Wenn ich einem schönen Mädchen begegne und sie bitte: »Sei so gut, komm mit mir« und sie stumm vorübergeht, so meint sie damit:

»Du bist kein Herzog mit fliegendem Namen, kein breiter Amerikaner mit indianischem Wuchs, mit wagrecht ruhenden Augen, mit einer von der Luft der Rasenplätze und der sie durchströmenden Flüsse massierten Haut, Du hast keine Reisen gemacht zu den großen Seen und auf ihnen, die ich weiß nicht wo zu finden sind. Also ich bitte, warum soll ich, ein schönes Mädchen, mit Dir gehn?«

»Du vergißt, Dich trägt kein Automobil in langen Stößen schaukelnd durch die Gasse; ich sehe nicht die in ihre Kleider gepreßten Herren Deines Gefolges, die Segensprüche für Dich murmelnd in genauem Halbkreis hinter Dir gehn; Deine Brüste sind im Mieder gut geordnet, aber Deine Schenkel und Hüften entschädigen sich für jene Enthaltsamkeit; Du trägst ein Taffetkleid mit plissierten Falten, wie es im vorigen Herbste uns durchaus allen Freude machte, und doch lächelst Du – diese Lebensgefahr auf dem Leibe – bisweilen.«

»Ja, wir haben beide recht und, um uns dessen nicht unwiderleglich bewußt zu werden, wollen wir, nicht wahr, lieber jeder allein nach Hause gehn.«

1907

Die Bäume

Denn wir sind wie Baumstämme im Schnee. Scheinbar liegen sie glatt auf, und mit kleinem Anstoß sollte man sie wegschieben können. Nein, das kann man nicht, denn sie sind fest mit dem Boden verbunden. Aber sieh, sogar das ist nur scheinbar.

Beschreibung eines Kampfes

Kleider

Oft wenn ich Kleider mit vielfachen Falten, Rüschen und Behängen sehe, die über schönen Körper schön sich legen, dann denke ich, daß sie nicht lange so erhalten bleiben, sondern Falten bekommen, nicht mehr gerade zu glätten, Staub bekommen, der, dick in der Verzierung, nicht mehr zu entfernen ist, und daß niemand so traurig und lächerlich sich wird machen wollen, täglich das gleiche kostbare Kleid früh anzulegen und abends auszuziehn.

Doch sehe ich Mädchen, die wohl schön sind und vielfache reizende Muskeln und Knöchelchen und gespannte Haut und Massen dünner Haare zeigen, und doch tagtäglich in diesem einen natürlichen Maskenanzug erscheinen, immer das gleiche Gesicht in die gleichen Handflächen legen und von ihrem Spiegel widerscheinen lassen.

Nur manchmal am Abend, wenn sie spät von einem Feste kommen, scheint es ihnen im Spiegel abgenützt, gedunsen, verstaubt, von allen schon gesehn und kaum mehr tragbar.

vor 1907

Der Kaufmann

Es ist möglich, daß einige Leute Mitleid mit mir haben, aber ich spüre nichts davon. Mein kleines Geschäft erfüllt mich mit Sorgen, die mich innen an Stirne und Schläfen schmerzen, aber ohne mir Zufriedenheit in Aussicht zu stellen, denn mein Geschäft ist klein.

Für Stunden im voraus muß ich Bestimmungen treffen, das Gedächtnis des Hausdieners wachhalten, vor befürchteten Fehlern warnen und in einer Jahreszeit die Moden der folgenden berechnen, nicht wie sie unter Leuten meines Kreises herrschen werden, sondern bei unzugänglichen Bevölkerungen auf dem Lande.

Mein Geld haben fremde Leute; ihre Verhältnisse können mir nicht deutlich sein; das Unglück, das sie treffen könnte, ahne ich nicht; wie könnte ich es abwehren! Vielleicht sind sie verschwenderisch geworden und geben ein Fest in einem Wirtshausgarten und andere halten sich für ein Weilchen auf der Flucht nach Amerika bei diesem Feste auf.

Wenn nun am Abend eines Werketages das Geschäft gesperrt wird und ich plötzlich Stunden vor mir sehe, in denen ich für die ununterbrochenen Bedürfnisse meines Geschäftes nichts werde arbeiten können, dann wirft sich meine am Morgen weit vorausgeschickte Aufregung in mich, wie eine zurückkehrende Flut, hält es aber in mir nicht aus und ohne Ziel reißt sie mich mit.

Und doch kann ich diese Laune gar nicht benützen und kann nur nach Hause gehn, denn ich habe Gesicht und Hände schmutzig und verschwitzt, das Kleid fleckig und staubig, die Geschäftsmütze auf dem Kopfe und von Kistennägeln zerkratzte Stiefel. Ich gehe dann wie auf Wellen, klappere mit den Fingern beider Hände und mir entgegenkommenden Kindern fahre ich über das Haar.

Aber der Weg ist zu kurz. Gleich bin ich in meinem Hause, öffne die Lifttür und trete ein.

Ich sehe, daß ich jetzt und plötzlich allein bin. Andere, die über Treppen steigen müssen, ermüden dabei ein wenig, müssen mit eilig atmenden Lungen warten, bis man die Tür der Wohnung öffnen kommt, haben dabei einen Grund für Ärger und Ungeduld, kommen jetzt ins Vorzimmer, wo sie den Hut aufhängen, und erst bis sie durch den Gang an einigen Glastüren vorbei in ihr eigenes Zimmer kommen, sind sie allein.

Ich aber bin gleich allein im Lift, und schaue, auf die Knie gestützt, in den schmalen Spiegel. Als der Lift sich zu heben anfängt, sage ich:

»Seid still, tretet zurück, wollt Ihr in den Schatten der Bäume, hinter die Draperien der Fenster, in das Laubengewölbe?«

Ich rede mit den Zähnen und die Treppengeländer gleiten an den Milchglasscheiben hinunter wie stürzendes Wasser.

»Flieget weg; Euere Flügel, die ich niemals gesehen habe, mögen Euch ins dörfliche Tal tragen oder nach Paris, wenn es Euch dorthin treibt.

Doch genießet die Aussicht des Fensters, wenn die Prozessionen aus allen drei Straßen kommen, einander nicht ausweichen, durcheinander gehn und zwischen ihren letzten Reihen den freien Platz wieder entstehen lassen. Winket mit den Tüchern, seid entsetzt, seid gerührt, lobet die schöne Dame, die vorüberfährt.

Geht über den Bach auf der hölzernen Brücke, nickt den badenden Kindern zu und staunet über das Hurra der tausend Matrosen auf dem fernen Panzerschiff.

Verfolget nur den unscheinbaren Mann und wenn Ihr ihn in einen Torweg gestoßen habt, beraubt ihn und seht ihm dann, jeder die Hände in den Taschen, nach, wie er traurig seines Weges in die linke Gasse geht.

Die verstreut auf ihren Pferden galoppierende Polizei bändigt die Tiere und drängt Euch zurück. Lasset sie, die leeren Gassen werden sie unglücklich machen, ich weiß es. Schon reiten sie, ich bitte, paarweise weg, langsam um die Straßenecken, fliegend über die Plätze.«

Dann muß ich aussteigen, den Aufzug hinunterlassen, an der Türglocke läuten, und das Mädchen öffnet die Tür, während ich grüße.

vor 1907

Der Nachhauseweg

Man sehe die Überzeugungskraft der Luft nach dem Gewitter! Meine Verdienste erscheinen mir und überwältigen mich, wenn ich mich auch nicht sträube.

Ich marschiere und mein Tempo ist das Tempo dieser Gassenseite, dieser Gasse, dieses Viertels. Ich bin mit Recht verantwortlich für alle Schläge gegen Türen, auf die Platten der Tische, für alle Trinksprüche, für die Liebespaare in ihren Betten, in den Gerüsten der Neubauten, in dunklen Gassen an die Häusermauern gepreßt, auf den Ottomanen der Bordelle.

Ich schätze meine Vergangenheit gegen meine Zukunft, finde aber beide vortrefflich, kann keiner von beiden den Vorzug geben und nur die Ungerechtigkeit der Vorsehung, die mich so begünstigt, muß ich tadeln.

Nur als ich in mein Zimmer trete, bin ich ein wenig nachdenklich, aber ohne daß ich während des Treppensteigens etwas Nachdenkenswertes gefunden hätte. Es hilft mir nicht viel, daß ich das Fenster gänzlich öffne und daß in einem Garten die Musik noch spielt.

UN 1907

Zerstreutes Hinausschaun

Was werden wir in diesen Frühlingstagen tun, die jetzt rasch kommen? Heute früh war der Himmel grau, geht man aber jetzt zum Fenster, so ist man überrascht und lehnt die Wange an die Klinke des Fensters.

Unten sieht man das Licht der freilich schon sinkenden Sonne auf dem Gesicht des kindlichen Mädchens, das so geht und sich umschaut, und zugleich sieht man den Schatten des Mannes darauf, der hinter ihm rascher kommt.

Dann ist der Mann schon vorübergegangen und das Gesicht des Kindes ist ganz hell.

vor 1907

Die Vorüberlaufenden

Wenn man in der Nacht durch eine Gasse spazieren geht, und ein Mann, von weitem schon sichtbar – denn die Gasse vor uns steigt an und es ist Vollmond – uns entgegenläuft, so werden wir ihn nicht anpacken, selbst wenn er schwach und zerlumpt ist, selbst wenn jemand hinter ihm läuft und schreit, sondern wir werden ihn weiter laufen lassen.

Denn es ist Nacht, und wir können nicht dafür, daß die Gasse im Vollmond vor uns aufsteigt, und überdies, vielleicht haben diese zwei die Hetze zu ihrer Unterhaltung veranstaltet, vielleicht verfolgen beide einen dritten, vielleicht wird der erste unschuldig verfolgt, vielleicht will der zweite morden, und wir würden Mitschuldige des Mordes, vielleicht wissen die zwei nichts von einander, und es läuft nur jeder auf eigene Verantwortung in sein Bett, vielleicht sind es Nachtwandler, vielleicht hat der erste Waffen.

Und endlich, dürfen wir nicht müde sein, haben wir nicht soviel Wein getrunken? Wir sind froh, daß wir auch den zweiten nicht mehr sehn.

vor 1907

Der Fahrgast

Ich stehe auf der Plattform des elektrischen Wagens und bin vollständig unsicher in Rücksicht meiner Stellung in dieser Welt, in dieser Stadt, in meiner Familie. Auch nicht beiläufig könnte ich angeben, welche Ansprüche ich in irgendeiner Richtung mit Recht vorbringen könnte. Ich kann es gar nicht verteidigen, daß ich auf dieser Plattform stehe, mich an dieser Schlinge halte, von diesem Wagen mich tragen lasse, daß Leute dem Wagen ausweichen oder still gehn oder vor den Schaufenstern ruhn. – Niemand verlangt es ja von mir, aber das ist gleichgültig.

Der Wagen nähert sich einer Haltestelle, ein Mädchen stellt sich nahe den Stufen, zum Aussteigen bereit. Sie erscheint mir so deutlich, als ob ich sie betastet hätte. Sie ist schwarz gekleidet, die Rockfalten bewegen sich fast nicht, die Bluse ist knapp und hat einen Kragen aus weißer kleinmaschiger Spitze, die linke Hand hält sie flach an die Wand, der Schirm in ihrer Rechten steht auf der zweitobersten Stufe. Ihr Gesicht ist braun, die Nase, an den Seiten schwach gepreßt, schließt rund und breit ab. Sie hat viel braunes Haar und verwehte Härchen an der rechten Schläfe. Ihr kleines Ohr liegt eng an, doch sehe ich, da ich nahe stehe, den ganzen Rücken der rechten Ohrmuschel und den Schatten an der Wurzel.

Ich fragte mich damals: Wieso kommt es, daß sie nicht über sich verwundert ist, daß sie den Mund geschlossen hält und nichts dergleichen sagt?

Zum Nachdenken für Herrenreiter

Nichts, wenn man es überlegt, kann dazu verlocken, in einem Wettrennen der erste sein zu wollen.

Der Ruhm, als der beste Reiter eines Landes anerkannt zu werden, freut beim Losgehn des Orchesters zu stark, als daß sich am Morgen danach die Reue verhindern ließe.

Der Neid der Gegner, listiger, ziemlich einflußreicher Leute, muß uns in dem engen Spalier schmerzen, das wir nun durchreiten nach jener Ebene, die bald vor uns leer war bis auf einige überrundete Reiter, die klein gegen den Rand des Horizonts anritten.

Viele unserer Freunde eilen den Gewinn zu beheben und nur über die Schultern weg schreien sie von den entlegenen Schaltern ihr Hurra zu uns; die besten Freunde aber haben gar nicht auf unser Pferd gesetzt, da sie fürchteten, käme es zum Verluste, müßten sie uns böse sein, nun aber, da unser Pferd das erste war und sie nichts gewonnen haben, drehn sie sich um, wenn wir vorüberkommen und schauen lieber die Tribünen entlang.

Die Konkurrenten rückwärts, fest im Sattel, suchen das Unglück zu überblicken, das sie getroffen hat, und das Unrecht, das ihnen irgendwie zugefügt wird; sie nehmen ein frisches Aussehen an, als müsse ein neues Rennen anfangen und ein ernsthaftes nach diesem Kinderspiel.

Vielen Damen scheint der Sieger lächerlich, weil er sich aufbläht und doch nicht weiß, was anzufangen mit dem ewigen Händeschütteln, Salutieren, Sich-Niederbeugen und In-die-Ferne-Grüßen, während die Besiegten den Mund geschlossen haben und die Hälse ihrer meist wiehernden Pferde leichthin klopfen.

Endlich fängt es gar aus dem trüb gewordenen Himmel zu regnen an.

Unglücklichsein

Als es schon unerträglich geworden war – einmal gegen Abend im November – und ich über den schmalen Teppich meines Zimmers wie in einer Rennbahn einherlief, durch den Anblick der beleuchteten Gasse erschreckt, wieder wendete, und in der Tiefe des Zimmers, im Grund des Spiegels doch wieder ein neues Ziel bekam, und aufschrie, um nur den Schrei zu hören, dem nichts antwortet und dem auch nichts die Kraft des Schreiens nimmt, der also aufsteigt, ohne Gegengewicht, und nicht aufhören kann, selbst wenn er verstummt, da öffnete sich aus der Wand heraus die Tür, so eilig, weil doch Eile nötig war und selbst die Wagenpferde unten auf dem Pflaster wie wildgewordene Pferde in der Schlacht, die Gurgeln preisgegeben, sich erhoben.

Als kleines Gespenst fuhr ein Kind aus dem ganz dunklen Korridor, in dem die Lampe noch nicht brannte, und blieb auf den Fußspitzen stehn, auf einem unmerklich schaukelnden Fußbodenbalken. Von der Dämmerung des Zimmers gleich geblendet, wollte es mit dem Gesicht rasch in seine Hände, beruhigte sich aber unversehens mit dem Blick zum Fenster, vor dessen Kreuz der hochgetriebene Dunst der Straßenbeleuchtung endlich unter dem Dunkel liegen blieb. Mit dem rechten Ellbogen hielt es sich vor der offenen Tür aufrecht an der Zimmerwand und ließ den Luftzug von draußen um die Gelenke der Füße streichen, auch den Hals, auch die Schläfen entlang.

Ich sah ein wenig hin, dann sagte ich »Guten Tag« und nahm meinen Rock vom Ofenschirm, weil ich nicht so halb nackt dastehen wollte. Ein Weilchen lang hielt ich den Mund offen, damit mich die Aufregung durch den Mund verlasse. Ich hatte schlechten Speichel in mir, im Gesicht zitterten mir die Augenwimpern, kurz, es fehlte mir nichts, als gerade dieser allerdings erwartete Besuch.

Das Kind stand noch an der Wand auf dem gleichen Platz, es hatte die rechte Hand an die Mauer gepreßt und konnte, ganz rotwangig, dessen nicht satt werden, daß die weißgetünchte Wand grobkörnig war und die Fingerspitzen rieb. Ich sagte: »Wollen Sie tatsächlich zu mir? Ist es kein Irrtum? Nichts leichter als ein Irrtum in diesem großen Hause. Ich heiße Soundso, wohne im dritten Stock. Bin ich also der, den Sie besuchen wollen?«

»Ruhe, Ruhe!« sagte das Kind über die Schulter weg, »alles ist schon richtig.«

»Dann kommen Sie weiter ins Zimmer herein, ich möchte die Tür schließen.«

»Die Tür habe ich jetzt gerade geschlossen. Machen Sie sich keine Mühe. Beruhigen Sie sich überhaupt.«

»Reden Sie nicht von Mühe. Aber auf diesem Gange wohnt eine Menge Leute, alle sind natürlich meine Bekannten; die meisten kommen jetzt aus den Geschäften; wenn sie in einem Zimmer reden hören, glauben sie einfach das Recht zu haben, aufzumachen und nachzuschaun, was los ist. Es ist einmal schon so. Diese Leute haben die tägliche Arbeit hinter sich, wem würden sie sich in der provisorischen Abendfreiheit unterwerfen! Übrigens wissen Sie es ja auch. Lassen Sie mich die Türe schließen.«

»Ja was ist denn? Was haben Sie? Meinetwegen kann das ganze Haus hereinkommen. Und dann noch einmal: Ich habe die Türe schon geschlossen, glauben Sie denn, nur Sie können die Türe schließen? Ich habe sogar mit dem Schlüssel zugesperrt.«

»Dann ist gut. Mehr will ich ja nicht. Mit dem Schlüssel hätten Sie gar nicht zusperren müssen. Und jetzt machen Sie es sich nur behaglich, wenn Sie schon einmal da sind. Sie sind mein Gast. Vertrauen Sie mir völlig. Machen Sie sich nur breit ohne Angst. Ich werde Sie weder zum Hierbleiben zwingen, noch zum Weggehn. Muß ich das erst sagen? Kennen Sie mich so schlecht?«

»Nein. Sie hätten das wirklich nicht sagen müssen. Noch mehr, Sie hätten es gar nicht sagen sollen. Ich bin ein Kind; warum soviel Umstände mit mir machen?«

»So schlimm ist es nicht. Natürlich, ein Kind. Aber gar so klein sind Sie nicht. Sie sind schon ganz erwachsen. Wenn Sie ein Mädchen wären, dürften Sie sich nicht so einfach mit mir in einem Zimmer einsperren.«

»Darüber müssen wir uns keine Sorge machen. Ich wollte nur sagen: Daß ich Sie so gut kenne, schützt mich wenig, es enthebt Sie nur der Anstrengung, mir etwas vorzulügen. Trotzdem aber machen Sie mir Komplimente. Lassen Sie das, ich fordere Sie auf, lassen Sie das. Dazu kommt, daß ich Sie nicht überall und immerfort kenne, gar bei dieser Finsternis. Es wäre viel besser, wenn Sie Licht machen ließen. Nein, lieber nicht. Immerhin werde ich mir merken, daß Sie mir schon gedroht haben.«

»Wie? Ich hätte Ihnen gedroht? Aber ich bitte Sie. Ich bin ja so froh, daß Sie endlich hier sind. Ich sage ›endlich‹, weil es schon so spät ist. Es ist mir unbegreiflich, warum Sie so spät gekommen sind. Da ist es möglich, daß ich in der Freude so durcheinander gesprochen habe und daß Sie es gerade so verstanden haben. Daß ich so gesprochen habe, gebe ich zehnmal zu, ja ich habe Ihnen mit Allem gedroht, was Sie wollen. – Nur keinen Streit, um Himmelswillen! – Aber wie konnten Sie es glauben? Wie konnten Sie mich so kränken? Warum wollen Sie mir mit aller Gewalt dieses kleine Weilchen Ihres Hierseins verderben? Ein fremder Mensch wäre entgegenkommender als Sie.«

»Das glaube ich; das war keine Weisheit. So nah, als Ihnen ein fremder Mensch entgegenkommen kann, bin ich Ihnen schon von Natur aus. Das wissen Sie auch, wozu also die Wehmut? Sagen Sie, daß Sie Komödie spielen wollen, und ich gehe augenblicklich.«

»So? Auch das wagen Sie mir zu sagen? Sie sind ein wenig zu kühn. Am Ende sind Sie doch in meinem Zimmer. Sie reiben Ihre Finger wie verrückt an meiner Wand. Mein Zimmer, meine Wand! Und außerdem ist das, was Sie sagen, lächerlich, nicht nur frech. Sie sagen, Ihre Natur zwinge Sie, mit mir in dieser Weise zu reden. Wirklich? Ihre Natur zwingt Sie? Das ist nett von Ihrer Natur. Ihre Natur ist meine, und wenn ich mich von Natur aus freundlich zu Ihnen verhalte, so dürfen auch Sie nicht anders.«

»Ist das freundlich?«

»Ich rede von früher.«

»Wissen Sie, wie ich später sein werde?«

»Nichts weiß ich.«

Und ich ging zum Nachttisch hin, auf dem ich die Kerze anzündete. Ich hatte in jener Zeit weder Gas noch elektrisches Licht in meinem Zimmer. Ich saß dann noch eine Weile beim Tisch, bis ich auch dessen müde wurde, den Überzieher anzog, den Hut vom Kanapee nahm und die Kerze ausblies. Beim Hinausgehen verfing ich mich in ein Sesselbein.

Auf der Treppe traf ich einen Mieter aus dem gleichen Stockwerk.

»Sie gehen schon wieder weg, Sie Lump?« fragte er, auf seinen über zwei Stufen ausgebreiteten Beinen ausruhend.

»Was soll ich machen?« sagte ich, »jetzt habe ich ein Gespenst im Zimmer gehabt.«

»Sie sagen das mit der gleichen Unzufriedenheit, wie wenn Sie ein Haar in der Suppe gefunden hätten.«

»Sie spaßen. Aber merken Sie sich, ein Gespenst ist ein Gespenst.«

»Sehr wahr. Aber wie, wenn man überhaupt nicht an Gespenster glaubt?«

»Ja meinen Sie denn, ich glaube an Gespenster? Was hilft mir aber dieses Nichtglauben?«

»Sehr einfach. Sie müssen eben keine Angst mehr haben, wenn ein Gespenst wirklich zu Ihnen kommt.«

»Ja, aber das ist doch die nebensächliche Angst. Die eigentliche Angst ist die Angst vor der Ursache der Erscheinung. Und diese Angst bleibt. Die habe ich geradezu großartig in mir.« Ich fing vor Nervosität an, alle meine Taschen zu durchsuchen.

»Da Sie aber vor der Erscheinung selbst keine Angst hatten, hätten Sie sie doch ruhig nach ihrer Ursache fragen können!«

»Sie haben offenbar noch nie mit Gespenstern gesprochen. Aus denen kann man ja niemals eine klare Auskunft bekommen. Das ist ein Hinundher. Diese Gespenster scheinen über ihre Existenz mehr im Zweifel zu sein, als wir, was übrigens bei ihrer Hinfälligkeit kein Wunder ist.«

»Ich habe aber gehört, daß man sie auffüttern kann.«

»Da sind Sie gut berichtet. Das kann man. Aber wer wird das machen?«

»Warum nicht? Wenn es ein weibliches Gespenst ist z.B.«, sagte er und schwang sich auf die obere Stufe.

»Ach so«, sagte ich, »aber selbst dann steht es nicht dafür.«

Ich besann mich. Mein Bekannter war schon so hoch, daß er sich, um mich zu sehen, unter einer Wölbung des Treppenhauses vorbeugen mußte. »Aber trotzdem«, rief ich, »wenn

Sie mir dort oben mein Gespenst wegnehmen, dann ist es zwischen uns aus, für immer.«

»Aber das war ja nur Spaß«, sagte er und zog den Kopf zurück.

»Dann ist es gut«, sagte ich und hätte jetzt eigentlich ruhig spazieren gehen können. Aber weil ich mich gar so verlassen fühlte, ging ich lieber hinauf und legte mich schlafen.

Der Ausflug ins Gebirge

»Ich weiß nicht«, rief ich ohne Klang, »ich weiß ja nicht. Wenn niemand kommt, dann kommt eben niemand. Ich habe niemandem etwas Böses getan, niemand hat mir etwas Böses getan, niemand aber will mir helfen. Lauter niemand. Aber so ist es doch nicht. Nur daß mir niemand hilft –, sonst wäre lauter niemand hübsch. Ich würde ganz gern – warum denn nicht – einen Ausflug mit einer Gesellschaft von lauter Niemand machen. Natürlich ins Gebirge, wohin denn sonst? Wie sich diese Niemand aneinander drängen, diese vielen quer gestreckten und eingehängten Arme, diese vielen Füße, durch winzige Schritte getrennt! Versteht sich, daß alle in Frack sind. Wir gehen so lala, der Wind fährt durch die Lücken, die wir und unsere Gliedmaßen offen lassen. Die Hälse werden im Gebirge frei! Es ist ein Wunder, daß wir nicht singen.«

Kinder auf der Landstraße

Ich hörte die Wagen an dem Gartengitter vorüberfahren, manchmal sah ich sie auch durch die schwach bewegten Lücken im Laub. Wie krachte in dem heißen Sommer das Holz in ihren Speichen und Deichseln! Arbeiter kamen von den Feldern und lachten, daß es eine Schande war.

Ich saß auf unserer kleinen Schaukel, ich ruhte mich gerade aus zwischen den Bäumen im Garten meiner Eltern.

Vor dem Gitter hörte es nicht auf. Kinder im Laufschritt waren im Augenblick vorüber; Getreidewagen mit Männern und Frauen auf den Garben und rings herum verdunkelten die Blumenbeete; gegen Abend sah ich einen Herrn mit einem Stock langsam spazieren gehn und paar Mädchen, die Arm in Arm ihm entgegenkamen, traten grüßend ins seitliche Gras.

Dann flogen Vögel wie sprühend auf, ich folgte ihnen mit den Blicken, sah, wie sie in einem Atemzug stiegen, bis ich nicht mehr glaubte, daß sie stiegen, sondern daß ich falle, und fest mich an den Seilen haltend aus Schwäche ein wenig zu schaukeln anfing. Bald schaukelte ich stärker, als die Luft schon kühler wehte und statt der fliegenden Vögel zitternde Sterne erschienen.

Bei Kerzenlicht bekam ich mein Nachtmahl. Oft hatte ich beide Arme auf der Holzplatte und, schon müde, biß ich in mein Butterbrot. Die stark durchbrochenen Vorhänge bauschten sich im warmen Wind, und manchmal hielt sie einer, der draußen vorüberging, mit seinen Händen fest, wenn er mich besser sehen und mit mir reden wollte. Meistens verlöschte die Kerze bald und in dem dunklen Kerzenrauch trieben sich noch eine Zeitlang die versammelten Mükken herum. Fragte mich einer vom Fenster aus, so sah ich ihn an, als schaue ich ins Gebirge oder in die bloße Luft, und auch ihm war an einer Antwort nicht viel gelegen.

Sprang dann einer über die Fensterbrüstung und meldete, die anderen seien schon vor dem Haus, so stand ich freilich seufzend auf.

»Nein, warum seufzst Du so? Was ist denn geschehn? Ist es ein besonderes, nie gut zu machendes Unglück? Werden wir uns nie davon erholen können? Ist wirklich alles verloren?«

Nichts war verloren. Wir liefen vor das Haus. »Gott sei Dank, da seid Ihr endlich!« – »Du kommst halt immer zu spät!« – »Wieso denn ich?« – »Gerade Du, bleib zu Hause, wenn Du nicht mitwillst.« – »Keine Gnaden!« – »Was? Keine Gnaden? Wie redest Du?«

Wir durchstießen den Abend mit dem Kopf. Es gab keine Tages- und keine Nachtzeit. Bald rieben sich unsere Westenknöpfe aneinander wie Zähne, bald liefen wir in gleichbleibender Entfernung, Feuer im Mund, wie Tiere in den Tropen. Wie Kürassiere in alten Kriegen, stampfend und hoch in der Luft, trieben wir einander die kurze Gasse hinunter und mit diesem Anlauf in den Beinen die Landstraße weiter hinauf. Einzelne traten in den Straßengraben, kaum verschwanden sie vor der dunklen Böschung, standen sie schon wie fremde Leute oben auf dem Feldweg und schauten herab.

»Kommt doch herunter!« – »Kommt zuerst herauf!« – »Damit Ihr uns herunterwerfet, fällt uns nicht ein, so gescheit sind wir noch.« – »So feig seid Ihr, wollt Ihr sagen. Kommt nur, kommt!« – »Wirklich? Ihr? Gerade Ihr werdet uns hinunterwerfen? Wie müßtet Ihr aussehen?«

Wir machten den Angriff, wurden vor die Brust gestoßen und legten uns in das Gras des Straßengrabens, fallend und freiwillig. Alles war gleichmäßig erwärmt, wir spürten nicht Wärme, nicht Kälte im Gras, nur müde wurde man.

Wenn man sich auf die rechte Seite drehte, die Hand unters Ohr gab, da wollte man gerne einschlafen. Zwar wollte man sich noch einmal aufraffen mit erhobenem Kinn, dafür aber in einen tieferen Graben fallen. Dann wollte man, den Arm quer vorgehalten, die Beine schiefgeweht, sich gegen die Luft werfen und wieder bestimmt in einen noch tieferen Graben fallen. Und damit wollte man gar nicht aufhören.

Wie man sich im letzten Graben richtig zum Schlafen aufs äußerste strecken würde, besonders in den Knien, daran dachte man noch kaum und lag, zum Weinen aufgelegt, wie krank auf dem Rücken. Man zwinkerte, wenn einmal ein Junge, die Ellbogen bei den Hüften, mit dunklen Sohlen über uns von der Böschung auf die Straße sprang.

Den Mond sah man schon in einiger Höhe, ein Postwagen fuhr in seinem Licht vorbei. Ein schwacher Wind erhob sich allgemein, auch im Graben fühlte man ihn, und in der Nähe fing der Wald zu rauschen an. Da lag einem nicht mehr soviel daran, allein zu sein.

»Wo seid Ihr?« – »Kommt her!« – »Alle zusammen!« – »Was versteckst Du Dich, laß den Unsinn!« – »Wißt Ihr nicht, daß die Post schon vorüber ist?« – »Aber nein! Schon vorüber?« – »Natürlich, während Du geschlafen hast, ist sie vorübergefahren.« – »Ich habe geschlafen? Nein so etwas!« – »Schweig nur, man sieht es Dir doch an.« – »Aber ich bitte Dich.« – »Kommt!«

Wir liefen enger beisammen, manche reichten einander die Hände, den Kopf konnte man nicht genug hoch haben, weil es abwärts ging. Einer schrie einen indianischen Kriegsruf heraus, wir bekamen in die Beine einen Galopp wie niemals, bei den Sprüngen hob uns in den Hüften der Wind. Nichts hätte uns aufhalten können; wir waren so im Laufe, daß wir selbst beim Überholen die Arme verschränken und ruhig uns umsehen konnten.

Auf der Wildbachbrücke blieben wir stehn; die weiter gelaufen waren, kehrten zurück. Das Wasser unten schlug an Steine und Wurzeln, als wäre es nicht schon spät abend. Es gab keinen Grund dafür, warum nicht einer auf das Geländer der Brücke sprang.

Hinter Gebüschen in der Ferne fuhr ein Eisenbahnzug heraus, alle Coupées waren beleuchtet, die Glasfenster sicher herabgelassen. Einer von uns begann einen Gassenhauer zu singen, aber wir alle wollten singen. Wir sangen viel rascher als der Zug fuhr, wir schaukelten die Arme, weil die Stimme nicht genügte, wir kamen mit unseren Stimmen in ein Gedränge, in dem uns wohl war. Wenn man seine Stimme unter andere mischt, ist man wie mit einem Angelhaken gefangen.

So sangen wir, den Wald im Rücken, den fernen Reisenden in die Ohren. Die Erwachsenen wachten noch im Dorfe, die Mütter richteten die Betten für die Nacht.

Es war schon Zeit. Ich küßte den, der bei mir stand, reichte den drei Nächsten nur so die Hände, begann den Weg zurückzulaufen, keiner rief mich. Bei der ersten Kreuzung, wo sie mich nicht mehr sehen konnten, bog ich ein und lief auf Feldwegen wieder in den Wald. Ich strebte zu der Stadt im Süden hin, von der es in unserem Dorfe hieß:

»Dort sind Leute! Denkt Euch, die schlafen nicht!«

»Und warum denn nicht?«

»Weil sie nicht müde werden.«

»Und warum denn nicht?«

»Weil sie Narren sind.«

»Werden denn Narren nicht müde?«

»Wie könnten Narren müde werden!«

Entlarvung eines Bauernfängers

Endlich gegen 10 Uhr abends kam ich mit einem mir von früher her nur flüchtig bekannten Mann, der sich mir diesmal unversehens wieder angeschlossen und mich zwei Stunden lang in den Gassen herumgezogen hatte, vor dem herrschaftlichen Hause an, in das ich zu einer Gesellschaft geladen war.

»So!« sagte ich und klatschte in die Hände zum Zeichen der unbedingten Notwendigkeit des Abschieds. Weniger bestimmte Versuche hatte ich schon einige gemacht. Ich war schon ganz müde.

»Gehn Sie gleich hinauf?« fragte er. In seinem Munde hörte ich ein Geräusch wie vom Aneinanderschlagen der Zähne.

»Ja.«

Ich war doch eingeladen, ich hatte es ihm gleich gesagt. Aber ich war eingeladen, hinaufzukommen, wo ich schon so gerne gewesen wäre, und nicht hier unten vor dem Tor zu stehn und an den Ohren meines Gegenübers vorüberzuschauen. Und jetzt noch mit ihm stumm zu werden, als seien wir zu einem langen Aufenthalt auf diesem Fleck entschlossen. Dabei nahmen an diesem Schweigen gleich die Häuser rings herum ihren Anteil, und das Dunkel über ihnen bis zu den Sternen. Und die Schritte unsichtbarer Spaziergänger, deren Wege zu erraten man nicht Lust hatte, der Wind, der immer wieder an die gegenüberliegende Straßenseite sich drückte, ein Grammophon, das gegen die geschlossenen Fenster irgendeines Zimmers sang, – sie ließen aus diesem Schweigen sich hören, als sei es ihr Eigentum seit jeher und für immer.

Und mein Begleiter fügte sich in seinem und – nach einem

Lächeln – auch in meinem Namen, streckte die Mauer entlang den rechten Arm aufwärts und lehnte sein Gesicht, die Augen schließend, an ihn.

Doch dieses Lächeln sah ich nicht mehr ganz zu Ende, denn Scham drehte mich plötzlich herum. Erst an diesem Lächeln also hatte ich erkannt, daß das ein Bauernfänger war, nichts weiter. Und ich war doch schon Monate lang in dieser Stadt, hatte geglaubt, diese Bauernfänger durch und durch zu kennen, wie sie bei Nacht aus Seitenstraßen, die Hände vorgestreckt, wie Gastwirte uns entgegentreten, wie sie sich um die Anschlagsäule, bei der wir stehen, herumdrücken, wie zum Versteckenspielen und hinter der Säulenrundung hervor zumindest mit einem Auge spionieren, wie sie in Straßenkreuzungen, wenn wir ängstlich werden, auf einmal vor uns schweben auf der Kante unseres Trottoirs! Ich verstand sie doch so gut, sie waren ja meine ersten städtischen Bekannten in den kleinen Wirtshäusern gewesen, und ich verdankte ihnen den ersten Anblick einer Unnachgiebigkeit, die ich mir jetzt so wenig von der Erde wegdenken konnte, daß ich sie schon in mir zu fühlen begann. Wie standen sie einem noch gegenüber, selbst wenn man ihnen schon längst entlaufen war, wenn es also längst nichts mehr zu fangen gab! Wie setzten sie sich nicht, wie fielen sie nicht hin, sondern sahen einen mit Blicken an, die noch immer, wenn auch nur aus der Ferne, überzeugten! Und ihre Mittel waren stets die gleichen: Sie stellten sich vor uns hin, so breit sie konnten; suchten uns abzuhalten von dort, wohin wir strebten; bereiteten uns zum Ersatz eine Wohnung in ihrer eigenen Brust, und bäumte sich endlich das gesammelte Gefühl in uns auf, nahmen sie es als Umarmung, in die sie sich warfen, das Gesicht voran.

Und diese alten Späße hatte ich diesmal erst nach so langem Beisammensein erkannt. Ich zerrieb mir die Fingerspitzen an einander, um die Schande ungeschehen zu machen.

Mein Mann aber lehnte hier noch wie früher, hielt sich noch immer für einen Bauernfänger, und die Zufriedenheit mit seinem Schicksal rötete ihm die freie Wange.

»Erkannt!« sagte ich und klopfte ihm noch leicht auf die Schulter. Dann eilte ich die Treppe hinauf und die so grundlos treuen Gesichter der Dienerschaft oben im Vorzimmer freuten mich wie eine schöne Überraschung. Ich sah sie alle der Reihe nach an, während man mir den Mantel abnahm und die Stiefel abstaubte. Aufatmend und langgestreckt betrat ich dann den Saal.

Das Gassenfenster

Wer verlassen lebt und sich doch hie und da irgendwo anschließen möchte, wer mit Rücksicht auf die Veränderungen der Tageszeit, der Witterung, der Berufsverhältnisse und dergleichen ohne weiteres irgend einen beliebigen Arm sehen will, an dem er sich halten könnte, – der wird es ohne ein Gassenfenster nicht lange treiben. Und steht es mit ihm so, daß er gar nichts sucht und nur als müder Mann, die Augen auf und ab zwischen Publikum und Himmel, an seine Fensterbrüstung tritt, und er will nicht und hat ein wenig den Kopf zurückgeneigt, so reißen ihn doch unten die Pferde mit in ihr Gefolge von Wagen und Lärm und damit endlich der menschlichen Eintracht zu.

Die städtische Welt.

Oskar M. ein älterer Student – wenn man ihn nahe ansah, erschrak man vor seinen Augen – blieb an einem Winternachmittag mitten im Schneefall auf einem leeren Platze stehn in seinen Winterkleidern mit dem Winterrock darüber einem Shawl um den Hals und einer Fellmütze auf dem Kopf. Er zwinkerte mit den Augen vor Nachdenken. So sehr hatte er sich in Gedanken verlassen, daß er einmal die Mütze abnahm und mit ihrem krausen Fell sich über das Gesicht strich. Endlich schien er zu einem Schluß gekommen und wendete sich mit einer Tanzdrehung zum Heimweg. Als er die Tür des elterlichen Wohnzimmers öffnete, sah er seinen Vater einen glattrasierten Mann mit schwerem Fleischgesicht der Tür zugekehrt an einem leeren Tische sitzen. »Endlich« sagte dieser kaum daß Oskar den Fuß ins Zimmer gesetzt hatte bleib ich bitte Dich bei der Tür, ich habe nämlich eine solche Wut auf Dich, daß ich meiner nicht sicher bin. Aber Vater sagte Oskar und merkte erst beim Reden wie er gelaufen war. Ruhe schrie der Vater und stand auf, wodurch er ein Fenster verdeckte. Ruhe befehle ich. Und Deine Aber laß Dir, verstehst Du. Dabei nahm er den Tisch mit beiden Händen und trug ihn einen Schritt Oskar näher. Dein Lotterleben ertrage ich einfach nicht länger. Ich bin ein alter Mann. In Dir dachte ich einen Trost des Alters zu haben, indessen bist Du für mich ärger als alle meine Krankheiten. Pfui über einen solchen Sohn, der durch Faulheit, Verschwendung, Bosheit, und Dummheit seinen alten Vater ins Grab drängt. Hier verstummte der Vater, bewegte aber sein Gesicht, als rede er noch. Lieber Vater sagte Oskar und gieng vorsichtig dem

Tisch zu, beruhige Dich, alles wird gut werden. Ich habe heute einen Einfall gehabt, der mich zu einem tätigen Menschen machen wird, wie Du es Dir nur wünschen kannst. Wie das? fragte der Vater und sah in eine Zimmerecke. Vertraue mir nur, beim Abendessen werde ich Dir alles erklären. In meinem Innern war ich immer ein guter Sohn, nur daß ich es nach außen nicht zeigen konnte, verbitterte mich so, daß ich Dich lieber ärgerte, wenn ich Dich schon nicht erfreuen konnte. Jetzt aber laß mich noch ein wenig spazieren gehn damit sich meine Gedanken klarer entwickeln. Der Vater, der sich zuerst aufmerksam werdend auf den Tischrand gesetzt hatte, stand auf: Ich glaube nicht, daß das, was Du jetzt gesagt hast viel Sinn hat, ich halte es eher für Geschwätz. Aber schließlich bist Du mein Sohn – Komm rechtzeitig wir werden zuhause nachtmahlen und Du kannst Deine Sache dann vortragen. Dieses kleine Vertrauen genügt mir, ich bin Dir dafür vom Herzen dankbar. Aber ist es denn nicht schon an meinen Blicken zu sehn, daß ich mit einer ernsten Sache vollkommen beschäftigt bin? Ich sehe vorläufig nichts sagte der Vater. Aber es kann auch meine Schuld sein, denn ich bin aus der Übung gekommen, Dich überhaupt anzusehn. Dabei machte er, wie es seine Gewohnheit war, durch regelmäßiges Beklopfen der Tischplatte darauf aufmerksam, wie die Zeit vergieng. Die Hauptsache aber ist, daß ich gar kein Vertrauen mehr zu Dir habe Oskar. Wenn ich Dich einmal anschreie – wie Du gekommen bist, habe ich Dich doch angeschrien? nicht wahr? – so tue ich das nicht in der Hoffnung, es könnte Dich bessern, ich tue es nur in Gedanken an Deine arme gute Mutter, die jetzt vielleicht noch kein unmittelbares Leid über Dich verspürt, aber schon an der Anstrengung, ein solches Leid abzuwehren, denn sie glaubt Dir dadurch irgendwie zu helfen, langsam zugrundegeht. Aber schließlich sind das ja Sachen die Du sehr gut weißt und ich hätte schon aus Rücksicht auf mich nicht wieder an sie erinnert, wenn Du mich durch Deine Versprechungen nicht dazu gereizt hättest. Während der letzten Worte trat das Dienstmädchen ein, um nach dem Feuer im Ofen zu sehn. Kaum hatte sie das Zimmer verlassen, als Oskar ausrief: Aber Vater! Ich hätte das nicht erwartet. Wenn ich nur einen kleinen Einfall gehabt hätte, sagen wir, einen Einfall zu meiner Dissertation, die ja doch schon 10 Jahre in meinem Kasten liegt und Einfälle braucht wie Salz so ist möglich wenn auch nicht wahrscheinlich, daß ich wie es heute geschehen ist, vom Spaziergang nach Hause gelaufen wäre und gesagt hätte: Vater ich habe glücklicherweise diesen und diesen Einfall. Wenn Du daraufhin mit Deiner ehrwürdigen Stimme die Vorwürfe von vorhin mir ins Gesicht gesagt hättest, dann wäre mein Einfall einfach weggeblasen gewesen und ich hätte sofort mit irgendeiner Entschuldigung oder ohne solche abmarschieren müssen. Jetzt dagegen! Alles was Du gegen mich sagst, hilft meinen Ideen, sie hören nicht auf, stark werdend füllen sie mir den Kopf. Ich werde gehn, weil ich nur im Alleinsein Ordnung in sie bringen kann. Er schluckte an seinem Athem in dem warmen Zimmer. Es kann ja auch eine Lumperei sein, die Du im Kopf hast sagte der Vater mit großen Augen dann glaube ich schon, daß sie Dich festhält. Wenn sich aber etwas Tüchtiges in Dich verirrt hat, entlauft es Dir über Nacht. Ich kenne Dich. Oskar drehte den Kopf, als halte man ihn am Halse. Laß mich jetzt. Du bohrst überflüssiger Weise in mich hinein. Die bloße Möglichkeit, daß Du mein Ende richtig voraussagen kannst, sollte Dich wahrhaftig nicht dazu verlocken, mich in meiner guten Überlegung zu stören. Vielleicht gibt Dir meine Vergangenheit das Recht dazu, aber Du solltest es nicht ausnützen. Da siehst Du am besten, wie groß Deine Unsicherheit sein muß, wenn sie Dich dazu zwingt, so gegen mich zu sprechen. Nichts zwingt mich sagte Oskar und zuckte im Genick. Er trat auch ganz eng an den Tisch heran, so daß man nicht mehr wußte wem er gehörte. Was ich sagte, sagte ich in Ehrfurcht und sogar aus Liebe zu Dir, wie Du später noch sehen wirst, denn an meinen Entschlüssen hat die Rücksichtnahme auf Dich und Mama den größten Anteil. Da muß ich Dir schon jetzt danken sagte der Vater da es ja sehr unwahrscheinlich ist, daß Deine Mutter und ich im rechten Augenblick noch dessen fähig sein werden. Bitte Vater laß doch die Zukunft noch schlafen, wie sie es verdient. Wenn man sie nämlich vorzeitig weckt, bekommt man dann eine verschlafene Gegenwart. Daß Dir das aber erst Dein Sohn sagen muß. Auch wollte ich Dich ja noch nicht überzeugen, sondern Dir nur die Neuigkeit melden. Und das wenigstens ist mir, wie Du selbst zugeben mußt gelungen. Jetzt Oskar wundert mich eigentlich noch eins: warum Du mit einer solchen Sache wie heute nicht schon öfters zu mir gekommen bist. Sie entspricht so Deinem bisherigen Wesen. Nein tatsächlich, es ist mein Ernst.

Ja hättest Du mich dann durchgehaut statt mir zuzuhören. Ich bin hergelaufen, das weiß Gott, um Dir rasch eine Freude zu machen. Verraten kann ich Dir aber nichts solange mein Plan nicht vollständig fertig ist. Warum strafst Du mich also für meine gute Absicht und willst von mir Erklärungen haben, die jetzt noch der Ausführung meines Planes schaden könnten.

Schweig ich will gar nichts wissen. Aber ich muß Dir sehr rasch antworten, weil Du Dich zur Tür zurückziehst und offenbar etwas sehr Dringendes vorhast: Meine erste Wut hast Du mit Deinem Kunststück beruhigt, nur mir ist jetzt noch trauriger zu Mut als früher und deshalb bitte ich Dich – wenn Du darauf bestehst kann ich auch die Hände falten – sage wenigstens der Mutter nichts von Deinen Ideen. Laß es mit mir genug sein.

Das ist ja nicht mein Vater der so mit mir spricht rief Oskar, der den Arm schon auf die Türklinke gelegt hatte. Es ist seit Mittag etwas mit Dir vorgegangen oder Du bist ein fremder Mensch, dem ich jetzt zum erstenmal im Zimmer meines Vaters begegne. Mein wirklicher Vater – Oskar schwieg einen Augenblick mit offenem Mund – er hätte mich doch umarmen müssen, er hätte die Mutter hergerufen. Was hast Du Vater?

Du solltest lieber mit Deinem wirklichen Vater nachtmahlen, mein ich. Es würde vergnügter zugehn.

Er wird schon kommen. Schließlich kann er nicht ausbleiben. Und die Mutter muß dabei sein. Und Franz den ich jetzt hole. Alle. Darauf drängte Oskar mit der Schulter gegen die leicht aufgehende Türe, als habe er sich vorgenommen, sie einzudrücken.

In Franzens Wohnung angekommen beugte er sich zur kleinen Hauswirtin mit den Worten: Der Herr Ingenieur schläft ich weiß, das macht nichts, und ohne sich um die Frau zu kümmern, die aus Unzufriedenheit mit dem Besuch nutzlos im Vorzimmer auf und ab gieng, öffnete er die Glastür, die als sei sie an einer empfindlichen Stelle gefaßt in seiner Hand erzitterte und rief unbekümmert um das Innere des Zimmers, das er noch kaum sah: Franz, aufstehn. Ich brauch Deinen fachmännischen Rat. Aber hier im Zimmer halte ich es nicht aus, wir müssen ein bischen spazierengehn, Du mußt auch bei uns nachtmahlen. Also rasch. Sehr gern sagte der Ingenieur von seinem Lederkanapee her aber was zuerst aufstehn nachtmahlen spazierengehn, Ratgeben? Einiges werde ich auch überhört haben. Vor allem keine Witze machen Franz. Das ist das Wichtigste, das habe ich vergessen. Den Gefallen mach ich Dir sofort. Aber das Aufstehn – Ich würde lieber zweimal für Dich nachtmahlen als einmal aufstehn. Also jetzt auf! Keine Widerrede. Oskar faßte den schwachen

Menschen vorn beim Rock und setzte ihn auf. Du bist aber rabiat weißt Du. Alle Achtung. Er wischte sich mit beiden kleinen Fingern die geschlossenen Augen aus. Sag. Hab ich dich schon einmal so vom Kanape gerissen. Aber Franz sagte Oskar mit verzogenem Gesicht zieh Dich schon an. Ich bin doch kein Narr, daß ich Dich ohne Grund geweckt hätte. – Ebenso habe ich auch nicht ohne Grund geschlafen. Ich habe gestern Nachtdienst gehabt, dann bin ich heute schon um meinen Mittagsschlaf gekommen, auch Deinetwegen – Wieso? Ach was, es ärgert mich schon, wie wenig Rücksicht Du auf mich nimmst. Es ist nicht das erste Mal. Natürlich Du bist ein freier Student und kannst machen was Du willst. Jeder ist nicht so glücklich. Da muß man doch Rücksichten nehmen, zum Kuckuck. Ich bin zwar Dein Freund, aber deshalb hat man mir noch meinen Beruf nicht abgenommen. – Er zeigte das durch Hin- und Herschütteln der flachen Hände. Muß ich aber nach Deinem jetzigen Mundwerk nicht glauben, daß Du mehr als genug ausgeschlafen bist sagte Oskar der sich auf einen Bettpfosten hinaufgezogen hatte von wo er den Ingenieur ansah als habe er schon etwas mehr Zeit wie früher. Also was willst Du eigentlich von mir? oder besser gesagt warum hast Du mich geweckt fragte der Ingenieur und rieb sich stark den Hals unter seinem Ziegenbart in dieser nähern Beziehung, die man nach dem Schlaf zu seinem Körper hat. Was ich von Dir will sagte Oskar leise und gab dem Bett einen Stoß mit dem Fußabsatz. Sehr wenig. Ich habe es Dir doch schon aus dem Vorzimmer gesagt: daß Du Dich anziehst. Wenn Du damit Oskar andeuten willst, daß mich Deine Neuigkeit sehr wenig interessiert, so hast Du ganz recht. Das ist ja gut, so wird das Feuer, in das sie Dich setzen wird, ganz auf ihre eigene Rechnung gehn, ohne daß sich unsere Freundschaft eingemischt hätte. Die Auskunft wird auch klarer sein, ich brauche klare Auskunft, das halte Dir vor Augen. Wenn Du aber vielleicht Kragen und Kravatte suchst, sie liegen dort auf dem Sessel. Danke sagte der Ingenieur, und fieng an Kragen u. Kravatte zu befestigen auf Dich kann man sich halt doch verlassen.

Großer Lärm

Ich sitze in meinem Zimmer im Hauptquartier des Lärms der ganzen Wohnung. Alle Türen höre ich schlagen, durch ihren Lärm bleiben mir nur die Schritte der zwischen ihnen Laufenden erspart, noch das Zuklappen der Herdtüre in der Küche höre ich. Der Vater durchbricht die Türen meines Zimmers und zieht im nachschleppenden Schlafrock durch, aus dem Ofen im Nebenzimmer wird die Asche gekratzt, Valli fragt, durch das Vorzimmer Wort für Wort rufend, ob des Vaters Hut schon geputzt ist, ein Zischen, das mir befreundet sein will, erhebt noch das Geschrei einer antwortenden Stimme. Die Wohnungstüre wird aufgeklinkt und lärmt, wie aus katarrhalischem Hals, öffnet sich dann weiterhin mit dem Singen einer Frauenstimme und schließt sich endlich mit einem dumpfen, männlichen Ruck, der sich am rücksichtslosesten anhört. Der Vater ist weg, jetzt beginnt der zartere, zerstreutere, hoffnungslosere Lärm, von den Stimmen der zwei Kanarienvögel angeführt. Schon früher dachte ich daran, bei den Kanarienvögeln fällt es mir von neuem ein, ob ich nicht die Türe bis zu einer kleinen Spalte öffnen, schlangengleich ins Nebenzimmer kriechen und so auf dem Boden meine Schwestern und ihr Fräulein um Ruhe bitten sollte.

Das Unglück des Junggesellen

Es scheint so arg, Junggeselle zu bleiben, als alter Mann unter schwerer Wahrung der Würde um Aufnahme zu bitten, wenn man einen Abend mit Menschen verbringen will, krank zu sein und aus dem Winkel seines Bettes wochenlang das leere Zimmer anzusehn, immer vor dem Haustor Abschied zu nehmen, niemals neben seiner Frau sich die Treppe hinaufzudrängen, in seinem Zimmer nur Seitentüren zu haben, die in fremde Wohnungen führen, sein Nachtmahl in einer Hand nach Hause zu tragen, fremde Kinder anstaunen zu müssen und nicht immerfort wiederholen zu dürfen: »Ich habe keine«, sich im Aussehn und Benehmen nach ein oder zwei Junggesellen der Jugenderinnerungen auszubilden.

So wird es sein, nur daß man auch in Wirklichkeit heute und später selbst dastehen wird, mit einem Körper und einem wirklichen Kopf, also auch einer Stirn, um mit der Hand an sie zu schlagen.

Der plötzliche Spaziergang

Wenn man sich am Abend endgültig entschlossen zu haben scheint, zu Hause zu bleiben, den Hausrock angezogen hat, nach dem Nachtmahl beim beleuchteten Tische sitzt und jene Arbeit oder jenes Spiel vorgenommen hat, nach dessen Beendigung man gewohnheitsgemäß schlafen geht, wenn draußen ein unfreundliches Wetter ist, welches das Zuhausebleiben selbstverständlich macht, wenn man jetzt auch schon so lange bei Tisch stillgehalten hat, daß das Weggehen allgemeines Erstaunen hervorrufen müßte, wenn nun auch schon das Treppenhaus dunkel und das Haustor gesperrt ist, und wenn man nun trotz alledem in einem plötzlichen Unbehagen aufsteht, den Rock wechselt, sofort straßenmäßig angezogen erscheint, weggehen zu müssen erklärt, es nach kurzem Abschied auch tut, je nach der Schnelligkeit, mit der man die Wohnungstür zuschlägt, mehr oder weniger Ärger zu hinterlassen glaubt, wenn man sich auf der Gasse wiederfindet, mit Gliedern, die diese schon unerwartete Freiheit, die man ihnen verschafft hat, mit besonderer Beweglichkeit beantworten, wenn man durch diesen einen Entschluß alle Entschlußfähigkeit in sich gesammelt fühlt, wenn man mit größerer als der gewöhnlichen Bedeutung erkennt, daß man ja mehr Kraft als Bedürfnis hat, die schnellste Veränderung leicht zu bewirken und zu ertragen, und wenn man so die langen Gassen hinläuft, – dann ist man für diesen Abend gänzlich aus seiner Familie ausgetreten, die ins Wesenlose abschwenkt, während man selbst, ganz fest, schwarz vor Umrissenheit, hinten die Schenkel schlagend, sich zu seiner wahren Gestalt erhebt.

Verstärkt wird alles noch, wenn man zu dieser späten Abendzeit einen Freund aufsucht, um nachzusehen, wie es ihm geht.

Entschlüsse

Aus einem elenden Zustand sich zu erheben, muß selbst mit gewollter Energie leicht sein. Ich reiße mich vom Sessel los, umlaufe den Tisch, mache Kopf und Hals beweglich, bringe Feuer in die Augen, spanne die Muskeln um sie herum. Arbeite jedem Gefühl entgegen, begrüße A. stürmisch, wenn er jetzt kommen wird, dulde B. freundlich in meinem Zimmer, ziehe bei C. alles, was gesagt wird, trotz Schmerz und Mühe mit langen Zügen in mich hinein.

Aber selbst wenn es so geht, wird mit jedem Fehler, der nicht ausbleiben kann, das Ganze, das Leichte und das Schwere, stocken, und ich werde mich im Kreise zurückdrehen müssen.

Deshalb bleibt doch der beste Rat, alles hinzunehmen, als schwere Masse sich verhalten und fühle man sich selbst fortgeblasen, keinen unnötigen Schritt sich ablocken lassen, den anderen mit Tierblick anschaun, keine Reue fühlen, kurz, das, was vom Leben als Gespenst noch übrig ist, mit eigener Hand niederdrücken, d. h., die letzte grabmäßige Ruhe noch vermehren und nichts außer ihr mehr bestehen lassen.

Eine charakteristische Bewegung eines solchen Zustandes ist das Hinfahren des kleinen Fingers über die Augenbrauen.

Das Urteil
Eine Geschichte

Für F.

Es war an einem Sonntagvormittag im schönsten Frühjahr. Georg Bendemann, ein junger Kaufmann, saß in seinem Privatzimmer im ersten Stock eines der niedrigen, leichtgebauten Häuser, die entlang des Flusses in einer langen Reihe, fast nur in der Höhe und Färbung unterschieden, sich hinzogen. Er hatte gerade einen Brief an einen sich im Ausland befindenden Jugendfreund beendet, verschloß ihn in spielerischer Langsamkeit und sah dann, den Ellbogen auf den Schreibtisch gestützt, aus dem Fenster auf den Fluß, die Brücke und die Anhöhen am anderen Ufer mit ihrem schwachen Grün.

Er dachte darüber nach, wie dieser Freund, mit seinem Fortkommen zu Hause unzufrieden, vor Jahren schon nach Rußland sich förmlich geflüchtet hatte. Nun betrieb er ein Geschäft in Petersburg, das anfangs sich sehr gut angelassen hatte, seit langem aber schon zu stocken schien, wie der Freund bei seinen immer seltener werdenden Besuchen klagte. So arbeitete er sich in der Fremde nutzlos ab, der fremdartige Vollbart verdeckte nur schlecht das seit den Kinderjahren wohlbekannte Gesicht, dessen gelbe Hautfarbe auf eine sich entwickelnde Krankheit hinzudeuten schien. Wie er erzählte, hatte er keine rechte Verbindung mit der dortigen Kolonie seiner Landsleute, aber auch fast keinen gesellschaftlichen Verkehr mit einheimischen Familien und richtete sich so für ein endgültiges Junggesellentum ein.

Was wollte man einem solchen Manne schreiben, der sich offenbar verrannt hatte, den man bedauern, dem man aber nicht helfen konnte. Sollte man ihm vielleicht raten, wieder nach Hause zu kommen, seine Existenz hierher zu verlegen, alle die alten freundschaftlichen Beziehungen wieder aufzunehmen – wofür ja kein Hindernis bestand – und im übrigen auf die Hilfe der Freunde zu vertrauen? Das bedeutete aber nichts anderes, als daß man ihm gleichzeitig, je schonender, desto kränkender, sagte, daß seine bisherigen Versuche mißlungen seien, daß er endlich von ihnen ablassen solle, daß er zurückkehren und sich als ein für immer Zurückgekehrter von allen mit großen Augen anstaunen lassen müsse, daß nur seine Freunde etwas verstünden und daß er ein altes Kind sei und den erfolgreichen, zu Hause gebliebenen Freunden einfach zu folgen habe. Und war es dann noch sicher, daß alle die Plage, die man ihm antun müßte, einen Zweck hätte? Vielleicht gelang es nicht einmal, ihn überhaupt nach Hause zu bringen – er sagte ja selbst, daß er die Verhältnisse in der Heimat nicht mehr verstünde –, und so bliebe er dann trotz allem in seiner Fremde, verbittert durch die Ratschläge und den Freunden noch ein Stück mehr entfremdet. Folgte er aber wirklich dem Rat und würde hier – natürlich nicht mit Absicht, aber durch die Tatsachen – niedergedrückt, fände sich nicht in seinen Freunden und nicht ohne sie zurecht, litte an Beschämung, hätte jetzt wirklich keine Heimat und keine Freunde mehr; war es da nicht viel besser für ihn, er blieb in der Fremde, so wie er war? Konnte man denn bei solchen Umständen daran denken, daß er es hier tatsächlich vorwärts bringen würde?

Aus diesen Gründen konnte man ihm, wenn man überhaupt noch die briefliche Verbindung aufrecht erhalten wollte, keine eigentlichen Mitteilungen machen, wie man sie ohne Scheu auch den entferntesten Bekannten geben würde. Der Freund war nun schon über drei Jahre nicht in der Heimat gewesen und erklärte dies sehr notdürftig mit der Unsicherheit der politischen Verhältnisse in Rußland, die demnach also auch die kürzeste Abwesenheit eines kleinen Geschäftsmannes nicht zuließen, während hunderttausende Russen ruhig in der Welt herumfuhren. Im Laufe dieser drei Jahre hatte sich aber gerade für Georg vieles verändert. Von dem Todesfall von Georgs Mutter, der vor etwa zwei Jahren erfolgt war und seit welchem Georg mit seinem alten Vater in gemeinsamer Wirtschaft lebte, hatte der Freund wohl noch erfahren und sein Beileid in einem Brief mit einer Trockenheit ausgedrückt, die ihren Grund nur darin haben konnte, daß die Trauer über ein solches Ereignis in der Fremde ganz unvorstellbar wird. Nun hatte aber Georg seit jener Zeit, so wie alles andere, auch sein Geschäft mit größerer Entschlossenheit angepackt. Vielleicht hatte ihn der Vater bei Lebzeiten der Mutter dadurch, daß er im Geschäft nur seine Ansicht gelten lassen wollte, an einer wirklichen eigenen Tätigkeit gehindert. Vielleicht war der Vater seit dem Tode der Mutter, trotzdem er noch immer im Geschäft arbeitete, zurückhaltender geworden, vielleicht spielten – was sogar sehr wahrscheinlich war – glückliche Zufälle eine weit wichtigere Rolle, jedenfalls aber hatte sich das Geschäft in diesen zwei Jahren ganz unerwartet entwickelt. Das Personal hatte man verdoppeln müssen, der Umsatz sich verfünffacht, ein weiterer Fortschritt stand zweifellos bevor.

Der Freund aber hatte keine Ahnung von dieser Veränderung. Früher, zum letztenmal vielleicht in jenem Beileidsbrief, hatte er Georg zur Auswanderung nach Rußland überreden wollen und sich über die Aussichten verbreitet, die gerade für Georgs Geschäftszweig in Petersburg bestanden. Die Ziffern waren verschwindend gegenüber dem Umfang, den Georgs Geschäft jetzt angenommen hatte. Georg aber hatte keine Lust gehabt, dem Freund von seinen geschäftlichen Erfolgen zu schreiben, und jetzt nachträglich hätte es wirklich einen merkwürdigen Anschein gehabt.

So beschränkte sich Georg darauf, dem Freund immer nur über bedeutungslose Vorfälle zu schreiben, wie sie sich, wenn man an einem ruhigen Sonntag nachdenkt, in der Erinnerung ungeordnet aufhäufen. Er wollte nichts anderes, als die Vorstellung ungestört lassen, die sich der Freund von der Heimatstadt in der langen Zwischenzeit wohl gemacht und mit welcher er sich abgefunden hatte. So geschah es Georg, daß er dem Freund die Verlobung eines gleichgültigen Menschen mit einem ebenso gleichgültigen Mädchen dreimal in ziemlich weit auseinanderliegenden Briefen anzeigte, bis sich dann allerdings der Freund, ganz gegen Georgs Absicht, für diese Merkwürdigkeit zu interessieren begann.

Georg schrieb ihm aber solche Dinge viel lieber, als daß er zugestanden hätte, daß er selbst vor einem Monat mit einem Fräulein Frieda Brandenfeld, einem Mädchen aus wohlhabender Familie, sich verlobt hatte. Oft sprach er mit seiner Braut über diesen Freund und das besondere Korrespondenzverhältnis, in welchem er zu ihm stand. »Er wird also gar nicht zu unserer Hochzeit kommen«, sagte sie, »und ich habe doch das Recht, alle deine Freunde kennenzulernen.« »Ich will ihn nicht stören«, antwortete Georg, »verstehe mich recht, er würde wahrscheinlich kommen, wenigstens glaube ich es, aber er würde sich gezwungen und geschädigt fühlen, vielleicht mich beneiden und sicher unzufrieden und unfähig, diese Unzufriedenheit jemals zu beseitigen, allein wieder zurückfahren. Allein – weißt du, was das ist?« »Ja, kann er denn von unserer Heirat nicht auch auf andere Weise erfahren?« »Das kann ich allerdings nicht verhindern, aber es ist bei seiner Lebensweise unwahrscheinlich.« »Wenn du solche Freunde hast, Georg, hättest du dich überhaupt nicht verloben sollen.« »Ja, das ist unser beider Schuld; aber ich wollte es auch jetzt nicht anders haben.« Und wenn sie dann, rasch atmend unter seinen Küssen, noch vorbrachte: »Eigentlich kränkt es mich doch«, hielt er es wirklich für unverfänglich, dem Freund alles zu schreiben. »So bin ich und so hat er mich hinzunehmen«, sagte er sich, »ich kann nicht aus mir einen Menschen herausschneiden, der vielleicht für die Freundschaft mit ihm geeigneter wäre, als ich es bin.«

Und tatsächlich berichtete er seinem Freunde in dem langen Brief, den er an diesem Sonntagvormittag schrieb, die erfolgte Verlobung mit folgenden Worten: »Die beste Neuigkeit habe ich mir bis zum Schluß aufgespart. Ich habe mich mit einem Fräulein Frieda Brandenfeld verlobt, einem Mädchen aus einer wohlhabenden Familie, die sich hier erst lange nach Deiner Abreise angesiedelt hat, die Du also kaum kennen dürftest. Es wird sich noch Gelegenheit finden, Dir Näheres über meine Braut mitzuteilen, heute genüge Dir, daß ich recht glücklich bin und daß sich in unserem gegenseitigen Verhältnis nur insofern etwas geändert hat, als Du jetzt in mir statt eines ganz gewöhnlichen Freundes einen glücklichen Freund haben wirst. Außerdem bekommst Du in meiner Braut, die Dich herzlich grüßen läßt, und die Dir nächstens selbst schreiben wird, eine aufrichtige Freundin, was für einen Junggesellen nicht ganz ohne Bedeutung ist. Ich weiß, es hält Dich vielerlei von einem Besuche bei uns zurück. Wäre aber nicht gerade meine Hochzeit die richtige Gelegenheit, einmal alle Hindernisse über den Haufen zu werfen? Aber wie dies auch sein mag, handle ohne alle Rücksicht und nur nach Deiner Wohlmeinung.«

Mit diesem Brief in der Hand war Georg lange, das Gesicht dem Fenster zugekehrt, an seinem Schreibtisch gesessen. Einem Bekannten, der ihn im Vorübergehen von der Gasse aus gegrüßt hatte, hatte er kaum mit einem abwesenden Lächeln geantwortet.

Endlich steckte er den Brief in die Tasche und ging aus seinem Zimmer quer durch einen kleinen Gang in das Zimmer seines Vaters, in dem er schon seit Monaten nicht gewesen war. Es bestand auch sonst keine Nötigung dazu, denn er verkehrte mit seinem Vater ständig im Geschäft. Das Mittagessen nahmen sie gleichzeitig in einem Speisehaus ein, abends versorgte sich zwar jeder nach Belieben; doch saßen sie dann noch ein Weilchen, meistens jeder mit seiner Zeitung, im gemeinsamen Wohnzimmer, wenn nicht Georg, wie es am häufigsten geschah, mit Freunden beisammen war oder jetzt seine Braut besuchte.

Georg staunte darüber, wie dunkel das Zimmer des Vaters selbst an diesem sonnigen Vormittag war. Einen solchen Schatten warf also die hohe Mauer, die sich jenseits des schmalen Hofes erhob. Der Vater saß beim Fenster in einer Ecke, die mit verschiedenen Andenken an die selige Mutter ausgeschmückt war, und las die Zeitung, die er seitlich vor die Augen hielt, wodurch er irgend eine Augenschwäche auszugleichen suchte. Auf dem Tisch standen die Reste des Frühstücks, von dem nicht viel verzehrt zu sein schien.

»Ah, Georg!« sagte der Vater und ging ihm gleich entgegen. Sein schwerer Schlafrock öffnete sich im Gehen, die Enden umflatterten ihn – »mein Vater ist noch immer ein Riese«, dachte sich Georg.

»Hier ist es ja unerträglich dunkel«, sagte er dann.

»Ja, dunkel ist es schon«, antwortete der Vater.

»Das Fenster hast du auch geschlossen?«

»Ich habe es lieber so.«

»Es ist ja ganz warm draußen«, sagte Georg, wie im Nachhang zu dem Früheren, und setzte sich.

Der Vater räumte das Frühstücksgeschirr ab und stellte es auf einen Kasten.

»Ich wollte dir eigentlich nur sagen«, fuhr Georg fort, der den Bewegungen des alten Mannes ganz verloren folgte, »daß ich nun doch nach Petersburg meine Verlobung angezeigt habe.« Er zog den Brief ein wenig aus der Tasche und ließ ihn wieder zurückfallen.

»Nach Petersburg?« fragte der Vater.

»Meinem Freunde doch«, sagte Georg und suchte des Vaters Augen. – »Im Geschäft ist er doch ganz anders«, dachte er, »wie er hier breit sitzt und die Arme über der Brust kreuzt.«

»Ja. Deinem Freunde«, sagte der Vater mit Betonung.

»Du weißt doch, Vater, daß ich ihm meine Verlobung zuerst verschweigen wollte. Aus Rücksichtnahme, aus keinem anderen Grunde sonst. Du weißt selbst, er ist ein schwieriger Mensch. Ich sagte mir, von anderer Seite kann er von meiner Verlobung wohl erfahren, wenn das auch bei seiner einsamen Lebensweise kaum wahrscheinlich ist – das kann ich nicht hindern –, aber von mir selbst soll er es nun einmal nicht erfahren.«

»Und jetzt hast du es dir wieder anders überlegt?« fragte der Vater, legte die große Zeitung auf den Fensterbord und auf die Zeitung die Brille, die er mit der Hand bedeckte.

»Ja, jetzt habe ich es mir wieder überlegt. Wenn er mein guter Freund ist, sagte ich mir, dann ist meine glückliche Verlobung auch für ihn ein Glück. Und deshalb habe ich nicht mehr gezögert, es ihm anzuzeigen. Ehe ich jedoch den Brief einwarf, wollte ich es dir sagen.«

»Georg«, sagte der Vater und zog den zahnlosen Mund in die Breite, »hör' einmal! Du bist wegen dieser Sache zu mir gekommen, um dich mit mir zu beraten. Das ehrt dich ohne Zweifel. Aber es ist nichts, es ist ärger als nichts, wenn du mir jetzt nicht die volle Wahrheit sagst. Ich will nicht Dinge aufrühren, die nicht hierher gehören. Seit dem Tode unserer teueren Mutter sind gewisse unschöne Dinge vorgegangen. Vielleicht kommt auch für sie die Zeit und vielleicht kommt sie früher, als wir denken. Im Geschäft entgeht mir manches, es wird mir vielleicht nicht verborgen – ich will jetzt gar nicht die Annahme machen, daß es mir verborgen wird –, ich bin nicht mehr kräftig genug, mein Gedächtnis läßt nach. Ich habe nicht mehr den Blick für alle die vielen Sachen. Das ist erstens der Ablauf der Natur, und zweitens hat mich der Tod unseres Mütterchens viel mehr niedergeschlagen als dich. – Aber weil wir gerade bei dieser Sache sind, bei diesem Brief, so bitte ich dich Georg, täusche mich nicht. Es ist eine Kleinigkeit, es ist nicht des Atems wert, also täusche mich nicht. Hast du wirklich diesen Freund in Petersburg?«

Georg stand verlegen auf. »Lassen wir meine Freunde sein. Tausend Freunde ersetzen mir nicht meinen Vater. Weißt du, was ich glaube? Du schonst dich nicht genug. Aber das Alter verlangt seine Rechte. Du bist mir im Geschäft unentbehrlich, das weißt du ja sehr genau; aber wenn das Geschäft deine Gesundheit bedrohen sollte, sperre ich es noch morgen für immer. Das geht nicht. Wir müssen da eine andere Lebensweise für dich einführen. Aber von Grund aus. Du sitzt hier im Dunkel, und im Wohnzimmer hättest du schönes Licht. Du nippst vom Frühstück, statt dich ordentlich zu stärken. Du sitzt bei geschlossenem Fenster, und die Luft würde dir so gut tun. Nein Vater! Ich werde den Arzt holen und seine Vorschriften werden wir befolgen. Die Zimmer werden wir wechseln, du wirst ins Vorderzimmer ziehen, ich hierher. Es wird keine Veränderung für dich sein, alles wird mit hinübergetragen. Aber das alles hat Zeit, jetzt lege dich noch ein wenig ins Bett, du brauchst unbedingt Ruhe. Komm, ich werde dir beim Ausziehn helfen, du wirst sehen, ich kann es. Oder willst du gleich ins Vorderzimmer gehn, dann legst du dich vorläufig in mein Bett. Das wäre übrigens sehr vernünftig.«

Georg stand knapp neben seinem Vater, der den Kopf mit dem struppigen weißen Haar auf die Brust hatte sinken lassen.

»Georg«, sagte der Vater leise, ohne Bewegung.

Georg kniete sofort neben dem Vater nieder, er sah die Pupillen in dem müden Gesicht des Vaters übergroß in den Winkeln der Augen auf sich gerichtet.

»Du hast keinen Freund in Petersburg. Du bist immer ein Spaßmacher gewesen und hast dich auch mir gegenüber nicht zurückgehalten. Wie solltest du denn gerade dort einen Freund haben! Das kann ich gar nicht glauben.«

»Denk doch noch einmal nach, Vater«, sagte Georg, hob den Vater vom Sessel und zog ihm, wie er nun doch recht schwach dastand, den Schlafrock aus, »jetzt wird es bald drei Jahre her sein, da war ja mein Freund bei uns zu Besuch. Ich erinnere mich noch, daß du ihn nicht besonders gern hattest. Wenigstens zweimal habe ich ihn vor dir verleugnet, trotzdem er gerade bei mir im Zimmer saß. Ich konnte ja deine Abneigung gegen ihn ganz gut verstehn, mein Freund hat seine Eigentümlichkeiten. Aber dann hast du dich doch auch wieder ganz gut mit ihm unterhalten. Ich war damals noch so stolz darauf, daß du ihm zuhörtest, nicktest und fragtest. Wenn du nachdenkst, mußt du dich erinnern. Er erzählte damals unglaubliche Geschichten von der russischen Revolution. Wie er z. B. auf einer Geschäftsreise in Kiew bei einem Tumult einen Geistlichen auf einem Balkon gesehen hatte, der sich ein breites Blutkreuz in die flache Hand schnitt, diese Hand erhob und die Menge anrief. Du hast ja selbst diese Geschichte hie und da wiedererzählt.«

Währenddessen war es Georg gelungen, den Vater wieder niederzusetzen und ihm die Trikothose, die er über den Leinenunterhosen trug, sowie die Socken vorsichtig auszuziehn. Beim Anblick der nicht besonders reinen Wäsche machte er sich Vorwürfe, den Vater vernachlässigt zu haben. Es wäre sicherlich auch seine Pflicht gewesen, über den Wäschewechsel seines Vaters zu wachen. Er hatte mit seiner

Braut darüber noch nicht ausdrücklich gesprochen, wie sie die Zukunft des Vaters einrichten wollten, aber sie hatten stillschweigend vorausgesetzt, daß der Vater allein in der alten Wohnung bleiben würde. Doch jetzt entschloß er sich kurz mit aller Bestimmtheit, den Vater in seinen künftigen Haushalt mitzunehmen. Es schien ja fast, wenn man genauer zusah, daß die Pflege, die dort dem Vater bereitet werden sollte, zu spät kommen könnte.

Auf seinen Armen trug er den Vater ins Bett. Ein schreckliches Gefühl hatte er, als er während der paar Schritte zum Bett hin merkte, daß an seiner Brust der Vater mit seiner Uhrkette spiele. Er konnte ihn nicht gleich ins Bett legen, so fest hielt er sich an dieser Uhrkette.

Kaum war er aber im Bett, schien alles gut. Er deckte sich selbst zu und zog dann die Bettdecke noch besonders weit über die Schulter. Er sah nicht unfreundlich zu Georg hinauf.

»Nicht wahr, du erinnerst dich schon an ihn?« fragte Georg und nickte ihm aufmunternd zu.

»Bin ich jetzt gut zugedeckt?« fragte der Vater, als könne er nicht nachschauen, ob die Füße genug bedeckt seien.

»Es gefällt dir also schon im Bett«, sagte Georg und legte das Deckzeug besser um ihn.

»Bin ich gut zugedeckt?« fragte der Vater noch einmal und schien auf die Antwort besonders aufzupassen.

»Sei nur ruhig, du bist gut zugedeckt.«

»Nein!« rief der Vater, daß die Antwort an die Frage stieß, warf die Decke zurück mit einer Kraft, daß sie einen Augenblick im Fluge sich ganz entfaltete, und stand aufrecht im Bett. Nur eine Hand hielt er leicht an den Plafond. »Du wolltest mich zudecken, das weiß ich, mein Früchtchen, aber zugedeckt bin ich noch nicht. Und ist es auch die letzte Kraft, genug für dich, zuviel für dich! Wohl kenne ich deinen Freund. Er wäre ein Sohn nach meinem Herzen. Darum hast du ihn auch betrogen die ganzen Jahre lang. Warum sonst? Glaubst du, ich habe nicht um ihn geweint? Darum doch sperrst du dich in dein Bureau, niemand soll stören, der Chef ist beschäftigt – nur damit du deine falschen Briefchen nach Rußland schreiben kannst. Aber den Vater muß glücklicherweise niemand lehren, den Sohn zu durchschauen. Wie du jetzt geglaubt hast, du hättest ihn untergekriegt, so untergekriegt, daß du dich mit deinem Hintern auf ihn setzen kannst und er rührt sich nicht, da hat sich mein Herr Sohn zum Heiraten entschlossen!«

Georg sah zum Schreckbild seines Vaters auf. Der Petersburger Freund, den der Vater plötzlich so gut kannte, ergriff ihn, wie noch nie. Verloren im weiten Rußland sah er ihn. An der Türe des leeren, ausgeraubten Geschäftes sah er ihn. Zwischen den Trümmern der Regale, den zerfetzten Waren, den fallenden Gasarmen stand er gerade noch. Warum hatte er so weit wegfahren müssen!

»Aber schau mich an!« rief der Vater, und Georg lief, fast zerstreut, zum Bett, um alles zu fassen, stockte aber in der Mitte des Weges.

»Weil sie die Röcke gehoben hat«, fing der Vater zu flöten an, »weil sie die Röcke so gehoben hat, die widerliche Gans«, und er hob, um das darzustellen, sein Hemd so hoch, daß man auf seinem Oberschenkel die Narbe aus seinen Kriegsjahren sah, »weil sie die Röcke so und so und so gehoben hat, hast du dich an sie herangemacht, und damit du an ihr ohne Störung dich befriedigen kannst, hast du unserer Mutter Andenken geschändet, den Freund verraten und deinen Vater ins Bett gesteckt, damit er sich nicht rühren kann. Aber kann er sich rühren oder nicht?«

Und er stand vollkommen frei und warf die Beine. Er strahlte vor Einsicht.

Georg stand in einem Winkel, möglichst weit vom Vater.

Vor einer langen Weile hatte er sich fest entschlossen, alles vollkommen genau zu beobachten, damit er nicht irgendwie auf Umwegen, von hinten her, von oben herab überrascht werden könne. Jetzt erinnerte er sich wieder an den längst vergessenen Entschluß und vergaß ihn, wie man einen kurzen Faden durch ein Nadelöhr zieht.

»Aber der Freund ist nun doch nicht verraten!« rief der Vater, und sein hin- und herbewegter Zeigefinger bekräftigte es. »Ich war sein Vertreter hier am Ort.«

»Komödiant!« konnte sich Georg zu rufen nicht enthalten, erkannte sofort den Schaden und biß, nur zu spät, – die Augen erstarrt – in seine Zunge, daß er vor Schmerz einknickte.

»Ja, freilich habe ich Komödie gespielt! Komödie! Gutes Wort! Welcher andere Trost blieb dem alten verwitweten Vater? Sag – und für den Augenblick der Antwort sei du noch mein lebender Sohn –, was blieb mir übrig, in meinem Hinterzimmer, verfolgt vom ungetreuen Personal, alt bis in die Knochen? Und mein Sohn ging im Jubel durch die Welt, schloß Geschäfte ab, die ich vorbereitet hatte, überpurzelte sich vor Vergnügen und ging vor seinem Vater mit dem verschlossenen Gesicht eines Ehrenmannes davon! Glaubst du, ich hätte dich nicht geliebt, ich, von dem du ausgingst?«

»Jetzt wird er sich vorbeugen«, dachte Georg, »wenn er fiele und zerschmetterte!« Dieses Wort durchzischte seinen Kopf.

Der Vater beugte sich vor, fiel aber nicht. Da Georg sich nicht näherte, wie er erwartet hatte, erhob er sich wieder.

»Bleib, wo du bist, ich brauche dich nicht! Du denkst, du hast noch die Kraft, hierher zu kommen und hältst dich bloß zurück, weil du so willst. Daß du dich nicht irrst! Ich bin noch immer der viel Stärkere. Allein hätte ich vielleicht zurückweichen müssen, aber so hat mir die Mutter ihre Kraft abgegeben, mit deinem Freund habe ich mich herrlich verbunden, deine Kundschaft habe ich hier in der Tasche!«

»Sogar im Hemd hat er Taschen!« sagte sich Georg und glaubte, er könne ihn mit dieser Bemerkung in der ganzen Welt unmöglich machen. Nur einen Augenblick dachte er das, denn immerfort vergaß er alles.

»Häng dich nur in deine Braut ein und komm mir entgegen! Ich fege sie dir von der Seite weg, du weißt nicht wie!«

Georg machte Grimassen, als glaube er das nicht. Der Vater nickte bloß, die Wahrheit dessen beteuernd, was er sagte, in Georgs Ecke hin.

»Wie hast du mich doch heute unterhalten, als du kamst und fragtest, ob du deinem Freund von der Verlobung schreiben sollst. Er weiß doch alles, dummer Junge, er weiß doch alles! Ich schrieb ihm doch, weil du vergessen hast, mir das Schreibzeug wegzunehmen. Darum kommt er schon seit Jahren nicht, er weiß ja alles hundertmal besser als du selbst. Deine Briefe zerknüllt er ungelesen in der linken Hand, während er in der Rechten meine Briefe zum Lesen sich vorhält!«

Seinen Arm schwang er vor Begeisterung über dem Kopf. »Er weiß alles tausendmal besser!« rief er.

»Zehntausendmal!« sagte Georg, um den Vater zu verlachen, aber noch in seinem Munde bekam das Wort einen toternsten Klang.

»Seit Jahren passe ich schon auf, daß du mit dieser Frage kämest! Glaubst du, mich kümmert etwas anderes? Glaubst du, ich lese Zeitungen? Da!« und er warf Georg ein Zeitungsblatt, das irgendwie mit ins Bett getragen worden war, zu. Eine alte Zeitung, mit einem Georg schon ganz unbekannten Namen.

»Wie lange hast du gezögert, ehe du reif geworden bist! Die Mutter mußte sterben, sie konnte den Freudentag nicht erleben, der Freund geht zugrunde in seinem Rußland, schon vor drei Jahren war er gelb zum Wegwerfen, und ich, du siehst ja, wie es mit mir steht. Dafür hast du doch Augen!«

»Du hast mir also aufgelauert!« rief Georg.

Mitleidig sagte der Vater nebenbei: »Das wolltest du wahrscheinlich früher sagen. Jetzt paßt es ja gar nicht mehr.«

Und lauter: »Jetzt weißt du also, was es noch außer dir gab, bisher wußtest du nur von dir! Ein unschuldiges Kind warst du ja eigentlich, aber noch eigentlicher warst du ein teuflischer Mensch! – Und darum wisse: Ich verurteile dich jetzt zum Tode des Ertrinkens!«

Georg fühlte sich aus dem Zimmer gejagt, den Schlag, mit dem der Vater hinter ihm aufs Bett stürzte, trug er noch in den Ohren davon. Auf der Treppe, über deren Stufen er wie über eine schiefe Fläche eilte, überrumpelte er seine Bedienerin, die im Begriffe war heraufzugehen, um die Wohnung nach der Nacht aufzuräumen. »Jesus!« rief sie und verdeckte mit der Schürze das Gesicht, aber er war schon davon. Aus dem Tor sprang er, über die Fahrbahn zum Wasser trieb es ihn. Schon hielt er das Geländer fest, wie ein Hungriger die Nahrung. Er schwang sich über, als der ausgezeichnete Turner, der er in seinen Jugendjahren zum Stolz seiner Eltern gewesen war. Noch hielt er sich mit schwächer werdenden Händen fest, erspähte zwischen den Geländerstangen einen Autoomnibus, der mit Leichtigkeit seinen Fall übertönen würde, rief leise: »Liebe Eltern, ich habe euch doch immer geliebt«, und ließ sich hinabfallen.

In diesem Augenblick ging über die Brücke ein geradezu unendlicher Verkehr.

Der Heizer
Ein Fragment

Als der sechzehnjährige Karl Roßmann, der von seinen armen Eltern nach Amerika geschickt worden war, weil ihn ein Dienstmädchen verführt und ein Kind von ihm bekommen hatte, in dem schon langsam gewordenen Schiff in den Hafen von New York einfuhr, erblickte er die schon längst beobachtete Statue der Freiheitsgöttin wie in einem plötzlich stärker gewordenen Sonnenlicht. Ihr Arm mit dem Schwert ragte wie neuerdings empor, und um ihre Gestalt wehten die freien Lüfte.

»So hoch!« sagte er sich und wurde, wie er so gar nicht an das Weggehen dachte, von der immer mehr anschwellenden Menge der Gepäckträger, die an ihm vorüberzogen, allmählich bis an das Bordgeländer geschoben.

Ein junger Mann, mit dem er während der Fahrt flüchtig bekannt geworden war, sagte im Vorübergehen: »Ja, haben Sie denn noch keine Lust, auszusteigen?« »Ich bin doch fertig«, sagte Karl, ihn anlachend, und hob aus Übermut, und weil er ein starker Junge war, seinen Koffer auf die Achsel. Aber wie er über seinen Bekannten hinsah, der ein wenig seinen Stock schwenkend sich schon mit den andern entfernte, merkte er bestürzt, daß er seinen eigenen Regenschirm unten im Schiff vergessen hatte. Er bat schnell den Bekannten, der nicht sehr beglückt schien, um die Freundlichkeit, bei seinem Koffer einen Augenblick zu warten, überblickte noch die Situation, um sich bei der Rückkehr zurechtzufinden und eilte davon. Unten fand er zu seinem Bedauern einen Gang, der seinen Weg sehr verkürzt hätte, zum erstenmal versperrt, was wahrscheinlich mit der Ausschiffung sämtlicher Passagiere zusammenhing, und mußte sich seinen Weg durch eine Unzahl kleiner Räume, über kurze Treppen, die einander immer wieder folgten, durch fortwährend abbiegende Korridore, durch ein leeres Zimmer mit einem verlassenen Schreibtisch mühselig suchen, bis er sich tatsächlich, da er diesen Weg nur ein- oder zweimal und immer in größerer Gesellschaft gegangen war, ganz und gar verirrt hatte. In seiner Ratlosigkeit und da er keinen Menschen traf und nur immerfort über sich das Scharren der tausend Menschenfüße hörte und von der Ferne, wie einen Hauch, das letzte Arbeiten der schon eingestellten Maschinen merkte, fing er, ohne zu überlegen, an eine beliebige kleine Tür zu schlagen an, bei der er in seinem Herumirren stockte.

»Es ist ja offen«, rief es von innen, und Karl öffnete mit ehrlichem Aufatmen die Tür. »Warum schlagen Sie so verrückt auf die Tür?« fragte ein riesiger Mann, kaum daß er nach Karl hinsah. Durch irgendeine Oberlichtluke fiel ein trübes, oben im Schiff längst abgebrauchtes Licht in die klägliche Kabine, in welcher ein Bett, ein Schrank, ein Sessel und der Mann knapp nebeneinander, wie eingelagert, standen. »Ich habe mich verirrt«, sagte Karl, »ich habe es während der Fahrt gar nicht so bemerkt, aber es ist ein schrecklich großes Schiff.« »Ja, da haben Sie recht«, sagte der Mann mit einigem Stolz und hörte nicht auf, an dem Schloß eines kleinen Koffers zu hantieren, den er mit beiden Händen immer wieder zudrückte, um das Einschnappen des Riegels zu behorchen. »Aber kommen Sie doch herein!« sagte der Mann weiter, »Sie werden doch nicht draußen stehn!« »Störe ich nicht?« fragte Karl. »Ach, wie werden Sie denn stören!« »Sind Sie ein Deutscher?« suchte sich Karl noch zu versichern, da er viel von den Gefahren gehört hatte, welche besonders von Irländern den Neuankömmlingen in Amerika drohen. »Bin ich, bin ich«, sagte der Mann. Karl zögerte noch. Da faßte unversehens der Mann die Türklinke und schob mit der Türe, die er rasch schloß, Karl zu sich herein. »Ich kann es nicht leiden, wenn man mir vom Gang hereinschaut«, sagte der Mann, der wieder an seinem Koffer arbeitete, »da läuft jeder vorbei und schaut herein, das soll der Zehnte aushalten!« »Aber der Gang ist doch ganz leer«, sagte Karl, der unbehaglich an den Bettpfosten gequetscht dastand. »Ja jetzt«, sagte der Mann. »Es handelt sich doch um jetzt«, dachte Karl, »mit dem Mann ist schwer zu reden.« »Legen Sie sich doch aufs Bett, da haben Sie mehr Platz«, sagte der Mann. Karl kroch, so gut es ging, hinein und lachte dabei laut über den ersten vergeblichen Versuch, sich hinüberzuschwingen. Kaum war er aber im Bett, rief er: »Gotteswillen, ich habe ja ganz meinen Koffer vergessen!« »Wo ist er denn?« »Oben auf dem Deck, ein Bekannter gibt acht auf ihn. Wie heißt er nur?« Und er zog aus einer Geheimtasche, die ihm seine Mutter für die Reise im Rockfutter angelegt hatte, eine Visitkarte. »Butterbaum, Franz Butterbaum.« »Haben Sie den Koffer sehr nötig?« »Natürlich.« »Ja, warum haben Sie ihn dann einem fremden Menschen gegeben?« »Ich hatte meinen Regenschirm unten vergessen und bin gelaufen, ihn zu holen, wollte aber den Koffer nicht mitschleppen. Dann habe ich mich auch noch verirrt.« »Sie sind allein? Ohne Begleitung?« »Ja, allein.« »Ich sollte mich vielleicht an diesen Mann halten«, ging es Karl durch den Kopf, »wo finde ich gleich einen besseren Freund.« »Und jetzt haben Sie auch noch den Koffer verloren. Vom Regenschirm rede ich gar nicht.« Und der Mann setzte sich auf den Sessel, als habe Karls Sache jetzt einiges Interesse für ihn gewonnen. »Ich glaube aber, der Koffer ist noch nicht verloren.« »Glauben macht selig«, sagte der Mann und kratzte sich kräftig in seinem dunklen, kurzen, dichten Haar, »auf dem Schiff wechseln mit den Hafenplätzen auch die Sitten. In Hamburg hätte Ihr Butterbaum den Koffer vielleicht bewacht, hier ist höchstwahrscheinlich von beiden keine Spur mehr.« »Da muß ich aber doch gleich hinaufschaun«, sagte Karl und sah sich um, wie er hinauskommen könnte. »Bleiben Sie nur«, sagte der Mann und stieß ihn mit einer Hand gegen die Brust, geradezu rauh, ins Bett zurück. »Warum denn?« fragte Karl ärgerlich. »Weil es keinen Sinn hat«, sagte der Mann, »in einem kleinen Weilchen gehe ich auch, dann gehen wir zusammen. Entweder ist der Koffer gestohlen, dann ist keine Hilfe, oder der Mann hat ihn stehen gelassen, dann werden wir ihn, bis das Schiff ganz entleert ist, desto besser finden. Ebenso auch Ihren Regenschirm.« »Kennen Sie sich auf dem Schiff aus?« fragte Karl mißtrauisch und es schien ihm, als hätte der sonst überzeugende Gedanke, daß auf dem leeren Schiff seine Sachen am besten zu finden sein würden, einen verborgenen Haken. »Ich bin doch Schiffsheizer«, sagte der Mann. »Sie sind Schiffsheizer!« rief Karl freudig, als überstiege das alle Erwartungen, und sah, den Ellbogen aufgestützt, den Mann näher an. »Gerade vor der Kammer, wo ich mit den Slowaken geschlafen habe, war eine Luke angebracht, durch die man in den Maschinenraum sehen konnte.« »Ja, dort habe ich gearbeitet«, sagte der Heizer. »Ich habe mich immer so für Technik interessiert«, sagte Karl, der in einem bestimmten Gedankengang blieb, »und ich wäre sicher später Ingenieur geworden, wenn ich nicht nach Amerika hätte fahren müssen.« »Warum haben Sie denn fahren müssen?« »Ach was!« sagte Karl und warf die ganze Geschichte mit der Hand weg. Dabei sah er lächelnd den Heizer an, als bitte er ihn selbst für das Nichteingestandene um seine Nachsicht. »Es wird schon einen Grund gehabt haben«, sagte der Heizer, und man wußte nicht recht, ob er damit die Erzählung dieses Grundes fordern oder abwehren wollte. »Jetzt könnte ich auch Heizer werden«, sagte Karl, »meinen

Eltern ist es jetzt ganz gleichgültig, was ich werde.« »Meine Stelle wird frei«, sagte der Heizer, gab im Vollbewußtsein dessen die Hände in die Hosentaschen und warf die Beine, die in faltigen, lederartigen, eisengrauen Hosen steckten, aufs Bett hin, um sie zu strecken. Karl mußte mehr an die Wand rücken. »Sie verlassen das Schiff?« »Jawohl, wir marschieren heute ab.« »Warum denn? Gefällt es Ihnen nicht?« »Ja, das sind die Verhältnisse, es entscheidet nicht immer, ob es einem gefällt oder nicht. Übrigens haben Sie recht, es gefällt mir auch nicht. Sie denken wahrscheinlich nicht ernstlich daran, Heizer zu werden, aber gerade dann kann man es am leichtesten werden. Ich also rate Ihnen entschieden ab. Wenn Sie in Europa studieren wollten, warum wollen Sie es denn hier nicht? Die amerikanischen Universitäten sind ja unvergleichlich besser als die europäischen.« »Es ist ja möglich«, sagte Karl, »aber ich habe ja fast kein Geld zum Studieren. Ich habe zwar von irgendjemandem gelesen, der bei Tag in einem Geschäft gearbeitet und in der Nacht studiert hat, bis er Doktor und ich glaube Bürgermeister wurde, aber dazu gehört doch eine große Ausdauer, nicht? Ich fürchte, die fehlt mir. Außerdem war ich gar kein besonders guter Schüler, der Abschied von der Schule ist mir wirklich nicht schwer geworden. Und die Schulen hier sind vielleicht noch strenger. Englisch kann ich fast gar nicht. Überhaupt ist man hier gegen Fremde so eingenommen, glaube ich.« »Haben Sie das auch schon erfahren? Na, dann ist's gut. Dann sind Sie mein Mann. Sehen Sie, wir sind doch auf einem deutschen Schiff, es gehört der Hamburg-Amerika-Linie, warum sind wir nicht lauter Deutsche hier? Warum ist der Obermaschinist ein Rumäne? Er heißt Schubal. Das ist doch nicht zu glauben. Und dieser Lumpenhund schindet uns Deutsche auf einem deutschen Schiff! Glauben Sie nicht,« – ihm ging die Luft aus, er fackelte mit der Hand – »daß ich klage, um zu klagen. Ich weiß, daß Sie keinen Einfluß haben und selbst ein armes Bürschchen sind. Aber es ist zu arg!« Und er schlug auf den Tisch mehrmals mit der Faust und ließ kein Auge von ihr, während er schlug. »Ich habe doch schon auf so vielen Schiffen gedient« – und er nannte zwanzig Namen hintereinander als sei es ein Wort, Karl wurde ganz wirr – »und habe mich ausgezeichnet, bin belobt worden, war ein Arbeiter nach dem Geschmack meiner Kapitäne, sogar auf dem gleichen Handelssegler war ich einige Jahre« – er erhob sich, als sei das der Höhepunkt seines Lebens – »und hier auf diesem Kasten, wo alles nach der Schnur eingerichtet ist, wo kein Witz erfordert wird, hier taug' ich nichts, hier stehe ich dem Schubal immer im Wege, bin ein Faulpelz, verdiene hinausgeworfen zu werden und bekomme meinen Lohn aus Gnade. Verstehen Sie das? Ich nicht.« »Das dürfen Sie sich nicht gefallen lassen«, sagte Karl aufgeregt. Er hatte fast das Gefühl davon verloren, daß er auf dem unsicheren Boden eines Schiffes, an der Küste eines unbekannten Erdteils war, so heimisch war ihm hier auf dem Bett des Heizers zumute. »Waren Sie schon beim Kapitän? Haben Sie schon bei ihm Ihr Recht gesucht?« »Ach gehen Sie, gehen Sie lieber weg. Ich will Sie nicht hier haben. Sie hören nicht zu was ich sage und geben mir Ratschläge. Wie soll ich denn zum Kapitän gehen!« Und müde setzte sich der Heizer wieder und legte das Gesicht in beide Hände.

»Einen besseren Rat kann ich ihm nicht geben«, sagte sich Karl. Und er fand überhaupt, daß er lieber seinen Koffer hätte holen sollen, statt hier Ratschläge zu geben, die doch nur für dumm gehalten wurden. Als ihm der Vater den Koffer für immer übergeben hatte, hatte er im Scherz gefragt: »Wielange wirst Du ihn haben?«, und jetzt war dieser teuere Koffer vielleicht schon im Ernst verloren. Der einzige Trost war noch, daß der Vater von seiner jetzigen Lage kaum erfahren konnte, selbst wenn er nachforschen sollte. Nur daß er bis New York mitgekommen war, konnte die Schiffsgesellschaft gerade noch sagen. Leid tat es aber Karl, daß er die Sachen im Koffer noch kaum verwendet hatte, trotzdem er es beispielsweise längst nötig gehabt hätte, das Hemd zu wechseln. Da hatte er also am unrichtigen Ort gespart; jetzt, wo er es gerade am Beginn seiner Laufbahn nötig haben würde, rein gekleidet aufzutreten, würde er im schmutzigen Hemd erscheinen müssen. Sonst wäre der Verlust des Koffers nicht gar so arg gewesen, denn der Anzug, den er anhatte, war sogar besser, als jener im Koffer, der eigentlich nur ein Notanzug war, den die Mutter noch knapp vor der Abreise hatte flicken müssen. Jetzt erinnerte er sich auch, daß im Koffer noch ein Stück Veroneser Salami war, die ihm die Mutter als Extragabe eingepackt hatte, von der er jedoch nur den kleinsten Teil hatte aufessen können, da er während der Fahrt ganz ohne Appetit gewesen war und die Suppe, die im Zwischendeck zur Verteilung kam, ihm reichlich genügt hatte. Jetzt hätte er aber die Wurst gern bei der Hand gehabt, um sie dem Heizer zu verehren. Denn solche Leute sind leicht gewonnen, wenn man ihnen irgendeine Kleinigkeit zusteckt, das wußte Karl noch von seinem Vater her, welcher durch Zigarrenverteilung alle die niedrigeren Angestellten gewann, mit denen er geschäftlich zu tun hatte. Jetzt besaß Karl an Verschenkbarem nur noch sein Geld, und das wollte er, wenn er schon vielleicht den Koffer verloren haben sollte, vorläufig nicht anrühren. Wieder kehrten seine Gedanken zum Koffer zurück, und er konnte jetzt wirklich nicht einsehen, warum er den Koffer während der Fahrt so aufmerksam bewacht hatte, daß ihm die Wache fast den Schlaf gekostet hatte, wenn er jetzt diesen gleichen Koffer so leicht sich hatte wegnehmen lassen. Er erinnerte sich an die fünf Nächte, während derer er einen kleinen Slowaken, der zwei Schlafstellen links von ihm gelegen war, unausgesetzt im Verdacht gehabt hatte, daß er es auf seinen Koffer abgesehen habe. Dieser Slowake hatte nur darauf gelauert, daß Karl endlich, von Schwäche befallen, für einen Augenblick einnicke, damit er den Koffer mit einer langen Stange, mit der er immer während des Tages spielte oder übte, zu sich hinüberziehen könne. Bei Tage sah dieser Slowake genug unschuldig aus, aber kaum war die Nacht gekommen, erhob er sich von Zeit zu Zeit von seinem Lager und sah traurig zu Karls Koffer hinüber. Karl konnte dies ganz deutlich erkennen, denn immer hatte hie und da jemand mit der Unruhe des Auswanderers ein Lichtchen angezündet, trotzdem dies nach der Schiffsordnung verboten war, und versuchte, unverständliche Prospekte der Auswanderungsagenturen zu entziffern. War ein solches Licht in der Nähe, dann konnte Karl ein wenig eindämmern, war es aber in der Ferne oder war dunkel, dann mußte er die Augen offenhalten. Diese Anstrengung hatte ihn recht erschöpft, und nun war sie vielleicht ganz nutzlos gewesen. Dieser Butterbaum, wenn er ihn einmal irgendwo treffen sollte!

In diesem Augenblick ertönten draußen in weiter Ferne in die bisherige vollkommene Ruhe hinein kleine kurze Schläge, wie von Kinderfüßen, sie kamen näher mit verstärktem Klang und nun war es ein ruhiger Marsch von Männern. Sie gingen offenbar, wie es in dem schmalen Gang natürlich war, in einer Reihe, man hörte Klirren wie von Waffen. Karl, der schon nahe daran gewesen war, sich im Bett zu einem von allen Sorgen um Koffer und Slowaken befreiten Schlafe auszustrecken, schreckte auf und stieß den Heizer an, um ihn endlich aufmerksam zu machen, denn der Zug schien mit seiner Spitze die Tür gerade erreicht zu haben. »Das ist die Schiffskapelle«, sagte der Heizer, »die haben oben gespielt und gehen jetzt einpacken. Jetzt ist alles fertig und wir können gehen. Kommen Sie!« Er faßte Karl bei der

Hand, nahm noch im letzten Augenblick ein eingerahmtes Muttergottesbild von der Wand über dem Bett, stopfte es in seine Brusttasche, ergriff seinen Koffer und verließ mit Karl eilig die Kabine.

»Jetzt gehe ich ins Bureau und werde den Herren meine Meinung sagen. Es ist kein Passagier mehr da, man muß keine Rücksicht nehmen.« Dieses wiederholte der Heizer verschiedenartig und wollte im Gehen mit Seitwärtsstoßen des Fußes eine den Weg kreuzende Ratte niedertreten, stieß sie aber bloß schneller in das Loch hinein, das sie noch rechtzeitig erreicht hatte. Er war überhaupt langsam in seinen Bewegungen, denn wenn er auch lange Beine hatte, so waren sie doch zu schwer.

Sie kamen durch eine Abteilung der Küche, wo einige Mädchen in schmutzigen Schürzen – sie begossen sie absichtlich – Geschirr in großen Bottichen reinigten. Der Heizer rief eine gewisse Line zu sich, legte den Arm um ihre Hüfte und führte sie, die sich immerzu kokett gegen seinen Arm drückte, ein Stückchen mit. »Es gibt jetzt Auszahlung, willst du mitkommen?« fragte er. »Warum soll ich mich bemühn, bring mir das Geld lieber her«, antwortete sie, schlüpfte unter seinem Arm durch und lief davon. »Wo hast du denn den schönen Knaben aufgegabelt?« rief sie noch, wollte aber keine Antwort mehr. Man hörte das Lachen aller Mädchen, die ihre Arbeit unterbrochen hatten.

Sie aber gingen weiter und kamen an eine Tür, die oben einen kleinen Vorgiebel hatte, der von kleinen, vergoldeten Karyatiden getragen war. Für eine Schiffseinrichtung sah das recht verschwenderisch aus. Karl war, wie er merkte, niemals in diese Gegend gekommen, die wahrscheinlich während der Fahrt den Passagieren der ersten und zweiten Klasse vorbehalten gewesen war, während man jetzt vor der großen Schiffsreinigung die Trennungstüren ausgehoben hatte. Sie waren auch tatsächlich schon einigen Männern begegnet, die Besen an der Schulter trugen und den Heizer gegrüßt hatten. Karl staunte über den großen Betrieb; in seinem Zwischendeck hatte er davon freilich wenig erfahren. Entlang der Gänge zogen sich auch Drähte elektrischer Leitungen, und eine kleine Glocke hörte man immerfort.

Der Heizer klopfte respektvoll an der Türe an und forderte, als man »herein« rief, Karl mit einer Handbewegung auf, ohne Furcht einzutreten. Dieser trat auch ein, aber blieb an der Tür stehen. Vor den drei Fenstern des Zimmers sah er die Wellen des Meeres, und bei Betrachtung ihrer fröhlichen Bewegung schlug ihm das Herz, als hätte er nicht fünf lange Tage das Meer ununterbrochen gesehen. Große Schiffe kreuzten gegenseitig ihre Wege und gaben dem Wellenschlag nur soweit nach, als es ihre Schwere erlaubte. Wenn man die Augen kleinmachte, schienen diese Schiffe vor lauter Schwere zu schwanken. Auf ihren Masten trugen sie schmale, aber lange Flaggen, die zwar durch die Fahrt gestrafft wurden, trotzdem aber noch hin und her zappelten. Wahrscheinlich von Kriegsschiffen her erklangen Salutschüsse, die Kanonenrohre eines solchen nicht allzuweit vorüberfahrenden Schiffes, strahlend mit dem Reflex ihres Stahlmantels, waren wie gehätschelt von der sicheren, glatten und doch nicht wagrechten Fahrt. Die kleinen Schiffchen und Boote konnte man, wenigstens von der Tür aus, nur in der Ferne beobachten, wie sie in Mengen in die Öffnungen zwischen den großen Schiffen einliefen. Hinter alledem aber stand New York und sah Karl mit den hunderttausend Fenstern seiner Wolkenkratzer an. Ja, in diesem Zimmer wußte man, wo man war.

An einem runden Tisch saßen drei Herren, der eine ein Schiffsoffizier in blauer Schiffsuniform, die zwei anderen, Beamte der Hafenbehörde, in schwarzen, amerikanischen

Uniformen. Auf dem Tisch lagen, hochaufgeschichtet, verschiedene Dokumente, welche der Offizier zuerst mit der Feder in der Hand überflog, um sie dann den beiden anderen zu reichen, die bald lasen, bald exzerpierten, bald in ihre Aktentaschen einlegten, wenn nicht gerade der eine, der fast ununterbrochen ein kleines Geräusch mit den Zähnen vollführte, seinem Kollegen etwas in ein Protokoll diktierte.

Am Fenster saß an einem Schreibtisch, den Rücken der Türe zugewendet, ein kleinerer Herr, der mit großen Folianten hantierte, die auf einem starken Bücherbrett in Kopfhöhe vor ihm aneinander gereiht waren. Neben ihm stand eine offene, wenigstens auf den ersten Blick leere Kassa.

Das zweite Fenster war leer und gab den besten Ausblick. In der Nähe des dritten aber standen zwei Herren in halblautem Gespräch. Der eine lehnte neben dem Fenster, trug auch die Schiffsuniform und spielte mit dem Griff des Degens. Derjenige, mit dem er sprach, war dem Fenster zugewendet und enthüllte hie und da durch eine Bewegung einen Teil der Ordensreihe auf der Brust des andern. Er war in Zivil und hatte ein dünnes Bambusstöckchen, das, da er beide Hände an den Hüften festhielt, auch wie ein Degen abstand.

Karl hatte nicht viel Zeit, alles anzusehen, denn bald trat ein Diener auf sie zu und fragte den Heizer mit einem Blick, als gehöre er nicht hierher, was er denn wolle. Der Heizer antwortete, so leise als er gefragt wurde, er wolle mit dem Herrn Oberkassier reden. Der Diener lehnte für seinen Teil mit einer Handbewegung diese Bitte ab, ging aber dennoch auf den Fußspitzen, dem runden Tisch in großem Bogen ausweichend, zu dem Herrn mit den Folianten. Dieser Herr – das sah man deutlich – erstarrte geradezu unter den Worten des Dieners, kehrte sich aber endlich nach dem Manne um, der ihn zu sprechen wünschte, und fuchtelte dann, streng abwehrend, gegen den Heizer und der Sicherheit halber auch gegen den Diener hin. Der Diener kehrte darauf zum Heizer zurück und sagte in einem Tone, als vertraue er ihm etwas an: »Scheren Sie sich sofort aus dem Zimmer!«

Der Heizer sah nach dieser Antwort zu Karl hinunter, als sei dieser sein Herz, dem er stumm seinen Jammer klage. Ohne weitere Besinnung machte sich Karl los, lief quer durchs Zimmer, daß er sogar leicht an den Sessel des Offiziers streifte; der Diener lief gebeugt mit zum Umfangen bereiten Armen, als jage er ein Ungeziefer, aber Karl war der erste beim Tisch des Oberkassiers, wo er sich festhielt, für den Fall, daß der Diener versuchen sollte, ihn fortzuziehen.

Natürlich wurde gleich das ganze Zimmer lebendig. Der Schiffsoffizier am Tisch war aufgesprungen, die Herren von der Hafenbehörde sahen ruhig, aber aufmerksam zu, die beiden Herren am Fenster waren nebeneinander getreten, der Diener, welcher glaubte, er sei dort, wo schon die hohen Herren Interesse zeigten, nicht mehr am Platze, trat zurück. Der Heizer an der Tür wartete angespannt auf den Augenblick, bis seine Hilfe nötig würde. Der Oberkassier endlich machte in seinem Lehnsessel eine große Rechtswendung.

Karl kramte aus seiner Geheimtasche, die er den Blicken dieser Leute zu zeigen keine Bedenken hatte, seinen Reisepaß hervor, den er statt weiterer Vorstellung geöffnet auf den Tisch legte. Der Oberkassier schien diesen Paß für nebensächlich zu halten, denn er schnippte ihn mit zwei Fingern beiseite, worauf Karl, als sei diese Formalität zur Zufriedenheit erledigt, den Paß wieder einsteckte.

»Ich erlaube mir zu sagen«, begann er dann, »daß meiner Meinung nach dem Herrn Heizer Unrecht geschehen ist. Es ist hier ein gewisser Schubal, der ihm aufsitzt. Er selbst hat schon auf vielen Schiffen, die er Ihnen alle nennen kann, zur vollständigen Zufriedenheit gedient, ist fleißig, meint es mit seiner Arbeit gut, und es ist wirklich nicht einzusehen, warum er gerade auf diesem Schiff, wo doch der Dienst nicht so übermäßig schwer ist, wie zum Beispiel auf Handelsseglern, schlecht entsprechen sollte. Es kann daher nur Verleumdung sein, die ihn in seinem Vorwärtskommen hindert und ihn um die Anerkennung bringt, die ihm sonst ganz bestimmt nicht fehlen würde. Ich habe nur das Allgemeine über diese Sache gesagt, seine besonderen Beschwerden wird er Ihnen selbst vorbringen.« Karl hatte sich mit dieser Rede an alle Herren gewendet, weil ja tatsächlich auch alle zuhörten und es viel wahrscheinlicher schien, daß sich unter allen zusammen ein Gerechter vorfand, als daß dieser Gerechte gerade der Oberkassier sein sollte. Aus Schlauheit hatte außerdem Karl verschwiegen, daß er den Heizer erst so kurze Zeit kannte. Im übrigen hätte er noch viel besser gesprochen, wenn er nicht durch das rote Gesicht des Herrn mit dem Bambusstöckchen beirrt worden wäre, das er von seinem jetzigen Standort zum erstenmal sah.

»Es ist alles Wort für Wort richtig«, sagte der Heizer, ehe ihn noch jemand gefragt, ja ehe man noch überhaupt auf ihn hingesehen hatte. Diese Übereiltheit des Heizers wäre ein großer Fehler gewesen, wenn nicht der Herr mit den Orden, der, wie es jetzt Karl aufleuchtete, jedenfalls der Kapitän war, offenbar mit sich bereits übereingekommen wäre, den Heizer anzuhören. Er streckte nämlich die Hand aus und rief dem Heizer zu: »Kommen Sie her!« mit einer Stimme, fest, um mit einem Hammer darauf zu schlagen. Jetzt hing alles vom Benehmen des Heizers ab, denn was die Gerechtigkeit seiner Sache anlangte, an der zweifelte Karl nicht.

Glücklicherweise zeigte sich bei dieser Gelegenheit, daß der Heizer schon viel in der Welt herumgekommen war. Musterhaft ruhig nahm er aus seinem Köfferchen mit dem ersten Griff ein Bündelchen Papiere, sowie ein Notizbuch, ging damit, als verstünde sich das von selbst, unter vollständiger Vernachlässigung des Oberkassiers, zum Kapitän und breitete auf dem Fensterbrett seine Beweismittel aus. Dem Oberkassier blieb nichts übrig, als sich selbst hinzubemühn. »Der Mann ist ein bekannter Querulant«, sagte er zur Erklärung, »er ist mehr in der Kassa, als im Maschinenraum. Er hat Schubal, diesen ruhigen Menschen, ganz zur Verzweiflung gebracht. Hören Sie einmal!« wandte er sich an den Heizer, »Sie treiben Ihre Zudringlichkeit doch schon wirklich zu weit. Wie oft hat man Sie schon aus den Auszahlungsräumen hinausgeworfen, wie Sie es mit Ihren ganz, vollständig und ausnahmslos unberechtigten Forderungen verdienen! Wie oft sind Sie von dort in die Hauptkassa gelaufen gekommen! Wie oft hat man Ihnen im Guten gesagt, daß Schubal Ihr unmittelbarer Vorgesetzter ist, mit dem allein Sie sich als sein Untergebener abzufinden haben! Und jetzt kommen Sie gar noch her, wenn der Herr Kapitän da ist, schämen sich nicht, sogar ihn zu belästigen, sondern entblöden sich nicht einmal, als eingelernten Stimmführer Ihrer abgeschmackten Beschuldigungen diesen Kleinen mitzubringen, den ich überhaupt zum erstenmal auf dem Schiffe sehe!«

Karl hielt sich mit Gewalt zurück, vorzuspringen. Aber schon war auch der Kapitän da, welcher sagte: »Hören wir den Mann doch einmal an. Der Schubal wird mir sowieso mit der Zeit viel zu selbständig, womit ich aber nichts zu Ihren Gunsten gesagt haben will.« Das letztere galt dem Heizer, es war nur natürlich, daß er sich nicht sofort für ihn einsetzen konnte, aber alles schien auf dem richtigen Wege. Der Heizer begann seine Erklärungen und überwand sich gleich am Anfang, indem er den Schubal mit »Herr« titulierte. Wie freute sich Karl am verlassenen Schreibtisch des Oberkassiers, wo er eine Briefwage immer wieder niederdrückte vor lauter Vergnügen. – Herr Schubal ist ungerecht! Herr Schubal bevorzugt die Ausländer! Herr Schubal verwies den Heizer aus dem Maschinenraum und ließ ihn Klosette reinigen, was doch gewiß nicht des Heizers Sache war! – Einmal wurde sogar die Tüchtigkeit des Herrn Schubal angezweifelt, die eher scheinbar als wirklich vorhanden sein sollte. Bei dieser Stelle starrte Karl mit aller Kraft den Kapitän an, zutunlich, als sei er sein Kollege, nur damit er sich durch die etwas ungeschickte Ausdrucksweise des Heizers nicht zu dessen Ungunsten beeinflussen lasse. Immerhin erfuhr man aus den vielen Reden nichts Eigentliches, und wenn auch der Kapitän noch immer vor sich hinsah, in den Augen die Entschlossenheit, den Heizer diesmal bis zu Ende anzuhören, so wurden doch die anderen Herren ungeduldig, und die Stimme des Heizers regierte bald nicht mehr unumschränkt in dem Raume, was manches befürchten ließ. Als erster setzte der Herr in Zivil sein Bambusstöckchen in Tätigkeit und klopfte, wenn auch nur leise, auf das Parkett. Die anderen Herren sahen natürlich hie und da hin, die Herren von der Hafenbehörde, die offenbar pressiert waren, griffen wieder zu den Akten und begannen, wenn auch noch etwas geistesabwesend, sie durchzusehen, der Schiffsoffizier rückte seinem Tisch wieder näher, und der Oberkassier, der gewonnenes Spiel zu haben glaubte, seufzte aus Ironie tief auf. Von der allgemein eintretenden Zerstreuung schien nur der Diener bewahrt, der von den Leiden des unter die Großen gestellten armen Mannes einen Teil mitfühlte und Karl ernst zunickte, als wolle er damit etwas erklären.

Inzwischen ging vor den Fenstern das Hafenleben weiter; ein flaches Lastschiff mit einem Berg von Fässern, die wunderbar verstaut sein mußten, daß sie nicht ins Rollen kamen, zog vorüber und erzeugte in dem Zimmer fast Dunkelheit; kleine Motorboote, die Karl jetzt, wenn er Zeit gehabt hätte, genau hätte ansehen können, rauschten nach den Zuckungen der Hände eines am Steuer aufrecht stehenden Mannes schnurgerade dahin; eigentümliche Schwimmkörper tauchten hie und da selbständig aus dem ruhelosen Wasser, wurden gleich wieder überschwemmt und versanken vor dem erstaunten Blick; Boote der Ozeandampfer wurden von heiß arbeitenden Matrosen vorwärtsgerudert und waren voll von Passagieren, die darin, so wie man sie hineingezwängt hatte, still und erwartungsvoll saßen, wenn es auch manche nicht unterlassen konnten, die Köpfe nach den wechselnden Szenerien zu drehen. Eine Bewegung ohne Ende, eine Unruhe, übertragen von dem unruhigen Element auf die hilflosen Menschen und ihre Werke!

Aber alles mahnte zur Eile, zur Deutlichkeit, zu ganz genauer Darstellung; aber was tat der Heizer? Er redete sich allerdings in Schweiß, die Papiere auf dem Fenster konnte er längst mit seinen zitternden Händen nicht mehr halten; aus allen Himmelsrichtungen strömten ihm Klagen über Schubal zu, von denen seiner Meinung nach jede einzelne genügt hätte, diesen Schubal vollständig zu begraben, aber was er dem Kapitän vorzeigen konnte, war nur ein trauriges Durcheinanderstrudeln aller insgesamt. Längst schon pfiff der Herr mit dem Bambusstöckchen schwach zur Decke hinauf, die Herren von der Hafenbehörde hielten schon den Offizier an ihrem Tisch und machten keine Miene, ihn je wieder loszulassen, der Oberkassier wurde sichtlich nur durch die Ruhe des Kapitäns vor dem Dreinfahren zurückgehalten, der Diener erwartete in Habtachtstellung jeden Augenblick einen auf den Heizer bezüglichen Befehl seines Kapitäns.

Da konnte Karl nicht mehr untätig bleiben. Er ging also langsam zu der Gruppe hin und überlegte im Gehen nur desto schneller, wie er die Sache möglichst geschickt angreifen könnte. Es war wirklich höchste Zeit, noch ein kleines Weilchen nur, und sie konnten ganz gut beide aus dem Bureau fliegen. Der Kapitän mochte ja ein guter Mann sein und überdies gerade jetzt, wie es Karl schien, irgendeinen besonderen Grund haben, sich als gerechter Vorgesetzter zu zeigen, aber schließlich war er kein Instrument, das man in Grund und Boden spielen konnte – und gerade so behandelte ihn der Heizer, allerdings aus seinem grenzenlos empörten Innern heraus.

Karl sagte also zum Heizer: »Sie müssen das einfacher erzählen, klarer, der Herr Kapitän kann es nicht würdigen, so wie Sie es ihm erzählen. Kennt er denn alle Maschinisten und Laufburschen beim Namen oder gar beim Taufnamen, daß er, wenn Sie nur einen solchen Namen aussprechen, gleich wissen kann, um wen es sich handelt? Ordnen Sie doch Ihre Beschwerden, sagen Sie die wichtigste zuerst und absteigend die anderen, vielleicht wird es dann überhaupt nicht mehr nötig sein, die meisten auch nur zu erwähnen. Mir haben Sie es doch immer so klar dargestellt!« Wenn man in Amerika Koffer stehlen kann, kann man auch hie und da lügen, dachte er zur Entschuldigung.

Wenn es aber nur geholfen hätte! Ob es nicht auch schon zu spät war? Der Heizer unterbrach sich zwar sofort, als er die bekannte Stimme hörte, aber mit seinen Augen, die ganz von Tränen der beleidigten Mannesehre, der schrecklichen Erinnerungen, der äußersten gegenwärtigen Not verdeckt waren, konnte er Karl schon nicht einmal gut mehr erkennen. Wie sollte er auch jetzt – Karl sah das schweigend vor dem jetzt Schweigenden wohl ein – wie sollte er auch jetzt plötzlich seine Redeweise ändern, da es ihm doch schien, als hätte er alles, was zu sagen war, ohne die geringste Anerkennung schon vorgebracht und als habe er andererseits noch gar nichts gesagt und könne doch den Herren jetzt nicht zumuten, noch alles anzuhören. Und in einem solchen Zeitpunkt kommt noch Karl, sein einziger Anhänger, daher, will ihm gute Lehren geben, zeigt ihm aber statt dessen, daß alles, alles verloren ist.

»Wäre ich früher gekommen, statt aus dem Fenster zu schauen«, sagte sich Karl, senkte vor dem Heizer das Gesicht und schlug die Hände an die Hosennaht, zum Zeichen des Endes jeder Hoffnung.

Aber der Heizer mißverstand das, witterte wohl in Karl irgendwelche geheime Vorwürfe gegen sich, und in der guten Absicht, sie ihm auszureden, fing er zur Krönung seiner Taten mit Karl jetzt zu streiten an. Jetzt, wo doch die Herren am runden Tisch längst empört über den nutzlosen Lärm waren, der ihre wichtigen Arbeiten störte, wo der Hauptkassier allmählich die Geduld des Kapitäns unverständlich fand und zum sofortigen Ausbruch neigte, wo der Diener, ganz wieder in der Sphäre seiner Herren, den Heizer mit wildem Blicke maß, und wo endlich der Herr mit dem Bambusstöckchen, zu welchem sogar der Kapitän hie und da freundschaftlich hinübersah, schon gänzlich abgestumpft gegen den Heizer, ja von ihm angewidert, ein kleines Notizbuch hervorzog und, offenbar mit ganz anderen Angelegenheiten beschäftigt, die Augen zwischen dem Notizbuch und Karl hin und her wandern ließ.

»Ich weiß ja, ich weiß ja«, sagte Karl, der Mühe hatte, den jetzt gegen ihn gekehrten Schwall des Heizers abzuwehren, trotzdem aber quer durch allen Streit noch ein Freundeslächeln für ihn übrighatte, »Sie haben Recht, Recht, ich habe ja nie daran gezweifelt.« Er hätte ihm gern aus Furcht vor Schlägen die herumfahrenden Hände gehalten, noch lieber allerdings ihn in einen Winkel gedrängt, um ihm ein paar leise beruhigende Worte zuzuflüstern, die niemand sonst hätte hören müssen. Aber der Heizer war außer Rand und Band. Karl begann jetzt schon sogar aus dem Gedanken eine Art Trost zu schöpfen, daß der Heizer im Notfall mit der Kraft seiner Verzweiflung alle anwesenden sieben Männer bezwingen könne. Allerdings lag auf dem Schreibtisch, wie ein Blick dorthin lehrte, ein Aufsatz mit viel zu vielen Druckknöpfen der elektrischen Leitung und eine Hand, einfach auf sie niedergedrückt, konnte das ganze Schiff mit allen seinen von feindlichen Menschen gefüllten Gängen rebellisch machen.

Da trat der doch so uninteressierte Herr mit dem Bambusstöckchen auf Karl zu und fragte, nicht überlaut, aber deutlich über allem Geschrei des Heizers: »Wie heißen Sie denn eigentlich?« In diesem Augenblick, als hätte jemand hinter der Tür auf diese Äußerung des Herrn gewartet, klopfte es. Der Diener sah zum Kapitän hinüber, dieser nickte. Daher ging der Diener zur Tür und öffnete sie. Draußen stand in einem alten Kaiserrock ein Mann von mittleren Proportionen, seinem Aussehen nach nicht eigentlich zur Arbeit an den Maschinen geeignet, und war doch – Schubal. Wenn es Karl nicht an aller Augen erkannt hätte, die eine gewisse Befriedigung ausdrückten, von der nicht einmal der Kapitän frei war, er hätte es zu seinem Schrecken am Heizer sehen müssen, der die Fäuste an den gestrafften Armen so ballte, als sei diese Ballung das Wichtigste an ihm, dem er alles, was er an Leben habe, zu opfern bereit sei. Da steckte jetzt alle seine Kraft, auch die, welche ihn überhaupt aufrecht erhielt.

Und da war also der Feind, frei und frisch im Festanzug, unter dem Arm ein Geschäftsbuch, wahrscheinlich die Lohnlisten und Arbeitsausweise des Heizers, und sah mit dem ungescheuten Zugeständnis, daß er die Stimmung jedes Einzelnen vor allem feststellen wolle, in aller Augen der Reihe nach. Die sieben waren auch schon alle seine Freunde, denn wenn auch der Kapitän früher gewisse Einwände gegen ihn gehabt oder vielleicht nur vorgeschützt hatte, nach dem Leid, das ihm der Heizer angetan hatte, schien ihm wahrscheinlich an Schubal auch das Geringste nicht mehr auszusetzen. Gegen einen Mann, wie den Heizer, konnte man nicht streng genug verfahren, und wenn dem Schubal etwas vorzuwerfen war, so war es der Umstand, daß er die Widerspenstigkeit des Heizers im Laufe der Zeit nicht so weit hatte brechen können, daß es dieser heute noch gewagt hatte, vor dem Kapitän zu erscheinen.

Nun konnte man ja vielleicht noch annehmen, die Gegenüberstellung des Heizers und Schubals werde die ihr vor einem höheren Forum zukommende Wirkung auch vor den Menschen nicht verfehlen, denn wenn sich auch Schubal gut verstellen konnte, er mußte es doch durchaus nicht bis zum Ende aushalten können. Ein kurzes Aufblitzen seiner Schlechtigkeit sollte genügen, um sie den Herren sichtbar zu machen, dafür wollte Karl schon sorgen. Er kannte doch schon beiläufig den Scharfsinn, die Schwächen, die Launen der einzelnen Herren, und unter diesem Gesichtspunkt war die bisher hier verbrachte Zeit nicht verloren. Wenn nur der Heizer besser auf dem Platz gewesen wäre, aber der schien vollständig kampfunfähig. Wenn man ihm den Schubal hingehalten hätte, hätte er wohl dessen gehaßten Schädel mit den Fäusten aufklopfen können. Aber schon die paar Schritte zu ihm hinzugehen, war er wohl kaum imstande. Warum hatte denn Karl das so leicht Vorauszusehende nicht vorausgesehen, daß Schubal endlich kommen müsse, wenn nicht aus eigenem Antrieb, so vom Kapitän gerufen. Warum hatte er auf dem Herweg mit dem Heizer nicht einen genauen Kriegsplan besprochen, statt, wie sie es in Wirklichkeit getan hatten, heillos unvorbereitet einfach dort einzutreten, wo eine Tür war? Konnte der Heizer überhaupt noch reden, ja und nein sagen, wie es bei dem Kreuzverhör, das allerdings nur im günstigsten Fall bevorstand, nötig sein würde? Er stand da, die Beine auseinander gestellt, die Knie unsicher, den Kopf etwas gehoben, und die Luft verkehrte durch den offenen Mund, als gäbe es innen keine Lungen mehr, die sie verarbeiteten.

Karl allerdings fühlte sich so kräftig und bei Verstand, wie er es vielleicht zu Hause niemals gewesen war. Wenn ihn doch seine Eltern sehen könnten, wie er in fremdem Land, vor angesehenen Persönlichkeiten das Gute verfocht und, wenn er es auch noch nicht zum Siege gebracht hatte, so doch zur letzten Eroberung sich vollkommen bereitstellte! Würden sie ihre Meinung über ihn revidieren? Ihn zwischen sich niedersetzen und loben? Ihm einmal, einmal in die ihnen so ergebenen Augen sehn? Unsichere Fragen und ungeeignetester Augenblick, sie zu stellen!

»Ich komme, weil ich glaube, daß mich der Heizer irgendwelcher Unredlichkeiten beschuldigt. Ein Mädchen aus der Küche sagte mir, sie hätte ihn auf dem Wege hierher gesehen. Herr Kapitän und Sie alle meine Herren, ich bin bereit, jede Beschuldigung an der Hand meiner Schriften, nötigenfalls durch Aussagen unvoreingenommener und unbeeinflußter Zeugen, die vor der Türe stehen, zu widerlegen.« So sprach Schubal. Das war allerdings die klare Rede eines Mannes und nach der Veränderung in den Mienen der Zuhörer hätte man glauben können, sie hörten zum erstenmal nach langer Zeit wieder menschliche Laute. Sie bemerkten freilich nicht, daß selbst diese schöne Rede Löcher hatte. Warum war das erste sachliche Wort, das ihm einfiel, »Unredlichkeiten«? Hätte vielleicht die Beschuldigung hier einsetzen müssen, statt bei seinen nationalen Voreingenommenheiten? Ein Mädchen aus der Küche hatte den Heizer auf dem Weg ins Bureau gesehen und Schubal hatte sofort begriffen? War es nicht das Schuldbewußtsein, das ihm den Verstand schärfte? Und Zeugen hatte er gleich mitgebracht und nannte sie noch außerdem unvoreingenommen und unbeeinflußt? Gaunerei, nichts als Gaunerei! Und die Herren duldeten das und anerkannten es noch als richtiges Benehmen? Warum hatte er zweifellos sehr viel Zeit zwischen der Meldung des Küchenmädchens und seiner Ankunft hier verstreichen lassen? Doch zu keinem anderen Zwecke, als damit der Heizer die Herren so ermüde, daß sie allmählich ihre klare Urteilskraft verloren, welche Schubal vor allem zu fürchten hatte. Hatte er, der sicher schon lange hinter der Tür gestanden hatte, nicht erst in dem Augenblick geklopft, als er infolge der nebensächlichen Frage jenes Herrn hoffen durfte, der Heizer sei erledigt?

Alles war klar und wurde ja auch von Schubal wider Willen so dargeboten, aber den Herren mußte man es anders, noch handgreiflicher zeigen. Sie brauchten Aufrüttelung. Also Karl, rasch, nütze jetzt wenigstens die Zeit aus, ehe die Zeugen auftreten und alles überschwemmen!

Eben aber winkte der Kapitän dem Schubal ab, der daraufhin sofort – denn seine Angelegenheit schien für ein Weilchen aufgeschoben zu sein – beiseite trat und mit dem Diener, der sich ihm gleich angeschlossen hatte, eine leise Unterhaltung begann, bei der es an Seitenblicken nach dem Heizer und Karl sowie an den überzeugtesten Handbewegungen nicht fehlte. Schubal schien so seine nächste große Rede einzuüben.

»Wollten Sie nicht den jungen Menschen etwas fragen, Herr Jakob?« sagte der Kapitän unter allgemeiner Stille zu dem Herrn mit dem Bambusstöckchen.

»Allerdings«, sagte dieser, mit einer kleinen Neigung für die Aufmerksamkeit dankend. Und fragte dann Karl nochmals: »Wie heißen Sie eigentlich?«

Karl, welcher glaubte, es sei im Interesse der großen Hauptsache gelegen, wenn dieser Zwischenfall des hartnäckigen Fragers bald erledigt würde, antwortete kurz, ohne, wie es seine Gewohnheit war, durch Vorweisung des Passes sich vorzustellen, den er erst hätte suchen müssen: »Karl Roßmann«.

»Aber«, sagte der mit Jakob Angesprochene und trat zuerst fast ungläubig lächelnd zurück. Auch der Kapitän, der

Oberkassier, der Schiffsoffizier, ja sogar der Diener zeigten deutlich ein übermäßiges Erstaunen wegen Karls Namen. Nur die Herren von der Hafenbehörde und Schubal verhielten sich gleichgültig.

»Aber«, wiederholte Herr Jakob und trat mit etwas steifen Schritten auf Karl zu, »dann bin ich ja dein Onkel Jakob und du bist mein lieber Neffe. Ahnte ich es doch die ganze Zeit über!« sagte er zum Kapitän hin, ehe er Karl umarmte und küßte, der alles stumm geschehen ließ.

»Wie heißen Sie?« fragte Karl, nachdem er sich losgelassen fühlte, zwar sehr höflich, aber gänzlich ungerührt, und strengte sich an, die Folgen abzusehen, welche dieses neue Ereignis für den Heizer haben dürfte. Vorläufig deutete nichts darauf hin, daß Schubal aus dieser Sache Nutzen ziehen könnte.

»Begreifen Sie doch, junger Mann, Ihr Glück«, sagte der Kapitän, der durch Karls Frage die Würde der Person des Herrn Jakob verletzt glaubte, der sich zum Fenster gestellt hatte, offenbar, um sein aufgeregtes Gesicht, das er überdies mit einem Taschentuch betupfte, den andern nicht zeigen zu müssen. »Es ist der Senator Edward Jakob, der sich Ihnen als Ihr Onkel zu erkennen gegeben hat. Es erwartet Sie nunmehr, doch wohl ganz gegen Ihre bisherigen Erwartungen, eine glänzende Laufbahn. Versuchen Sie das einzusehen, so gut es im ersten Augenblick geht, und fassen Sie sich!«

»Ich habe allerdings einen Onkel Jakob in Amerika«, sagte Karl zum Kapitän gewendet, »aber wenn ich recht verstanden habe, ist Jakob bloß der Zuname des Herrn Senators.«

»So ist es«, sagte der Kapitän erwartungsvoll.

»Nun, mein Onkel Jakob, welcher der Bruder meiner Mutter ist, heißt aber mit dem Taufnamen Jakob, während sein Zuname natürlich gleich jenem meiner Mutter lauten müßte, welche eine geborene Bendelmayer ist.«

»Meine Herren!« rief der Senator, der von seinem Erholungsposten beim Fenster munter zurückkehrte, mit Bezug auf Karls Erklärung aus. Alle, mit Ausnahme der Hafenbeamten, brachen in Lachen aus, manche wie in Rührung, manche undurchdringlich.

»So lächerlich war das, was ich gesagt habe, doch keineswegs«, dachte Karl.

»Meine Herren«, wiederholte der Senator, »Sie nehmen gegen meinen und gegen Ihren Willen an einer kleinen Familienszene teil, und ich kann deshalb nicht umhin, Ihnen eine Erläuterung zu geben, da, wie ich glaube, nur der Herr Kapitän« – diese Erwähnung hatte eine gegenseitige Verbeugung zur Folge – »vollständig unterrichtet ist.«

»Jetzt muß ich aber wirklich auf jedes Wort achtgeben«, sagte sich Karl und freute sich, als er bei einem Seitwärtsschauen bemerkte, daß in die Figur des Heizers das Leben zurückzukehren begann.

»Ich lebe seit allen den langen Jahren meines amerikanischen Aufenthaltes – das Wort Aufenthalt paßt hier allerdings schlecht für den amerikanischen Bürger, der ich mit ganzer Seele bin – seit allen den langen Jahren lebe ich also von meinen europäischen Verwandten vollständig getrennt, aus Gründen, die erstens nicht hierher gehören, und die zweitens zu erzählen mich wirklich zu sehr hernehmen würde. Ich fürchte mich sogar vor dem Augenblick, wo ich vielleicht gezwungen sein werde, sie meinem lieben Neffen zu erzählen, wobei sich leider ein offenes Wort über seine Eltern und ihren Anhang nicht vermeiden lassen wird.«

»Es ist mein Onkel, kein Zweifel«, sagte sich Karl und lauschte, »wahrscheinlich hat er seinen Namen ändern lassen.«

»Mein lieber Neffe ist nun von seinen Eltern – sagen wir nur das Wort, das die Sache auch wirklich bezeichnet – einfach beiseitegeschafft worden, wie man eine Katze vor die Tür wirft, wenn sie ärgert. Ich will durchaus nicht beschönigen, was mein Neffe gemacht hat, daß er so gestraft wurde, aber sein Verschulden ist ein solches, daß sein einfaches Nennen schon genug Entschuldigung enthält.«

»Das läßt sich hören«, dachte Karl, »aber ich will nicht, daß er es allen erzählt. Übrigens kann er es ja auch nicht wissen. Woher denn?«

»Er wurde nämlich«, fuhr der Onkel fort und stützte sich mit kleinen Neigungen auf das vor ihm eingestemmte Bambusstöckchen, wodurch es ihm tatsächlich gelang, der Sache die unnötige Feierlichkeit zu nehmen, die sie sonst unbedingt gehabt hätte, »er wurde nämlich von einem Dienstmädchen, Johanna Brummer, einer etwa 35jährigen Person, verführt. Ich will mit dem Worte ›verführt‹ meinen Neffen durchaus nicht kränken, aber es ist doch schwer, ein anderes, gleich passendes Wort zu finden.«

Karl, der schon ziemlich nahe zum Onkel getreten war, drehte sich hier um, um den Eindruck der Erzählung von den Gesichtern der Anwesenden abzulesen. Keiner lachte, alle hörten geduldig und ernsthaft zu. Schließlich lacht man auch nicht über den Neffen eines Senators bei der ersten Gelegenheit, die sich darbietet. Eher hätte man schon sagen können, daß der Heizer, wenn auch nur ganz wenig, Karl anlächelte, was aber erstens als neues Lebenszeichen erfreulich und zweitens entschuldbar war, da ja Karl in der Kabine aus dieser Sache, die jetzt so publik wurde, ein besonderes Geheimnis hatte machen wollen.

»Nun hat diese Brummer«, setzte der Onkel fort, »von meinem Neffen ein Kind bekommen, einen gesunden Jungen, welcher in der Taufe den Namen Jakob erhielt, zweifellos in Gedanken an meine Wenigkeit, welche, selbst in den sicher nur ganz nebensächlichen Erwähnungen meines Neffen, auf das Mädchen einen großen Eindruck gemacht haben muß. Glücklicherweise, sage ich. Denn da die Eltern zur Vermeidung der Alimentenzahlung oder sonstigen bis an sie selbst heranreichenden Skandales – ich kenne, wie ich betonen muß, weder die dortigen Gesetze noch die sonstigen Verhältnisse der Eltern – da sie also zur Vermeidung der Alimentenzahlung und des Skandales ihren Sohn, meinen lieben Neffen, nach Amerika haben transportieren lassen, mit unverantwortlich ungenügender Ausrüstung, wie man sieht, so wäre der Junge, ohne die gerade noch in Amerika lebendigen Zeichen und Wunder, auf sich allein angewiesen, wohl schon gleich in einem Gäßchen im Hafen von New York verkommen, wenn nicht jenes Dienstmädchen in einem an mich gerichteten Brief, der nach langen Irrfahrten vorgestern in meinen Besitz kam, mir die ganze Geschichte samt Personenbeschreibung meines Neffen und vernünftigerweise auch Namensnennung des Schiffes mitgeteilt hätte. Wenn ich es darauf angelegt hätte, Sie, meine Herren, zu unterhalten, könnte ich wohl einige Stellen jenes Briefes« – er zog zwei riesige, engbeschriebene Briefbogen aus der Tasche und schwenkte sie – »hier vorlesen. Er würde sicher Wirkung machen, da er mit einer etwas einfachen, wenn auch immer gutgemeinten Schlauheit und mit viel Liebe zu dem Vater des Kindes geschrieben ist. Aber ich will weder Sie mehr unterhalten, als es zur Aufklärung nötig ist, noch vielleicht gar zum Empfang möglicherweise noch bestehende Gefühle meines Neffen verletzen, der den Brief, wenn er mag, in der Stille seines ihn schon erwartenden Zimmers zur Belehrung lesen kann.«

Karl hatte aber keine Gefühle für jenes Mädchen. Im Gedränge einer immer mehr zurücktretenden Vergangenheit saß sie in ihrer Küche neben dem Küchenschrank, auf dessen Platte sie ihren Ellbogen stützte. Sie sah ihn an, wenn er hin und wieder in die Küche kam, um ein Glas zum Wassertrinken für seinen Vater zu holen oder einen Auftrag seiner Mutter auszurichten. Manchmal schrieb sie in der vertrackten Stellung seitlich vom Küchenschrank einen Brief und holte sich die Eingebungen von Karls Gesicht. Manchmal hielt sie die Augen mit der Hand verdeckt, dann drang keine Anrede zu ihr. Manchmal kniete sie in ihrem engen Zimmerchen neben der Küche und betete zu einem hölzernen Kreuz; Karl beobachtete sie dann nur mit Scheu im Vorübergehen durch die Spalte der ein wenig geöffneten Tür. Manchmal jagte sie in der Küche herum und fuhr, wie eine Hexe lachend, zurück, wenn Karl ihr in den Weg kam. Manchmal schloß sie die Küchentüre, wenn Karl eingetreten war und behielt die Klinke so lange in der Hand, bis er wegzugehn verlangte. Manchmal holte sie Sachen, die er gar nicht haben wollte, und drückte sie ihm schweigend in die Hände. Einmal aber sagte sie »Karl« und führte ihn, der noch über die unerwartete Ansprache staunte, unter Grimassen seufzend in ihr Zimmerchen, das sie zusperrte. Würgend umarmte sie seinen Hals und während sie ihn bat, sie zu entkleiden, entkleidete sie in Wirklichkeit ihn und legte ihn in ihr Bett, als wolle sie ihn von jetzt niemandem mehr lassen und ihn streicheln und pflegen bis zum Ende der Welt. »Karl, o du mein Karl!« rief sie, als sähe sie ihn und bestätige sich seinen Besitz, während er nicht das Geringste sah und sich unbehaglich in dem vielen warmen Bettzeug fühlte, das sie eigens für ihn aufgehäuft zu haben schien. Dann legte sie sich auch zu ihm und wollte irgendwelche Geheimnisse von ihm erfahren, aber er konnte ihr keine sagen und sie ärgerte sich im Scherz oder Ernst, schüttelte ihn, horchte sein Herz ab, bot ihre Brust zum gleichen Abhorchen hin, wozu sie Karl aber nicht bringen konnte, drückte ihren nackten Bauch an seinen Leib, suchte mit der Hand, so widerlich, daß Karl Kopf und

Hals aus den Kissen herausschüttelte, zwischen seinen Beinen, stieß dann den Bauch einige Male gegen ihn, – ihm war, als sei sie ein Teil seiner selbst und vielleicht aus diesem Grunde hatte ihn eine entsetzliche Hilfsbedürftigkeit ergriffen. Weinend kam er endlich nach vielen Wiedersehenswünschen ihrerseits in sein Bett. Das war alles gewesen und doch verstand es der Onkel, daraus eine große Geschichte zu machen. Und die Köchin hatte also auch an ihn gedacht und den Onkel von seiner Ankunft verständigt. Das war schön von ihr gehandelt und er würde es ihr wohl noch einmal vergelten.

»Und jetzt«, rief der Senator, »will ich von dir offen hören, ob ich dein Onkel bin oder nicht.«

»Du bist mein Onkel«, sagte Karl und küßte ihm die Hand und wurde dafür auf die Stirne geküßt. »Ich bin sehr froh, daß ich dich getroffen habe, aber du irrst, wenn du glaubst, daß meine Eltern nur Schlechtes von dir reden. Aber auch abgesehen davon sind in deiner Rede einige Fehler enthalten gewesen, das heißt, ich meine, es hat sich in Wirklichkeit nicht alles so zugetragen. Du kannst aber auch wirklich von hier aus die Dinge nicht so gut beurteilen, und ich glaube außerdem, daß es keinen besonderen Schaden bringen wird, wenn die Herren in Einzelheiten einer Sache, an der ihnen doch wirklich nicht viel liegen kann, ein wenig unrichtig informiert worden sind.«

»Wohl gesprochen«, sagte der Senator, führte Karl vor den sichtlich teilnehmenden Kapitän und fragte: »Habe ich nicht einen prächtigen Neffen?«

»Ich bin glücklich«, sagte der Kapitän mit einer Verbeugung, wie sie nur militärisch geschulte Leute zustandebringen, »Ihren Neffen, Herr Senator, kennen gelernt zu haben. Es ist eine besondere Ehre für mein Schiff, daß es den Ort eines solchen Zusammentreffens abgeben konnte. Aber die

Fahrt im Zwischendeck war wohl sehr arg, ja, wer kann denn wissen, wer da mitgeführt wird. Nun, wir tun alles Mögliche, den Leuten im Zwischendeck die Fahrt möglichst zu erleichtern, viel mehr zum Beispiel, als die amerikanischen Linien, aber eine solche Fahrt zu einem Vergnügen zu machen, ist uns allerdings noch immer nicht gelungen.«

»Es hat mir nicht geschadet«, sagte Karl.

»Es hat ihm nicht geschadet!« wiederholte laut lachend der Senator.

»Nur meinen Koffer fürchte ich verloren zu –« und damit erinnerte er sich an alles, was geschehen war und was noch zu tun übrigblieb, sah sich um und erblickte alle Anwesenden stumm vor Achtung und Staunen auf ihren früheren Plätzen, die Augen auf ihn gerichtet. Nur den Hafenbeamten sah man, soweit ihre strengen, selbstzufriedenen Gesichter einen Einblick gestatteten, das Bedauern an, zu so ungelegener Zeit gekommen zu sein und die Taschenuhr, die sie jetzt vor sich liegen hatten, war ihnen wahrscheinlich wichtiger als alles, was im Zimmer vorging und vielleicht noch geschehen konnte.

Der erste, welcher nach dem Kapitän seine Anteilnahme ausdrückte, war merkwürdigerweise der Heizer. »Ich gratuliere Ihnen herzlich«, sagte er und schüttelte Karl die Hand, womit er auch etwas wie Anerkennung ausdrücken wollte. Als er sich dann mit der gleichen Ansprache auch an den Senator wenden wollte, trat dieser zurück, als überschreite der Heizer damit seine Rechte; der Heizer ließ auch sofort ab.

Die Übrigen aber sahen jetzt ein, was zu tun war, und bildeten gleich um Karl und den Senator einen Wirrwarr. So geschah es, daß Karl sogar eine Gratulation Schubals erhielt, annahm und für sie dankte. Als letzte traten in der wieder entstandenen Ruhe die Hafenbeamten hinzu und sagten zwei englische Worte, was einen lächerlichen Eindruck machte.

Der Senator war ganz in der Laune, um das Vergnügen vollständig auszukosten, nebensächlichere Momente sich und den anderen in Erinnerung zu bringen, was natürlich von allen nicht nur geduldet, sondern mit Interesse hingenommen wurde. So machte er darauf aufmerksam, daß er sich die in dem Brief der Köchin erwähnten hervorstechendsten Erkennungszeichen Karls in sein Notizbuch zu möglicherweise notwendigem augenblicklichen Gebrauch eingetragen hatte. Nun hatte er während des unerträglichen Geschwätzes des Heizers zu keinem anderen Zweck, als um sich abzulenken, das Notizbuch herausgezogen und die natürlich nicht gerade detektivisch richtigen Beobachtungen der Köchin mit Karls Aussehen zum Spiel in Verbindung zu bringen gesucht. »Und so findet man seinen Neffen!« schloß er in einem Ton, als wolle er noch einmal Gratulationen bekommen.

»Was wird jetzt dem Heizer geschehen?« fragte Karl, vorbei an der letzten Erzählung des Onkels. Er glaubte in seiner neuen Stellung alles, was er dachte, auch aussprechen zu können.

»Dem Heizer wird geschehen, was er verdient«, sagte der Senator, »und was der Herr Kapitän für gut erachtet. Ich glaube, wir haben von dem Heizer genug und übergenug, wozu mir jeder der anwesenden Herren sicher zustimmen wird.«

»Darauf kommt es doch nicht an, bei einer Sache der Gerechtigkeit«, sagte Karl. Er stand zwischen dem Onkel und dem Kapitän, und glaubte, vielleicht durch diese Stellung beeinflußt, die Entscheidung in der Hand zu haben.

Und trotzdem schien der Heizer nichts mehr für sich zu hoffen. Die Hände hielt er halb in dem Hosengürtel, der durch seine aufgeregten Bewegungen mit dem Streifen eines gemusterten Hemdes zum Vorschein gekommen war. Das kümmerte ihn nicht im geringsten; er hatte sein ganzes Leid geklagt, nun sollte man auch noch die paar Fetzen sehen, die er am Leibe hatte, und dann sollte man ihn forttragen. Er dachte sich aus, der Diener und Schubal, als die zwei hier im Range Tiefsten, sollten ihm diese letzte Güte erweisen. Schubal würde dann Ruhe haben und nicht mehr in Verzweiflung kommen, wie sich der Oberkassier ausgedrückt hatte. Der Kapitän würde lauter Rumänen anstellen können, es würde überall rumänisch gesprochen werden, und vielleicht würde dann wirklich alles besser gehen. Kein Heizer würde mehr in der Hauptkassa schwätzen, nur sein letztes Geschwätz würde man in ziemlich freundlicher Erinnerung behalten, da es, wie der Senator ausdrücklich erklärt hatte, die mittelbare Veranlassung zur Erkennung des Neffen gegeben hatte. Dieser Neffe hatte ihm übrigens vorher öfters zu nützen gesucht und daher für seinen Dienst bei der Wiedererkennung längst vorher einen mehr als genügenden Dank abgestattet; dem Heizer fiel gar nicht ein, jetzt noch etwas von ihm zu verlangen. Im übrigen, mochte er auch der Neffe des Senators sein, ein Kapitän war er noch lange nicht, aber aus dem Munde des Kapitäns würde schließlich das böse Wort fallen. – So wie es seiner Meinung entsprach, versuchte auch der Heizer nicht zu Karl hinzusehen, aber leider blieb in diesem Zimmer der Feinde kein anderer Ruheort für seine Augen.

»Mißverstehe die Sachlage nicht«, sagte der Senator zu Karl, »es handelt sich vielleicht um eine Sache der Gerechtigkeit, aber gleichzeitig um eine Sache der Disziplin. Beides und ganz besonders das letztere unterliegt hier der Beurteilung des Herrn Kapitäns.«

»So ist es«, murmelte der Heizer. Wer es merkte und verstand, lächelte befremdet.

»Wir aber haben überdies den Herrn Kapitän in seinen Amtsgeschäften, die sich sicher gerade bei der Ankunft in

New York unglaublich häufen, so sehr schon behindert, daß es höchste Zeit für uns ist, das Schiff zu verlassen, um nicht zum Überfluß auch noch durch irgendwelche höchst unnötige Einmischung diese geringfügige Zänkerei zweier Maschinisten zu einem Ereignis zu machen. Ich begreife deine Handlungsweise, lieber Neffe, übrigens vollkommen, aber gerade das gibt mir das Recht, dich eilends von hier fortzuführen.«

»Ich werde sofort ein Boot für Sie flottmachen lassen«, sagte der Kapitän, ohne zum Erstaunen Karls auch nur den kleinsten Einwand gegen die Worte des Onkels vorzubringen, die doch zweifellos als eine Selbstdemütigung des Onkels angesehen werden konnten. Der Oberkassier eilte überstürzt zum Schreibtisch und telephonierte den Befehl des Kapitäns an den Bootsmeister.

»Die Zeit drängt schon«, sagte sich Karl, »aber ohne alle zu beleidigen, kann ich nichts tun. Ich kann doch jetzt den Onkel nicht verlassen, nachdem er mich kaum wiedergefunden hat. Der Kapitän ist zwar höflich, aber das ist auch alles. Bei der Disziplin hört seine Höflichkeit auf, und der Onkel hat ihm sicher aus der Seele gesprochen. Mit Schubal will ich nicht reden, es tut mir sogar leid, daß ich ihm die Hand gereicht habe. Und alle anderen Leute hier sind Spreu.«

Und er ging langsam in solchen Gedanken zum Heizer, zog dessen rechte Hand aus dem Gürtel und hielt sie spielend in der seinen. »Warum sagst du denn nichts?« fragte er. »Warum läßt du dir alles gefallen?«

Der Heizer legte nur die Stirn in Falten, als suche er den Ausdruck für das, was er zu sagen habe. Im übrigen sah er auf Karls und seine Hand hinab.

»Dir ist ja unrecht geschehen, wie keinem auf dem Schiff, das weiß ich ganz genau.« Und Karl zog seine Finger hin und her zwischen den Fingern des Heizers, der mit glänzenden

Augen ringsumher schaute, als widerfahre ihm eine Wonne, die ihm aber niemand verübeln möge.

»Du mußt dich aber zur Wehr setzen, ja und nein sagen, sonst haben doch die Leute keine Ahnung von der Wahrheit. Du mußt mir versprechen, daß du mir folgen wirst, denn ich selbst, das fürchte ich mit vielem Grund, werde dir gar nicht mehr helfen können.« Und nun weinte Karl, während er die Hand des Heizers küßte, und nahm die rissige, fast leblose Hand und drückte sie an seine Wangen, wie einen Schatz, auf den man verzichten muß. – Da war aber auch schon der Onkel Senator an seiner Seite und zog ihn, wenn auch nur mit dem leichtesten Zwange, fort.

»Der Heizer scheint dich bezaubert zu haben«, sagte er und sah verständnisinnig über Karls Kopf zum Kapitän hin. »Du hast dich verlassen gefühlt, da hast du den Heizer gefunden und bist ihm jetzt dankbar, das ist ja ganz löblich. Treibe das aber, schon mir zuliebe, nicht zu weit und lerne deine Stellung begreifen.«

Vor der Tür entstand ein Lärmen, man hörte Rufe und es war sogar, als werde jemand brutal gegen die Türe gestoßen. Ein Matrose trat ein, etwas verwildert, und hatte eine Mädchenschürze umgebunden. »Es sind Leute draußen«, rief er und stieß einmal mit dem Ellbogen herum, als sei er noch im Gedränge. Endlich fand er seine Besinnung und wollte vor dem Kapitän salutieren, da bemerkte er die Mädchenschürze, riß sie herunter, warf sie zu Boden und rief: »Das ist ja ekelhaft, da haben sie mir eine Mädchenschürze umgebunden.« Dann aber klappte er die Hacken zusammen und salutierte. Jemand versuchte zu lachen, aber der Kapitän sagte streng: »Das nenne ich eine gute Laune. Wer ist denn draußen?«

»Es sind meine Zeugen«, sagte Schubal vortretend, »ich bitte ergebenst um Entschuldigung für ihr unpassendes

Benehmen. Wenn die Leute die Seefahrt hinter sich haben, sind sie manchmal wie toll.«

»Rufen Sie sie sofort herein!« befahl der Kapitän und gleich sich zum Senator umwendend sagte er verbindlich aber rasch: »Haben Sie jetzt die Güte, verehrter Herr Senator, mit Ihrem Herrn Neffen diesem Matrosen zu folgen, der Sie ins Boot bringen wird. Ich muß wohl nicht erst sagen, welches Vergnügen und welche Ehre mir das persönliche Bekanntwerden mit Ihnen, Herr Senator, bereitet hat. Ich wünsche mir nur, bald Gelegenheit zu haben, mit Ihnen, Herr Senator, unser unterbrochenes Gespräch über die amerikanischen Flottenverhältnisse wieder einmal aufnehmen zu können und dann vielleicht neuerdings auf so angenehme Weise, wie heute, unterbrochen zu werden.«

»Vorläufig genügt mir dieser eine Neffe«, sagte der Onkel lachend. »Und nun nehmen Sie meinen besten Dank für Ihre Liebenswürdigkeit und leben Sie wohl. Es wäre übrigens gar nicht so unmöglich, daß wir« – er drückte Karl herzlich an sich – »bei unserer nächsten Europareise vielleicht für längere Zeit mit Ihnen zusammenkommen könnten.«

»Es würde mich herzlich freuen«, sagte der Kapitän. Die beiden Herren schüttelten einander die Hände, Karl konnte nur noch stumm und flüchtig seine Hand dem Kapitän reichen, denn dieser war bereits von den vielleicht fünfzehn Leuten in Anspruch genommen, welche unter Führung Schubals zwar etwas betroffen, aber doch sehr laut einzogen. Der Matrose bat den Senator, vorausgehen zu dürfen und teilte dann die Menge für ihn und Karl, die leicht zwischen den sich verbeugenden Leuten durchkamen. Es schien, daß diese im übrigen gutmütigen Leute den Streit Schubals mit dem Heizer als einen Spaß auffaßten, dessen Lächerlichkeit nicht einmal vor dem Kapitän aufhöre. Karl bemerkte unter ihnen auch das Küchenmädchen Line, welche, ihm lustig zuzwinkernd, die vom Matrosen hingeworfene Schürze umband, denn es war die ihre.

Weiter dem Matrosen folgend verließen sie das Bureau und bogen in einen kleinen Gang ein, der sie nach ein paar Schritten zu einem Türchen brachte, von dem aus eine kurze Treppe in das Boot hinabführte, welches für sie vorbereitet war. Die Matrosen im Boot, in das ihr Führer gleich mit einem einzigen Satz hinuntersprang, erhoben sich und salutierten. Der Senator gab Karl gerade eine Ermahnung zu vorsichtigem Hinuntersteigen, als Karl noch auf der obersten Stufe in heftiges Weinen ausbrach. Der Senator legte die rechte Hand unter Karls Kinn, hielt ihn fest an sich gepreßt und streichelte ihn mit der linken Hand. So gingen sie langsam Stufe für Stufe hinab und traten engverbunden ins Boot, wo der Senator für Karl gerade sich gegenüber einen guten Platz aussuchte. Auf ein Zeichen des Senators stießen die Matrosen vom Schiffe ab und waren gleich in voller Arbeit. Kaum waren sie ein paar Meter vom Schiff entfernt, machte Karl die unerwartete Entdeckung, daß sie sich gerade auf jener Seite des Schiffes befanden, wohin die Fenster der Hauptkassa gingen. Alle drei Fenster waren mit Zeugen Schubals besetzt, welche freundschaftlichst grüßten und winkten, sogar der Onkel dankte, und ein Matrose machte das Kunststück, ohne eigentlich das gleichmäßige Rudern zu unterbrechen, eine Kußhand hinaufzuschicken. Es war wirklich, als gäbe es keinen Heizer mehr. Karl faßte den Onkel, mit dessen Knien sich die seinen fast berührten, genauer ins Auge, und es kamen ihm Zweifel, ob dieser Mann ihm jemals den Heizer werde ersetzen können. Auch wich der Onkel seinem Blicke aus und sah auf die Wellen hin, von denen ihr Boot umschwankt wurde.

Die Verwandlung

I.

Als Gregor Samsa eines Morgens aus unruhigen Träumen erwachte, fand er sich in seinem Bett zu einem ungeheueren Ungeziefer verwandelt. Er lag auf seinem panzerartig harten Rücken und sah, wenn er den Kopf ein wenig hob, seinen gewölbten, braunen, von bogenförmigen Versteifungen geteilten Bauch, auf dessen Höhe sich die Bettdecke, zum gänzlichen Niedergleiten bereit, kaum noch erhalten konnte. Seine vielen, im Vergleich zu seinem sonstigen Umfang kläglich dünnen Beine flimmerten ihm hilflos vor den Augen.

»Was ist mit mir geschehen?« dachte er. Es war kein Traum. Sein Zimmer, ein richtiges, nur etwas zu kleines Menschenzimmer, lag ruhig zwischen den vier wohlbekannten Wänden. Über dem Tisch, auf dem eine auseinandergepackte Musterkollektion von Tuchwaren ausgebreitet war – Samsa war Reisender –, hing das Bild, das er vor kurzem aus einer illustrierten Zeitschrift ausgeschnitten und in einem hübschen, vergoldeten Rahmen untergebracht hatte. Es stellte eine Dame dar, die, mit einem Pelzhut und einer Pelzboa versehen, aufrecht dasaß und einen schweren Pelzmuff, in dem ihr ganzer Unterarm verschwunden war, dem Beschauer entgegenhob.

Gregors Blick richtete sich dann zum Fenster, und das trübe Wetter – man hörte Regentropfen auf das Fensterblech aufschlagen – machte ihn ganz melancholisch. »Wie wäre es, wenn ich noch ein wenig weiterschliefe und alle Narrheiten vergäße«, dachte er, aber das war gänzlich undurchführbar, denn er war gewöhnt, auf der rechten Seite zu schlafen, konnte sich aber in seinem gegenwärtigen Zustand nicht in diese Lage bringen. Mit welcher Kraft er sich auch auf die rechte Seite warf, immer wieder schaukelte er in die Rückenlage zurück. Er versuchte es wohl hundertmal, schloß die Augen, um die zappelnden Beine nicht sehen zu müssen, und ließ erst ab, als er in der Seite einen noch nie gefühlten, leichten, dumpfen Schmerz zu fühlen begann.

»Ach Gott«, dachte er, »was für einen anstrengenden Beruf habe ich gewählt! Tag aus, Tag ein auf der Reise. Die geschäftlichen Aufregungen sind viel größer, als im eigentlichen Geschäft zu Hause, und außerdem ist mir noch diese Plage des Reisens auferlegt, die Sorgen um die Zuganschlüsse, das unregelmäßige, schlechte Essen, ein immer wechselnder, nie andauernder, nie herzlich werdender menschlicher Verkehr. Der Teufel soll das alles holen!« Er fühlte ein leichtes Jucken oben auf dem Bauch; schob sich auf dem Rücken langsam näher zum Bettpfosten, um den Kopf besser heben zu können; fand die juckende Stelle, die mit lauter kleinen weißen Pünktchen besetzt war, die er nicht zu beurteilen verstand; und wollte mit einem Bein die Stelle betasten, zog es aber gleich zurück, denn bei der Berührung umwehten ihn Kälteschauer.

Er glitt wieder in seine frühere Lage zurück. »Dies frühzeitige Aufstehen«, dachte er, »macht einen ganz blödsinnig. Der Mensch muß seinen Schlaf haben. Andere Reisende leben wie Haremsfrauen. Wenn ich zum Beispiel im Laufe des Vormittags ins Gasthaus zurückgehe, um die erlangten Aufträge zu überschreiben, sitzen diese Herren erst beim Frühstück. Das sollte ich bei meinem Chef versuchen; ich würde auf der Stelle hinausfliegen. Wer weiß übrigens, ob das nicht sehr gut für mich wäre. Wenn ich mich nicht wegen meiner Eltern zurückhielte, ich hätte längst gekündigt, ich wäre vor den Chef hin getreten und hätte ihm meine Meinung von Grund des Herzens aus gesagt. Vom Pult hätte er fallen müssen! Es ist auch eine sonderbare Art, sich auf das Pult zu setzen und von der Höhe herab mit dem Angestellten zu reden, der überdies wegen der Schwerhörigkeit des Chefs ganz nahe herantreten muß. Nun, die Hoffnung ist noch nicht gänzlich aufgegeben; habe ich einmal das Geld beisammen, um die Schuld der Eltern an ihn abzuzahlen – es dürfte noch fünf bis sechs Jahre dauern –, mache ich die Sache unbedingt. Dann wird der große Schnitt gemacht. Vorläufig allerdings muß ich aufstehen, denn mein Zug fährt um fünf.«

Und er sah zur Weckuhr hinüber, die auf dem Kasten tickte. »Himmlischer Vater!« dachte er. Es war halb sieben Uhr, und die Zeiger gingen ruhig vorwärts, es war sogar halb vorüber, es näherte sich schon dreiviertel. Sollte der Wecker nicht geläutet haben? Man sah vom Bett aus, daß er auf vier Uhr richtig eingestellt war; gewiß hatte er auch geläutet. Ja, aber war es möglich, dieses möbelerschütternde Läuten ruhig zu verschlafen? Nun, ruhig hatte er ja nicht geschlafen, aber wahrscheinlich desto fester. Was aber sollte er jetzt tun? Der nächste Zug ging um sieben Uhr; um den einzuholen, hätte er sich unsinnig beeilen müssen, und die Kollektion war noch nicht eingepackt, und er selbst fühlte sich durchaus nicht besonders frisch und beweglich. Und selbst wenn er den Zug einholte, ein Donnerwetter des Chefs war nicht zu vermeiden, denn der Geschäftsdiener hatte beim Fünfuhrzug gewartet und die Meldung von seiner Versäumnis längst erstattet. Es war eine Kreatur des Chefs, ohne Rückgrat und Verstand. Wie nun, wenn er sich krank meldete? Das wäre aber äußerst peinlich und verdächtig, denn Gregor war während seines fünfjährigen Dienstes noch nicht einmal krank gewesen. Gewiß würde der Chef mit dem Krankenkassenarzt kommen, würde den Eltern wegen des faulen Sohnes Vorwürfe machen und alle Einwände durch den Hinweis auf den Krankenkassenarzt abschneiden, für den es ja überhaupt nur ganz gesunde, aber arbeitsscheue Menschen gibt. Und hätte er übrigens in diesem Falle so ganz unrecht? Gregor fühlte sich tatsächlich, abgesehen von einer nach dem langen Schlaf wirklich überflüssigen Schläfrigkeit, ganz wohl und hatte sogar einen besonders kräftigen Hunger.

Als er dies alles in größter Eile überlegte, ohne sich entschließen zu können, das Bett zu verlassen – gerade schlug der Wecker dreiviertel sieben – klopfte es vorsichtig an die Tür am Kopfende seines Bettes. »Gregor«, rief es – es war die Mutter –, »es ist dreiviertel sieben. Wolltest du nicht wegfahren?« Die sanfte Stimme! Gregor erschrak, als er seine antwortende Stimme hörte, die wohl unverkennbar seine frühere war, in die sich aber, wie von unten her, ein nicht zu unterdrückendes, schmerzliches Piepsen mischte, das die Worte förmlich nur im ersten Augenblick in ihrer Deutlichkeit beließ, um sie im Nachklang derart zu zerstören, daß man nicht wußte, ob man recht gehört hatte. Gregor hatte ausführlich antworten und alles erklären wollen, beschränkte sich aber bei diesen Umständen darauf, zu sagen: »Ja, ja, danke Mutter, ich stehe schon auf.« Infolge der Holztür war die Veränderung in Gregors Stimme draußen wohl nicht zu merken, denn die Mutter beruhigte sich mit dieser Erklärung und schlürfte davon. Aber durch das kleine Gespräch waren die anderen Familienmitglieder darauf aufmerksam geworden, daß Gregor wider Erwarten noch zu Hause war, und schon klopfte an der einen Seitentür der Vater, schwach, aber mit der Faust. »Gregor, Gregor«, rief er, »was ist denn?« Und nach einer kleinen Weile mahnte er nochmals mit tieferer Stimme: »Gregor! Gregor!« An der anderen Seitentür aber klagte leise die Schwester: »Gregor? Ist dir nicht wohl? Brauchst du etwas?« Nach beiden Seiten hin antwortete Gregor: »Bin schon fertig«, und bemühte sich, durch die sorgfältigste Aussprache und durch Einschaltung von langen Pausen zwischen den einzelnen Worten seiner Stimme alles Auffallende zu nehmen. Der Vater kehrte auch zu seinem Frühstück zurück, die Schwester aber flüsterte: »Gregor, mach auf, ich beschwöre dich.« Gregor aber dachte gar nicht daran aufzumachen, sondern lobte die vom Reisen her übernommene Vorsicht, auch zu Hause alle Türen während der Nacht zu versperren.

Zunächst wollte er ruhig und ungestört aufstehen, sich anziehen und vor allem frühstücken, und dann erst das Weitere überlegen, denn, das merkte er wohl, im Bett würde er mit dem Nachdenken zu keinem vernünftigen Ende kommen. Er erinnerte sich, schon öfters im Bett irgendeinen vielleicht durch ungeschicktes Liegen erzeugten, leichten Schmerz empfunden zu haben, der sich dann beim Aufstehen als reine Einbildung herausstellte, und er war gespannt, wie sich seine heutigen Vorstellungen allmählich auflösen würden. Daß die Veränderung der Stimme nichts anderes war, als der Vorbote einer tüchtigen Verkühlung, einer Berufskrankheit der Reisenden, daran zweifelte er nicht im geringsten.

Die Decke abzuwerfen war ganz einfach; er brauchte sich nur ein wenig aufzublasen und sie fiel von selbst. Aber weiterhin wurde es schwierig, besonders weil er so ungemein breit war. Er hätte Arme und Hände gebraucht, um sich aufzurichten; statt dessen aber hatte er nur die vielen Beinchen, die ununterbrochen in der verschiedensten Bewegung waren und die er überdies nicht beherrschen konnte. Wollte er eines einmal einknicken, so war es das erste, daß es sich streckte; und gelang es ihm endlich, mit diesem Bein das auszuführen, was er wollte, so arbeiteten inzwischen alle anderen, wie freigelassen, in höchster, schmerzlicher Aufregung. »Nur sich nicht im Bett unnütz aufhalten«, sagte sich Gregor.

Zuerst wollte er mit dem unteren Teil seines Körpers aus dem Bett hinauskommen, aber dieser untere Teil, den er übrigens noch nicht gesehen hatte und von dem er sich auch keine rechte Vorstellung machen konnte, erwies sich als zu schwer beweglich; es ging so langsam; und als er schließlich, fast wild geworden, mit gesammelter Kraft, ohne Rücksicht sich vorwärtsstieß, hatte er die Richtung falsch gewählt, schlug an den unteren Bettpfosten heftig an, und der brennende Schmerz, den er empfand, belehrte ihn, daß gerade der untere Teil seines Körpers augenblicklich vielleicht der empfindlichste war.

Er versuchte es daher, zuerst den Oberkörper aus dem Bett zu bekommen, und drehte vorsichtig den Kopf dem Bettrand zu. Dies gelang auch leicht, und trotz ihrer Breite und Schwere folgte schließlich die Körpermasse langsam der Wendung des Kopfes. Aber als er den Kopf endlich außerhalb des Bettes in der freien Luft hielt, bekam er Angst, weiter auf diese Weise vorzurücken, denn wenn er sich schließlich so fallen ließ, mußte geradezu ein Wunder geschehen, wenn der Kopf nicht verletzt werden sollte. Und die Besinnung durfte er gerade jetzt um keinen Preis verlieren; lieber wollte er im Bett bleiben.

Aber als er wieder nach gleicher Mühe aufseufzend so dalag wie früher, und wieder seine Beinchen womöglich noch ärger gegeneinander kämpfen sah und keine Möglichkeit fand, in diese Willkür Ruhe und Ordnung zu bringen, sagte er sich wieder, daß er unmöglich im Bett bleiben könne und daß es das Vernünftigste sei, alles zu opfern, wenn auch nur die kleinste Hoffnung bestünde, sich dadurch vom Bett zu befreien. Gleichzeitig aber vergaß er nicht, sich zwischendurch daran zu erinnern, daß viel besser als verzweifelte Entschlüsse ruhige und ruhigste Überlegung sei. In solchen Augenblicken richtete er die Augen möglichst scharf auf das

Fenster, aber leider war aus dem Anblick des Morgennebels, der sogar die andere Seite der engen Straße verhüllte, wenig Zuversicht und Munterkeit zu holen. »Schon sieben Uhr«, sagte er sich beim neuerlichen Schlagen des Weckers, »schon sieben Uhr und noch immer ein solcher Nebel.« Und ein Weilchen lang lag er ruhig mit schwachem Atem, als erwarte er vielleicht von der völligen Stille die Wiederkehr der wirklichen und selbstverständlichen Verhältnisse.

Dann aber sagte er sich: »Ehe es einviertel acht schlägt, muß ich unbedingt das Bett vollständig verlassen haben. Im übrigen wird auch bis dahin jemand aus dem Geschäft kommen, um nach mir zu fragen, denn das Geschäft wird vor sieben Uhr geöffnet.« Und er machte sich nun daran, den Körper in seiner ganzen Länge vollständig gleichmäßig aus dem Bett hinauszuschaukeln. Wenn er sich auf diese Weise aus dem Bett fallen ließ, blieb der Kopf, den er beim Fall scharf heben wollte, voraussichtlich unverletzt. Der Rücken schien hart zu sein; dem würde wohl bei dem Fall auf den Teppich nichts geschehen. Das größte Bedenken machte ihm die Rücksicht auf den lauten Krach, den es geben müßte und der wahrscheinlich hinter allen Türen wenn nicht Schrecken, so doch Besorgnisse erregen würde. Das mußte aber gewagt werden.

Als Gregor schon zur Hälfte aus dem Bette ragte – die neue Methode war mehr ein Spiel als eine Anstrengung, er brauchte immer nur ruckweise zu schaukeln –, fiel ihm ein, wie einfach alles wäre, wenn man ihm zu Hilfe käme. Zwei starke Leute – er dachte an seinen Vater und das Dienstmädchen – hätten vollständig genügt; sie hätten ihre Arme nur unter seinen gewölbten Rücken schieben, ihn so aus dem Bett schälen, sich mit der Last niederbeugen und dann bloß vorsichtig dulden müssen, daß er den Überschwung auf dem Fußboden vollzog, wo dann die Beinchen hoffentlich einen

Sinn bekommen würden. Nun, ganz abgesehen davon, daß die Türen versperrt waren, hätte er wirklich um Hilfe rufen sollen? Trotz aller Not konnte er bei diesem Gedanken ein Lächeln nicht unterdrücken.

Schon war er so weit, daß er bei stärkerem Schaukeln kaum das Gleichgewicht noch erhielt, und sehr bald mußte er sich nun endgültig entscheiden, denn es war in fünf Minuten einviertel acht, – als es an der Wohnungstür läutete. »Das ist jemand aus dem Geschäft«, sagte er sich und erstarrte fast, während seine Beinchen nur desto eiliger tanzten. Einen Augenblick blieb alles still. »Sie öffnen nicht«, sagte sich Gregor, befangen in irgendeiner unsinnigen Hoffnung. Aber dann ging natürlich wie immer das Dienstmädchen festen Schrittes zur Tür und öffnete. Gregor brauchte nur das erste Grußwort des Besuchers zu hören und wußte schon, wer es war – der Prokurist selbst. Warum war nur Gregor dazu verurteilt, bei einer Firma zu dienen, wo man bei der kleinsten Versäumnis gleich den größten Verdacht faßte? Waren denn alle Angestellten samt und sonders Lumpen, gab es denn unter ihnen keinen treuen ergebenen Menschen, der, wenn er auch nur ein paar Morgenstunden für das Geschäft nicht ausgenützt hatte, vor Gewissensbissen närrisch wurde und geradezu nicht imstande war, das Bett zu verlassen? Genügte es wirklich nicht, einen Lehrjungen nachfragen zu lassen – wenn überhaupt diese Fragerei nötig war –, mußte da der Prokurist selbst kommen, und mußte dadurch der ganzen unschuldigen Familie gezeigt werden, daß die Untersuchung dieser verdächtigen Angelegenheit nur dem Verstand des Prokuristen anvertraut werden konnte? Und mehr infolge der Erregung, in welche Gregor durch diese Überlegungen versetzt wurde, als infolge eines richtigen Entschlusses, schwang er sich mit aller Macht aus dem Bett. Es gab einen lauten Schlag, aber ein eigentlicher Krach war es nicht.

Ein wenig wurde der Fall durch den Teppich abgeschwächt, auch war der Rücken elastischer, als Gregor gedacht hatte, daher kam der nicht gar so auffallende dumpfe Klang. Nur den Kopf hatte er nicht vorsichtig genug gehalten und ihn angeschlagen; er drehte ihn und rieb ihn an dem Teppich vor Ärger und Schmerz.

»Da drin ist etwas gefallen«, sagte der Prokurist im Nebenzimmer links. Gregor suchte sich vorzustellen, ob nicht auch einmal dem Prokuristen etwas Ähnliches passieren könnte, wie heute ihm; die Möglichkeit dessen mußte man doch eigentlich zugeben. Aber wie zur rohen Antwort auf diese Frage machte jetzt der Prokurist im Nebenzimmer ein paar bestimmte Schritte und ließ seine Lackstiefel knarren. Aus dem Nebenzimmer rechts flüsterte die Schwester, um Gregor zu verständigen: »Gregor, der Prokurist ist da.« »Ich weiß«, sagte Gregor vor sich hin; aber so laut, daß es die Schwester hätte hören können, wagte er die Stimme nicht zu erheben.

»Gregor«, sagte nun der Vater aus dem Nebenzimmer links, »der Herr Prokurist ist gekommen und erkundigt sich, warum du nicht mit dem Frühzug weggefahren bist. Wir wissen nicht, was wir ihm sagen sollen. Übrigens will er auch mit dir persönlich sprechen. Also bitte mach die Tür auf. Er wird die Unordnung im Zimmer zu entschuldigen schon die Güte haben.« »Guten Morgen, Herr Samsa«, rief der Prokurist freundlich dazwischen. »Ihm ist nicht wohl«, sagte die Mutter zum Prokuristen, während der Vater noch an der Tür redete, »ihm ist nicht wohl, glauben Sie mir, Herr Prokurist. Wie würde denn Gregor sonst einen Zug versäumen! Der Junge hat ja nichts im Kopf als das Geschäft. Ich ärgere mich schon fast, daß er abends niemals ausgeht; jetzt war er doch acht Tage in der Stadt, aber jeden Abend war er zu Hause. Da sitzt er bei uns am Tisch und liest still die

Zeitung oder studiert Fahrpläne. Es ist schon eine Zerstreuung für ihn, wenn er sich mit Laubsägearbeiten beschäftigt. Da hat er zum Beispiel im Laufe von zwei, drei Abenden einen kleinen Rahmen geschnitzt; Sie werden staunen, wie hübsch er ist; er hängt drin im Zimmer; Sie werden ihn gleich sehen, bis Gregor aufmacht. Ich bin übrigens glücklich, daß Sie da sind, Herr Prokurist; wir allein hätten Gregor nicht dazu gebracht, die Tür zu öffnen; er ist so hartnäckig; und bestimmt ist ihm nicht wohl, trotzdem er es am Morgen geleugnet hat.« »Ich komme gleich«, sagte Gregor langsam und bedächtig und rührte sich nicht, um kein Wort der Gespräche zu verlieren. »Anders, gnädige Frau, kann ich es mir auch nicht erklären«, sagte der Prokurist, »hoffentlich ist es nichts Ernstes. Wenn ich auch andererseits sagen muß, daß wir Geschäftsleute – wie man will, leider oder glücklicherweise – ein leichtes Unwohlsein sehr oft aus geschäftlichen Rücksichten einfach überwinden müssen.« »Also kann der Herr Prokurist schon zu dir hinein?« fragte der ungeduldige Vater und klopfte wiederum an die Tür. »Nein«, sagte Gregor. Im Nebenzimmer links trat eine peinliche Stille ein, im Nebenzimmer rechts begann die Schwester zu schluchzen.

Warum ging denn die Schwester nicht zu den anderen? Sie war wohl erst jetzt aus dem Bett aufgestanden und hatte noch gar nicht angefangen sich anzuziehen. Und warum weinte sie denn? Weil er nicht aufstand und den Prokuristen nicht hereinließ, weil er in Gefahr war, den Posten zu verlieren und weil dann der Chef die Eltern mit den alten Forderungen wieder verfolgen würde? Das waren doch vorläufig wohl unnötige Sorgen. Noch war Gregor hier und dachte nicht im geringsten daran, seine Familie zu verlassen. Augenblicklich lag er wohl da auf dem Teppich, und niemand, der seinen Zustand gekannt hätte, hätte im Ernst von ihm verlangt, daß er den Prokuristen hereinlasse. Aber wegen dieser kleinen

Unhöflichkeit, für die sich ja später leicht eine passende Ausrede finden würde, konnte Gregor doch nicht gut sofort weggeschickt werden. Und Gregor schien es, daß es viel vernünftiger wäre, ihn jetzt in Ruhe zu lassen, statt ihn mit Weinen und Zureden zu stören. Aber es war eben die Ungewißheit, welche die anderen bedrängte und ihr Benehmen entschuldigte.

»Herr Samsa«, rief nun der Prokurist mit erhobener Stimme, »was ist denn los? Sie verbarrikadieren sich da in Ihrem Zimmer, antworten bloß mit ja und nein, machen Ihren Eltern schwere, unnötige Sorgen und versäumen – dies nur nebenbei erwähnt – Ihre geschäftlichen Pflichten in einer eigentlich unerhörten Weise. Ich spreche hier im Namen Ihrer Eltern und Ihres Chefs und bitte Sie ganz ernsthaft um eine augenblickliche, deutliche Erklärung. Ich staune, ich staune. Ich glaubte Sie als einen ruhigen, vernünftigen Menschen zu kennen, und nun scheinen Sie plötzlich anfangen zu wollen, mit sonderbaren Launen zu paradieren. Der Chef deutete mir zwar heute früh eine mögliche Erklärung für Ihre Versäumnis an – sie betraf das Ihnen seit kurzem anvertraute Inkasso –, aber ich legte wahrhaftig fast mein Ehrenwort dafür ein, daß diese Erklärung nicht zutreffen könne. Nun aber sehe ich hier Ihren unbegreiflichen Starrsinn und verliere ganz und gar jede Lust, mich auch nur im geringsten für Sie einzusetzen. Und Ihre Stellung ist durchaus nicht die festeste. Ich hatte ursprünglich die Absicht, Ihnen das alles unter vier Augen zu sagen, aber da Sie mich hier nutzlos meine Zeit versäumen lassen, weiß ich nicht, warum es nicht auch Ihre Herren Eltern erfahren sollen. Ihre Leistungen in der letzten Zeit waren also sehr unbefriedigend; es ist zwar nicht die Jahreszeit, um besondere Geschäfte zu machen, das erkennen wir an; aber eine Jahreszeit, um keine Geschäfte zu machen, gibt es überhaupt nicht, Herr Samsa, darf es nicht geben.«

»Aber Herr Prokurist«, rief Gregor außer sich und vergaß in der Aufregung alles andere, »ich mache ja sofort, augenblicklich auf. Ein leichtes Unwohlsein, ein Schwindelanfall, haben mich verhindert aufzustehen. Ich liege noch jetzt im Bett. Jetzt bin ich aber schon wieder ganz frisch. Eben steige ich aus dem Bett. Nur einen kleinen Augenblick Geduld! Es geht noch nicht so gut, wie ich dachte. Es ist mir aber schon wohl. Wie das nur einen Menschen so überfallen kann! Noch gestern abend war mir ganz gut, meine Eltern wissen es ja, oder besser, schon gestern Abend hatte ich eine kleine Vorahnung. Man hätte es mir ansehen müssen. Warum habe ich es nur im Geschäfte nicht gemeldet! Aber man denkt eben immer, daß man die Krankheit ohne Zuhausebleiben überstehen wird. Herr Prokurist! Schonen Sie meine Eltern! Für alle die Vorwürfe, die Sie mir jetzt machen, ist ja kein Grund; man hat mir ja davon auch kein Wort gesagt. Sie haben vielleicht die letzten Aufträge, die ich geschickt habe, nicht gelesen. Übrigens, noch mit dem Achtuhrzug fahre ich auf die Reise, die paar Stunden Ruhe haben mich gekräftigt. Halten Sie sich nur nicht auf, Herr Prokurist; ich bin gleich selbst im Geschäft, und haben Sie die Güte, das zu sagen und mich dem Herrn Chef zu empfehlen!«

Und während Gregor dies alles hastig ausstieß und kaum wußte, was er sprach, hatte er sich leicht, wohl infolge der im Bett bereits erlangten Übung, dem Kasten genähert und versuchte nun, an ihm sich aufzurichten. Er wollte tatsächlich die Tür aufmachen, tatsächlich sich sehen lassen und mit dem Prokuristen sprechen; er war begierig zu erfahren, was die anderen, die jetzt so nach ihm verlangten, bei seinem Anblick sagen würden. Würden sie erschrecken, dann hatte Gregor keine Verantwortung mehr und konnte ruhig sein. Würden sie aber alles ruhig hinnehmen, dann hatte auch er keinen Grund sich aufzuregen, und konnte, wenn er sich beeilte, um acht Uhr tatsächlich auf dem Bahnhof sein. Zuerst glitt er nun einigemale von dem glatten Kasten ab, aber endlich gab er sich einen letzten Schwung und stand aufrecht da; auf die Schmerzen im Unterleib achtete er gar nicht mehr, so sehr sie auch brannten. Nun ließ er sich gegen die Rückenlehne eines nahen Stuhles fallen, an deren Rändern er sich mit seinen Beinchen festhielt. Damit hatte er aber auch die Herrschaft über sich erlangt und verstummte, denn nun konnte er den Prokuristen anhören.

»Haben Sie auch nur ein Wort verstanden?« fragte der Prokurist die Eltern, »er macht sich doch wohl nicht einen Narren aus uns?« »Um Gottes willen«, rief die Mutter schon unter Weinen, »er ist vielleicht schwer krank, und wir quälen ihn. Grete! Grete!« schrie sie dann. »Mutter?« rief die Schwester von der anderen Seite. Sie verständigten sich durch Gregors Zimmer. »Du mußt augenblicklich zum Arzt. Gregor ist krank. Rasch um den Arzt. Hast du Gregor jetzt reden hören?« »Das war eine Tierstimme«, sagte der Prokurist, auffallend leise gegenüber dem Schreien der Mutter. »Anna! Anna!« rief der Vater durch das Vorzimmer in die Küche und klatschte in die Hände, »sofort einen Schlosser holen!« Und schon liefen die zwei Mädchen mit rauschenden Röcken durch das Vorzimmer – wie hatte sich die Schwester denn so schnell angezogen? – und rissen die Wohnungstüre auf. Man hörte gar nicht die Türe zuschlagen; sie hatten sie wohl offen gelassen, wie es in Wohnungen zu sein pflegt, in denen ein großes Unglück geschehen ist.

Gregor war aber viel ruhiger geworden. Man verstand zwar also seine Worte nicht mehr, trotzdem sie ihm genug klar, klarer als früher, vorgekommen waren, vielleicht infolge der Gewöhnung des Ohres. Aber immerhin glaubte man nun schon daran, daß es mit ihm nicht ganz in Ordnung war, und war bereit, ihm zu helfen. Die Zuversicht und

Sicherheit, mit welchen die ersten Anordnungen getroffen worden waren, taten ihm wohl. Er fühlte sich wieder einbezogen in den menschlichen Kreis und erhoffte von beiden, vom Arzt und vom Schlosser, ohne sie eigentlich genau zu scheiden, großartige und überraschende Leistungen. Um für die sich nähernden entscheidenden Besprechungen eine möglichst klare Stimme zu bekommen, hustete er ein wenig ab, allerdings bemüht, dies ganz gedämpft zu tun, da möglicherweise auch schon dieses Geräusch anders als menschlicher Husten klang, was er selbst zu entscheiden sich nicht mehr getraute. Im Nebenzimmer war es inzwischen ganz still geworden. Vielleicht saßen die Eltern mit dem Prokuristen beim Tisch und tuschelten, vielleicht lehnten alle an der Türe und horchten.

Gregor schob sich langsam mit dem Sessel zur Tür hin, ließ ihn dort los, warf sich gegen die Tür, hielt sich an ihr aufrecht – die Ballen seiner Beinchen hatten ein wenig Klebstoff – und ruhte sich dort einen Augenblick lang von der Anstrengung aus. Dann aber machte er sich daran, mit dem Mund den Schlüssel im Schloß umzudrehen. Es schien leider, daß er keine eigentlichen Zähne hatte, – womit sollte er gleich den Schlüssel fassen? – aber dafür waren die Kiefer freilich sehr stark; mit ihrer Hilfe brachte er auch wirklich den Schlüssel in Bewegung und achtete nicht darauf, daß er sich zweifellos irgendeinen Schaden zufügte, denn eine braune Flüssigkeit kam ihm aus dem Mund, floß über den Schlüssel und tropfte auf den Boden. »Hören Sie nur«, sagte der Prokurist im Nebenzimmer, »er dreht den Schlüssel um.« Das war für Gregor eine große Aufmunterung; aber alle hätten ihm zurufen sollen, auch der Vater und die Mutter: »Frisch, Gregor«, hätten sie rufen sollen, »immer nur heran, fest an das Schloß heran!« Und in der Vorstellung, daß alle seine Bemühungen mit Spannung verfolgten, verbiß er sich mit allem, was er an Kraft aufbringen konnte, besinnungslos in den Schlüssel. Je nach dem Fortschreiten der Drehung des Schlüssels umtanzte er das Schloß; hielt sich jetzt nur noch mit dem Munde aufrecht, und je nach Bedarf hing er sich an den Schlüssel oder drückte ihn dann wieder nieder mit der ganzen Last seines Körpers. Der hellere Klang des endlich zurückschnappenden Schlosses erweckte Gregor förmlich. Aufatmend sagte er sich: »Ich habe also den Schlosser nicht gebraucht«, und legte den Kopf auf die Klinke, um die Türe gänzlich zu öffnen.

Da er die Türe auf diese Weise öffnen mußte, war sie eigentlich schon recht weit geöffnet, und er selbst noch nicht zu sehen. Er mußte sich erst langsam um den einen Türflügel herumdrehen, und zwar sehr vorsichtig, wenn er nicht gerade vor dem Eintritt ins Zimmer plump auf den Rücken fallen wollte. Er war noch mit jener schwierigen Bewegung beschäftigt und hatte nicht Zeit, auf anderes zu achten, da hörte er schon den Prokuristen ein lautes »Oh!« ausstoßen – es klang, wie wenn der Wind saust – und nun sah er ihn auch, wie er, der der Nächste an der Türe war, die Hand gegen den offenen Mund drückte und langsam zurückwich, als vertreibe ihn eine unsichtbare, gleichmäßig fortwirkende Kraft. Die Mutter – sie stand hier trotz der Anwesenheit des Prokuristen mit von der Nacht her noch aufgelösten, hoch sich sträubenden Haaren – sah zuerst mit gefalteten Händen den Vater an, ging dann zwei Schritte zu Gregor hin und fiel inmitten ihrer rings um sie herum sich ausbreitenden Röcke nieder, das Gesicht ganz unauffindbar zu ihrer Brust gesenkt. Der Vater ballte mit feindseligem Ausdruck die Faust, als wolle er Gregor in sein Zimmer zurückstoßen, sah sich dann unsicher im Wohnzimmer um, beschattete dann mit den Händen die Augen und weinte, daß sich seine mächtige Brust schüttelte.

Gregor trat nun gar nicht in das Zimmer, sondern lehnte sich von innen an den festgeriegelten Türflügel, so daß sein Leib nur zur Hälfte und darüber der seitlich geneigte Kopf zu sehen war, mit dem er zu den anderen hinüberlugte. Es war inzwischen viel heller geworden; klar stand auf der anderen Straßenseite ein Ausschnitt des gegenüberliegenden, endlosen, grauschwarzen Hauses – es war ein Krankenhaus – mit seinen hart die Front durchbrechenden regelmäßigen Fenstern; der Regen fiel noch nieder, aber nur mit großen, einzeln sichtbaren und förmlich auch einzelnweise auf die Erde hinuntergeworfenen Tropfen. Das Frühstücksgeschirr stand in überreicher Zahl auf dem Tisch, denn für den Vater war das Frühstück die wichtigste Mahlzeit des Tages, die er bei der Lektüre verschiedener Zeitungen stundenlang hinzog. Gerade an der gegenüber liegenden Wand hing eine Photographie Gregors aus seiner Militärzeit, die ihn als Leutnant darstellte, wie er, die Hand am Degen, sorglos lächelnd, Respekt für seine Haltung und Uniform verlangte. Die Tür zum Vorzimmer war geöffnet, und man sah, da auch die Wohnungstür offen war, auf den Vorplatz der Wohnung hinaus und auf den Beginn der abwärts führenden Treppe.

»Nun«, sagte Gregor und war sich dessen wohl bewußt, daß er der einzige war, der die Ruhe bewahrt hatte, »ich werde mich gleich anziehen, die Kollektion zusammenpakken und wegfahren. Wollt Ihr, wollt Ihr mich wegfahren lassen? Nun, Herr Prokurist, Sie sehen, ich bin nicht starrköpfig und ich arbeite gern; das Reisen ist beschwerlich, aber ich könnte ohne das Reisen nicht leben. Wohin gehen Sie denn, Herr Prokurist? Ins Geschäft? Ja? Werden Sie alles wahrheitsgetreu berichten? Man kann im Augenblick unfähig sein zu arbeiten, aber dann ist gerade der richtige Zeitpunkt, sich an die früheren Leistungen zu erinnern und zu bedenken, daß man später, nach Beseitigung des Hindernisses, gewiß desto fleißiger und gesammelter arbeiten wird. Ich bin ja dem Herrn Chef so sehr verpflichtet, das wissen Sie doch recht gut. Andererseits habe ich die Sorge um meine Eltern und die Schwester. Ich bin in der Klemme, ich werde mich aber auch wieder herausarbeiten. Machen Sie es mir aber nicht schwieriger, als es schon ist. Halten Sie im Geschäft meine Partei! Man liebt den Reisenden nicht, ich weiß. Man denkt, er verdient ein Heidengeld und führt dabei ein schönes Leben. Man hat eben keine besondere Veranlassung, dieses Vorurteil besser zu durchdenken. Sie aber, Herr Prokurist, Sie haben einen besseren Überblick über die Verhältnisse, als das sonstige Personal, ja sogar, ganz im Vertrauen gesagt, einen besseren Überblick, als der Herr Chef selbst, der in seiner Eigenschaft als Unternehmer sich in seinem Urteil leicht zu Ungunsten eines Angestellten beirren läßt. Sie wissen auch sehr wohl, daß der Reisende, der fast das ganze Jahr außerhalb des Geschäftes ist, so leicht ein Opfer von Klatschereien, Zufälligkeiten und grundlosen Beschwerden werden kann, gegen die sich zu wehren ihm ganz unmöglich ist, da er von ihnen meistens gar nichts erfährt und nur dann, wenn er erschöpft eine Reise beendet hat, zu Hause die schlimmen, auf ihre Ursachen hin nicht mehr zu durchschauenden Folgen am eigenen Leibe zu spüren bekommt. Herr Prokurist, gehen Sie nicht weg, ohne mir ein Wort gesagt zu haben, das mir zeigt, daß Sie mir wenigstens zu einem kleinen Teil recht geben!«

Aber der Prokurist hatte sich schon bei den ersten Worten Gregors abgewendet, und nur über die zuckende Schulter hinweg sah er mit aufgeworfenen Lippen nach Gregor zurück. Und während Gregors Rede stand er keinen Augenblick still, sondern verzog sich, ohne Gregor aus den Augen zu lassen, gegen die Tür, aber ganz allmählich, als bestehe ein geheimes Verbot, das Zimmer zu verlassen. Schon war er im

Vorzimmer, und nach der plötzlichen Bewegung, mit der er zum letztenmal den Fuß aus dem Wohnzimmer zog, hätte man glauben können, er habe sich soeben die Sohle verbrannt. Im Vorzimmer aber streckte er die rechte Hand weit von sich zur Treppe hin, als warte dort auf ihn eine geradezu überirdische Erlösung.

Gregor sah ein, daß er den Prokuristen in dieser Stimmung auf keinen Fall weggehen lassen dürfe, wenn dadurch seine Stellung im Geschäft nicht aufs äußerste gefährdet werden sollte. Die Eltern verstanden das alles nicht so gut; sie hatten sich in den langen Jahren die Überzeugung gebildet, daß Gregor in diesem Geschäft für sein Leben versorgt war, und hatten außerdem jetzt mit den augenblicklichen Sorgen so viel zu tun, daß ihnen jede Voraussicht abhanden gekommen war. Aber Gregor hatte diese Voraussicht. Der Prokurist mußte gehalten, beruhigt, überzeugt und schließlich gewonnen werden; die Zukunft Gregors und seiner Familie hing doch davon ab! Wäre doch die Schwester hier gewesen! Sie war klug; sie hatte schon geweint, als Gregor noch ruhig auf dem Rücken lag. Und gewiß hätte der Prokurist, dieser Damenfreund, sich von ihr lenken lassen; sie hätte die Wohnungstür zugemacht und ihm im Vorzimmer den Schrecken ausgeredet. Aber die Schwester war eben nicht da, Gregor selbst mußte handeln. Und ohne daran zu denken, daß er seine gegenwärtigen Fähigkeiten, sich zu bewegen, noch gar nicht kannte, ohne auch daran zu denken, daß seine Rede möglicher- ja wahrscheinlicherweise wieder nicht verstanden worden war, verließ er den Türflügel; schob sich durch die Öffnung; wollte zum Prokuristen hingehen, der sich schon am Geländer des Vorplatzes lächerlicherweise mit beiden Händen festhielt; fiel aber sofort, nach einem Halt suchend, mit einem kleinen Schrei auf seine vielen Beinchen nieder. Kaum war das geschehen, fühlte er zum erstenmal an diesem Morgen ein körperliches Wohlbehagen; die Beinchen hatten festen Boden unter sich; sie gehorchten vollkommen, wie er zu seiner Freude merkte; strebten sogar darnach, ihn fortzutragen, wohin er wollte; und schon glaubte er, die endgültige Besserung alles Leidens stehe unmittelbar bevor. Aber im gleichen Augenblick, als er da schaukelnd vor verhaltener Bewegung, gar nicht weit von seiner Mutter entfernt, ihr gerade gegenüber auf dem Boden lag, sprang diese, die doch so ganz in sich versunken schien, mit einemmale in die Höhe, die Arme weit ausgestreckt, die Finger gespreizt, rief: »Hilfe, um Gottes willen Hilfe!«, hielt den Kopf geneigt, als wolle sie Gregor besser sehen, lief aber, im Widerspruch dazu, sinnlos zurück; hatte vergessen, daß hinter ihr der gedeckte Tisch stand; setzte sich, als sie bei ihm angekommen war, wie in Zerstreutheit, eilig auf ihn; und schien gar nicht zu merken, daß neben ihr aus der umgeworfenen großen Kanne der Kaffee in vollem Strome auf den Teppich sich ergoß.

»Mutter, Mutter«, sagte Gregor leise, und sah zu ihr hinauf. Der Prokurist war ihm für einen Augenblick ganz aus dem Sinn gekommen; dagegen konnte er sich nicht versagen, im Anblick des fließenden Kaffees mehrmals mit den Kiefern ins Leere zu schnappen. Darüber schrie die Mutter neuerdings auf, flüchtete vom Tisch und fiel dem ihr entgegeneilenden Vater in die Arme. Aber Gregor hatte jetzt keine Zeit für seine Eltern; der Prokurist war schon auf der Treppe; das Kinn auf dem Geländer, sah er noch zum letzten Male zurück. Gregor nahm einen Anlauf, um ihn möglichst sicher einzuholen; der Prokurist mußte etwas ahnen, denn er machte einen Sprung über mehrere Stufen und verschwand; »Huh!« aber schrie er noch, es klang durchs ganze Treppenhaus. Leider schien nun auch diese Flucht des Prokuristen den Vater, der bisher verhältnismäßig gefaßt gewesen war, völlig zu verwirren, denn statt selbst dem Prokuristen nachzulaufen oder wenigstens Gregor in der Verfolgung nicht zu hindern, packte er mit der Rechten den Stock des Prokuristen, den dieser mit Hut und Überzieher auf einem Sessel zurückgelassen hatte, holte mit der Linken eine große Zeitung vom Tisch und machte sich unter Füßestampfen daran, Gregor durch Schwenken des Stockes und der Zeitung in sein Zimmer zurückzutreiben. Kein Bitten Gregors half, kein Bitten wurde auch verstanden, er mochte den Kopf noch so demütig drehen, der Vater stampfte nur stärker mit den Füßen. Drüben hatte die Mutter trotz des kühlen Wetters ein Fenster aufgerissen, und hinausgelehnt drückte sie ihr Gesicht weit außerhalb des Fensters in ihre Hände. Zwischen Gasse und Treppenhaus entstand eine starke Zugluft, die Fenstervorhänge flogen auf, die Zeitungen auf dem Tische rauschten, einzelne Blätter wehten über den Boden hin. Unerbittlich drängte der Vater und stieß Zischlaute aus, wie ein Wilder. Nun hatte aber Gregor noch gar keine Übung im Rückwärtsgehen, es ging wirklich sehr langsam. Wenn sich Gregor nur hätte umdrehen dürfen, er wäre gleich in seinem Zimmer gewesen, aber er fürchtete sich, den Vater durch die zeitraubende Umdrehung ungeduldig zu machen, und jeden Augenblick drohte ihm doch von dem Stock in des Vaters Hand der tödliche Schlag auf den Rücken oder auf den Kopf. Endlich aber blieb Gregor doch nichts anderes übrig, denn er merkte mit Entsetzen, daß er im Rückwärtsgehen nicht einmal die Richtung einzuhalten verstand; und so begann er, unter unaufhörlichen ängstlichen Seitenblicken nach dem Vater, sich nach Möglichkeit rasch, in Wirklichkeit aber doch nur sehr langsam umzudrehen. Vielleicht merkte der Vater seinen guten Willen, denn er störte ihn hierbei nicht, sondern dirigierte sogar hie und da die Drehbewegung von der Ferne mit der Spitze seines Stockes. Wenn nur nicht dieses unerträgliche Zischen des Vaters gewesen wäre! Gregor verlor darüber ganz den Kopf. Er war schon fast ganz umgedreht, als er sich, immer auf dieses Zischen horchend, sogar irrte und sich wieder ein Stück zurückdrehte. Als er aber endlich glücklich mit dem Kopf vor der Türöffnung war, zeigte es sich, daß sein Körper zu breit war, um ohne weiteres durchzukommen. Dem Vater fiel es natürlich in seiner gegenwärtigen Verfassung auch nicht entfernt ein, etwa den anderen Türflügel zu öffnen, um für Gregor einen genügenden Durchgang zu schaffen. Seine fixe Idee war bloß, daß Gregor so rasch als möglich in sein Zimmer müsse. Niemals hätte er auch die umständlichen Vorbereitungen gestattet, die Gregor brauchte, um sich aufzurichten und vielleicht auf diese Weise durch die Tür zu kommen. Vielmehr trieb er, als gäbe es kein Hindernis, Gregor jetzt unter besonderem Lärm vorwärts; es klang schon hinter Gregor gar nicht mehr wie die Stimme bloß eines einzigen Vaters; nun gab es wirklich keinen Spaß mehr, und Gregor drängte sich – geschehe was wolle – in die Tür. Die eine Seite seines Körpers hob sich, er lag schief in der Türöffnung, seine eine Flanke war ganz wundgerieben, an der weißen Tür blieben häßliche Flecken, bald steckte er fest und hätte sich allein nicht mehr rühren können, die Beinchen auf der einen Seite hingen zitternd oben in der Luft, die auf der anderen waren schmerzhaft zu Boden gedrückt – da gab ihm der Vater von hinten einen jetzt wahrhaftig erlösenden starken Stoß, und er flog, heftig blutend, weit in sein Zimmer hinein. Die Tür wurde noch mit dem Stock zugeschlagen, dann war es endlich still.

II.

Erst in der Abenddämmerung erwachte Gregor aus seinem schweren ohnmachtsähnlichen Schlaf. Er wäre gewiß nicht viel später auch ohne Störung erwacht, denn er fühlte sich genügend ausgeruht und ausgeschlafen, doch schien es ihm, als hätte ihn ein flüchtiger Schritt und ein vorsichtiges Schließen der zum Vorzimmer führenden Tür geweckt. Der Schein der elektrischen Straßenlampen lag bleich hier und da auf der Zimmerdecke und auf den höheren Teilen der Möbel, aber unten bei Gregor war es finster. Langsam schob er sich, noch ungeschickt mit seinen Fühlern tastend, die er erst jetzt schätzen lernte, zur Türe hin, um nachzusehen, was dort geschehen war. Seine linke Seite schien eine einzige lange, unangenehm spannende Narbe und er mußte auf seinen zwei Beinreihen regelrecht hinken. Ein Beinchen war übrigens im Laufe der vormittägigen Vorfälle schwer verletzt worden – es war fast ein Wunder, daß nur eines verletzt worden war – und schleppte leblos nach.

Erst bei der Tür merkte er, was ihn dorthin eigentlich gelockt hatte; es war der Geruch von etwas Eßbarem gewesen. Denn dort stand ein Napf mit süßer Milch gefüllt, in der kleine Schnitten von Weißbrot schwammen. Fast hätte er vor Freude gelacht, denn er hatte noch größeren Hunger, als am Morgen, und gleich tauchte er seinen Kopf fast bis über die Augen in die Milch hinein. Aber bald zog er ihn enttäuscht wieder zurück; nicht nur, daß ihm das Essen wegen seiner heiklen linken Seite Schwierigkeiten machte – und er konnte nur essen, wenn der ganze Körper schnaufend mitarbeitete –, so schmeckte ihm überdies die Milch, die sonst sein Lieblingsgetränk war, und die ihm gewiß die Schwester deshalb hereingestellt hatte, gar nicht, ja er wandte sich fast mit Widerwillen von dem Napf ab und kroch in die Zimmermitte zurück.

Im Wohnzimmer war, wie Gregor durch die Türspalte sah, das Gas angezündet, aber während sonst zu dieser Tageszeit der Vater seine nachmittags erscheinende Zeitung der Mutter und manchmal auch der Schwester mit erhobener Stimme vorzulesen pflegte, hörte man jetzt keinen Laut. Nun vielleicht war dieses Vorlesen, von dem ihm die Schwester immer erzählte und schrieb, in der letzten Zeit überhaupt aus der Übung gekommen. Aber auch ringsherum war es so still, trotzdem doch gewiß die Wohnung nicht leer war. »Was für ein stilles Leben die Familie doch führte«, sagte sich Gregor und fühlte, während er starr vor sich ins Dunkle sah, einen großen Stolz darüber, daß er seinen Eltern und seiner Schwester ein solches Leben in einer so schönen Wohnung hatte verschaffen können. Wie aber, wenn jetzt alle Ruhe, aller Wohlstand, alle Zufriedenheit ein Ende mit Schrecken nehmen sollte? Um sich nicht in solche Gedanken zu verlieren, setzte sich Gregor lieber in Bewegung und kroch im Zimmer auf und ab.

Einmal während des langen Abends wurde die eine Seitentüre und einmal die andere bis zu einer kleinen Spalte geöffnet und rasch wieder geschlossen; jemand hatte wohl das Bedürfnis hereinzukommen, aber auch wieder zuviele Bedenken. Gregor machte nun unmittelbar bei der Wohnzimmertür halt, entschlossen, den zögernden Besucher doch irgendwie hereinzubringen oder doch wenigstens zu erfahren, wer es sei; aber nun wurde die Tür nicht mehr geöffnet und Gregor wartete vergebens. Früh, als die Türen versperrt waren, hatten alle zu ihm hereinkommen wollen, jetzt, da er die eine Tür geöffnet hatte und die anderen offenbar während des Tages geöffnet worden waren, kam keiner mehr, und die Schlüssel steckten nun auch von außen.

Spät erst in der Nacht wurde das Licht im Wohnzimmer ausgelöscht, und nun war leicht festzustellen, daß die Eltern und die Schwester so lange wachgeblieben waren, denn wie man genau hören konnte, entfernten sich jetzt alle drei auf den Fußspitzen. Nun kam gewiß bis zum Morgen niemand mehr zu Gregor herein; er hatte also eine lange Zeit, um ungestört zu überlegen, wie er sein Leben jetzt neu ordnen sollte. Aber das hohe freie Zimmer, in dem er gezwungen war, flach auf dem Boden zu liegen, ängstigte ihn, ohne daß er die Ursache herausfinden konnte, denn es war ja sein seit fünf Jahren von ihm bewohntes Zimmer – und mit einer halb unbewußten Wendung und nicht ohne eine leichte Scham eilte er unter das Kanapee, wo er sich, trotzdem sein Rücken ein wenig gedrückt wurde und trotzdem er den Kopf nicht mehr erheben konnte, gleich sehr behaglich fühlte und nur bedauerte, daß sein Körper zu breit war, um vollständig unter dem Kanapee untergebracht zu werden.

Dort blieb er die ganze Nacht, die er zum Teil im Halbschlaf, aus dem ihn der Hunger immer wieder aufschreckte, verbrachte, zum Teil aber in Sorgen und undeutlichen Hoffnungen, die aber alle zu dem Schlusse führten, daß er sich vorläufig ruhig verhalten und durch Geduld und größte Rücksichtnahme der Familie die Unannehmlichkeiten erträglich machen müsse, die er ihr in seinem gegenwärtigen Zustand nun einmal zu verursachen gezwungen war.

Schon am frühen Morgen, es war fast noch Nacht, hatte Gregor Gelegenheit, die Kraft seiner eben gefaßten Entschlüsse zu prüfen, denn vom Vorzimmer her öffnete die Schwester, fast völlig angezogen, die Tür und sah mit Spannung herein. Sie fand ihn nicht gleich, aber als sie ihn unter dem Kanapee bemerkte – Gott, er mußte doch irgendwo sein, er hatte doch nicht wegfliegen können – erschrak sie so sehr, daß sie, ohne sich beherrschen zu können, die Tür von außen wieder zuschlug. Aber als bereue sie ihr Benehmen, öffnete sie die Tür sofort wieder und trat, als sei sie bei einem

Schwerkranken oder gar bei einem Fremden, auf den Fußspitzen herein. Gregor hatte den Kopf bis knapp zum Rande des Kanapees vorgeschoben und beobachtete sie. Ob sie wohl bemerken würde, daß er die Milch stehen gelassen hatte, und zwar keineswegs aus Mangel an Hunger, und ob sie eine andere Speise hereinbringen würde, die ihm besser entsprach? Täte sie es nicht von selbst, er wollte lieber verhungern, als sie darauf aufmerksam machen, trotzdem es ihn eigentlich ungeheuer drängte, unterm Kanapee vorzuschießen, sich der Schwester zu Füßen zu werfen und sie um irgendetwas Gutes zum Essen zu bitten. Aber die Schwester bemerkte sofort mit Verwunderung den noch vollen Napf, aus dem nur ein wenig Milch ringsherum verschüttet war, sie hob ihn gleich auf, zwar nicht mit den bloßen Händen, sondern mit einem Fetzen, und trug ihn hinaus. Gregor war äußerst neugierig, was sie zum Ersatze bringen würde, und er machte sich die verschiedensten Gedanken darüber. Niemals aber hätte er erraten können, was die Schwester in ihrer Güte wirklich tat. Sie brachte ihm, um seinen Geschmack zu prüfen, eine ganze Auswahl, alles auf einer alten Zeitung ausgebreitet. Da war altes halbverfaultes Gemüse; Knochen vom Nachtmahl her, die von festgewordener weißer Sauce umgeben waren; ein paar Rosinen und Mandeln; ein Käse, den Gregor vor zwei Tagen für ungenießbar erklärt hatte; ein trockenes Brot, ein mit Butter beschmiertes Brot und ein mit Butter beschmiertes und gesalzenes Brot. Außerdem stellte sie zu dem allen noch den wahrscheinlich ein für allemal für Gregor bestimmten Napf, in den sie Wasser gegossen hatte. Und aus Zartgefühl, da sie wußte, daß Gregor vor ihr nicht essen würde, entfernte sie sich eiligst und drehte sogar den Schlüssel um, damit nur Gregor merken könne, daß er es sich so behaglich machen dürfe, wie er wolle. Gregors Beinchen schwirrten, als es jetzt zum Essen ging. Seine Wunden mußten übrigens auch schon vollständig geheilt sein, er fühlte keine Behinderung mehr, er staunte darüber und dachte daran, wie er vor mehr als einem Monat sich mit dem Messer ganz wenig in den Finger geschnitten, und wie ihm diese Wunde noch vorgestern genug wehgetan hatte. »Sollte ich jetzt weniger Feingefühl haben?« dachte er und saugte schon gierig an dem Käse, zu dem es ihn vor allen anderen Speisen sofort und nachdrücklich gezogen hatte. Rasch hintereinander und mit vor Befriedigung tränenden Augen verzehrte er den Käse, das Gemüse und die Sauce; die frischen Speisen dagegen schmeckten ihm nicht, er konnte nicht einmal ihren Geruch vertragen und schleppte sogar die Sachen, die er essen wollte, ein Stückchen weiter weg. Er war schon längst mit allem fertig und lag nur noch faul auf der gleichen Stelle, als die Schwester zum Zeichen, daß er sich zurückziehen solle, langsam den Schlüssel umdrehte. Das schreckte ihn sofort auf, trotzdem er schon fast schlummerte, und er eilte wieder unter das Kanapee. Aber es kostete ihn große Selbstüberwindung, auch nur die kurze Zeit, während welcher die Schwester im Zimmer war, unter dem Kanapee zu bleiben, denn von dem reichlichen Essen hatte sich sein Leib ein wenig gerundet und er konnte dort in der Enge kaum atmen. Unter kleinen Erstickungsanfällen sah er mit etwas hervorgequollenen Augen zu, wie die nichtsahnende Schwester mit einem Besen nicht nur die Überbleibsel zusammenkehrte, sondern selbst die von Gregor gar nicht berührten Speisen, als seien also auch diese nicht mehr zu gebrauchen, und wie sie alles hastig in einen Kübel schüttete, den sie mit einem Holzdeckel schloß, worauf sie alles hinaustrug. Kaum hatte sie sich umgedreht, zog sich schon Gregor unter dem Kanapee hervor und streckte und blähte sich.

Auf diese Weise bekam nun Gregor täglich sein Essen, einmal am Morgen, wenn die Eltern und das Dienstmädchen noch schliefen, das zweitemal nach dem allgemeinen Mittagessen, denn dann schliefen die Eltern gleichfalls noch ein Weilchen, und das Dienstmädchen wurde von der Schwester mit irgendeiner Besorgung weggeschickt. Gewiß wollten auch sie nicht, daß Gregor verhungere, aber vielleicht hätten sie es nicht ertragen können, von seinem Essen mehr als durch Hörensagen zu erfahren, vielleicht wollte die Schwester ihnen auch eine möglicherweise nur kleine Trauer ersparen, denn tatsächlich litten sie ja gerade genug.

Mit welchen Ausreden man an jenem ersten Vormittag den Arzt und den Schlosser wieder aus der Wohnung geschafft hatte, konnte Gregor gar nicht erfahren, denn da er nicht verstanden wurde, dachte niemand daran, auch die Schwester nicht, daß er die Anderen verstehen könne, und so mußte er sich, wenn die Schwester in seinem Zimmer war, damit begnügen, nur hier und da ihre Seufzer und Anrufe der Heiligen zu hören. Erst später, als sie sich ein wenig an alles gewöhnt hatte – von vollständiger Gewöhnung konnte natürlich niemals die Rede sein –, erhaschte Gregor manchmal eine Bemerkung, die freundlich gemeint war oder so gedeutet werden konnte. »Heute hat es ihm aber geschmeckt«, sagte sie, wenn Gregor unter dem Essen tüchtig aufgeräumt hatte, während sie im gegenteiligen Fall, der sich allmählich immer häufiger wiederholte, fast traurig zu sagen pflegte: »Nun ist wieder alles stehengeblieben.«

Während aber Gregor unmittelbar keine Neuigkeit erfahren konnte, erhorchte er manches aus den Nebenzimmern, und wo er nur einmal Stimmen hörte, lief er gleich zu der betreffenden Tür und drückte sich mit ganzem Leib an sie. Besonders in der ersten Zeit gab es kein Gespräch, das nicht irgendwie, wenn auch nur im geheimen, von ihm handelte. Zwei Tage lang waren bei allen Mahlzeiten Beratungen darüber zu hören, wie man sich jetzt verhalten solle; aber auch zwischen den Mahlzeiten sprach man über das gleiche Thema, denn immer waren zumindest zwei Familienmitglieder zu Hause, da wohl niemand allein zu Hause bleiben wollte und man die Wohnung doch auf keinen Fall gänzlich verlassen konnte. Auch hatte das Dienstmädchen gleich am ersten Tag – es war nicht ganz klar, was und wieviel sie von dem Vorgefallenen wußte – kniefällig die Mutter gebeten, sie sofort zu entlassen, und als sie sich eine Viertelstunde danach verabschiedete, dankte sie für die Entlassung unter Tränen, wie für die größte Wohltat, die man ihr hier erwiesen hatte, und gab, ohne daß man es von ihr verlangte, einen fürchterlichen Schwur ab, niemandem auch nur das Geringste zu verraten.

Nun mußte die Schwester im Verein mit der Mutter auch kochen; allerdings machte das nicht viel Mühe, denn man aß fast nichts. Immer wieder hörte Gregor, wie der eine den anderen vergebens zum Essen aufforderte und keine andere Antwort bekam, als: »Danke, ich habe genug« oder etwas Ähnliches. Getrunken wurde vielleicht auch nichts. Öfters fragte die Schwester den Vater, ob er Bier haben wolle, und herzlich erbot sie sich, es selbst zu holen, und als der Vater schwieg, sagte sie, um ihm jedes Bedenken zu nehmen, sie könne auch die Hausmeisterin darum schicken, aber dann sagte der Vater schließlich ein großes »Nein«, und es wurde nicht mehr davon gesprochen.

Schon im Laufe des ersten Tages legte der Vater die ganzen Vermögensverhältnisse und Aussichten sowohl der Mutter, als auch der Schwester dar. Hie und da stand er vom Tische auf und holte aus seiner kleinen Wertheimkassa, die er aus dem vor fünf Jahren erfolgten Zusammenbruch seines Geschäftes gerettet hatte, irgendeinen Beleg oder irgendein Vormerkbuch. Man hörte, wie er das komplizierte Schloß aufsperrte und nach Entnahme des Gesuchten wieder verschloß. Diese Erklärungen des Vaters waren zum Teil das erste Erfreuliche, was Gregor seit seiner Gefangenschaft zu hören bekam. Er war der Meinung gewesen, daß dem Vater von jenem Geschäft her nicht das Geringste übriggeblieben war, zumindest hatte ihm der Vater nichts Gegenteiliges gesagt, und Gregor allerdings hatte ihn auch nicht darum gefragt. Gregors Sorge war damals nur gewesen, alles daranzusetzen, um die Familie das geschäftliche Unglück, das alle in eine vollständige Hoffnungslosigkeit gebracht hatte, möglichst rasch vergessen zu lassen. Und so hatte er damals mit ganz besonderem Feuer zu arbeiten angefangen und war fast über Nacht aus einem kleinen Kommis ein Reisender geworden, der natürlich ganz andere Möglichkeiten des Geldverdienens hatte, und dessen Arbeitserfolge sich sofort in Form der Provision zu Bargeld verwandelten, das der erstaunten und beglückten Familie zu Hause auf den Tisch gelegt werden konnte. Es waren schöne Zeiten gewesen, und niemals nachher hatten sie sich, wenigstens in diesem Glanze, wiederholt, trotzdem Gregor später so viel Geld verdiente, daß er den Aufwand der ganzen Familie zu tragen imstande war und auch trug. Man hatte sich eben daran gewöhnt, sowohl die Familie, als auch Gregor, man nahm das Geld dankbar an, er lieferte es gern ab, aber eine besondere Wärme wollte sich nicht mehr ergeben. Nur die Schwester war Gregor doch noch nahe geblieben, und es war sein geheimer Plan, sie, die zum Unterschied von Gregor Musik sehr liebte und rührend Violine zu spielen verstand, nächstes Jahr, ohne Rücksicht auf die großen Kosten, die das verursachen mußte, und die man schon auf andere Weise hereinbringen würde, auf das Konservatorium zu schicken. Öfters während der kurzen Aufenthalte Gregors in der Stadt wurde in den Gesprächen mit der Schwester das Konservatorium erwähnt, aber immer nur als schöner Traum, an dessen Verwirklichung nicht zu denken war, und die Eltern hörten nicht einmal diese unschuldigen Erwähnungen gern; aber Gregor dachte sehr bestimmt daran und beabsichtigte, es am Weihnachtsabend feierlich zu erklären.

Solche in seinem gegenwärtigen Zustand ganz nutzlose Gedanken gingen ihm durch den Kopf, während er dort aufrecht an der Türe klebte und horchte. Manchmal konnte er vor allgemeiner Müdigkeit gar nicht mehr zuhören und ließ den Kopf nachlässig gegen die Tür schlagen, hielt ihn aber sofort wieder fest, denn selbst das kleine Geräusch, das er damit verursacht hatte, war nebenan gehört worden und hatte alle verstummen lassen. »Was er nur wieder treibt«, sagte der Vater nach einer Weile, offenbar zur Türe hingewendet, und dann erst wurde das unterbrochene Gespräch allmählich wieder aufgenommen.

Gregor erfuhr nun zur Genüge – denn der Vater pflegte sich in seinen Erklärungen öfters zu wiederholen, teils, weil er selbst sich mit diesen Dingen schon lange nicht beschäftigt hatte, teils auch, weil die Mutter nicht alles gleich beim ersten Mal verstand –, daß trotz allen Unglücks ein allerdings ganz kleines Vermögen aus der alten Zeit noch vorhanden war, das die nicht angerührten Zinsen in der Zwischenzeit ein wenig hatten anwachsen lassen. Außerdem aber war das Geld, das Gregor allmonatlich nach Hause gebracht hatte – er selbst hatte nur ein paar Gulden für sich behalten –, nicht vollständig aufgebraucht worden und hatte sich zu einem kleinen Kapital angesammelt. Gregor, hinter seiner Türe, nickte eifrig, erfreut über diese unerwartete Vorsicht und Sparsamkeit. Eigentlich hätte er ja mit diesen überschüssigen Geldern die Schuld des Vaters gegenüber dem Chef weiter abgetragen haben können, und jener Tag, an dem er diesen Posten hätte loswerden können, wäre weit näher gewesen, aber jetzt war es zweifellos besser so, wie es der Vater eingerichtet hatte.

Nun genügte dieses Geld aber ganz und gar nicht, um die Familie etwa von den Zinsen leben zu lassen; es genügte vielleicht, um die Familie ein, höchstens zwei Jahre zu erhalten, mehr war es nicht. Es war also bloß eine Summe, die man eigentlich nicht angreifen durfte, und die für den Notfall zurückgelegt werden mußte; das Geld zum Leben aber mußte man verdienen. Nun war aber der Vater ein zwar gesunder, aber alter Mann, der schon fünf Jahre nichts gearbeitet hatte und sich jedenfalls nicht viel zutrauen durfte; er hatte in diesen fünf Jahren, welche die ersten Ferien seines mühevollen und doch erfolglosen Lebens waren, viel Fett angesetzt und war dadurch recht schwerfällig geworden. Und die alte Mutter sollte nun vielleicht Geld verdienen, die an Asthma litt, der eine Wanderung durch die Wohnung schon Anstrengung verursachte, und die jeden zweiten Tag in Atembeschwerden auf dem Sopha beim offenen Fenster verbrachte? Und die Schwester sollte Geld verdienen, die noch ein Kind war mit ihren siebzehn Jahren, und der ihre bisherige Lebensweise so sehr zu gönnen war, die daraus bestanden hatte, sich nett zu kleiden, lange zu schlafen, in der Wirtschaft mitzuhelfen, an ein paar bescheidenen Vergnügungen sich zu beteiligen und vor allem Violine zu spielen? Wenn die Rede auf diese Notwendigkeit des Geldverdienens kam, ließ zuerst immer Gregor die Türe los und warf sich auf das neben der Tür befindliche kühle Ledersopha, denn ihm war ganz heiß vor Beschämung und Trauer.

Oft lag er dort die ganzen langen Nächte über, schlief keinen Augenblick und scharrte nur stundenlang auf dem Leder. Oder er scheute nicht die große Mühe, einen Sessel zum Fenster zu schieben, dann die Fensterbrüstung hinaufzukriechen und, in den Sessel gestemmt, sich ans Fenster zu lehnen, offenbar nur in irgendeiner Erinnerung an das Befreiende, das früher für ihn darin gelegen war, aus dem

Fenster zu schauen. Denn tatsächlich sah er von Tag zu Tag die auch nur ein wenig entfernten Dinge immer undeutlicher; das gegenüberliegende Krankenhaus, dessen nur allzu häufigen Anblick er früher verflucht hatte, bekam er überhaupt nicht mehr zu Gesicht, und wenn er nicht genau gewußt hätte, daß er in der stillen, aber völlig städtischen Charlottenstraße wohnte, hätte er glauben können, von seinem Fenster aus in eine Einöde zu schauen, in welcher der graue Himmel und die graue Erde ununterscheidbar sich vereinigten. Nur zweimal hatte die aufmerksame Schwester sehen müssen, daß der Sessel beim Fenster stand, als sie schon jedesmal, nachdem sie das Zimmer aufgeräumt hatte, den Sessel wieder genau zum Fenster hinschob, ja sogar von nun ab den inneren Fensterflügel offen ließ.

Hätte Gregor nur mit der Schwester sprechen und ihr für alles danken können, was sie für ihn machen mußte, er hätte ihre Dienste leichter ertragen; so aber litt er darunter. Die Schwester suchte freilich die Peinlichkeit des Ganzen möglichst zu verwischen, und je längere Zeit verging, desto besser gelang es ihr natürlich auch, aber auch Gregor durchschaute mit der Zeit alles viel genauer. Schon ihr Eintritt war für ihn schrecklich. Kaum war sie eingetreten, lief sie, ohne sich Zeit zu nehmen, die Türe zu schließen, so sehr sie sonst darauf achtete, jedem den Anblick von Gregors Zimmer zu ersparen, geradewegs zum Fenster und riß es, als ersticke sie fast, mit hastigen Händen auf, blieb auch, selbst wenn es noch so kalt war, ein Weilchen beim Fenster und atmete tief. Mit diesem Laufen und Lärmen erschreckte sie Gregor täglich zweimal; die ganze Zeit über zitterte er unter dem Kanapee und wußte doch sehr gut, daß sie ihn gewiß gerne damit verschont hätte, wenn es ihr nur möglich gewesen wäre, sich in einem Zimmer, in dem sich Gregor befand, bei geschlossenem Fenster aufzuhalten.

Einmal, es war wohl schon ein Monat seit Gregors Verwandlung vergangen, und es war doch schon für die Schwester kein besonderer Grund mehr, über Gregors Aussehen in Erstaunen zu geraten, kam sie ein wenig früher als sonst und traf Gregor noch an, wie er, unbeweglich und so recht zum Erschrecken aufgestellt, aus dem Fenster schaute. Es wäre für Gregor nicht unerwartet gewesen, wenn sie nicht eingetreten wäre, da er sie durch seine Stellung verhinderte, sofort das Fenster zu öffnen, aber sie trat nicht nur nicht ein, sie fuhr sogar zurück und schloß die Tür; ein Fremder hätte geradezu denken können, Gregor habe ihr aufgelauert und habe sie beißen wollen. Gregor versteckte sich natürlich sofort unter dem Kanapee, aber er mußte bis zum Mittag warten, ehe die Schwester wiederkam, und sie schien viel unruhiger als sonst. Er erkannte daraus, daß ihr sein Anblick noch immer unerträglich war und ihr auch weiterhin unerträglich bleiben müsse, und daß sie sich wohl sehr überwinden mußte, vor dem Anblick auch nur der kleinen Partie seines Körpers nicht davonzulaufen, mit der er unter dem Kanapee hervorragte. Um ihr auch diesen Anblick zu ersparen, trug er eines Tages auf seinem Rücken – er brauchte zu dieser Arbeit vier Stunden – das Leintuch auf das Kanapee und ordnete es in einer solchen Weise an, daß er nun gänzlich verdeckt war, und daß die Schwester, selbst wenn sie sich bückte, ihn nicht sehen konnte. Wäre dieses Leintuch ihrer Meinung nach nicht nötig gewesen, dann hätte sie es ja entfernen können, denn daß es nicht zum Vergnügen Gregors gehören konnte, sich so ganz und gar abzusperren, war doch klar genug, aber sie ließ das Leintuch, so wie es war, und Gregor glaubte sogar einen dankbaren Blick erhascht zu haben, als er einmal mit dem Kopf vorsichtig das Leintuch ein wenig lüftete, um nachzusehen, wie die Schwester die neue Einrichtung aufnahm.

In den ersten vierzehn Tagen konnten es die Eltern nicht

über sich bringen, zu ihm hereinzukommen, und er hörte oft, wie sie die jetzige Arbeit der Schwester völlig anerkannten, während sie sich bisher häufig über die Schwester geärgert hatten, weil sie ihnen als ein etwas nutzloses Mädchen erschienen war. Nun aber warteten oft beide, der Vater und die Mutter, vor Gregors Zimmer, während die Schwester dort aufräumte, und kaum war sie herausgekommen, mußte sie ganz genau erzählen, wie es in dem Zimmer aussah, was Gregor gegessen hatte, wie er sich diesmal benommen hatte, und ob vielleicht eine kleine Besserung zu bemerken war. Die Mutter übrigens wollte verhältnismäßig bald Gregor besuchen, aber der Vater und die Schwester hielten sie zuerst mit Vernunftgründen zurück, denen Gregor sehr aufmerksam zuhörte, und die er vollständig billigte. Später aber mußte man sie mit Gewalt zurückhalten, und wenn sie dann rief: »Laßt mich doch zu Gregor, er ist ja mein unglücklicher Sohn! Begreift ihr es denn nicht, daß ich zu ihm muß?«, dann dachte Gregor, daß es vielleicht doch gut wäre, wenn die Mutter hereinkäme, nicht jeden Tag natürlich, aber vielleicht einmal in der Woche; sie verstand doch alles viel besser als die Schwester, die trotz all ihrem Mute doch nur ein Kind war und im letzten Grunde vielleicht nur aus kindlichem Leichtsinn eine so schwere Aufgabe übernommen hatte.

Der Wunsch Gregors, die Mutter zu sehen, ging bald in Erfüllung. Während des Tages wollte Gregor schon aus Rücksicht auf seine Eltern sich nicht beim Fenster zeigen, kriechen konnte er aber auf den paar Quadratmetern des Fußbodens auch nicht viel, das ruhige Liegen ertrug er schon während der Nacht schwer, das Essen machte ihm bald nicht mehr das geringste Vergnügen, und so nahm er zur Zerstreuung die Gewohnheit an, kreuz und quer über Wände und Plafond zu kriechen. Besonders oben auf der Decke hing er gern; es war ganz anders, als das Liegen auf dem Fußboden;

man atmete freier; ein leichtes Schwingen ging durch den Körper; und in der fast glücklichen Zerstreutheit, in der sich Gregor dort oben befand, konnte es geschehen, daß er zu seiner eigenen Überraschung sich losließ und auf den Boden klatschte. Aber nun hatte er natürlich seinen Körper ganz anders in der Gewalt als früher und beschädigte sich selbst bei einem so großen Falle nicht. Die Schwester nun bemerkte sofort die neue Unterhaltung, die Gregor für sich gefunden hatte – er hinterließ ja auch beim Kriechen hie und da Spuren seines Klebstoffes –, und da setzte sie es sich in den Kopf, Gregor das Kriechen in größtem Ausmaße zu ermöglichen und die Möbel, die es verhinderten, also vor allem den Kasten und den Schreibtisch, wegzuschaffen. Nun war sie aber nicht imstande, dies allein zu tun; den Vater wagte sie nicht um Hilfe zu bitten; das Dienstmädchen hätte ihr ganz gewiß nicht geholfen, denn dieses etwa sechzehnjährige Mädchen harrte zwar tapfer seit Entlassung der früheren Köchin aus, hatte aber um die Vergünstigung gebeten, die Küche unaufhörlich versperrt halten zu dürfen und nur auf besonderen Anruf öffnen zu müssen; so blieb der Schwester also nichts übrig, als einmal in Abwesenheit des Vaters die Mutter zu holen. Mit Ausrufen erregter Freude kam die Mutter auch heran, verstummte aber an der Tür vor Gregors Zimmer. Zuerst sah natürlich die Schwester nach, ob alles im Zimmer in Ordnung war; dann erst ließ sie die Mutter eintreten. Gregor hatte in größter Eile das Leintuch noch tiefer und mehr in Falten gezogen, das Ganze sah wirklich nur wie ein zufällig über das Kanapee geworfenes Leintuch aus. Gregor unterließ auch diesmal, unter dem Leintuch zu spionieren; er verzichtete darauf, die Mutter schon diesmal zu sehen, und war nur froh, daß sie nun doch gekommen war. »Komm nur, man sieht ihn nicht«, sagte die Schwester, und offenbar führte sie die Mutter an der Hand. Gregor hörte nun, wie die zwei schwachen Frauen den immerhin schweren alten Kasten von seinem Platze rückten, und wie die Schwester immerfort den größten Teil der Arbeit für sich beanspruchte, ohne auf die Warnungen der Mutter zu hören, welche fürchtete, daß sie sich überanstrengen werde. Es dauerte sehr lange. Wohl nach schon viertelstündiger Arbeit sagte die Mutter, man solle den Kasten doch lieber hier lassen, denn erstens sei er zu schwer, sie würden vor Ankunft des Vaters nicht fertig werden und mit dem Kasten in der Mitte des Zimmers Gregor jeden Weg verrammeln, zweitens aber sei es doch gar nicht sicher, daß Gregor mit der Entfernung der Möbel ein Gefallen geschehe. Ihr scheine das Gegenteil der Fall zu sein; ihr bedrücke der Anblick der leeren Wand geradezu das Herz; und warum solle nicht auch Gregor diese Empfindung haben, da er doch an die Zimmermöbel längst gewöhnt sei und sich deshalb im leeren Zimmer verlassen fühlen werde. »Und ist es dann nicht so«, schloß die Mutter ganz leise, wie sie überhaupt fast flüsterte, als wolle sie vermeiden, daß Gregor, dessen genauen Aufenthalt sie ja nicht kannte, auch nur den Klang der Stimme höre, denn daß er die Worte nicht verstand, davon war sie überzeugt, »und ist es nicht so, als ob wir durch die Entfernung der Möbel zeigten, daß wir jede Hoffnung auf Besserung aufgeben und ihn rücksichtslos sich selbst überlassen? Ich glaube, es wäre das beste, wir suchen das Zimmer genau in dem Zustand zu erhalten, in dem es früher war, damit Gregor, wenn er wieder zu uns zurückkommt, alles unverändert findet und umso leichter die Zwischenzeit vergessen kann.«

Beim Anhören dieser Worte der Mutter erkannte Gregor, daß der Mangel jeder unmittelbaren menschlichen Ansprache, verbunden mit dem einförmigen Leben inmitten der Familie, im Laufe dieser zwei Monate seinen Verstand hatte verwirren müssen, denn anders konnte er es sich nicht erklären, daß er ernsthaft darnach hatte verlangen können, daß sein Zimmer ausgeleert würde. Hatte er wirklich Lust, das warme, mit ererbten Möbeln gemütlich ausgestattete Zimmer in eine Höhle verwandeln zu lassen, in der er dann freilich nach allen Richtungen ungestört würde kriechen können, jedoch auch unter gleichzeitigem, schnellen, gänzlichen Vergessen seiner menschlichen Vergangenheit? War er doch jetzt schon nahe daran, zu vergessen, und nur die seit langem nicht gehörte Stimme der Mutter hatte ihn aufgerüttelt. Nichts sollte entfernt werden; alles mußte bleiben; die guten Einwirkungen der Möbel auf seinen Zustand konnte er nicht entbehren; und wenn die Möbel ihn hinderten, das sinnlose Herumkriechen zu betreiben, so war es kein Schaden, sondern ein großer Vorteil.

Aber die Schwester war leider anderer Meinung; sie hatte sich, allerdings nicht ganz unberechtigt, angewöhnt, bei Besprechung der Angelegenheiten Gregors als besonders Sachverständige gegenüber den Eltern aufzutreten, und so war auch jetzt der Rat der Mutter für die Schwester Grund genug, auf der Entfernung nicht nur des Kastens und des Schreibtisches, an die sie zuerst allein gedacht hatte, sondern auf der Entfernung sämtlicher Möbel, mit Ausnahme des unentbehrlichen Kanapees, zu bestehen. Es war natürlich nicht nur kindlicher Trotz und das in der letzten Zeit so unerwartet und schwer erworbene Selbstvertrauen, das sie zu dieser Forderung bestimmte; sie hatte doch auch tatsächlich beobachtet, daß Gregor viel Raum zum Kriechen brauchte, dagegen die Möbel, soweit man sehen konnte, nicht im geringsten benützte. Vielleicht aber spielte auch der schwärmerische Sinn der Mädchen ihres Alters mit, der bei jeder Gelegenheit seine Befriedigung sucht, und durch den Grete jetzt sich dazu verlocken ließ, die Lage Gregors noch schreckenerregender machen zu wollen, um dann noch mehr als bis jetzt für ihn leisten zu können. Denn in einen Raum, in dem Gregor ganz allein die leeren Wände beherrschte, würde wohl kein Mensch außer Grete jemals einzutreten sich getrauen.

Und so ließ sie sich von ihrem Entschlusse durch die Mutter nicht abbringen, die auch in diesem Zimmer vor lauter Unruhe unsicher schien, bald verstummte und der Schwester nach Kräften beim Hinausschaffen des Kastens half. Nun, den Kasten konnte Gregor im Notfall noch entbehren, aber schon der Schreibtisch mußte bleiben. Und kaum hatten die Frauen mit dem Kasten, an den sie sich ächzend drückten, das Zimmer verlassen, als Gregor den Kopf unter dem Kanapee hervorstieß, um zu sehen, wie er vorsichtig und möglichst rücksichtsvoll eingreifen könnte. Aber zum Unglück war es gerade die Mutter, welche zuerst zurückkehrte, während Grete im Nebenzimmer den Kasten umfangen hielt und ihn allein hin und her schwang, ohne ihn natürlich von der Stelle zu bringen. Die Mutter aber war Gregors Anblick nicht gewöhnt, er hätte sie krank machen können, und so eilte Gregor erschrocken im Rückwärtslauf bis an das andere Ende des Kanapees, konnte es aber nicht mehr verhindern, daß das Leintuch vorne ein wenig sich bewegte. Das genügte, um die Mutter aufmerksam zu machen. Sie stockte, stand einen Augenblick still und ging dann zu Grete zurück.

Trotzdem sich Gregor immer wieder sagte, daß ja nichts Außergewöhnliches geschehe, sondern nur ein paar Möbel umgestellt würden, wirkte doch, wie er sich bald eingestehen mußte, dieses Hin- und Hergehen der Frauen, ihre kleinen Zurufe, das Kratzen der Möbel auf dem Boden, wie ein großer, von allen Seiten genährter Trubel auf ihn, und er mußte sich, so fest er Kopf und Beine an sich zog und den Leib bis an den Boden drückte, unweigerlich sagen, daß er das Ganze nicht lange aushalten werde. Sie räumten ihm sein

Zimmer aus; nahmen ihm alles, was ihm lieb war; den Kasten, in dem die Laubsäge und andere Werkzeuge lagen, hatten sie schon hinausgetragen; lockerten jetzt den schon im Boden fest eingegrabenen Schreibtisch, an dem er als Handelsakademiker, als Bürgerschüler, ja sogar schon als Volksschüler seine Aufgaben geschrieben hatte, – da hatte er wirklich keine Zeit mehr, die guten Absichten zu prüfen, welche die zwei Frauen hatten, deren Existenz er übrigens fast vergessen hatte, denn vor Erschöpfung arbeiteten sie schon stumm, und man hörte nur das schwere Tappen ihrer Füße.

Und so brach er denn hervor – die Frauen stützten sich gerade im Nebenzimmer an den Schreibtisch, um ein wenig zu verschnaufen –, wechselte viermal die Richtung des Laufes, er wußte wirklich nicht, was er zuerst retten sollte, da sah er an der im übrigen schon leeren Wand auffallend das Bild der in lauter Pelzwerk gekleideten Dame hängen, kroch eilends hinauf und preßte sich an das Glas, das ihn festhielt und seinem heißen Bauch wohltat. Dieses Bild wenigstens, das Gregor jetzt ganz verdeckte, würde nun gewiß niemand wegnehmen. Er verdrehte den Kopf nach der Tür des Wohnzimmers, um die Frauen bei ihrer Rückkehr zu beobachten.

Sie hatten sich nicht viel Ruhe gegönnt und kamen schon wieder; Grete hatte den Arm um die Mutter gelegt und trug sie fast. »Also was nehmen wir jetzt?« sagte Grete und sah sich um. Da kreuzten sich ihre Blicke mit denen Gregors an der Wand. Wohl nur infolge der Gegenwart der Mutter behielt sie ihre Fassung, beugte ihr Gesicht zur Mutter, um diese vom Herumschauen abzuhalten, und sagte, allerdings zitternd und unüberlegt: »Komm, wollen wir nicht lieber auf einen Augenblick noch ins Wohnzimmer zurückgehen?« Die Absicht Gretes war für Gregor klar, sie wollte die Mutter in Sicherheit bringen und dann ihn von der Wand hinunterjagen. Nun, sie konnte es ja immerhin versuchen! Er saß auf seinem Bild und gab es nicht her. Lieber würde er Grete ins Gesicht springen.

Aber Gretes Worte hatten die Mutter erst recht beunruhigt, sie trat zur Seite, erblickte den riesigen braunen Fleck auf der geblümten Tapete, rief, ehe ihr eigentlich zum Bewußtsein kam, daß das Gregor war, was sie sah, mit schreiender, rauher Stimme: »Ach Gott, ach Gott!« und fiel mit ausgebreiteten Armen, als gebe sie alles auf, über das Kanapee hin und rührte sich nicht. »Du, Gregor!« rief die Schwester mit erhobener Faust und eindringlichen Blicken. Es waren seit der Verwandlung die ersten Worte, die sie unmittelbar an ihn gerichtet hatte. Sie lief ins Nebenzimmer, um irgendeine Essenz zu holen, mit der sie die Mutter aus ihrer Ohnmacht wecken könnte; Gregor wollte auch helfen – zur Rettung des Bildes war noch Zeit –; er klebte aber fest an dem Glas und mußte sich mit Gewalt losreißen; er lief dann auch ins Nebenzimmer, als könne er der Schwester irgendeinen Rat geben, wie in früherer Zeit; mußte dann aber untätig hinter ihr stehen, während sie in verschiedenen Fläschchen kramte; erschreckte sie noch, als sie sich umdrehte; eine Flasche fiel auf den Boden und zerbrach; ein Splitter verletzte Gregor im Gesicht, irgendeine ätzende Medizin umfloß ihn; Grete nahm nun, ohne sich länger aufzuhalten, soviel Fläschchen, als sie nur halten konnte, und rannte mit ihnen zur Mutter hinein; die Tür schlug sie mit dem Fuße zu. Gregor war nun von der Mutter abgeschlossen, die durch seine Schuld vielleicht dem Tode nahe war; die Tür durfte er nicht öffnen, wollte er die Schwester, die bei der Mutter bleiben mußte, nicht verjagen; er hatte jetzt nichts zu tun, als zu warten; und von Selbstvorwürfen und Besorgnis bedrängt, begann er zu kriechen, überkroch alles, Wände, Möbel und Zimmerdecke und fiel endlich in seiner Verzweiflung, als sich das ganze Zimmer schon um ihn zu drehen anfing, mitten auf den großen Tisch.

Es verging eine kleine Weile, Gregor lag matt da, ringsherum war es still, vielleicht war das ein gutes Zeichen. Da läutete es. Das Mädchen war natürlich in ihrer Küche eingesperrt und Grete mußte daher öffnen gehen. Der Vater war gekommen. »Was ist geschehen?« waren seine ersten Worte; Gretes Aussehen hatte ihm wohl alles verraten. Grete antwortete mit dumpfer Stimme, offenbar drückte sie ihr Gesicht an des Vaters Brust: »Die Mutter war ohnmächtig, aber es geht ihr schon besser. Gregor ist ausgebrochen.« »Ich habe es ja erwartet«, sagte der Vater, »ich habe es euch ja immer gesagt, aber ihr Frauen wollt nicht hören.« Gregor war es klar, daß der Vater Gretes allzukurze Mitteilung schlecht gedeutet hatte und annahm, daß Gregor sich irgendeine Gewalttat habe zuschulden kommen lassen. Deshalb mußte Gregor den Vater jetzt zu besänftigen suchen, denn ihn aufzuklären hatte er weder Zeit noch Möglichkeit. Und so flüchtete er sich zur Tür seines Zimmers und drückte sich an sie, damit der Vater beim Eintritt vom Vorzimmer her gleich sehen könne, daß Gregor die beste Absicht habe, sofort in sein Zimmer zurückzukehren, und daß es nicht nötig sei, ihn zurückzutreiben, sondern daß man nur die Tür zu öffnen brauche, und gleich werde er verschwinden.

Aber der Vater war nicht in der Stimmung, solche Feinheiten zu bemerken; »Ah!« rief er gleich beim Eintritt in einem Tone, als sei er gleichzeitig wütend und froh. Gregor zog den Kopf von der Tür zurück und hob ihn gegen den Vater. So hatte er sich den Vater wirklich nicht vorgestellt, wie er jetzt dastand; allerdings hatte er in der letzten Zeit über dem neuartigen Herumkriechen versäumt, sich so wie früher um die Vorgänge in der übrigen Wohnung zu kümmern, und hätte eigentlich darauf gefaßt sein müssen, veränderte Verhältnisse anzutreffen. Trotzdem, trotzdem, war das noch der Vater? Der gleiche Mann, der müde im Bett vergraben lag, wenn früher Gregor zu einer Geschäftsreise ausgerückt war; der ihn an Abenden der Heimkehr im Schlafrock im Lehnstuhl empfangen hatte; gar nicht recht imstande war, aufzustehen, sondern zum Zeichen der Freude nur die Arme gehoben hatte, und der bei den seltenen gemeinsamen Spaziergängen an ein paar Sonntagen im Jahr und an den höchsten Feiertagen zwischen Gregor und der Mutter, die schon an und für sich langsam gingen, immer noch ein wenig langsamer, in seinen alten Mantel eingepackt, mit stets vorsichtig aufgesetztem Krückstock sich vorwärts arbeitete und, wenn er etwas sagen wollte, fast immer stillstand und seine Begleitung um sich versammelte? Nun aber war er recht gut aufgerichtet; in eine straffe blaue Uniform mit Goldknöpfen gekleidet, wie sie Diener der Bankinstitute tragen; über dem hohen steifen Kragen des Rockes entwickelte sich sein starkes Doppelkinn; unter den buschigen Augenbrauen drang der Blick der schwarzen Augen frisch und aufmerksam hervor; das sonst zerzauste weiße Haar war zu einer peinlich genauen, leuchtenden Scheitelfrisur niedergekämmt. Er warf seine Mütze, auf der ein Goldmonogramm, wahrscheinlich das einer Bank, angebracht war, über das ganze Zimmer im Bogen auf das Kanapee hin und ging, die Enden seines langen Uniformrockes zurückgeschlagen, die Hände in den Hosentaschen, mit verbissenem Gesicht auf Gregor zu. Er wußte wohl selbst nicht, was er vor hatte; immerhin hob er die Füße ungewöhnlich hoch, und Gregor staunte über die Riesengröße seiner Stiefelsohlen. Doch hielt er sich dabei nicht auf, er wußte ja noch vom ersten Tage seines neuen Lebens her, daß der Vater ihm gegenüber nur die größte Strenge für angebracht ansah. Und so lief er vor dem Vater her, stockte, wenn der Vater stehen blieb, und eilte schon wieder vorwärts, wenn sich der Vater nur rührte. So machten sie mehrmals die Runde um das Zimmer, ohne daß sich etwas Entscheidendes ereignete, ja ohne daß das Ganze infolge seines langsamen Tempos den Anschein einer Verfolgung gehabt hätte. Deshalb blieb auch Gregor vorläufig auf dem Fußboden, zumal er fürchtete, der Vater könnte eine Flucht auf die Wände oder den Plafond für besondere Bosheit halten. Allerdings mußte sich Gregor sagen, daß er sogar dieses Laufen nicht lange aushalten würde, denn während der Vater einen Schritt machte, mußte er eine Unzahl von Bewegungen ausführen. Atemnot begann sich schon bemerkbar zu machen, wie er ja auch in seiner früheren Zeit keine ganz vertrauenswürdige Lunge besessen hatte. Als er nun so dahintorkelte, um alle Kräfte für den Lauf zu sammeln, kaum die Augen offenhielt; in seiner Stumpfheit an eine andere Rettung als durch Laufen gar nicht dachte; und fast schon vergessen hatte, daß ihm die Wände freistanden, die hier allerdings mit sorgfältig geschnitzten Möbeln voll Zacken und Spitzen verstellt waren – da flog knapp neben ihm, leicht geschleudert, irgendetwas nieder und rollte vor ihm her. Es war ein Apfel; gleich flog ihm ein zweiter nach; Gregor blieb vor Schrecken stehen; ein Weiterlaufen war nutzlos, denn der Vater hatte sich entschlossen, ihn zu bombardieren. Aus der Obstschale auf der Kredenz hatte er sich die Taschen gefüllt und warf nun, ohne vorläufig scharf zu zielen, Apfel für Apfel. Diese kleinen roten Äpfel rollten wie elektrisiert auf dem Boden herum und stießen aneinander. Ein schwach geworfener Apfel streifte Gregors Rücken, glitt aber unschädlich ab. Ein ihm sofort nachfliegender drang dagegen förmlich in Gregors Rücken ein; Gregor wollte sich weiterschleppen, als könne der überraschende unglaubliche Schmerz mit dem Ortswechsel vergehen; doch fühlte er sich wie festgenagelt und streckte sich in vollständiger Verwirrung aller

Sinne. Nur mit dem letzten Blick sah er noch, wie die Tür seines Zimmers aufgerissen wurde, und vor der schreienden Schwester die Mutter hervoreilte, im Hemd, denn die Schwester hatte sie entkleidet, um ihr in der Ohnmacht Atemfreiheit zu verschaffen, wie dann die Mutter auf den Vater zulief und ihr auf dem Weg die aufgebundenen Röcke einer nach dem anderen zu Boden glitten, und wie sie stolpernd über die Röcke auf den Vater eindrang und ihn umarmend, in gänzlicher Vereinigung mit ihm – nun versagte aber Gregors Sehkraft schon – die Hände an des Vaters Hinterkopf um Schonung von Gregors Leben bat.

III.

Die schwere Verwundung Gregors, an der er über einen Monat litt – der Apfel blieb, da ihn niemand zu entfernen wagte, als sichtbares Andenken im Fleische sitzen –, schien selbst den Vater daran erinnert zu haben, daß Gregor trotz seiner gegenwärtigen traurigen und ekelhaften Gestalt ein Familienmitglied war, das man nicht wie einen Feind behandeln durfte, sondern dem gegenüber es das Gebot der Familienpflicht war, den Widerwillen hinunterzuschlucken und zu dulden, nichts als zu dulden.

Und wenn nun auch Gregor durch seine Wunde an Beweglichkeit wahrscheinlich für immer verloren hatte und vorläufig zur Durchquerung seines Zimmers wie ein alter Invalide lange, lange Minuten brauchte – an das Kriechen in der Höhe war nicht zu denken –, so bekam er für diese Verschlimmerung seines Zustandes einen seiner Meinung nach vollständig genügenden Ersatz dadurch, daß immer gegen Abend die Wohnzimmertür, die er schon ein bis zwei Stunden vorher scharf zu beobachten pflegte, geöffnet wurde, so daß er, im Dunkel seines Zimmers liegend, vom Wohnzimmer aus unsichtbar, die ganze Familie beim beleuchteten Tische sehen und ihre Reden, gewissermaßen mit allgemeiner Erlaubnis, also ganz anders als früher, anhören durfte.

Freilich waren es nicht mehr die lebhaften Unterhaltungen der früheren Zeiten, an die Gregor in den kleinen Hotelzimmern stets mit einigem Verlangen gedacht hatte, wenn er sich müde in das feuchte Bettzeug hatte werfen müssen. Es ging jetzt meist nur sehr still zu. Der Vater schlief bald nach dem Nachtessen in seinem Sessel ein; die Mutter und Schwester ermahnten einander zur Stille; die Mutter nähte, weit unter das Licht vorgebeugt, feine Wäsche für ein Modengeschäft; die Schwester, die eine Stellung als Verkäuferin angenommen hatte, lernte am Abend Stenographie und Französisch, um vielleicht später einmal einen besseren Posten zu erreichen. Manchmal wachte der Vater auf, und als wisse er gar nicht, daß er geschlafen habe, sagte er zur Mutter: »Wie lange du heute schon wieder nähst!« und schlief sofort wieder ein, während Mutter und Schwester einander müde zulächelten.

Mit einer Art Eigensinn weigerte sich der Vater auch, zu Hause seine Dieneruniform abzulegen; und während der Schlafrock nutzlos am Kleiderhaken hing, schlummerte der Vater vollständig angezogen auf seinem Platz, als sei er immer zu seinem Dienste bereit und warte auch hier auf die Stimme des Vorgesetzten. Infolgedessen verlor die gleich anfangs nicht neue Uniform trotz aller Sorgfalt von Mutter und Schwester an Reinlichkeit, und Gregor sah oft ganze Abende lang auf dieses über und über fleckige, mit seinen stets geputzten Goldknöpfen leuchtende Kleid, in dem der alte Mann höchst unbequem und doch ruhig schlief.

Sobald die Uhr zehn schlug, suchte die Mutter durch leise Zusprache den Vater zu wecken und dann zu überreden, ins

Bett zu gehen, denn hier war es doch kein richtiger Schlaf und diesen hatte der Vater, der um sechs Uhr seinen Dienst antreten mußte, äußerst nötig. Aber in dem Eigensinn, der ihn, seitdem er Diener war, ergriffen hatte, bestand er immer darauf, noch länger bei Tisch zu bleiben, trotzdem er regelmäßig einschlief, und war dann überdies nur mit der größten Mühe zu bewegen, den Sessel mit dem Bett zu vertauschen. Da mochten Mutter und Schwester mit kleinen Ermahnungen noch so sehr auf ihn eindringen, viertelstundenlang schüttelte er langsam den Kopf, hielt die Augen geschlossen und stand nicht auf. Die Mutter zupfte ihn am Ärmel, sagte ihm Schmeichelworte ins Ohr, die Schwester verließ ihre Aufgabe, um der Mutter zu helfen, aber beim Vater verfing das nicht. Er versank nur noch tiefer in seinen Sessel. Erst bis ihn die Frauen unter den Achseln faßten, schlug er die Augen auf, sah abwechselnd die Mutter und die Schwester an und pflegte zu sagen: »Das ist ein Leben. Das ist die Ruhe meiner alten Tage.« Und auf die beiden Frauen gestützt, erhob er sich, umständlich, als sei er für sich selbst die größte Last, ließ sich von den Frauen bis zur Türe führen, winkte ihnen dort ab und ging nun selbständig weiter, während die Mutter ihr Nähzeug, die Schwester ihre Feder eiligst hinwarfen, um hinter dem Vater zu laufen und ihm weiter behilflich zu sein.

Wer hatte in dieser abgearbeiteten und übermüdeten Familie Zeit, sich um Gregor mehr zu kümmern, als unbedingt nötig war? Der Haushalt wurde immer mehr eingeschränkt; das Dienstmädchen wurde nun doch entlassen; eine riesige knochige Bedienerin mit weißem, den Kopf umflatterndem Haar kam des Morgens und des Abends, um die schwerste Arbeit zu leisten; alles andere besorgte die Mutter neben ihrer vielen Näharbeit. Es geschah sogar, daß verschiedene Familienschmuckstücke, welche früher die Mutter und die Schwester überglücklich bei Unterhaltungen und Feierlichkeiten getragen hatten, verkauft wurden, wie Gregor am Abend aus der allgemeinen Besprechung der erzielten Preise erfuhr. Die größte Klage war aber stets, daß man diese für die gegenwärtigen Verhältnisse allzugroße Wohnung nicht verlassen konnte, da es nicht auszudenken war, wie man Gregor übersiedeln sollte. Aber Gregor sah wohl ein, daß es nicht nur die Rücksicht auf ihn war, welche eine Übersiedlung verhinderte, denn ihn hätte man doch in einer passenden Kiste mit ein paar Luftlöchern leicht transportieren können; was die Familie hauptsächlich vom Wohnungswechsel abhielt, war vielmehr die völlige Hoffnungslosigkeit und der Gedanke daran, daß sie mit einem Unglück geschlagen war, wie niemand sonst im ganzen Verwandten- und Bekanntenkreis. Was die Welt von armen Leuten verlangt, erfüllten sie bis zum äußersten, der Vater holte den kleinen Bankbeamten das Frühstück, die Mutter opferte sich für die Wäsche fremder Leute, die Schwester lief nach dem Befehl der Kunden hinter dem Pulte hin und her, aber weiter reichten die Kräfte der Familie schon nicht. Und die Wunde im Rücken fing Gregor wie neu zu schmerzen an, wenn Mutter und Schwester, nachdem sie den Vater zu Bett gebracht hatten, nun zurückkehrten, die Arbeit liegen ließen, nahe zusammenrückten, schon Wange an Wange saßen; wenn jetzt die Mutter, auf Gregors Zimmer zeigend, sagte: »Mach' dort die Tür zu, Grete,« und wenn nun Gregor wieder im Dunkel war, während nebenan die Frauen ihre Tränen vermischten oder gar tränenlos den Tisch anstarrten.

Die Nächte und Tage verbrachte Gregor fast ganz ohne Schlaf. Manchmal dachte er daran, beim nächsten Öffnen der Tür die Angelegenheiten der Familie ganz so wie früher wieder in die Hand zu nehmen; in seinen Gedanken erschienen wieder nach langer Zeit der Chef und der Prokurist, die Kommis und die Lehrjungen, der so begriffsstützige Hausknecht, zwei drei Freunde aus anderen Geschäften, ein Stubenmädchen aus einem Hotel in der Provinz, eine liebe, flüchtige Erinnerung, eine Kassiererin aus einem Hutgeschäft, um die er sich ernsthaft, aber zu langsam beworben hatte – sie alle erschienen untermischt mit Fremden oder schon Vergessenen, aber statt ihm und seiner Familie zu helfen, waren sie sämtlich unzugänglich, und er war froh, wenn sie verschwanden. Dann aber war er wieder gar nicht in der Laune, sich um seine Familie zu sorgen, bloß Wut über die schlechte Wartung erfüllte ihn, und trotzdem er sich nichts vorstellen konnte, worauf er Appetit gehabt hätte, machte er doch Pläne, wie er in die Speisekammer gelangen könnte, um dort zu nehmen, was ihm, auch wenn er keinen Hunger hatte, immerhin gebührte. Ohne jetzt mehr nachzudenken, womit man Gregor einen besonderen Gefallen machen könnte, schob die Schwester eiligst, ehe sie morgens und mittags ins Geschäft lief, mit dem Fuß irgendeine beliebige Speise in Gregors Zimmer hinein, um sie am Abend, gleichgültig dagegen, ob die Speise vielleicht nur verkostet oder – der häufigste Fall – gänzlich unberührt war, mit einem Schwenken des Besens hinauszukehren. Das Aufräumen des Zimmers, das sie nun immer abends besorgte, konnte gar nicht mehr schneller getan sein. Schmutzstreifen zogen sich die Wände entlang, hie und da lagen Knäuel von Staub und Unrat. In der ersten Zeit stellte sich Gregor bei der Ankunft der Schwester in derartige besonders bezeichnende Winkel, um ihr durch diese Stellung gewissermaßen einen Vorwurf zu machen. Aber er hätte wohl wochenlang dort bleiben können, ohne daß sich die Schwester gebessert hätte; sie sah ja den Schmutz genau so wie er, aber sie hatte sich eben entschlossen, ihn zu lassen. Dabei wachte sie mit einer an ihr ganz neuen Empfindlichkeit, die überhaupt die ganze Familie ergriffen hatte, darüber, daß das Aufräumen von Gregors

Zimmer ihr vorbehalten blieb. Einmal hatte die Mutter Gregors Zimmer einer großen Reinigung unterzogen, die ihr nur nach Verbrauch einiger Kübel Wasser gelungen war – die viele Feuchtigkeit kränkte allerdings Gregor auch und er lag breit, verbittert und unbeweglich auf dem Kanapee –, aber die Strafe blieb für die Mutter nicht aus. Denn kaum hatte am Abend die Schwester die Veränderung in Gregors Zimmer bemerkt, als sie, aufs höchste beleidigt, ins Wohnzimmer lief und, trotz der beschwörend erhobenen Hände der Mutter, in einen Weinkrampf ausbrach, dem die Eltern – der Vater war natürlich aus seinem Sessel aufgeschreckt worden – zuerst erstaunt und hilflos zusahen, bis auch sie sich zu rühren anfingen; der Vater rechts der Mutter Vorwürfe machte, daß sie Gregors Zimmer nicht der Schwester zur Reinigung überließ; links dagegen die Schwester anschrie, sie werde niemals mehr Gregors Zimmer reinigen dürfen; während die Mutter den Vater, der sich vor Erregung nicht mehr kannte, ins Schlafzimmer zu schleppen suchte; die Schwester, von Schluchzen geschüttelt, mit ihren kleinen Fäusten den Tisch bearbeitete; und Gregor laut vor Wut darüber zischte, daß es keinem einfiel, die Tür zu schließen und ihm diesen Anblick und Lärm zu ersparen.

Aber selbst wenn die Schwester, erschöpft von ihrer Berufsarbeit, dessen überdrüssig geworden war, für Gregor, wie früher, zu sorgen, so hätte noch keineswegs die Mutter für sie eintreten müssen und Gregor hätte doch nicht vernachlässigt werden brauchen. Denn nun war die Bedienerin da. Diese alte Witwe, die in ihrem langen Leben mit Hilfe ihres starken Knochenbaues das Ärgste überstanden haben mochte, hatte keinen eigentlichen Abscheu vor Gregor. Ohne irgendwie neugierig zu sein, hatte sie zufällig einmal die Tür von Gregors Zimmer aufgemacht und war im Anblick Gregors, der, gänzlich überrascht, trotzdem ihn niemand jagte, hin und herzulaufen begann, die Hände im Schoß gefaltet staunend stehen geblieben. Seitdem versäumte sie nicht, stets flüchtig morgens und abends die Tür ein wenig zu öffnen und zu Gregor hineinzuschauen. Anfangs rief sie ihn auch zu sich herbei, mit Worten, die sie wahrscheinlich für freundlich hielt, wie »Komm mal herüber, alter Mistkäfer!« oder »Seht mal den alten Mistkäfer!« Auf solche Ansprachen antwortete Gregor mit nichts, sondern blieb unbeweglich auf seinem Platz, als sei die Tür gar nicht geöffnet worden. Hätte man doch dieser Bedienerin, statt sie nach ihrer Laune ihn nutzlos stören zu lassen, lieber den Befehl gegeben, sein Zimmer täglich zu reinigen! Einmal am frühen Morgen – ein heftiger Regen, vielleicht schon ein Zeichen des kommenden Frühjahrs, schlug an die Scheiben – war Gregor, als die Bedienerin mit ihren Redensarten wieder begann, derartig erbittert, daß er, wie zum Angriff, allerdings langsam und hinfällig, sich gegen sie wendete. Die Bedienerin aber, statt sich zu fürchten, hob bloß einen in der Nähe der Tür befindlichen Stuhl hoch empor, und wie sie mit groß geöffnetem Munde dastand, war ihre Absicht klar, den Mund erst zu schließen, wenn der Sessel in ihrer Hand auf Gregors Rücken niederschlagen würde. »Also weiter geht es nicht?« fragte sie, als Gregor sich wieder umdrehte, und stellte den Sessel ruhig in die Ecke zurück.

Gregor aß nun fast gar nichts mehr. Nur wenn er zufällig an der vorbereiteten Speise vorüberkam, nahm er zum Spiel einen Bissen in den Mund, hielt ihn dort stundenlang und spie ihn dann meist wieder aus. Zuerst dachte er, es sei die Trauer über den Zustand seines Zimmers, die ihn vom Essen abhalte, aber gerade mit den Veränderungen des Zimmers söhnte er sich sehr bald aus. Man hatte sich angewöhnt, Dinge, die man anderswo nicht unterbringen konnte, in dieses Zimmer hineinzustellen, und solcher Dinge gab es nun viele, da man ein Zimmer der Wohnung an drei Zimmerherren vermietet hatte. Diese ernsten Herren – alle drei hatten Vollbärte, wie Gregor einmal durch eine Türspalte feststellte – waren peinlich auf Ordnung, nicht nur in ihrem Zimmer, sondern, da sie sich nun einmal hier eingemietet hatten, in der ganzen Wirtschaft, also insbesondere in der Küche, bedacht. Unnützen oder gar schmutzigen Kram ertrugen sie nicht. Überdies hatten sie zum größten Teil ihre eigenen Einrichtungsstücke mitgebracht. Aus diesem Grunde waren viele Dinge überflüssig geworden, die zwar nicht verkäuflich waren, die man aber auch nicht wegwerfen wollte. Alle diese wanderten in Gregors Zimmer. Ebenso auch die Aschenkiste und die Abfallkiste aus der Küche. Was nur im Augenblick unbrauchbar war, schleuderte die Bedienerin, die es immer sehr eilig hatte, einfach in Gregors Zimmer; Gregor sah glücklicherweise meist nur den betreffenden Gegenstand und die Hand, die ihn hielt. Die Bedienerin hatte vielleicht die Absicht, bei Zeit und Gelegenheit die Dinge wieder zu holen oder alle insgesamt mit einemmal hinauszuwerfen, tatsächlich aber blieben sie dort liegen, wohin sie durch den ersten Wurf gekommen waren, wenn nicht Gregor sich durch das Rumpelzeug wand und es in Bewegung brachte, zuerst gezwungen, weil kein sonstiger Platz zum Kriechen frei war, später aber mit wachsendem Vergnügen, obwohl er nach solchen Wanderungen, zum Sterben müde und traurig, wieder stundenlang sich nicht rührte.

Da die Zimmerherren manchmal auch ihr Abendessen zu Hause im gemeinsamen Wohnzimmer einnahmen, blieb die Wohnzimmertür an manchen Abenden geschlossen, aber Gregor verzichtete ganz leicht auf das Öffnen der Tür, hatte er doch schon manche Abende, an denen sie geöffnet war, nicht ausgenützt, sondern war, ohne daß es die Familie merkte, im dunkelsten Winkel seines Zimmers gelegen. Einmal aber hatte die Bedienerin die Tür zum Wohnzimmer ein wenig offen gelassen, und sie blieb so offen, auch als die Zimmerherren am Abend eintraten und Licht gemacht wurde. Sie setzten sich oben an den Tisch, wo in früheren Zeiten der Vater, die Mutter und Gregor gegessen hatten, entfalteten die Servietten und nahmen Messer und Gabel in die Hand. Sofort erschien in der Tür die Mutter mit einer Schüssel Fleisch und knapp hinter ihr die Schwester mit einer Schüssel hochgeschichteter Kartoffeln. Das Essen dampfte mit starkem Rauch. Die Zimmerherren beugten sich über die vor sie hingestellten Schüsseln, als wollten sie sie vor dem Essen prüfen, und tatsächlich zerschnitt der, welcher in der Mitte saß und den anderen zwei als Autorität zu gelten schien, ein Stück Fleisch noch auf der Schüssel, offenbar um festzustellen, ob es mürbe genug sei und ob es nicht etwa in die Küche zurückgeschickt werden solle. Er war befriedigt, und Mutter und Schwester, die gespannt zugesehen hatten, begannen aufatmend zu lächeln.

Die Familie selbst aß in der Küche. Trotzdem kam der Vater, ehe er in die Küche ging, in dieses Zimmer herein und machte mit einer einzigen Verbeugung, die Kappe in der Hand, einen Rundgang um den Tisch. Die Zimmerherren erhoben sich sämtlich und murmelten etwas in ihre Bärte. Als sie dann allein waren, aßen sie fast unter vollkommenem Stillschweigen. Sonderbar schien es Gregor, daß man aus allen mannigfachen Geräuschen des Essens immer wieder ihre kauenden Zähne heraushörte, als ob damit Gregor gezeigt werden sollte, daß man Zähne brauche, um zu essen, und daß man auch mit den schönsten zahnlosen Kiefern nichts ausrichten könne. »Ich habe ja Appetit«, sagte sich Gregor sorgenvoll, »aber nicht auf diese Dinge. Wie sich diese Zimmerherren nähren, und ich komme um!«

Gerade an diesem Abend – Gregor erinnerte sich nicht,

während der ganzen Zeit die Violine gehört zu haben – ertönte sie von der Küche her. Die Zimmerherren hatten schon ihr Nachtmahl beendet, der mittlere hatte eine Zeitung hervorgezogen, den zwei anderen je ein Blatt gegeben, und nun lasen sie zurückgelehnt und rauchten. Als die Violine zu spielen begann, wurden sie aufmerksam, erhoben sich und gingen auf den Fußspitzen zur Vorzimmertür, in der sie aneinandergedrängt stehen blieben. Man mußte sie von der Küche aus gehört haben, denn der Vater rief: »Ist den Herren das Spiel vielleicht unangenehm? Es kann sofort eingestellt werden.« »Im Gegenteil«, sagte der mittlere der Herren, »möchte das Fräulein nicht zu uns hereinkommen und hier im Zimmer spielen, wo es doch viel bequemer und gemütlicher ist?« »O bitte«, rief der Vater, als sei er der Violinspieler. Die Herren traten ins Zimmer zurück und warteten. Bald kam der Vater mit dem Notenpult, die Mutter mit den Noten und die Schwester mit der Violine. Die Schwester bereitete alles ruhig zum Spiele vor; die Eltern, die niemals früher Zimmer vermietet hatten und deshalb die Höflichkeit gegen die Zimmerherren übertrieben, wagten gar nicht, sich auf ihre eigenen Sessel zu setzen; der Vater lehnte an der Tür, die rechte Hand zwischen zwei Knöpfe des geschlossenen Livreerockes gesteckt; die Mutter aber erhielt von einem Herrn einen Sessel angeboten und saß, da sie den Sessel dort ließ, wohin ihn der Herr zufällig gestellt hatte, abseits in einem Winkel.

Die Schwester begann zu spielen; Vater und Mutter verfolgten, jeder von seiner Seite, aufmerksam die Bewegungen ihrer Hände. Gregor hatte, von dem Spiele angezogen, sich ein wenig weiter vorgewagt und war schon mit dem Kopf im Wohnzimmer. Er wunderte sich kaum darüber, daß er in letzter Zeit so wenig Rücksicht auf die andern nahm; früher war diese Rücksichtnahme sein Stolz gewesen. Und dabei hätte er gerade jetzt mehr Grund gehabt, sich zu verstecken, denn infolge des Staubes, der in seinem Zimmer überall lag und bei der kleinsten Bewegung umherflog, war auch er ganz staubbedeckt; Fäden, Haare, Speiseüberreste schleppte er auf seinem Rücken und an den Seiten mit sich herum; seine Gleichgültigkeit gegen alles war viel zu groß, als daß er sich, wie früher mehrmals während des Tages, auf den Rücken gelegt und am Teppich gescheuert hätte. Und trotz dieses Zustandes hatte er keine Scheu, ein Stück auf dem makellosen Fußboden des Wohnzimmers vorzurücken.

Allerdings achtete auch niemand auf ihn. Die Familie war gänzlich vom Violinspiel in Anspruch genommen; die Zimmerherren dagegen, die zunächst, die Hände in den Hosentaschen, viel zu nahe hinter dem Notenpult der Schwester sich aufgestellt hatten, so daß sie alle in die Noten hätten sehen können, was sicher die Schwester stören mußte, zogen sich bald unter halblauten Gesprächen mit gesenkten Köpfen zum Fenster zurück, wo sie, vom Vater besorgt beobachtet, auch blieben. Es hatte nun wirklich den überdeutlichen Anschein, als wären sie in ihrer Annahme, ein schönes oder unterhaltendes Violinspiel zu hören, enttäuscht, hätten die ganze Vorführung satt und ließen sich nur aus Höflichkeit noch in ihrer Ruhe stören. Besonders die Art, wie sie alle aus Nase und Mund den Rauch ihrer Zigarren in die Höhe bliesen, ließ auf große Nervosität schließen. Und doch spielte die Schwester so schön. Ihr Gesicht war zur Seite geneigt, prüfend und traurig folgten ihre Blicke den Notenzeilen. Gregor kroch noch ein Stück vorwärts und hielt den Kopf eng an den Boden, um möglicherweise ihren Blicken begegnen zu können. War er ein Tier, da ihn Musik so ergriff? Ihm war, als zeige sich ihm der Weg zu der ersehnten unbekannten Nahrung. Er war entschlossen, bis zur Schwester vorzudringen, sie am Rock zu zupfen und ihr dadurch anzudeuten, sie möge doch mit ihrer Violine in sein Zimmer kommen, denn niemand lohnte hier das Spiel so, wie er es lohnen wollte. Er wollte sie nicht mehr aus seinem Zimmer lassen, wenigstens nicht, solange er lebte; seine Schreckgestalt sollte ihm zum erstenmal nützlich werden; an allen Türen seines Zimmers wollte er gleichzeitig sein und den Angreifern entgegenfauchen; die Schwester aber sollte nicht gezwungen, sondern freiwillig bei ihm bleiben; sie sollte neben ihm auf dem Kanapee sitzen, das Ohr zu ihm herunterneigen, und er wollte ihr dann anvertrauen, daß er die feste Absicht gehabt habe, sie auf das Konservatorium zu schicken, und daß er dies, wenn nicht das Unglück dazwischen gekommen wäre, vergangene Weihnachten – Weihnachten war doch wohl schon vorüber? – allen gesagt hätte, ohne sich um irgendwelche Widerreden zu kümmern. Nach dieser Erklärung würde die Schwester in Tränen der Rührung ausbrechen, und Gregor würde sich bis zu ihrer Achsel erheben und ihren Hals küssen, den sie, seitdem sie ins Geschäft ging, frei ohne Band oder Kragen trug.

»Herr Samsa!« rief der mittlere Herr dem Vater zu und zeigte, ohne ein weiteres Wort zu verlieren, mit dem Zeigefinger auf den langsam sich vorwärtsbewegenden Gregor. Die Violine verstummte, der mittlere Zimmerherr lächelte erst einmal kopfschüttelnd seinen Freunden zu und sah dann wieder auf Gregor hin. Der Vater schien es für nötiger zu halten, statt Gregor zu vertreiben, vorerst die Zimmerherren zu beruhigen, trotzdem diese gar nicht aufgeregt waren und Gregor sie mehr als das Violinspiel zu unterhalten schien. Er eilte zu ihnen und suchte sie mit ausgebreiteten Armen in ihr Zimmer zu drängen und gleichzeitig mit seinem Körper ihnen den Ausblick auf Gregor zu nehmen. Sie wurden nun tatsächlich ein wenig böse, man wußte nicht mehr, ob über das Benehmen des Vaters oder über die ihnen jetzt aufgehende Erkenntnis, ohne es zu wissen, einen solchen Zimmernachbar wie Gregor besessen zu haben. Sie verlangten vom Vater Erklärungen, hoben ihrerseits die Arme, zupften unruhig an ihren Bärten und wichen nur langsam gegen ihr Zimmer zurück. Inzwischen hatte die Schwester die Verlorenheit, in die sie nach dem plötzlich abgebrochenen Spiel verfallen war, überwunden, hatte sich, nachdem sie eine Zeit lang in den lässig hängenden Händen Violine und Bogen gehalten und weiter, als spiele sie noch, in die Noten gesehen hatte, mit einem Male aufgerafft, hatte das Instrument auf den Schoß der Mutter gelegt, die in Atembeschwerden mit heftig arbeitenden Lungen noch auf ihrem Sessel saß, und war in das Nebenzimmer gelaufen, dem sich die Zimmerherren unter dem Drängen des Vaters schon schneller näherten. Man sah, wie unter den geübten Händen der Schwester die Decken und Polster in den Betten in die Höhe flogen und sich ordneten. Noch ehe die Herren das Zimmer erreicht hatten, war sie mit dem Aufbetten fertig und schlüpfte heraus. Der Vater schien wieder von seinem Eigensinn derartig ergriffen, daß er jeden Respekt vergaß, den er seinen Mietern immerhin schuldete. Er drängte nur und drängte, bis schon in der Tür des Zimmers der mittlere der Herren donnernd mit dem Fuß aufstampfte und dadurch den Vater zum Stehen brachte. »Ich erkläre hiermit«, sagte er, hob die Hand und suchte mit den Blicken auch die Mutter und die Schwester, »daß ich mit Rücksicht auf die in dieser Wohnung und Familie herrschenden widerlichen Verhältnisse« – hiebei spie er kurz entschlossen auf den Boden – »mein Zimmer augenblicklich kündige. Ich werde natürlich auch für die Tage, die ich hier gewohnt habe, nicht das Geringste bezahlen, dagegen werde ich es mir noch überlegen, ob ich nicht mit irgendwelchen – glauben Sie mir – sehr leicht zu begründenden Forderungen gegen Sie auftreten werde.« Er schwieg und sah gerade vor sich hin, als erwarte er etwas. Tatsächlich fielen sofort seine zwei Freunde mit den Worten ein: »Auch wir kündigen augenblicklich.« Darauf faßte er die Türklinke und schloß mit einem Krach die Tür.

Der Vater wankte mit tastenden Händen zu seinem Sessel und ließ sich in ihn fallen; es sah aus, als strecke er sich zu seinem gewöhnlichen Abendschläfchen, aber das starke Nikken seines wie haltlosen Kopfes zeigte, daß er ganz und gar nicht schlief. Gregor war die ganze Zeit still auf dem Platz gelegen, auf dem ihn die Zimmerherren ertappt hatten. Die Enttäuschung über das Mißlingen seines Planes, vielleicht aber auch die durch das viele Hungern verursachte Schwäche machten es ihm unmöglich, sich zu bewegen. Er fürchtete mit einer gewissen Bestimmtheit schon für den nächsten Augenblick einen allgemeinen über ihn sich entladenden Zusammensturz und wartete. Nicht einmal die Violine schreckte ihn auf, die, unter den zitternden Fingern der Mutter hervor, ihr vom Schoße fiel und einen hallenden Ton von sich gab.

»Liebe Eltern«, sagte die Schwester und schlug zur Einleitung mit der Hand auf den Tisch, »so geht es nicht weiter. Wenn ihr das vielleicht nicht einsehet, ich sehe es ein. Ich will vor diesem Untier nicht den Namen meines Bruders aussprechen, und sage daher bloß: wir müssen versuchen, es loszuwerden. Wir haben das Menschenmögliche versucht, es zu pflegen und zu dulden, ich glaube, es kann uns niemand den geringsten Vorwurf machen.«

»Sie hat tausendmal Recht«, sagte der Vater für sich. Die Mutter, die noch immer nicht genug Atem finden konnte, fing in die vorgehaltene Hand mit einem irrsinnigen Ausdruck der Augen dumpf zu husten an.

Die Schwester eilte zur Mutter und hielt ihr die Stirn. Der Vater schien durch die Worte der Schwester auf bestimmtere

Gedanken gebracht zu sein, hatte sich aufrecht gesetzt, spielte mit seiner Dienermütze zwischen den Tellern, die noch vom Nachtmahl der Zimmerherren her auf dem Tische lagen, und sah bisweilen auf den stillen Gregor hin.

»Wir müssen es loszuwerden suchen«, sagte die Schwester nun ausschließlich zum Vater, denn die Mutter hörte in ihrem Husten nichts, »es bringt euch noch beide um, ich sehe es kommen. Wenn man schon so schwer arbeiten muß, wie wir alle, kann man nicht noch zu Hause diese ewige Quälerei ertragen. Ich kann es auch nicht mehr.« Und sie brach so heftig in Weinen aus, daß ihre Tränen auf das Gesicht der Mutter niederflossen, von dem sie sie mit mechanischen Handbewegungen wischte.

»Kind«, sagte der Vater mitleidig und mit auffallendem Verständnis, »was sollen wir aber tun?«

Die Schwester zuckte nur die Achseln zum Zeichen der Ratlosigkeit, die sie nun während des Weinens im Gegensatz zu ihrer früheren Sicherheit ergriffen hatte.

»Wenn er uns verstünde«, sagte der Vater halb fragend; die Schwester schüttelte aus dem Weinen heraus heftig die Hand zum Zeichen, daß daran nicht zu denken sei.

»Wenn er uns verstünde«, wiederholte der Vater und nahm durch Schließen der Augen die Überzeugung der Schwester von der Unmöglichkeit dessen in sich auf, »dann wäre vielleicht ein Übereinkommen mit ihm möglich. Aber so –«

»Weg muß es«, rief die Schwester, »das ist das einzige Mittel, Vater. Du mußt bloß den Gedanken loszuwerden suchen, daß es Gregor ist. Daß wir es solange geglaubt haben, das ist ja unser eigentliches Unglück. Aber wie kann es denn Gregor sein? Wenn es Gregor wäre, er hätte längst eingesehen, daß ein Zusammenleben von Menschen mit einem solchen Tier nicht möglich ist, und wäre freiwillig fortgegangen. Wir hätten dann keinen Bruder, aber könnten weiter leben und sein Andenken in Ehren halten. So aber verfolgt uns dieses Tier, vertreibt die Zimmerherren, will offenbar die ganze Wohnung einnehmen und uns auf der Gasse übernachten lassen. Sieh nur, Vater«, schrie sie plötzlich auf, »er fängt schon wieder an!« Und in einem für Gregor gänzlich unverständlichen Schrecken verließ die Schwester sogar die Mutter, stieß sich förmlich von ihrem Sessel ab, als wollte sie lieber die Mutter opfern, als in Gregors Nähe bleiben, und eilte hinter den Vater, der, lediglich durch ihr Benehmen erregt, auch aufstand und die Arme wie zum Schutze der Schwester vor ihr halb erhob.

Aber Gregor fiel es doch gar nicht ein, irgend jemandem und gar seiner Schwester Angst machen zu wollen. Er hatte bloß angefangen sich umzudrehen, um in sein Zimmer zurückzuwandern, und das nahm sich allerdings auffallend aus, da er infolge seines leidenden Zustandes bei den schwierigen Umdrehungen mit seinem Kopfe nachhelfen mußte, den er hierbei viele Male hob und gegen den Boden schlug. Er hielt inne und sah sich um. Seine gute Absicht schien erkannt worden zu sein; es war nur ein augenblicklicher Schrecken gewesen. Nun sahen ihn alle schweigend und traurig an. Die Mutter lag, die Beine ausgestreckt und aneinandergedrückt, in ihrem Sessel, die Augen fielen ihr vor Ermattung fast zu; der Vater und die Schwester saßen nebeneinander, die Schwester hatte ihre Hand um des Vaters Hals gelegt.

»Nun darf ich mich schon vielleicht umdrehen«, dachte Gregor und begann seine Arbeit wieder. Er konnte das Schnaufen der Anstrengung nicht unterdrücken und mußte auch hie und da ausruhen. Im übrigen drängte ihn auch niemand, es war alles ihm selbst überlassen. Als er die Umdrehung vollendet hatte, fing er sofort an, geradeaus zurückzuwandern. Er staunte über die große Entfernung, die ihn von seinem Zimmer trennte, und begriff gar nicht, wie er bei seiner Schwäche vor kurzer Zeit den gleichen Weg, fast ohne es zu merken, zurückgelegt hatte. Immerfort nur auf rasches Kriechen bedacht, achtete er kaum darauf, daß kein Wort, kein Ausruf seiner Familie ihn störte. Erst als er schon in der Tür war, wendete er den Kopf, nicht vollständig, denn er fühlte den Hals steif werden, immerhin sah er noch, daß sich hinter ihm nichts verändert hatte, nur die Schwester war aufgestanden. Sein letzter Blick streifte die Mutter, die nun völlig eingeschlafen war.

Kaum war er innerhalb seines Zimmers, wurde die Tür eiligst zugedrückt, festgeriegelt und versperrt. Über den plötzlichen Lärm hinter sich erschrak Gregor so, daß ihm die Beinchen einknickten. Es war die Schwester, die sich so beeilt hatte. Aufrecht war sie schon da gestanden und hatte gewartet, leichtfüßig war sie dann vorwärtsgesprungen, Gregor hatte sie gar nicht kommen hören, und ein »Endlich!« rief sie den Eltern zu, während sie den Schlüssel im Schloß umdrehte.

»Und jetzt?« fragte sich Gregor und sah sich im Dunkeln um. Er machte bald die Entdeckung, daß er sich nun überhaupt nicht mehr rühren konnte. Er wunderte sich darüber nicht, eher kam es ihm unnatürlich vor, daß er sich bis jetzt tatsächlich mit diesen dünnen Beinchen hatte fortbewegen können. Im übrigen fühlte er sich verhältnismäßig behaglich. Er hatte zwar Schmerzen im ganzen Leib, aber ihm war, als würden sie allmählich schwächer und schwächer und würden schließlich ganz vergehen. Den verfaulten Apfel in seinem Rücken und die entzündete Umgebung, die ganz von weichem Staub bedeckt waren, spürte er schon kaum. An seine Familie dachte er mit Rührung und Liebe zurück. Seine Meinung darüber, daß er verschwinden müsse, war womöglich noch entschiedener, als die seiner Schwester. In diesem Zustand leeren und friedlichen Nachdenkens blieb er, bis die

Turmuhr die dritte Morgenstunde schlug. Den Anfang des allgemeinen Hellerwerdens draußen vor dem Fenster erlebte er noch. Dann sank sein Kopf ohne seinen Willen gänzlich nieder, und aus seinen Nüstern strömte sein letzter Atem schwach hervor.

Als am frühen Morgen die Bedienerin kam – vor lauter Kraft und Eile schlug sie, wie oft man sie auch schon gebeten hatte, das zu vermeiden, alle Türen derartig zu, daß in der ganzen Wohnung von ihrem Kommen an kein ruhiger Schlaf mehr möglich war –, fand sie bei ihrem gewöhnlichen kurzen Besuch an Gregor zuerst nichts Besonderes. Sie dachte, er liege absichtlich so unbeweglich da und spiele den Beleidigten; sie traute ihm allen möglichen Verstand zu. Weil sie zufällig den langen Besen in der Hand hielt, suchte sie mit ihm Gregor von der Tür aus zu kitzeln. Als sich auch da kein Erfolg zeigte, wurde sie ärgerlich und stieß ein wenig in Gregor hinein, und erst als sie ihn ohne jeden Widerstand von seinem Platze geschoben hatte, wurde sie aufmerksam. Als sie bald den wahren Sachverhalt erkannte, machte sie große Augen, pfiff vor sich hin, hielt sich aber nicht lange auf, sondern riß die Tür des Schlafzimmers auf und rief mit lauter Stimme in das Dunkel hinein: »Sehen Sie nur mal an, es ist krepiert; da liegt es, ganz und gar krepiert!«

Das Ehepaar Samsa saß im Ehebett aufrecht da und hatte zu tun, den Schrecken über die Bedienerin zu verwinden, ehe es dazu kam, ihre Meldung aufzufassen. Dann aber stiegen Herr und Frau Samsa, jeder auf seiner Seite, eiligst aus dem Bett, Herr Samsa warf die Decke über seine Schultern, Frau Samsa kam nur im Nachthemd hervor; so traten sie in Gregors Zimmer. Inzwischen hatte sich auch die Tür des Wohnzimmers geöffnet, in dem Grete seit dem Einzug der Zimmerherren schlief; sie war völlig angezogen, als hätte sie gar nicht geschlafen, auch ihr bleiches Gesicht schien das zu beweisen. »Tot?« sagte Frau Samsa und sah fragend zur Bedienerin auf, trotzdem sie doch alles selbst prüfen und sogar ohne Prüfung erkennen konnte. »Das will ich meinen«, sagte die Bedienerin und stieß zum Beweis Gregors Leiche mit dem Besen noch ein großes Stück seitwärts. Frau Samsa machte eine Bewegung, als wolle sie den Besen zurückhalten, tat es aber nicht. »Nun«, sagte Herr Samsa, »jetzt können wir Gott danken.« Er bekreuzte sich, und die drei Frauen folgten seinem Beispiel. Grete, die kein Auge von der Leiche wendete, sagte: »Seht nur, wie mager er war. Er hat ja auch schon so lange Zeit nichts gegessen. So wie die Speisen hereinkamen, sind sie wieder hinausgekommen.« Tatsächlich war Gregors Körper vollständig flach und trocken, man erkannte das eigentlich erst jetzt, da er nicht mehr von den Beinchen gehoben war und auch sonst nichts den Blick ablenkte.

»Komm, Grete, auf ein Weilchen zu uns herein«, sagte Frau Samsa mit einem wehmütigen Lächeln, und Grete ging, nicht ohne nach der Leiche zurückzusehen, hinter den Eltern in das Schlafzimmer. Die Bedienerin schloß die Tür und öffnete gänzlich das Fenster. Trotz des frühen Morgens war der frischen Luft schon etwas Lauigkeit beigemischt. Es war eben schon Ende März.

Aus ihrem Zimmer traten die drei Zimmerherren und sahen sich erstaunt nach ihrem Frühstück um; man hatte sie vergessen. »Wo ist das Frühstück?« fragte der mittlere der Herren mürrisch die Bedienerin. Diese aber legte den Finger an den Mund und winkte dann hastig und schweigend den Herren zu, sie möchten in Gregors Zimmer kommen. Sie kamen auch und standen dann, die Hände in den Taschen ihrer etwas abgenützten Röckchen, in dem nun schon ganz hellen Zimmer um Gregors Leiche herum.

Da öffnete sich die Tür des Schlafzimmers, und Herr

Samsa erschien in seiner Livree an einem Arm seine Frau, am anderen seine Tochter. Alle waren ein wenig verweint; Grete drückte bisweilen ihr Gesicht an den Arm des Vaters.

»Verlassen Sie sofort meine Wohnung!« sagte Herr Samsa und zeigte auf die Tür, ohne die Frauen von sich zu lassen. »Wie meinen Sie das?« sagte der mittlere der Herren etwas bestürzt und lächelte süßlich. Die zwei anderen hielten die Hände auf dem Rücken und rieben sie ununterbrochen aneinander, wie in freudiger Erwartung eines großen Streites, der aber für sie günstig ausfallen mußte. »Ich meine es genau so, wie ich es sage«, antwortete Herr Samsa und ging in einer Linie mit seinen zwei Begleiterinnen auf den Zimmerherrn zu. Dieser stand zuerst still da und sah zu Boden, als ob sich die Dinge in seinem Kopf zu einer neuen Ordnung zusammenstellten. »Dann gehen wir also«, sagte er dann und sah zu Herrn Samsa auf, als verlange er in einer plötzlich ihn überkommenden Demut sogar für diesen Entschluß eine neue Genehmigung. Herr Samsa nickte ihm bloß mehrmals kurz mit großen Augen zu. Daraufhin ging der Herr tatsächlich sofort mit langen Schritten ins Vorzimmer; seine beiden Freunde hatten schon ein Weilchen lang mit ganz ruhigen Händen aufgehorcht und hüpften ihm jetzt geradezu nach, wie in Angst, Herr Samsa könnte vor ihnen ins Vorzimmer eintreten und die Verbindung mit ihrem Führer stören. Im Vorzimmer nahmen alle drei die Hüte vom Kleiderrechen, zogen ihre Stöcke aus dem Stockbehälter, verbeugten sich stumm und verließen die Wohnung. In einem, wie sich zeigte, gänzlich unbegründeten Mißtrauen trat Herr Samsa mit den zwei Frauen auf den Vorplatz hinaus; an das Geländer gelehnt, sahen sie zu, wie die drei Herren zwar langsam, aber ständig die lange Treppe hinunterstiegen, in jedem Stockwerk in einer bestimmten Biegung des Treppenhauses verschwanden und nach ein paar Augenblicken wieder hervorkamen; je tiefer sie gelangten, desto mehr verlor sich das Interesse der Familie Samsa für sie, und als ihnen entgegen und dann hoch über sie hinweg ein Fleischergeselle mit der Trage auf dem Kopf in stolzer Haltung heraufstieg, verließ bald Herr Samsa mit den Frauen das Geländer, und alle kehrten, wie erleichtert, in ihre Wohnung zurück.

Sie beschlossen, den heutigen Tag zum Ausruhen und Spazierengehen zu verwenden; sie hatten diese Arbeitsunterbrechung nicht nur verdient, sie brauchten sie sogar unbedingt. Und so setzten sie sich zum Tisch und schrieben drei Entschuldigungsbriefe, Herr Samsa an seine Direktion, Frau Samsa an ihren Auftraggeber, und Grete an ihren Prinzipal. Während des Schreibens kam die Bedienerin herein, um zu sagen, daß sie fortgehe, denn ihre Morgenarbeit war beendet. Die drei Schreibenden nickten zuerst bloß, ohne aufzuschauen, erst als die Bedienerin sich immer noch nicht entfernen wollte, sah man ärgerlich auf. »Nun?« fragte Herr Samsa. Die Bedienerin stand lächelnd in der Tür, als habe sie der Familie ein großes Glück zu melden, werde es aber nur dann tun, wenn sie gründlich ausgefragt werde. Die fast aufrechte kleine Straußfeder auf ihrem Hut, über die sich Herr Samsa schon während ihrer ganzen Dienstzeit ärgerte, schwankte leicht nach allen Richtungen. »Also was wollen Sie eigentlich?« fragte Frau Samsa, vor welcher die Bedienerin noch am meisten Respekt hatte. »Ja«, antwortete die Bedienerin und konnte vor freundlichem Lachen nicht gleich weiter reden, »also darüber, wie das Zeug von nebenan weggeschafft werden soll, müssen Sie sich keine Sorge machen. Es ist schon in Ordnung.« Frau Samsa und Grete beugten sich zu ihren Briefen nieder, als wollten sie weiterschreiben; Herr Samsa, welcher merkte, daß die Bedienerin nun alles ausführlich zu beschreiben anfangen wollte, wehrte dies mit ausgestreckter Hand entschieden ab. Da sie aber nicht erzählen durfte, erinnerte sie sich an die große Eile, die sie hatte, rief offenbar beleidigt: »Adjes allseits«, drehte sich wild um und verließ unter fürchterlichem Türezuschlagen die Wohnung.

»Abends wird sie entlassen«, sagte Herr Samsa, bekam aber weder von seiner Frau, noch von seiner Tochter eine Antwort, denn die Bedienerin schien ihre kaum gewonnene Ruhe wieder gestört zu haben. Sie erhoben sich, gingen zum Fenster und blieben dort, sich umschlungen haltend. Herr Samsa drehte sich in seinem Sessel nach ihnen um und beobachtete sie still ein Weilchen. Dann rief er: »Also kommt doch her. Laßt schon endlich die alten Sachen. Und nehmt auch ein wenig Rücksicht auf mich.« Gleich folgten ihm die Frauen, eilten zu ihm, liebkosten ihn und beendeten rasch ihre Briefe.

Dann verließen alle drei gemeinschaftlich die Wohnung, was sie schon seit Monaten nicht getan hatten, und fuhren mit der Elektrischen ins Freie vor die Stadt. Der Wagen, in dem sie allein saßen, war ganz von warmer Sonne durchschienen. Sie besprachen, bequem auf ihren Sitzen zurückgelehnt, die Aussichten für die Zukunft, und es fand sich, daß diese bei näherer Betrachtung durchaus nicht schlecht waren, denn aller drei Anstellungen waren, worüber sie einander eigentlich noch gar nicht ausgefragt hatten, überaus günstig und besonders für später vielversprechend. Die größte augenblickliche Besserung der Lage mußte sich natürlich leicht durch einen Wohnungswechsel ergeben; sie wollten nun eine kleinere und billigere, aber besser gelegene und überhaupt praktischere Wohnung nehmen, als es die jetzige, noch von Gregor ausgesuchte war. Während sie sich so unterhielten, fiel es Herrn und Frau Samsa im Anblick ihrer immer lebhafter werdenden Tochter fast gleichzeitig ein, wie sie in der letzten Zeit trotz aller Plage, die ihre Wangen bleich gemacht hatte, zu einem schönen und üppigen Mädchen aufgeblüht war. Stiller werdend und fast unbewußt durch Blicke sich verständigend, dachten sie daran, daß es nun Zeit sein werde, auch einen braven Mann für sie zu suchen. Und es war ihnen wie eine Bestätigung ihrer neuen Träume und guten Absichten, als am Ziele ihrer Fahrt die Tochter als erste sich erhob und ihren jungen Körper dehnte.

Vor dem Gesetz

Vor dem Gesetz steht ein Türhüter. Zu diesem Türhüter kommt ein Mann vom Lande und bittet um Eintritt in das Gesetz. Aber der Türhüter sagt, daß er ihm jetzt den Eintritt nicht gewähren könne. Der Mann überlegt und fragt dann, ob er also später werde eintreten dürfen. »Es ist möglich«, sagt der Türhüter, »jetzt aber nicht.« Da das Tor zum Gesetz offensteht wie immer und der Türhüter beiseite tritt, bückt sich der Mann, um durch das Tor in das Innere zu sehn. Als der Türhüter das merkt, lacht er und sagt: »Wenn es dich so lockt, versuche es doch, trotz meines Verbotes hineinzugehn. Merke aber: Ich bin mächtig. Und ich bin nur der unterste Türhüter. Von Saal zu Saal stehn aber Türhüter, einer mächtiger als der andere. Schon den Anblick des dritten kann nicht einmal ich mehr ertragen.« Solche Schwierigkeiten hat der Mann vom Lande nicht erwartet; das Gesetz soll doch jedem und immer zugänglich sein, denkt er, aber als er jetzt den Türhüter in seinem Pelzmantel genauer ansieht, seine große Spitznase, den langen, dünnen, schwarzen tatarischen Bart, entschließt er sich, doch lieber zu warten, bis er die Erlaubnis zum Eintritt bekommt. Der Türhüter gibt ihm einen Schemel und läßt ihn seitwärts von der Tür sich niedersetzen. Dort sitzt er Tage und Jahre. Er macht viele Versuche, eingelassen zu werden, und ermüdet den Türhüter durch seine Bitten. Der Türhüter stellt öfters kleine Verhöre mit ihm an, fragt ihn über seine Heimat aus und nach vielem andern, es sind aber teilnahmslose Fragen, wie sie große Herren stellen, und zum Schlusse sagt er ihm immer wieder, daß er ihn noch nicht einlassen könne. Der Mann, der sich für seine Reise mit vielem ausgerüstet hat, verwendet alles, und sei es noch so wertvoll, um den Türhüter zu bestechen. Dieser nimmt zwar alles an, aber sagt dabei: »Ich nehme es nur an, damit du nicht glaubst, etwas versäumt zu haben.« Während der vielen Jahre beobachtet der Mann den Türhüter fast ununterbrochen. Er vergißt die andern Türhüter und dieser erste scheint ihm das einzige Hindernis für den Eintritt in das Gesetz. Er verflucht den unglücklichen Zufall, in den ersten Jahren rücksichtslos und laut, später, als er alt wird, brummt er nur noch vor sich hin. Er wird kindisch, und, da er in dem jahrelangen Studium des Türhüters auch die Flöhe in seinem Pelzkragen erkannt hat, bittet er auch die Flöhe, ihm zu helfen und den Türhüter umzustimmen. Schließlich wird sein Augenlicht schwach, und er weiß nicht, ob es um ihn wirklich dunkler wird, oder ob ihn nur seine Augen täuschen. Wohl aber erkennt er jetzt im Dunkel einen Glanz, der unverlöschlich aus der Türe des Gesetzes bricht. Nun lebt er nicht mehr lange. Vor seinem Tode sammeln sich in seinem Kopfe alle Erfahrungen der ganzen Zeit zu einer Frage, die er bisher an den Türhüter noch nicht gestellt hat. Er winkt ihm zu, da er seinen erstarrenden Körper nicht mehr aufrichten kann. Der Türhüter muß sich tief zu ihm hinunterneigen, denn der Größenunterschied hat sich sehr zu ungunsten des Mannes verändert. »Was willst du denn jetzt noch wissen?« fragt der Türhüter, »du bist unersättlich.« »Alle streben doch nach dem Gesetz«, sagt der Mann, »wieso kommt es, daß in den vielen Jahren niemand außer mir Einlaß verlangt hat?« Der Türhüter erkennt, daß der Mann schon an seinem Ende ist, und, um sein vergehendes Gehör noch zu erreichen, brüllt er ihn an: »Hier konnte niemand sonst Einlaß erhalten, denn dieser Eingang war nur für dich bestimmt. Ich gehe jetzt und schließe ihn.«

In der Strafkolonie

»Es ist ein eigentümlicher Apparat«, sagte der Offizier zu dem Forschungsreisenden und überblickte mit einem gewissermaßen bewundernden Blick den ihm doch wohlbekannten Apparat. Der Reisende schien nur aus Höflichkeit der Einladung des Kommandanten gefolgt zu sein, der ihn aufgefordert hatte, der Exekution eines Soldaten beizuwohnen, der wegen Ungehorsam und Beleidigung des Vorgesetzten verurteilt worden war. Das Interesse für diese Exekution war wohl auch in der Strafkolonie nicht sehr groß. Wenigstens war hier in dem tiefen, sandigen, von kahlen Abhängen ringsum abgeschlossenen kleinen Tal außer dem Offizier und dem Reisenden nur der Verurteilte, ein stumpfsinniger, breitmäuliger Mensch mit verwahrlostem Haar und Gesicht und ein Soldat zugegen, der die schwere Kette hielt, in welche die kleinen Ketten ausliefen, mit denen der Verurteilte an den Fuß- und Handknöcheln sowie am Hals gefesselt war und die auch untereinander durch Verbindungsketten zusammenhingen. Übrigens sah der Verurteilte so hündisch ergeben aus, daß es den Anschein hatte, als könnte man ihn frei auf den Abhängen herumlaufen lassen und müsse bei Beginn der Exekution nur pfeifen, damit er käme.

Der Reisende hatte wenig Sinn für den Apparat und ging hinter dem Verurteilten fast sichtbar unbeteiligt auf und ab, während der Offizier die letzten Vorbereitungen besorgte, bald unter den tief in die Erde eingebauten Apparat kroch, bald auf eine Leiter stieg, um die oberen Teile zu untersuchen. Das waren Arbeiten, die man eigentlich einem Maschinisten hätte überlassen können, aber der Offizier führte sie mit einem großen Eifer aus, sei es, daß er ein besonderer Anhänger dieses Apparates war, sei es, daß man aus anderen Gründen die Arbeit sonst niemandem anvertrauen konnte. »Jetzt ist alles fertig!« rief er endlich und stieg von der Leiter hinunter. Er war ungemein ermattet, atmete mit weit offenem Mund und hatte zwei zarte Damentaschentücher hinter den Uniformkragen gezwängt. »Diese Uniformen sind doch für die Tropen zu schwer«, sagte der Reisende, statt sich, wie es der Offizier erwartet hatte, nach dem Apparat zu erkundigen. »Gewiß«, sagte der Offizier und wusch sich die von Öl und Fett beschmutzten Hände in einem bereitstehenden Wasserkübel, »aber sie bedeuten die Heimat; wir wollen nicht die Heimat verlieren. – Nun sehen Sie aber diesen Apparat«, fügte er gleich hinzu, trocknete die Hände mit einem Tuch und zeigte gleichzeitig auf den Apparat. »Bis jetzt war noch Händearbeit nötig, von jetzt aber arbeitet der Apparat ganz allein.« Der Reisende nickte und folgte dem Offizier. Dieser suchte sich für alle Zwischenfälle zu sichern und sagte dann: »Es kommen natürlich Störungen vor; ich hoffe zwar, es wird heute keine eintreten, immerhin muß man mit ihnen rechnen. Der Apparat soll ja zwölf Stunden ununterbrochen im Gang sein. Wenn aber auch Störungen vorkommen, so sind es doch nur ganz kleine und sie werden sofort behoben sein.«

»Wollen Sie sich nicht setzen?« fragte er schließlich, zog aus einem Haufen von Rohrstühlen einen hervor und bot ihn dem Reisenden an; dieser konnte nicht ablehnen. Er saß nun am Rande einer Grube, in die er einen flüchtigen Blick warf. Sie war nicht sehr tief. Zur einen Seite der Grube war die ausgegrabene Erde zu einem Wall aufgehäuft, zur anderen Seite stand der Apparat. »Ich weiß nicht«, sagte der Offizier, »ob Ihnen der Kommandant den Apparat schon erklärt hat.« Der Reisende machte eine ungewisse Handbewegung; der

Offizier verlangte nichts Besseres, denn nun konnte er selbst den Apparat erklären. »Dieser Apparat«, sagte er und faßte eine Kurbelstange, auf die er sich stützte, »ist eine Erfindung unseres früheren Kommandanten. Ich habe gleich bei den allerersten Versuchen mitgearbeitet und war auch bei allen Arbeiten bis zur Vollendung beteiligt. Das Verdienst der Erfindung allerdings gebührt ihm ganz allein. Haben Sie von unserem früheren Kommandanten gehört? Nicht? Nun, ich behaupte nicht zu viel, wenn ich sage, daß die Einrichtung der ganzen Strafkolonie sein Werk ist. Wir, seine Freunde, wußten schon bei seinem Tod, daß die Einrichtung der Kolonie so in sich geschlossen ist, daß sein Nachfolger, und habe er tausend neue Pläne im Kopf, wenigstens während vieler Jahre nichts von dem Alten wird ändern können. Unsere Voraussage ist auch eingetroffen; der neue Kommandant hat es erkennen müssen. Schade, daß Sie den früheren Kommandanten nicht gekannt haben! – Aber«, unterbrach sich der Offizier, »ich schwätze, und sein Apparat steht hier vor uns. Er besteht, wie Sie sehen, aus drei Teilen. Es haben sich im Laufe der Zeit für jeden dieser Teile gewissermaßen volkstümliche Bezeichnungen ausgebildet. Der untere heißt das Bett, der obere heißt der Zeichner, und hier der mittlere, schwebende Teil heißt die Egge.« »Die Egge?« fragte der Reisende. Er hatte nicht ganz aufmerksam zugehört, die Sonne verfing sich allzustark in dem schattenlosen Tal, man konnte schwer seine Gedanken sammeln. Um so bewundernswerter erschien ihm der Offizier, der im engen, parademäßigen, mit Epauletten beschwerten, mit Schnüren behängten Waffenrock so eifrig seine Sache erklärte und außerdem, während er sprach, mit einem Schraubendreher noch hier und da an einer Schraube sich zu schaffen machte. In ähnlicher Verfassung wie der Reisende schien der Soldat zu sein. Er hatte um beide Handgelenke die Kette des Verurteilten gewickelt, stützte sich mit einer Hand auf sein Gewehr, ließ den Kopf im Genick hinunterhängen und kümmerte sich um nichts. Der Reisende wunderte sich nicht darüber, denn der Offizier sprach französisch und französisch verstand gewiß weder der Soldat noch der Verurteilte. Um so auffallender war es allerdings, daß der Verurteilte sich dennoch bemühte, den Erklärungen des Offiziers zu folgen. Mit einer Art schläfriger Beharrlichkeit richtete er die Blicke immer dorthin, wohin der Offizier gerade zeigte, und als dieser jetzt vom Reisenden mit einer Frage unterbrochen wurde, sah auch er, ebenso wie der Offizier, den Reisenden an.

»Ja, die Egge«, sagte der Offizier, »der Name paßt. Die Nadeln sind eggenartig angeordnet, auch wird das Ganze wie eine Egge geführt, wenn auch bloß auf einem Platz und viel kunstgemäßer. Sie werden es übrigens gleich verstehen. Hier auf das Bett wird der Verurteilte gelegt. – Ich will nämlich den Apparat zuerst beschreiben und dann erst die Prozedur selbst ausführen lassen. Sie werden ihr dann besser folgen können. Auch ist ein Zahnrad im Zeichner zu stark abgeschliffen; es kreischt sehr, wenn es im Gang ist; man kann sich dann kaum verständigen; Ersatzteile sind hier leider nur schwer zu beschaffen. – Also hier ist das Bett, wie ich sagte. Es ist ganz und gar mit einer Watteschicht bedeckt; den Zweck dessen werden Sie noch erfahren. Auf diese Watte wird der Verurteilte bäuchlings gelegt, natürlich nackt; hier sind für die Hände, hier für die Füße, hier für den Hals Riemen, um ihn festzuschnallen. Hier am Kopfende des Bettes, wo der Mann, wie ich gesagt habe, zuerst mit dem Gesicht aufliegt, ist dieser kleine Filzstumpf, der leicht so reguliert werden kann, daß er dem Mann gerade in den Mund dringt. Er hat den Zweck, am Schreien und am Zerbeißen der Zunge zu hindern. Natürlich muß der Mann den Filz aufnehmen, da ihm sonst durch den Halsriemen das

Genick gebrochen wird.« »Das ist Watte?« fragte der Reisende und beugte sich vor. »Ja gewiß«, sagte der Offizier lächelnd, »befühlen Sie es selbst.« Er faßte die Hand des Reisenden und führte sie über das Bett hin. »Es ist eine besonders präparierte Watte, darum sieht sie so unkenntlich aus; ich werde auf ihren Zweck noch zu sprechen kommen.« Der Reisende war schon ein wenig für den Apparat gewonnen; die Hand zum Schutz gegen die Sonne über den Augen, sah er an dem Apparat in die Höhe. Es war ein großer Aufbau. Das Bett und der Zeichner hatten gleichen Umfang und sahen wie zwei dunkle Truhen aus. Der Zeichner war etwa zwei Meter über dem Bett angebracht; beide waren in den Ecken durch vier Messingstangen verbunden, die in der Sonne fast Strahlen warfen. Zwischen den Truhen schwebte an einem Stahlband die Egge.

Der Offizier hatte die frühere Gleichgültigkeit des Reisenden kaum bemerkt, wohl aber hatte er für sein jetzt beginnendes Interesse Sinn; er setzte deshalb in seinen Erklärungen aus, um dem Reisenden zur ungestörten Betrachtung Zeit zu lassen. Der Verurteilte ahmte den Reisenden nach; da er die Hand nicht über die Augen legen konnte, blinzelte er mit freien Augen zur Höhe.

»Nun liegt also der Mann«, sagte der Reisende, lehnte sich im Sessel zurück und kreuzte die Beine.

»Ja«, sagte der Offizier, schob ein wenig die Mütze zurück und fuhr sich mit der Hand über das heiße Gesicht, »nun hören Sie! Sowohl das Bett, als auch der Zeichner haben ihre eigene elektrische Batterie; das Bett braucht sie für sich selbst, der Zeichner für die Egge. Sobald der Mann festgeschnallt ist, wird das Bett in Bewegung gesetzt. Es zittert in winzigen, sehr schnellen Zuckungen gleichzeitig seitlich, wie auch auf und ab. Sie werden ähnliche Apparate in Heilanstalten gesehen haben; nur sind bei unserem Bett alle Bewegungen genau berechnet; sie müssen nämlich peinlich auf die Bewegungen der Egge abgestimmt sein. Dieser Egge aber ist die eigentliche Ausführung des Urteils überlassen.«

»Wie lautet denn das Urteil?« fragte der Reisende. »Sie wissen auch das nicht?« sagte der Offizier erstaunt und biß sich auf die Lippen: »Verzeihen Sie, wenn vielleicht meine Erklärungen ungeordnet sind; ich bitte Sie sehr um Entschuldigung. Die Erklärungen pflegte früher nämlich der Kommandant zu geben; der neue Kommandant aber hat sich dieser Ehrenpflicht entzogen; daß er jedoch einen so hohen Besuch« – der Reisende suchte die Ehrung mit beiden Händen abzuwehren, aber der Offizier bestand auf dem Ausdruck – »einen so hohen Besuch nicht einmal von der Form unseres Urteils in Kenntnis setzt, ist wieder eine Neuerung, die –«, er hatte einen Fluch auf den Lippen, faßte sich aber und sagte nur: »Ich wurde nicht davon verständigt, mich trifft nicht die Schuld. Übrigens bin ich allerdings am besten befähigt, unsere Urteilsarten zu erklären, denn ich trage hier« – er schlug auf seine Brusttasche – »die betreffenden Handzeichnungen des früheren Kommandanten.«

»Handzeichnungen des Kommandanten selbst?« fragte der Reisende: »Hat er denn alles in sich vereinigt? War er Soldat, Richter, Konstrukteur, Chemiker, Zeichner?«

»Jawohl«, sagte der Offizier kopfnickend, mit starrem, nachdenklichem Blick. Dann sah er prüfend seine Hände an; sie schienen ihm nicht rein genug, um die Zeichnungen anzufassen; er ging daher zum Kübel und wusch sie nochmals. Dann zog er eine kleine Ledermappe hervor und sagte: »Unser Urteil klingt nicht streng. Dem Verurteilten wird das Gebot, das er übertreten hat, mit der Egge auf den Leib geschrieben. Diesem Verurteilten zum Beispiel« – der Offizier zeigte auf den Mann – »wird auf den Leib geschrieben werden: Ehre deinen Vorgesetzten!«

Der Reisende sah flüchtig auf den Mann hin; er hielt, als der Offizier auf ihn gezeigt hatte, den Kopf gesenkt und schien alle Kraft des Gehörs anzuspannen, um etwas zu erfahren. Aber die Bewegungen seiner wulstig aneinander gedrückten Lippen zeigten offenbar, daß er nichts verstehen konnte. Der Reisende hatte Verschiedenes fragen wollen, fragte aber im Anblick des Mannes nur: »Kennt er sein Urteil?« »Nein«, sagte der Offizier und wollte gleich in seinen Erklärungen fortfahren, aber der Reisende unterbrach ihn: »Er kennt sein eigenes Urteil nicht?« »Nein«, sagte der Offizier wieder, stockte dann einen Augenblick, als verlange er vom Reisenden eine nähere Begründung seiner Frage, und sagte dann: »Es wäre nutzlos, es ihm zu verkünden. Er erfährt es ja auf seinem Leib.« Der Reisende wollte schon verstummen, da fühlte er, wie der Verurteilte seinen Blick auf ihn richtete; er schien zu fragen, ob er den geschilderten Vorgang billigen könne. Darum beugte sich der Reisende, der sich bereits zurückgelehnt hatte, wieder vor und fragte noch: »Aber daß er überhaupt verurteilt wurde, das weiß er doch?« »Auch nicht«, sagte der Offizier und lächelte den Reisenden an, als erwarte er nun von ihm noch einige sonderbare Eröffnungen. »Nein«, sagte der Reisende und strich sich über die Stirn hin, »dann weiß also der Mann auch jetzt noch nicht, wie seine Verteidigung aufgenommen wurde?« »Er hat keine Gelegenheit gehabt, sich zu verteidigen«, sagte der Offizier und sah abseits, als rede er zu sich selbst und wolle den Reisenden durch Erzählung dieser ihm selbstverständlichen Dinge nicht beschämen. »Er muß doch Gelegenheit gehabt haben, sich zu verteidigen«, sagte der Reisende und stand vom Sessel auf.

Der Offizier erkannte, daß er in Gefahr war, in der Erklärung des Apparates für lange Zeit aufgehalten zu werden; er ging daher zum Reisenden, hing sich in seinen Arm, zeigte mit der Hand auf den Verurteilten, der sich jetzt, da die Aufmerksamkeit so offenbar auf ihn gerichtet war, stramm aufstellte – auch zog der Soldat die Kette an –, und sagte: »Die Sache verhält sich folgendermaßen. Ich bin hier in der Strafkolonie zum Richter bestellt. Trotz meiner Jugend. Denn ich stand auch dem früheren Kommandanten in allen Strafsachen zur Seite und kenne auch den Apparat am besten. Der Grundsatz, nach dem ich entscheide, ist: Die Schuld ist immer zweifellos. Andere Gerichte können diesen Grundsatz nicht befolgen, denn sie sind vielköpfig und haben auch noch höhere Gerichte über sich. Das ist hier nicht der Fall, oder war es wenigstens nicht beim früheren Kommandanten. Der neue hat allerdings schon Lust gezeigt, in mein Gericht sich einzumischen, es ist mir aber bisher gelungen, ihn abzuwehren, und wird mir auch weiter gelingen. – Sie wollten diesen Fall erklärt haben; er ist so einfach, wie alle. Ein Hauptmann hat heute morgens die Anzeige erstattet, daß dieser Mann, der ihm als Diener zugeteilt ist und vor seiner Türe schläft, den Dienst verschlafen hat. Er hat nämlich die Pflicht, bei jedem Stundenschlag aufzustehen und vor der Tür des Hauptmanns zu salutieren. Gewiß keine schwere Pflicht und eine notwendige, denn er soll sowohl zur Bewachung als auch zur Bedienung frisch bleiben. Der Hauptmann wollte in der gestrigen Nacht nachsehen, ob der Diener seine Pflicht erfülle. Er öffnete Schlag zwei Uhr die Tür und fand ihn zusammengekrümmt schlafen. Er holte die Reitpeitsche und schlug ihm über das Gesicht. Statt nun aufzustehen und um Verzeihung zu bitten, faßte der Mann seinen Herrn bei den Beinen, schüttelte ihn und rief: ›Wirf die Peitsche weg, oder ich fresse dich.‹ – Das ist der Sachverhalt. Der Hauptmann kam vor einer Stunde zu mir, ich schrieb seine Angaben auf und anschließend gleich das Urteil. Dann ließ ich dem Mann die Ketten anlegen. Das alles war sehr einfach. Hätte ich den

Mann zuerst vorgerufen und ausgefragt, so wäre nur Verwirrung entstanden. Er hätte gelogen, hätte, wenn es mir gelungen wäre, die Lügen zu widerlegen, diese durch neue Lügen ersetzt und so fort. Jetzt aber halte ich ihn und lasse ihn nicht mehr. – Ist nun alles erklärt? Aber die Zeit vergeht, die Exekution sollte schon beginnen, und ich bin mit der Erklärung des Apparates noch nicht fertig.« Er nötigte den Reisenden auf den Sessel nieder, trat wieder zu dem Apparat und begann: »Wie Sie sehen, entspricht die Egge der Form des Menschen; hier ist die Egge für den Oberkörper, hier sind die Eggen für die Beine. Für den Kopf ist nur dieser kleine Stichel bestimmt. Ist Ihnen das klar?« Er beugte sich freundlich zu dem Reisenden vor, bereit zu den umfassendsten Erklärungen.

Der Reisende sah mit gerunzelter Stirn die Egge an. Die Mitteilungen über das Gerichtsverfahren hatten ihn nicht befriedigt. Immerhin mußte er sich sagen, daß es sich hier um eine Strafkolonie handelte, daß hier besondere Maßregeln notwendig waren und daß man bis zum letzten militärisch vorgehen mußte. Außerdem aber setzte er einige Hoffnung auf den neuen Kommandanten, der offenbar, allerdings langsam, ein neues Verfahren einzuführen beabsichtigte, das dem beschränkten Kopf dieses Offiziers nicht eingehen konnte. Aus diesem Gedankengang heraus fragte der Reisende: »Wird der Kommandant der Exekution beiwohnen?« »Es ist nicht gewiß«, sagte der Offizier, durch die unvermittelte Frage peinlich berührt, und seine freundliche Miene verzerrte sich: »Gerade deshalb müssen wir uns beeilen. Ich werde sogar, so leid es mir tut, meine Erklärungen abkürzen müssen. Aber ich könnte ja morgen, wenn der Apparat wieder gereinigt ist – daß er so sehr beschmutzt wird, ist sein einziger Fehler – die näheren Erklärungen nachtragen. Jetzt also nur das Notwendigste. – Wenn der Mann auf dem Bett liegt und dieses ins Zittern gebracht ist, wird die Egge auf den Körper gesenkt. Sie stellt sich von selbst so ein, daß sie nur knapp mit den Spitzen den Körper berührt; ist die Einstellung vollzogen, strafft sich sofort dieses Stahlseil zu einer Stange. Und nun beginnt das Spiel. Ein Nichteingeweihter merkt äußerlich keinen Unterschied in den Strafen. Die Egge scheint gleichförmig zu arbeiten. Zitternd sticht sie ihre Spitzen in den Körper ein, der überdies vom Bett aus zittert. Um es nun jedem zu ermöglichen, die Ausführung des Urteils zu überprüfen, wurde die Egge aus Glas gemacht. Es hat einige technische Schwierigkeiten verursacht, die Nadeln darin zu befestigen, es ist aber nach vielen Versuchen gelungen. Wir haben eben keine Mühe gescheut. Und nun kann jeder durch das Glas sehen, wie sich die Inschrift im Körper vollzieht. Wollen Sie nicht näher kommen und sich die Nadeln ansehen?«

Der Reisende erhob sich langsam, ging hin und beugte sich über die Egge. »Sie sehen«, sagte der Offizier, »zweierlei Nadeln in vielfacher Anordnung. Jede lange hat eine kurze neben sich. Die lange schreibt nämlich, und die kurze spritzt Wasser aus, um das Blut abzuwaschen und die Schrift immer klar zu erhalten. Das Blutwasser wird dann hier in kleine Rinnen geleitet und fließt endlich in diese Hauptrinne, deren Abflußrohr in die Grube führt.« Der Offizier zeigte mit dem Finger genau den Weg, den das Blutwasser nehmen mußte. Als er es, um es möglichst anschaulich zu machen, an der Mündung des Abflußrohres mit beiden Händen förmlich auffing, erhob der Reisende den Kopf und wollte, mit der Hand rückwärts tastend, zu seinem Sessel zurückgehen. Da sah er zu seinem Schrecken, daß auch der Verurteilte gleich ihm der Einladung des Offiziers, sich die Einrichtung der Egge aus der Nähe anzusehen, gefolgt war. Er hatte den verschlafenen Soldaten an der Kette ein wenig vorgezerrt und sich auch über das Glas gebeugt. Man sah, wie er mit unsicheren Augen auch das suchte, was die zwei Herren eben beobachtet hatten, wie es ihm aber, da ihm die Erklärung fehlte, nicht gelingen wollte. Er beugte sich hierhin und dorthin. Immer wieder lief er mit den Augen das Glas ab. Der Reisende wollte ihn zurücktreiben, denn, was er tat, war wahrscheinlich strafbar. Aber der Offizier hielt den Reisenden mit einer Hand fest, nahm mit der anderen eine Erdscholle vom Wall und warf sie nach dem Soldaten. Dieser hob mit einem Ruck die Augen, sah, was der Verurteilte gewagt hatte, ließ das Gewehr fallen, stemmte die Füße mit den Absätzen in den Boden, riß den Verurteilten zurück, daß er gleich niederfiel, und sah dann auf ihn hinunter, wie er sich wand und mit seinen Ketten klirrte. »Stell ihn auf!« schrie der Offizier, denn er merkte, daß der Reisende durch den Verurteilten allzusehr abgelenkt wurde. Der Reisende beugte sich sogar über die Egge hinweg, ohne sich um sie zu kümmern, und wollte nur feststellen, was mit dem Verurteilten geschehe. »Behandle ihn sorgfältig!« schrie der Offizier wieder. Er umlief den Apparat, faßte selbst den Verurteilten unter den Achseln und stellte ihn, der öfters mit den Füßen ausglitt, mit Hilfe des Soldaten auf.

»Nun weiß ich schon alles«, sagte der Reisende, als der Offizier wieder zu ihm zurückkehrte. »Bis auf das Wichtigste«, sagte dieser, ergriff den Reisenden am Arm und zeigte in die Höhe: »Dort im Zeichner ist das Räderwerk, welches die Bewegung der Egge bestimmt, und dieses Räderwerk wird nach der Zeichnung, auf welche das Urteil lautet, angeordnet. Ich verwende noch die Zeichnungen des früheren Kommandanten. Hier sind sie,« – er zog einige Blätter aus der Ledermappe – »ich kann sie Ihnen aber leider nicht in die Hand geben, sie sind das Teuerste, was ich habe. Setzen Sie sich, ich zeige sie Ihnen aus dieser Entfernung, dann werden

Sie alles gut sehen können.« Er zeigte das erste Blatt. Der Reisende hätte gerne etwas Anerkennendes gesagt, aber er sah nur labyrinthartige, einander vielfach kreuzende Linien, die so dicht das Papier bedeckten, daß man nur mit Mühe die weißen Zwischenräume erkannte. »Lesen Sie«, sagte der Offizier. »Ich kann nicht«, sagte der Reisende. »Es ist doch deutlich«, sagte der Offizier. »Es ist sehr kunstvoll«, sagte der Reisende ausweichend, »aber ich kann es nicht entziffern.« »Ja«, sagte der Offizier, lachte und steckte die Mappe wieder ein, »es ist keine Schönschrift für Schulkinder. Man muß lange darin lesen. Auch Sie würden es schließlich gewiß erkennen. Es darf natürlich keine einfache Schrift sein; sie soll ja nicht sofort töten, sondern durchschnittlich erst in einem Zeitraum von zwölf Stunden; für die sechste Stunde ist der Wendepunkt berechnet. Es müssen also viele, viele Zieraten die eigentliche Schrift umgeben; die wirkliche Schrift umzieht den Leib nur in einem schmalen Gürtel; der übrige Körper ist für Verzierungen bestimmt. Können Sie jetzt die Arbeit der Egge und des ganzen Apparates würdigen? – Sehen Sie doch!« Er sprang auf die Leiter, drehte ein Rad, rief hinunter: »Achtung, treten Sie zur Seite«, und alles kam in Gang. Hätte das Rad nicht gekreischt, es wäre herrlich gewesen. Als sei der Offizier von diesem störenden Rad überrascht, drohte er ihm mit der Faust, breitete dann, sich entschuldigend, zum Reisenden hin die Arme aus und kletterte eilig hinunter, um den Gang des Apparates von unten zu beobachten. Noch war etwas nicht in Ordnung, das nur er merkte; er kletterte wieder hinauf, griff mit beiden Händen in das Innere des Zeichners, glitt dann, um rascher hinunterzukommen, statt die Leiter zu benutzen, an der einen Stange hinunter und schrie nun, um sich im Lärm verständlich zu machen, mit äußerster Anspannung dem Reisenden ins Ohr: »Begreifen Sie den Vorgang? Die Egge fängt zu schreiben an;

ist sie mit der ersten Anlage der Schrift auf dem Rücken des Mannes fertig, rollt die Watteschicht und wälzt den Körper langsam auf die Seite, um der Egge neuen Raum zu bieten. Inzwischen legen sich die wundbeschriebenen Stellen auf die Watte, welche infolge der besonderen Präparierung sofort die Blutung stillt und zu neuer Vertiefung der Schrift vorbereitet. Hier die Zacken am Rande der Egge reißen dann beim weiteren Umwälzen des Körpers die Watte von den Wunden, schleudern sie in die Grube, und die Egge hat wieder Arbeit. So schreibt sie immer tiefer die zwölf Stunden lang. Die ersten sechs Stunden lebt der Verurteilte fast wie früher, er leidet nur Schmerzen. Nach zwei Stunden wird der Filz entfernt, denn der Mann hat keine Kraft zum Schreien mehr. Hier in diesen elektrisch geheizten Napf am Kopfende wird warmer Reisbrei gelegt, aus dem der Mann, wenn er Lust hat, nehmen kann, was er mit der Zunge erhascht. Keiner versäumt die Gelegenheit. Ich weiß keinen, und meine Erfahrung ist groß. Erst um die sechste Stunde verliert er das Vergnügen am Essen. Ich knie dann gewöhnlich hier nieder und beobachte diese Erscheinung. Der Mann schluckt den letzten Bissen selten, er dreht ihn nur im Mund und speit ihn in die Grube. Ich muß mich dann bücken, sonst fährt es mir ins Gesicht. Wie still wird dann aber der Mann um die sechste Stunde! Verstand geht dem Blödesten auf. Um die Augen beginnt es. Von hier aus verbreitet es sich. Ein Anblick, der einen verführen könnte, sich mit unter die Egge zu legen. Es geschieht ja nichts weiter, der Mann fängt bloß an, die Schrift zu entziffern, er spitzt den Mund, als horche er. Sie haben gesehen, es ist nicht leicht, die Schrift mit den Augen zu entziffern; unser Mann entziffert sie aber mit seinen Wunden. Es ist allerdings viel Arbeit; er braucht sechs Stunden zu ihrer Vollendung. Dann aber spießt ihn die Egge vollständig auf und wirft ihn in die Grube, wo er auf das Blutwasser und die

Watte niederklatscht. Dann ist das Gericht zu Ende, und wir, ich und der Soldat, scharren ihn ein.«

Der Reisende hatte das Ohr zum Offizier geneigt und sah, die Hände in den Rocktaschen, der Arbeit der Maschine zu. Auch der Verurteilte sah ihr zu, aber ohne Verständnis. Er bückte sich ein wenig und verfolgte die schwankenden Nadeln, als ihm der Soldat, auf ein Zeichen des Offiziers, mit einem Messer hinten Hemd und Hose durchschnitt, so daß sie von dem Verurteilten abfielen; er wollte nach dem fallenden Zeug greifen, um seine Blöße zu bedecken, aber der Soldat hob ihn in die Höhe und schüttelte die letzten Fetzen von ihm ab. Der Offizier stellte die Maschine ein, und in der jetzt eintretenden Stille wurde der Verurteilte unter die Egge gelegt. Die Ketten wurden gelöst, und statt dessen die Riemen befestigt; es schien für den Verurteilten im ersten Augenblick fast eine Erleichterung zu bedeuten. Und nun senkte sich die Egge noch ein Stück tiefer, denn es war ein magerer Mann. Als ihn die Spitzen berührten, ging ein Schauer über seine Haut; er streckte, während der Soldat mit seiner rechten Hand beschäftigt war, die linke aus, ohne zu wissen wohin; es war aber die Richtung, wo der Reisende stand. Der Offizier sah ununterbrochen den Reisenden von der Seite an, als suche er von seinem Gesicht den Eindruck abzulesen, den die Exekution, die er ihm nun wenigstens oberflächlich erklärt hatte, auf ihn mache.

Der Riemen, der für das Handgelenk bestimmt war, riß; wahrscheinlich hatte ihn der Soldat zu stark angezogen. Der Offizier sollte helfen, der Soldat zeigte ihm das abgerissene Riemenstück. Der Offizier ging auch zu ihm hinüber und sagte, das Gesicht dem Reisenden zugewendet: »Die Maschine ist sehr zusammengesetzt, es muß hie und da etwas reißen oder brechen; dadurch darf man sich aber im Gesamturteil nicht beirren lassen. Für den Riemen ist übrigens sofort

Ersatz geschafft; ich werde eine Kette verwenden; die Zartheit der Schwingung wird dadurch für den rechten Arm allerdings beeinträchtigt.« Und während er die Ketten anlegte, sagte er noch: »Die Mittel zur Erhaltung der Maschine sind jetzt sehr eingeschränkt. Unter dem früheren Kommandanten war eine mir frei zugängliche Kassa nur für diesen Zweck bestimmt. Es gab hier ein Magazin, in dem alle möglichen Ersatzstücke aufbewahrt wurden. Ich gestehe, ich trieb damit fast Verschwendung, ich meine früher, nicht jetzt, wie der neue Kommandant behauptet, dem alles nur zum Vorwand dient, alte Einrichtungen zu bekämpfen. Jetzt hat er die Maschinenkassa in eigener Verwaltung, und schicke ich um einen neuen Riemen, wird der zerrissene als Beweisstück verlangt, der neue kommt erst in zehn Tagen, ist dann aber von schlechterer Sorte und taugt nicht viel. Wie ich aber in der Zwischenzeit ohne Riemen die Maschine betreiben soll, darum kümmert sich niemand.«

Der Reisende überlegte: Es ist immer bedenklich, in fremde Verhältnisse entscheidend einzugreifen. Er war weder Bürger der Strafkolonie, noch Bürger des Staates, dem sie angehörte. Wenn er diese Exekution verurteilen oder gar hintertreiben wollte, konnte man ihm sagen: Du bist ein Fremder, sei still. Darauf hätte er nichts erwidern, sondern nur hinzufügen können, daß er sich in diesem Falle selbst nicht begreife, denn er reise nur mit der Absicht zu sehen und keineswegs etwa, um fremde Gerichtsverfassungen zu ändern. Nun lagen aber hier die Dinge allerdings sehr verführerisch. Die Ungerechtigkeit des Verfahrens und die Unmenschlichkeit der Exekution war zweifellos. Niemand konnte irgendeine Eigennützigkeit des Reisenden annehmen, denn der Verurteilte war ihm fremd, kein Landsmann und ein zum Mitleid gar nicht auffordernder Mensch. Der Reisende selbst hatte Empfehlungen hoher Ämter, war hier mit großer Höflichkeit empfangen worden, und daß er zu dieser Exekution eingeladen worden war, schien sogar darauf hinzudeuten, daß man sein Urteil über dieses Gericht verlangte. Dies war aber um so wahrscheinlicher, als der Kommandant, wie er jetzt überdeutlich gehört hatte, kein Anhänger dieses Verfahrens war und sich gegenüber dem Offizier fast feindselig verhielt.

Da hörte der Reisende einen Wutschrei des Offiziers. Er hatte gerade, nicht ohne Mühe, dem Verurteilten den Filzstumpf in den Mund geschoben, als der Verurteilte in einem unwiderstehlichen Brechreiz die Augen schloß und sich erbrach. Eilig riß ihn der Offizier vom Stumpf in die Höhe und wollte den Kopf zur Grube hindrehen; aber es war zu spät, der Unrat floß schon an der Maschine hinab. »Alles Schuld des Kommandanten!« schrie der Offizier und rüttelte besinnungslos vorn an den Messingstangen, »die Maschine wird mir verunreinigt wie ein Stall.« Er zeigte mit zitternden Händen dem Reisenden, was geschehen war. »Habe ich nicht stundenlang dem Kommandanten begreiflich zu machen gesucht, daß einen Tag vor der Exekution kein Essen mehr verabfolgt werden soll. Aber die neue milde Richtung ist anderer Meinung. Die Damen des Kommandanten stopfen dem Mann, ehe er abgeführt wird, den Hals mit Zuckersachen voll. Sein ganzes Leben hat er sich von stinkenden Fischen genährt und muß jetzt Zuckersachen essen! Aber es wäre ja möglich, ich würde nichts einwenden, aber warum schafft man nicht einen neuen Filz an, wie ich ihn seit einem Vierteljahr erbitte. Wie kann man ohne Ekel diesen Filz in den Mund nehmen, an dem mehr als hundert Männer im Sterben gesaugt und gebissen haben?«

Der Verurteilte hatte den Kopf niedergelegt und sah friedlich aus, der Soldat war damit beschäftigt, mit dem Hemd des Verurteilten die Maschine zu putzen. Der Offizier ging zum Reisenden, der in irgendeiner Ahnung einen Schritt zurücktrat, aber der Offizier faßte ihn bei der Hand und zog ihn zur Seite. »Ich will einige Worte im Vertrauen mit Ihnen sprechen«, sagte er, »ich darf das doch?« »Gewiß«, sagte der Reisende und hörte mit gesenkten Augen zu.

»Dieses Verfahren und diese Hinrichtung, die Sie jetzt zu bewundern Gelegenheit haben, hat gegenwärtig in unserer Kolonie keinen offenen Anhänger mehr. Ich bin ihr einziger Vertreter, gleichzeitig der einzige Vertreter des Erbes des alten Kommandanten. An einen weiteren Ausbau des Verfahrens kann ich nicht mehr denken, ich verbrauche alle meine Kräfte, um zu erhalten, was vorhanden ist. Als der alte Kommandant lebte, war die Kolonie von seinen Anhängern voll; die Überzeugungskraft des alten Kommandanten habe ich zum Teil, aber seine Macht fehlt mir ganz; infolgedessen haben sich die Anhänger verkrochen, es gibt noch viele, aber keiner gesteht es ein. Wenn Sie heute, also an einem Hinrichtungstag, ins Teehaus gehen und herumhorchen, werden Sie vielleicht nur zweideutige Äußerungen hören. Das sind lauter Anhänger, aber unter dem gegenwärtigen Kommandanten und bei seinen gegenwärtigen Anschauungen für mich ganz unbrauchbar. Und nun frage ich Sie: Soll wegen dieses Kommandanten und seiner Frauen, die ihn beeinflussen, ein solches Lebenswerk« – er zeigte auf die Maschine – »zugrunde gehen? Darf man das zulassen? Selbst wenn man nur als Fremder ein paar Tage auf unserer Insel ist? Es ist aber keine Zeit zu verlieren, man bereitet etwas gegen meine Gerichtsbarkeit vor; es finden schon Beratungen in der Kommandatur statt, zu denen ich nicht zugezogen werde; sogar Ihr heutiger Besuch scheint mir für die ganze Lage bezeichnend; man ist feig und schickt Sie, einen Fremden, vor. – Wie war die Exekution anders in früherer Zeit! Schon einen Tag vor der Hinrichtung war das ganze Tal von Menschen überfüllt; alle kamen nur um zu sehen; früh am Morgen erschien der Kommandant mit seinen Damen; Fanfaren weckten den ganzen Lagerplatz; ich erstattete die Meldung, daß alles vorbereitet sei; die Gesellschaft – kein hoher Beamte durfte fehlen – ordnete sich um die Maschine; dieser Haufen Rohrsessel ist ein armseliges Überbleibsel aus jener Zeit. Die Maschine glänzte frisch geputzt, fast zu jeder Exekution nahm ich neue Ersatzstücke. Vor hunderten Augen – alle Zuschauer standen auf den Fußspitzen bis dort zu den Anhöhen – wurde der Verurteilte vom Kommandanten selbst unter die Egge gelegt. Was heute ein gemeiner Soldat tun darf, war damals meine, des Gerichtspräsidenten, Arbeit und ehrte mich. Und nun begann die Exekution! Kein Mißton störte die Arbeit der Maschine. Manche sahen nun gar nicht mehr zu, sondern lagen mit geschlossenen Augen im Sand; alle wußten: Jetzt geschieht Gerechtigkeit. In der Stille hörte man nur das Seufzen des Verurteilten, gedämpft durch den Filz. Heute gelingt es der Maschine nicht mehr, dem Verurteilten ein stärkeres Seufzen auszupressen, als der Filz noch ersticken kann; damals aber tropften die schreibenden Nadeln eine beizende Flüssigkeit aus, die heute nicht mehr verwendet werden darf. Nun, und dann kam die sechste Stunde! Es war unmöglich, allen die Bitte, aus der Nähe zuschauen zu dürfen, zu gewähren. Der Kommandant in seiner Einsicht ordnete an, daß vor allem die Kinder berücksichtigt werden sollten; ich allerdings durfte kraft meines Berufes immer dabeistehen; oft hockte ich dort, zwei kleine Kinder rechts und links in meinen Armen. Wie nahmen wir alle den Ausdruck der Verklärung von dem gemarterten Gesicht, wie hielten wir unsere Wangen in den Schein dieser endlich erreichten und schon vergehenden Gerechtigkeit! Was für Zeiten, mein Kamerad!« Der Offizier hatte offenbar vergessen, wer vor ihm stand; er hatte den Reisenden umarmt und den

Kopf auf seine Schulter gelegt. Der Reisende war in großer Verlegenheit, ungeduldig sah er über den Offizier hinweg. Der Soldat hatte die Reinigungsarbeit beendet und jetzt noch aus einer Büchse Reisbrei in den Napf geschüttet. Kaum merkte dies der Verurteilte, der sich schon vollständig erholt zu haben schien, als er mit der Zunge nach dem Brei zu schnappen begann. Der Soldat stieß ihn immer wieder weg, denn der Brei war wohl für eine spätere Zeit bestimmt, aber ungehörig war es jedenfalls auch, daß der Soldat mit seinen schmutzigen Händen hineingriff und vor dem gierigen Verurteilten davon aß.

Der Offizier faßte sich schnell. »Ich wollte Sie nicht etwa rühren«, sagte er, »ich weiß, es ist unmöglich, jene Zeiten heute begreiflich zu machen. Im übrigen arbeitet die Maschine noch und wirkt für sich. Sie wirkt für sich, auch wenn sie allein in diesem Tale steht. Und die Leiche fällt zum Schluß noch immer in dem unbegreiflich sanften Flug in die Grube, auch wenn nicht, wie damals, Hunderte wie Fliegen um die Grube sich versammeln. Damals mußten wir ein starkes Geländer um die Grube anbringen, es ist längst weggerissen.«

Der Reisende wollte sein Gesicht dem Offizier entziehen und blickte ziellos herum. Der Offizier glaubte, er betrachte die Öde des Tales; er ergriff deshalb seine Hände, drehte sich um ihn, um seine Blicke zu fassen, und fragte: »Merken Sie die Schande?«

Aber der Reisende schwieg. Der Offizier ließ für ein Weilchen von ihm ab; mit auseinandergestellten Beinen, die Hände in den Hüften, stand er still und blickte zu Boden. Dann lächelte er dem Reisenden aufmunternd zu und sagte: »Ich war gestern in Ihrer Nähe, als der Kommandant Sie einlud. Ich hörte die Einladung. Ich kenne den Kommandanten. Ich verstand sofort, was er mit der Einladung bezweckte. Trotzdem seine Macht groß genug wäre, um gegen mich einzuschreiten, wagt er es noch nicht, wohl aber will er mich Ihrem, dem Urteil eines angesehenen Fremden aussetzen. Seine Berechnung ist sorgfältig; Sie sind den zweiten Tag auf der Insel, Sie kannten den alten Kommandanten und seinen Gedankenkreis nicht, Sie sind in europäischen Anschauungen befangen, vielleicht sind Sie ein grundsätzlicher Gegner der Todesstrafe im allgemeinen und einer derartigen maschinellen Hinrichtungsart im besonderen, Sie sehen überdies, wie die Hinrichtung ohne öffentliche Anteilnahme, traurig, auf einer bereits etwas beschädigten Maschine vor sich geht – wäre es nun, alles dieses zusammengenommen (so denkt der Kommandant), nicht sehr leicht möglich, daß Sie mein Verfahren nicht für richtig halten? Und wenn Sie es nicht für richtig halten, werden Sie dies (ich rede noch immer im Sinne des Kommandanten) nicht verschweigen, denn Sie vertrauen doch gewiß Ihren vielerprobten Überzeugungen. Sie haben allerdings viele Eigentümlichkeiten vieler Völker gesehen und achten gelernt, Sie werden daher wahrscheinlich sich nicht mit ganzer Kraft, wie Sie es vielleicht in Ihrer Heimat tun würden, gegen das Verfahren aussprechen. Aber dessen bedarf der Kommandant gar nicht. Ein flüchtiges, ein bloß unvorsichtiges Wort genügt. Es muß gar nicht Ihrer Überzeugung entsprechen, wenn es nur scheinbar seinem Wunsche entgegenkommt. Daß er Sie mit aller Schlauheit ausfragen wird, dessen bin ich gewiß. Und seine Damen werden im Kreis herumsitzen und die Ohren spitzen; Sie werden etwa sagen: ›Bei uns ist das Gerichtsverfahren ein anderes‹, oder ›Bei uns wird der Angeklagte vor dem Urteil verhört‹, oder ›Bei uns erfährt der Verurteilte das Urteil‹, oder ›Bei uns gibt es auch andere Strafen als Todesstrafen‹, oder ›Bei uns gab es Folterungen nur im Mittelalter‹. Das alles sind Bemerkungen, die ebenso richtig sind, als sie Ihnen selbstverständlich erscheinen, unschuldige Bemerkungen, die mein Verfahren nicht antasten. Aber wie wird sie der Kommandant aufnehmen? Ich sehe ihn, den guten Kommandanten, wie er sofort den Stuhl beiseite schiebt und auf den Balkon eilt, ich sehe seine Damen, wie sie ihm nachströmen, ich höre seine Stimme – die Damen nennen sie eine Donnerstimme –, nun, und er spricht: ›Ein großer Forscher des Abendlandes, dazu bestimmt, das Gerichtsverfahren in allen Ländern zu überprüfen, hat eben gesagt, daß unser Verfahren nach altem Brauch ein unmenschliches ist. Nach diesem Urteil einer solchen Persönlichkeit ist es mir natürlich nicht mehr möglich, dieses Verfahren zu dulden. Mit dem heutigen Tage also ordne ich an – usw.‹ Sie wollen eingreifen, Sie haben nicht das gesagt, was er verkündet, Sie haben mein Verfahren nicht unmenschlich genannt, im Gegenteil, Ihrer tiefen Einsicht entsprechend halten Sie es für das menschlichste und menschenwürdigste, Sie bewundern auch diese Maschinerie – aber es ist zu spät; Sie kommen gar nicht auf den Balkon, der schon voll Damen ist; Sie wollen sich bemerkbar machen; Sie wollen schreien; aber eine Damenhand hält Ihnen den Mund zu – und ich und das Werk des alten Kommandanten sind verloren.«

Der Reisende mußte ein Lächeln unterdrücken; so leicht war also die Aufgabe, die er für so schwer gehalten hatte. Er sagte ausweichend: »Sie überschätzen meinen Einfluß; der Kommandant hat mein Empfehlungsschreiben gelesen, er weiß, daß ich kein Kenner der gerichtlichen Verfahren bin. Wenn ich eine Meinung aussprechen würde, so wäre es die Meinung eines Privatmannes, um nichts bedeutender als die Meinung eines beliebigen anderen, und jedenfalls viel bedeutungsloser als die Meinung des Kommandanten, der in dieser Strafkolonie, wie ich zu wissen glaube, sehr ausgedehnte Rechte hat. Ist seine Meinung über dieses Verfahren eine so bestimmte, wie Sie glauben, dann, fürchte ich, ist allerdings das Ende dieses Verfahrens gekommen, ohne daß es meiner bescheidenen Mithilfe bedürfte.«

Begriff es schon der Offizier? Nein, er begriff noch nicht. Er schüttelte lebhaft den Kopf, sah kurz nach dem Verurteilten und dem Soldaten zurück, die zusammenzuckten und vom Reis abließen, ging ganz nahe an den Reisenden heran, blickte ihm nicht ins Gesicht, sondern irgendwohin auf seinen Rock und sagte leiser als früher: »Sie kennen den Kommandanten nicht; Sie stehen ihm und uns allen – verzeihen Sie den Ausdruck – gewissermaßen harmlos gegenüber; Ihr Einfluß, glauben Sie mir, kann nicht hoch genug eingeschätzt werden. Ich war ja glückselig, als ich hörte, daß Sie allein der Exekution beiwohnen sollten. Diese Anordnung des Kommandanten sollte mich treffen, nun aber wende ich sie zu meinen Gunsten. Unabgelenkt von falschen Einflüsterungen und verächtlichen Blicken – wie sie bei größerer Teilnahme an der Exekution nicht hätten vermieden werden können – haben Sie meine Erklärungen angehört, die Maschine gesehen und sind nun im Begriffe, die Exekution zu besichtigen. Ihr Urteil steht gewiß schon fest; sollten noch kleine Unsicherheiten bestehen, so wird sie der Anblick der Exekution beseitigen. Und nun stelle ich an Sie die Bitte: helfen Sie mir gegenüber dem Kommandanten!«

Der Reisende ließ ihn nicht weiter reden. »Wie könnte ich denn das«, rief er aus, »das ist ganz unmöglich. Ich kann Ihnen ebensowenig nützen als ich Ihnen schaden kann.«

»Sie können es«, sagte der Offizier. Mit einiger Befürchtung sah der Reisende, daß der Offizier die Fäuste ballte. »Sie können es«, wiederholte der Offizier noch dringender. »Ich habe einen Plan, der gelingen muß. Sie glauben, Ihr Einfluß genüge nicht. Ich weiß, daß er genügt. Aber zugestanden, daß Sie recht haben, ist es denn nicht notwendig, zur Erhaltung dieses Verfahrens alles, selbst das möglicherweise Unzureichende zu versuchen? Hören Sie also meinen Plan. Zu seiner Ausführung ist es vor allem nötig, daß Sie heute in der Kolonie mit Ihrem Urteil über das Verfahren möglichst zurückhalten. Wenn man Sie nicht geradezu fragt, dürfen Sie sich keinesfalls äußern; Ihre Äußerungen aber müssen kurz und unbestimmt sein; man soll merken, daß es Ihnen schwer wird, darüber zu sprechen, daß Sie verbittert sind, daß Sie, falls Sie offen reden sollten, geradezu in Verwünschungen ausbrechen müßten. Ich verlange nicht, daß Sie lügen sollen; keineswegs; Sie sollen nur kurz antworten, etwa: ›Ja, ich habe die Exekution gesehen‹, oder ›Ja, ich habe alle Erklärungen gehört‹. Nur das, nichts weiter. Für die Verbitterung, die man Ihnen anmerken soll, ist ja genügend Anlaß, wenn auch nicht im Sinne des Kommandanten. Er natürlich wird es vollständig mißverstehen und in seinem Sinne deuten. Darauf gründet sich mein Plan. Morgen findet in der Kommandatur unter dem Vorsitz des Kommandanten eine große Sitzung aller höheren Verwaltungsbeamten statt. Der Kommandant hat es natürlich verstanden, aus solchen Sitzungen eine Schaustellung zu machen. Es wurde eine Galerie gebaut, die mit Zuschauern immer besetzt ist. Ich bin gezwungen an den Beratungen teilzunehmen, aber der Widerwille schüttelt mich. Nun werden Sie gewiß auf jeden Fall zu der Sitzung eingeladen werden; wenn Sie sich heute meinem Plane gemäß verhalten, wird die Einladung zu einer dringenden Bitte werden. Sollten Sie aber aus irgendeinem unerfindlichen Grunde doch nicht eingeladen werden, so müßten Sie allerdings die Einladung verlangen; daß Sie sie dann erhalten, ist zweifellos. Nun sitzen Sie also morgen mit den Damen in der Loge des Kommandanten. Er versichert sich öfters durch Blicke nach oben, daß Sie da sind. Nach verschiedenen gleichgültigen, lächerlichen, nur für die Zuhörer berechneten Verhandlungsgegenständen – meistens sind es Hafenbauten, immer wieder Hafenbauten! – kommt auch das Gerichtsverfahren zur Sprache. Sollte es von seiten des Kommandanten nicht oder nicht bald genug geschehen, so werde ich dafür sorgen, daß es geschieht. Ich werde aufstehen und die Meldung von der heutigen Exekution erstatten. Ganz kurz, nur diese Meldung. Eine solche Meldung ist zwar dort nicht üblich, aber ich tue es doch. Der Kommandant dankt mir, wie immer, mit freundlichem Lächeln und nun, er kann sich nicht zurückhalten, erfaßt er die gute Gelegenheit. ›Es wurde eben‹, so oder ähnlich wird er sprechen, ›die Meldung von der Exekution erstattet. Ich möchte dieser Meldung nur hinzufügen, daß gerade dieser Exekution der große Forscher beigewohnt hat, von dessen unsere Kolonie so außerordentlich ehrendem Besuch Sie alle wissen. Auch unsere heutige Sitzung ist durch seine Anwesenheit in ihrer Bedeutung erhöht. Wollen wir nun nicht an diesen großen Forscher die Frage richten, wie er die Exekution nach altem Brauch und das Verfahren, das ihr vorhergeht, beurteilt?‹ Natürlich überall Beifallklatschen, allgemeine Zustimmung, ich bin der lauteste. Der Kommandant verbeugt sich vor Ihnen und sagt: ›Dann stelle ich im Namen aller die Frage.‹ Und nun treten Sie an die Brüstung. Legen Sie die Hände für alle sichtbar hin, sonst fassen sie die Damen und spielen mit den Fingern. – Und jetzt kommt endlich Ihr Wort. Ich weiß nicht, wie ich die Spannung der Stunden bis dahin ertragen werde. In Ihrer Rede müssen Sie sich keine Schranken setzen, machen Sie mit der Wahrheit Lärm, beugen Sie sich über die Brüstung, brüllen Sie, aber ja, brüllen Sie dem Kommandanten Ihre Meinung, Ihre unerschütterliche Meinung zu. Aber vielleicht wollen Sie das nicht, es entspricht nicht Ihrem Charakter, in Ihrer Heimat verhält man sich vielleicht in solchen Lagen anders, auch das ist richtig, auch das genügt vollkommen, stehen Sie gar nicht auf, sagen Sie nur ein paar Worte, flüstern Sie sie, daß sie gerade noch die Beamten unter Ihnen hören, es genügt, Sie müssen gar nicht selbst von der mangelnden Teilnahme an der Exekution, von dem kreischenden Rad, dem zerrissenen Riemen, dem widerlichen Filz reden, nein, alles weitere übernehme ich, und glauben Sie, wenn meine Rede ihn nicht aus dem Saale jagt, so wird sie ihn auf die Knie zwingen, daß er bekennen muß: Alter Kommandant, vor dir beuge ich mich. – Das ist mein Plan; wollen Sie mir zu seiner Ausführung helfen? Aber natürlich wollen Sie, mehr als das, Sie müssen.« Und der Offizier faßte den Reisenden an beiden Armen und sah ihm schweratmend ins Gesicht. Die letzten Sätze hatte er so geschrien, daß selbst der Soldat und der Verurteilte aufmerksam geworden waren; trotzdem sie nichts verstehen konnten, hielten sie doch im Essen inne und sahen kauend zum Reisenden hinüber.

Die Antwort, die er zu geben hatte, war für den Reisenden von allem Anfang an zweifellos; er hatte in seinem Leben zu viel erfahren, als daß er hier hätte schwanken können; er war im Grunde ehrlich und hatte keine Furcht. Trotzdem zögerte er jetzt im Anblick des Soldaten und des Verurteilten einen Atemzug lang. Schließlich aber sagte er, wie er mußte: »Nein.« Der Offizier blinzelte mehrmals mit den Augen, ließ aber keinen Blick von ihm. »Wollen Sie eine Erklärung?« fragte der Reisende. Der Offizier nickte stumm. »Ich bin ein Gegner dieses Verfahrens«, sagte nun der Reisende, »noch ehe Sie mich ins Vertrauen zogen – dieses Vertrauen werde ich natürlich unter keinen Umständen mißbrauchen – habe ich schon überlegt, ob ich berechtigt wäre, gegen dieses Verfahren einzuschreiten und ob mein Einschreiten auch nur eine kleine Aussicht auf Erfolg haben könnte. An wen ich mich dabei zuerst wenden müßte, war mir klar: an den Kommandanten natürlich. Sie haben es mir noch klarer gemacht, ohne aber etwa meinen Entschluß erst befestigt zu haben, im Gegenteil, Ihre ehrliche Überzeugung geht mir nahe, wenn sie mich auch nicht beirren kann.«

Der Offizier blieb stumm, wendete sich der Maschine zu, faßte eine der Messingstangen und sah dann, ein wenig zurückgebeugt, zum Zeichner hinauf, als prüfe er, ob alles in Ordnung sei. Der Soldat und der Verurteilte schienen sich miteinander befreundet zu haben; der Verurteilte machte, so schwierig dies bei der festen Einschnallung durchzuführen war, dem Soldaten Zeichen; der Soldat beugte sich zu ihm; der Verurteilte flüsterte ihm etwas zu, und der Soldat nickte.

Der Reisende ging dem Offizier nach und sagte: »Sie wissen noch nicht, was ich tun will. Ich werde meine Ansicht über das Verfahren dem Kommandanten zwar sagen, aber nicht in einer Sitzung, sondern unter vier Augen; ich werde auch nicht so lange hier bleiben, daß ich irgendeiner Sitzung beigezogen werden könnte; ich fahre schon morgen früh weg oder schiffe mich wenigstens ein.«

Es sah nicht aus, als ob der Offizier zugehört hätte. »Das Verfahren hat Sie also nicht überzeugt«, sagte er für sich und lächelte, wie ein Alter über den Unsinn eines Kindes lächelt und hinter dem Lächeln sein eigenes wirkliches Nachdenken behält.

»Dann ist es also Zeit«, sagte er schließlich und blickte plötzlich mit hellen Augen, die irgendeine Aufforderung, irgendeinen Aufruf zur Beteiligung enthielten, den Reisenden an.

»Wozu ist es Zeit?« fragte der Reisende unruhig, bekam aber keine Antwort.

»Du bist frei«, sagte der Offizier zum Verurteilten in dessen Sprache. Dieser glaubte es zuerst nicht. »Nun, frei bist du«, sagte der Offizier. Zum erstenmal bekam das Gesicht des Verurteilten wirkliches Leben. War es Wahrheit? War es nur eine Laune des Offiziers, die vorübergehen konnte? Hatte der fremde Reisende ihm Gnade erwirkt? Was war es? So schien sein Gesicht zu fragen. Aber nicht lange. Was immer es sein mochte, er wollte, wenn er durfte, wirklich frei sein und er begann sich zu rütteln, soweit es die Egge erlaubte.

»Du zerreißt mir die Riemen«, schrie der Offizier, »sei ruhig! Wir öffnen sie schon.« Und er machte sich mit dem Soldaten, dem er ein Zeichen gab, an die Arbeit. Der Verurteilte lachte ohne Worte leise vor sich hin, bald wendete er das Gesicht links zum Offizier, bald rechts zum Soldaten, auch den Reisenden vergaß er nicht.

»Zieh ihn heraus«, befahl der Offizier dem Soldaten. Es mußte hiebei wegen der Egge einige Vorsicht angewendet werden. Der Verurteilte hatte schon infolge seiner Ungeduld einige kleine Rißwunden auf dem Rücken.

Von jetzt ab kümmerte sich aber der Offizier kaum mehr um ihn. Er ging auf den Reisenden zu, zog wieder die kleine Ledermappe hervor, blätterte in ihr, fand schließlich das Blatt, das er suchte, und zeigte es dem Reisenden. »Lesen Sie«, sagte er. »Ich kann nicht«, sagte der Reisende, »ich sagte schon, ich kann diese Blätter nicht lesen.« »Sehen Sie das Blatt doch genau an«, sagte der Offizier und trat neben den Reisenden, um mit ihm zu lesen. Als auch das nichts half, fuhr er mit dem kleinen Finger in großer Höhe, als dürfe das Blatt auf keinen Fall berührt werden, über das Papier hin, um auf diese Weise dem Reisenden das Lesen zu erleichtern. Der Reisende gab sich auch Mühe, um wenigstens darin dem Offizier gefällig sein zu können, aber es war ihm unmöglich. Nun begann der Offizier die Aufschrift zu buchstabieren und dann las er sie noch einmal im Zusammenhang. »›Sei gerecht!‹ – heißt es«, sagte er, »jetzt können Sie es doch lesen.« Der Reisende beugte sich so tief über das Papier, daß der

Offizier aus Angst vor einer Berührung es weiter entfernte; nun sagte der Reisende zwar nichts mehr, aber es war klar, daß er es noch immer nicht hatte lesen können. »›Sei gerecht!‹ – heißt es«, sagte der Offizier nochmals. »Mag sein«, sagte der Reisende, »ich glaube es, daß es dort steht.« »Nun gut«, sagte der Offizier, wenigstens teilweise befriedigt, und stieg mit dem Blatt auf die Leiter; er bettete das Blatt mit großer Vorsicht im Zeichner und ordnete das Räderwerk scheinbar gänzlich um; es war eine sehr mühselige Arbeit, es mußte sich auch um ganz kleine Räder handeln, manchmal verschwand der Kopf des Offiziers völlig im Zeichner, so genau mußte er das Räderwerk untersuchen.

Der Reisende verfolgte von unten diese Arbeit ununterbrochen, der Hals wurde ihm steif, und die Augen schmerzten ihn von dem mit Sonnenlicht überschütteten Himmel. Der Soldat und der Verurteilte waren nur miteinander beschäftigt. Das Hemd und die Hose des Verurteilten, die schon in der Grube lagen, wurden vom Soldaten mit der Bajonettspitze herausgezogen. Das Hemd war entsetzlich schmutzig, und der Verurteilte wusch es in dem Wasserkübel. Als er dann Hemd und Hose anzog, mußte der Soldat wie der Verurteilte laut lachen, denn die Kleidungsstücke waren doch hinten entzweigeschnitten. Vielleicht glaubte der Verurteilte verpflichtet zu sein, den Soldaten zu unterhalten, er drehte sich in der zerschnittenen Kleidung im Kreise vor dem Soldaten, der auf dem Boden hockte und lachend auf seine Knie schlug. Immerhin bezwangen sie sich noch mit Rücksicht auf die Anwesenheit der Herren.

Als der Offizier oben endlich fertiggeworden war, überblickte er noch einmal lächelnd das Ganze in allen seinen Teilen, schlug diesmal den Deckel des Zeichners zu, der bisher offen gewesen war, stieg hinunter, sah in die Grube und dann auf den Verurteilten, merkte befriedigt, daß dieser seine Kleidung herausgenommen hatte, ging dann zu dem Wasserkübel, um die Hände zu waschen, erkannte zu spät den widerlichen Schmutz, war traurig darüber, daß er nun die Hände nicht waschen konnte, tauchte sie schließlich – dieser Ersatz genügte ihm nicht, aber er mußte sich fügen – in den Sand, stand dann auf und begann seinen Uniformrock aufzuknöpfen. Hiebei fielen ihm zunächst die zwei Damentaschentücher, die er hinter den Kragen gezwängt hatte, in die Hände. »Hier hast du deine Taschentücher«, sagte er und warf sie dem Verurteilten zu. Und zum Reisenden sagte er erklärend: »Geschenke der Damen.«

Trotz der offenbaren Eile, mit der er den Uniformrock auszog und sich dann vollständig entkleidete, behandelte er doch jedes Kleidungsstück sehr sorgfältig, über die Silberschnüre an seinem Waffenrock strich er sogar eigens mit den Fingern hin und schüttelte eine Troddel zurecht. Wenig paßte es allerdings zu dieser Sorgfalt, daß er, sobald er mit der Behandlung eines Stückes fertig war, es dann sofort mit einem unwilligen Ruck in die Grube warf. Das letzte, was ihm übrig blieb, war sein kurzer Degen mit dem Tragriemen. Er zog den Degen aus der Scheide, zerbrach ihn, faßte dann alles zusammen, die Degenstücke, die Scheide und den Riemen und warf es so heftig weg, daß es unten in der Grube aneinander klang.

Nun stand er nackt da. Der Reisende biß sich auf die Lippen und sagte nichts. Er wußte zwar, was geschehen würde, aber er hatte kein Recht, den Offizier an irgend etwas zu hindern. War das Gerichtsverfahren, an dem der Offizier hing, wirklich so nahe daran behoben zu werden – möglicherweise infolge des Einschreitens des Reisenden, zu dem sich dieser seinerseits verpflichtet fühlte – dann handelte jetzt der Offizier vollständig richtig; der Reisende hätte an seiner Stelle nicht anders gehandelt.

Der Soldat und der Verurteilte verstanden zuerst nichts, sie sahen anfangs nicht einmal zu. Der Verurteilte war sehr erfreut darüber, die Taschentücher zurückerhalten zu haben, aber er durfte sich nicht lange an ihnen freuen, denn der Soldat nahm sie ihm mit einem raschen, nicht vorherzusehenden Griff. Nun versuchte wieder der Verurteilte dem Soldaten die Tücher hinter dem Gürtel, hinter dem er sie verwahrt hatte, hervorzuziehen, aber der Soldat war wachsam. So stritten sie in halbem Scherz. Erst als der Offizier vollständig nackt war, wurden sie aufmerksam. Besonders der Verurteilte schien von der Ahnung irgendeines großen Umschwungs getroffen zu sein. Was ihm geschehen war, geschah nun dem Offizier. Vielleicht würde es so bis zum Äußersten gehen. Wahrscheinlich hatte der fremde Reisende den Befehl dazu gegeben. Das war also Rache. Ohne selbst bis zum Ende gelitten zu haben, wurde er doch bis zum Ende gerächt. Ein breites, lautloses Lachen erschien nun auf seinem Gesicht und verschwand nicht mehr.

Der Offizier aber hatte sich der Maschine zugewendet. Wenn es schon früher deutlich gewesen war, daß er die Maschine gut verstand, so konnte es jetzt einen fast bestürzt machen, wie er mit ihr umging und wie sie gehorchte. Er hatte die Hand der Egge nur genähert, und sie hob und senkte sich mehrmals, bis sie die richtige Lage erreicht hatte um ihn zu empfangen; er faßte das Bett nur am Rande, und es fing schon zu zittern an; der Filzstumpf kam seinem Mund entgegen, man sah, wie der Offizier ihn eigentlich nicht haben wollte, aber das Zögern dauerte nur einen Augenblick, gleich fügte er sich und nahm ihn auf. Alles war bereit, nur die Riemen hingen noch an den Seiten hinunter, aber sie waren offenbar unnötig, der Offizier mußte nicht angeschnallt sein. Da bemerkte der Verurteilte die losen Riemen, seiner Meinung nach war die Exekution nicht vollkommen, wenn die

Riemen nicht festgeschnallt waren, er winkte eifrig dem Soldaten, und sie liefen hin, den Offizier anzuschnallen. Dieser hatte schon den einen Fuß ausgestreckt, um in die Kurbel zu stoßen, die den Zeichner in Gang bringen sollte; da sah er, daß die zwei gekommen waren; er zog daher den Fuß zurück und ließ sich anschnallen. Nun konnte er allerdings die Kurbel nicht mehr erreichen; weder der Soldat noch der Verurteilte würden sie auffinden, und der Reisende war entschlossen, sich nicht zu rühren. Es war nicht nötig; kaum waren die Riemen angebracht, fing auch schon die Maschine zu arbeiten an; das Bett zitterte, die Nadeln tanzten auf der Haut, die Egge schwebte auf und ab. Der Reisende hatte schon eine Weile hingestarrt, ehe er sich erinnerte, daß ein Rad im Zeichner hätte kreischen sollen; aber alles war still, nicht das geringste Surren war zu hören.

Durch diese stille Arbeit entschwand die Maschine förmlich der Aufmerksamkeit. Der Reisende sah zu dem Soldaten und dem Verurteilten hinüber. Der Verurteilte war der lebhaftere, alles an der Maschine interessierte ihn, bald beugte er sich nieder, bald streckte er sich, immerfort hatte er den Zeigefinger ausgestreckt, um dem Soldaten etwas zu zeigen. Dem Reisenden war es peinlich. Er war entschlossen, hier bis zum Ende zu bleiben, aber den Anblick der zwei hätte er nicht lange ertragen. »Geht nach Hause«, sagte er. Der Soldat wäre dazu vielleicht bereit gewesen, aber der Verurteilte empfand den Befehl geradezu als Strafe. Er bat flehentlich mit gefalteten Händen ihn hier zu lassen, und als der Reisende kopfschüttelnd nicht nachgeben wollte, kniete er sogar nieder. Der Reisende sah, daß Befehle hier nichts halfen, er wollte hinüber und die zwei vertreiben. Da hörte er oben im Zeichner ein Geräusch. Er sah hinauf. Störte also das eine Zahnrad doch? Aber es war etwas anderes. Langsam hob sich der Deckel des Zeichners und klappte dann vollständig auf.

Die Zacken eines Zahnrades zeigten und hoben sich, bald erschien das ganze Rad, es war, als presse irgendeine große Macht den Zeichner zusammen, so daß für dieses Rad kein Platz mehr übrig blieb, das Rad drehte sich bis zum Rand des Zeichners, fiel hinunter, kollerte aufrecht ein Stück im Sand und blieb dann liegen. Aber schon stieg oben ein anderes auf, ihm folgten viele, große, kleine und kaum zu unterscheidende, mit allen geschah dasselbe, immer glaubte man, nun müsse der Zeichner jedenfalls schon entleert sein, da erschien eine neue, besonders zahlreiche Gruppe, stieg auf, fiel hinunter, kollerte im Sand und legte sich. Über diesem Vorgang vergaß der Verurteilte ganz den Befehl des Reisenden, die Zahnräder entzückten ihn völlig, er wollte immer eines fassen, trieb gleichzeitig den Soldaten an, ihm zu helfen, zog aber erschreckt die Hand zurück, denn es folgte gleich ein anderes Rad, das ihn, wenigstens im ersten Anrollen, erschreckte.

Der Reisende dagegen war sehr beunruhigt; die Maschine ging offenbar in Trümmer; ihr ruhiger Gang war eine Täuschung; er hatte das Gefühl, als müsse er sich jetzt des Offiziers annehmen, da dieser nicht mehr für sich selbst sorgen konnte. Aber während der Fall der Zahnräder seine ganze Aufmerksamkeit beanspruchte, hatte er versäumt, die übrige Maschine zu beaufsichtigen; als er jedoch jetzt, nachdem das letzte Zahnrad den Zeichner verlassen hatte, sich über die Egge beugte, hatte er eine neue, noch ärgere Überraschung. Die Egge schrieb nicht, sie stach nur, und das Bett wälzte den Körper nicht, sondern hob ihn nur zitternd in die Nadeln hinein. Der Reisende wollte eingreifen, möglicherweise das Ganze zum Stehen bringen, das war ja keine Folter, wie sie der Offizier erreichen wollte, das war unmittelbarer Mord. Er streckte die Hände aus. Da hob sich aber schon die Egge mit dem aufgespießten Körper zur Seite, wie sie es sonst erst in der zwölften Stunde tat. Das Blut floß in hundert Strömen, nicht mit Wasser vermischt, auch die Wasserröhrchen hatten diesmal versagt. Und nun versagte noch das letzte, der Körper löste sich von den langen Nadeln nicht, strömte sein Blut aus, hing aber über der Grube ohne zu fallen. Die Egge wollte schon in ihre alte Lage zurückkehren, aber als merke sie selbst, daß sie von ihrer Last noch nicht befreit sei, blieb sie doch über der Grube. »Helft doch!« schrie der Reisende zum Soldaten und zum Verurteilten hinüber und faßte selbst die Füße des Offiziers. Er wollte sich hier gegen die Füße drükken, die zwei sollten auf der anderen Seite den Kopf des Offiziers fassen, und so sollte er langsam von den Nadeln gehoben werden. Aber nun konnten sich die zwei nicht entschließen zu kommen; der Verurteilte drehte sich geradezu um; der Reisende mußte zu ihnen hinübergehen und sie mit Gewalt zu dem Kopf des Offiziers drängen. Hiebei sah er fast gegen Willen das Gesicht der Leiche. Es war, wie es im Leben gewesen war; kein Zeichen der versprochenen Erlösung war zu entdecken; was alle anderen in der Maschine gefunden hatten, der Offizier fand es nicht; die Lippen waren fest zusammengedrückt, die Augen waren offen, hatten den Ausdruck des Lebens, der Blick war ruhig und überzeugt, durch die Stirn ging die Spitze des großen eisernen Stachels.

* * *

Als der Reisende, mit dem Soldaten und dem Verurteilten hinter sich, zu den ersten Häusern der Kolonie kam, zeigte der Soldat auf eines und sagte: »Hier ist das Teehaus.«

Im Erdgeschoß eines Hauses war ein tiefer, niedriger, höhlenartiger, an den Wänden und an der Decke verräucherter Raum. Gegen die Straße zu war er in seiner ganzen Breite offen. Trotzdem sich das Teehaus von den übrigen Häusern der Kolonie, die bis auf die Palastbauten der Kommandatur alle sehr verkommen waren, wenig unterschied, übte es auf den Reisenden doch den Eindruck einer historischen Erinnerung aus und er fühlte die Macht der früheren Zeiten. Er trat näher heran, ging, gefolgt von seinen Begleitern, zwischen den unbesetzten Tischen hindurch, die vor dem Teehaus auf der Straße standen, und atmete die kühle, dumpfige Luft ein, die aus dem Innern kam. »Der Alte ist hier begraben«, sagte der Soldat, »ein Platz auf dem Friedhof ist ihm vom Geistlichen verweigert worden. Man war eine Zeitlang unentschlossen, wo man ihn begraben sollte, schließlich hat man ihn hier begraben. Davon hat Ihnen der Offizier gewiß nichts erzählt, denn dessen hat er sich natürlich am meisten geschämt. Er hat sogar einigemal in der Nacht versucht, den Alten auszugraben, er ist aber immer verjagt worden.« »Wo ist das Grab?« fragte der Reisende, der dem Soldaten nicht glauben konnte. Gleich liefen beide, der Soldat wie der Verurteilte, vor ihm her und zeigten mit ausgestreckten Händen dorthin, wo sich das Grab befinden sollte. Sie führten den Reisenden bis zur Rückwand, wo an einigen Tischen Gäste saßen. Es waren wahrscheinlich Hafenarbeiter, starke Männer mit kurzen, glänzend schwarzen Vollbärten. Alle waren ohne Rock, ihre Hemden waren zerrissen, es war armes, gedemütigtes Volk. Als sich der Reisende näherte, erhoben sich einige, drückten sich an die Wand und sahen ihm entgegen. »Es ist ein Fremder«, flüsterte es um den Reisenden herum, »er will das Grab ansehen.« Sie schoben einen der Tische beiseite, unter dem sich wirklich ein Grabstein befand. Es war ein einfacher Stein, niedrig genug, um unter einem Tisch verborgen werden zu können. Er trug eine Aufschrift mit sehr kleinen Buchstaben, der Reisende mußte, um sie zu lesen, niederknien. Sie lautete: »Hier ruht der alte Kommandant. Seine Anhänger, die jetzt keinen Namen tragen dürfen, haben ihm das Grab gegraben und den Stein gesetzt. Es besteht eine Prophezeiung, daß der Kommandant nach einer bestimmten Anzahl von Jahren auferstehen und aus diesem Hause seine Anhänger zur Wiedereroberung der Kolonie führen wird. Glaubet und wartet!« Als der Reisende das gelesen hatte und sich erhob, sah er rings um sich die Männer stehen und lächeln, als hätten sie mit ihm die Aufschrift gelesen, sie lächerlich gefunden und forderten ihn auf, sich ihrer Meinung anzuschließen. Der Reisende tat, als merke er das nicht, verteilte einige Münzen unter sie, wartete noch, bis der Tisch über das Grab geschoben war, verließ das Teehaus und ging zum Hafen.

Der Soldat und der Verurteilte hatten im Teehaus Bekannte gefunden, die sie zurückhielten. Sie mußten sich aber bald von ihnen losgerissen haben, denn der Reisende befand sich erst in der Mitte der langen Treppe, die zu den Booten führte, als sie ihm schon nachliefen. Sie wollten wahrscheinlich den Reisenden im letzten Augenblick zwingen, sie mitzunehmen. Während der Reisende unten mit einem Schiffer wegen der Überfahrt zum Dampfer unterhandelte, rasten die zwei die Treppe hinab, schweigend, denn zu schreien wagten sie nicht. Aber als sie unten ankamen, war der Reisende schon im Boot, und der Schiffer löste es gerade vom Ufer. Sie hätten noch ins Boot springen können, aber der Reisende hob ein schweres geknotetes Tau vom Boden, drohte ihnen damit und hielt sie dadurch von dem Sprunge ab.

Der Dorfschullehrer

Diejenigen, ich gehöre zu ihnen, die schon einen kleinen gewöhnlichen Maulwurf widerlich finden, wären wahrscheinlich vom Widerwillen getötet worden, wenn sie den Riesenmaulwurf gesehen hätten, der vor einigen Jahren in der Nähe eines kleinen Dorfes beobachtet worden ist, das dadurch eine gewisse vorübergehende Berühmtheit erlangt hat. Jetzt ist es allerdings schon längst wieder in Vergessenheit geraten und teilt damit nur die Ruhmlosigkeit der ganzen Erscheinung, die vollständig unerklärt geblieben ist, die man aber zu erklären sich auch nicht sehr bemüht hat und die infolge einer unbegreiflichen Nachlässigkeit jener Kreise, die sich darum hätten kümmern sollen und die sich tatsächlich angestrengt um viel geringfügigere Dinge kümmern, ohne genauere Untersuchung vergessen worden ist. Darin daß das Dorf weit von der Eisenbahn abliegt, kann jedenfalls keine Entschuldigung dafür gefunden werden, viele Leute kamen aus Neugierde von weither, sogar aus dem Ausland, nur diejenigen die mehr als Neugierde hätten zeigen sollen, die kamen nicht. Ja, hätten nicht einzelne ganz einfache Leute, Leute, deren gewöhnliche Tagesarbeit ihnen kaum ein ruhiges Aufatmen gestattete, hätten nicht diese Leute uneigennützig sich der Sache angenommen, das Gerücht von der Erscheinung wäre wahrscheinlich kaum über den nächsten Umkreis hinausgekommen. Es muß zugegeben werden, daß selbst das Gerücht, das sich doch sonst kaum aufhalten läßt, in diesem Falle geradezu schwerfällig war, hätte man es nicht förmlich gestoßen, es hätte sich nicht verbreitet. Aber auch das war gewiß kein Grund sich mit der Sache nicht zu beschäftigen, im Gegenteil, auch diese Erscheinung hätte noch untersucht werden müssen. Statt dessen überließ man die einzige schriftliche Behandlung des Falles dem alten Dorflehrer, der zwar ein ausgezeichneter Mann in seinem Berufe war, aber dessen Fähigkeiten ebenso wenig wie seine Vorbildung es ihm ermöglichten, eine gründliche und weiterhin verwertbare Beschreibung geschweige denn eine Erklärung zu liefern. Die kleine Schrift wurde gedruckt und an die damaligen Besucher des Dorfes viel verkauft, sie fand auch einige Anerkennung, aber der Lehrer war klug genug einzusehn, daß seine vereinzelten von niemand unterstützten Bemühungen im Grunde wertlos waren. Wenn er dennoch in ihnen nicht nachließ und die Sache, trotzdem sie ihrer Natur nach von Jahr zu Jahr verzweifelter wurde, zu seiner Lebensaufgabe machte, so beweist dies einerseits wie groß die Wirkung war welche die Erscheinung ausüben konnte und andererseits welche Ausdauer und Überzeugungstreue sich in einem alten unbeachteten Dorflehrer vorfinden kann. Daß er aber unter der abweisenden Haltung der maßgebenden Persönlichkeiten schwer gelitten hat, beweist ein kleiner Nachtrag, den er seiner Schrift folgen ließ, allerdings erst nach einigen Jahren, also zu einer Zeit, als sich kaum jemand mehr erinnern konnte, um was es sich hier gehandelt hatte. In diesem Nachtrag führt er vielleicht nicht durch Geschicklichkeit aber durch Ehrlichkeit überzeugend Klage über die Verständnislosigkeit, die ihm bei Leuten begegnet ist, wo man sie am wenigsten hätte erwarten sollen. Von diesen Leuten sagt er treffend: »Nicht ich, aber sie reden wie alte Dorflehrer.« Und er führt unter anderem den Ausspruch eines Gelehrten an, zu dem er eigens in seiner Sache gefahren ist. Der Name des Gelehrten ist nicht genannt aber aus verschiedenen Nebenumständen läßt sich erraten, wer es gewesen ist. Nachdem der Lehrer große Schwierigkeiten überwunden hatte, um bei dem Gelehrten, bei dem er sich wochenlang vorher angemeldet hatte, überhaupt Einlaß zu erlangen, merkte er schon bei der Begrüßung, daß der Gelehrte in einem unüberwindbaren Vorurteil inbetreff seiner Sache befangen war. In welcher Zerstreutheit er dem langen Bericht des Lehrers zuhörte, den dieser an der Hand seiner Schrift erstattete, zeigte sich in der Bemerkung, die er nach einiger scheinbarer Überlegung machte. »Gewiß es gibt verschiedene Maulwürfe, kleine und große. Die Erde ist doch in ihrer Gegend besonders schwarz und schwer. Nun, sie gibt deshalb auch den Maulwürfen besonders fette Nahrung und sie werden ungewöhnlich groß.« »Aber so groß doch nicht«, rief der Lehrer und maß, in seiner Wut ein wenig übertreibend, zwei Meter an der Wand ab. »O doch«, antwortete der Gelehrte, dem das Ganze offenbar sehr spaßhaft vorkam, »warum denn nicht?« Mit diesem Bescheide fuhr der Lehrer nachhause zurück. Er erzählt, wie ihn am Abend im Schneefall auf der Landstraße seine Frau und seine sechs Kinder erwartet hätten und wie er ihnen das endgiltige Mißlingen seiner Hoffnungen bekennen mußte.

Als ich von dem Verhalten des Gelehrten gegenüber dem Lehrer las, kannte ich noch gar nicht die Hauptschrift des Lehrers. Aber ich entschloß mich sofort, alles was ich über den Fall in Erfahrung bringen konnte, selbst zu sammeln und zusammenzustellen. Da ich dem Gelehrten nicht die Faust vor das Gesicht halten konnte, sollte wenigstens meine Schrift den Lehrer verteidigen oder besser ausgedrückt nicht so sehr den Lehrer, als die gute Absicht eines ehrlichen aber einflußlosen Mannes. Ich gestehe ich bereute später diesen Entschluß, denn ich fühlte bald, daß seine Ausführung mich in eine sonderbare Lage bringen mußte. Einerseits war auch mein Einfluß beiweitem nicht hinreichend um den Gelehrten oder gar die öffentliche Meinung zugunsten des Lehrers umzustimmen, andererseits aber mußte der Lehrer merken, daß mir an seiner Hauptabsicht, dem Nachweis der Erscheinung des großen Maulwurfes weniger lag, als an der Verteidigung seiner Ehrenhaftigkeit, die ihm wiederum selbstverständlich und keiner Verteidigung bedürftig schien. Es mußte also dahin kommen, daß ich, der ich mich dem Lehrer verbinden wollte, bei ihm kein Verständnis fand, und wahrscheinlich statt zu helfen für mich einen neuen Helfer brauchen würde, dessen Auftreten wohl sehr unwahrscheinlich war. Außerdem bürdete ich mir mit meinem Entschluß eine große Arbeit auf. Wollte ich überzeugen, so durfte ich mich nicht auf den Lehrer berufen, der ja nicht hatte überzeugen können. Die Kenntnis seiner Schrift hätte mich nur beirrt, und ich vermied es daher sie vor Beendigung meiner eigenen Arbeit zu lesen. Ja ich trat nicht einmal mit dem Lehrer in Verbindung. Allerdings erfuhr er durch Mittelspersonen von meinen Untersuchungen, aber er wußte nicht ob ich in seinem Sinne arbeitete oder gegen ihn. Ja er vermutete wahrscheinlich sogar das Letztere, wenn er es später auch leugnete, denn ich habe Beweise darüber, daß er mir verschiedene Hindernisse in den Weg gelegt hat. Das konnte er sehr leicht, denn ich war ja gezwungen alle Untersuchungen, die er schon durchgeführt hatte, nochmals vorzunehmen und er konnte mir daher immer zuvorkommen. Das war aber der einzige Vorwurf der meiner Methode mit Recht gemacht werden konnte, übrigens ein unausweichlicher Vorwurf, der aber durch die Vorsicht, ja Selbstverleugnung meiner Schlußfolgerungen sehr entkräftet wurde. Sonst aber war meine Schrift von jeder Einflußnahme des Lehrers frei, vielleicht hatte ich in diesem Punkte sogar allzu große Peinlichkeit bewiesen, es war durchaus so, als hätte bisher niemand den Fall untersucht, als wäre ich der erste der die Augen- und Ohrenzeugen verhörte, der erste, der die Angaben aneinanderreihte, der erste, der Schlüsse zog. Als ich später die Schrift des Lehrers las – sie hatte einen sehr umständlichen Titel: Ein Maulwurf, so groß, wie ihn noch niemand gesehen hat, – fand ich tatsächlich, daß wir in wesentlichen Punkten nicht übereinstimmten, wenn wir auch beide die Hauptsache, nämlich die Existenz des Maulwurfes bewiesen zu haben glaubten. Immerhin verhinderten jene einzelnen Meinungsverschiedenheiten die Entstehung eines freundschaftlichen Verhältnisses zum Lehrer, das ich eigentlich trotz allem erwartet hatte. Es entwickelte sich fast eine gewisse Feindseligkeit von seiner Seite. Er blieb zwar immer bescheiden und demütig mir gegenüber aber desto deutlicher konnte man seine wirkliche Stimmung merken. Er war nämlich der Meinung, daß ich ihm und der Sache durchaus geschadet habe und daß mein Glaube, ich hätte ihm genützt oder nützen können, im besten Fall Einfältigkeit, wahrscheinlich aber Anmaßung oder Hinterlist sei. Vor allem wies er öfters darauf hin, daß alle seine bisherigen Gegner ihre Gegnerschaft überhaupt nicht oder bloß unter vier Augen oder wenigstens nur mündlich gezeigt hätten, während ich es für nötig gehalten hatte, alle meine Aussetzungen sofort drucken zu lassen. Außerdem hätten die wenigen Gegner, welche sich wirklich mit der Sache wenn auch nur oberflächlich beschäftigt hatten, doch wenigstens seine, des Lehrers Meinung, also die hier maßgebende Meinung angehört, ehe sie sich selbst geäußert hatten, ich aber hatte aus unsystematisch gesammelten und zum Teil mißverstandenen Angaben Ergebnisse hervorgebracht, die selbst wenn sie in der Hauptsache richtig waren, doch unglaubwürdig wirken müßten undzwar sowohl auf die Menge als auch auf die Gebildeten. Der schwächste Schein der Unglaubwürdigkeit war aber das Schlimmste was hier geschehen konnte. Auf diese wenn auch verhüllt vorgebrachten Vorwürfe hätte ich ihm leicht antworten können –

so stellte z. B. gerade seine Schrift wohl den Höhepunkt der Unglaubwürdigkeit dar – weniger leicht aber war es gegen seinen sonstigen Verdacht anzukämpfen und dies war der Grund, warum ich mich überhaupt im Ganzen ihm gegenüber sehr zurückhielt. Er glaubte nämlich im Geheimen, daß ich ihn um den Ruhm hatte bringen wollen, der erste öffentliche Fürsprecher des Maulwurfes zu sein. Nun war ja für seine Person gar kein Ruhm vorhanden, sondern nur eine Lächerlichkeit, die sich aber auch auf einen immer kleineren Kreis einschränkte und um die ich mich gewiß nicht bewerben wollte. Außerdem aber hatte ich in der Einleitung zu meiner Schrift ausdrücklich erklärt, daß der Lehrer für alle Zeiten als Entdecker des Maulwurfes zu gelten habe – der Entdecker war er aber nicht einmal – und daß nur die Anteilnahme am Schicksal des Lehrers mich zur Abfassung der Schrift gedrängt habe. »Der Zweck dieser Schrift ist es,« – so schloß ich allzu pathetisch, aber es entsprach meiner damaligen Erregung – »der Schrift des Lehrers zur verdienten Verbreitung zu helfen. Gelingt dies, dann soll mein Name, der vorübergehend und nur äußerlich in diese Angelegenheit verwickelt wird, sofort aus ihr gelöscht werden.« Ich wehrte also geradezu jede größere Beteiligung an der Sache ab; es war fast, als hätte ich irgendwie den unglaublichen Vorwurf des Lehrers vorausgeahnt. Trotzdem fand er gerade in dieser Stelle die Handhabe gegen mich und ich leugne nicht, daß eine scheinbare Spur von Berechtigung in dem was er sagte, oder vielmehr andeutete, enthalten war, wie mir überhaupt einigemal auffiel, daß er in mancher Hinsicht mir gegenüber fast mehr Scharfsinn zeigte, als in seiner Schrift. Er behauptete nämlich, meine Einleitung sei doppelzüngig. Wenn mir wirklich nur daran lag, seine Schrift zu verbreiten, warum befaßte ich mich nicht ausschließlich mit ihm und seiner Schrift, warum zeigte ich nicht ihre Vorzüge, ihre Unwiderlegbarkeit, warum beschränkte ich mich nicht darauf die Bedeutung der Entdeckung hervorzuheben und begreiflich zu machen, warum drängte ich mich vielmehr unter vollständiger Vernachlässigung der Schrift in die Entdeckung selbst. War sie etwa nicht schon getan? Blieb etwa in dieser Hinsicht noch etwas zu tun übrig? Wenn ich aber wirklich glaubte die Entdeckung noch einmal machen zu müssen, warum sagte ich mich dann in der Einleitung von der Entdeckung so feierlich los. Das hätte heuchlerische Bescheidenheit sein können, aber es war etwas Ärgeres. Ich entwertete die Entdeckung, ich machte auf sie aufmerksam nur zu dem Zweck um sie zu entwerten, ich hatte sie erforscht und legte sie bei Seite, es war vielleicht rings um diese Sache ein wenig stiller geworden, ich machte nun wieder Lärm, machte aber gleichzeitig die Lage des Lehrers schwieriger als sie jemals gewesen war. Was bedeutete denn für den Lehrer die Verteidigung seiner Ehrenhaftigkeit. An der Sache, nur an der Sache lag ihm. Diese aber verriet ich weil ich sie nicht verstand, weil ich sie nicht richtig einschätzte, weil ich keinen Sinn für sie hatte. Sie gieng himmelhoch über meinen Verstand hinaus. Er saß vor mir und sah mich mit seinem alten faltigen Gesicht ruhig an, und doch war nur dieses seine Meinung. Allerdings war es nicht richtig, daß ihm nur an der Sache lag, er war sogar recht ehrgeizig und wollte auch Geldgewinn, was mit Rücksicht auf seine zahlreiche Familie sehr begreiflich war, trotzdem schien ihm mein Interesse an der Sache vergleichsweise so gering, daß er glaubte sich für vollständig uneigennützig hinstellen zu dürfen ohne eine allzugroße Unwahrheit zu sagen. Und es genügte tatsächlich nicht einmal für meine innere Befriedigung, wenn ich mir sagte, daß die Vorwürfe des Mannes im Grunde nur darauf zurückgehn, daß er gewissermaßen seinen Maulwurf mit beiden Händen festhält und jeden, der ihm nur mit dem Finger nahe kommen will einen

Verräter nennt. Es war nicht so, sein Verhalten war nicht durch Geiz, wenigstens nicht durch Geiz allein zu erklären, eher durch die Gereiztheit, welche seine großen Anstrengungen und deren vollständige Erfolglosigkeit in ihm hervorgerufen hatte. Aber auch die Gereiztheit erklärte nicht alles. Vielleicht war mein Interesse an der Sache wirklich zu gering, an Fremden war für den Lehrer Interesselosigkeit schon etwas gewöhnliches, er litt darunter im allgemeinen, aber nicht mehr im Einzelnen, hier aber hatte sich endlich einer gefunden, der sich der Sache in außerordentlicher Weise annahm, und selbst dieser begriff die Sache nicht. Einmal in diese Richtung gedrängt wollte ich gar nicht leugnen. Ich bin kein Zoologe, vielleicht hätte ich mich für diesen Fall wenn ich ihn selbst entdeckt hätte, bis auf den Herzensgrund ereifert, aber ich hatte ihn doch nicht entdeckt. Ein so riesengroßer Maulwurf ist gewiß eine Merkwürdigkeit, aber die dauernde Aufmerksamkeit der ganzen Welt darf man nicht dafür verlangen, besonders wenn die Existenz des Maulwurfes nicht vollständig einwandfrei festgestellt ist und man ihn jedenfalls nicht vorführen kann. Und ich gestand auch ein, daß ich mich wahrscheinlich für den Maulwurf, selbst wenn ich der Entdecker gewesen wäre, niemals so eingesetzt hätte, wie ich es für den Lehrer gern und freiwillig tat.

Nun hätte sich wahrscheinlich die Nichtübereinstimmung zwischen mir und dem Lehrer bald aufgelöst, wenn meine Schrift Erfolg gehabt hätte. Aber gerade dieser Erfolg blieb aus. Vielleicht war sie nicht gut, nicht überzeugend genug geschrieben, ich bin Kaufmann, die Abfassung einer solchen Schrift geht vielleicht über den mir gesetzten Kreis noch weiter hinaus als dies beim Lehrer der Fall war, trotzdem ich allerdings in allen hiefür nötigen Kenntnissen den Lehrer bei weitem übertraf. Auch ließ sich der Mißerfolg noch anders deuten, der Zeitpunkt des Erscheinens war vielleicht ungünstig. Die Entdeckung des Maulwurfes, die nicht hatte durchdringen können, lag einerseits noch nicht so weit zurück, als daß man sie vollständig vergessen hätte und durch meine Schrift also etwa überrascht worden wäre, andererseits aber war genug Zeit vergangen, um das geringe Interesse, das ursprünglich vorhanden gewesen war, gänzlich zu erschöpfen. Jene, die sich überhaupt über meine Schrift Gedanken machten, sagten sich mit einer Art Trostlosigkeit, die schon vor Jahren diese Diskussion beherrscht hatte, daß nun wohl wieder die nutzlosen Anstrengungen für diese öde Sache beginnen sollen und manche verwechselten sogar meine Schrift mit der des Lehrers. In einer führenden landwirtschaftlichen Zeitschrift fand sich folgende Bemerkung, glücklicher Weise nur zum Schluß und klein gedruckt: »Die Schrift über den Riesenmaulwurf ist uns wieder zugeschickt worden. Wir erinnern uns, schon einmal vor Jahren über sie herzlich gelacht zu haben. Sie ist seitdem nicht klüger geworden und wir nicht dümmer. Bloß lachen können wir nicht zum zweitenmal. Dagegen fragen wir unsere Lehrervereinigungen, ob ein Dorfschullehrer nicht nützlichere Arbeit finden kann, als Riesenmaulwürfen nachzujagen.« Eine unverzeihliche Verwechslung! Man hatte weder die erste noch die zweite Schrift gelesen und die zwei armseligen in der Eile aufgeschnappten Worte Riesenmaulwurf und Dorfschullehrer genügten schon den Herren, um sich als Vertreter anerkannter Interessen in Szene zu setzen. Dagegen hätte gewiß verschiedenes mit Erfolg unternommen werden können, aber die mangelnde Verständigung mit dem Lehrer hielt mich davon ab. Ich versuchte vielmehr die Zeitschrift vor ihm geheim zu halten, so lange es nur möglich war. Aber er entdeckte sie sehr bald, ich erkannte es schon aus einer Bemerkung eines Briefes, in dem er mir seinen Besuch für die Weihnachtsfeiertage in Aussicht stellte. Er schrieb dort: »Die

Welt ist schlecht und man macht es ihr leicht«, womit er ausdrücken wollte, daß ich zu der schlechten Welt gehöre, mich aber mit der mir innewohnenden Schlechtigkeit nicht begnüge, sondern es der Welt auch noch leicht mache d.h. tätig bin, um die allgemeine Schlechtigkeit hervorzulocken und ihr zum Sieg zu verhelfen. Nun ich hatte schon die nötigen Entschlüsse gefaßt, konnte ihn ruhig erwarten und ruhig zusehn wie er ankam, sogar weniger höflich grüßte als sonst, sich stumm mir gegenüber setzte, sorgfältig aus der Brusttasche seines eigentümlich wattierten Rockes die Zeitschrift hervorzog und sie aufgeschlagen vor mich hinschob. »Ich kenne es«, sagte ich und schob die Zeitschrift ungelesen wieder zurück. »Sie kennen es«, sagte er seufzend, er hatte die alte Lehrergewohnheit fremde Antworten zu wiederholen. »Ich werde das natürlich nicht ohne Abwehr hinnehmen«, fuhr er fort, tippte aufgeregt mit dem Finger auf die Zeitschrift und sah mich dabei scharf an, als wäre ich der entgegengesetzten Meinung; eine Ahnung dessen, was ich sagen wollte, hatte er wohl; ich habe auch sonst nicht so sehr aus seinen Worten, als aus sonstigen Zeichen zu bemerken geglaubt, daß er oft eine sehr richtige Empfindung für meine Absichten hatte, ihr aber nicht nachgab und sich ablenken ließ. Das was ich ihm damals sagte, kann ich fast wortgetreu wiedergeben, da ich es kurz nach der Unterredung notiert habe. »Tut was Ihr wollt«, sagte ich, »unsere Wege scheiden sich von heute ab. Ich glaube daß es Euch weder unerwartet noch ungelegen kommt. Die Notiz hier in der Zeitschrift ist nicht die Ursache meines Entschlusses, sie hat ihn bloß endgiltig befestigt. Die eigentliche Ursache liegt darin, daß ich ursprünglich glaubte Euch durch mein Auftreten nützen zu können, während ich jetzt sehen muß daß ich Euch in jeder Richtung geschadet habe. Warum es sich so gewendet hat, weiß ich nicht, die Gründe für Erfolg und Mißerfolg sind immer vieldeutig, sucht nicht nur jene Deutungen hervor, die gegen mich sprechen. Denkt an Euch, auch Ihr hattet die besten Absichten und doch Mißerfolg, wenn man das Ganze ins Auge faßt. Ich meine es nicht im Scherz, es geht ja gegen mich selbst, wenn ich sage, daß auch die Verbindung mit mir leider zu Eueren Mißerfolgen zählt. Daß ich mich jetzt von der Sache zurückziehe, ist weder Feigheit noch Verrat. Es geschieht sogar nicht ohne Selbstüberwindung; wie sehr ich Euere Person achte, geht schon aus meiner Schrift hervor, Ihr seid mir in gewisser Hinsicht ein Lehrer geworden und sogar der Maulwurf wurde mir fast lieb. Trotzdem trete ich bei Seite, Ihr seid der Entdecker und wie ich es auch anstellen wollte, ich hindere immer daß der mögliche Ruhm Euch trifft, während ich den Mißerfolg anziehe und auf Euch weiterleite. Wenigstens ist dies Euere Meinung. Genug davon. Die einzige Buße, die ich auf mich nehmen kann ist, daß ich Euch um Verzeihung bitte und wenn Ihr es verlangt das Geständnis, das ich Euch hier gemacht habe, auch öffentlich z. B. in dieser Zeitschrift wiederhole.« Das waren damals meine Worte, sie waren nicht ganz aufrichtig, aber das Aufrichtige war ihnen leicht zu entnehmen. Es wirkte auf ihn so, wie ich es ungefähr erwartet hatte. Die meisten alten Leute haben Jüngern gegenüber etwas Täuschendes, etwas Lügnerisches in ihrem Wesen, man lebt ruhig neben ihnen fort, glaubt das Verhältnis gesichert, kennt die vorherrschenden Meinungen, bekommt fortwährend Bestätigungen des Friedens, hält alles für selbstverständlich und plötzlich wenn sich etwas Entscheidendes ereignet und die solange vorbereitete Ruhe wirken sollte, erheben sich diese alten Leute wie Fremde, haben tiefere, stärkere Meinungen, entfalten förmlich jetzt erst ihre Fahne und man liest darauf mit Schrecken den neuen Spruch. Dieser Schrecken stammt vor allem daher, weil das, was die Alten jetzt sagen, wirklich viel berechtigter, sinnvoller und als ob es eine Steigerung des Selbstverständlichen gäbe noch selbstverständlicher ist. Das unübertrefflich Lügnerische daran aber ist, daß sie das, was sie jetzt sagen, im Grunde immer gesagt haben und daß es eben doch im Allgemeinen nie vorauszusehen war. Ich mußte mich tief in diesen Dorfschullehrer eingebohrt haben, daß er mich jetzt nicht ganz überraschte. »Kind«, sagte er, legte seine Hand auf die meine und rieb sie freundschaftlich, »wie kamt Ihr denn überhaupt auf den Gedanken Euch auf diese Sache einzulassen. Gleich als ich zum ersten Mal davon hörte, sprach ich mit meiner Frau darüber.« Er rückte vom Tische ab, breitete die Arme aus und blickte zu Boden, als stehe dort unten winzig seine Frau und er spreche mit ihr. »›So viele Jahre‹, sagte ich zu ihr, ›kämpfen wir allein, jetzt aber scheint in der Stadt ein hoher Gönner für uns einzutreten, ein städtischer Kaufmann, namens so und so. Jetzt sollten wir uns doch sehr freuen, nicht? Ein Kaufmann in der Stadt bedeutet nicht wenig, wenn ein lumpiger Bauer uns glaubt und es ausspricht, so kann uns das nichts helfen, denn was ein Bauer macht, ist immer unanständig, ob er nun sagt: Der alte Dorfschullehrer hat recht oder ob er etwa unpassender Weise ausspuckt, beides ist in der Wirkung einander gleich. Und stehn statt des einen Bauern zehntausend Bauern auf, so ist die Wirkung womöglich noch schlechter. Ein Kaufmann in der Stadt ist dagegen etwas anderes, ein solcher Mann hat Verbindungen, selbst das was er nur nebenbei sagt, spricht sich in weitern Kreisen herum, neue Gönner nehmen sich der Sache an, einer sagt z. B.: Auch von Dorfschullehrern kann man lernen, und am nächsten Tag flüstern es sich schon eine Menge von Leuten zu, von denen man es nach ihrem Äußern zu schließen niemals annehmen würde. Jetzt finden sich Geldmittel für die Sache, einer sammelt und die andern zählen ihm das Geld in die Hand, man meint, der Dorfschullehrer müsse aus dem Dorf hervorgeholt werden, man kommt, kümmert sich nicht um sein Aussehn, nimmt ihn in die Mitte und da sich die Frau und die Kinder an ihn hängen, nimmt man auch sie mit. Hast Du schon Leute aus der Stadt beobachtet? Das zwitschert unaufhörlich. Ist eine Reihe von ihnen beisammen so geht das Zwitschern von rechts nach links und wieder zurück und auf und ab. Und so heben sie uns zwitschernd in den Wagen, man hat kaum Zeit allen zuzunicken. Der Herr auf dem Kutschbock rückt seinen Zwicker zurecht, schwingt die Peitsche und wir fahren. Alle winken zum Abschied dem Dorfe zu, so als ob wir noch dort wären und nicht mitten unter ihnen säßen. Aus der Stadt kommen einige Wagen mit besonders Ungeduldigen uns entgegen. Als wir uns nähern, stehen sie von ihren Sitzen auf und strecken sich, um uns zu sehn. Der welcher das Geld gesammelt hat ordnet alles und ermahnt zur Ruhe. Es ist schon eine große Wagenreihe als wir in die Stadt einfahren. Wir haben geglaubt, daß die Begrüßung schon vorüber ist, aber nun vor dem Gasthof beginnt sie erst. In der Stadt sammeln sich eben auf einen Anruf gleich sehr viele Leute an. Um was sich der eine kümmert, kümmert sich gleich auch der andere. Sie nehmen einander mit ihrem Atem die Meinungen weg und eignen sich sie an. Nicht alle diese Leute können mit den Wagen fahren, sie warten vor dem Gasthof. Andere könnten zwar fahren, aber sie tun es aus Selbstbewußtsein nicht. Auch diese warten. Es ist unbegreiflich wie der welcher das Geld gesammelt hat, den Überblick über alle behält.‹«

Ich hatte ihm ruhig zugehört, ja ich war während der Rede immer ruhiger geworden. Auf dem Tisch hatte ich alle Exemplare meiner Schrift, soviele ich ihrer noch besaß aufgehäuft. Es fehlten nur sehr wenige, denn ich hatte in der letzten Zeit durch ein Rundschreiben alle ausgeschickten Exemplare zurückgefordert und hatte auch die meisten erhalten. Von vielen Seiten war mir übrigens sehr höflich geschrieben worden, daß man sich gar nicht erinnere eine solche Schrift erhalten zu haben und daß man sie, wenn sie etwa doch gekommen sein sollte, bedauerlicher Weise verloren haben müsse. Auch so war es richtig, ich wollte im Grunde nichts anderes. Nur einer bat mich, die Schrift als Kuriosum behalten zu dürfen und verpflichtete sich sie im Sinne meines Rundschreibens während der nächsten zwanzig Jahre niemandem zu zeigen. Dieses Rundschreiben hatte der Dorfschullehrer noch gar nicht gesehn, ich freute mich, daß seine Worte es mir so leicht machten es ihm zu zeigen. Ich konnte dies aber auch sonst ohne Sorge tun weil ich bei der Abfassung sehr vorsichtig vorgegangen war und das Interesse des Dorfschullehrers und seiner Sache niemals außer Acht gelassen hatte. Die Hauptsätze des Schreibens lauteten nämlich: »Ich bitte nicht deshalb um Rückgabe der Schrift, weil ich etwa von den in der Schrift vertretenen Meinungen abgekommen bin oder sie vielleicht in einzelnen Teilen als irrig oder auch nur als unbeweisbar ansehn würde. Meine Bitte hat lediglich persönliche, allerdings sehr zwingende Gründe, auf meine Stellung zur Sache läßt sie jedoch nicht die allergeringsten Rückschlüsse zu, ich bitte dies besonders zu beachten und wenn es beliebt auch zu verbreiten.«

Vorläufig hielt ich dieses Rundschreiben noch mit den Händen verdeckt und sagte: »Wollt Ihr mir Vorwürfe machen weil es nicht so gekommen ist? Warum wollt Ihr das tun? Verbittern wir uns doch nicht das Auseinandergehn. Und versucht endlich einzusehn, daß Ihr zwar eine Entdekkung gemacht habt, daß aber diese Entdeckung nicht etwa alles andere überragt und daß infolge dessen auch das Unrecht das Euch geschieht nicht ein alles andere überragendes Unrecht ist. Ich kenne nicht die Satzungen der gelehrten Gesellschaften aber ich glaube nicht daß Euch selbst im günstigsten Falle ein Empfang bereitet worden wäre, der nur annähernd an jenen herangereicht hätte, wie Ihr ihn vielleicht Euerer armen Frau beschrieben habt. Wenn ich selbst etwas von der Wirkung der Schrift erhoffte, so glaubte ich, daß vielleicht ein Professor auf Eueren Fall aufmerksam gemacht werden könnte, daß er irgendeinen jungen Studenten beauftragen würde der Sache nachzugehn, daß dieser Student zu Euch fahren und dort Euere und meine Untersuchungen nochmals in seiner Weise überprüfen würde und daß er schließlich, wenn ihm das Ergebnis erwähnenswert schiene, – hier ist festzuhalten, daß alle jungen Studenten voll Zweifel sind – daß er dann eine eigene Schrift herausgeben würde, in welcher das, was Ihr beschrieben habt, wissenschaftlich begründet wäre. Jedoch selbst dann wenn sich diese Hoffnung erfüllt hätte, wäre noch nicht viel erreicht gewesen. Die Schrift des Studenten, die einen so sonderbaren Fall verteidigt hätte, wäre vielleicht lächerlich gemacht worden. Ihr seht hier an dem Beispiel der landwirtschaftlichen Zeitschrift wie leicht das geschehen kann, und wissenschaftliche Zeitschriften sind in dieser Hinsicht noch rücksichtsloser. Es ist auch verständlich, die Professoren tragen viel Verantwortung vor sich, vor der Wissenschaft, vor der Nachwelt, sie können sich nicht jeder neuen Entdeckung gleich an die Brust werfen. Wir andern sind ihnen gegenüber darin im Vorteil. Aber ich sehe von dem ab und will jetzt annehmen daß die Schrift des Studenten sich durchgesetzt hätte. Was wäre dann geschehn? Euer Name wäre wohl einigemal in Ehren genannt worden, es hätte wahrscheinlich auch Euerem Stand genützt, man hätte gesagt: ›Unsere Dorfschullehrer haben offene Augen‹ und die Zeitschrift hier hätte, wenn Zeitschriften Gedächtnis und Gewissen hätten, Euch öffentlich abbitten müssen, es hätte sich dann auch ein wohlwollender Professor gefunden, um ein Stipendium für Euch zu erwirken, es ist auch wirklich möglich daß man versucht hätte, Euch in die Stadt zu ziehn, Euch eine Stelle an einer städtischen Volksschule zu verschaffen und Euch so Gelegenheit zu geben, die wissenschaftlichen Hilfsmittel, welche die Stadt bietet, für Euere weitere Ausbildung zu verwerten. Wenn ich aber offen sein soll, so muß ich sagen, ich glaube man hätte es nur versucht. Man hätte Euch hierherberufen, Ihr wäret auch gekommen undzwar als gewöhnlicher Bittsteller wie es hunderte gibt ohne allen festlichen Empfang, man hätte mit Euch gesprochen, hätte Euer ehrliches Streben anerkannt, hätte aber doch auch gleichzeitig gesehn, daß Ihr ein alter Mann seid, daß in diesem Alter der Beginn eines wissenschaftlichen Studiums aussichtslos ist und daß Ihr vor allem mehr zufällig als planmäßig zu Euerer Entdeckung gelangt seid und über diesen Einzelfall hinaus, nicht einmal weiter zu arbeiten beabsichtigt. Man hätte Euch also aus diesen Gründen wohl im Dorf gelassen. Euere Entdeckung allerdings wäre weitergeführt worden, denn so klein ist sie nicht, daß sie, einmal zur Anerkennung gekommen, jemals vergessen werden könnte. Aber Ihr hättet nicht mehr viel von ihr erfahren und was Ihr erfahren hättet, hättet Ihr kaum verstanden. Jede Entdeckung wird gleich in die Gesamtheit der Wissenschaften geleitet und hört damit gewissermaßen auf Entdeckung zu sein, sie geht im Ganzen auf und verschwindet, man muß schon einen wissenschaftlich geschulten Blick haben, um sie dann noch zu erkennen. Sie wird gleich an Leitsätze geknüpft von deren Dasein wir gar nicht gehört haben, und im wissenschaftlichen Streit wird sie an diesen Leitsätzen bis in die Wolken hinaufgerissen. Wie wollen wir das begreifen? Wenn wir einer solchen Diskussion zuhören, glauben wir z. B. einmal es handle sich um die Entdeckung aber unterdessen handelt es sich um ganz andere Dinge.«

»Nun gut«, sagte der Dorfschullehrer, nahm seine Pfeife

heraus und begann sie mit dem Tabak zu stopfen, den er lose in allen Taschen mit sich trug, »Ihr habt Euch freiwillig der undankbaren Sache angenommen und tretet jetzt auch freiwillig zurück. Es ist alles ganz richtig.« »Ich bin nicht starrköpfig«, sagte ich. »Findet Ihr an meinem Vorschlag vielleicht etwas auszusetzen?« »Nein, gar nichts«, sagte der Dorfschullehrer und seine Pfeife dampfte schon. Ich vertrug den Geruch seines Tabaks nicht und stand deshalb auf und gieng im Zimmer um. Ich war es schon von früheren Besprechungen her gewöhnt, daß der Dorfschullehrer mir gegenüber sehr schweigsam war und sich doch, wenn er einmal gekommen war, aus meinem Zimmer nicht fortrühren wollte. Es hatte mich schon manchmal sehr befremdet, er will noch etwas von mir, hatte ich dann immer gedacht und ihm Geld angeboten, das er auch regelmäßig annahm. Aber weggegangen war er immer erst dann, bis es ihm beliebte. Gewöhnlich war dann die Pfeife ausgeraucht, er schwenkte sich um den Sessel herum, den er ordentlich und respektvoll an den Tisch rückte, griff nach seinem Knotenstock in der Ecke, drückte mir eifrig die Hand und gieng. Heute aber war mir sein schweigsames Dasitzen geradezu lästig. Wenn man einmal jemandem den endgültigen Abschied anbietet wie ich es getan hatte und dies vom andern als ganz richtig bezeichnet wird, dann führt man doch das wenige noch gemeinsam zu Erledigende möglichst schnell zu Ende und bürdet dem andern nicht zwecklos seine stumme Gegenwart auf. Wenn man den kleinen zähen Alten von rückwärts ansah, wie er an meinem Tische saß, konnte man glauben, es werde überhaupt nicht möglich sein, ihn aus dem Zimmer hinauszubefördern.

Ein junger ehrgeiziger Student, der sich für den Fall der Pferde von Elberfeld sehr interessiert und alles was über diesen Gegenstand im Druck erschienen war genau gelesen und überdacht hatte, entschloß sich auf eigene Faust Versuche in dieser Richtung anzustellen und die Sache von vornherein ganz anders und nach seiner Meinung unvergleichlich richtiger anzufassen als seine Vorgänger. Seine Geldmittel allerdings waren an sich unzureichend, um ihm Versuche im großen Ausmaße zu ermöglichen, und wenn das erste Pferd, das er für seine Versuche ankaufen wollte, sich als starrköpfig erweisen würde, was selbst bei angestrengtester Arbeit erst nach Wochen festgestellt werden kann, so hätte er für längere Zeit keine Aussicht gehabt, mit neuen Versuchen zu beginnen. Doch war er dadurch nicht übermäßig geängstigt, weil nach seiner Methode wahrscheinlich jede Starrköpfigkeit überwunden werden konnte. Jedenfalls gieng er seiner vorsichtigen Natur entsprechend schon bei der Berechnung des Aufwandes, der ihm erwachsen würde, und der Mittel die er aufbringen könnte, ganz planmäßig vor. Den Betrag, den er während des Studiums zum knappen Lebensunterhalt benötigte, hatten ihm bisher seine Eltern, arme Geschäftsleute in der Provinz, regelmäßig jeden Monat geschickt, auf diese Unterstützung gedachte er auch weiterhin nicht zu verzichten, trotzdem er natürlich sein Studium, welches die Eltern von der Ferne mit großen Hoffnungen verfolgten, unbedingt aufgeben mußte, wenn er auf dem neuen Gebiet, das er jetzt betreten würde, die erwarteten großen Erfolge erzielen wollte. Daran daß die Eltern für diese Arbeiten Verständnis haben oder ihn etwa gar darin fördern würden, war nicht zu denken, er mußte ihnen also seine Absichten, so peinlich ihm das war, verschweigen und sie in dem Glauben erhalten, daß er in seinem bisherigen Studium regelmäßig fortschreite. Diese Täuschung seiner Eltern war nur eines der Opfer, die er sich zum Nutzen der Sache auferlegen wollte. Zur Dekkung der voraussichtlich großen Kosten, welche für seine Arbeiten erforderlich sein würden, konnte der Beitrag der Eltern nicht genügen. Der Student wollte daher von nun ab den größten Teil des Tages, der bisher seinem Studium gedient hatte, zur Erteilung von privaten Unterrichtsstunden verwenden. Der größte Teil der Nacht aber sollte der eigentlichen Arbeit dienen. Nicht nur weil er durch seine ungünstigen äußern Verhältnisse dazu gezwungen war, wählte der Student die Nachtzeit für den Unterricht des Pferdes aus, auch die neuen Grundsätze, die er in den Unterricht der Pferde einführen wollte, verwiesen ihn auf die Nacht aus verschiedenen Gründen. Auch die kürzeste Ablenkung der Aufmerksamkeit des Pferdes bedeutete seiner Meinung nach für den Unterricht einen unheilbaren Schaden, davor war er in der Nacht möglichst sicher. Die Reizbarkeit, von der Mensch und Tier, wenn sie in der Nacht wachen und arbeiten, ergriffen werden, war in seinem Plan ausdrücklich verlangt. Er fürchtete nicht wie andere Sachverständige die Wildheit des Pferdes, er forderte sie vielmehr, ja er wollte sie erzeugen, zwar nicht durch die Peitsche aber durch das Reizmittel seiner unablässigen Anwesenheit und des unablässigen Unterrichts. Er behauptete im richtigen Unterricht der Pferde dürfe es keine einzelnen Fortschritte geben, einzelne Fortschritte, deren sich in der letzten Zeit verschiedene Pferdeliebhaber so übermäßig rühmten, seien nichts anderes als entweder Erzeugnisse der Einbildung der Erzieher oder aber, was noch schlimmer sei, das deutlichste Zeichen daß es zu einem allgemeinen Fortschritt niemals kommen werde. Er selbst wollte sich vor nichts anderem so hüten als vor der Erzielung einzelner Fortschritte, die Genügsamkeit seiner Vorgänger die mit dem Gelingen kleiner Rechenkunststücke schon etwas erreicht zu haben glaubten, erschien ihm unbegreiflich, es war so als wenn man in der Kindererziehung damit einsetzen wollte, daß man dem Kind, gleichgültig ob es gegen die ganze Menschenwelt blind, taub und gefühllos war, nichts anderes als das kleine Einmaleins einbläute. Das war alles so töricht und die Fehler der andern Pferdeerzieher erschienen ihm manchmal so abschreckend grell, daß er dann sogar Verdacht gegen sich selbst faßte, denn es war ja fast unmöglich, daß ein Einzelner, überdies ein unerfahrener Einzelner, den nur eine unüberprüfte aber allerdings tiefe und geradezu wilde Überzeugung vorwärtstrieb, gegenüber allen Kennern Recht behalten sollte.

Blumfeld ein älterer Junggeselle . . .

Blumfeld ein älterer Junggeselle stieg eines Abends zu seiner Wohnung hinauf, was eine mühselige Arbeit war, denn er wohnte im sechsten Stock. Während des Hinaufsteigens dachte er, wie öfters in der letzten Zeit daran, daß dieses vollständig einsame Leben recht lästig sei, daß er jetzt diese sechs Stockwerke förmlich im Geheimen hinaufsteigen müsse um oben in seinem leeren Zimmer anzukommen, dort wieder förmlich im Geheimen den Schlafrock anzuziehn, die Pfeife anzustecken, in der französischen Zeitschrift, die er schon seit Jahren abonniert hatte, ein wenig zu lesen, dazu an einem von ihm selbst bereiteten Kirschenschnaps zu nippen und schließlich nach einer halben Stunde zu Bett zu gehn, nicht, ohne vorher das Bettzeug vollständig umordnen zu müssen, das die jeder Belehrung unzugängliche Bedienerin immer nach ihrer Laune hinwarf. Irgend ein Begleiter, irgendein Zuschauer für diese Tätigkeiten wäre Blumfeld sehr willkommen gewesen. Er hatte schon überlegt, ob er sich nicht einen kleinen Hund anschaffen solle. Ein solches Tier ist lustig und vor allem dankbar und treu; ein Kollege von Blumfeld hat einen solchen Hund, er schließt sich niemandem an, außer seinem Herrn, und hat er ihn paar Augenblicke nicht gesehn, empfängt er ihn gleich mit großem Bellen, womit er offenbar seine Freude darüber ausdrücken will, seinen Herrn, diesen außerordentlichen Wohltäter wieder gefunden zu haben. Allerdings hat ein Hund auch Nachteile. Selbst wenn er noch so reinlich gehalten wird, verunreinigt er das Zimmer. Das ist gar nicht zu vermeiden, man kann ihn nicht jedesmal, ehe man ihn ins Zimmer hineinnimmt, in heißem Wasser baden, auch würde das seine Gesundheit nicht vertragen. Unreinlichkeit in seinem Zimmer aber verträgt wieder Blumfeld nicht, die Reinheit seines Zimmers ist ihm etwas Unentbehrliches, mehrmals in der Woche hat er mit der in diesem Punkte leider nicht sehr peinlichen Bedienerin Streit. Da sie schwerhörig ist, zieht er sie gewöhnlich am Arm zu jenen Stellen des Zimmers, wo er an der Reinlichkeit etwas auszusetzen hat. Durch diese Strenge hat er es erreicht, daß die Ordnung im Zimmer annähernd seinen Wünschen entspricht. Mit der Einführung eines Hundes würde er aber geradezu den bisher so sorgfältig abgewehrten Schmutz freiwillig in sein Zimmer leiten. Flöhe, die ständigen Begleiter der Hunde würden sich einstellen. Waren aber einmal Flöhe da, dann war auch der Augenblick nicht mehr fern, an dem Blumfeld sein behagliches Zimmer dem Hund überlassen und ein anderes Zimmer suchen würde. Unreinlichkeit war aber nur ein Nachteil der Hunde. Hunde werden auch krank und Hundekrankheiten versteht doch eigentlich niemand. Dann hockt dieses Tier in einem Winkel oder hinkt herum, winselt, hüstelt, würgt an irgendeinem Schmerz, man umwickelt es mit einer Decke, pfeift ihm etwas vor, schiebt ihm Milch hin, kurz pflegt es in der Hoffnung, daß es sich, wie dies ja auch möglich ist, um ein vorübergehendes Leiden handelt, indessen aber kann es eine ernsthafte widerliche und ansteckende Krankheit sein. Und selbst wenn der Hund gesund bleibt, so wird er doch später einmal alt, man hat sich nicht entschließen können das treue Tier rechtzeitig wegzugeben und es kommt dann die Zeit, wo einen das eigene Alter aus den tränenden Hundeaugen anschaut. Dann muß man sich aber mit dem halbblinden, lungenschwachen, vor Fett fast unbeweglichen Tier quälen und damit die Freuden, die der Hund früher gemacht hat, teuer bezahlen. So gern Blumfeld einen Hund jetzt hätte, so will er doch lieber noch dreißig Jahre allein die Treppe hinaufsteigen, statt später von einem solchen alten Hund belästigt zu werden, der noch lauter seufzend als er selbst sich neben ihm von Stufe zu Stufe hinaufschleppt.

So wird also Blumfeld doch allein bleiben, er hat nicht etwa die Gelüste einer alten Jungfer, die irgendein untergeordnetes lebendiges Wesen in ihrer Nähe haben will, das sie beschützen darf, mit dem sie zärtlich sein kann, welches sie immerfort bedienen will, so daß ihr also zu diesem Zweck eine Katze, ein Kanarienvogel oder selbst Goldfische genügen. Und kann es das nicht sein, so ist sie sogar mit Blumen vor dem Fenster zufrieden. Blumfeld dagegen will nur einen Begleiter haben, ein Tier, um das er sich nicht viel kümmern muß, dem ein gelegentlicher Fußtritt nicht schadet, das im Notfall auch auf der Gasse übernachten kann, das aber, wenn es Blumfeld danach verlangt, gleich mit Bellen, Springen, Händelecken zur Verfügung steht. Etwas derartiges will Blumfeld, da er es aber, wie er einsieht ohne allzugroße Nachteile nicht haben kann, so verzichtet er darauf, kommt aber seiner gründlichen Natur entsprechend von Zeit zu Zeit, z. B. an diesem Abend, wieder auf die gleichen Gedanken zurück.

Als er oben vor seiner Zimmertür den Schlüssel aus der Tasche holt, fällt ihm ein Geräusch auf, das aus seinem Zimmer kommt. Ein eigentümliches klapperndes Geräusch, sehr lebhaft aber, sehr regelmäßig. Da Blumfeld gerade an Hunde gedacht hat, erinnert es ihn an das Geräusch, das Pfoten hervorbringen, wenn sie abwechselnd auf den Boden schlagen. Aber Pfoten klappern nicht, es sind nicht Pfoten. Er schließt eilig die Tür auf und dreht das elektrische Licht auf. Auf diesen Anblick war er nicht vorbereitet. Das ist ja Zauberei, zwei kleine weiße blaugestreifte Celluloidbälle springen auf dem Parkett nebeneinander auf und ab; schlägt der eine auf den Boden, ist der andere in der Höhe und unermüdlich führen sie ihr Spiel aus. Einmal im Gymnasium hat Blumfeld bei einem bekannten elektrischen Experiment kleine Kügelchen ähnlich springen sehn, diese aber sind verhältnismäßig große Bälle, springen im freien Zimmer und es wird kein elektrisches Experiment angestellt. Blumfeld bückt sich zu ihnen hinab, um sie genauer anzusehn. Es sind ohne Zweifel gewöhnliche Bälle, sie enthalten wahrscheinlich in ihrem Innern noch einige kleinere Bälle und diese erzeugen das klappernde Geräusch. Blumfeld greift in die Luft, um festzustellen, ob sie nicht etwa an irgendwelchen Fäden hängen, nein, sie bewegen sich ganz selbstständig. Schade daß Blumfeld nicht ein kleines Kind ist, zwei solche Bälle wären für ihn eine freudige Überraschung gewesen, während jetzt das Ganze einen mehr unangenehmen Eindruck auf ihn macht. Es ist doch nicht ganz wertlos als ein unbeachteter Junggeselle nur im Geheimen zu leben, jetzt hat irgendjemand, gleichgültig wer, dieses Geheimnis gelüftet und ihm diese zwei komischen Bälle hereingeschickt.

Er will einen fassen aber sie weichen vor ihm zurück und locken ihn ins Zimmer hinter sich her. »Es ist doch zu dumm«, denkt er, »so hinter den Bällen herzulaufen«, bleibt stehn und sieht ihnen nach, wie sie, da die Verfolgung aufgegeben scheint, auch auf der gleichen Stelle bleiben. »Ich werde sie aber doch zu fangen suchen«, denkt er dann wieder und eilt zu ihnen. Sofort flüchten sie sich, aber Blumfeld drängt sie mit auseinandergestellten Beinen in eine Zimmerecke und vor dem Koffer der dort steht, gelingt es ihm einen Ball zu fangen. Es ist ein kühler kleiner Ball und dreht sich in seiner Hand, offenbar begierig zu entschlüpfen. Und auch der andere Ball, als sehe er die Not seines Kameraden, springt höher als früher, und dehnt die Sprünge bis er Blumfelds Hand berührt. Er schlägt gegen diese Hand, schlägt in immer schnellern Sprüngen, ändert die Angriffspunkte, springt dann, da er gegen die Hand die den andern Ball ganz umschließt nichts ausrichten kann, noch höher und will wahrscheinlich Blumfelds Gesicht erreichen. Blumfeld könnte auch diesen Ball fangen und beide irgendwo einsperren, aber es scheint ihm im Augenblick zu entwürdigend, solche Maßnahmen gegen zwei kleine Bälle zu ergreifen. Es ist doch auch ein Spaß zwei solche Bälle zu besitzen, auch werden sie bald genug müde werden, unter einen Schrank rollen und Ruhe geben. Trotz dieser Überlegung schleudert aber Blumfeld in einer Art Zorn den Ball zu Boden, es ist ein Wunder daß hiebei die schwache fast durchsichtige Celluloidhülle nicht zerbricht. Ohne Übergang nehmen die zwei Bälle ihre frühern niedrigen gegenseitig abgestimmten Sprünge wieder auf.

Blumfeld entkleidet sich ruhig, ordnet die Kleider im Kasten, er pflegt immer genau nachzusehn, ob die Bedienerin alles in Ordnung zurückgelassen hat. Ein- oder zweimal schaut er über die Schulter weg nach den Bällen, die unverfolgt jetzt sogar ihn zu verfolgen scheinen, sie sind ihm nachgerückt und springen nun knapp hinter ihm. Blumfeld zieht den Schlafrock an und will zu der gegenüberliegenden Wand, um eine der Pfeifen zu holen, die dort in einem Gestell hängen. Unwillkürlich schlägt er, ehe er sich umdreht, mit einem Fuß nach hinten aus, die Bälle aber verstehen es auszuweichen und werden nicht getroffen. Als er nun um die Pfeife geht, schließen sich ihm die Bälle gleich an, er schlurft mit den Pantoffeln, macht unregelmäßige Schritte, aber doch folgt jedem Auftreten fast ohne Pause ein Aufschlag der Bälle, sie halten mit ihm Schritt. Blumfeld dreht sich unerwartet um, um zu sehn, wie die Bälle das zustandebringen. Aber kaum hat er sich umgedreht, beschreiben die Bälle einen Halbkreis und sind schon wieder hinter ihm; und das wiederholt sich, sooft er sich umdreht. Wie untergeordnete Begleiter, suchen sie es zu vermeiden, vor Blumfeld sich aufzuhalten. Bis jetzt haben sie es scheinbar nur gewagt, um sich ihm vorzustellen, jetzt aber haben sie bereits ihren Dienst angetreten.

Bisher hat Blumfeld immer in allen Ausnahmsfällen, wo seine Kraft nicht hinreichte um die Lage zu beherrschen, das Aushilfsmittel gewählt, so zu tun als bemerke er nichts. Es hat oft geholfen und meistens die Lage wenigstens verbessert. Er verhält sich also auch jetzt so, steht vor dem Pfeifengestell, wählt mit aufgestülpten Lippen eine Pfeife, stopft sie besonders gründlich aus dem bereitgestellten Tabaksbeutel und läßt unbekümmert hinter sich die Bälle ihre Sprünge machen. Nur zum Tisch zu gehn zögert er, den Gleichtakt der Sprünge und seiner eigenen Schritte zu hören, schmerzt ihn fast. So steht er, stopft die Pfeife unnötig lange und prüft die Entfernung die ihn vom Tische trennt. Endlich aber überwindet er seine Schwäche und legt die Strecke unter solchem Fußstampfen zurück, daß er die Bälle gar nicht hört. Als er sitzt springen sie allerdings hinter seinem Sessel wieder vernehmlich wie früher.

Über dem Tisch ist in Griffnähe an der Wand ein Brett angebracht, auf dem die Flasche mit dem Kirschenschnaps von kleinen Gläschen umgeben steht. Neben ihr liegt ein Stoß von Heften der französischen Zeitschrift. Aber statt alles, was er benötigt, herunterzuholen, sitzt Blumfeld still und blickt in den noch immer nicht entzündeten Pfeifenkopf. Er ist auf der Lauer, plötzlich ganz unerwartet weicht seine Erstarrung und er dreht sich in einem Ruck mit dem Sessel um. Aber auch die Bälle sind entsprechend wachsam oder folgen gedankenlos dem sie beherrschenden Gesetz, gleichzeitig mit Blumfelds Umdrehung verändern auch sie ihren Ort und verbergen sich hinter seinem Rücken. Nun sitzt

Blumfeld mit dem Rücken zum Tisch, die kalte Pfeife in der Hand. Die Bälle springen jetzt unter dem Tisch und sind, da dort ein Teppich ist, nur wenig zu hören. Das ist ein großer Vorteil; es gibt nur ganz schwache dumpfe Geräusche, man muß sehr aufmerken, um sie mit dem Gehör noch zu erfassen. Blumfeld allerdings ist sehr aufmerksam und hört sie genau. Aber das ist nur jetzt so, in einem Weilchen wird er sie wahrscheinlich gar nicht mehr hören. Daß sie sich auf Teppichen so wenig bemerkbar machen können, scheint Blumfeld eine große Schwäche der Bälle zu sein. Man muß ihnen nur einen oder noch besser zwei Teppiche unterschieben und sie sind fast machtlos. Allerdings nur für eine bestimmte Zeit und außerdem bedeutet schon ihr Dasein eine gewisse Macht.

Jetzt könnte Blumfeld einen Hund gut brauchen, so ein junges wildes Tier würde mit den Bällen bald fertig werden; er stellt sich vor wie dieser Hund mit den Pfoten nach ihnen hascht, wie er sie von ihrem Posten vertreibt, wie er sie kreuz und quer durchs Zimmer jagt und sie schließlich zwischen seine Zähne bekommt. Es ist leicht möglich, daß sich Blumfeld in nächster Zeit einen Hund anschafft.

Vorläufig aber müssen die Bälle nur Blumfeld fürchten und er hat jetzt keine Lust sie zu zerstören, vielleicht fehlt es ihm auch nur an Entschlußkraft dazu. Er kommt abend müde aus der Arbeit und nun, wo er Ruhe so nötig hat, wird ihm diese Überraschung bereitet. Er fühlt erst jetzt wie müde er eigentlich ist. Zerstören wird er ja die Bälle gewiß undzwar in allernächster Zeit, aber vorläufig nicht und wahrscheinlich erst am nächsten Tag. Wenn man das Ganze unvoreingenommen ansieht, führen sich übrigens die Bälle genügend bescheiden auf. Sie könnten beispielsweise von Zeit zu Zeit vorspringen, sich zeigen und wieder an ihren Ort zurückkehren, oder sie könnten höher springen, um an die

Tischplatte zu schlagen und sich für die Dämpfung durch den Teppich zu entschädigen. Aber das tun sie nicht, sie wollen Blumfeld nicht unnötig reizen, sie beschränken sich offenbar nur auf das unbedingt Notwendige.

Allerdings genügt auch dieses Notwendige, um Blumfeld den Aufenthalt beim Tisch zu verleiden. Er sitzt erst paar Minuten dort und denkt schon daran schlafen zu gehn. Einer der Beweggründe dafür ist auch der, daß er hier nicht rauchen kann, denn er hat die Zündhölzchen auf das Nachttischchen gelegt. Er müßte also diese Zündhölzchen holen, wenn er aber einmal beim Nachttisch ist, ist es wohl besser schon dortzubleiben und sich niederzulegen. Er hat hiebei auch noch einen Hintergedanken, er glaubt nämlich, daß die Bälle in ihrer blinden Sucht sich immer hinter ihm zu halten, auf das Bett springen werden und daß er sie dort, wenn er sich dann niederlegt, mit oder ohne Willen zerdrücken wird. Den Einwand daß etwa auch noch die Reste der Bälle springen könnten, lehnt er ab. Auch das Ungewöhnliche muß Grenzen haben. Ganze Bälle springen auch sonst, wenn auch nicht ununterbrochen, Bruchstücke von Bällen dagegen springen niemals, und werden also auch hier nicht springen.

»Auf!« ruft er durch diese Überlegung fast mutwillig gemacht und stampft wieder mit den Bällen hinter sich zum Bett. Seine Hoffnung scheint sich zu bestätigen; wie er sich absichtlich ganz nahe ans Bett stellt, springt sofort ein Ball auf das Bett hinauf. Dagegen tritt das Unerwartete ein, daß der andere Ball sich unter das Bett begibt. An die Möglichkeit, daß die Bälle auch unter dem Bett springen könnten, hat Blumfeld gar nicht gedacht. Er ist über den einen Ball entrüstet, trotzdem er fühlt, wie ungerecht das ist, denn durch das Springen unter dem Bett erfüllt der Ball seine Aufgabe vielleicht noch besser, als der Ball auf dem Bett. Nun kommt alles darauf an, für welchen Ort sich die Bälle entscheiden, denn daß sie lang getrennt arbeiten könnten, glaubt Blumfeld nicht. Und tatsächlich springt im nächsten Augenblick auch der untere Ball auf das Bett hinauf. »Jetzt habe ich sie«, denkt Blumfeld heiß vor Freude und reißt den Schlafrock vom Leib, um sich ins Bett zu werfen. Aber gerade springt der gleiche Ball wieder unter das Bett. Übermäßig enttäuscht sinkt Blumfeld förmlich zusammen. Der Ball hat sich wahrscheinlich oben nur umgesehn und es hat ihm nicht gefallen. Und nun folgt ihm auch der andere und bleibt natürlich unten, denn unten ist es besser. »Nun werde ich diese Trommler die ganze Nacht hier haben«, denkt Blumfeld, beißt die Lippen zusammen und nickt mit dem Kopf.

Er ist traurig ohne eigentlich zu wissen, womit ihm die Bälle in der Nacht schaden könnten. Sein Schlaf ist ausgezeichnet, er wird das kleine Geräusch leicht überwinden. Um dessen ganz sicher zu sein, schiebt er ihnen entsprechend der gewonnenen Erfahrung zwei Teppiche unter. Es ist als hätte er einen kleinen Hund, den er weich betten will. Und als wären auch die Bälle müde und schläfrig, sind auch ihre Sprünge niedriger und langsamer als früher. Wie Blumfeld vor dem Bett kniet und mit der Nachtlampe hinunterleuchtet, glaubt er manchmal, daß die Bälle auf den Teppichen für immer liegen bleiben werden, so schwach fallen sie, so langsam rollen sie ein Stückchen weit. Dann allerdings erheben sie sich wieder pflichtgemäß. Es ist aber leicht möglich, daß Blumfeld wenn er früh unter das Bett schaut, dort zwei stille harmlose Kinderbälle finden wird.

Aber sie scheinen die Sprünge nicht einmal bis zum Morgen aushalten zu können, denn schon als Blumfeld im Bett liegt, hört er sie gar nicht mehr. Er strengt sich an, etwas zu hören, lauscht aus dem Bett vorgebeugt, – kein Laut. So stark können die Teppiche nicht wirken, die einzige Erklärung ist, daß die Bälle nicht mehr springen, entweder können sie sich von den weichen Teppichen nicht genügend abstoßen und haben deshalb das Springen vorläufig aufgegeben oder aber, was das Wahrscheinlichere ist, sie werden niemals mehr springen. Blumfeld könnte aufstehn und nachschauen, wie es sich eigentlich verhält, aber in seiner Zufriedenheit darüber, daß endlich Ruhe ist, bleibt er lieber liegen, er will an die ruhiggewordenen Bälle nicht einmal mit den Blicken rühren. Sogar auf das Rauchen verzichtet er gern, dreht sich zur Seite und schläft gleich ein.

Doch bleibt er nicht ungestört; wie sonst immer, ist sein Schlaf auch diesmal traumlos, aber sehr unruhig. Unzähligemale in der Nacht wird er durch die Täuschung aufgeschreckt, als ob jemand an die Türe klopfe. Er weiß auch bestimmt, daß niemand klopft; wer sollte in der Nacht klopfen und an seine eines einsamen Junggesellen Tür. Trotzdem er es aber bestimmt weiß, fährt er doch immer wieder auf und blickt einen Augenblick lang gespannt zur Türe, den Mund offen, die Augen aufgerissen und die Haarsträhnen schütteln sich auf seiner feuchten Stirn. Er macht Versuche zu zählen, wie oft er geweckt wird, aber besinnungslos von den ungeheueren Zahlen die sich ergeben, fällt er wieder in den Schlaf zurück. Er glaubt zu wissen, woher das Klopfen stammt, es wird nicht an der Tür ausgeführt, sondern ganz anderswo, aber er kann sich in der Befangenheit des Schlafes nicht erinnern, worauf sich seine Vermutungen gründen. Er weiß nur daß viele winzige widerliche Schläge sich sammeln, ehe sie das große starke Klopfen ergeben. Aber er würde alle Widerlichkeit der kleinen Schläge erdulden wollen, wenn er das Klopfen vermeiden könnte, aber es ist aus irgendeinem Grunde zu spät, er kann hier nicht eingreifen, es ist versäumt, er hat nicht einmal Worte, nur zum stummen Gähnen öffnet sich sein Mund und wütend darüber, schlägt er das Gesicht in die Kissen. So vergeht die Nacht.

Am Morgen weckt ihn das Klopfen der Bedienerin, mit einem Seufzer der Erlösung begrüßt er dieses sanfte Klopfen über dessen Unhörbarkeit er sich immer beklagt hat. Und will schon »herein« rufen, da hört er noch ein anderes lebhaftes, zwar schwaches, aber förmlich kriegerisches Klopfen. Es sind die Bälle unter dem Bett. Sind sie aufgewacht, haben sie im Gegensatz zu ihm über die Nacht neue Kräfte gesammelt? »Gleich«, ruft Blumfeld der Bedienerin zu, springt aus dem Bett, aber vorsichtiger Weise so, daß er die Bälle im Rücken behält, wirft sich immer den Rücken ihnen zugekehrt auf den Boden, blickt mit verdrehtem Kopf zu den Bällen und – möchte fast fluchen. Wie Kinder, die in der Nacht die lästigen Decken von sich schieben, haben die Bälle wahrscheinlich durch kleine während der ganzen Nacht fortgesetzte Zukkungen die Teppiche so weit unter dem Bett hervorgeschoben, daß sie selbst wieder das freie Parkett unter sich haben und Lärm machen können. »Zurück auf die Teppiche«, sagt Blumfeld mit bösem Gesicht. Erst als die Bälle dank der Teppiche wieder still geworden sind, ruft er die Bedienerin herein. Während diese, ein fettes stumpfsinniges immer steif aufrecht gehendes Weib das Frühstück auf den Tisch stellt und die paar Handreichungen macht, die nötig sind, steht Blumfeld unbeweglich im Schlafrock bei seinem Bett um die Bälle unten festzuhalten. Er folgt der Bedienerin mit den Blicken um festzustellen, ob sie etwas merkt. Bei ihrer Schwerhörigkeit ist das sehr unwahrscheinlich und Blumfeld schreibt es seiner durch den schlechten Schlaf erzeugten Überreiztheit zu, wenn er zu sehen glaubt, daß die Bedienerin doch hie und da stockt, sich an irgendeinem Möbel festhält und mit hochgezogenen Brauen horcht. Er wäre glücklich, wenn er die Bedienerin dazu bringen könnte ihre Arbeit ein wenig zu beschleunigen, aber sie ist fast langsamer als sonst. Umständlich beladet sie sich mit Blumfelds Kleidern und Stiefeln und zieht damit auf den Gang, lange bleibt sie weg, eintönig und ganz vereinzelt klingen die Schläge herüber mit denen sie draußen die Kleider bearbeitet. Und während dieser ganzen Zeit muß Blumfeld auf dem Bett ausharren, darf sich nicht rühren, wenn er nicht die Bälle hinter sich herziehn will, muß den Kaffee den er so gern möglichst warm trinkt auskühlen lassen und kann nichts anderes tun als den herabgelassenen Fenstervorhang anstarren, hinter dem der Tag trübe herandämmert. Endlich ist die Bedienerin fertig, wünscht einen guten Morgen und will schon gehn. Aber ehe sie sich endgiltig entfernt, bleibt sie noch bei der Tür stehn, bewegt ein wenig die Lippen und sieht Blumfeld mit langem Blicke an. Blumfeld will sie schon zur Rede stellen, da geht sie schließlich. Am liebsten möchte Blumfeld die Tür aufreißen und ihr nachschreien was für ein dummes altes stumpfsinniges Weib sie ist. Als er aber darüber nachdenkt, was er gegen sie eigentlich einzuwenden hat, findet er nur den Widersinn, daß sie zweifellos nichts bemerkt hat und sich doch den Anschein geben wollte als hätte sie etwas bemerkt. Wie verwirrt seine Gedanken sind! Und dies nur von einer schlecht durchschlafenen Nacht! Für den schlechten Schlaf findet er eine kleine Erklärung darin, daß er gestern abend von seinen Gewohnheiten abgewichen ist, nicht geraucht und nicht Schnaps getrunken hat. »Wenn ich einmal«, das ist das Endergebnis seines Nachdenkens, »nicht rauche und nicht Schnaps trinke, schlafe ich schlecht.«

Er wird von jetzt ab mehr auf sein Wohlbefinden achten, und beginnt damit, daß er aus seiner Hausapoteke die über dem Nachttischchen hängt, Watta nimmt und zwei Wattakügelchen sich in die Ohren stopft. Dann steht er auf und macht einen Probeschritt. Die Bälle folgen zwar, aber er hört sie fast nicht, noch ein Nachschub von Watte macht sie ganz unhörbar. Blumfeld führt noch einige Schritte aus, es geht ohne besondere Unannehmlichkeit. Jeder ist für sich, Blumfeld wie die Bälle, sie sind zwar an einander gebunden, aber sie stören einander nicht. Nur als Blumfeld sich einmal rascher umwendet und ein Ball die Gegenbewegung nicht rasch genug machen kann, stößt Blumfeld mit dem Knie an ihn. Es ist der einzige Zwischenfall, im übrigen trinkt Blumfeld ruhig den Kaffee, er hat Hunger als hätte er in dieser Nacht nicht geschlafen, sondern einen langen Weg gemacht, wäscht sich mit kaltem ungemein erfrischendem Wasser und kleidet sich an. Bisher hat er die Vorhänge nicht hochgezogen, sondern ist aus Vorsicht lieber im Halbdunkel geblieben, für die Bälle braucht er keine fremden Augen. Aber als er jetzt zum Weggehn bereit ist muß er die Bälle für den Fall, daß sie es wagen sollten – er glaubt es nicht – ihm auch auf die Gasse zu folgen, irgendwie versorgen. Er hat dafür einen guten Einfall, er öffnet den großen Kleiderkasten und stellt sich mit dem Rücken gegen ihn. Als hätten die Bälle eine Ahnung dessen was beabsichtigt wird, hüten sie sich vor dem Innern des Kastens, jedes Plätzchen, das zwischen Blumfeld und dem Kasten bleibt, nützen sie aus, springen, wenn es nicht anders geht, für einen Augenblick in den Kasten, flüchten sich aber vor dem Dunkel gleich wieder hinaus, über die Kante weiter in den Kasten sind sie gar nicht zu bringen, lieber verletzen sie ihre Pflicht und halten sich fast Blumfeld zur Seite. Aber ihre kleinen Listen sollen ihnen nichts helfen, denn jetzt steigt Blumfeld selbst rücklings in den Kasten und nun müssen sie allerdings folgen. Damit ist aber auch über sie entschieden, denn auf dem Kastenboden liegen verschiedene kleinere Gegenstände wie Stiefel, Schachteln, kleine Koffer, die alle zwar – jetzt bedauert es Blumfeld – wohl geordnet sind, aber doch die Bälle sehr behindern. Und als nun Blumfeld, der inzwischen die Tür des Kastens fast zugezogen hat, mit einem großen Sprung wie er ihn schon seit Jahren nicht ausgeführt hat den Kasten verläßt, die Tür zudrückt und den Schlüssel umdreht, sind die Bälle eingesperrt. »Das ist also gelungen«, denkt Blumfeld und wischt sich den Schweiß vom Gesicht. Wie die Bälle in dem Kasten lärmen! Es macht den Eindruck, als wären sie verzweifelt. Blumfeld dagegen ist sehr zufrieden. Er verläßt das Zimmer und schon der öde Korridor wirkt wohltuend auf ihn ein. Er befreit die Ohren von der Watte und die vielen Geräusche des erwachenden Hauses entzücken ihn. Menschen sieht man nur wenig, es ist noch sehr früh.

Unten im Flur vor der niedrigen Tür durch die man in die Kellerwohnung der Bedienerin kommt, steht ihr kleiner zehnjähriger Junge. Ein Ebenbild seiner Mutter, keine Häßlichkeit der Alten ist in diesem Kindergesicht vergessen worden. Krummbeinig, die Hände in den Hosentaschen steht er dort und faucht, weil er schon jetzt einen Kropf hat und nur schwer Athem holen kann. Während aber Blumfeld sonst wenn ihm der Junge in den Weg kommt, einen eiligern Schritt einschlägt, um sich dieses Schauspiel möglichst zu ersparen, möchte er heute bei ihm fast stehn bleiben wollen. Wenn der Junge auch von diesem Weib auf die Welt gesetzt ist und alle Zeichen seines Ursprungs trägt, so ist er vorläufig doch ein Kind, in diesem unförmlichen Kopf sind doch Kindergedanken, wenn man ihn verständig ansprechen und etwas fragen wird, so wird er wahrscheinlich mit heller Stimme, unschuldig und ehrerbietig antworten und man wird nach einiger Überwindung auch diese Wangen streicheln können. So denkt Blumfeld, geht aber doch vorüber. Auf der Gasse merkt er daß das Wetter freundlicher ist, als er in seinem Zimmer gedacht hat. Die Morgennebel teilen sich und Stellen blauen von kräftigem Wind gefegten Himmels erscheinen. Blumfeld verdankt es den Bällen, daß er viel früher aus seinem Zimmer herausgekommen ist als sonst, sogar die Zeitung hat er ungelesen auf dem Tisch vergessen, jedenfalls hat er dadurch viel Zeit gewonnen und kann jetzt langsam gehn. Es ist merkwürdig wie wenig Sorge ihm die Bälle machen, seitdem er sie von sich getrennt hat. Solange sie hinter ihm her waren, konnte man sie für etwas zu ihm Gehöriges halten, für etwas, das bei Beurteilung seiner Person irgendwie mit herangezogen werden mußte, jetzt dagegen waren sie nur ein Spielzeug zuhause im Kasten. Und es fällt hiebei Blumfeld ein, daß er die Bälle vielleicht am besten dadurch unschädlich machen könnte, daß er sie ihrer eigentlichen Bestimmung zuführt. Dort im Flur steht noch der Junge, Blumfeld wird ihm die Bälle schenken, undzwar nicht etwa borgen, sondern ausdrücklich schenken was gewiß gleichbedeutend ist mit dem Befehl zu ihrer Vernichtung. Und selbst wenn sie heil bleiben sollten, so werden sie doch in den Händen des Jungen noch weniger bedeuten als im Kasten, das ganze Haus wird sehn, wie der Junge mit ihnen spielt, andere Kinder werden sich anschließen, die allgemeine Meinung daß es sich hier um Spielbälle und nicht etwa um Lebensbegleiter Blumfelds handelt wird unerschütterlich und unwiderstehlich werden. Blumfeld läuft ins Haus zurück. Gerade ist der Junge die Kellertreppe hinuntergestiegen und will unten die Tür öffnen. Blumfeld muß den Jungen also rufen und seinen Namen aussprechen, der lächerlich ist wie alles was mit diesem Jungen in Verbindung gebracht wird. Er tut es. »Alfred, Alfred«, ruft er. Der Junge zögert lange. »Also komm doch«, ruft Blumfeld, »ich gebe Dir etwas.« Die zwei kleinen Mädchen des Hausmeisters sind aus der gegenüberliegenden Tür herausgekommen und stellen sich neugierig rechts und links von Blumfeld auf. Sie fassen viel schneller auf als der Junge und verstehen nicht, warum er nicht gleich kommt. Sie winken ihm, lassen dabei Blumfeld nicht aus den Augen, können aber nicht ergründen, was für ein Geschenk Alfred erwartet. Die Neugierde plagt sie und sie hüpfen von einem Fuß auf den andern. Blumfeld lacht sowohl über sie als über den Jungen. Dieser scheint sich endlich alles zurechtgelegt zu haben und steigt steif und schwerfällig die Treppe hinauf. Nicht einmal im Gang verläugnet er seine Mutter, die übrigens unten in der Kellertür erscheint. Blumfeld schreit überlaut, damit ihn auch die Bedienerin versteht und die Ausführung seines Auftrags, falls es nötig sein sollte, überwacht. »Ich habe oben«, sagt Blumfeld, »in meinem Zimmer zwei schöne Bälle. Willst Du sie haben?« Der Junge verzieht bloß den Mund, er weiß nicht wie er sich verhalten soll, er dreht sich um und sieht fragend zu seiner Mutter hinunter. Die Mädchen aber fangen gleich an, um Blumfeld herumzuspringen und bitten ihn um die Bälle. »Ihr werdet auch mit ihnen spielen dürfen«, sagt Blumfeld zu ihnen, wartet aber auf die Antwort des Jungen. Er könnte die Bälle gleich den Mädchen schenken, aber sie scheinen ihm zu leichtsinnig und er hat jetzt mehr Vertrauen zu dem Jungen. Dieser hat sich inzwischen bei seiner Mutter, ohne daß Worte gewechselt worden wären, Rat geholt und nickt auf eine neuerliche Frage Blumfelds zustimmend. »Dann gibt Acht«, sagt Blumfeld, der gern übersieht daß er hier für sein Geschenk keinen Dank bekommen wird, »den Schlüssel zu meinem Zimmer hat Deine Mutter, den mußt Du Dir von ihr ausborgen, hier gebe ich Dir den Schlüssel von meinem Kleiderkasten und in diesem Kleiderkasten sind die Bälle. Sperr Kasten und das Zimmer wieder vorsichtig zu. Mit den Bällen aber kannst Du machen was Du willst und mußt sie nicht wieder zurückbringen. Hast Du mich verstanden?« Der Junge hat aber leider nicht verstanden. Blumfeld hat diesem grenzenlos begriffsstützigen Wesen alles besonders klar machen wollen, hat aber gerade infolge dieser Absicht alles zu oft wiederholt, zu oft abwechselnd von Schlüsseln Zimmer und Kasten gesprochen und der Junge starrt ihn infolgedessen nicht wie einen Wohltäter sondern wie einen Versucher an. Die Mädchen allerdings haben gleich alles begriffen, drängen sich an Blumfeld und strecken die Hände nach dem Schlüssel aus. »Wartet doch«, sagt Blumfeld und ärgert sich schon über alle. Auch vergeht die Zeit, er kann sich nicht mehr lange aufhalten. Wenn doch die Bedienerin endlich sagen wollte, daß sie ihn verstanden hat und alles richtig für den Jungen besorgen wird. Statt dessen steht sie aber noch immer unten an der Tür, lächelt geziert wie verschämte Schwerhörige und glaubt vielleicht daß Blumfeld oben über ihren Jungen in plötzliches Entzücken geraten sei und ihm das kleine Einmaleins abhöre. Blumfeld wieder kann aber doch nicht die Kellertreppe hinuntersteigen und der Bedienerin seine Bitte ins Ohr schreien, ihr Junge möge ihn doch um Gottes Barmherzigkeit willen von den Bällen befreien. Er hat sich schon genug bezwungen, wenn er den Schlüssel zu seinem Kleiderkasten für einen ganzen Tag dieser Familie anvertrauen will. Nicht um sich zu schonen, reicht er hier den Schlüssel dem Jungen, statt ihn selbst hinaufzuführen und ihm dort die Bälle zu übergeben. Aber er kann doch nicht oben die Bälle zuerst wegschenken und sie dann, wie es voraussichtlich geschehen müßte, dem Jungen gleich wieder nehmen, indem er sie als Gefolge hinter sich herzieht. »Du verstehst mich also nicht?« fragt Blumfeld fast wehmütig, nachdem er zu einer neuen Erklärung angesetzt, sie aber unter dem leeren Blick des Jungen gleich wieder abgebrochen hat. Ein solcher leerer Blick macht einen wehrlos. Er könnte einen dazu verführen, mehr zu sagen, als man will, nur damit man diese Leere mit Verstand erfülle.

»Wir werden ihm die Bälle holen«, rufen da die Mädchen. Sie sind schlau, sie haben erkannt, daß sie die Bälle nur durch irgendeine Vermittlung des Jungen erhalten können, daß sie aber auch noch diese Vermittlung selbst bewerkstelligen müssen. Aus dem Zimmer des Hausmeisters schlägt eine Uhr und mahnt Blumfeld zur Eile. »Dann nehmt also den Schlüssel«, sagt Blumfeld und der Schlüssel wird ihm mehr aus der Hand gezogen als daß er ihn hergibt. Die Sicherheit mit der er den Schlüssel dem Jungen gegeben hätte, wäre unvergleichlich größer gewesen. »Den Schlüssel zum Zimmer holt unten von der Frau«, sagt Blumfeld noch, »und bis ihr mit den Bällen zurückkommt müßt ihr beide Schlüssel der Frau geben.« »Ja, ja«, rufen die Mädchen und laufen die Treppe hinunter. Sie wissen alles, durchaus alles, und als sei Blumfeld von der Begriffsstützigkeit des Jungen angesteckt, versteht er jetzt selbst nicht, wie sie seinen Erklärungen alles so schnell hatten entnehmen können.

Nun zerren sie schon unten am Rock der Bedienerin, aber Blumfeld kann, so verlockend es wäre, nicht länger zusehn, wie sie ihre Aufgabe ausführen werden undzwar nicht nur weil schon spät ist, sondern auch deshalb weil er nicht zugegen sein will, wenn die Bälle ans Freie kommen. Er will sogar schon einige Gassen weit entfernt sein, wenn die Mädchen oben erst die Türe seines Zimmers öffnen. Er weiß ja gar nicht, wessen er sich von den Bällen noch versehen kann! Und so tritt er zum zweitenmal an diesem Morgen ins Freie. Er hat noch gesehn, wie die Bedienerin sich gegen die Mädchen förmlich wehrt und der Junge die krummen Beine rührt, um der Mutter zur Hilfe zu kommen. Blumfeld begreift nicht, warum solche Menschen wie die Bedienerin auf dieser Welt gedeihen und sich fortpflanzen.

Während des Weges in die Wäschefabrik, in der Blumfeld angestellt ist, bekommen die Gedanken an die Arbeit allmählich über alles andere die Oberhand. Er beschleunigt seine Schritte und trotz der Verzögerung, die der Junge verschuldet hat, ist er der erste in seinem Bureau. Dieses Bureau ist ein kleiner mit Glas verschalter Raum, es enthält einen Schreibtisch für Blumfeld und zwei Stehpulte für die Blumfeld untergeordneten Praktikanten. Trotzdem diese Stehpulte so klein und schmal sind, als seien sie für Schulkinder bestimmt, ist es doch in dem Bureau sehr eng und die Praktikanten dürfen sich nicht setzen, weil dann für Blumfelds Sessel kein Platz mehr wäre. So stehen sie den ganzen Tag an ihre Pulte gedrückt. Das ist gewiß für sie sehr unbequem, es wird aber dadurch auch Blumfeld erschwert, sie zu beobachten. Oft drängen sie sich eifrig an das Pult, aber nicht etwa um zu arbeiten, sondern um mit einander zu flüstern oder sogar einzunicken. Blumfeld hat viel Ärger mit ihnen, sie unterstützen ihn bei weitem nicht genügend in der riesenhaften Arbeit, die ihm auferlegt ist. Diese Arbeit besteht darin, daß er den gesammten Waren- und Geldverkehr mit den Heimarbeiterinnen besorgt, welche von der Fabrik für die Herstellung gewisser feinerer Waren beschäftigt werden. Um die Größe dieser Arbeit beurteilen zu können, muß man einen nähern Einblick in die ganzen Verhältnisse haben. Diesen Einblick aber hat, seitdem der unmittelbare Vorgesetzte Blumfelds vor einigen Jahren gestorben ist, niemand mehr, deshalb kann auch Blumfeld niemandem die Berechtigung zu einem Urteil über seine Arbeit zugestehn. Der Fabrikant, Herr Ottomar z. B. unterschätzt Blumfelds Arbeit offensichtlich, er erkennt naturlich die Verdienste an, die Blumfeld sich in der Fabrik im Laufe der zwanzig Jahre erworben hat und er erkennt sie an nicht nur weil er muß sondern auch weil er Blumfeld als treuen vertrauenswürdigen Menschen achtet; aber seine Arbeit unterschätzt er doch, er glaubt nämlich sie könne einfacher und deshalb in jeder Hinsicht vorteilhafter eingerichtet werden, als sie Blumfeld betreibt. Man sagt, und es ist nicht unglaubwürdig, daß Ottomar nur deshalb sich so selten in der Abteilung Blumfelds zeige, um sich den Ärger zu ersparen, den ihm der Anblick der Arbeitsmethoden Blumfelds verursacht. So verkannt zu werden ist für Blumfeld gewiß traurig, aber es gibt keine Abhilfe, denn er kann doch Ottomar nicht zwingen etwa einen Monat ununterbrochen in Blumfelds Abteilung zu bleiben, die vielfachen Arten der hier zu bewältigenden Arbeiten zu studieren, seine eigenen angeblich bessern Methoden anzuwenden und sich durch den Zusammenbruch der Abteilung, den dies notwendig zur Folge hätte, von Blumfeld überzeugen zu lassen. Deshalb also versieht Blumfeld seine Arbeit unbeirrt wie vorher, erschrickt ein wenig wenn nach langer Zeit einmal Ottomar erscheint, macht dann im Pflichtgefühl des Untergeordneten doch einen schwachen Versuch Ottomar diese oder jene Einrichtung zu erklären, worauf dieser stumm nickend mit gesenkten Augen weitergeht, und leidet im übrigen weniger unter dieser Verkennung als unter dem Gedanken daran, daß wenn er einmal von seinem Posten wird abtreten müssen, die sofortige Folge dessen ein großes von niemandem aufzulösendes Durcheinander sein wird, denn er kennt niemanden in der Fabrik, der ihn ersetzen und seinen Posten in der Weise übernehmen könnte, daß für den Betrieb durch Monate hindurch auch nur die schwersten Stockungen vermieden würden. Wenn der Chef jemanden unterschätzt, so suchen ihn darin natürlich die Angestellten womöglich noch zu übertreffen. Es unterschätzt daher jeder Blumfelds Arbeit, niemand hält es für notwendig zu seiner Ausbildung eine Zeitlang in Blumfelds Abteilung zu arbeiten und wenn neue Angestellte aufgenommen werden, wird aus eigenem Antrieb niemand Blumfeld zugeteilt. Infolgedessen fehlt es für die Abteilung Blumfelds an Nachwuchs. Es waren Wochen des härtesten Kampfes, als Blumfeld, der bisdahin in der Abteilung ganz allein nur von einem Diener unterstützt alles besorgt hatte, die Beistellung eines Praktikanten forderte.

Fast jeden Tag erschien Blumfeld im Bureau Ottomars und erklärte ihm in ruhiger und ausführlicher Weise, warum ein Praktikant in dieser Abteilung notwendig sei. Er sei nicht etwa deshalb notwendig, weil Blumfeld sich schonen wolle, Blumfeld wolle sich nicht schonen, er arbeite seinen überreichlichen Teil und gedenke damit nicht aufzuhören, aber Herr Ottomar möge nur überlegen, wie sich das Geschäft im Laufe der Zeit entwickelt habe, alle Abteilungen seien entsprechend vergrößert worden, nur Blumfelds Abteilung werde immer vergessen. Und wie sei gerade dort die Arbeit angewachsen! Als Blumfeld eintrat, an diese Zeiten könne sich Herr Ottomar gewiß nicht mehr erinnern, hatte man dort mit etwa zehn Näherinnen zu tun, heute schwankt ihre Zahl zwischen fünfzig und sechzig. Eine solche Arbeit verlangt Kräfte, Blumfeld könne dafür bürgen, daß er sich vollständig für diese Arbeit verbrauche, dafür aber, daß er sie vollständig bewältigen werde, könne er von jetzt ab nicht mehr bürgen. Nun lehnte ja Herr Ottomar niemals Blumfelds Ansuchen geradezu ab, das konnte er einem alten Beamten gegenüber nicht tun, aber die Art wie er kaum zuhörte, über den bittenden Blumfeld hinweg mit andern Leuten sprach, halbe Zusagen machte, in einigen Tagen alles wieder vergessen hatte – diese Art war recht beleidigend. Nicht eigentlich für Blumfeld, Blumfeld ist kein Phantast, so schon Ehre und Anerkennung ist, Blumfeld kann sie entbehren, er wird trotzallem auf seiner Stelle ausharren so lange es irgendwie geht, jedenfalls ist er im Recht und Recht muß sich schließlich, wenn es auch manchmal lange dauert, Anerkennung verschaffen. So hat ja auch tatsächlich Blumfeld sogar zwei Praktikanten schließlich bekommen, was für Praktikanten allerdings. Man hätte glauben können, Ottomar habe eingesehn, er könne seine Mißachtung der Abteilung Blumfelds noch deutlicher als durch Verweigerung von Praktikanten durch Gewährung dieser Praktikanten zeigen. Es war sogar möglich, daß Ottomar nur deshalb Blumfeld solange vertröstet hatte, weil er zwei solche Praktikanten gesucht und sie, was begreiflich war, lange nicht hatte finden können. Und beklagen konnte sich jetzt Blumfeld nicht, die Antwort war ja vorauszusehn, er hatte doch zwei Praktikanten bekommen, während er nur einen verlangt hatte; so geschickt war alles von Ottomar eingeleitet. Natürlich beklagte sich Blumfeld doch, aber nur weil ihn förmlich seine Notlage dazu drängte, nicht weil er jetzt noch Abhilfe erhoffte. Er beklagte sich auch nicht nachdrücklich, sondern nur nebenbei wenn sich eine passende Gelegenheit ergab. Trotzdem verbreitete sich bald unter den übelwollenden Kollegen das Gerücht, jemand habe Ottomar gefragt, ob es denn möglich sei, daß sich Blumfeld, der doch jetzt eine so außerordentliche Beihilfe bekommen habe, noch immer beklage. Darauf habe Ottomar geantwortet, es sei richtig, Blumfeld beklage sich noch immer, aber mit Recht. Er, Ottomar, habe es endlich eingesehn und er beabsichtige Blumfeld nach und nach für jede Näherin einen Praktikanten also im Ganzen etwa sechzig zuzuteilen. Sollten aber diese noch nicht genügen, werde er noch mehr hinschicken und er werde damit nicht früher aufhören bis das Tollhaus vollkommen sei, welches in der Abteilung Blumfelds schon seit Jahren sich entwickle. Nun war allerdings in dieser Bemerkung die Redeweise Ottomars gut nachgeahmt, er selbst aber, daran zweifelte Blumfeld nicht, war weit davon entfernt sich jemals auch nur in ähnlicher Weise über Blumfeld zu äußern. Das Ganze war eine Erfindung der Faulenzer aus den Bureaux im ersten Stock, Blumfeld gieng darüber hinweg, hätte er nur auch über das Vorhandensein der Praktikanten so ruhig hinweggehn können. Die standen aber da und waren nicht mehr wegzubringen. Blasse schwache Kinder. Nach ihren Dokumenten sollten sie das schulfreie Alter schon erreicht haben, in Wirklichkeit konnte man es aber nicht glauben. Ja man hätte sie noch nicht einmal einem Lehrer anvertrauen wollen, so deutlich gehörten sie noch an die Hand der Mutter. Sie konnten sich noch nicht vernünftig bewegen, langes Stehn ermüdete sie besonders in der ersten Zeit ungemein. Ließ man sie unbeobachtet, so knickten sie in ihrer Schwäche gleich ein, standen schief und gebückt in einem Winkel. Blumfeld suchte ihnen begreiflich zu machen, daß sie sich für das ganze Leben verkrüppeln werden, wenn sie immer der Bequemlichkeit so nachgeben. Den Praktikanten eine kleine Besorgung aufzutragen, war gewagt, einmal hatte einer etwas nur paar Schritte weit bringen sollen, war übereifrig hingelaufen und hatte sich am Pult das Knie wundgeschlagen. Das Zimmer war voll Näherinnen gewesen, die Pulte voll Ware, aber Blumfeld hatte alles vernachlässigen, den weinenden Praktikanten ins Bureau führen und ihm dort einen kleinen Verband machen müssen. Aber auch dieser Eifer der Praktikanten war nur äußerlich, wie wirkliche Kinder wollten sie sich manchmal auszeichnen, aber noch viel öfter oder vielmehr fast immer wollten sie die Aufmerksamkeit des Vorgesetzten nur täuschen und ihn betrügen. Zur Zeit der größten Arbeit war Blumfeld einmal schweißtriefend an ihnen vorübergejagt und hatte bemerkt wie sie zwischen Warenballen versteckt Marken tauschten. Er hätte mit den Fäusten auf ihre Köpfe niederfahren wollen, für ein solches Verhalten wäre es die einzig mögliche Strafe gewesen, aber es waren Kinder, Blumfeld konnte doch nicht Kinder totschlagen. Und so quälte er sich mit ihnen weiter. Ursprünglich hatte er sich vorgestellt, daß die Praktikanten ihn in den unmittelbaren Handreichungen unterstützen würden, welche zur Zeit der Warenverteilung so viel Anstrengung und Wachsamkeit erforderten. Er hatte gedacht er würde etwa in der Mitte hinter dem Pult stehn, immer die Übersicht über alles behalten und die Eintragungen besorgen, während die Praktikanten nach seinem Befehl hin und her laufen und alles verteilen würden. Er hatte sich vorgestellt, daß seine Beaufsichtigung, die so scharf sie war, für ein solches Gedränge nicht genügen konnte, durch die Aufmerksamkeit der Praktikanten ergänzt werden würde und daß diese Praktikanten allmählich Erfahrungen sammeln, nicht in jeder Einzelheit auf seine Befehle angewiesen bleiben und endlich selbst lernen würden, die Näherinnen, was Warenbedarf und Vertrauenswürdigkeit anlangt, von einander zu unterscheiden. An diesen Praktikanten gemessen waren es ganz leere Hoffnungen gewesen, Blumfeld sah bald ein, daß er sie überhaupt mit den Näherinnen nicht reden lassen durfte. Zu manchen Näherinnen waren sie nämlich von allem Anfang gar nicht gegangen, weil sie Abneigung oder Angst vor ihnen gehabt hatten, andern dagegen für welche sie Vorliebe hatten, waren sie oft bis zur Tür entgegengelaufen. Diesen brachten sie was sie nur wünschten, drückten es ihnen, auch wenn die Näherinnen zur Empfangnahme berechtigt waren, mit einer Art Heimlichkeit in die Hände, sammelten in einem leeren Regal für diese Bevorzugten verschiedene Abschnitzel, wertlose Reste aber doch auch noch brauchbare Kleinigkeiten, winkten ihnen damit hinter dem Rücken Blumfelds glückselig schon von weitem zu und bekamen dafür Bonbons in den Mund gesteckt. Blumfeld machte diesem Unwesen allerdings bald ein Ende und trieb sie wenn die Näherinnen kamen, in den Verschlag. Aber noch lange hielten sie das für eine große Ungerechtigkeit, trotzten, zerbrachen mutwillig die Federn und klopften manchmal ohne daß sie allerdings den Kopf zu heben wagten, laut an die Glasscheiben, um die Näherinnen auf die schlechte Behandlung aufmerksam zu machen, die sie ihrer Meinung nach von Blumfeld zu erleiden hatten.

Das Unrecht aber das sie selbst begehn, das können sie nicht begreifen. So kommen sie z. B. fast immer zu spät ins Bureau. Blumfeld, ihr Vorgesetzter, der es von frühester Jugend an für selbstverständlich gehalten hat, daß man wenigstens eine halbe Stunde vor Bureaubeginn erscheint, – nicht Streberei, nicht übertriebenes Pflichtbewußtsein, nur ein gewisses Gefühl für Anstand veranlaßt ihn dazu – Blumfeld muß auf seine Praktikanten meist länger als eine Stunde warten. Die Frühstückssemmel kauend steht er gewöhnlich hinter dem Pult im Saal und führt die Rechnungsabschlüsse in den kleinen Büchern der Näherinnen durch. Bald vertieft er sich in die Arbeit und denkt an nichts anderes. Da wird er plötzlich so erschreckt, daß ihm noch ein Weilchen danach die Feder in den Händen zittert. Der eine Praktikant ist hereingestürmt, es ist als wolle er umfallen, mit einer Hand hält er sich irgendwo fest, mit der anderen drückt er die schwer atmende Brust – aber das Ganze bedeutet nichts weiter, als daß er wegen seines Zuspätkommens eine Entschuldigung vorbringt, die so lächerlich ist, daß sie Blumfeld absichtlich überhört, denn täte er es nicht, müßte er den Jungen verdienter Weise prügeln. So aber sieht er ihn nur ein Weilchen an, zeigt dann mit ausgestreckter Hand auf den Verschlag und wendet sich wieder seiner Arbeit zu. Nun dürfte man doch erwarten, daß der Praktikant die Güte des Vorgesetzten einsieht und zu seinem Standort eilt. Nein, er eilt nicht, er tänzelt, er geht auf den Fußspitzen, setzt Fuß vor Fuß. Will er seinen Vorgesetzten verlachen? Auch das nicht. Es ist nur wieder diese Mischung von Furcht und Selbstzufriedenheit, gegen die man wehrlos ist. Wie wäre es denn sonst zu erklären, daß Blumfeld heute, wo er doch selbst ungewöhnlich spät ins Bureau gekommen ist, jetzt nach langem Warten – zum Nachprüfen der Büchlein hat er keine Lust – durch die Staubwolken die der unvernünftige Diener vor ihm mit dem

Besen in die Höhe treibt, auf der Gasse die beiden Praktikanten erblickt, wie sie friedlich daherkommen. Sie halten sich fest umschlungen und scheinen einander wichtige Dinge zu erzählen, die aber gewiß mit dem Geschäft höchstens in einem unerlaubten Zusammenhange stehn. Je näher sie der Glastür kommen desto mehr verlangsamen sie ihre Schritte. Endlich erfaßt der eine schon die Klinke, drückt sie aber nicht nieder, noch immer erzählen sie einander, hören zu und lachen. »Öffne doch unsern Herren«, schreit Blumfeld mit erhobenen Händen den Diener an. Aber als die Praktikanten eintreten, will Blumfeld nicht mehr zanken, antwortet auf ihren Gruß nicht und geht zu seinem Schreibtisch. Er beginnt zu rechnen, blickt aber manchmal auf, um zu sehn, was die Praktikanten machen. Der eine scheint sehr müde, gähnt und reibt die Augen; als er seinen Überrock an den Nagel gehängt hat, benützt er die Gelegenheit und bleibt noch ein wenig an der Wand lehnen, auf der Gasse war er frisch, aber die Nähe der Arbeit macht ihn müde. Der andere Praktikant dagegen hat Lust zur Arbeit, aber nur zu mancher. So ist es seit jeher sein Wunsch auskehren zu dürfen. Nun ist das aber eine Arbeit, die ihm nicht gebührt, das Auskehren steht nur dem Diener zu; an und für sich hätte ja Blumfeld nichts dagegen, daß der Praktikant auskehrt, mag der Praktikant auskehren, schlechter als der Diener kann man es nicht machen, wenn aber der Praktikant auskehren will, dann soll er eben früher kommen, ehe der Diener zu kehren beginnt und soll nicht die Zeit dazu verwenden, während welcher er ausschließlich zu Bureauarbeiten verpflichtet ist. Wenn nun aber schon der Junge jeder vernünftigen Überlegung unzugänglich ist, so könnte doch wenigstens der Diener, dieser halbblinde Greis, den der Chef gewiß in keiner andern Abteilung als in der Blumfelds dulden würde und der nur noch von Gottes und des Chefs Gnaden lebt, so könnte doch wenigstens dieser

Diener nachgiebig sein und für einen Augenblick den Besen dem Jungen überlassen, der doch ungeschickt ist, gleich die Lust am Kehren verlieren und dem Diener mit dem Besen nachlaufen wird, um ihn nur wieder zum Kehren zu bewegen. Nun scheint aber der Diener gerade für das Kehren sich besonders verantwortlich zu fühlen, man sieht wie er, kaum daß sich ihm der Junge nähert, den Besen mit den zitternden Händen besser zu fassen sucht, lieber steht er still und läßt das Kehren um nur alle Aufmerksamkeit auf den Besitz des Besens richten zu können. Der Praktikant bittet nun nicht durch Worte, denn er fürchtet doch Blumfeld, welcher scheinbar rechnet, auch wären gewöhnliche Worte nutzlos, denn der Diener ist nur durch stärkstes Schreien zu erreichen. Der Praktikant zupft also zunächst den Diener am Ärmel. Der Diener weiß natürlich um was es sich handelt, finster sieht er den Praktikanten an, schüttelt den Kopf und zieht den Besen näher, bis an die Brust. Nun faltet der Praktikant die Hände und bittet. Er hat allerdings keine Hoffnung durch Bitten etwas zu erreichen, das Bitten belustigt ihn nur und deshalb bittet er. Der andere Praktikant begleitet den Vorgang mit leisem Lachen und glaubt offenbar wenn auch unbegreiflicher Weise, daß Blumfeld ihn nicht hört. Auf den Diener macht das Bitten nicht den geringsten Eindruck, er dreht sich um und glaubt jetzt den Besen in Sicherheit wieder gebrauchen zu können. Aber der Praktikant ist ihm auf den Fußspitzen hüpfend und die Hände flehentlich aneinanderreibend gefolgt und bittet nun von dieser Seite. Diese Wendungen des Dieners und das Nachhüpfen des Praktikanten wiederholen sich mehrmals. Schließlich fühlt sich der Diener von allen Seiten abgesperrt und merkt, was er bei einer nur ein wenig geringern Einfalt gleich am Anfang hätte merken können, daß er früher ermüden wird als der Praktikant. Infolgedessen sucht er fremde Hilfe, droht dem Praktikanten mit dem Finger und zeigt auf Blumfeld bei dem er, wenn der Praktikant nicht abläßt, Klage führen wird. Der Praktikant erkennt, daß er sich jetzt, wenn er überhaupt den Besen bekommen will sehr beeilen muß. Also greift er frech nach dem Besen. Ein unwillkürlicher Aufschrei des andern Praktikanten deutet die kommende Entscheidung an. Zwar rettet noch der Diener diesmal den Besen indem er einen Schritt zurückmacht und ihn nachzieht. Aber nun gibt der Praktikant nicht mehr nach, mit offenem Mund und blitzenden Augen springt er vor, der Diener will flüchten, aber seine alten Beine schlottern statt zu laufen, der Praktikant reißt an dem Besen, und wenn er ihn auch nicht erfaßt, so erreicht er doch, daß der Besen fällt und damit ist er für den Diener verloren. Scheinbar allerdings auch für den Praktikanten, denn beim Fallen des Besens erstarren zunächst alle drei, die Praktikanten und der Diener, denn jetzt muß Blumfeld alles offenbar werden. Tatsächlich blickt Blumfeld an seinem Guckfenster auf, als sei er erst jetzt aufmerksam geworden, strenge und prüfend faßt er jeden ins Auge, auch der Besen auf der Erde entgeht ihm nicht. Sei es daß das Schweigen zu lange andauert, sei es daß der schuldige Praktikant die Begierde zu kehren nicht unterdrücken kann, jedenfalls bückt er sich, allerdings sehr vorsichtig, als greife er nach einem Tier und nicht nach dem Besen, nimmt den Besen, streicht mit ihm über den Boden, wirft ihn aber sofort erschrocken weg, als Blumfeld aufspringt und aus dem Verschlage tritt. »Beide an die Arbeit und nicht mehr gemuckst«, schreit Blumfeld und zeigt mit ausgestreckter Hand den beiden Praktikanten den Weg zu ihren Pulten. Sie folgen gleich, aber nicht etwa beschämt mit gesenkten Köpfen, vielmehr drehn sie sich steif an Blumfeld vorüber und sehn ihm starr in die Augen, als wollten sie ihn dadurch abhalten sie zu schlagen. Und doch könnten sie durch die Erfahrung genügend darüber belehrt sein, daß Blumfeld grundsätzlich niemals schlägt. Aber sie sind überängstlich und suchen immer und ohne jedes Zartgefühl ihre wirklichen oder scheinbaren Rechte zu wahren.

Ein Traum

Josef K. träumte:

Es war ein schöner Tag und K. wollte spazieren gehen. Kaum aber hatte er zwei Schritte gemacht, war er schon auf dem Friedhof. Es waren dort sehr künstliche, unpraktisch gewundene Wege, aber er glitt über einen solchen Weg wie auf einem reißenden Wasser in unerschütterlich schwebender Haltung. Schon von der Ferne faßte er einen frisch aufgeworfenen Grabhügel ins Auge, bei dem er Halt machen wollte. Dieser Grabhügel übte fast eine Verlockung auf ihn aus und er glaubte, gar nicht eilig genug hinkommen zu können. Manchmal aber sah er den Grabhügel kaum, er wurde ihm verdeckt durch Fahnen, deren Tücher sich wanden und mit großer Kraft aneinanderschlugen; man sah die Fahnenträger nicht, aber es war, als herrsche dort viel Jubel.

Während er den Blick noch in die Ferne gerichtet hatte, sah er plötzlich den gleichen Grabhügel neben sich am Weg, ja fast schon hinter sich. Er sprang eilig ins Gras. Da der Weg unter seinem abspringenden Fuß weiter raste, schwankte er und fiel gerade vor dem Grabhügel ins Knie. Zwei Männer standen hinter dem Grab und hielten zwischen sich einen Grabstein in der Luft; kaum war K. erschienen, stießen sie den Stein in die Erde und er stand wie festgemauert. Sofort trat aus einem Gebüsch ein dritter Mann hervor, den K. gleich als einen Künstler erkannte. Er war nur mit Hosen und einem schlecht zugeknöpften Hemd bekleidet; auf dem Kopf hatte er eine Samtkappe; in der Hand hielt er einen gewöhnlichen Bleistift, mit dem er schon beim Näherkommen Figuren in der Luft beschrieb.

Mit diesem Bleistift setzte er nun oben auf dem Stein an; der Stein war sehr hoch, er mußte sich gar nicht bücken, wohl aber mußte er sich vorbeugen, denn der Grabhügel, auf den er nicht treten wollte, trennte ihn von dem Stein. Er stand also auf den Fußspitzen und stützte sich mit der linken Hand auf die Fläche des Steines. Durch eine besonders geschickte Hantierung gelang es ihm, mit dem gewöhnlichen Bleistift Goldbuchstaben zu erzielen; er schrieb: »Hier ruht –« Jeder Buchstabe erschien rein und schön, tief geritzt und in vollkommenem Gold. Als er die zwei Worte geschrieben hatte, sah er nach K. zurück; K., der sehr begierig auf das Fortschreiten der Inschrift war, kümmerte sich kaum um den Mann, sondern blickte nur auf den Stein. Tatsächlich setzte der Mann wieder zum Weiterschreiben an, aber er konnte nicht, es bestand irgendein Hindernis, er ließ den Bleistift sinken und drehte sich wieder nach K. um. Nun sah auch K. den Künstler an und merkte, daß dieser in großer Verlegenheit war, aber die Ursache dessen nicht sagen konnte. Alle seine frühere Lebhaftigkeit war verschwunden. Auch K. geriet dadurch in Verlegenheit; sie wechselten hilflose Blicke; es lag ein häßliches Mißverständnis vor, das keiner auflösen konnte. Zur Unzeit begann nun auch eine kleine Glocke von der Grabkapelle zu läuten, aber der Künstler fuchtelte mit der erhobenen Hand und sie hörte auf. Nach einem Weilchen begann sie wieder; diesmal ganz leise und, ohne besondere Aufforderung, gleich abbrechend; es war, als wolle sie nur ihren Klang prüfen. K. war untröstlich über die Lage des Künstlers, er begann zu weinen und schluchzte lange in die vorgehaltenen Hände. Der Künstler wartete, bis K. sich beruhigt hatte, und entschloß sich dann, da er keinen andern Ausweg fand, dennoch zum Weiterschreiben. Der erste kleine Strich, den er machte, war für K. eine Erlösung, der Künstler brachte ihn aber offenbar nur mit dem äußersten

Widerstreben zustande; die Schrift war auch nicht mehr so schön, vor allem schien es an Gold zu fehlen, blaß und unsicher zog sich der Strich hin, nur sehr groß wurde der Buchstabe. Es war ein J, fast war es schon beendet, da stampfte der Künstler wütend mit einem Fuß in den Grabhügel hinein, daß die Erde ringsum in die Höhe flog. Endlich verstand ihn K.; ihn abzubitten war keine Zeit mehr; mit allen Fingern grub er in die Erde, die fast keinen Widerstand leistete; alles schien vorbereitet; nur zum Schein war eine dünne Erdkruste aufgerichtet; gleich hinter ihr öffnete sich mit abschüssigen Wänden ein großes Loch, in das K., von einer sanften Strömung auf den Rücken gedreht, versank. Während er aber unten, den Kopf im Genick noch aufgerichtet, schon von der undurchdringlichen Tiefe aufgenommen wurde, jagte oben sein Name mit mächtigen Zieraten über den Stein.

Entzückt von diesem Anblick erwachte er.

Auf der Galerie

Wenn irgendeine hinfällige, lungensüchtige Kunstreiterin in der Manege auf schwankendem Pferd vor einem unermüdlichen Publikum vom peitschenschwingenden erbarmungslosen Chef monatelang ohne Unterbrechung im Kreise rundum getrieben würde, auf dem Pferde schwirrend, Küsse werfend, in der Taille sich wiegend, und wenn dieses Spiel unter dem nichtaussetzenden Brausen des Orchesters und der Ventilatoren in die immerfort weiter sich öffnende graue Zukunft sich fortsetzte, begleitet vom vergehenden und neu anschwellenden Beifallsklatschen der Hände, die eigentlich Dampfhämmer sind – vielleicht eilte dann ein junger Galeriebesucher die lange Treppe durch alle Ränge hinab, stürzte in die Manege, riefe das: Halt! durch die Fanfaren des immer sich anpassenden Orchesters.

Da es aber nicht so ist; eine schöne Dame, weiß und rot, hereinfliegt, zwischen den Vorhängen, welche die stolzen Livrierten vor ihr öffnen; der Direktor, hingebungsvoll ihre Augen suchend, in Tierhaltung ihr entgegenatmet; vorsorglich sie auf den Apfelschimmel hebt, als wäre sie seine über alles geliebte Enkelin, die sich auf gefährliche Fahrt begibt; sich nicht entschließen kann, das Peitschenzeichen zu geben; schließlich in Selbstüberwindung es knallend gibt; neben dem Pferde mit offenem Munde einherläuft; die Sprünge der Reiterin scharfen Blickes verfolgt; ihre Kunstfertigkeit kaum begreifen kann; mit englischen Ausrufen zu warnen versucht; die reifenhaltenden Reitknechte wütend zu peinlichster Achtsamkeit ermahnt; vor dem großen Saltomortale das Orchester mit aufgehobenen Händen beschwört, es möge schweigen; schließlich die Kleine vom zitternden Pferde hebt, auf beide Backen küßt und keine Huldigung des Publikums für genügend erachtet; während sie selbst, von ihm gestützt, hoch auf den Fußspitzen, vom Staub umweht, mit ausgebreiteten Armen, zurückgelehntem Köpfchen ihr Glück mit dem ganzen Zirkus teilen will – da dies so ist, legt der Galeriebesucher das Gesicht auf die Brüstung und, im Schlußmarsch wie in einem schweren Traum versinkend, weint er, ohne es zu wissen.

Ein Landarzt

Ich war in großer Verlegenheit: eine dringende Reise stand mir bevor; ein Schwerkranker wartete auf mich in einem zehn Meilen entfernten Dorfe; starkes Schneegestöber füllte den weiten Raum zwischen mir und ihm; einen Wagen hatte ich, leicht, großräderig, ganz wie er für unsere Landstraßen taugt; in den Pelz gepackt, die Instrumententasche in der Hand, stand ich reisefertig schon auf dem Hofe; aber das Pferd fehlte, das Pferd. Mein eigenes Pferd war in der letzten Nacht, infolge der Überanstrengung in diesem eisigen Winter, verendet; mein Dienstmädchen lief jetzt im Dorf umher, um ein Pferd geliehen zu bekommen; aber es war aussichtslos, ich wußte es, und immer mehr vom Schnee überhäuft, immer unbeweglicher werdend, stand ich zwecklos da. Am Tor erschien das Mädchen, allein, schwenkte die Laterne; natürlich, wer leiht jetzt sein Pferd her zu solcher Fahrt? Ich durchmaß noch einmal den Hof; ich fand keine Möglichkeit; zerstreut, gequält stieß ich mit dem Fuß an die brüchige Tür des schon seit Jahren unbenützten Schweinestalles. Sie öffnete sich und klappte in den Angeln auf und zu. Wärme und Geruch wie von Pferden kam hervor. Eine trübe Stallaterne schwankte drin an einem Seil. Ein Mann, zusammengekauert in dem niedrigen Verschlag, zeigte sein offenes blauäugiges Gesicht. »Soll ich anspannen?« fragte er, auf allen Vieren hervorkriechend. Ich wußte nichts zu sagen und beugte mich nur, um zu sehen, was es noch in dem Stalle gab. Das Dienstmädchen stand neben mir. »Man weiß nicht, was für Dinge man im eigenen Hause vorrätig hat«, sagte es, und wir beide lachten. »Hollah, Bruder, hollah, Schwester!« rief der

Pferdeknecht, und zwei Pferde, mächtige flankenstarke Tiere schoben sich hintereinander, die Beine eng am Leib, die wohlgeformten Köpfe wie Kamele senkend, nur durch die Kraft der Wendungen ihres Rumpfes aus dem Türloch, das sie restlos ausfüllten. Aber gleich standen sie aufrecht, hochbeinig, mit dicht ausdampfendem Körper. »Hilf ihm«, sagte ich, und das willige Mädchen eilte, dem Knecht das Geschirr des Wagens zu reichen. Doch kaum war es bei ihm, umfaßt es der Knecht und schlägt sein Gesicht an ihres. Es schreit auf und flüchtet sich zu mir; rot eingedrückt sind zwei Zahnreihen in des Mädchens Wange. »Du Vieh«, schreie ich wütend, »willst du die Peitsche?«, besinne mich aber gleich, daß es ein Fremder ist; daß ich nicht weiß, woher er kommt, und daß er mir freiwillig aushilft, wo alle andern versagen. Als wisse er von meinen Gedanken, nimmt er meine Drohung nicht übel, sondern wendet sich nur einmal, immer mit den Pferden beschäftigt, nach mir um. »Steigt ein«, sagt er dann, und tatsächlich: alles ist bereit. Mit so schönem Gespann, das merke ich, bin ich noch nie gefahren und ich steige fröhlich ein. »Kutschieren werde aber ich, du kennst nicht den Weg«, sage ich. »Gewiß«, sagt er, »ich fahre gar nicht mit, ich bleibe bei Rosa.« »Nein«, schreit Rosa und läuft im richtigen Vorgefühl der Unabwendbarkeit ihres Schicksals ins Haus; ich höre die Türkette klirren, die sie vorlegt; ich höre das Schloß einspringen; ich sehe, wie sie überdies im Flur und weiterjagend durch die Zimmer alle Lichter verlöscht, um sich unauffindbar zu machen. »Du fährst mit«, sage ich zu dem Knecht, »oder ich verzichte auf die Fahrt, so dringend sie auch ist. Es fällt mir nicht ein, dir für die Fahrt das Mädchen als Kaufpreis hinzugeben.« »Munter!« sagt er; klatscht in die Hände; der Wagen wird fortgerissen, wie Holz in die Strömung; noch höre ich, wie die Tür meines Hauses unter dem Ansturm des Knechtes birst und splittert, dann sind mir

Augen und Ohren von einem zu allen Sinnen gleichmäßig dringenden Sausen erfüllt. Aber auch das nur einen Augenblick, denn, als öffne sich unmittelbar vor meinem Hoftor der Hof meines Kranken, bin ich schon dort; ruhig stehen die Pferde; der Schneefall hat aufgehört; Mondlicht ringsum; die Eltern des Kranken eilen aus dem Haus; seine Schwester hinter ihnen; man hebt mich fast aus dem Wagen; den verwirrten Reden entnehme ich nichts; im Krankenzimmer ist die Luft kaum atembar; der vernachlässigte Herdofen raucht; ich werde das Fenster aufstoßen; zuerst aber will ich den Kranken sehen. Mager, ohne Fieber, nicht kalt, nicht warm, mit leeren Augen, ohne Hemd hebt sich der Junge unter dem Federbett, hängt sich an meinen Hals, flüstert mir ins Ohr: »Doktor, laß mich sterben.« Ich sehe mich um; niemand hat es gehört; die Eltern stehen stumm vorgebeugt und erwarten mein Urteil; die Schwester hat einen Stuhl für meine Handtasche gebracht. Ich öffne die Tasche und suche unter meinen Instrumenten; der Junge tastet immerfort aus dem Bett nach mir hin, um mich an seine Bitte zu erinnern; ich fasse eine Pinzette, prüfe sie im Kerzenlicht und lege sie wieder hin. »Ja«, denke ich lästernd, »in solchen Fällen helfen die Götter, schicken das fehlende Pferd, fügen der Eile wegen noch ein zweites hinzu, spenden zum Übermaß noch den Pferdeknecht –« Jetzt erst fällt mir wieder Rosa ein; was tue ich, wie rette ich sie, wie ziehe ich sie unter diesem Pferdeknecht hervor, zehn Meilen von ihr entfernt, unbeherrschbare Pferde vor meinem Wagen? Diese Pferde, die jetzt die Riemen irgendwie gelockert haben; die Fenster, ich weiß nicht wie, von außen aufstoßen; jedes durch ein Fenster den Kopf stecken und, unbeirrt durch den Aufschrei der Familie, den Kranken betrachten. »Ich fahre gleich wieder zurück«, denke ich, als forderten mich die Pferde zur Reise auf, aber ich dulde es, daß die Schwester, die mich durch die Hitze betäubt glaubt, den Pelz mir abnimmt. Ein Glas Rum wird mir bereitgestellt, der Alte klopft mir auf die Schulter, die Hingabe seines Schatzes rechtfertigt diese Vertraulichkeit. Ich schüttle den Kopf; in dem engen Denkkreis des Alten würde mir übel; nur aus diesem Grunde lehne ich es ab zu trinken. Die Mutter steht am Bett und lockt mich hin; ich folge und lege, während ein Pferd laut zur Zimmerdecke wiehert, den Kopf an die Brust des Jungen, der unter meinem nassen Bart erschauert. Es bestätigt sich, was ich weiß: der Junge ist gesund, ein wenig schlecht durchblutet, von der sorgenden Mutter mit Kaffee durchtränkt, aber gesund und am besten mit einem Stoß aus dem Bett zu treiben. Ich bin kein Weltverbesserer und lasse ihn liegen. Ich bin vom Bezirk angestellt und tue meine Pflicht bis zum Rand, bis dorthin, wo es fast zu viel wird. Schlecht bezahlt, bin ich doch freigebig und hilfsbereit gegenüber den Armen. Noch für Rosa muß ich sorgen, dann mag der Junge recht haben und auch ich will sterben. Was tue ich hier in diesem endlosen Winter! Mein Pferd ist verendet, und da ist niemand im Dorf, der mir seines leiht. Aus dem Schweinestall muß ich mein Gespann ziehen; wären es nicht zufällig Pferde, müßte ich mit Säuen fahren. So ist es. Und ich nicke der Familie zu. Sie wissen nichts davon, und wenn sie es wüßten, würden sie es nicht glauben. Rezepte schreiben ist leicht, aber im übrigen sich mit den Leuten verständigen, ist schwer. Nun, hier wäre also mein Besuch zu Ende, man hat mich wieder einmal unnötig bemüht, daran bin ich gewöhnt, mit Hilfe meiner Nachtglocke martert mich der ganze Bezirk, aber daß ich diesmal auch noch Rosa hingeben mußte, dieses schöne Mädchen, das jahrelang, von mir kaum beachtet, in meinem Hause lebte – dieses Opfer ist zu groß, und ich muß es mir mit Spitzfindigkeiten aushilfsweise in meinem Kopf irgendwie zurechtlegen, um nicht auf diese Familie loszufahren, die mir ja beim besten Willen Rosa nicht zurückgeben kann. Als ich aber meine Handtasche schließe und nach meinem Pelz winke, die Familie beisammensteht, der Vater schnuppernd über dem Rumglas in seiner Hand, die Mutter, von mir wahrscheinlich enttäuscht – ja, was erwartet denn das Volk? – tränenvoll in die Lippen beißend und die Schwester ein schwer blutiges Handtuch schwenkend, bin ich irgendwie bereit, unter Umständen zuzugeben, daß der Junge doch vielleicht krank ist. Ich gehe zu ihm, er lächelt mir entgegen, als brächte ich ihm etwa die allerstärkste Suppe – ach, jetzt wiehern beide Pferde; der Lärm soll wohl, höhern Orts angeordnet, die Untersuchung erleichtern – und nun finde ich: ja, der Junge ist krank. In seiner rechten Seite, in der Hüftengegend hat sich eine handtellergroße Wunde aufgetan. Rosa, in vielen Schattierungen, dunkel in der Tiefe, hellwerdend zu den Rändern, zartkörnig, mit ungleichmäßig sich aufsammelndem Blut, offen wie ein Bergwerk obertags. So aus der Entfernung. In der Nähe zeigt sich noch eine Erschwerung. Wer kann das ansehen ohne leise zu pfeifen? Würmer, an Stärke und Länge meinem kleinen Finger gleich, rosig aus eigenem und außerdem blutbespritzt, winden sich, im Innern der Wunde festgehalten, mit weißen Köpfchen, mit vielen Beinchen ans Licht. Armer Junge, dir ist nicht zu helfen. Ich habe deine große Wunde aufgefunden; an dieser Blume in deiner Seite gehst du zugrunde. Die Familie ist glücklich, sie sieht mich in Tätigkeit; die Schwester sagt's der Mutter, die Mutter dem Vater, der Vater einigen Gästen, die auf den Fußspitzen, mit ausgestreckten Armen balancierend, durch den Mondschein der offenen Tür hereinkommen. »Wirst du mich retten?« flüstert schluchzend der Junge, ganz geblendet durch das Leben in seiner Wunde. So sind die Leute in meiner Gegend. Immer das Unmögliche vom Arzt verlangen. Den alten Glauben haben sie verloren; der Pfarrer sitzt zu Hause und zerzupft die Meßgewänder, eines nach dem andern; aber der Arzt soll alles leisten mit seiner zarten chirurgischen Hand. Nun, wie es beliebt: ich habe mich nicht angeboten; verbraucht ihr mich zu heiligen Zwecken, lasse ich auch das mit mir geschehen; was will ich Besseres, alter Landarzt, meines Dienstmädchens beraubt! Und sie kommen, die Familie und die Dorfältesten, und entkleiden mich; ein Schulchor mit dem Lehrer an der Spitze steht vor dem Haus und singt eine äußerst einfache Melodie auf den Text:

»Entkleidet ihn, dann wird er heilen,
Und heilt er nicht, so tötet ihn!
'Sist nur ein Arzt, 'sist nur ein Arzt.«

Dann bin ich entkleidet und sehe, die Finger im Barte, mit geneigtem Kopf die Leute ruhig an. Ich bin durchaus gefaßt und allen überlegen und bleibe es auch, trotzdem es mir nichts hilft, denn jetzt nehmen sie mich beim Kopf und bei den Füßen und tragen mich ins Bett. Zur Mauer, an die Seite der Wunde legen sie mich. Dann gehen alle aus der Stube; die Tür wird zugemacht; der Gesang verstummt; Wolken treten vor den Mond; warm liegt das Bettzeug um mich; schattenhaft schwanken die Pferdeköpfe in den Fensterlöchern. »Weißt du«, höre ich, mir ins Ohr gesagt, »mein Vertrauen zu dir ist sehr gering. Du bist ja auch nur irgendwo abgeschüttelt, kommst nicht auf eigenen Füßen. Statt zu helfen, engst du mir mein Sterbebett ein. Am liebsten kratzte ich dir die Augen aus.« »Richtig«, sage ich, »es ist eine Schmach. Nun bin ich aber Arzt. Was soll ich tun? Glaube mir, es wird auch mir nicht leicht.« »Mit dieser Entschuldigung soll ich mich begnügen? Ach, ich muß wohl. Immer muß ich mich begnügen. Mit einer schönen Wunde kam ich auf die Welt; das war meine ganze Ausstattung.« »Junger Freund«, sage ich, »dein Fehler ist: du hast keinen Überblick. Ich, der ich schon in allen Krankenstuben, weit und breit, gewesen bin, sage dir: deine Wunde ist so übel nicht. Im spitzen Winkel mit zwei Hieben der Hacke geschaffen. Viele bieten ihre Seite an und hören kaum die Hacke im Forst, geschweige denn, daß sie ihnen näher kommt.« »Ist es wirklich so oder täuschest du mich im Fieber?« »Es ist wirklich so, nimm das Ehrenwort eines Amtsarztes mit hinüber.« Und er nahm's und wurde still. Aber jetzt war es Zeit, an meine Rettung zu denken. Noch standen treu die Pferde an ihren Plätzen. Kleider, Pelz und Tasche waren schnell zusammengerafft; mit dem Ankleiden wollte ich mich nicht aufhalten; beeilten sich die Pferde wie auf der Herfahrt, sprang ich ja gewissermaßen aus diesem Bett in meines. Gehorsam zog sich ein Pferd vom Fenster zurück; ich warf den Ballen in den Wagen; der Pelz flog zu weit, nur mit einem Ärmel hielt er sich an einem Haken fest. Gut genug. Ich schwang mich aufs Pferd. Die Riemen lose schleifend, ein Pferd kaum mit dem andern verbunden, der Wagen irrend hinterher, der Pelz als letzter im Schnee. »Munter!« sagte ich, aber munter ging's nicht; langsam wie alte Männer zogen wir durch die Schneewüste; lange klang hinter uns der neue, aber irrtümliche Gesang der Kinder:

»Freuet Euch, Ihr Patienten,
Der Arzt ist Euch ins Bett gelegt!«

Niemals komme ich so nach Hause; meine blühende Praxis ist verloren; ein Nachfolger bestiehlt mich, aber ohne Nutzen, denn er kann mich nicht ersetzen; in meinem Hause wütet der ekle Pferdeknecht; Rosa ist sein Opfer; ich will es nicht ausdenken. Nackt, dem Froste dieses unglückseligsten Zeitalters ausgesetzt, mit irdischem Wagen, unirdischen

Pferden, treibe ich mich alter Mann umher. Mein Pelz hängt hinten am Wagen, ich kann ihn aber nicht erreichen, und keiner aus dem beweglichen Gesindel der Patienten rührt den Finger. Betrogen! Betrogen! Einmal dem Fehlläuten der Nachtglocke gefolgt – es ist niemals gutzumachen.

Ein Brudermord

Es ist erwiesen, daß der Mord auf folgende Weise erfolgte:

Schmar, der Mörder, stellte sich gegen neun Uhr abends in der mondklaren Nacht an jener Straßenecke auf, wo Wese, das Opfer, aus der Gasse, in welcher sein Bureau lag, in jene Gasse einbiegen mußte, in der er wohnte.

Kalte, jeden durchschauernde Nachtluft. Aber Schmar hatte nur ein dünnes blaues Kleid angezogen; das Röckchen war überdies aufgeknöpft. Er fühlte keine Kälte; auch war er immerfort in Bewegung. Seine Mordwaffe, halb Bajonett, halb Küchenmesser, hielt er ganz bloßgelegt immer fest im Griff. Betrachtete das Messer gegen das Mondlicht; die Schneide blitzte auf; nicht genug für Schmar; er hieb mit ihr gegen die Backsteine des Pflasters, daß es Funken gab; bereute es vielleicht; und um den Schaden gut zu machen, strich er mit ihr violinbogenartig über seine Stiefelsohle, während er, auf einem Bein stehend, vorgebeugt, gleichzeitig dem Klang des Messers an seinem Stiefel, gleichzeitig in die schicksalsvolle Seitengasse lauschte.

Warum duldete das alles der Private Pallas, der in der Nähe aus seinem Fenster im zweiten Stockwerk alles beobachtete? Ergründe die Menschennatur! Mit hochgeschlagenem Kragen, den Schlafrock um den weiten Leib gegürtet, kopfschüttelnd, blickte er hinab.

Und fünf Häuser weiter, ihm schräg gegenüber, sah Frau Wese, den Fuchspelz über ihrem Nachthemd, nach ihrem Manne aus, der heute ungewöhnlich lange zögerte.

Endlich ertönt die Türglocke vor Weses Bureau, zu laut für

eine Türglocke, über die Stadt hin, zum Himmel auf, und Wese, der fleißige Nachtarbeiter, tritt dort, in dieser Gasse noch unsichtbar, nur durch das Glockenzeichen angekündigt, aus dem Haus; gleich zählt das Pflaster seine ruhigen Schritte.

Pallas beugt sich weit hervor; er darf nichts versäumen. Frau Wese schließt, beruhigt durch die Glocke, klirrend ihr Fenster. Schmar aber kniet nieder; da er augenblicklich keine anderen Blößen hat, drückt er nur Gesicht und Hände gegen die Steine; wo alles friert, glüht Schmar.

Gerade an der Grenze, welche die Gassen scheidet, bleibt Wese stehen, nur mit dem Stock stützt er sich in die jenseitige Gasse. Eine Laune. Der Nachthimmel hat ihn angelockt, das Dunkelblaue und das Goldene. Unwissend blickt er es an, unwissend streicht er das Haar unter dem gelüpften Hut; nichts rückt dort oben zusammen, um ihm die allernächste Zukunft anzuzeigen; alles bleibt an seinem unsinnigen, unerforschlichen Platz. An und für sich sehr vernünftig, daß Wese weitergeht, aber er geht ins Messer des Schmar.

»Wese!« schreit Schmar, auf den Fußspitzen stehend, den Arm aufgereckt, das Messer scharf gesenkt, »Wese! Vergebens wartet Julia!« Und rechts in den Hals und links in den Hals und drittens tief in den Bauch sticht Schmar. Wasserratten, aufgeschlitzt, geben einen ähnlichen Laut von sich wie Wese.

»Getan«, sagt Schmar und wirft das Messer, den überflüssigen blutigen Ballast, gegen die nächste Hausfront. »Seligkeit des Mordes! Erleichterung, Beflügelung durch das Fließen des fremden Blutes! Wese, alter Nachtschatten, Freund, Bierbankgenosse, versickerst im dunklen Straßengrund. Warum bist du nicht einfach eine mit Blut gefüllte Blase, daß ich mich auf dich setzte und du verschwändest ganz und gar. Nicht alles wird erfüllt, nicht alle Blütenträume reiften, dein schwerer Rest liegt hier, schon unzugänglich jedem Tritt. Was soll die stumme Frage, die du damit stellst?«

Pallas, alles Gift durcheinander würgend in seinem Leib, steht in seiner zweiflügelig aufspringenden Haustür. »Schmar! Schmar! Alles bemerkt, nichts übersehen.« Pallas und Schmar prüfen einander. Pallas befriedigt's, Schmar kommt zu keinem Ende.

Frau Wese mit einer Volksmenge zu ihren beiden Seiten eilt mit vor Schrecken ganz gealtertem Gesicht herbei. Der Pelz öffnet sich, sie stürzt über Wese, der nachthemdbekleidete Körper gehört ihm, der über dem Ehepaar sich wie der Rasen eines Grabes schließende Pelz gehört der Menge.

Schmar, mit Mühe die letzte Übelkeit verbeißend, den Mund an die Schulter des Schutzmannes gedrückt, der leichtfüßig ihn davonführt.

Die Brücke

Ich war steif und kalt, ich war eine Brücke, über einem Abgrund lag ich, diesseits waren die Fußspitzen, jenseits die Hände eingebohrt, in bröckelndem Lehm hatte ich mich festgebissen. Die Schöße meines Rockes wehten zu meinen Seiten. In der Tiefe lärmte der eisige Forellenbach. Kein Tourist verirrte sich zu dieser unwegsamen Höhe, die Brücke war in den Karten noch nicht eingezeichnet. So lag ich und wartete; ich mußte warten; ohne abzustürzen kann keine einmal errichtete Brücke aufhören Brücke zu sein. Einmal gegen Abend, war es der erste war es der tausendste, ich weiß nicht, meine Gedanken giengen immer in einem Wirrwarr, und immer immer in der Runde – gegen Abend im Sommer, dunkler rauschte der Bach, hörte ich einen Mannesschritt. Zu mir, zu mir. Strecke Dich Brücke, setze Dich in Stand, geländerloser Balken, halte den Dir Anvertrauten, die Unsicherheiten seines Schrittes gleiche unmerklich aus, schwankt er aber, dann gib Dich zu erkennen und wie ein Berggott schleudere ihn ans Land. Er kam, mit der Eisenspitze seines Stockes beklopfte er mich, dann hob er mit ihr meine Rockschöße und ordnete sie auf mir, in mein buschiges Haar fuhr er mit der Spitze und ließ sie, wahrscheinlich weit umherblickend, lange drin liegen. Dann aber – gerade träumte ich ihm nach über Berg und Tal – sprang er mit beiden Füßen mir mitten auf den Leib. Ich erschauerte in wildem Schmerz, gänzlich unwissend. Wer war es? Ein Kind? Ein Turner? Ein Waghalsiger? Ein Selbstmörder? Ein Versucher? Ein Vernichter? Und ich drehte mich um, ihn zu sehn. Brücke dreht sich um! Ich war noch nicht umgedreht, da stürzte ich schon, ich stürzte und schon war ich zerrissen und aufgespießt von den zugespitzten Kieseln, die mich so friedlich immer angestarrt hatten aus dem rasenden Wasser.

T 6.4.17 S 627

Texte zum Jäger Gracchus-Thema

Zwei Knaben saßen auf der Quaimauer und spielten Würfel. Ein Mann las eine Zeitung auf den Stufen eines Denkmals im Schatten des säbelschwingenden Helden. Ein Mädchen am Brunnen füllte Wasser in ihre Bütte. Ein Obstverkäufer lag neben seiner Ware und blickte auf den See hinaus. In der Tiefe einer Kneipe sah man durch die leeren Tür- und Fensterlöcher zwei Männer beim Wein. Der Wirt saß vorn auf einem Tisch und schlummerte. Eine Barke schwebte leise als werde sie über dem Wasser getragen in den kleinen Hafen. Ein Mann in blauem Kittel stieg ans Land und zog die Seile durch die Ringe. Zwei andere Männer in dunklen Röcken mit Silberknöpfen trugen hinter dem Bootsmann eine Bahre auf der unter einem großen blumengemusterten gefransten Seidentuch offenbar ein Mensch lag. Auf dem Quai kümmerte sich niemand um die Ankömmlinge, selbst als sie die Bahre niederstellten um auf den Bootsführer zu warten, der noch an den Seilen arbeitete, trat niemand heran, niemand richtete eine Frage an sie, niemand sah sie genauer an. Der Führer wurde noch ein wenig aufgehalten durch eine Frau, die ein Kind an der Brust mit aufgelösten Haaren sich jetzt auf Deck zeigte. Dann kam er, wies auf ein gelbliches zweistöckiges Haus, das sich links nahe beim Wasser geradlinig erhob, die Träger nahmen die Last auf und trugen sie durch das niedrige aber von schlanken Säulen gebildete Tor. Ein kleiner Junge öffnete ein Fenster, bemerkte noch gerade wie der Trupp im Haus verschwand und schloß das Fenster wieder eilig. Auch das Tor wurde nun geschlossen, es war aus schwerem Eichenholz sorgfältig gefügt. Ein Taubenschwarm der bisher den

Glockenturm umflogen hatte, ließ sich jetzt auf dem Platz vor vor dem Hause nieder. Als werde im Hause ihre Nahrung aufbewahrt, sammelten sich die Tauben vor dem Tor. Eine flog bis zum ersten Stock auf und pickte an die Fensterscheibe. Es waren hellfarbige, wohlgepflegte lebhafte Tiere. In großem Schwung warf ihnen die Frau aus der Barke Körner hin, sie sammelten sie auf und flogen dann zur Frau hinüber. Ein alter Mann in Cylinderhut mit Trauerband kam eine der schmalen stark abfallenden Gäßchen, die zum Hafen führten herab. Er blickte aufmerksam umher, alles bekümmerte ihn, der Anblick von Unrat in einem Winkel ließ ihn das Gesicht verzerren, auf den Stufen des Denkmals lagen Obstschalen, er schob sie im Vorübergehn mit seinem Stock hinunter. An der Säulentür klopfte er an, gleichzeitig nahm er den Cylinderhut in seine schwarz behandschuhte Rechte. Gleich wurde geöffnet, wohl fünfzig kleine Knaben bildeten ein Spalier im langen Flurgang und verbeugten sich. Der Bootsführer kam die Treppe herab, begrüßte den Herrn, führte ihn hinauf, im ersten Stockwerk umgieng er mit ihm den von leicht gebauten Loggien umgebenen Hof und beide traten, während die Knaben in respektvoller Entfernung nachdrängten in einen kühlen großen Raum an der Hinterseite des Hauses, dem gegenüber kein Haus mehr, sondern nur eine kahle grauschwarze Felsenwand zu sehen war. Die Träger waren damit beschäftigt zu Häupten der Bahre einige lange Kerzen aufzustellen und anzuzünden; aber Licht entstand dadurch nicht, es wurden förmlich nur die früher ruhenden Schatten aufgescheucht und flackerten über die Wände. Von der Bahre war das Tuch zurückgeschlagen. Es lag dort ein Mann mit wild durcheinandergewachsenem Haar und Bart, gebräunter Haut, etwa einem Jäger gleichend. Er lag bewegungslos, scheinbar atemlos, mit geschlossenen Augen da, trotzdem deutete nur die Umgebung an, daß es vielleicht ein Toter war.

Der Herr trat zur Bahre, legte eine Hand dem Daliegenden auf die Stirn, kniete dann nieder und betete. Der Bootsführer winkte den Trägern, das Zimmer zu verlassen, sie giengen hinaus, vertrieben die Knaben, die sich draußen angesammelt hatten und schlossen die Tür. Dem Herrn schien aber auch diese Stille noch nicht zu genügen, er sah den Bootsführer an, dieser verstand und gieng durch eine Seitentür ins Nebenzimmer. Sofort schlug der Mann auf der Bahre die Augen auf, wandte schmerzlich lächelnd das Gesicht dem Herrn zu und sagte: »Wer bist Du?« Der Herr erhob sich ohne sichtbares Staunen aus seiner knieenden Stellung und antwortete: »Der Bürgermeister von Riva.« Der Mann auf der Bahre nickte, zeigte mit schwach ausgestrecktem Arm auf einen Sessel und sagte, nachdem der Bürgermeister seiner Einladung gefolgt war: »Ich wußte es ja Herr Bürgermeister, aber im ersten Augenblick habe ich immer alles vergessen, alles geht mir in der Runde und es ist besser ich frage, auch wenn ich alles weiß. Auch Sie wissen wahrscheinlich, daß ich der Jäger Gracchus bin.« »Gewiß«, sagte der Bürgermeister, »Sie wurden mir heute in der Nacht angekündigt. Wir schliefen längst. Da rief gegen Mitternacht meine Frau: ›Salvatore‹ – so heiße ich – ›sieh die Taube im Fenster.‹ Es war wirklich eine Taube, aber groß wie ein Hahn. Sie flog zu meinem Ohr und sagte: ›Morgen kommt der tote Jäger Gracchus, empfange ihn im Namen der Stadt.‹« Der Jäger nickte und zog die Zungenspitze zwischen den Lippen durch: »Ja die Tauben fliegen vor mir her. Glauben Sie aber Herr Bürgermeister daß ich in Riva bleiben soll?« »Das kann ich noch nicht sagen«, antwortete der Bürgermeister. »Sind Sie tot?« »Ja«, sagte der Jäger, »wie Sie sehn. Vor vielen Jahren, es müssen aber schon ungemein viel Jahre sein, stürzte ich im Schwarzwald, das ist in Deutschland, von einem Felsen, als ich eine Gemse verfolgte. Seitdem bin ich tot.« »Aber Sie leben doch auch?« sagte der Bürgermeister. »Gewissermaßen«, sagte der Jäger, »gewissermaßen lebe ich auch. Mein Todeskahn verfehlte die Fahrt, eine falsche Drehung des Steuers, ein Augenblick der Unaufmerksamkeit des Führers, eine Ablenkung durch meine wunderschöne Heimat, ich weiß nicht was es war, nur das weiß ich, daß ich auf der Erde blieb und daß mein Kahn seither die irdischen Gewässer befährt. So reise ich, der nur in seinen Bergen leben wollte, nach meinem Tode durch alle Länder der Erde.« »Und Sie haben keinen Teil am Jenseits?« fragte der Bürgermeister mit gerunzelter Stirne. »Ich bin«, antwortete der Jäger, »immer auf der großen Treppe die hinaufführt. Auf dieser unendlich weiten Freitreppe treibe ich mich herum, bald oben bald unten, bald rechts bald links, immer in Bewegung. Nehme ich aber den größten Aufschwung und leuchtet mir schon oben das Tor, erwache ich auf meinem alten in irgendeinem irdischen Gewässer öde steckenden Kahn. Der Grundfehler meines einstmaligen Sterbens umgrinst mich in meiner Kajüte, Julia die Frau des Bootsführers klopft und bringt mir zu meiner Bahre das Morgengetränk des Landes, dessen Küste wir gerade befahren.« »Ein schlimmes Schicksal«, sagte der Bürgermeister mit abwehrend erhobener Hand. »Und Sie tragen gar keine Schuld daran?« »Keine«, sagte der Jäger, »ich war Jäger, ist das etwa eine Schuld? Aufgestellt war ich als Jäger im Schwarzwald, wo es damals noch Wölfe gab Ich lauerte auf, schoß, traf, zog das Fell ab, ist das eine Schuld? Meine Arbeit wurde gesegnet. Der große Jäger vom Schwarzwald hieß ich. Ist das eine Schuld?« »Ich bin nicht berufen, das zu entscheiden«, sagte der Bürgermeister, »doch scheint auch mir keine Schuld darin zu liegen. Aber wer trägt dann die Schuld?« »Der Bootsmann«, sagte der Jäger

»Und nun gedenken Sie bei uns in Riva zu bleiben?« fragte der Bürgermeister. »Ich gedenke nicht«, sagte der Jäger lächelnd und legte um den Spott gutzumachen die Hand auf das Knie des Bürgermeisters. »Ich bin hier, mehr weiß ich nicht, mehr kann ich nicht tun. Mein Kahn ist ohne Steuer, er fährt mit dem Wind der in den untersten Regionen des Todes bläst.«

Ich bin der Jäger Gracchus, meine Heimat ist der Schwarzwald in Deutschland.

Niemand wird lesen, was ich hier schreibe; niemand wird kommen, mir zu helfen; wäre als Aufgabe gesetzt mir zu helfen, so blieben alle Türen aller Häuser geschlossen, alle Fenster geschlossen, alle lägen in den Betten, die Decken über den Kopf geschlagen, eine nächtliche Herberge die ganze Erde. Das hat guten Sinn, denn niemand weiß von mir, und wüßte er von mir so wüßte er meinen Aufenthalt nicht und wüßte er meinen Aufenthalt, so wüßte er mich dort nicht festzuhalten und wüßte er mich dort festzuhalten so wüßte er nicht wie mir helfen. Der Gedanke mir helfen zu wollen ist eine Krankheit und muß im Bett geheilt werden.

Das weiß ich und schreibe also nicht um Hilfe herbeizurufen, selbst wenn ich in Augenblicken, unbeherrscht wie ich bin, z. B. gerade jetzt sehr stark daran denke. Aber es genügt wohl zum Austreiben solcher Gedanken, wenn ich umherblicke und mir vergegenwärtige, wo ich bin und – das darf ich wohl behaupten – seit Jahrhunderten wohne. Ich liege während ich dieses schreibe auf einer Holzpritsche, habe – es ist kein Vergnügen mich zu betrachten – ein schmutziges Totenhemd an, Haar und Bart, grau und schwarz geht unentwirrbar durcheinander, meine Beine sind mit einem großen seidenen blumengemusterten langgefransten Frauentuch bedeckt. Zu meinen Häupten steht eine Kirchenkerze und leuchtet mir. Auf der Wand mir gegenüber ist ein kleines Bild, ein Buschmann offenbar, der mit einem Speer nach mir zielt und hinter einem großartig bemalten Schild sich möglichst deckt. Man begegnet auf Schiffen manchen dummen Darstellungen, diese ist aber eine der dümmsten. Sonst ist mein Holzkäfig ganz leer. Durch eine Luke der Seitenwand kommt die warme Luft der südlichen Nacht und ich höre das Wasser an die alte Barke schlagen.

Hier liege ich seit damals, als ich, noch lebender Jäger Gracchus, zuhause im Schwarzwald eine Gemse verfolgte und abstürzte. Alles ging der Ordnung nach. Ich verfolgte, stürzte ab, verblutete in einer Schlucht, war tot und diese Barke sollte mich ins Jenseits tragen. Ich erinnere mich noch wie fröhlich ich mich hier auf der Pritsche ausstreckte zum erstenmal, niemals hatten die Berge solchen Gesang von mir gehört, wie diese vier damals noch dämmerigen Wände. Ich hatte gern gelebt und war gern gestorben, glücklich warf ich, ehe ich den Bord betrat, das Lumpenpack der Büchse, der Tasche, des Jagdrocks von mir hinunter, das ich immer stolz getragen hatte und in das Totenhemd schlüpfte ich wie ein Mädchen ins Hochzeitskleid. Hier lag ich und wartete.

Dann geschah

»Wie ist es, Jäger Gracchus, Du fährst schon seit Jahrhunderten in diesem alten Kahn?«

»Schon fünfzehnhundert Jahre.«

»Und immer in diesem Schiff?«

»Immer in dieser Barke. Barke ist nämlich die richtige Bezeichnung. Du kennst Dich im Schiffswesen nicht aus?«

»Nein, erst seit heute kümmere ich mich darum, seitdem ich von Dir weiß, seitdem ich Dein Schiff betreten habe.«

»Keine Entschuldigung. Ich bin ja auch aus dem Binnenland. War kein Seefahrer, wollte es nicht werden, Berg und Wald waren meine Freude und jetzt – ältester Seefahrer, Jäger Gracchus Schutzgeist der Matrosen, Jäger Gracchus angebetet mit gerungenen Händen vom Schiffsjungen, der sich im Mastkorb ängstigt in der Sturmnacht. Lache nicht.«

»Lachen sollte ich? Nein wahrhaftig nicht. Mit Herzklopfen stand ich vor der Tür Deiner Kajüte, mit Herzklopfen bin ich eingetreten. Dein freundliches Wesen beruhigt mich ein wenig, aber niemals werde ich vergessen, wessen Gast ich bin.«

»Gewiß, Du hast recht. Wie es auch sein mag, Jäger Gracchus bin ich. Willst Du nicht von dem Wein trinken, die Marke kenne ich nicht, aber er ist süß und schwer, der Patron versorgt mich gut.«

»Jetzt, bitte, nicht, ich bin zu unruhig. Vielleicht später wenn Du mich solange hier duldest. Wer ist der Patron?«

»Der Besitzer der Barke. Diese Patrone nämlich sind ausgezeichnete Menschen. Ich verstehe sie nur nicht. Ich meine nicht ihre Sprache, wiewohl ich natürlich auch ihre Sprache oft nicht verstehe. Aber dies nur nebenbei. Sprachen habe ich im Laufe der Jahrhunderte genug gelernt und könnte Dolmetscher sein zwischen den Vorfahren und den Heutigen. Aber den Gedankengang der Patrone verstehe ich nicht. Vielleicht kannst Du es mir erklären.«

»Viel Hoffnung habe ich nicht. Wie sollte ich Dir etwas erklären können, da ich doch Dir gegenüber kaum ein lallendes Kind bin.«

»Nicht so, ein für allemal nicht. Du wirst mir einen Gefallen tun, wenn Du etwas männlicher, etwas selbstbewußter auftrittst. Was fange ich an mit einem Schatten als Gast. Ich blase ihn aus der Luke auf den See hinaus. Ich brauche verschiedene Erklärungen. Du der Du Dich draußen herumtreibst kannst sie mir geben. Schlotterst Du aber hier an meinem Tisch und vergißt durch Selbsttäuschung das Wenige, was Du weißt, dann kannst Du Dich gleich packen. Wie ich's meine, so sag ichs.«

»Es ist etwas Richtiges darin. Tatsächlich bin ich Dir in manchem über. Ich werde mich also zu bezwingen suchen. Frage.«

»Besser, viel besser, Du übertreibst in dieser Richtung und bildest Dir irgendwelche Überlegenheiten ein. Du mußt mich nur richtig verstehn. Ich bin Mensch wie Du aber um die paar Jahrhunderte ungeduldiger, um die ich älter bin. Also von den Patronen wollten wir sprechen. Gib acht. Und trinke Wein damit Du Dir den Verstand schärfst. Ohne Scheu. Kräftig. Es ist noch eine ganze Schiffsladung da.«

»Gracchus das ist ein excellenter Wein. Der Patron soll leben.«

»Schade, daß er heute gestorben ist. Es war ein guter Mann und er ist friedlich hingegangen. Wohlgeratene erwachsene Kinder standen an seinem Sterbebett, am Fußende ist die Frau ohnmächtig hingefallen, sein letzter Gedanke aber galt mir. Ein guter Mann, ein Hamburger.«

»Du lieber Himmel, ein Hamburger, und Du weißt hier im Süden, daß er heute gestorben ist.«

»Wie? Ich sollte nicht wissen, wann mein Patron stirbt. Du bist doch recht einfältig.«

»Willst Du mich beleidigen?«

»Nein, gar nicht, ich tue es wider Willen. Aber Du sollst nicht soviel staunen und mehr Wein trinken. Mit den Patronen aber verhält es sich folgendermaßen: Die Barke hat doch ursprünglich keinem Menschen gehört.«

»Gracchus, eine Bitte. Sage mir zuerst kurz aber zusammenhängend, wie es eigentlich mit Dir steht. Um die Wahrheit zu gestehn: ich weiß es nämlich nicht. Für Dich sind es natürlich selbstverständliche Dinge, und Du setzt wie es Deine Art ist, ihre Kenntnis bei der ganzen Welt voraus. Nun hat man aber in dem kurzen Menschenleben – das Leben ist nämlich kurz, Gracchus, suche Dir das begreiflich zu machen – in diesem kurzen Leben hat man also alle Hände voll zu tun, um sich und seine Familie hochzubringen. So interessant nun der Jäger Gracchus ist – das ist Überzeugung nicht Kriecherei – man hat keine Zeit an ihn zu denken, sich nach ihm zu erkundigen oder sich gar Sorgen über ihn zu machen. Vielleicht auf dem Sterbebett, wie Dein Hamburger, das weiß ich nicht. Dort hat vielleicht der fleißige Mann zum erstenmal Zeit sich auszustrecken und durch die müßiggängerischen Gedanken streicht dann einmal der grüne Jäger Gracchus. Sonst aber, wie gesagt: ich wußte nichts von Dir, Geschäfte halber bin ich hier im Hafen, sah die Barke, das Laufbrett lag bereit, ich ging hinüber – aber nun wüßte ich gerne etwas im Zusammenhang über Dich.«

»Ach, im Zusammenhang. Die alten, alten Geschichten. Alle Bücher sind voll davon, in allen Schulen malen es die Lehrer an die Tafel, die Mutter träumt davon, während das Kind an der Brust trinkt – und Du Mann sitzt hier und fragst mich nach dem Zusammenhang. Du mußt eine auserlesen verluderte Jugend gehabt haben.«

»Möglich, wie das jeder Jugend eigentümlich ist. Dir aber wäre es glaube ich sehr nützlich, wenn Du Dich einmal in der Welt ein wenig umsehen würdest. So komisch es Dir scheinen mag, hier wundere ich mich fast selbst darüber, aber es ist doch so, Du bist <u>nicht</u> der Gegenstand des Stadtgespräches, von wie vielen Dingen man auch spricht, Du bist nicht darunter, die Welt geht ihren Gang, und Du machst Deine

Fahrt, aber niemals bis heute habe ich bemerkt, daß Ihr Euch gekreuzt hättet.«

»Das sind Deine Beobachtungen, mein Lieber, andere haben andere Beobachtungen gemacht. Es gibt hier nur zwei Möglichkeiten. Entweder verschweigst Du, was Du von mir weißt und hast irgendeine bestimmte Absicht dabei. Für diesen Fall sage ich Dir ganz frei: Du bist auf einem Abweg. Oder aber: Du glaubst Dich tatsächlich nicht an mich erinnern zu können, weil Du meine Geschichte mit einer andern verwechselst. Für diesen Fall sage ich Dir nur: Ich bin – Nein ich kann nicht, jeder weiß es und gerade ich soll es Dir erzählen! Es ist so lange her. Frage die Geschichtsschreiber! Sie sehen in ihrer Stube mit offenem Mund das längst Geschehene und beschreiben es unaufhörlich. Gehe zu ihnen und komm dann wieder. Es ist so lange her. Wie soll ich denn das in diesem übervollen Gehirn bewahren.«

»Warte, Gracchus, ich werde es Dir erleichtern, ich werde Dich fragen. Woher stammst Du?«

»Aus dem Schwarzwald wie allbekannt.«

»Natürlich, aus dem Schwarzwald. Und dort hast Du also im vierten Jahrhundert etwa gejagt.«

»Mensch, kennst Du den Schwarzwald?«

»Nein.«

»Du kennst wirklich gar nichts. Das kleine Kind des Steuermanns weiß mehr als Du, aber wahrhaftig, viel mehr. Wer nur hat Dich hereingetrieben. Es ist ein Verhängnis. Deine anfängliche Bescheidenheit war tatsächlich nur allzu gut begründet. Ein Nichts bist Du, das ich mit Wein anfülle. Nun kennst Du also nicht einmal den Schwarzwald. Bis zum fünfundzwanzigsten Jahr habe ich dort gejagt. Hätte mich nicht die Gemse verlockt – so, nun weißt Du es – hätte ich ein langes schönes Jägerleben gehabt, aber die Gemse lockte mich, ich stürzte ab und schlug mich auf Steinen tot. Frag nicht weiter. Hier bin ich, tot, tot, tot. Weiß nicht, warum ich hier bin. Wurde damals aufgeladen auf den Todeskahn, wie es sich gebürt, ein armseliger Toter, die drei, vier Hantierungen wurden mit mir gemacht, wie mit jedem, warum Ausnahmen machen mit dem Jäger Gracchus, alles war in Ordnung, ausgestreckt lag ich im Kahn,

Der Kübelreiter

Verbraucht alle Kohle; leer der Kübel; sinnlos die Schaufel; Kälte atmend der Ofen; das Zimmer vollgeblasen von Frost; vor dem Fenster Bäume starr im Reif; der Himmel, ein silberner Schild gegen den, der von ihm Hilfe will. Ich muß Kohle haben; ich darf doch nicht erfrieren; hinter mir der erbarmungslose Ofen, vor mir der Himmel ebenso; infolgedessen muß ich scharf zwischendurch reiten und in der Mitte beim Kohlenhändler Hilfe suchen. Gegen meine gewöhnlichen Bitten aber ist er schon abgestumpft; ich muß ihm ganz genau nachweisen, daß ich kein einziges Kohlenstäubchen mehr habe und daß er daher für mich geradezu die Sonne am Firmament bedeutet. Ich muß kommen, wie der Bettler, der röchelnd vor Hunger an der Türschwelle verenden will und dem deshalb die Herrschaftsköchin den Bodensatz des letzten Kaffees einzuflößen sich entscheidet; ebenso muß mir der Händler, wütend, aber unter dem Strahl des Gebotes »Du sollst nicht töten!« eine Schaufel voll in den Kübel schleudern.

Meine Auffahrt schon muß es entscheiden; ich reite deshalb auf dem Kübel hin. Als Kübelreiter, die Hand oben am Griff, dem einfachsten Zaumzeug, drehe ich mich beschwerlich die Treppe hinab; unten aber steigt mein Kübel auf, prächtig, prächtig; Kameele, niedrig am Boden hingelagert, steigen, sich schüttelnd unter dem Stock des Führers, nicht schöner auf. Durch die fest gefrorene Gasse geht es in ebenmäßigem Trab; oft werde ich bis zur Höhe der ersten Stockwerke gehoben; niemals sinke ich bis zur Haustüre hinab. Und außergewöhnlich hoch schwebe ich vor dem Kellergewölbe des Händlers, in dem er tief unten an seinem Tischchen kauert und schreibt; um die übergroße Hitze abzulassen, hat er die Tür geöffnet.

»Kohlenhändler!« rufe ich mit vor Kälte hohl gebrannter Stimme, in Rauchwolken des Atems gehüllt, »bitte Kohlenhändler, gib mir ein wenig Kohle. Mein Kübel ist schon so leer, daß ich auf ihm reiten kann. Sei so gut. Bis ich kann, bezahl ichs.«

Der Händler legt die Hand ans Ohr. »Hör ich recht?« fragt er über die Schulter weg seine Frau, die auf der Ofenbank strickt, »hör ich recht? Eine Kundschaft.«

»Ich höre gar nichts«, sagt die Frau, ruhig aus- und einatmend über den Stricknadeln, wohlig im Rücken gewärmt.

»O ja«, rufe ich, »ich bin es; eine alte Kundschaft; treu ergeben; nur augenblicklich mittellos.«

»Frau«, sagt der Händler, »es ist, es ist jemand; so sehr kann ich mich doch nicht täuschen; eine alte, eine sehr alte Kundschaft muß es sein, die mir so zum Herzen zu sprechen weiß.«

»Was hast du, Mann?« sagt die Frau und drückt, einen Augenblick ausruhend, die Handarbeit an die Brust, »niemand ist es; die Gasse ist leer; alle unsere Kundschaft ist versorgt; wir könnten für Tage das Geschäft sperren und ausruhn.«

»Aber ich sitze doch hier auf dem Kübel«, rufe ich und gefühllose Tränen der Kälte verschleiern mir die Augen, »bitte seht doch herauf; Ihr werdet mich gleich entdecken; um eine Schaufel voll bitte ich; und gebt Ihr zwei, macht Ihr mich überglücklich. Es ist doch schon alle übrige Kundschaft versorgt. Ach, hörte ich es doch schon in dem Kübel klappern!«

»Ich komme«, sagt der Händler und kurzbeinig will er die Kellertreppe emporsteigen, aber die Frau ist schon bei ihm, hält ihn beim Arm fest und sagt: »Du bleibst. Läßt du von deinem Eigensinn nicht ab, so gehe ich hinauf. Erinnere dich an deinen schweren Husten heute nachts. Aber für ein Geschäft und sei es auch ein eingebildetes, vergißt du Frau und Kind und opferst deine Lungen. Ich gehe.« »Dann nenn ihm aber alle Sorten, die wir auf Lager haben; die Preise rufe ich dir nach.« »Gut«, sagt die Frau und steigt zur Gasse auf. Natürlich sieht sie mich gleich.

»Frau Kohlenhändlerin«, rufe ich, »ergebenen Gruß; nur eine Schaufel Kohle; gleich hier in den Kübel; ich führe sie selbst nach Hause; eine Schaufel von der schlechtesten. Ich bezahle sie natürlich voll, aber nicht gleich, nicht gleich.« Was für ein Glockenklang sind die zwei Worte »nicht gleich« und wie sinnverwirrend mischen sie sich mit dem Abendläuten, das eben vom nahen Kirchturm zu hören ist.

»Was will er also haben?« ruft der Händler. »Nichts«, ruft die Frau zurück, »es ist ja nichts; ich sehe nichts, ich höre nichts; nur sechs Uhr läutet es und wir schließen. Ungeheuer ist die Kälte; morgen werden wir wahrscheinlich doch viel Arbeit haben.«

Sie sieht nichts und hört nichts; aber dennoch löst sie das Schürzenband und versucht mich mit der Schürze fortzuwehen. Leider gelingt es. Alle Vorzüge eines guten Reittieres hat mein Kübel; Widerstandskraft hat er nicht; zu leicht ist er; eine Frauenschürze jagt ihm die Beine vom Boden.

»Du Böse!« rufe ich noch zurück, während sie, zum Geschäft sich wendend, halb verächtlich, halb befriedigt mit der Hand in die Luft schlägt, »du Böse! Um eine Schaufel von der schlechtesten habe ich gebeten und du hast sie mir nicht gegeben.« Und damit steige ich in die Regionen der Eisgebirge und verliere mich auf Nimmerwiedersehn.

Schakale und Araber

Wir lagerten in der Oase. Die Gefährten schliefen. Ein Araber, hoch und weiß, kam an mir vorüber; er hatte die Kamele versorgt und ging zum Schlafplatz.

Ich warf mich rücklings ins Gras; ich wollte schlafen; ich konnte nicht; das Klagegeheul eines Schakals in der Ferne; ich saß wieder aufrecht. Und was so weit gewesen war, war plötzlich nah. Ein Gewimmel von Schakalen um mich her; in mattem Gold erglänzende, verlöschende Augen; schlanke Leiber, wie unter einer Peitsche gesetzmäßig und flink bewegt.

Einer kam von rückwärts, drängte sich, unter meinem Arm durch, eng an mich, als brauche er meine Wärme, trat dann vor mich und sprach, fast Aug in Aug mit mir:

»Ich bin der älteste Schakal, weit und breit. Ich bin glücklich, dich noch hier begrüßen zu können. Ich hatte schon die Hoffnung fast aufgegeben, denn wir warten unendlich lange auf dich; meine Mutter hat gewartet und ihre Mutter und weiter alle ihre Mütter bis hinauf zur Mutter aller Schakale. Glaube es!«

»Das wundert mich«, sagte ich und vergaß, den Holzstoß anzuzünden, der bereit lag, um mit seinem Rauch die Schakale abzuhalten, »das wundert mich sehr zu hören. Nur zufällig komme ich aus dem hohen Norden und bin auf einer kurzen Reise begriffen. Was wollt Ihr denn, Schakale?«

Und wie ermutigt durch diesen vielleicht allzu freundlichen Zuspruch zogen sie ihren Kreis enger um mich; alle atmeten kurz und fauchend.

»Wir wissen«, begann der Älteste, »daß du vom Norden

kommst, darauf eben baut sich unsere Hoffnung. Dort ist der Verstand, der hier unter den Arabern nicht zu finden ist. Aus diesem kalten Hochmut, weißt du, ist kein Funken Verstand zu schlagen. Sie töten Tiere, um sie zu fressen, und Aas mißachten sie.«

»Rede nicht so laut«, sagte ich, »es schlafen Araber in der Nähe.«

»Du bist wirklich ein Fremder«, sagte der Schakal, »sonst wüßtest du, daß noch niemals in der Weltgeschichte ein Schakal einen Araber gefürchtet hat. Fürchten sollten wir sie? Ist es nicht Unglück genug, daß wir unter solches Volk verstoßen sind?«

»Mag sein, mag sein«, sagte ich, »ich maße mir kein Urteil an in Dingen, die mir so fern liegen; es scheint ein sehr alter Streit; liegt also wohl im Blut; wird also vielleicht erst mit dem Blute enden.«

»Du bist sehr klug«, sagte der alte Schakal; und alle atmeten noch schneller; mit gehetzten Lungen, trotzdem sie doch stillestanden; ein bitterer, zeitweilig nur mit zusammengeklemmten Zähnen erträglicher Geruch entströmte den offenen Mäulern, »du bist sehr klug; das, was du sagst, entspricht unserer alten Lehre. Wir nehmen ihnen also ihr Blut und der Streit ist zu Ende.«

»Oh!« sagte ich wilder, als ich wollte, »sie werden sich wehren; sie werden mit ihren Flinten euch rudelweise niederschießen.«

»Du mißverstehst uns«, sagte er, »nach Menschenart, die sich also auch im hohen Norden nicht verliert. Wir werden sie doch nicht töten. Soviel Wasser hätte der Nil nicht, um uns rein zu waschen. Wir laufen doch schon vor dem bloßen Anblick ihres lebenden Leibes weg, in reinere Luft, in die Wüste, die deshalb unsere Heimat ist.«

Und alle Schakale ringsum, zu denen inzwischen noch

viele von fernher gekommen waren, senkten die Köpfe zwischen die Vorderbeine und putzten sie mit den Pfoten; es war, als wollten sie einen Widerwillen verbergen, der so schrecklich war, daß ich am liebsten mit einem hohen Sprung aus ihrem Kreis entflohen wäre.

»Was beabsichtigt Ihr also zu tun«, fragte ich und wollte aufstehn; aber ich konnte nicht; zwei junge Tiere hatten sich mir hinten in Rock und Hemd festgebissen; ich mußte sitzen bleiben. »Sie halten deine Schleppe«, sagte der alte Schakal erklärend und ernsthaft, »eine Ehrbezeugung.« »Sie sollen mich loslassen!« rief ich, bald zum Alten, bald zu den Jungen gewendet. »Sie werden es natürlich«, sagte der Alte, »wenn du es verlangst. Es dauert aber ein Weilchen, denn sie haben nach der Sitte tief sich eingebissen und müssen erst langsam die Gebisse voneinander lösen. Inzwischen höre unsere Bitte.« »Euer Verhalten hat mich dafür nicht sehr empfänglich gemacht«, sagte ich. »Laß uns unser Ungeschick nicht entgelten«, sagte er und nahm jetzt zum erstenmal den Klageton seiner natürlichen Stimme zu Hilfe, »wir sind arme Tiere, wir haben nur das Gebiß; für alles, was wir tun wollen, das Gute und das Schlechte, bleibt uns einzig das Gebiß.« »Was willst du also?« fragte ich, nur wenig besänftigt.

»Herr«, rief er, und alle Schakale heulten auf; in fernster Ferne schien es mir eine Melodie zu sein. »Herr, du sollst den Streit beenden, der die Welt entzweit. So wie du bist, haben unsere Alten den beschrieben, der es tun wird. Frieden müssen wir haben von den Arabern; atembare Luft; gereinigt von ihnen den Ausblick rund am Horizont; kein Klagegeschrei eines Hammels, den der Araber absticht; ruhig soll alles Getier krepieren; ungestört soll es von uns leergetrunken und bis auf die Knochen gereinigt werden. Reinheit, nichts als Reinheit wollen wir,« – und nun weinten, schluchzten alle – »wie erträgst nur du es in dieser Welt, du edles Herz und süßes Eingeweide? Schmutz ist ihr Weiß; Schmutz ist ihr Schwarz; ein Grauen ist ihr Bart; speien muß man beim Anblick ihrer Augenwinkel; und heben sie den Arm, tut sich in der Achselhöhle die Hölle auf. Darum, o Herr, darum o teuerer Herr, mit Hilfe deiner alles vermögenden Hände, mit Hilfe deiner alles vermögenden Hände schneide ihnen mit dieser Schere die Hälse durch!« Und einem Ruck seines Kopfes folgend kam ein Schakal herbei, der an einem Eckzahn eine kleine, mit altem Rost bedeckte Nähschere trug.

»Also endlich die Schere und damit Schluß!« rief der Araberführer unserer Karawane, der sich gegen den Wind an uns herangeschlichen hatte und nun seine riesige Peitsche schwang.

Alles verlief sich eiligst, aber in einiger Entfernung blieben sie doch, eng zusammengekauert, die vielen Tiere so eng und starr, daß es aussah wie eine schmale Hürde, von Irrlichtern umflogen.

»So hast du, Herr, auch dieses Schauspiel gesehen und gehört«, sagte der Araber und lachte so fröhlich, als es die Zurückhaltung seines Stammes erlaubte. »Du weißt also, was die Tiere wollen?« fragte ich. »Natürlich, Herr«, sagte er, »das ist doch allbekannt; solange es Araber gibt, wandert diese Schere durch die Wüste und wird mit uns wandern bis ans Ende der Tage. Jedem Europäer wird sie angeboten zu dem großen Werk; jeder Europäer ist gerade derjenige, welcher ihnen berufen scheint. Eine unsinnige Hoffnung haben diese Tiere; Narren, wahre Narren sind sie. Wir lieben sie deshalb; es sind unsere Hunde; schöner als die Eurigen. Sieh nur, ein Kamel ist in der Nacht verendet, ich habe es herschaffen lassen.«

Vier Träger kamen und warfen den schweren Kadaver vor uns hin. Kaum lag er da, erhoben die Schakale ihre Stimmen. Wie von Stricken unwiderstehlich jeder einzelne gezogen, kamen sie, stockend, mit dem Leib den Boden streifend, heran. Sie hatten die Araber vergessen, den Haß vergessen, die alles auslöschende Gegenwart des stark ausdunstenden Leichnams bezauberte sie. Schon hing einer am Hals und fand mit dem ersten Biß die Schlagader. Wie eine kleine rasende Pumpe, die ebenso unbedingt wie aussichtslos einen übermächtigen Brand löschen will, zerrte und zuckte jede Muskel seines Körpers an ihrem Platz. Und schon lagen in gleicher Arbeit alle auf dem Leichnam hoch zu Berg.

Da strich der Führer kräftig mit der scharfen Peitsche kreuz und quer über sie. Sie hoben die Köpfe; halb in Rausch und Ohnmacht; sahen die Araber vor sich stehen; bekamen jetzt die Peitsche mit den Schnauzen zu fühlen; zogen sich im Sprung zurück und liefen eine Strecke rückwärts. Aber das Blut des Kamels lag schon in Lachen da, rauchte empor, der Körper war an mehreren Stellen weit aufgerissen. Sie konnten nicht widerstehen; wieder waren sie da; wieder hob der Führer die Peitsche; ich faßte seinen Arm.

»Du hast Recht, Herr«, sagte er, »wir lassen sie bei ihrem Beruf; auch ist es Zeit aufzubrechen. Gesehen hast du sie. Wunderbare Tiere, nicht wahr? Und wie sie uns hassen!«

Der neue Advokat

Wir haben einen neuen Advokaten, den Dr. Bucephalus. In seinem Äußern erinnert wenig an die Zeit, da er noch Streitroß Alexanders von Macedonien war. Wer allerdings mit den Umständen vertraut ist, bemerkt einiges. Doch sah ich letzthin auf der Freitreppe selbst einen ganz einfältigen Gerichtsdiener mit dem Fachblick des kleinen Stammgastes der Wettrennen den Advokaten bestaunen, als dieser, hoch die Schenkel hebend, mit auf dem Marmor aufklingendem Schritt von Stufe zu Stufe stieg.

Im allgemeinen billigt das Barreau die Aufnahme des Bucephalus. Mit erstaunlicher Einsicht sagt man sich, daß Bucephalus bei der heutigen Gesellschaftsordnung in einer schwierigen Lage ist und daß er deshalb, sowie auch wegen seiner weltgeschichtlichen Bedeutung, jedenfalls Entgegenkommen verdient. Heute – das kann niemand leugnen – gibt es keinen großen Alexander. Zu morden verstehen zwar manche; auch an der Geschicklichkeit, mit der Lanze über den Bankettisch hinweg den Freund zu treffen, fehlt es nicht; und vielen ist Macedonien zu eng, so daß sie Philipp, den Vater, verfluchen – aber niemand, niemand kann nach Indien führen. Schon damals waren Indiens Tore unerreichbar, aber ihre Richtung war durch das Königsschwert bezeichnet. Heute sind die Tore ganz anderswohin und weiter und höher vertragen; niemand zeigt die Richtung; viele halten Schwerter, aber nur, um mit ihnen zu fuchteln; und der Blick, der ihnen folgen will, verwirrt sich.

Vielleicht ist es deshalb wirklich das Beste, sich, wie es Bucephalus getan hat, in die Gesetzbücher zu versenken.

Frei, unbedrückt die Seiten von den Lenden des Reiters, bei stiller Lampe, fern dem Getose der Alexanderschlacht, liest und wendet er die Blätter unserer alten Bücher.

Gestern kam eine Ohnmacht . . .

Gestern kam eine Ohnmacht zu mir. Sie wohnt im Nachbarhaus, ich habe sie dort schon öfters abends im niedrigen Tor gebückt verschwinden sehn. Eine große Dame mit lang fließendem Kleid und breitem mit Federn geschmückten Hut. Eiligst kam sie rauschend durch meine Tür, wie ein Arzt der fürchtet zu spät zum auslöschenden Kranken gekommen zu sein. »Anton«, rief sie mit hohler und doch sich rühmender Stimme, »ich komme, ich bin da.« In den Sessel auf den ich zeigte ließ sie sich fallen. »Hoch wohnst Du, hoch wohnst Du«, sagte sie stöhnend. Tief in meinem Lehnstuhl nickte ich. Zahllos hüpften vor meinen Augen die Treppenstufen auf, die zu meinen Zimmern führten, eine hinter der andern, unermüdliche kleine Wellen. »Warum so kalt?« fragte sie, zog ihre langen alten Fechterhandschuhe aus, warf sie auf den Tisch und sah mich den Kopf geneigt augenzwinkernd an. Mir war als sei ich ein Spatz, übe auf der Treppe meine Sprünge und sie zerzause mein weiches flockiges graues Gefieder. »Es tut mir von Herzen leid, daß Du Dich nach mir verzehrst. Oft schon sah ich aufrichtig traurig in Dein abgehärmtes Gesicht, wenn Du im Hof standst und zu meinem Fenster aufblicktest. Nun ich bin Dir nicht ungünstig gesinnt und hast Du auch mein Herz noch nicht, so kannst Du es doch erobern.«

Ich hätte mich . . .

Ich hätte mich doch wohl früher darum kümmern sollen, wie es sich mit dieser Treppe verhielt, was für Zusammenhänge hier bestanden, was man hier zu erwarten hatte und wie man es aufnehmen sollte. Du hast ja niemals von dieser Treppe gehört, sagte ich mir zur Entschuldigung, und in den Zeitungen und Büchern wird doch immerfort alles durchgehechelt was es nur irgendwie gibt. Von dieser Treppe aber war nichts zu lesen. Das mag sein, antwortete ich mir selbst, Du wirst eben ungenau gelesen haben. Oft warst Du zerstreut, hast Absätze ausgelassen, hast Dich sogar mit Überschriften begnügt, vielleicht war dort die Treppe erwähnt und es entging Dir so. Und jetzt benötigst Du gerade das, was Dir entgangen ist. Und ich blieb einen Augenblick stehn und dachte über diesen Einwand nach. Da glaubte ich mich erinnern zu können, einmal in einem Kinderbuch möglicherweise von einer ähnlichen Treppe etwas gelesen zu haben. Es war nicht viel gewesen, wahrscheinlich nur die Erwähnung ihres Vorhandenseins, das konnte mir gar nichts nützen.

Beim Bau der chinesischen Mauer

Die chinesische Mauer ist an ihrer nördlichsten Stelle beendet worden. Von Südosten und Südwesten wurde der Bau herangeführt und hier vereinigt. Dieses System des Teilbaues wurde auch im Kleinen innerhalb der zwei großen Arbeitsheere, des Ost- und des Westheeres befolgt. Es geschah dies so, daß Gruppen von etwa zwanzig Arbeitern gebildet wurden, welche eine Teilmauer von etwa fünfhundert Metern Länge aufzuführen hatten, eine Nachbargruppe baute ihnen dann eine Mauer in gleicher Länge entgegen. Nachdem dann aber die Vereinigung vollzogen war, wurde nicht etwa der Bau am Ende dieser tausend Meter wieder fortgesetzt, vielmehr wurden die Arbeitergruppen wieder in ganz andere Gegenden zum Mauerbau verschickt. Natürlich entstanden auf diese Weise viele große Lücken, die erst nach und nach langsam ausgefüllt wurden, manche sogar erst nachdem der Mauerbau schon als vollendet verkündigt worden war. Ja es soll Lücken geben, die überhaupt nicht verbaut worden sind, nach manchen sind sie weit größer als die erbauten Teile, eine Behauptung allerdings, die möglicherweise nur zu den vielen Legenden gehört, die um den Bau entstanden sind und die für den einzelnen Menschen wenigstens mit eigenen Augen und eigenem Maßstab infolge der Ausdehnung des Baues unnachprüfbar sind. Nun würde man von vornherein glauben, es wäre in jedem Sinne vorteilhafter gewesen zusammenhängend zu bauen oder wenigstens zusammenhängend innerhalb der zwei Hauptteile. Die Mauer war doch, wie allgemein verbreitet wird und bekannt ist, zum Schutz gegen die Nordvölker gedacht. Wie kann aber eine Mauer schützen die nicht zusammenhängend ist. Ja eine solche Mauer kann nicht nur nicht schützen, der Bau selbst ist in fortwährender Gefahr. Diese in öder Gegend verlassen stehenden Mauerteile können ja immer wieder leicht von den Nomaden zerstört werden, zumal diese damals geängstigt durch den Mauerbau mit unbegreiflicher Schnelligkeit wie Heuschrecken ihre Wohnsitze wechselten und deshalb vielleicht einen bessern Überblick über die Baufortschritte hatten als selbst wir die Erbauer. Trotzdem konnte der Bau wohl nicht anders ausgeführt werden, als es geschehen ist. Um das zu verstehn, muß man folgendes bedenken: Die Mauer sollte ein Schutz für die Jahrhunderte werden, sorgfältigster Bau, Benützung der Bauweisheit aller bekannten Zeiten und Völker, dauerndes Gefühl der persönlichen Verantwortung der Bauenden waren deshalb unumgängliche Voraussetzungen für die Arbeit. Zu den niedern Arbeiten konnten also zwar unwissende Taglöhner aus dem Volke, Männer Frauen Kinder, wer sich für gutes Geld anbot verwendet werden, aber schon zur Leitung von vier Taglöhnern war ein verständiger im Baufach gebildeter Mann nötig, ein Mann der imstande war, bis in die Tiefe des Herzens mitzufühlen um was es hier gieng. Und je höher die Leitung desto größer die Anforderungen natürlich. Und solche Männer standen tatsächlich zur Verfügung, wenn auch nicht in jener Menge wie sie dieser Bau hätte verbrauchen können so doch in großer Zahl. Man war nicht leichtsinnig an das Werk herangegangen. Fünfzig Jahre vor Beginn des Baues hatte man im ganzen China, das ummauert werden sollte, die Baukunst, insbesondere das Mauerhandwerk zur wichtigsten Wissenschaft erklärt und alles andere nur anerkannt, soweit es damit in Beziehung stand. Ich erinnere mich noch sehr wohl wie wir als kleine Kinder, kaum unserer Beine sicher, im Gärtchen unseres Lehrers standen, aus Kieselsteinen eine Art Mauer bauen mußten, wie der

Lehrer den Rock schürzte, gegen die Mauer rannte, natürlich alles zusammenwarf und uns wegen der Schwäche unseres Baues solche Vorwürfe machte, daß wir heulend uns nach allen Seiten zu unsern Eltern verliefen. Ein winziger Vorfall, aber bezeichnend für den Geist der Zeit. Ich hatte das Glück, daß als ich mit zwanzig Jahren die oberste Prüfung der untersten Schule abgelegt hatte der Bau der Mauer gerade begann. Ich sage Glück, denn viele, die früher die oberste Höhe der ihnen zugänglichen Ausbildung erreicht hatten, wußten jahrelang mit ihrem Wissen nichts anzufangen, trieben sich, im Kopf die großartigsten Baupläne, nutzlos herum und verlotterten in Mengen. Aber diejenigen, die endlich als Bauführer sei es auch untersten Ranges zum Baue kamen, waren dessen tatsächlich würdig, es waren Männer die viel über den Bau nachgedacht hatten und nicht aufhörten darüber nachzudenken, die sich mit dem ersten Stein, den sie in den Boden einsenken ließen, dem Bau gewissermaßen verwachsen fühlten. Solche Männer trieb aber natürlich, neben der Begierde gründlichste Arbeit zu leisten, auch die Ungeduld den Bau in seiner Vollkommenheit endlich erstehn zu sehn. Der Taglöhner kannte diese Ungeduld nicht, den treibt nur der Lohn, auch die oberen Führer, ja selbst die mittlern Führer sahen von dem vielseitigen Wachsen des Baues genug, um sich im Geiste dadurch kräftig zu halten, aber für die untern, geistig weit über ihrer äußerlich kleinen Aufgabe stehenden Männer mußte anders vorgesorgt werden. Man konnte sie nicht z. B. in einer unbewohnten Gebirgsgegend, hunderte Meilen von ihrer Heimat, monate- oder gar jahrelang Mauerstein an Mauerstein fügen lassen; die Hoffnungslosigkeit solcher fleißigen aber selbst in einem langen Menschenleben nicht zum Ziele führenden Arbeit hätte sie verzweifelt und vor allem wertloser für die Arbeit gemacht. Deshalb wählte man das System des Teilbaus, fünfhundert Meter Mauer konnten etwa in fünf Jahren fertiggestellt werden, dann waren zwar die Führer in der Regel zu Tode erschöpft, hatten alles Zutrauen zu sich, zum Bau, zur Welt verloren, wurden aber, während sie noch im Hochgefühl des Vereinigungsfestes der tausend Meter Mauer standen weit, weit verschickt, sahen auf der Reise hie und da fertige Mauerteile ragen, kamen an Quartieren höherer Führer vorüber, die sie mit Ehrenzeichen beschenkten, hörten den Jubel neuer Arbeitsheere, die aus der Tiefe der Länder herbeiströmten, sahen Wälder niederlegen, die zum Mauergerüst bestimmt waren, sahen Berge in Mauersteine zerhämmern, hörten auf den heiligen Stätten Gesänge der Frommen Vollendung des Baues erflehn, alles dieses besänftigte ihre Ungeduld, das ruhige Leben der Heimat in der sie einige Zeit verbrachten kräftigte sie, das Ansehen in dem alle Bauenden standen, die gläubige Demut, mit der ihre Berichte angehört wurden, das Vertrauen, das der einfache stille Bürger in die einstige Vollendung der Mauer setzte, alles dieses spannte die Saiten der Seele, wie ewig hoffende Kinder nahmen sie von der Heimat Abschied, die Lust wieder am Volkswerk zu arbeiten wurde unbezwinglich, sie reisten früher von zuhause fort als es nötig gewesen wäre, das halbe Dorf begleitete sie lange Strecken weit, auf allen Wegen Grüße, Wimpel und Fahnen, niemals hatten sie gesehn wie groß und reich und schön und liebenswert ihr Land war, jeder Landsmann war ein Bruder, für den man eine Schutzmauer baute und der mit allem was er hatte und war sein Leben lang dafür dankte, Einheit! Einheit! Brust an Brust, ein Reigen des Volkes, Blut, nicht mehr eingesperrt im kärglichen Kreislauf des Körpers, sondern süß rollend und doch wiederkehrend durch das unendliche China.

Dadurch also wird das System des Teilbaues verständlich, aber es hatte doch wohl noch andere Gründe. Es ist auch keine Sonderbarkeit, daß ich mich bei dieser Frage solange aufhalte, es ist eine Kernfrage des ganzen Mauerbaues, so unwesentlich sie zunächst scheint. Will ich den Gedankenkreis und die Erlebnisse jener Zeiten vermitteln und begreiflich machen, kann ich gerade dieser Frage nicht genug tief nachbohren.

Zunächst muß man sich doch wohl sagen, daß damals Leistungen vollbracht worden sind, die wenig hinter dem Turmbau von Babel zurückstehn, an Gottgefälligkeit allerdings, wenigstens nach menschlicher Rechnung, geradezu das Gegenteil jenes Baues darstellen. Ich erwähne dies, weil in den Anfangszeiten des Baues ein Gelehrter ein Buch geschrieben hat, in welchem er diese Vergleiche sehr genau zog. Er suchte darin zu beweisen, daß der Turmbau zu Babel keineswegs aus den allgemein behaupteten Ursachen nicht zum Ziele geführt hat oder daß wenigstens unter diesen bekannten Ursachen sich nicht die allerersten befinden. Seine Beweise bestanden nicht nur in Schriften und Berichten, sondern er wollte auch am Orte selbst Untersuchungen angestellt und dabei gefunden haben, daß der Bau an der Schwäche des Fundamentes scheiterte und scheitern mußte. In dieser Hinsicht allerdings war unsere Zeit jener längst vergangenen weit überlegen, fast jeder gebildete Zeitgenosse war Mauerer von Fach und in der Frage der Fundamentierung untrüglich. Dahin aber zielte der Gelehrte gar nicht, sondern er behauptete, erst die große Mauer werde zum erstenmal in der Menschenzeit ein sicheres Fundament für einen neuen Babelturm schaffen. Also zuerst die Mauer und dann den Turm. Das Buch war damals in aller Hände, aber ich gestehe ein, daß ich noch heute nicht genau begreife, wie er sich diesen Turmbau dachte. Die Mauer, die doch nicht einmal einen Kreis, sondern nur eine Art Viertel- oder Halbkreis bildete, sollte das Fundament eines Turmes abgeben? Das konnte doch nur in geistiger Hinsicht gemeint sein. Aber wozu dann die Mauer, die doch etwas Tatsächliches war, Ergebnis der Mühe und des Lebens von Hunderttausenden? Und wozu waren in dem Werk Pläne, allerdings nebelhafte Pläne des Turmes gezeichnet und Vorschläge bis ins Einzelne gemacht, wie man die Volkskraft zu dem künftigen neuen Werk straff zusammenfassen solle? Es gab – dieses Buch ist nur ein Beispiel – viel Verwirrung der Köpfe damals, vielleicht gerade deshalb weil sich so viele möglichst auf einen Zweck hin zu sammeln suchten. Das menschliche Wesen, leichtfertig in seinem Grunde, von der Natur des auffliegenden Staubes, verträgt keine Fesselung, fesselt es sich selbst, wird es bald wahnsinnig an den Fesseln zu rütteln anfangen und Mauer Kette und sich selbst in alle Himmelsrichtungen zerreißen.

Es ist möglich, daß auch diese dem Mauerbau sogar gegensätzlichen Erwägungen von der Führung bei der Festsetzung des Teilbaues nicht unberücksichtigt geblieben sind. Wir – ich rede hier wohl im Namen vieler – haben eigentlich erst im Nachbuchstabieren der Anordnungen der obersten Führerschaft uns selbst kennengelernt und gefunden, daß ohne die Führerschaft weder unsere Schulweisheit noch unser Menschenverstand auch nur für das kleine Amt, das wir innerhalb des großen Ganzen hatten, ausgereicht hätte. In der Stube der Führerschaft – wo sie war und wer dort saß, weiß und wußte niemand den ich fragte – in dieser Stube kreisten wohl alle menschlichen Gedanken und Wünsche und in Gegenkreisen alle menschlichen Ziele und Erfüllungen, durch das Fenster aber fiel der Abglanz der göttlichen Welten auf die Pläne zeichnenden Hände der Führerschaft.

Und deshalb will es dem unbestechlichen Betrachter nicht eingehn, daß die Führerschaft, wenn sie es ernstlich gewollt hätte, nicht auch jene Schwierigkeiten hätte überwinden können, die einem zusammenhängenden Mauerbau entgegenstanden. Bleibt also nur die Folgerung, daß die Führerschaft den Teilbau beabsichtigte. Aber der Teilbau war nur ein Notbehelf und unzweckmäßig. Bleibt die Folgerung, daß die Führerschaft etwas Unzweckmäßiges wollte. Sonderbare Folgerung, gewiß. Und doch hat sie auch von anderer Seite manche Berechtigung für sich. Heute kann davon vielleicht ohne Gefahr gesprochen werden. Damals war es geheimer Grundsatz vieler und sogar der Besten: Suche mit allen Deinen Kräften die Anordnungen der Führerschaft zu verstehn, aber nur bis zu einer bestimmten Grenze, dann höre mit dem Nachdenken auf. Ein sehr vernünftiger Grundsatz, der übrigens noch eine weitere Auslegung in einem später oft wiederholten Vergleiche fand: Nicht weil es Dir schaden könnte, höre mit dem weitern Nachdenken auf, es ist auch gar nicht sicher, daß es Dir schaden wird. Man kann hier überhaupt weder von Schaden noch Nichtschaden sprechen. Es wird Dir geschehn wie dem Fluß im Frühjahr. Er steigt, wird mächtiger, nährt kräftiger das Land an seinen langen Ufern, behält sein eigenes Wesen weiter ins Meer hinein, wird dem Meere ebenbürtiger und willkommener. Soweit denke den Anordnungen der Führerschaft nach. Dann aber übersteigt der Fluß seine Ufer, verliert Umrisse und Gestalt, verlangsamt seinen Abwärtslauf, versucht gegen seine Bestimmung kleine Meere im Binnenland zu bilden, schädigt die Fluren, und kann sich doch für die Dauer in dieser Ausbreitung nicht halten, sondern rinnt wieder in seine Ufer zusammen, ja trocknet sogar in der folgenden heißen Jahreszeit kläglich ein. Soweit denke den Anordnungen der Führerschaft nicht nach.

Nun mag dieser Vergleich während des Mauerbaues außerordentlich treffend gewesen sein, für meinen jetzigen Bericht hat er doch zumindest nur beschränkte Geltung. Meine Untersuchung ist doch nur eine historische, aus den längst verflogenen Gewitterwolken zuckt kein Blitz mehr und ich darf deshalb nach einer Erklärung des Teilbaues suchen, die weiter geht als das womit man sich damals begnügte. Die Grenzen, die meine Denkfähigkeit mir setzt, sind ja eng genug, das Gebiet aber, das hier zu durchlaufen wäre, ist das Endlose.

Gegen wen sollte die große Mauer schützen? Gegen die Nordvölker. Ich stamme aus dem südöstlichen China. Kein Nordvolk kann uns dort bedrohn. Wir lesen von ihnen in den Büchern der Alten, die Grausamkeiten, die sie ihrer Natur gemäß begehn, machen uns aufseufzen in unserer friedlichen Laube, auf den wahrheitsgetreuen Bildern der Künstler sehen wir diese Gesichter der Verdammnis, die aufgerissenen Mäuler, die mit hoch zugespitzten Zähnen besteckten Kiefer, die verkniffenen Augen, die schon nach dem Raub zu schielen scheinen, den das Maul zermalmen und zerreißen wird. Sind die Kinder böse, halten wir ihnen diese Bilder hin und schon fliegen sie weinend an unsern Hals. Aber mehr wissen wir von diesen Nordländern nicht, gesehen haben wir sie nicht, und bleiben wir in unserm Dorfe, werden wir sie niemals sehn, selbst wenn sie auf ihren wilden Pferden geradeaus zu uns hetzen und jagen; zu groß ist das Land und läßt sie nicht zu uns, in die leere Luft werden sie sich verrennen.

Warum also, da es sich so verhält, verlassen wir die Heimat, den Fluß und die Brücken, die Mutter und den Vater, das weinende Weib, die lehrbedürftigen Kinder und ziehen weg zur Schule nach der fernen Stadt und unsere Gedanken sind noch weiter bei der Mauer im Norden. Warum? Frage die Führerschaft. Sie kennt uns. Sie, die ungeheuere Sorgen wälzt weiß von uns, kennt unser kleines Gewerbe, sieht uns alle zusammensitzen in der niedrigen Hütte, und das Gebet das der Hausvater am Abend im Kreise der Seinigen sagt ist ihr wohlgefällig oder mißfällt ihr. Und wenn ich mir einen solchen Gedanken über die Führerschaft erlauben darf, so muß ich sagen, meiner Meinung nach bestand die Führerschaft schon früher, kam nicht zusammen wie etwa hohe

Mandarinen, durch einen schönen Morgentraum angeregt, eiligst eine Sitzung einberufen, eiligst beschließen und schon am Abend die Bevölkerung aus den Betten trommeln lassen, um die Beschlüsse auszuführen, sei es auch nur um eine Illumination zu Ehren eines Gottes zu veranstalten, der sich gestern den Herren günstig gezeigt hat, um sie morgen, kaum sind die Lampions verlöscht, in einem dunkeln Winkel zu verprügeln. Vielmehr bestand die Führerschaft wohl seit jeher und der Beschluß des Mauerbaues gleichfalls.

Ich habe mich, schon teilweise während des Mauerbaues und nachher bis heute fast ausschließlich mit vergleichender Völkergeschichte beschäftigt – es gibt bestimmte Fragen denen man nur mit diesem Mittel gewissermaßen an den Nerv herankommt – und ich habe dabei gefunden, daß wir Chinesen gewisse volkliche und staatliche Einrichtungen in einzigartiger Klarheit, andere wieder in einzigartiger Unklarheit besitzen. Den Gründen insbesondere der letztern Erscheinung nachzuspüren, hat mich immer gereizt, reizt mich noch immer und auch der Mauerbau ist von diesen Fragen wesentlich betroffen.

Nun gehört zu unsern allerundeutlichsten Einrichtungen jedenfalls das Kaisertum. In Peking natürlich, gar in der Hofgesellschaft besteht darüber einige Klarheit, wiewohl auch diese eher scheinbar als wirklich ist; auch die Lehrer des Staatsrechtes und der Geschichte an den hohen Schulen geben vor über diese Dinge genau unterrichtet zu sein und diese Kenntnis den Studenten weitervermitteln zu können; und je tiefer man zu den untern Schulen hinabsteigt desto mehr schwinden begreiflicher Weise die Zweifel am eigenen Wissen und Halbbildung wogt bergehoch um wenige seit Jahrhunderten eingerammte Lehrsätze, die zwar nichts an ewiger Wahrheit verloren haben aber in diesem Dunst und Nebel auch ewig unerkannt bleiben.

Gerade über das Kaisertum aber sollte man meiner Meinung nach zuerst das Volk befragen, da doch das Kaisertum seine letzten Stützen dort hat. Hier kann ich allerdings wieder nur von meiner Heimat sprechen. Außer den Feldgottheiten und ihrem das ganze Jahr so abwechslungsreich und schön erfüllenden Dienst galt unser aller Denken nur dem Kaiser. Aber nicht dem gegenwärtigen oder vielmehr es hätte auch dem gegenwärtigen gegolten, wenn wir ihn gekannt oder Bestimmtes von ihm gewußt hätten. Wir waren freilich auch – die einzige Neugierde die uns erfüllte – immer bestrebt, irgendetwas von der Art zu erfahren. Aber – so merkwürdig es klingt – es war kaum möglich etwas zu erfahren, nicht vom Pilger, der doch viel Land durchzieht, nicht in den nahen nicht in den fernen Dörfern, nicht von den Schiffern, die doch nicht nur unser Flüßchen, sondern auch die heiligen Ströme befahren. Man hörte zwar viel, konnte aber dem vielen nichts entnehmen. So groß ist unser Land, kein Märchen reicht an seine Größe, kaum der Himmel umspannt es. Und Peking ist nur ein Punkt, und das kaiserliche Schloß nur ein Pünktchen. Der Kaiser als solcher allerdings, wiederum groß durch alle Stockwerke der Welt. Der lebendige Kaiser aber ein Mensch wie wir, liegt ähnlich wie wir auf seinem Ruhebett, das zwar reichlich bemessen, aber doch vergleichsweise nur schmal und kurz ist. Wie wir streckt er manchmal die Glieder und ist er sehr müde dann gähnt er mit seinem zart gezeichneten Mund. Wie sollten wir davon erfahren tausende Meilen im Süden, grenzen wir doch schon fast ans tibetanische Hochland. Außerdem aber käme jede Nachricht, selbst wenn sie uns erreichte, viel zu spät, wäre längst veraltet. Um den Kaiser drängt sich die glänzende und doch dunkle Menge des Hofstaats, das Gegengewicht des Kaisertums, immer bemüht mit vergifteten Pfeilen den Kaiser von seiner Wagschale abzuschießen. Das Kaisertum ist unsterblich, aber der einzelne Kaiser fällt und stürzt ab, selbst ganze Dynastien sinken endlich nieder und veratmen durch ein einziges Röcheln. Von diesen Kämpfen und Leiden wird das Volk nie erfahren, wie Zuspätgekommene, wie Stadtfremde stehen sie am Ende der dichtgedrängten Seitengassen, ruhig zehrend vom mitgebrachten Vorrat, während weit vorn auf dem Marktplatz in der Mitte die Hinrichtung ihres Herrn vor sich geht.

Es gibt eine Sage, die dieses Verhältnis gut ausdrückt. Der Kaiser, so heißt es, hat gerade Dir, dem einzelnen, dem jämmerlichen Untertanen, dem winzig vor der kaiserlichen Sonne in die fernste Ferne geflüchteten Schatten, gerade Dir hat der Kaiser von seinem Sterbebett aus eine Botschaft gesendet. Den Boten hat er beim Bett niederknien lassen und ihm die Botschaft zugeflüstert; so sehr war ihm an ihr gelegen, daß er sich sie noch ins Ohr wiedersagen ließ. Durch Kopfnicken hat er die Richtigkeit des Gesagten bestätigt. Und vor der ganzen Zuschauerschaft seines Todes – alle hindernden Wände werden niedergebrochen und auf den weit und hoch sich schwingenden Freitreppen stehen im Ring die Großen des Reichs – vor allen diesen hat er den Boten abgefertigt. Der Bote hat sich gleich auf den Weg gemacht, ein kräftiger, ein unermüdlicher Mann, ein Schwimmer sondergleichen, einmal diesen einmal den andern Arm vorstreckend schafft er sich Bahn durch die Menge, findet er Widerstand zeigt er auf die Brust, wo das Zeichen der Sonne ist, er kommt auch leicht vorwärts, wie kein anderer. Aber die Menge ist so groß, ihre Wohnstätten nehmen kein Ende, öffnete sich freies Feld wie würde er fliegen und bald wohl hörtest Du das herrliche Schlagen seiner Fäuste an Deiner Tür. Aber statt dessen wie nutzlos müht er sich ab, immer noch zwängt er sich durch die Gemächer des innersten Palastes, niemals wird er sie überwinden und gelänge ihm das, nichts wäre gewonnen, die Treppen hinab müßte er sich kämpfen und gelänge ihm das, nichts wäre gewonnen, die Höfe wären zu durchmessen, und nach den Höfen der zweite umschließende Palast, und wieder Treppen und Höfe und wieder ein Palast und soweiter durch Jahrtausende und stürzte er endlich aus dem äußersten Tor – aber niemals niemals kann es geschehn – liegt erst die Residenzstadt vor ihm, die Mitte der Welt, hochgeschüttet voll ihres Bodensatzes. Niemand dringt hier durch und gar mit der Botschaft eines Toten an einen Nichtigen. Du aber sitzt an Deinem Fenster und erträumst sie Dir wenn der Abend kommt.

Genau so, so hoffnungslos und hoffnungsvoll sieht unser Volk den Kaiser. Es weiß nicht welcher Kaiser regiert und selbst über den Namen der Dynastie bestehen Zweifel. In der Schule wird vieles dergleichen der Reihe nach gelernt, aber die allgemeine Unsicherheit in dieser Hinsicht ist so groß daß auch der beste Schüler mit in sie gezogen wird. Längst verstorbene Kaiser werden in unseren Dörfern auf den Tron gesetzt und der nur noch im Liede lebt, hat vor Kurzem eine Bekanntmachung erlassen, die der Priester vor dem Altare verliest. Schlachten unserer ältesten Geschichte werden jetzt erst geschlagen und mit glühendem Gesicht fällt der Nachbar mit der Nachricht Dir ins Haus. Die kaiserlichen Frauen, überfüttert in den seidenen Kissen, von schlauen Höflingen der edlen Sitte entfremdet, anschwellend in Herrschsucht, auffahrend in Gier, ausgebreitet in Wollust, verüben ihre Untaten immer wieder von Neuem; je mehr Zeit schon vergangen ist, desto schrecklicher leuchten alle Farben und mit lautem Wehgeschrei erfährt einmal das Dorf, wie eine Kaiserin vor Jahrtausenden in langen Zügen ihres Mannes Blut trank.

So verfährt also das Volk mit den Vergangenen, die Gegenwärtigen aber mischt es unter die Toten. Kommt einmal, einmal in einem Menschenalter, ein kaiserlicher Beamter, der die Provinz bereist, zufällig in unser Dorf, stellt im Namen des Regierenden irgendwelche Forderungen, prüft die Steuerlisten, wohnt dem Schulunterrichte bei, befragt den Priester über unser Tun und Treiben und faßt dann alles, ehe er in seine Sänfte steigt, zu langen Ermahnungen an die herbeigetriebene Gemeinde zusammen, dann geht ein Lächeln über alle Gesichter, einer blickt verstohlen zum andern, man beugt sich zu den Kindern herab, um sich vom Beamten nicht beobachten zu lassen. Wie, denkt man, er spricht von einem Toten wie von einem Lebendigen, dieser Kaiser ist doch schon längst gestorben, die Dynastie ausgelöscht, der Herr Beamte macht sich über uns lustig, aber wir tun so als ob wirs nicht merkten, um ihn nicht zu kränken. Ernstlich gehorchen aber werden wir nur unserm gegenwärtigen Herrn, alles andere wäre Versündigung. Und hinter der davoneilenden Sänfte des Beamten steigt irgendein willkürlich aus schon zerfallener Urne Gehobener aufstampfend als Herr des Dorfes auf.

Wenn man aus solchen Erscheinungen folgern wollte, daß wir im Grunde gar keinen Kaiser haben, wäre man von der Wahrheit nicht weit entfernt. Immer wieder muß ich sagen: es gibt vielleicht kein kaisertreueres Volk als das unsrige im Süden, aber die Treue kommt dem Kaiser nicht zu gute. Zwar steht auf der kleinen Säule am Dorfausgang der heilige Drache und bläst huldigend seit Menschengedenken den feurigen Atem genau in der Richtung von Peking, aber Peking selbst ist den Leuten im Dorfe viel fremder als das jenseitige Leben. Sollte es wirklich ein Dorf geben, wo Haus an Haus steht, bedeckend Felder, weiter als der Blick von unserem Hügel reicht und zwischen diesen Häusern stünden bei Tag und bei Nacht Menschen Kopf an Kopf? Leichter als solche Stadt sich vorstellen ist es zu glauben, Peking und sein Kaiser wären eines, etwa eine Wolke, ruhig unter der Sonne sich wandelnd im Laufe der Zeiten

Die Folge solcher Meinungen ist nun ein gewissermaßen freies, unbeherrschtes Leben. Keineswegs sittenlos, ich habe solche Sittenreinheit wie in meiner Heimat kaum jemals angetroffen auf meinen Reisen. Aber doch ein Leben, das unter keinem gegenwärtigen Gesetze steht und nur der Weisung und Warnung gehorcht, die aus alten Zeiten zu uns herüberreicht.

Ich hüte mich vor Verallgemeinerungen und behaupte nicht daß es sich in allen zehntausend Dörfern unserer Provinz so verhält oder gar in allen fünfhundert Provinzen Chinas. Wohl aber darf ich vielleicht auf Grund der vielen Schriften die ich über diesen Gegenstand gelesen habe sowie auf Grund meiner eigenen Beobachtungen – besonders bei dem Mauerbau gab das Menschenmaterial dem Fühlenden Gelegenheit, durch die Seelen fast aller Provinzen zu reisen – auf Grund alles dessen darf ich vielleicht sagen, daß die Auffassung die hinsichtlich des Kaisers herrscht, immer wieder und überall einen gewissen gemeinsamen Grundzug mit der Auffassung in meiner Heimat zeigt. Diese Auffassung will ich nun durchaus nicht als eine Tugend gelten lassen, im Gegenteil. Zwar ist sie in der Hauptsache von der Regierung verschuldet, die im ältesten Reich der Erde bis heute nicht imstande war oder dies über anderem vernachlässigte, die Institution des Kaisertums zu solcher Klarheit auszubilden, daß sie bis an die fernsten Grenzen des Reiches unmittelbar und unablässig wirke. Andererseits aber liegt doch auch darin eine Schwäche der Vorstellungs- oder Glaubenskraft beim Volke, welches nicht dazu gelangt, das Kaisertum aus der Pekinger Versunkenheit in aller Lebendigkeit und Gegenwärtigkeit an seine Untertanenbrust zu ziehn, die doch nichts besseres will, als einmal diese Berührung zu fühlen und an ihr zu vergehn.

Eine Tugend ist also diese Auffassung wohl nicht. Umso auffälliger ist es, daß gerade diese Schwäche eines der wichtigsten Einigungsmittel unseres Volkes zu sein scheint, ja wenn man sich im Ausdruck soweit vorwagen darf, geradezu der Boden auf dem wir leben. Hier einen Tadel ausführlich begründen, heißt nicht an unserem Gewissen, sondern was viel ärger ist an unsern Beinen rütteln. Und darum will ich in der Untersuchung dieser Frage vorderhand nicht weiter gehn.

In diese Welt drang nun die Nachricht vom Mauerbau. Auch sie verspätet etwa dreißig Jahre nach ihrer Verkündigung. Es war an einem Sommerabend. Ich, zehn Jahre alt, stand mit meinem Vater am Flußufer. Gemäß der Bedeutung dieser oft besprochenen Stunde, erinnere ich mich der kleinsten Umstände. Er hielt mich an der Hand, dies tat er mit Vorliebe bis in sein hohes Alter, und mit der andern fuhr er seine lange ganz dünne Pfeife entlang als wäre es eine Flöte. Sein großer schütterer starrer Bart ragte in die Luft, denn im Genuß der Pfeife blickte er über den Fluß hinweg in die Höhe. Desto tiefer senkte sich sein Zopf, der Gegenstand der Ehrfurcht der Kinder, leise rauschend auf der golddurchwirkten Seide des Feiertagsgewandes. Da hielt eine Barke vor uns, der Schiffer winkte meinem Vater zu, er möge die Böschung herabkommen, er selbst stieg ihm entgegen. In der Mitte trafen sie einander, der Schiffer flüsterte meinem Vater etwas ins Ohr; um ihm ganz nahezukommen umarmte er ihn. Ich verstand die Reden nicht, sah nur wie der Vater die Nachricht nicht zu glauben schien, der Schiffer die Wahrheit zu bekräftigen suchte, der Vater noch immer nicht glauben konnte, der Schiffer mit der Leidenschaftlichkeit des Schiffervolkes zum Beweise der Wahrheit fast sein Kleid auf der Brust zerriß, der Vater stiller wurde und der Schiffer polternd in die Barke sprang und wegfuhr. Nachdenklich wandte sich mein Vater zu mir, klopfte die Pfeife aus und steckte sie in den Gürtel, streichelte mir die Wange und zog meinen Kopf an sich. Das hatte ich am liebsten, es machte mich ganz fröhlich und so kamen wir nachhause. Dort dampfte schon der Reisbrei auf dem Tisch, einige Gäste waren versammelt, gerade wurde der Wein in die Becher geschüttet. Ohne darauf zu achten, begann mein Vater schon auf der Schwelle zu berichten was er gehört hätte. Von den Worten habe ich natürlich keine genaue Erinnerung, der Sinn aber gieng mir durch das Außerordentliche der Umstände, von dem selbst das Kind bezwungen wurde, so tief ein, daß ich doch eine Art Wortlaut wiederzugeben mich getraue. Ich tue es deshalb, weil er für die Volksauffassung sehr bezeichnend war. Mein Vater sagte also etwa:

Eine kaiserliche Botschaft

Der Kaiser – so heißt es – hat Dir, dem Einzelnen, dem jämmerlichen Untertanen, dem winzig vor der kaiserlichen Sonne in die fernste Ferne geflüchteten Schatten, gerade Dir hat der Kaiser von seinem Sterbebett aus eine Botschaft gesendet. Den Boten hat er beim Bett niederknieen lassen und ihm die Botschaft ins Ohr zugeflüstert; so sehr war ihm an ihr gelegen, daß er sich sie noch ins Ohr wiedersagen ließ. Durch Kopfnicken hat er die Richtigkeit des Gesagten bestätigt. Und vor der ganzen Zuschauerschaft seines Todes – alle hindernden Wände werden niedergebrochen und auf den weit und hoch sich schwingenden Freitreppen stehen im Ring die Großen des Reichs – vor allen diesen hat er den Boten abgefertigt. Der Bote hat sich gleich auf den Weg gemacht; ein kräftiger, ein unermüdlicher Mann; einmal diesen, einmal den andern Arm vorstreckend schafft er sich Bahn durch die Menge; findet er Widerstand, zeigt er auf die Brust, wo das Zeichen der Sonne ist; er kommt auch leicht vorwärts, wie kein anderer. Aber die Menge ist so groß; ihre Wohnstätten nehmen kein Ende. Öffnete sich freies Feld, wie würde er fliegen und bald wohl hörtest Du das herrliche Schlagen seiner Fäuste an Deiner Tür. Aber statt dessen, wie nutzlos müht er sich ab; immer noch zwängt er sich durch die Gemächer des innersten Palastes; niemals wird er sie überwinden; und gelänge ihm dies, nichts wäre gewonnen; die Treppen hinab müßte er sich kämpfen; und gelänge ihm dies, nichts wäre gewonnen; die Höfe wären zu durchmessen; und nach den Höfen der zweite umschließende Palast; und wieder Treppen und Höfe; und wieder ein Palast; und so weiter durch Jahrtausende; und stürzte er endlich aus dem äußersten Tor – aber niemals, niemals kann es geschehen – liegt erst die Residenzstadt vor ihm, die Mitte der Welt, hochgeschüttet voll ihres Bodensatzes. Niemand dringt hier durch und gar mit der Botschaft eines Toten. – Du aber sitzt an Deinem Fenster und erträumst sie Dir, wenn der Abend kommt.

Ein altes Blatt

Es ist, als wäre viel vernachlässigt worden in der Verteidigung unseres Vaterlandes. Wir haben uns bisher nicht darum gekümmert und sind unserer Arbeit nachgegangen; die Ereignisse der letzten Zeit machen uns aber Sorgen.

Ich habe eine Schusterwerkstatt auf dem Platz vor dem kaiserlichen Palast. Kaum öffne ich in der Morgendämmerung meinen Laden, sehe ich schon die Eingänge aller hier einlaufenden Gassen von Bewaffneten besetzt. Es sind aber nicht unsere Soldaten, sondern offenbar Nomaden aus dem Norden. Auf eine mir unbegreifliche Weise sind sie bis in die Hauptstadt gedrungen, die doch sehr weit von der Grenze entfernt ist. Jedenfalls sind sie also da; es scheint, daß jeden Morgen mehr werden.

Ihrer Natur entsprechend lagern sie unter freiem Himmel, denn Wohnhäuser verabscheuen sie. Sie beschäftigen sich mit dem Schärfen der Schwerter, dem Zuspitzen der Pfeile, mit Übungen zu Pferde. Aus diesem stillen, immer ängstlich rein gehaltenen Platz haben sie einen wahren Stall gemacht. Wir versuchen zwar manchmal aus unseren Geschäften hervorzulaufen und wenigstens den ärgsten Unrat wegzuschaffen, aber es geschieht immer seltener, denn die Anstrengung ist nutzlos und bringt uns überdies in die Gefahr, unter die wilden Pferde zu kommen oder von den Peitschen verletzt zu werden.

Sprechen kann man mit den Nomaden nicht. Unsere Sprache kennen sie nicht, ja sie haben kaum eine eigene. Unter einander verständigen sie sich ähnlich wie Dohlen. Immer wieder hört man diesen Schrei der Dohlen. Unsere

Lebensweise, unsere Einrichtungen sind ihnen ebenso unbegreiflich wie gleichgültig. Infolgedessen zeigen sie sich auch gegen jede Zeichensprache ablehnend. Du magst dir die Kiefer verrenken und die Hände aus den Gelenken winden, sie haben dich doch nicht verstanden und werden dich nie verstehen. Oft machen sie Grimassen; dann dreht sich das Weiß ihrer Augen und Schaum schwillt aus ihrem Munde, doch wollen sie damit weder etwas sagen noch auch erschrecken; sie tun es, weil es so ihre Art ist. Was sie brauchen, nehmen sie. Man kann nicht sagen, daß sie Gewalt anwenden. Vor ihrem Zugriff tritt man beiseite und überläßt ihnen alles.

Auch von meinen Vorräten haben sie manches gute Stück genommen. Ich kann aber darüber nicht klagen, wenn ich zum Beispiel zusehe, wie es dem Fleischer gegenüber geht. Kaum bringt er seine Waren ein, ist ihm schon alles entrissen und wird von den Nomaden verschlungen. Auch ihre Pferde fressen Fleisch; oft liegt ein Reiter neben seinem Pferd und beide nähren sich vom gleichen Fleischstück, jeder an einem Ende. Der Fleischhauer ist ängstlich und wagt es nicht, mit den Fleischlieferungen aufzuhören. Wir verstehen das aber, schießen Geld zusammen und unterstützen ihn. Bekämen die Nomaden kein Fleisch, wer weiß, was ihnen zu tun einfiele; wer weiß allerdings, was ihnen einfallen wird, selbst wenn sie täglich Fleisch bekommen.

Letzthin dachte der Fleischer, er könne sich wenigstens die Mühe des Schlachtens sparen, und brachte am Morgen einen lebendigen Ochsen. Das darf er nicht mehr wiederholen. Ich lag wohl eine Stunde ganz hinten in meiner Werkstatt platt auf dem Boden und alle meine Kleider, Decken und Polster hatte ich über mir aufgehäuft, nur um das Gebrüll des Ochsen nicht zu hören, den von allen Seiten die Nomaden ansprangen, um mit den Zähnen Stücke aus seinem warmen

Fleisch zu reißen. Schon lange war es still, ehe ich mich auszugehen getraute; wie Trinker um ein Weinfaß lagen sie müde um die Reste des Ochsen.

Gerade damals glaubte ich den Kaiser selbst in einem Fenster des Palastes gesehen zu haben; niemals sonst kommt er in diese äußeren Gemächer, immer nur lebt er in dem innersten Garten; diesmal aber stand er, so schien es mir wenigstens, an einem der Fenster und blickte mit gesenktem Kopf auf das Treiben vor seinem Schloß.

»Wie wird es werden?« fragen wir uns alle. »Wie lange werden wir diese Last und Qual ertragen? Der kaiserliche Palast hat die Nomaden angelockt, versteht es aber nicht, sie wieder zu vertreiben. Das Tor bleibt verschlossen; die Wache, früher immer festlich ein- und ausmarschierend, hält sich hinter vergitterten Fenstern. Uns Handwerkern und Geschäftsleuten ist die Rettung des Vaterlandes anvertraut; wir sind aber einer solchen Aufgabe nicht gewachsen; haben uns doch auch nie gerühmt, dessen fähig zu sein. Ein Mißverständnis ist es, und wir gehen daran zugrunde.«

Es war im Sommer ...

Es war im Sommer, ein heißer Tag. Ich kam auf dem Nachhauseweg mit meiner Schwester an einem Hoftor vorüber. Ich weiß nicht, schlug sie aus Mutwillen ans Tor, oder in Zerstreutheit oder drohte nur mit der Faust und schlug gar nicht. Hundert Schritte weiter an der nach links sich wendenden Landstraße begann ein Dorf. Wir kannten es nicht, aber gleich aus dem ersten Haus kamen Leute hervor und winkten uns, freundschaftlich, aber warnend, selbst erschrocken, gebückt vor Schrecken. Sie zeigten nach dem Hof an dem wir vorübergekommen waren und erinnerten uns an den Schlag ans Tor. Die Hofbesitzer werden uns klagen, gleich werde die Untersuchung beginnen. Ich war sehr ruhig und beruhigte auch meine Schwester. Sie hatte den Schlag wahrscheinlich gar nicht getan und hätte sie ihn getan, so wird deswegen nirgends auf der Welt ein Proceß geführt. Ich suchte das auch den Leuten um uns begreiflich zu machen, sie hörten mich an, enthielten sich aber eines Urteils. Später sagten sie, nicht nur meine Schwester, auch ich als Bruder werde angeklagt werden. Ich nickte lächelnd. Alle blickten wir zum Hof zurück, so wie man eine ferne Rauchwolke beobachtet und auf die Flamme wartet. Und wirklich, bald sahen wir Reiter ins weit offene Hoftor einreiten, Staub erhob sich, verhüllte alles, nur die Spitzen der hohen Lanzen blitzten. Und kaum war die Truppe im Hof verschwunden schien sie gleich die Pferde gewendet zu haben und war auf dem Weg zu uns. Ich drängte meine Schwester fort, ich werde alles allein ins Reine bringen, sie weigerte sich mich allein zu lassen, ich sagte sie solle sich also wenigstens umkleiden um in einem bessern Kleid vor die Herren zu treten. Endlich folgte sie und machte sich auf den langen Weg nachhause. Schon waren die Reiter bei uns, noch von den Pferden herab fragten sie nach meiner Schwester, sie sei augenblicklich nicht hier, wurde ängstlich geantwortet, werde aber später kommen. Die Antwort wurde fast gleichgiltig aufgenommen, wichtig schien vor allem, daß man mich gefunden hatte. Es waren hauptsächlich zwei Herren, der Richter, ein junger lebhafter Mann und sein stiller Gehilfe, der Assmann genannt wurde. Ich wurde aufgefordert in die Bauernstube einzutreten. Langsam, den Kopf wiegend, an den Hosenträgern rückend, setzte ich mich unter den scharfen Blicken der Herren in Gang. Noch glaubte ich fast, ein Wort werde genügen, um mich, den Städter, sogar noch unter Ehren aus diesem Bauernvolk zu befreien. Aber als ich die Schwelle der Stube überschritten hatte, sagte der Richter, der vorgesprungen war und mich schon erwartete: »Dieser Mann tut mir leid.« Es war aber über allem Zweifel, daß er damit nicht meinen gegenwärtigen Zustand meinte sondern das was mit mir geschehen würde. Die Stube sah einer Gefängniszelle ähnlicher als einer Bauernstube. Große Steinfliesen, dunkelgraue kahle Wand, irgendwo eingemauert ein eiserner Ring, in der Mitte etwas, das halb Pritsche halb Operationstisch war.

Elf Söhne

Ich habe elf Söhne.

Der Erste ist äußerlich sehr unansehnlich, aber ernsthaft und klug; trotzdem schätze ich ihn, wiewohl ich ihn als Kind wie alle andern liebe, nicht sehr hoch ein. Sein Denken scheint mir zu einfach. Er sieht nicht rechts noch links und nicht in die Weite; in seinem kleinen Gedankenkreis läuft er immerfort rundum oder dreht sich vielmehr.

Der Zweite ist schön, schlank, wohlgebaut; es entzückt, ihn in Fechterstellung zu sehen. Auch er ist klug, aber überdies welterfahren; er hat viel gesehen, und deshalb scheint selbst die heimische Natur vertrauter mit ihm zu sprechen, als mit den Daheimgebliebenen. Doch ist gewiß dieser Vorzug nicht nur und nicht einmal wesentlich dem Reisen zu verdanken, er gehört vielmehr zu dem Unnachahmlichen dieses Kindes, das zum Beispiel von jedem anerkannt wird, der etwa seinen vielfach sich überschlagenden und doch geradezu wild beherrschten Kunstsprung ins Wasser ihm nachmachen will. Bis zum Ende des Sprungbrettes reicht der Mut und die Lust, dort aber statt zu springen, setzt sich plötzlich der Nachahmer und hebt entschuldigend die Arme. – Und trotz dem allen (ich sollte doch eigentlich glückselig sein über ein solches Kind) ist mein Verhältnis zu ihm nicht ungetrübt. Sein linkes Auge ist ein wenig kleiner als das rechte und zwinkert viel; ein kleiner Fehler nur, gewiß, der sein Gesicht sogar noch verwegener macht als es sonst gewesen wäre, und niemand wird gegenüber der unnahbaren Abgeschlossenheit seines Wesens dieses kleinere zwinkernde Auge tadelnd bemerken. Ich, der Vater, tue es. Es ist natürlich nicht dieser körperliche Fehler, der mir weh tut, sondern eine ihm irgendwie entsprechende kleine Unregelmäßigkeit seines Geistes, irgendein in seinem Blut irrendes Gift, irgendeine Unfähigkeit, die mir allein sichtbare Anlage seines Lebens rund zu vollenden. Gerade dies macht ihn allerdings andererseits wieder zu meinem wahren Sohn, denn dieser sein Fehler ist gleichzeitig der Fehler unserer ganzen Familie und an diesem Sohn nur überdeutlich.

Der dritte Sohn ist gleichfalls schön, aber es ist nicht die Schönheit, die mir gefällt. Es ist die Schönheit des Sängers: der geschwungene Mund; das träumerische Auge; der Kopf, der eine Draperie hinter sich benötigt, um zu wirken; die unmäßig sich wölbende Brust; die leicht auffahrenden und viel zu leicht sinkenden Hände; die Beine, die sich zieren, weil sie nicht tragen können. Und überdies: der Ton seiner Stimme ist nicht voll; trügt einen Augenblick; läßt den Kenner aufhorchen; veratmet aber kurz darauf. – Trotzdem im allgemeinen alles verlockt, diesen Sohn zur Schau zu stellen, halte ich ihn doch am liebsten im Verborgenen; er selbst drängt sich nicht auf, aber nicht etwa deshalb, weil er seine Mängel kennt, sondern aus Unschuld. Auch fühlt er sich fremd in unserer Zeit; als gehöre er zwar zu meiner Familie, aber überdies noch zu einer andern, ihm für immer verlorenen, ist er oft unlustig und nichts kann ihn aufheitern.

Mein vierter Sohn ist vielleicht der umgänglichste von allen. Ein wahres Kind seiner Zeit, ist er jedermann verständlich, er steht auf dem allen gemeinsamen Boden und jeder ist versucht, ihm zuzunicken. Vielleicht durch diese allgemeine Anerkennung gewinnt sein Wesen etwas Leichtes, seine Bewegungen etwas Freies, seine Urteile etwas Unbekümmertes. Manche seiner Aussprüche möchte man oft wiederholen, allerdings nur manche, denn in seiner Gesamtheit krankt er doch wieder an allzu großer Leichtigkeit. Er ist wie einer, der bewundernswert abspringt, schwalbengleich die Luft teilt, dann aber doch trostlos im öden Staube endet, ein Nichts. Solche Gedanken vergällen mir den Anblick dieses Kindes.

Der fünfte Sohn ist lieb und gut; versprach viel weniger als er hielt; war so unbedeutend, daß man sich förmlich in seiner Gegenwart allein fühlte; hat es aber doch zu einigem Ansehen gebracht. Fragte man mich, wie das geschehen ist, so könnte ich kaum antworten. Unschuld dringt vielleicht doch noch am leichtesten durch das Toben der Elemente in dieser Welt, und unschuldig ist er. Vielleicht allzu unschuldig. Freundlich zu jedermann. Vielleicht allzu freundlich. Ich gestehe: mir wird nicht wohl, wenn man ihn mir gegenüber lobt. Es heißt doch, sich das Loben etwas zu leicht zu machen, wenn man einen so offensichtlich Lobenswürdigen lobt, wie es mein Sohn ist.

Mein sechster Sohn scheint, wenigstens auf den ersten Blick, der tiefsinnigste von allen. Ein Kopfhänger und doch ein Schwätzer. Deshalb kommt man ihm nicht leicht bei. Ist er am Unterliegen, so verfällt er in unbesiegbare Traurigkeit; erlangt er das Übergewicht, so wahrt er es durch Schwätzen. Doch spreche ich ihm eine gewisse selbstvergessene Leidenschaft nicht ab; bei hellem Tag kämpft er sich oft durch das Denken wie im Traum. Ohne krank zu sein – vielmehr hat er eine sehr gute Gesundheit – taumelt er manchmal, besonders in der Dämmerung, braucht aber keine Hilfe, fällt nicht. Vielleicht hat an dieser Erscheinung seine körperliche Entwicklung schuld, er ist viel zu groß für sein Alter. Das macht ihn unschön im Ganzen, trotz auffallend schöner Einzelheiten, zum Beispiel der Hände und Füße. Unschön ist übrigens auch seine Stirn; sowohl in der Haut, als in der Knochenbildung irgendwie verschrumpft.

Der siebente Sohn gehört mir vielleicht mehr als alle andern. Die Welt versteht ihn nicht zu würdigen; seine besondere Art von Witz versteht sie nicht. Ich überschätze ihn nicht; ich weiß, er ist geringfügig genug; hätte die Welt keinen andern Fehler als den, daß sie ihn nicht zu würdigen weiß, sie wäre noch immer makellos. Aber innerhalb der Familie wollte ich diesen Sohn nicht missen. Sowohl Unruhe bringt er, als auch Ehrfurcht vor der Überlieferung, und beides fügt er, wenigstens für mein Gefühl, zu einem unanfechtbaren Ganzen. Mit diesem Ganzen weiß er allerdings selbst am wenigstens etwas anzufangen; das Rad der Zukunft wird er nicht ins Rollen bringen; aber diese seine Anlage ist so aufmunternd, so hoffnungsreich; ich wollte, er hätte Kinder und diese wieder Kinder. Leider scheint sich dieser Wunsch nicht erfüllen zu wollen. In einer mir zwar begreiflichen, aber ebenso unerwünschten Selbstzufriedenheit, die allerdings in großartigem Gegensatz zum Urteil seiner Umgebung steht, treibt er sich allein umher, kümmert sich nicht um Mädchen und wird trotzdem niemals seine gute Laune verlieren.

Mein achter Sohn ist mein Schmerzenskind, und ich weiß eigentlich keinen Grund dafür. Er sieht mich fremd an, und ich fühle mich doch väterlich eng mit ihm verbunden. Die Zeit hat vieles gut gemacht; früher aber befiel mich manchmal ein Zittern, wenn ich nur an ihn dachte. Er geht seinen eigenen Weg; hat alle Verbindungen mit mir abgebrochen; und wird gewiß mit seinem harten Schädel, seinem kleinen athletischen Körper – nur die Beine hatte er als Junge recht schwach, aber das mag sich inzwischen schon ausgeglichen haben – überall durchkommen, wo es ihm beliebt. Öfters hatte ich Lust, ihn zurückzurufen, ihn zu fragen, wie es eigentlich um ihn steht, warum er sich vom Vater so abschließt und was er im Grunde beabsichtigt, aber nun ist er so weit und so viel Zeit ist schon vergangen, nun mag es so bleiben wie es ist. Ich höre, daß er als der einzige meiner

Söhne einen Vollbart trägt; schön ist das bei einem so kleinen Mann natürlich nicht.

Mein neunter Sohn ist sehr elegant und hat den für Frauen bestimmten süßen Blick. So süß, daß er bei Gelegenheit sogar mich verführen kann, der ich doch weiß, daß förmlich ein nasser Schwamm genügt, um allen diesen überirdischen Glanz wegzuwischen. Das Besondere an diesem Jungen aber ist, daß er gar nicht auf Verführung ausgeht; ihm würde es genügen, sein Leben lang auf dem Kanapee zu liegen und seinen Blick an die Zimmerdecke zu verschwenden oder noch viel lieber ihn unter den Augenlidern ruhen zu lassen. Ist er in dieser von ihm bevorzugten Lage, dann spricht er gern und nicht übel; gedrängt und anschaulich; aber doch nur in engen Grenzen; geht er über sie hinaus, was sich bei ihrer Enge nicht vermeiden läßt, wird sein Reden ganz leer. Man würde ihm abwinken, wenn man Hoffnung hätte, daß dieser mit Schlaf gefüllte Blick es bemerken könnte.

Mein zehnter Sohn gilt als unaufrichtiger Charakter. Ich will diesen Fehler nicht ganz in Abrede stellen, nicht ganz bestätigen. Sicher ist, daß, wer ihn in der weit über sein Alter hinausgehenden Feierlichkeit herankommen sieht, im immer festgeschlossenen Gehrock, im alten, aber übersorgfältig geputzten schwarzen Hut, mit dem unbewegten Gesicht, dem etwas vorragenden Kinn, den schwer über die Augen sich wölbenden Lidern, den manchmal an den Mund geführten zwei Fingern – wer ihn so sieht, denkt: das ist ein grenzenloser Heuchler. Aber, nun höre man ihn reden! Verständig; mit Bedacht; kurz angebunden; mit boshafter Lebendigkeit Fragen durchkreuzend; in erstaunlicher, selbstverständlicher und froher Übereinstimmung mit dem Weltganzen; eine Übereinstimmung, die notwendigerweise den Hals strafft und den Kopf erheben läßt. Viele, die sich sehr klug dünken und die sich, aus diesem Grunde wie sie meinten, von seinem

Äußern abgestoßen fühlten, hat er durch sein Wort stark angezogen. Nun gibt es aber wieder Leute, die sein Äußeres gleichgültig läßt, denen aber sein Wort heuchlerisch erscheint. Ich, als Vater, will hier nicht entscheiden, doch muß ich eingestehen, daß die letzteren Beurteiler jedenfalls beachtenswerter sind als die ersteren.

Mein elfter Sohn ist zart, wohl der schwächste unter meinen Söhnen; aber täuschend in seiner Schwäche; er kann nämlich zu Zeiten kräftig und bestimmt sein, doch ist allerdings selbst dann die Schwäche irgendwie grundlegend. Es ist aber keine beschämende Schwäche, sondern etwas, das nur auf diesem unsern Erdboden als Schwäche erscheint. Ist nicht zum Beispiel auch Flugbereitschaft Schwäche, da sie doch Schwanken und Unbestimmtheit und Flattern ist? Etwas Derartiges zeigt mein Sohn. Den Vater freuen natürlich solche Eigenschaften nicht; sie gehen ja offenbar auf Zerstörung der Familie aus. Manchmal blickt er mich an, als wollte er mir sagen: »Ich werde dich mitnehmen, Vater.« Dann denke ich: »Du wärst der Letzte, dem ich mich vertraue.« Und sein Blick scheint wieder zu sagen: »Mag ich also wenigstens der Letzte sein.«

Das sind die elf Söhne.

Der neue Advokat
Ein Brudermord
Ein Landarzt
Der Kübelreiter
Auf der Galerie
Schakale u. Araber
Ein altes Blatt
Die kurze Zeit
Eine kaiserliche Botschaft
Vor dem Gesetz
Ein Traum

Mein Geschäft ...

Mein Geschäft ruht ganz auf meinen Schultern. Zwei Fräulein mit Schreibmaschinen und Geschäftsbüchern im Vorzimmer, mein Zimmer mit Schreibtisch, Kassa, Beratungstisch, Klubsessel und Telephon, das ist mein ganzer Arbeitsapparat. So einfach zu überblicken, so leicht zu führen. Ich bin jung und die Geschäfte rollen vor mir her, ich klage nicht. Ich klage nicht. Seit Neujahr hat ein junger Mann die kleine leerstehende Nebenwohnung, die ich ungeschickter Weise so lange zu mieten gezögert habe, frischweg gemietet. Auch ein Zimmer mit Vorzimmer, außerdem aber noch eine Küche. Zimmer und Vorzimmer hätte ich wohl brauchen können, meine zwei Fräulein fühlen sich schon manchmal überlastet, – aber wozu hätte mir die Küche gedient. Dieses kleinliche Bedenken war daran schuld, daß ich mir die Wohnung habe wegnehmen lassen. Nun sitzt dort dieser junge Mann. Harras heißt er. Was er dort eigentlich macht weiß ich nicht. Auf der Tür steht nur »Harras, Bureau«. Ich habe Erkundigungen eingezogen, man hat mir mitgeteilt es sei ein Geschäft ähnlich dem meinigen, vor Kreditgewährung könne man nicht geradezu warnen, denn es handle sich doch um einen jungen aufstrebenden Mann, dessen Sache vielleicht Zukunft habe, doch könne man zum Kredit auch nicht geradezu raten, denn gegenwärtig sei allem Anschein nach kein Vermögen vorhanden. Die übliche Auskunft, die man gibt, wenn man nichts weiß. Manchmal treffe ich Harras auf der Treppe, er muß es immer außerordentlich eilig haben, er huscht förmlich an mir vorüber, genau gesehn habe ich ihn noch gar nicht, den Bureauschlüssel hält er schon vorbereitet in der

Hand, im Augenblick hat er die Tür geöffnet, wie der Schwanz einer Ratte ist er hineingeglitten, und ich stehe nur wieder vor der Tafel »Harras, Bureau«, die ich schon viel öfter gelesen habe, als sie es verdient. Die elend dünnen Wände, die den ehrlich tätigen Mann verraten, den Unehrlichen aber decken. Mein Telephon ist an der Zimmerwand angebracht die mich von meinem Nachbar trennt, doch hebe ich das bloß als besonders ironische Tatsache hervor, selbst wenn es an der entgegengesetzten Wand hieng, würde man in der Nebenwohnung alles hören. Ich habe mir abgewöhnt, den Namen der Kunden beim Telephon zu nennen, aber es gehört natürlich nicht viel Schlauheit dazu, aus charakteristischen aber unvermeidlichen Wendungen des Gesprächs die Namen zu erraten. Manchmal umtanze ich, die Hörmuschel am Ohr, von Unruhe gestachelt, auf den Fußspitzen den Apparat, und kann es doch nicht verhüten daß Geheimnisse preisgegeben werden. Natürlich werden dadurch beim Telephonieren auch meine geschäftlichen Entscheidungen unsicherer, meine Stimme zittrig. Was macht Harras, während ich telephoniere? Wollte ich sehr übertreiben, aber das muß man oft, um sich Klarheit zu verschaffen, so könnte ich sagen: Harras braucht kein Telephon, er benutzt meines, er hat sein Kanapee an die Wand gerückt und horcht, ich dagegen muß, wenn geläutet wird zum Telephon laufen, die Wünsche des Kunden entgegennehmen, schwerwiegende Entschlüsse fassen, großangelegte Überredungen ausführen, vor allem aber während des Ganzen unwillkürlich durch die Zimmerwand Harras Bericht erstatten. Vielleicht wartet er gar nicht das Ende des Gespräches ab, sondern erhebt sich nach der Gesprächsstelle die ihn über den Fall genügend aufgeklärt hat, huscht nach seiner Gewohnheit durch die Stadt und ehe ich die Hörmuschel aufgehängt habe, ist er vielleicht schon daran, mir entgegenzuarbeiten.

Eine Kreuzung

Ich habe ein eigentümliches Tier, halb Kätzchen, halb Lamm. Es ist ein Erbstück aus meines Vaters Besitz, entwikkelt hat es sich aber doch erst in meiner Zeit, früher war es viel mehr Lamm als Kätzchen, jetzt aber hat es von beiden wohl gleichviel. Von der Katze Kopf und Krallen, vom Lamm Größe und Gestalt, von beiden die Augen, die flakkernd und mild sind, das Fellhaar, das weich ist und knapp anliegt, die Bewegungen, die sowohl Hüpfen als Schleichen sind, im Sonnenschein auf dem Fensterbrett macht es sich rund und schnurrt, auf der Wiese läuft es wie toll und ist kaum einzufangen, vor Katzen flieht es, Lämmer will es anfallen, in der Mondnacht ist die Dachtraufe sein liebster Weg, Miauen kann es nicht und vor Ratten hat es Abscheu, neben dem Hühnerstall kann es stundenlang auf der Lauer liegen, doch hat es noch niemals eine Mordgelegenheit ausgenutzt, ich nähre es mit süßer Milch, die bekommt ihm bestens, in langen Zügen saugt es sie über seine Raubtierzähne hinweg in sich ein. Natürlich ist es ein großes Schauspiel für Kinder. Sonntagvormittag ist Besuchsstunde, ich habe das Tierchen auf dem Schooß und die Kinder der ganzen Nachbarschaft stehn um mich herum. Da werden die sonderbarsten Fragen gestellt, die kein Mensch beantworten kann. Ich gebe mir auch keine Mühe, sondern begnüge mich ohne weitere Erklärungen damit, das zu zeigen was ich habe. Manchmal bringen die Kinder Katzen mit, einmal haben sie sogar zwei Lämmer gebracht; es kam aber entgegen ihrer Erwartung zu keinen Erkennungsscenen, die Tiere sahen einander ruhig aus Tieraugen an und nahmen offenbar ihr Dasein als göttliche Tatsache gegenseitig hin.

In meinem Schooß kennt das Tier weder Angst noch Verfolgungslust. An mich angeschmiegt fühlt es sich am wohlsten. Es hält zur Familie die es aufgezogen hat. Es ist das wohl nicht irgendeine außergewöhnliche Treue, sondern der richtige Instinkt eines Tieres, das auf der Erde zwar unzählige Verschwägerte, aber vielleicht keinen einzigen nahen Blutsverwandten hat, und dem deshalb der Schutz den es bei uns gefunden hat, heilig ist. Manchmal muß ich lachen, wenn es mich umschnuppert, zwischen den Beinen sich durchwindet und gar nicht von mir zu trennen ist. Nicht genug damit, daß es Lamm und Katze ist, will es fast auch noch ein Hund sein. Ähnliches glaube ich nämlich im Ernst. Es hat beiderlei Unruhe in sich, die von der Katze und die vom Lamm, so verschiedenartig sie sind. Darum ist ihm aber seine Haut zu eng. Vielleicht wäre für das Tier das Messer des Fleischers eine Erlösung, die muß ich ihm aber als einem Erbstück versagen.

Ein Bericht für eine Akademie
und andere Texte zum Rotpeter-Thema

Hohe Herren von der Akademie!

Sie erweisen mir die Ehre, mich aufzufordern, der Akademie einen Bericht über mein äffisches Vorleben einzureichen.

In diesem Sinne kann ich leider der Aufforderung nicht nachkommen. Nahezu fünf Jahre trennen mich vom Affentum, eine Zeit, kurz vielleicht am Kalender gemessen, unendlich lang aber durchzugaloppieren, so wie ich es getan habe, streckenweise begleitet von vortrefflichen Menschen, Ratschlägen, Beifall und Orchestralmusik, aber im Grunde allein, denn alle Begleitung hielt sich, um im Bilde zu bleiben, weit vor der Barriere. Diese Leistung wäre unmöglich gewesen, wenn ich eigensinnig hätte an meinem Ursprung, an den Erinnerungen der Jugend festhalten wollen. Gerade Verzicht auf jeden Eigensinn war das oberste Gebot, das ich mir auferlegt hatte; ich, freier Affe, fügte mich diesem Joch. Dadurch verschlossen sich mir aber ihrerseits die Erinnerungen immer mehr. War mir zuerst die Rückkehr, wenn die Menschen gewollt hätten, freigestellt durch das ganze Tor, das der Himmel über der Erde bildet, wurde es gleichzeitig mit meiner vorwärts gepeitschten Entwicklung immer niedriger und enger; wohler und eingeschlossener fühlte ich mich in der Menschenwelt; der Sturm, der mir aus meiner Vergangenheit nachblies, sänftigte sich; heute ist es nur ein Luftzug, der mir die Fersen kühlt; und das Loch in der Ferne, durch das er kommt und durch das ich einstmals kam, ist so klein geworden, daß ich, wenn überhaupt die Kräfte und der Wille hinreichen würden, um bis dorthin zurückzulaufen, das Fell vom Leib mir schinden müßte, um durchzukommen. Offen gesprochen, so gerne ich auch Bilder wähle für diese Dinge, offen gesprochen: Ihr Affentum, meine Herren, soferne Sie etwas Derartiges hinter sich haben, kann Ihnen nicht ferner sein als mir das meine. An der Ferse aber kitzelt es jeden, der hier auf Erden geht: den kleinen Schimpansen wie den großen Achilles.

In eingeschränktestem Sinn aber kann ich doch vielleicht Ihre Anfrage beantworten und ich tue es sogar mit großer Freude. Das erste, was ich lernte, war: den Handschlag geben; Handschlag bezeugt Offenheit; mag nun heute, wo ich auf dem Höhepunkte meiner Laufbahn stehe, zu jenem ersten Handschlag auch das offene Wort hinzukommen. Es wird für die Akademie nichts wesentlich Neues beibringen und weit hinter dem zurückbleiben, was man von mir verlangt hat und was ich beim besten Willen nicht sagen kann – immerhin, es soll die Richtlinie zeigen, auf welcher ein gewesener Affe in die Menschenwelt eingedrungen ist und sich dort festgesetzt hat. Doch dürfte ich selbst das Geringfügige, was folgt, gewiß nicht sagen, wenn ich meiner nicht völlig sicher wäre und meine Stellung auf allen großen Varietébühnen der zivilisierten Welt sich nicht bis zur Unerschütterlichkeit gefestigt hätte:

Ich stamme von der Goldküste. Darüber, wie ich eingefangen wurde, bin ich auf fremde Berichte angewiesen. Eine Jagdexpedition der Firma Hagenbeck – mit dem Führer habe ich übrigens seither schon manche gute Flasche Rotwein geleert – lag im Ufergebüsch auf dem Anstand, als ich am Abend inmitten eines Rudels zur Tränke lief. Man schoß; ich war der einzige, der getroffen wurde; ich bekam zwei Schüsse.

Einen in die Wange; der war leicht; hinterließ aber eine große ausrasierte rote Narbe, die mir den widerlichen, ganz und gar unzutreffenden, förmlich von einem Affen erfundenen Namen Rotpeter eingetragen hat, so als unterschiede ich mich von dem unlängst krepierten, hie und da bekannten, dressierten Affentier Peter nur durch den roten Fleck auf der Wange. Dies nebenbei.

Der zweite Schuß traf mich unterhalb der Hüfte. Er war schwer, er hat es verschuldet, daß ich noch heute ein wenig hinke. Letzthin las ich in einem Aufsatz irgendeines der zehntausend Windhunde, die sich in den Zeitungen über mich auslassen: meine Affennatur sei noch nicht ganz unterdrückt; Beweis dessen sei, daß ich, wenn Besucher kommen, mit Vorliebe die Hosen ausziehe, um die Einlaufstelle jenes Schusses zu zeigen. Dem Kerl sollte jedes Fingerchen seiner schreibenden Hand einzeln weggeknallt werden. Ich, ich darf meine Hosen ausziehen, vor wem es mir beliebt; man wird dort nichts finden als einen wohlgepflegten Pelz und die Narbe nach einem – wählen wir hier zu einem bestimmten Zwecke ein bestimmtes Wort, das aber nicht mißverstanden werden wolle – die Narbe nach einem frevelhaften Schuß. Alles liegt offen zutage; nichts ist zu verbergen; kommt es auf Wahrheit an, wirft jeder Großgesinnte die allerfeinsten Manieren ab. Würde dagegen jener Schreiber die Hosen ausziehen, wenn Besuch kommt, so hätte dies allerdings ein anderes Ansehen und ich will es als Zeichen der Vernunft gelten lassen, daß er es nicht tut. Aber dann mag er mir auch mit seinem Zartsinn vom Halse bleiben!

Nach jenen Schüssen erwachte ich – und hier beginnt allmählich meine eigene Erinnerung – in einem Käfig im Zwischendeck des Hagenbeckschen Dampfers. Es war kein vierwandiger Gitterkäfig; vielmehr waren nur drei Wände an einer Kiste festgemacht; die Kiste also bildete die vierte Wand. Das Ganze war zu niedrig zum Aufrechtstehen und zu schmal zum Niedersitzen. Ich hockte deshalb mit eingebogenen, ewig zitternden Knien, und zwar, da ich zunächst wahrscheinlich niemanden sehen und immer nur im Dunkel sein wollte, zur Kiste gewendet, während sich mir hinten die Gitterstäbe ins Fleisch einschnitten. Man hält eine solche Verwahrung wilder Tiere in der allerersten Zeit für vorteilhaft, und ich kann heute nach meiner Erfahrung nicht leugnen, daß dies im menschlichen Sinn tatsächlich der Fall ist.

Daran dachte ich aber damals nicht. Ich war zum erstenmal in meinem Leben ohne Ausweg; zumindest geradeaus ging es nicht; geradeaus vor mir war die Kiste, Brett fest an Brett gefügt. Zwar war zwischen den Brettern eine durchlaufende Lücke, die ich, als ich sie zuerst entdeckte, mit dem glückseligen Heulen des Unverstandes begrüßte, aber diese Lücke reichte bei weitem nicht einmal zum Durchstecken des Schwanzes aus und war mit aller Affenkraft nicht zu verbreitern.

Ich soll, wie man mir später sagte, ungewöhnlich wenig Lärm gemacht haben, woraus man schloß, daß ich entweder bald eingehen müsse oder daß ich, falls es mir gelingt, die erste kritische Zeit zu überleben, sehr dressurfähig sein werde. Ich überlebte diese Zeit. Dumpfes Schluchzen, schmerzhaftes Flöhesuchen, müdes Lecken einer Kokosnuß, Beklopfen der Kistenwand mit dem Schädel, Zungen-Blekken, wenn mir jemand nahekam, – das waren die ersten Beschäftigungen in dem neuen Leben. In alledem aber doch nur das eine Gefühl: kein Ausweg. Ich kann natürlich das damals affenmäßig Gefühlte heute nur mit Menschenworten nachzeichnen und verzeichne es infolgedessen, aber wenn ich auch die alte Affenwahrheit nicht mehr erreichen kann, wenigstens in der Richtung meiner Schilderung liegt sie, daran ist kein Zweifel.

Ich hatte doch so viele Auswege bisher gehabt und nun keinen mehr. Ich war festgerannt. Hätte man mich angenagelt, meine Freizügigkeit wäre dadurch nicht kleiner geworden. Warum das? Kratz dir das Fleisch zwischen den Fußzehen auf, du wirst den Grund nicht finden. Drück dich hinten gegen die Gitterstange, bis sie dich fast zweiteilt, du wirst den Grund nicht finden. Ich hatte keinen Ausweg, mußte mir ihn aber verschaffen, denn ohne ihn konnte ich nicht leben. Immer an dieser Kistenwand – ich wäre unweigerlich verreckt. Aber Affen gehören bei Hagenbeck an die Kistenwand – nun, so hörte ich auf, Affe zu sein. Ein klarer, schöner Gedankengang, den ich irgendwie mit dem Bauch ausgeheckt haben muß, denn Affen denken mit dem Bauch.

Ich habe Angst, daß man nicht genau versteht, was ich unter Ausweg verstehe. Ich gebrauche das Wort in seinem gewöhnlichsten und vollsten Sinn. Ich sage absichtlich nicht Freiheit. Ich meine nicht dieses große Gefühl der Freiheit nach allen Seiten. Als Affe kannte ich es vielleicht und ich habe Menschen kennen gelernt, die sich danach sehnen. Was mich aber anlangt, verlangte ich Freiheit weder damals noch heute. Nebenbei: mit Freiheit betrügt man sich unter Menschen allzuoft. Und so wie die Freiheit zu den erhabensten Gefühlen zählt, so auch die entsprechende Täuschung zu den erhabensten. Oft habe ich in den Varietés vor meinem Auftreten irgendein Künstlerpaar oben an der Decke an Trapezen hantieren sehen. Sie schwangen sich, sie schaukelten, sie sprangen, sie schwebten einander in die Arme, einer trug den anderen an den Haaren mit dem Gebiß. »Auch das ist Menschenfreiheit«, dachte ich, »selbstherrliche Bewegung.« Du Verspottung der heiligen Natur! Kein Bau würde standhalten vor dem Gelächter des Affentums bei diesem Anblick.

Nein, Freiheit wollte ich nicht. Nur einen Ausweg; rechts, links, wohin immer; ich stellte keine anderen Forderungen; sollte der Ausweg auch nur eine Täuschung sein; die Forderung war klein, die Täuschung würde nicht größer sein.

Weiterkommen, weiterkommen! Nur nicht mit aufgehobenen Armen stillestehn, angedrückt an eine Kistenwand.

Heute sehe ich klar: ohne größte innere Ruhe hätte ich nie entkommen können. Und tatsächlich verdanke ich vielleicht alles, was ich geworden bin, der Ruhe, die mich nach den ersten Tagen dort im Schiff überkam. Die Ruhe wiederum aber verdankte ich wohl den Leuten vom Schiff.

Es sind gute Menschen, trotz allem. Gerne erinnere ich mich noch heute an den Klang ihrer schweren Schritte, der damals in meinem Halbschlaf widerhallte. Sie hatten die Gewohnheit, alles äußerst langsam in Angriff zu nehmen. Wollte sich einer die Augen reiben, so hob er die Hand wie ein Hängegewicht. Ihre Scherze waren grob, aber herzlich. Ihr Lachen war immer mit einem gefährlich klingenden aber nichts bedeutenden Husten gemischt. Immer hatten sie im Mund etwas zum Ausspeien und wohin sie ausspieen war ihnen gleichgültig. Immer klagten sie, daß meine Flöhe auf sie überspringen; aber doch waren sie mir deshalb niemals ernstlich böse; sie wußten eben, daß in meinem Fell Flöhe gedeihen und daß Flöhe Springer sind; damit fanden sie sich ab. Wenn sie dienstfrei waren, setzten sich manchmal einige im Halbkreis um mich nieder; sprachen kaum, sondern gurrten einander nur zu; rauchten, auf Kisten ausgestreckt, die Pfeife; schlugen sich aufs Knie, sobald ich die geringste Bewegung machte; und hie und da nahm einer einen Stecken und kitzelte mich dort, wo es mir angenehm war. Sollte ich heute eingeladen werden, eine Fahrt auf diesem Schiffe mitzumachen, ich würde die Einladung gewiß ablehnen, aber ebenso gewiß ist, daß es nicht nur häßliche Erinnerungen sind, denen ich dort im Zwischendeck nachhängen könnte.

Die Ruhe, die ich mir im Kreise dieser Leute erwarb, hielt mich vor allem von jedem Fluchtversuch ab. Von heute aus gesehen scheint es mir, als hätte ich zumindest geahnt, daß ich einen Ausweg finden müsse, wenn ich leben wolle, daß dieser Ausweg aber nicht durch Flucht zu erreichen sei. Ich weiß nicht mehr, ob Flucht möglich war, aber ich glaube es; einem Affen sollte Flucht immer möglich sein. Mit meinen heutigen Zähnen muß ich schon beim gewöhnlichen Nüsseknacken vorsichtig sein, damals aber hätte es mir wohl im Lauf der Zeit gelingen müssen, das Türschloß durchzubeißen. Ich tat es nicht. Was wäre damit auch gewonnen gewesen? Man hätte mich, kaum war der Kopf hinausgesteckt, wieder eingefangen und in einen noch schlimmeren Käfig gesperrt; oder ich hätte mich unbemerkt zu anderen Tieren, etwa zu den Riesenschlangen mir gegenüber flüchten können und mich in ihren Umarmungen ausgehaucht; oder es wäre mir gar gelungen, mich bis aufs Deck zu stehlen und über Bord zu springen, dann hätte ich ein Weilchen auf dem Weltmeer geschaukelt und wäre ersoffen. Verzweiflungstaten. Ich rechnete nicht so menschlich, aber unter dem Einfluß meiner Umgebung verhielt ich mich so, wie wenn ich gerechnet hätte.

Ich rechnete nicht, wohl aber beobachtete ich in aller Ruhe. Ich sah diese Menschen auf und ab gehen, immer die gleichen Gesichter, die gleichen Bewegungen, oft schien es mir, als wäre es nur einer. Dieser Mensch oder diese Menschen gingen also unbehelligt. Ein hohes Ziel dämmerte mir auf. Niemand versprach mir, daß, wenn ich so wie sie werden würde, das Gitter aufgezogen werde. Solche Versprechungen für scheinbar unmögliche Erfüllungen werden nicht gegeben. Löst man aber die Erfüllungen ein, erscheinen nachträglich auch die Versprechungen genau dort, wo man sie früher vergeblich gesucht hat. Nun war an diesen Menschen an sich nichts, was mich sehr verlockte. Wäre ich ein Anhänger jener erwähnten Freiheit, ich hätte gewiß das Weltmeer dem Ausweg vorgezogen, der sich mir im trüben Blick dieser Menschen zeigte. Jedenfalls aber beobachtete ich sie schon lange vorher, ehe ich an solche Dinge dachte, ja die angehäuften Beobachtungen drängten mich erst in die bestimmte Richtung.

Es war so leicht, die Leute nachzuahmen. Spucken konnte ich schon in den ersten Tagen. Wir spuckten einander dann gegenseitig ins Gesicht; der Unterschied war nur, daß ich mein Gesicht nachher reinleckte, sie ihres nicht. Die Pfeife rauchte ich bald wie ein Alter; drückte ich dann auch noch den Daumen in den Pfeifenkopf, jauchzte das ganze Zwischendeck; nur den Unterschied zwischen der leeren und der gestopften Pfeife verstand ich lange nicht.

Die meiste Mühe machte mir die Schnapsflasche. Der Geruch peinigte mich; ich zwang mich mit allen Kräften; aber es vergingen Wochen, ehe ich mich überwand. Diese inneren Kämpfe nahmen die Leute merkwürdigerweise ernster als irgend etwas sonst an mir. Ich unterscheide die Leute auch in meiner Erinnerung nicht, aber da war einer, der kam immer wieder, allein oder mit Kameraden, bei Tag, bei Nacht, zu den verschiedensten Stunden; stellte sich mit der Flasche vor mich hin und gab mir Unterricht. Er begriff mich nicht, er wollte das Rätsel meines Seins lösen. Er entkorkte langsam die Flasche und blickte mich dann an, um zu prüfen, ob ich verstanden habe; ich gestehe, ich sah ihm immer mit wilder, mit überstürzter Aufmerksamkeit zu; einen solchen Menschenschüler findet kein Menschenlehrer auf dem ganzen Erdenrund; nachdem die Flasche entkorkt war, hob er sie zum Mund; ich mit meinen Blicken ihm nach bis in die Gurgel; er nickt, zufrieden mit mir, und setzt die Flasche an die Lippen; ich, entzückt von allmählicher Erkenntnis, kratze mich quietschend der Länge und Breite nach, wo es sich trifft; er freut sich, setzt die Flasche an und macht einen

Schluck; ich, ungeduldig und verzweifelt, ihm nachzueifern, verunreinige mich in meinem Käfig, was wieder ihm große Genugtuung macht; und nun weit die Flasche von sich strekkend und im Schwung sie wieder hinaufführend, trinkt er sie, übertrieben lehrhaft zurückgebeugt, mit einem Zuge leer. Ich, ermattet von allzugroßem Verlangen, kann nicht mehr folgen und hänge schwach am Gitter, während er den theoretischen Unterricht damit beendet, daß er sich den Bauch streicht und grinst.

Nun erst beginnt die praktische Übung. Bin ich nicht schon allzu erschöpft durch das Theoretische? Wohl, allzu erschöpft. Das gehört zu meinem Schicksal. Trotzdem greife ich, so gut ich kann, nach der hingereichten Flasche; entkorke sie zitternd; mit dem Gelingen stellen sich allmählich neue Kräfte ein; ich hebe die Flasche, vom Original schon kaum zu unterscheiden; setze sie an und – und werfe sie mit Abscheu, mit Abscheu, trotzdem sie leer ist und nur noch der Geruch sie füllt, werfe sie mit Abscheu auf den Boden. Zur Trauer meines Lehrers, zur größeren Trauer meiner selbst; weder ihn, noch mich versöhne ich dadurch, daß ich auch nach dem Wegwerfen der Flasche nicht vergesse, ausgezeichnet meinen Bauch zu streichen und dabei zu grinsen.

Allzuoft nur verlief so der Unterricht. Und zur Ehre meines Lehrers: er war mir nicht böse; wohl hielt er mir manchmal die brennende Pfeife ans Fell, bis es irgendwo, wo ich nur schwer hinreichte, zu glimmen anfing, aber dann löschte er es selbst wieder mit seiner riesigen guten Hand; er war mir nicht böse, er sah ein, daß wir auf der gleichen Seite gegen die Affennatur kämpften und daß ich den schwereren Teil hatte.

Was für ein Sieg dann allerdings für ihn wie für mich, als ich eines Abends vor großem Zuschauerkreis – vielleicht war ein Fest, ein Grammophon spielte, ein Offizier erging sich zwischen den Leuten – als ich an diesem Abend, gerade unbeachtet, eine vor meinem Käfig versehentlich stehen gelassene Schnapsflasche ergriff, unter steigender Aufmerksamkeit der Gesellschaft sie schulgerecht entkorkte, an den Mund setzte und ohne Zögern, ohne Mundverziehen, als Trinker von Fach, mit rund gewälzten Augen, schwappender Kehle, wirklich und wahrhaftig leer trank; nicht mehr als Verzweifelter, sondern als Künstler die Flasche hinwarf; zwar vergaß den Bauch zu streichen; dafür aber, weil ich nicht anders konnte, weil es mich drängte, weil mir die Sinne rauschten, kurz und gut »Hallo!« ausrief, in Menschenlaut ausbrach, mit diesem Ruf in die Menschengemeinschaft sprang und ihr Echo: »Hört nur, er spricht!« wie einen Kuß auf meinem ganzen schweißtriefenden Körper fühlte.

Ich wiederhole: es verlockte mich nicht, die Menschen nachzuahmen; ich ahmte nach, weil ich einen Ausweg suchte, aus keinem anderen Grund. Auch war mit jenem Sieg noch wenig getan. Die Stimme versagte mir sofort wieder; stellte sich erst nach Monaten ein; der Widerwille gegen die Schnapsflasche kam sogar noch verstärkter. Aber meine Richtung allerdings war mir ein für allemal gegeben.

Als ich in Hamburg dem ersten Dresseur übergeben wurde, erkannte ich bald die zwei Möglichkeiten, die mir offen standen: Zoologischer Garten oder Varieté. Ich zögerte nicht. Ich sagte mir: setze alle Kraft an, um ins Varieté zu kommen; das ist der Ausweg; Zoologischer Garten ist nur ein neuer Gitterkäfig; kommst du in ihn, bist du verloren.

Und ich lernte, meine Herren. Ach, man lernt, wenn man muß; man lernt, wenn man einen Ausweg will; man lernt rücksichtslos. Man beaufsichtigt sich selbst mit der Peitsche; man zerfleischt sich beim geringsten Widerstand. Die Affennatur raste, sich überkugelnd, aus mir hinaus und weg, so daß mein erster Lehrer selbst davon fast äffisch wurde, bald den Unterricht aufgeben und in eine Heilanstalt gebracht werden mußte. Glücklicherweise kam er wieder bald hervor.

Aber ich verbrauchte viele Lehrer, ja sogar einige Lehrer gleichzeitig. Als ich meiner Fähigkeiten schon sicherer geworden war, die Öffentlichkeit meinen Fortschritten folgte, meine Zukunft zu leuchten begann, nahm ich selbst Lehrer auf, ließ sie in fünf aufeinanderfolgenden Zimmern niedersetzen und lernte bei allen zugleich, indem ich ununterbrochen aus einem Zimmer ins andere sprang.

Diese Fortschritte! Dieses Eindringen der Wissensstrahlen von allen Seiten ins erwachende Hirn! Ich leugne nicht: es beglückte mich. Ich gestehe aber auch ein: ich überschätzte es nicht, schon damals nicht, wieviel weniger heute. Durch eine Anstrengung, die sich bisher auf der Erde nicht wiederholt hat, habe ich die Durchschnittsbildung eines Europäers erreicht. Das wäre an sich vielleicht gar nichts, ist aber insofern doch etwas, als es mir aus dem Käfig half und mir diesen besonderen Ausweg, diesen Menschenausweg verschaffte. Es gibt eine ausgezeichnete deutsche Redensart: sich in die Büsche schlagen; das habe ich getan, ich habe mich in die Büsche geschlagen. Ich hatte keinen anderen Weg, immer vorausgesetzt, daß nicht die Freiheit zu wählen war.

Überblicke ich meine Entwicklung und ihr bisheriges Ziel, so klage ich weder, noch bin ich zufrieden. Die Hände in den Hosentaschen, die Weinflasche auf dem Tisch, liege ich halb, halb sitze ich im Schaukelstuhl und schaue aus dem Fenster. Kommt Besuch, empfange ich ihn, wie es sich gebührt. Mein Impresario sitzt im Vorzimmer; läute ich, kommt er und hört, was ich zu sagen habe. Am Abend ist fast immer Vorstellung, und ich habe wohl kaum mehr zu steigernde Erfolge. Komme ich spät nachts von Banketten, aus wissenschaftlichen Gesellschaften, aus gemütlichem Beisammensein nach Hause, erwartet mich eine kleine halbdressierte Schimpansin und ich lasse es mir nach Affenart bei ihr wohlgehen. Bei Tag will ich sie nicht sehen; sie hat nämlich den Irrsinn des verwirrten dressierten Tieres im Blick; das erkenne nur ich und ich kann es nicht ertragen.

Im Ganzen habe ich jedenfalls erreicht, was ich erreichen wollte. Man sage nicht, es wäre der Mühe nicht wert gewesen. Im übrigen will ich keines Menschen Urteil, ich will nur Kenntnisse verbreiten, ich berichte nur, auch Ihnen, hohe Herren von der Akademie, habe ich nur berichtet.

Wir alle kennen den Rotpeter, so wie ihn die halbe Welt kennt. Aber als er zu einem Gastspiel in unsere Stadt kam, beschloß ich ihn näher, ihn persönlich kennen zu lernen. Es ist nicht schwer vorgelassen zu werden. In großen Städten, wo alles, gewitzt, nur danach verlangt die Berühmtheiten aus nächster Nähe atmen zu sehn, mag es gewisse Schwierigkeiten haben, in unserer Stadt aber bescheidet man sich, das Staunenswerte vom Parterreplatz aus anzustaunen, ich war daher, wie mir der Hoteldiener sagte, bisher der einzige, der seinen Besuch angemeldet hatte. Herr Busenau, der Impresario empfieng mich überaus freundlich. Ich hatte nicht erwartet in ihm einen so bescheidenen, ja fast kleinmütigen Mann anzutreffen. Er saß im Vorzimmer der Wohnung Rotpeters und aß eine Eierspeise. Trotzdem Vormittag war, saß er doch schon im Abendfrack, in dem er bei den Vorstellungen erscheint. Kaum erblickte er mich, den fremden bedeutungslosen Gast, sprang er, der Besitzer höchster Orden, der König der Dresseure, der Ehrendoktor der großen Universitäten, – sprang er auf, schüttelte mir die Hände, nötigte mich zum Sitzen, wischte seinen Löffel am Tischtuch ab und bot mir ihn freundschaftlichst an, damit ich die Eierspeise zuende esse. Meinen ablehnenden Dank ließ er nicht gelten und wollte nun anfangen selbst mich zu füttern. Ich hatte Mühe ihn zu beruhigen, und ihn mit Teller und Löffel zurückzudrängen. »Sehr liebenswürdig daß Sie gekommen sind«, sagte er dann mit stark fremdländischer Betonung, »wirklich liebenswürdig. Auch kommen Sie zu richtiger Stunde, nicht immer, leider nicht immer kann Rotpeter empfangen, es widersteht ihm oft Menschen zu sehn; dann wird niemand, wer es auch sei, vorgelassen, selbst ich, selbst ich darf dann nur gewissermaßen geschäftlich mit ihm verkehren, auf der Bühne. Aber gleich nach der Vorstellung muß ich verschwinden, er fährt allein nachhause, sperrt sich in seine Zimmer ab und bleibt so meist wieder bis zum nächsten Abend. Einen großen Reisekorb voll Früchte hat er immer im Schlafzimmer, davon nährt er sich dann in solchen Fällen. Ich aber der ich ihn natürlich nicht ohne Aufsicht lassen darf, miete immer die gegenüberliegende Wohnung und beobachte ihn hinter Vorhängen.«

»Wenn ich Ihnen, Rotpeter, hier so gegenübersitze, Sie reden höre, Ihnen zutrinke, wahrhaftig – ob Sie es nun als Kompliment auffassen oder nicht, es ist aber nur die Wahrheit – ich vergesse dann ganz, daß Sie ein Schimpanse sind. Erst nach und nach, wenn ich mich aus den Gedanken zur Wirklichkeit zurückzwinge, zeigen mir wieder die Augen wessen Gast ich bin.«

»Ja.«

»Sie sind so still geworden, warum denn? Haben mir noch gerade jetzt so staunenswert richtige Urteile über unsere Stadt gesagt und sind jetzt so still.«

»Still?«

»Fehlt Ihnen etwas? Soll ich den Dresseur rufen? Vielleicht

sind Sie gewohnt um diese Stunde eine Mahlzeit einzunehmen?«

»Nein, nein. Es ist auch schon gut. Ich kann Ihnen auch sagen was es war. Manchmal überkommt mich ein solcher Widerwille vor Menschen, daß ich dem Brechreiz kaum widerstehen kann. Das hat natürlich nichts mit dem einzelnen zu tun, nichts mit Ihrer liebenswürdigen Gegenwart. Es geht gegen alle Menschen. Es ist das auch nichts merkwürdiges, sollten Sie z. B. mit Affen ständig zusammenleben, hätten Sie bei aller Selbstbeherrschung gewiß ähnliche Anfälle. Im übrigen ist es auch nicht eigentlich der Geruch der Mitmenschen, der mich so anwidert, sondern der Menschengeruch, den ich angenommen habe und der sich mit dem Geruch aus meiner alten Heimat mischt. Bitte riechen Sie selbst! Hier auf der Brust! Tiefer die Nase ins Fell! Tiefer, sage ich.«

»Ich kann leider nichts besonderes riechen. Der gewöhnliche Geruch eines gepflegten Körpers, sonst nichts. Allerdings, die Nasen der Stadtmenschen sind hier nicht maßgebend. Sie wittern natürlich tausenderlei das an uns vorüberweht.«

»Früher, mein Herr, früher. Das ist vorüber.«

»Da Sie selbst davon beginnen wage ich die Frage: Wie lange leben Sie eigentlich unter uns?«

»Fünf Jahre, am fünften August werden es fünf Jahre.«

»Unerhörte Leistung. In fünf Jahren das Affentum abwerfen und die ganze Menschheitsentwicklung durchzugallopieren. Das hat wahrhaftig noch niemand getan. Auf dieser Rennbahn sind Sie ganz allein.«

»Ich weiß es ist viel und manchmal geht es auch über meine Begriffe. In ruhigen Stunden aber urteile ich nicht so überschwänglich. Wissen Sie wie ich gefangen wurde?«

»Was über Sie gedruckt worden ist, habe ich alles gelesen. Sie wurden angeschossen und dann gefangen.«

»Ja, ich bekam zwei Schüsse, hier in die Wange einen, die

Wunde war natürlich viel größer, als die Narbe jetzt, und einen Schuß unterhalb der Hüfte. Ich werde die Hose ausziehn, damit Sie auch diese Narbe sehn. Hier also war der Einschuß, das war die entscheidende schwere Wunde, ich fiel vom Baum und als ich aufwachte war ich in einem Käfig im Zwischendeck.«

»Im Käfig! Im Zwischendeck! Anders liest man davon und anders faßt man es auf, wenn man Sie selbst es erzählen hört.«

»Und noch anders, wenn man es selbst erlebt hat mein Herr. Ich hatte bis dahin nicht gewußt, was es bedeutet: keinen Ausweg haben. Es war kein vierwandiger Gitterkäfig, vielmehr waren nur drei Wände an einer Kiste festgemacht, die Kiste bildete die vierte Wand. Das ganze war so niedrig daß ich nicht aufrecht stehn konnte, und so schmal daß ich nicht einmal sitzen konnte. Ich konnte also nur mit eingebogenen Knien dort hocken. In meiner Wut wollte ich niemand sehn und blieb deshalb zur Kiste gewendet, so lauerte ich dort mit zitternden Knien Tage und Nächte und hinten schnitten sich die Gitterstäbe in mich ein. Man hält eine solche Verwahrung wilder Tiere in der allerersten Zeit für vorteilhaft und ich kann nach meiner Erfahrung nicht leugnen, daß dies im menschlichen Sinn tatsächlich der Fall ist. Aber am menschlichen Sinn lag mir damals noch nichts. Ich hatte die Kiste vor mir. Öffne die Bretterwand, beiße ein Loch durch, presse Dich durch eine Lücke, die in Wirklichkeit kaum den Blick durchläßt und die Du bei der ersten Entdeckung mit dem glückseligen Heulen des Unverstands begrüßest. Wohin willst Du? Hinter dem Brett fängt der Wald an,

Sehr geehrter Herr Rotpeter,

ich habe den Bericht den Sie für unsere Akademie der Wissenschaften geschrieben haben mit großem Interesse, ja mit Herzklopfen gelesen. Kein Wunder, bin ich doch Ihr erster Lehrer gewesen, für den Sie so freundliche Worte der Erinnerung gefunden haben. Vielleicht hätte es sich bei einiger Überlegung vermeiden lassen, meinen Sanatoriumsaufenthalt zu erwähnen, doch erkenne ich an, daß Ihr ganzer Bericht in seinem ihn so auszeichnenden Freimuth auch die kleine Einzelnheit, trotzdem sie mich ein wenig kompromittiert, nicht unterdrücken durfte, wenn sie Ihnen einmal bei der Niederschrift zufällig eingefallen war. Doch davon wollte ich eigentlich hier nicht reden, es geht mir um anderes.

Ein Besuch im Bergwerk

Heute waren die obersten Ingenieure bei uns unten. Es ist irgendein Auftrag der Direktion ergangen, neue Stollen zu legen, und da kamen die Ingenieure, um die allerersten Ausmessungen vorzunehmen. Wie jung diese Leute sind und dabei schon so verschiedenartig! Sie haben sich alle frei entwickelt, und ungebunden zeigt sich ihr klar bestimmtes Wesen schon in jungen Jahren.

Einer, schwarzhaarig, lebhaft, läßt seine Augen überallhin laufen.

Ein Zweiter mit einem Notizblock, macht im Gehen Aufzeichnungen, sieht umher, vergleicht, notiert.

Ein Dritter, die Hände in den Rocktaschen, so daß sich alles an ihm spannt, geht aufrecht; wahrt die Würde; nur im fortwährenden Beißen seiner Lippen zeigt sich die ungeduldige, nicht zu unterdrückende Jugend.

Ein Vierter gibt dem Dritten Erklärungen, die dieser nicht verlangt; kleiner als er, wie ein Versucher neben ihm herlaufend, scheint er, den Zeigefinger immer in der Luft, eine Litanei über alles, was hier zu sehen ist, ihm vorzutragen.

Ein Fünfter, vielleicht der oberste im Rang, duldet keine Begleitung; ist bald vorn, bald hinten; die Gesellschaft richtet ihren Schritt nach ihm; er ist bleich und schwach; die Verantwortung hat seine Augen ausgehöhlt; oft drückt er im Nachdenken die Hand an die Stirn.

Der Sechste und Siebente gehen ein wenig gebückt, Kopf nah an Kopf, Arm in Arm, in vertrautem Gespräch; wäre hier nicht offenbar unser Kohlenbergwerk und unser Arbeitsplatz im tiefsten Stollen, könnte man glauben, diese knochigen, bartlosen, knollennasigen Herren seien junge Geistliche. Der eine lacht meistens mit katzenartigem Schnurren in sich hinein; der andere, gleichfalls lächelnd, führt das Wort und gibt mit der freien Hand irgendeinen Takt dazu. Wie sicher müssen diese zwei Herren ihrer Stellung sein, ja welche Verdienste müssen sie sich trotz ihrer Jugend um unser Bergwerk schon erworben haben, daß sie hier, bei einer so wichtigen Begehung, unter den Augen ihres Chefs, nur mit eigenen oder wenigstens mit solchen Angelegenheiten, die nicht mit der augenblicklichen Aufgabe zusammenhängen, so unbeirrbar sich beschäftigen dürfen. Oder sollte es möglich sein, daß sie, trotz alles Lachens und aller Unaufmerksamkeit, das, was nötig ist, sehr wohl bemerken? Man wagt über solche Herren kaum ein bestimmtes Urteil abzugeben.

Andererseits ist es aber doch wieder zweifellos, daß zum Beispiel der Achte unvergleichlich mehr als diese, ja mehr als alle anderen Herren bei der Sache ist. Er muß alles anfassen und mit einem kleinen Hammer, den er immer wieder aus der Tasche zieht und immer wieder dort verwahrt, beklopfen. Manchmal kniet er trotz seiner eleganten Kleidung in den Schmutz nieder und beklopft den Boden, dann wieder nur im Gehen die Wände oder die Decke über seinem Kopf. Einmal hat er sich lang hingelegt und lag dort still; wir dachten schon, es sei ein Unglück geschehen; aber dann sprang er mit einem kleinen Zusammenzucken seines schlanken Körpers auf. Er hatte also wieder nur eine Untersuchung gemacht. Wir glauben unser Bergwerk und seine Steine zu kennen, aber was dieser Ingenieur auf diese Weise hier immerfort untersucht, ist uns unverständlich.

Ein Neunter schiebt vor sich eine Art Kinderwagen, in welchem die Meßapparate liegen. Äußerst kostbare Apparate, tief in zarteste Watte eingelegt. Diesen Wagen sollte ja eigentlich der Diener schieben, aber es wird ihm nicht anvertraut; ein Ingenieur mußte heran und er tut es gern, wie man sieht. Er ist wohl der Jüngste, vielleicht versteht er noch gar nicht alle Apparate, aber sein Blick ruht immerfort auf ihnen, fast kommt er dadurch manchmal in Gefahr, mit dem Wagen an eine Wand zu stoßen.

Aber da ist ein anderer Ingenieur, der neben dem Wagen hergeht und es verhindert. Dieser versteht offenbar die Apparate von Grund aus und scheint ihr eigentlicher Verwahrer zu sein. Von Zeit zu Zeit nimmt er, ohne den Wagen anzuhalten, einen Bestandteil der Apparate heraus, blickt hindurch, schraubt auf oder zu, schüttelt und beklopft, hält ans Ohr und horcht; und legt schließlich, während der Wagenführer meist stillsteht, das kleine, von der Ferne kaum sichtbare Ding mit aller Vorsicht wieder in den Wagen. Ein wenig herrschsüchtig ist dieser Ingenieur, aber doch nur im Namen der Apparate. Zehn Schritte vor dem Wagen sollen wir schon, auf ein wortloses Fingerzeichen hin, zur Seite weichen, selbst dort, wo kein Platz zum Ausweichen ist.

Hinter diesen zwei Herren geht der unbeschäftigte Diener. Die Herren haben, wie es bei ihrem großen Wissen selbstverständlich ist, längst jeden Hochmut abgelegt, der Diener dagegen scheint ihn in sich aufgesammelt zu haben. Die eine Hand im Rücken, mit der anderen vorn über seine vergoldeten Knöpfe oder das feine Tuch seines Livreerockes streichend, nickt er öfters nach rechts und links, so als ob wir gegrüßt hätten und er antwortete, oder so, als nehme er an, daß wir gegrüßt hätten, könne es aber von seiner Höhe aus nicht nachprüfen. Natürlich grüßen wir ihn nicht, aber doch möchte man bei seinem Anblick fast glauben, es sei etwas Ungeheures, Kanzleidiener der Bergdirektion zu sein. Hinter ihm lachen wir allerdings, aber da auch ein Donnerschlag ihn nicht veranlassen könnte, sich umzudrehen, bleibt er doch als etwas Unverständliches in unserer Achtung.

Heute wird wenig mehr gearbeitet; die Unterbrechung war zu ausgiebig; ein solcher Besuch nimmt alle Gedanken an Arbeit mit sich fort. Allzu verlockend ist es, den Herren in das Dunkel des Probestollens nachzublicken, in dem sie alle verschwunden sind. Auch geht unsere Arbeitsschicht bald zu Ende; wir werden die Rückkehr der Herren nicht mehr mit ansehen.

Das nächste Dorf

Mein Großvater pflegte zu sagen: »Das Leben ist erstaunlich kurz. Jetzt in der Erinnerung drängt es sich mir so zusammen, daß ich zum Beispiel kaum begreife, wie ein junger Mensch sich entschließen kann ins nächste Dorf zu reiten, ohne zu fürchten, daß – von unglücklichen Zufällen ganz abgesehen – schon die Zeit des gewöhnlichen, glücklich ablaufenden Lebens für einen solchen Ritt bei weitem nicht hinreicht.«

Die Sorge des Hausvaters

Die einen sagen, das Wort Odradek stamme aus dem Slawischen und sie suchen auf Grund dessen die Bildung des Wortes nachzuweisen. Andere wieder meinen, es stamme aus dem Deutschen, vom Slawischen sei es nur beeinflußt. Die Unsicherheit beider Deutungen aber läßt wohl mit Recht darauf schließen, daß keine zutrifft, zumal man auch mit keiner von ihnen einen Sinn des Wortes finden kann.

Natürlich würde sich niemand mit solchen Studien beschäftigen, wenn es nicht wirklich ein Wesen gäbe, das Odradek heißt. Es sieht zunächst aus wie eine flache sternartige Zwirnspule, und tatsächlich scheint es auch mit Zwirn bezogen; allerdings dürften es nur abgerissene, alte, aneinander geknotete, aber auch ineinander verfitzte Zwirnstücke von verschiedenster Art und Farbe sein. Es ist aber nicht nur eine Spule, sondern aus der Mitte des Sternes kommt ein kleines Querstäbchen hervor und an dieses Stäbchen fügt sich dann im rechten Winkel noch eines. Mit Hilfe dieses letzteren Stäbchens auf der einen Seite, und einer der Ausstrahlungen des Sternes auf der anderen Seite, kann das Ganze wie auf zwei Beinen aufrecht stehen.

Man wäre versucht zu glauben, dieses Gebilde hätte früher irgendeine zweckmäßige Form gehabt und jetzt sei es nur zerbrochen. Dies scheint aber nicht der Fall zu sein; wenigstens findet sich kein Anzeichen dafür; nirgends sind Ansätze oder Bruchstellen zu sehen, die auf etwas Derartiges hinweisen würden; das Ganze erscheint zwar sinnlos, aber in seiner Art abgeschlossen. Näheres läßt sich übrigens nicht darüber sagen, da Odradek außerordentlich beweglich und nicht zu fangen ist.

Er hält sich abwechselnd auf dem Dachboden, im Treppenhaus, auf den Gängen, im Flur auf. Manchmal ist er monatelang nicht zu sehen; da ist er wohl in andere Häuser übersiedelt; doch kehrt er dann unweigerlich wieder in unser Haus zurück. Manchmal, wenn man aus der Tür tritt und er lehnt gerade unten am Treppengeländer, hat man Lust, ihn anzusprechen. Natürlich stellt man an ihn keine schwierigen Fragen, sondern behandelt ihn – schon seine Winzigkeit verführt dazu – wie ein Kind. »Wie heißt du denn?« fragt man ihn. »Odradek«, sagt er. »Und wo wohnst du?« »Unbestimmter Wohnsitz«, sagt er und lacht; es ist aber nur ein Lachen, wie man es ohne Lungen hervorbringen kann. Es klingt etwa so, wie das Rascheln in gefallenen Blättern. Damit ist die Unterhaltung meist zu Ende. Übrigens sind selbst diese Antworten nicht immer zu erhalten; oft ist er lange stumm, wie das Holz, das er zu sein scheint.

Vergeblich frage ich mich, was mit ihm geschehen wird. Kann er denn sterben? Alles, was stirbt, hat vorher eine Art Ziel, eine Art Tätigkeit gehabt und daran hat es sich zerrieben; das trifft bei Odradek nicht zu. Sollte er also einstmals etwa noch vor den Füßen meiner Kinder und Kindeskinder mit nachschleifendem Zwirnsfaden die Treppe hinunterkollern? Er schadet ja offenbar niemandem; aber die Vorstellung, daß er mich auch noch überleben sollte, ist mir eine fast schmerzliche.

K. war ein großer Taschenspieler . . .

K. war ein großer Taschenspieler. Sein Programm war ein wenig einförmig aber infolge der Zweifellosigkeit der Leistung immer wieder anziehend. An die Vorstellung, in der ich ihn zum erstenmale sah, erinnere ich mich trotzdem es schon zwanzig Jahre her ist und ich damals ein ganz kleiner Junge war, natürlich noch ganz genau. Er kam in unser kleines Städtchen ohne vorherige Ankündigung und veranstaltete die Vorstellung gleich abend am Tage seiner Ankunft. Im großen Speisezimmer unseres Hotels war um einen Tisch in der Mitte ein wenig freier Raum gelassen, – das war die ganze teatralische Vorbereitung. Meiner Erinnerung nach war der Saal überfüllt, nun erscheint einem Kind jeder Raum überfüllt, wo einige Lichter brennen, Stimmengewirr von Erwachsenen zu hören ist, ein Kellner hin- und herläuft und dergleichen, ich wußte auch nicht warum zu dieser offenbar übereilten Vorstellung viele Leute hätten gekommen sein sollen, immerhin spielt natürlich in meiner Erinnerung diese vermeintliche Überfüllung des Saales bei dem ganzen Eindruck, den ich von der Vorstellung hatte, gewiß entscheidend mit.

Neue Lampen

Gestern war ich zum erstenmal in den Direktionskanzleien. Unsere Nachtschicht hat mich zum Vertrauensmann gewählt und da die Konstruktion und Füllung unserer Lampen unzulänglich ist, sollte ich dort auf die Abschaffung dieser Mißstände dringen. Man zeigte mir das zuständige Bureau, ich klopfte an und trat ein. Ein zarter junger Mann, sehr bleich, lächelte mir von seinem großen Schreibtisch entgegen. Viel, überviel nickte er mit dem Kopf. Ich wußte nicht ob ich mich setzen sollte, es war dort zwar ein Sessel bereit, aber ich dachte, bei meinem ersten Besuch müsse ich mich vielleicht nicht gleich setzen, und so erzählte ich die Geschichte stehend. Gerade durch diese Bescheidenheit verursachte ich aber dem jungen Mann offenbar Schwierigkeiten, denn er mußte das Gesicht zu mir herum und aufwärts drehn, falls er nicht seinen Sessel umstellen wollte und das wollte er nicht. Andererseits aber brachte er auch den Hals trotz aller Bereitwilligkeit nicht ganz herum und blickte deshalb während meiner Erzählung auf halbem Wege schief zur Zimmerdecke hinauf, ich unwillkürlich ihm nach. Als ich fertig war stand er langsam auf, klopfte mir auf die Schultern, sagte: So, so – so so, und schob mich in das Nebenzimmer, wo ein Herr mit wildwachsendem großen Bart uns offenbar erwartet hatte, denn auf seinem Tisch war keine Spur irgendeiner Arbeit zu sehn, dagegen führte eine offene Glastür zu einem kleinen Gärtchen mit Blumen und Sträuchern in Fülle. Eine kleine Information aus paar Worten bestehend, vom jungen Mann ihm zugeflüstert genügt dem Herrn um unsere vielfachen Beschwerden zu erfassen. Sofort stand er auf und sagte: Also mein lieber – er stockte, ich glaubte, er wolle meinen Namen wissen und ich machte deshalb schon den Mund auf, um mich neuerlich vorzustellen, aber er fuhr mir dazwischen: Ja, ja, es ist gut, es ist gut, ich kenne Dich sehr genau – also Deine oder Euere Bitte ist gewiß berechtigt, ich und die Herren von der Direktion sind die letzten, die das nicht einsehen würden. Das Wohl der Leute, glaube mir, liegt uns mehr am Herzen als das Wohl des Werkes. Warum auch nicht? Das Werk kann aber wieder neu errichtet werden, es kostet nur Geld, zum Teufel mit dem Geld, geht aber ein Mensch zugrunde, so geht eben ein Mensch zugrunde, es bleibt die Witwe, die Kinder. Ach Du liebe Güte! Darum ist also jeder Vorschlag neue Sicherung, neue Erleichterung, neue Bequemlichkeit und Luxuriositäten einzuführen, uns hochwillkommen. Wer damit kommt, ist unser Mann. Du läßt uns also Deine Anregungen hier, wir werden sie genau prüfen, sollte noch irgendeine kleine blendende Neuigkeit angeheftet werden können, werden wir sie gewiß nicht unterschlagen und bis alles fertig ist, bekommt Ihr die neuen Lampen. Das aber sage Deinen Leuten unten: Solange wir nicht aus Euerem Stollen einen Salon gemacht haben, werden wir hier nicht ruhn und wenn Ihr nicht schließlich in Lackstiefeln umkommt, dann überhaupt nicht. Und damit schön empfohlen!

Eine alltägliche Verwirrung

Ein alltäglicher Vorfall; sein Ertragen ein alltäglicher Heroismus: A. hat mit B. aus dem Nachbardorf H ein wichtiges Geschäft abzuschließen. Er geht zur Vorbesprechung nach H, legt den Hin- und Herweg in je zehn Minuten zurück und rühmt sich zuhause dieser besonderen Schnelligkeit. Am nächsten Tag geht er wieder nach H, diesmal zum endgültigen Geschäftsabschluß; da dieser voraussichtlich mehrere Stunden erfordern wird, geht A schon frühmorgens aus; trotzdem aber alle Nebenumstände, wenigstens nach A.'s Meinung, völlig die gleichen sind wie am Vortag braucht er diesmal zum Weg nach H zehn Stunden. Als er dort ermüdet abends ankommt, sagt man ihm, daß B. ärgerlich wegen A's Ausbleiben vor einer halben Stunde zu A. in sein Dorf hinüber gegangen sei; sie hätten einander eigentlich treffen müssen. Man rät A. zu warten, B. müsse ja gleich zurückkommen. A. aber, in Angst wegen des Geschäftes, macht sich sofort auf und eilt nachhause. Diesmal legt er den Weg, ohne besonders darauf zu achten, geradezu in einem Augenblick zurück. Zuhause erfährt er, B. sei doch schon gleich früh gekommen, noch vor dem Weggang A' s, ja er habe A. im Haustor getroffen, ihn an das Geschäft erinnert, aber A. habe gesagt, er hätte jetzt keine Zeit, er müsse jetzt eiligst fort. Trotz dieses unverständlichen Verhaltens A's sei aber B. doch hier geblieben um auf A. zu warten. Er habe zwar schon oft nachgefragt ob A. zurückgekommen sei, befinde sich aber noch immer oben in A's Zimmer. Glücklich darüber, B. jetzt noch sprechen und ihm alles erklären zu können läuft A. die Treppe hinauf. Schon ist er fast oben, da stolpert er, erleidet eine Sehnenzerrung und fast ohnmächtig vor Schmerz, unfähig sogar zu schreien, nur winselnd im Dunkel, hört und sieht er, wie B., undeutlich ob in großer Ferne oder knapp neben ihm, wütend die Treppe hinunterstampft und endgültig verschwindet.

Die Wahrheit über Sancho Pansa

Sancho Pansa, der sich übrigens dessen nie gerühmt hat, gelang es im Laufe der Jahre, in den Abend- und Nachtstunden, durch Beistellung einer Menge Ritter- und Räuberromane seinen Teufel, dem er später den Namen Don Quichote gab, derart von sich abzulenken, daß dieser dann haltlos die verrücktesten Taten ausführte, die aber mangels ihres vorbestimmten Gegenstandes, der eben Sancho Pansa hätte sein sollen, niemandem schadeten. Sancho Pansa, ein freier Mann, folgte gleichmütig, vielleicht aus einem gewissen Verantwortlichkeitsgefühl dem Don Quichote auf seinen Zügen und hatte davon eine große und nützliche Unterhaltung bis an sein Ende.

Beweis dessen, daß auch unzulängliche, ja kindische Mittel zur Rettung dienen können.

Um sich vor den Sirenen zu bewahren, stopfte sich Odysseus Wachs in die Ohren und ließ sich am Mast festschmieden. Ähnliches hätten natürlich seit jeher alle Reisenden tun können (außer jenen welche die Sirenen schon aus der Ferne verlockten) aber es war in der ganzen Welt bekannt, daß das unmöglich helfen konnte. Der Gesang der Sirenen durchdrang alles, gar Wachs, und die Leidenschaft der Verführten hätte mehr als Ketten und Mast gesprengt. Daran nun dachte aber Odysseus nicht obwohl er davon vielleicht gehört hatte, er vertraute vollständig der Handvoll Wachs und dem Gebinde Ketten und in unschuldiger Freude über seine Mittelchen fuhr er den Sirenen entgegen.

Nun haben aber die Sirenen eine noch schrecklichere Waffe als ihren Gesang, nämlich ihr Schweigen. Es ist zwar nicht geschehn, aber vielleicht denkbar, daß sich jemand vor ihrem Gesange gerettet hätte, vor ihrem Verstummen gewiß nicht. Dem Gefühl aus eigener Kraft sie besiegt zu haben, der daraus folgenden alles fortreißenden Überhebung kann nichts Irdisches widerstehn.

Und tatsächlich sangen, als Odysseus kam, diese gewaltigen Sängerinnen nicht, sei es daß sie glaubten, diesem Gegner könne nur noch das Schweigen beikommen, sei es daß der Anblick der Glückseligkeit im Gesicht des Odysseus, der an nichts anderes als an Wachs und Ketten dachte, sie allen Gesang vergessen ließ.

Odysseus aber, um es so auszudrücken, hörte ihr Schweigen nicht, er glaubte, sie sängen und nur er sei behütet es zu hören, flüchtig sah er zuerst die Wendungen ihrer Hälse, das Tiefatmen, die tränenvollen Augen, den halb geöffneten Mund, glaubte aber, dies gehöre zu den Arien die ungehört um ihn erklangen. Bald aber glitt alles an seinen in die Ferne gerichteten Blicken ab, die Sirenen verschwanden ihm förmlich und gerade als er ihnen am nächsten war, wußte er nichts mehr von ihnen.

Sie aber, schöner als jemals, streckten und drehten sich, ließen das schaurige Haar offen im Wind wehn, spannten die Krallen frei auf den Felsen, sie wollten nicht mehr verführen, nur noch den Abglanz vom großen Augenpaar des Odysseus wollten sie solange als möglich erhaschen.

Hätten die Sirenen Bewußtsein, sie wären damals vernichtet worden, so aber blieben sie, nur Odysseus ist ihnen entgangen.

Es wird übrigens noch ein Anhang hiezu überliefert. Odysseus, sagt man, war so listenreich, war ein solcher Fuchs, daß selbst die Schicksalsgöttin nicht in sein Innerstes dringen konnte, vielleicht hat er, obwohl das mit Menschenverstand nicht mehr zu begreifen ist, wirklich gemerkt, daß die Sirenen schwiegen und hat ihnen und den Göttern den obigen Scheinvorgang nur gewissermaßen als Schild entgegengehalten.

Eine Gemeinschaft von Schurken

Es war einmal eine Gemeinschaft von Schurken, d. h. es waren keine Schurken, sondern gewöhnliche Menschen, der Durchschnitt. Sie hielten immer zusammen. Wenn z. B. einer von ihnen etwas schurkenmäßiges ausgeübt hatte, d. h. wieder nichts schurkenmäßiges, sondern so wie es gewöhnlich, wie es üblich ist, und er dann vor der Gemeinschaft beichtete, untersuchten sie es, beurteilten es, legten Bußen auf, verziehen udgl. Es war nicht schlecht gemeint, die Interessen der einzelnen und der Gemeinschaft wurden streng gewahrt und dem Beichtenden wurde das Komplement gereicht, dessen Grundfarbe er gezeigt hatte. So hielten sie immer zusammen, auch nach ihrem Tode gaben sie die Gemeinschaft nicht auf, sondern stiegen im Reigen zum Himmel. Im ganzen war es ein Anblick reinster Kinderunschuld wie sie flogen. Da aber vor dem Himmel alles in seine Elemente zerschlagen wird, stürzten sie ab, wahre Felsblöcke.

Ich war bei den Toten zu Gast. Es war eine große reinliche Gruft, einige Särge standen schon dort, es war aber noch viel Platz, zwei Särge waren offen, es sah in ihnen aus wie in zerwühlten Betten, die eben verlassen worden sind. Ein Schreibtisch stand ein wenig abseits, so daß ich ihn nicht gleich bemerkte, ein Mann mit mächtigem Körper saß hinter ihm. In der rechten Hand hielt er eine Feder, es war als habe er geschrieben und gerade jetzt aufgehört, die linke Hand spielte an der Weste mit einer glänzenden Uhrkette und der Kopf war tief zu ihr hinabgeneigt. Eine Bedienerin kehrte aus, doch war nichts auszukehren.

In irgendeiner Neugierde zupfte ich an ihrem Kopftuch, das das Gesicht ganz verschattete. Jetzt erst sah ich sie. Es war ein Judenmädchen, das ich einmal gekannt hatte. Sie hatte ein üppiges weißes Gesicht und schmale dunkle Augen. Als sie mich jetzt anlachte mitten aus ihren Fetzen, die sie zu einer alten Frau machten, sagte ich: »Ihr spielt hier wohl Komödie?« »Ja«, sagte sie, »ein wenig. Wie Du Dich auskennst!« Dann aber zeigte sie auf den Mann beim Schreibtisch und sagte: »Nun geh und begrüße den dort, er ist hier der Herr. Solange Du ihn nicht begrüßt hast, darf ich eigentlich nicht mit Dir reden.« »Wer ist er denn?« fragte ich leiser. »Ein französischer Adeliger«, sagte sie, »de Poiton heißt er.« »Wie kommt er denn her?« fragte ich. »Das weiß ich nicht«, sagte sie, »es ist hier ein großer Wirrwarr. Wir warten auf einen, der Ordnung macht. Bist Du es?« »Nein, nein«, sagte ich. »Das ist sehr vernünftig«, sagte sie, »nun geh aber zu dem Herrn.«

Ich gieng also hin und verbeugte mich; da er den Kopf nicht hob – ich sah nur sein wirres weißes Haar –, sagte ich Guten Abend, aber er rührte sich noch immer nicht, eine kleine Katze umlief den Rand des Tisches, sie war förmlich aus dem Schooß des Herrn emporgesprungen und verschwand dort wieder, vielleicht blickte er gar nicht auf die Uhrkette, sondern unter den Tisch hinab. Ich wollte nun erklären, auf welche Weise ich hergekommen war, aber meine Bekannte zupfte mich hinten am Rock und flüsterte: »Das genügt schon.«

Damit war ich sehr zufrieden, ich wandte mich zu ihr und wir giengen Arm in Arm weiter in die Gruft. Der Besen störte mich, »wirf den Besen weg«, sagte ich, »nein, bitte«, sagte sie, »laß mich ihn behalten; daß mir das Auskehren hier keine Mühe machen kann, siehst Du doch ein, nicht? Nun also, aber ich habe doch gewisse Vorteile davon, auf die ich nicht verzichten will. Wirst Du übrigens hier bleiben?« fragte sie ablenkend. »Deinetwegen bliebe ich hier gern«, sagte ich langsam. Wir giengen nun eng aneinandergedrückt wie ein Liebespaar. »Bleib o bleib«, sagte sie, »wie habe ich mich nach Dir gesehnt. Es ist nicht so schlimm hier wie Du vielleicht fürchtest. Und was kümmert es uns zwei, wie es um uns ist.« Wir giengen ein Weilchen schweigend, die Arme hatten wir von einander gelöst, wir hielten uns jetzt umschlungen. Wir giengen auf dem Hauptweg, rechts und links waren Särge, die Gruft war sehr groß, zumindest sehr lang. Es war zwar dunkel, aber nicht vollständig, es war eine Art Dämmerung, die sich aber auch noch ein wenig aufhellte dort wo wir waren und in einem kleinen Kreis um uns. Plötzlich sagte sie: »Komm, ich werde Dir meinen Sarg zeigen.« Das überraschte mich. »Du bist doch nicht tot«, sagte ich. »Nein«, sagte sie, »aber um die Wahrheit zu gestehn: ich kenne mich hier nicht aus, deshalb bin ich auch so froh, daß Du gekommen bist. In kurzer Zeit wirst Du alles verstehn, schon jetzt siehst Du wahrscheinlich alles klarer als ich. Jedenfalls: einen Sarg habe ich.« Wir bogen rechts in einen Seitenweg ein, wieder zwischen zwei Sargreihen. In der Anlage erinnerte mich das Ganze an einen großen Weinkeller, den ich einmal gesehen hatte. Auf diesem Weg passierten wir auch einen kleinen, kaum einen Meter breiten, schnell fließenden Bach. Dann waren wir bald bei des Mädchens Sarg. Er war mit schönen spitzenbesetzten Kissen ausgestattet. Das Mädchen setzte sich hinein und lockte mich hinunter, weniger mit dem winkenden Zeigefinger als mit dem Blick. »Du liebes Mädchen«, sagte ich, zog ihr Kopftuch fort und hielt die Hand auf der weichen Fülle ihres Haares. »Ich kann noch nicht bei Dir bleiben. Es ist hier jemand in der Gruft, mit dem ich sprechen muß. Willst Du mir nicht helfen ihn zu suchen.« »Du mußt mit ihm sprechen? Hier gelten doch keine Verpflichtungen«, sagte sie. »Ich bin aber nicht von hier.« »Glaubst Du, daß Du von hier noch fortkommen wirst?« »Gewiß«, sagte ich. »Desto weniger solltest Du Deine Zeit verschwenden«, sagte sie. Dann suchte sie unter den Kissen und zog ein Hemd heraus. »Das ist mein Totenhemd«, sagte sie und reichte es mir empor. »Ich trage es aber nicht.

Nachts

Versunken in die Nacht. So wie man manchmal den Kopf senkt, um nachzudenken, so ganz versunken sein in die Nacht. Ringsum schlafen die Menschen. Eine kleine Schauspielerei, eine unschuldige Selbsttäuschung daß sie in Häusern schlafen, in festen Betten unter festem Dach ausgestreckt oder geduckt auf Matratzen, in Tüchern, unter Decken, in Wirklichkeit haben sie sich zusammengefunden wie damals einmal und wie später einmal in wüster Gegend, ein Lager im Freien, eine unübersehbare Zahl Menschen, ein Heer, ein Volk, unter kaltem Himmel auf kalter Erde, hingeworfen wo man früher stand, die Stirn auf den Arm gedrückt, das Gesicht gegen den Boden hin, ruhig atmend. Und Du wachst, bist einer der Wächter, findest den nächsten durch Schwenken des brennenden Holzes aus dem Reisighaufen neben Dir. Warum wachst Du? Einer muß wachen, heißt es. Einer muß dasein,

Unser Städtchen liegt . . .

Unser Städtchen liegt nicht etwa an der Grenze, bei weitem nicht, zur Grenze ist noch so weit, daß vielleicht noch niemand aus dem Städtchen dort gewesen ist, wüste Hochländer sind zu durchqueren, aber auch weite fruchtbare Länder. Man wird müde wenn man sich nur einen Teil des Weges vorstellt und mehr als einen Teil kann man sich gar nicht vorstellen. Auch große Städte liegen auf dem Weg, viel größer als unser Städtchen. Zehn solche Städtchen nebeneinander gelegt und von oben noch zehn solche Städtchen hineingezwängt ergeben noch keine dieser riesigen und engen Städte. Verirrt man sich nicht auf dem Weg dorthin, so verirrt man sich in den Städten gewiß und ihnen auszuweichen ist wegen ihrer Größe unmöglich.

Aber doch noch weiter als bis zur Grenze ist, wenn man solche Entfernungen überhaupt vergleichen kann – es ist so wie wenn man sagte, ein dreihundertjähriger Mann ist älter als ein zweihundertjähriger – also noch viel weiter, als bis zur Grenze ist es von unserem Städtchen zur Hauptstadt. Während wir von den Grenzkriegen hie und da doch Nachrichten bekommen, erfahren wir aus der Hauptstadt fast nichts, wir bürgerlichen Leute meine ich, denn die Regierungsbeamten haben allerdings eine sehr gute Verbindung mit der Hauptstadt; in zwei, drei Monaten können sie schon eine Nachricht von dort haben, wenigstens behaupten sie es.

Und nun ist es merkwürdig und darüber wundere ich mich immer wieder von neuem, wie wir uns in unserem Städtchen allem ruhig fügen was von der Hauptstadt aus angeordnet wird. Seit Jahrhunderten hat bei uns keine von den Bürgern selbst ausgehende politische Veränderung stattgefunden. In der Hauptstadt haben die hohen Herrscher einander abgelöst, ja sogar Dynastien sind ausgelöscht oder abgesetzt worden und neue haben begonnen, im vorigen Jahrhundert ist sogar die Hauptstadt selbst zerstört, eine neue weit von ihr gegründet, später auch diese zerstört und die alte wieder aufgebaut worden, auf unser Städtchen hat das eigentlich keinen Einfluß gehabt. Unsere Beamtenschaft war immer auf ihrem Posten, die höchsten Beamten kamen aus der Hauptstadt, die mittleren Beamten zumindest von auswärts, die niedrigsten aus unserer Mitte und so blieb es und so hat es uns genügt. Der höchste Beamte ist der Obersteuereinnehmer, er hat den Rang eines Obersten und wird auch so genannt. Heute ist er ein alter Mann, ich kenne ihn aber schon seit Jahren, denn schon in meiner Kinderzeit war er Oberst, er hat zuerst eine sehr schnelle Karriere gemacht, dann scheint sie aber gestockt zu haben, nun für unser Städtchen reicht sein Rang aus, einen höheren Rang wären wir bei uns gar nicht aufzunehmen fähig. Wenn ich mir ihn vorzustellen suche, sehe ich ihn auf der Veranda seines Hauses auf dem Marktplatz sitzen, zurückgelehnt, die Pfeife im Mund. Über ihm weht vom Dach die Reichsfahne, an den Seiten der Veranda, die so groß ist, daß dort manchmal auch kleine militärische Übungen stattfinden, ist die Wäsche zum Trocknen ausgehängt. Seine Enkel, in schönen seidenen Kleidern, spielen um ihn herum, auf den Marktplatz hinunter dürfen sie nicht gehn, die andern Kinder sind ihrer unwürdig, aber doch lockt sie der Platz und sie stecken wenigstens die Köpfe zwischen den Geländerstangen durch und wenn die andern Kinder unten streiten, streiten sie von oben mit.

Dieser Oberst also beherrscht die Stadt. Ich glaube, er hat noch niemandem ein Dokument vorgezeigt, das ihn dazu berechtigt. Er hat wohl auch kein solches Dokument. Vielleicht ist er wirklich Obersteuereinnehmer, aber ist das alles?, berechtigt ihn das auch in allen Gebieten der Verwaltung zu herrschen? Sein Amt ist ja für den Staat sehr wichtig, aber für die Bürger ist es doch nicht das Wichtigste. Bei uns hat man fast den Eindruck als ob die Leute sagten: »Nun hast Du uns alles genommen was wir hatten, nun nimm bitte auch uns selbst noch dazu.« Denn tatsächlich hat er nicht etwa die Herrschaft an sich gerissen und ist auch kein Tyrann. Es hat sich seit alten Zeiten so entwickelt, daß der Obersteuereinnehmer der erste Beamte ist und der Oberst fügt sich dieser Tradition nicht anders als wir.

Aber doch, trotzdem er ohne allzuviel Unterscheidungen der Würde unter uns lebt, ist er doch etwas ganz anderes als die gewöhnlichen Bürger. Wenn eine Abordnung mit einer Bitte vor ihn kommt, steht er da wie die Mauer der Welt. Hinter ihm ist nichts mehr, man hört förmlich dort weiterhin noch ahnungsweise paar Stimmen flüstern, aber das ist wahrscheinlich Täuschung, er bedeutet doch den Abschluß des Ganzen, wenigstens für uns. Man muß ihn bei solchen Empfängen gesehen haben. Als Kind war ich einmal dabei, als eine Abordnung der Bürgerschaft ihn um eine Regierungsunterstützung bat, denn das ärmste Stadtviertel war gänzlich niedergebrannt. Mein Vater, der Hufschmied, ist in der Gemeinde angesehn, war Mitglied der Abordnung und hatte mich mitgenommen. Das ist nichts außergewöhnliches, zu einem solchen Schauspiel drängt sich alles, man erkennt die eigentliche Abordnung kaum aus der Menge heraus; da solche Empfänge meist auf der Veranda stattfinden, gibt es auch Leute, die vom Marktplatz her auf Leitern hinaufklettern und über das Geländer hinweg an den Dingen oben teilnehmen. Damals war es so eingerichtet, daß etwa ein Viertel der Veranda ihm vorbehalten war, den übrigen Teil füllte die Menge. Einige Soldaten überwachten alles, auch umstanden sie in einem Halbkreis ihn selbst. Im Grunde hätte ein Soldat für alles genügt, so groß ist bei uns die Furcht vor ihnen. Ich weiß nicht genau von wo diese Soldaten kommen, jedenfalls von weit her, alle sind sie einander sehr ähnlich, sie würden nicht einmal eine Uniform brauchen. Es sind kleine, nicht starke, aber behende Leute, am auffallendsten ist an ihnen das starke Gebiß, das förmlich allzusehr ihren Mund füllt, und dann ein gewisses unruhig zuckendes Blitzen ihrer kleinen schmalen Augen. Durch dieses beides sind sie der Schrecken der Kinder, allerdings auch ihre Lust, denn immerfort möchten die Kinder vor diesem Gebiß und diesen Augen erschrekken wollen, um dann verzweifelt wegzulaufen. Dieser Schrecken aus der Kinderzeit verliert sich wahrscheinlich auch bei den Erwachsenen nicht, zumindest wirkt er nach. Es kommt dann freilich auch noch anderes hinzu. Die Soldaten sprechen einen uns ganz unverständlichen Dialekt, können sich an unsern kaum gewöhnen, dadurch ergibt sich bei ihnen eine gewisse Abgeschlossenheit, Unnahbarkeit, die überdies auch ihrem Charakter entspricht, so still, ernst und starr sind sie, sie tun nichts eigentlich Böses und sind doch in einem bösen Sinn fast unerträglich. Es kommt z. B. ein Soldat in ein Geschäft, kauft eine Kleinigkeit, und bleibt dort nun an den Pult gelehnt stehn, hört den Gesprächen zu, versteht sie wahrscheinlich nicht, aber es hat doch den Anschein als ob er sie verstünde, sagt selbst kein Wort, blickt nur starr auf den welcher spricht, dann wieder auf die welche zuhören und hält die Hand auf dem Griff des langen Messers in seinem Gürtel. Das ist abscheulich, man verliert die Lust an der Unterhaltung, der Laden leert sich und erst wenn er ganz leer ist, geht auch der Soldat. Wo also die Soldaten auftreten wird auch unser lebhaftes Volk still. So war es auch damals. Wie bei allen feierlichen Gelegenheiten stand der Oberst aufrecht und hielt mit den nach vorn ausgestreckten

Händen zwei lange Bambusstangen. Es ist eine alte Sitte die etwa bedeutet: So stützt er das Gesetz und so stützt es ihn. Nun weiß ja jeder was ihn oben auf der Veranda erwartet und doch pflegt man immer wieder von neuem zu erschrecken, auch damals wollte der zum Reden Bestimmte nicht anfangen, er stand schon dem Obersten gegenüber, aber dann verließ ihn der Mut und er drängte sich wieder unter verschiedenen Ausreden in die Menge zurück. Auch sonst fand sich kein Geeigneter der bereit gewesen wäre zu sprechen – von den Ungeeigneten boten sich allerdings einige an – es war eine große Verwirrung und man sandte Boten an verschiedene Bürger, bekannte Redner, aus. Während dieser ganzen Zeit stand der Oberst unbeweglich da, nur im Atmen hob und senkte sich auffallend die Brust. Nicht daß er etwa schwer geatmet hätte, er atmete nur äußerst deutlich, so wie z. B. Frösche atmen, nur daß es bei ihnen immer so ist, hier aber war es außerordentlich. Ich schlich mich zwischen den Erwachsenen durch und beobachtete ihn durch die Lücke zwischen zwei Soldaten solange bis mich einer mit dem Knie wegstieß. Inzwischen hatte sich der ursprünglich zum Redner Bestimmte gesammelt und von zwei Mitbürgern fest gestützt hielt er die Ansprache. Rührend war, wie er bei dieser ernsten das große Unglück schildernden Rede immer lächelte, ein allerdemütigstes Lächeln, das sich vergeblich anstrengte auch nur einen leichten Widerschein auf dem Gesicht des Obersten hervorzurufen. Schließlich formulierte er die Bitte, ich glaube, er bat nur um Steuerbefreiung für ein Jahr, vielleicht aber auch noch um billigeres Bauholz aus den kaiserlichen Wäldern. Dann verbeugte er sich tief und blieb in der Verbeugung, ebenso wie alle andern außer dem Obersten, den Soldaten und einigen Beamten im Hintergrund. Lächerlich war es für das Kind, wie die auf den Leitern am Verandarand paar Sprossen hinunterstiegen um während dieser entscheidenden Pause nicht gesehen zu werden und nur neugierig unten knapp über dem Boden der Veranda von Zeit zu Zeit spionierten. Das dauerte eine Weile, dann trat ein Beamter, ein kleiner Mann, vor den Obersten, suchte sich auf den Fußspitzen zu ihm emporzuheben, erhielt von ihm, der noch immer bis auf das tiefe Atmen unbeweglich blieb etwas ins Ohr geflüstert, klatschte in die Hände, worauf sich alle erhoben, und verkündete: »Die Bitte ist abgewiesen. Entfernt Euch.« Ein unleugbares Gefühl der Erleichterung ging durch die Menge, alles drängte sich hinaus, auf den Obersten, der förmlich wieder ein Mensch wie wir alle geworden war, achtete kaum jemand besonders, ich sah nur, wie er tatsächlich erschöpft die Stangen losließ, die hinfielen, in einen von Beamten herbeigeschleppten Lehnstuhl sank und eilig die Tabakpfeife in den Mund schob.

Dieser ganze Vorfall ist nicht vereinzelt, so geht es allgemein zu. Es kommt zwar vor, daß hie und da kleine Bitten erfüllt werden, aber dann ist es so, als hätte dies der Oberst auf eigene Verantwortung als mächtige Privatperson getan, es muß – gewiß nicht ausdrücklich, aber der Stimmung nach – förmlich vor der Regierung geheimgehalten werden. Nun sind ja in unserem Städtchen die Augen des Obersten, soweit wir es beurteilen können, auch die Augen der Regierung, aber doch wird hier ein Unterschied gemacht, in den vollständig nicht einzudringen ist.

In wichtigen Angelegenheiten aber kann die Bürgerschaft einer Abweisung immer sicher sein. Und nun ist es eben so merkwürdig, daß man ohne diese Abweisung gewissermaßen nicht auskommen kann und dabei ist dieses Hingehn und Abholen der Abweisung durchaus keine Formalität. Immer wieder frisch und ernst geht man hin und geht dann wieder von dort allerdings nicht geradezu gekräftigt und beglückt, aber doch auch gar nicht enttäuscht und müde.

Es gibt allerdings so weit meine Beobachtungen reichen, eine gewisse Altersklasse, die nicht zufrieden ist, es sind etwa die jungen Leute zwischen siebzehn und zwanzig. Also ganz junge Burschen, die die Tragweite des unbedeutendsten, wie erst gar eines revolutionären Gedankens nicht von der Ferne ahnen können. Und gerade unter sie schleicht sich die Unzufriedenheit ein

Zur Frage der Gesetze

Unsere Gesetze sind leider nicht allgemein bekannt, sie sind Geheimnis der kleinen Adelsgruppe, welche uns beherrscht. Wir sind davon überzeugt, daß diese alten Gesetze genau eingehalten werden, aber es ist doch etwas äußerst Quälendes nach Gesetzen beherrscht zu werden, die man nicht kennt. Ich denke hiebei nicht an die verschiedenen Auslegungsmöglichkeiten und die Nachteile, die es mit sich bringt, wenn nur Einzelne und nicht das ganze Volk an der Auslegung sich beteiligen dürfen. Diese Nachteile sind vielleicht gar nicht sehr groß. Die Gesetze sind ja so alt, Jahrhunderte haben an ihrer Auslegung gearbeitet, auch diese Auslegung ist wohl schon Gesetz geworden, die möglichen Freiheiten bei der Auslegung bestehn zwar immer noch, sind aber sehr eingeschränkt. Außerdem hat offenbar der Adel keinen Grund sich bei der Auslegung von seinem persönlichen Interesse zu unsern Ungunsten beeinflussen zu lassen, denn die Gesetze sind ja von ihrem Beginne an für den Adel festgelegt worden, der Adel steht außerhalb des Gesetzes und gerade deshalb scheint das Gesetz sich ausschließlich in die Hände des Adels gegeben zu haben. Darin liegt natürlich Weisheit – wer zweifelt die Weisheit der alten Gesetze an? – aber eben auch Qual für uns, wahrscheinlich ist das unumgänglich.

Übrigens können auch diese Schein-Gesetze eigentlich nur vermutet werden. Es ist eine Tradition, daß sie bestehn und dem Adel als Geheimnis anvertraut sind, aber mehr als alte und durch ihr Alter glaubwürdige Tradition ist es nicht und kann es nicht sein, denn der Charakter dieser Gesetze verlangt auch das Geheim-halten ihres Bestandes. Wenn wir im

Volk also seit ältesten Zeiten die Handlungen des Adels aufmerksam verfolgen, Aufschreibungen unserer Ureltern darüber besitzen und sie gewissenhaft fortgesetzt haben und wenn wir in den zahllosen Tatsachen gewisse Richtlinien zu erkennen glauben, die auf diese oder jene gesetzliche Bestimmung schließen lassen und wenn wir nach diesen sorgfältigst gesiebten und geordneten Schlußfolgerungen uns für die Gegenwart und Zukunft ein wenig einzurichten suchen – so ist das alles höchst unsicher und vielleicht nur ein Spiel des Verstandes, denn vielleicht bestehen diese Gesetze die wir hier zu erraten suchen überhaupt nicht. Es gibt eine kleine Partei, die wirklich dieser Meinung ist und die nachzuweisen sucht, daß, wenn ein Gesetz besteht, es nur lauten kann: Was der Adel tut, ist Gesetz. Diese Partei sieht nur Willkürakte des Adels und verwirft die Volkstradition, die ihrer Meinung nach nur geringen zufälligen Nutzen bringt, dagegen meistens schweren Schaden, da sie dem Volk den kommenden Ereignissen gegenüber eine falsche trügerische zu Leichtsinn führende Sicherheit gibt. Dieser Schaden ist nicht zu leugnen, aber die beiweitem überwiegende Mehrheit unseres Volkes sieht die Ursache dessen darin, daß die Tradition noch beiweitem nicht ausreicht, daß also noch viel mehr in ihr geforscht werden muß und daß allerdings auch ihr Material, so riesenhaft es uns scheint, noch viel zu klein ist und daß noch Jahrhunderte vergehen müssen ehe es genügen wird. Das für die Gegenwart Trübe dieses Ausblicks erhellt nur der Glaube, daß einmal eine Zeit kommen wird, wo die Tradition und ihre Forschung gewissermaßen aufatmend den Schlußpunkt macht, alles klar geworden ist, das Gesetz nun dem Volk gehört und der Adel verschwindet. Das wird nicht etwa mit Haß gegen den Adel gesagt, durchaus nicht und von niemandem, eher hassen wir uns selbst, weil wir noch nicht des Gesetzes gewürdigt werden können. Und darum eigentlich ist jene in gewissem Sinn doch sehr verlockende Partei, welche an kein eigentliches Gesetz glaubt, so klein geblieben, weil auch sie den Adel und das Recht seines Bestandes vollkommen anerkennt. Man kann es eigentlich nur in einer Art Widerspruch ausdrücken: Eine Partei die neben dem Glauben an die Gesetze auch den Adel verwerfen würde, hätte sofort das ganze Volk hinter sich, aber eine solche Partei kann nicht entstehn, weil den Adel niemand zu verwerfen wagt. Auf dieses Messers Schneide leben wir. Ein Schriftsteller hat das einmal so zusammengefaßt: Das einzige sichtbare zweifellose Gesetz, das uns auferlegt ist, ist der Adel und um dieses einzige Gesetz sollten wir uns selbst bringen wollen?

Die Truppenaushebung

Die Truppenaushebungen, die oft nötig sind, denn die Grenzkämpfe hören niemals auf, finden auf folgende Weise statt:

Es ergeht der Auftrag, daß an einem bestimmten Tag in einem bestimmten Stadtteil alle Einwohner, Männer, Frauen, Kinder ohne Unterschied, in ihren Wohnungen bleiben müssen. Meist erst gegen Mittag erscheint am Eingang des Stadtteils, wo eine Soldatenabteilung, Fußsoldaten und Berittene, schon seit der Morgendämmerung wartet, der junge Adelige, der die Aushebung vornehmen soll. Es ist ein junger Mann, schmal, nicht groß, schwach, nachlässig angezogen, mit müden Augen, Unruhe überläuft ihn immerfort wie einen Kranken das Frösteln. Ohne jemanden anzuschauen, macht er mit einer Peitsche, die seine ganze Ausrüstung bildet, ein Zeichen, einige Soldaten schließen sich ihm an und er betritt das erste Haus. Ein Soldat der alle Einwohner dieses Stadtteils persönlich kennt, verliest das Verzeichnis der Hausgenossen. Gewöhnlich sind alle da, stehn schon in einer Reihe in der Stube, hängen mit den Augen an dem Adeligen, als seien sie schon Soldaten. Es kann aber auch geschehn, daß hie und da einer, immer sind es nur Männer, fehlt. Dann wird niemand eine Ausrede oder gar eine Lüge vorzubringen wagen, man schweigt bloß, man senkt die Augen, man erträgt kaum den Druck des Befehles gegen den man sich in diesem Haus vergangen hat, aber die stumme Gegenwart des Adeligen hält doch alle auf ihren Plätzen. Der Adelige gibt ein Zeichen, es ist nicht einmal ein Kopfnicken, es ist nur von den Augen abzulesen und zwei Soldaten fangen den Fehlenden zu suchen an. Das gibt gar keine Mühe. Niemals ist er außerhalb des Hauses, niemals beabsichtigt er sich wirklich dem Truppendienst zu entziehn, nur aus Angst ist er nicht gekommen, aber es ist auch nicht Angst vor dem Dienst, die ihn abhält, es ist überhaupt Scheu davor sich zu zeigen, der Befehl ist für ihn förmlich zu groß, angsterregend groß, er kann nicht aus eigener Kraft kommen. Aber deshalb flüchtet er nicht, er versteckt sich bloß und wenn er hört daß der Adelige im Haus ist, schleicht er sich wohl auch noch aus dem Versteck, schleicht zur Tür der Stube und wird sofort von den heraustretenden Soldaten gepackt. Er wird vor den Adeligen geführt der die Peitsche mit beiden Händen faßt – er ist so schwach, mit einer Hand würde er gar nichts ausrichten – und den Mann prügelt. Große Schmerzen verursacht das kaum, dann läßt er halb aus Erschöpfung, halb in Widerwillen die Peitsche fallen, der Geprügelte hat sie aufzuheben und ihm zu reichen. Dann erst darf er in die Reihe der übrigen treten; es ist übrigens fast sicher daß er nicht assentiert werden wird. Es geschieht aber auch, und dieses ist häufiger, daß mehr Leute da sind als in dem Verzeichnis stehn. Ein fremdes Mädchen ist z. B. da und blickt den Adeligen an, sie ist von auswärts, vielleicht aus der Provinz, die Truppenaushebung hat sie hergelockt, es gibt viele Frauen, die der Verlockung einer solchen fremden Aushebung – die häusliche hat eine ganz andere Bedeutung – nicht widerstehn können. Und es ist merkwürdig, es wird nichts Schimpfliches darin gesehn, wenn eine Frau dieser Verlockung nachgibt, im Gegenteil, es ist irgendetwas das nach der Meinung mancher die Frauen durchmachen müssen, es ist eine Schuld, die sie ihrem Geschlecht abzahlen. Es verläuft auch immer gleichartig. Das Mädchen oder die Frau hört, daß irgendwo, vielleicht sehr weit, bei Verwandten oder Freunden, Aushebung ist, sie bittet ihre Angehörigen um die Bewilligung der Reise, man willigt ein, das kann man nicht verweigern, sie zieht das

Beste an, was sie hat, ist fröhlicher als sonst, dabei ruhig und freundlich, gleichgültig wie sie auch sonst sein mag, und hinter aller Ruhe und Freundlichkeit unzugänglich wie etwa eine völlig Fremde, die in ihre Heimat fährt und nun an nichts anderes mehr denkt. In der Familie, wo die Aushebung stattfinden soll, wird sie ganz anders empfangen wie ein gewöhnlicher Gast, alles umschmeichelt sie, alle Räume des Hauses muß sie durchgehn, aus allen Fenstern sich beugen und legt sie jemandem die Hand auf den Kopf, ist es mehr als der Segen des Vaters. Wenn sich die Familie zur Aushebung bereit macht, bekommt sie den besten Platz, das ist der in der Nähe der Tür und wo sie vom Adeligen am besten gesehn wird und am besten ihn sehen wird. So geehrt ist sie aber nur bis zum Eintritt des Adeligen, von da an verblüht sie förmlich. Er sieht sie ebensowenig an wie die andern und selbst wenn er die Augen auf jemanden richtet fühlt sich dieser nicht angesehn. Das hat sie nicht erwartet oder vielmehr sie hat es bestimmt erwartet, denn es kann nicht anders sein, aber es war auch nicht die Erwartung des Gegenteils die sie hergetrieben hat, es war bloß etwas, das jetzt allerdings zu ende ist. Scham fühlt sie in einem Maße, wie sie vielleicht unsere Frauen niemals sonst fühlen, erst jetzt merkt sie eigentlich daß sie zu einer fremden Aushebung sich gedrängt hat, und wenn der Soldat das Verzeichnis vorgelesen hat, ihr Name nicht vorkam und einen Augenblick Stille ist, flüchtet sie zitternd und gebückt aus der Tür und bekommt noch einen Faustschlag des Soldaten in den Rücken.

Ist es ein Mann der überzählig ist, so will er eben nichts anderes, als eben, trotzdem er nicht in dieses Haus gehört, doch mit ausgehoben werden. Auch das ist ja völlig aussichtslos, niemals ist ein solcher Überzähliger ausgehoben worden und niemals wird etwas derartiges geschehn.

Poseidon

Poseidon saß an seinem Arbeitstisch und rechnete. Die Verwaltung aller Gewässer gab ihm unendliche Arbeit. Er hätte Hilfskräfte haben können wie viel er wollte und er hatte auch sehr viele, aber da er sein Amt sehr ernst nahm, rechnete er alles noch einmal durch und so halfen ihm die Hilfskräfte wenig. Man kann nicht sagen daß ihn die Arbeit freute, er führte sie eigentlich nur aus weil sie ihm auferlegt war, ja er hatte sich schon oft um fröhlichere Arbeit, wie er sich ausdrückte beworben, aber immer wenn man ihm dann verschiedene Vorschläge machte, zeigte es sich, daß ihm doch nichts so zusagte, wie sein bisheriges Amt. Es war auch sehr schwer, etwas anderes für ihn zu finden. Man konnte ihm doch unmöglich etwa ein bestimmtes Meer zuweisen, abgesehen davon daß auch hier die rechnerische Arbeit nicht kleiner sondern nur kleinlicher war, konnte der große Poseidon doch immer nur eine beherrschende Stellung bekommen. Und bot man ihm eine Stellung außerhalb des Wassers an, wurde ihm schon von der Vorstellung übel, sein göttlicher Atem geriet in Unordnung, sein eherner Brustkorb schwankte. Übrigens nahm man seine Beschwerden nicht eigentlich ernst; wenn ein Mächtiger quält, muß man ihm auch in der aussichtslosesten Angelegenheit scheinbar nachzugeben versuchen; an eine wirkliche Enthebung Poseidons von seinem Amt dachte niemand, seit Urbeginn war er zum Gott der Meere bestimmt worden und dabei mußte es bleiben.

Am meisten ärgerte er sich – und dies verursachte hauptsächlich seine Unzufriedenheit mit dem Amt – wenn er von den Vorstellungen hörte, die man sich von ihm machte, wie er etwa immerfort mit dem Dreizack durch die Fluten kutschiere. Unterdessen saß er hier in der Tiefe des Weltmeeres und rechnete ununterbrochen, hie und da eine Reise zu Jupiter war die einzige Unterbrechung der Eintönigkeit, eine Reise übrigens, von der er meistens wütend zurückkehrte. So hatte er die Meere kaum gesehn, nur flüchtig beim eiligen Aufstieg zum Olymp, und niemals wirklich durchfahren. Er pflegte zu sagen, er warte damit bis zum Weltuntergang, dann werde sich wohl noch ein stiller Augenblick ergeben, wo er knapp vor dem Ende nach Durchsicht der letzten Rechnung noch schnell eine kleine Rundfahrt werde machen können.

Gemeinschaft

Wir sind fünf Freunde, wir sind einmal hintereinander aus einem Haus gekommen, zuerst kam der eine und stellte sich neben das Tor, dann kam oder vielmehr glitt so leicht wie ein Quecksilberkügelchen gleitet der zweite aus dem Tor und stellt sich unweit vom ersten auf, dann der dritte, dann der vierte, dann der fünfte. Schließlich standen wir alle in einer Reihe. Die Leute wurden auf uns aufmerksam, zeigten auf uns und sagten: Die fünf sind jetzt aus diesem Haus gekommen. Seitdem leben wir zusammen, es wäre ein friedliches Leben wenn sich nicht immerfort ein sechster einmischen würde. Er tut uns nichts, aber es ist uns lästig, das ist genug getan; warum drängt er sich ein, wo man ihn nicht haben will. Wir kennen ihn nicht und wollen ihn nicht bei uns aufnehmen. Wir fünf haben zwar früher einander auch nicht gekannt und wenn man will, kennen wir einander auch jetzt nicht, aber was bei uns fünf möglich ist und geduldet wird ist bei jenem sechsten nicht möglich und wird nicht geduldet. Außerdem sind wir fünf und wir wollen nicht sechs sein. Und was soll überhaupt dieses fortwährende Beisammensein für einen Sinn haben, auch bei uns fünf hat es keinen Sinn, aber nun sind wir schon beisammen und bleiben es, aber eine neue Vereinigung wollen wir nicht, eben auf Grund unserer Erfahrungen. Wie soll man aber das alles dem sechsten beibringen, lange Erklärungen würden schon fast eine Aufnahme in unsern Kreis bedeuten, wir erklären lieber nichts und nehmen ihn nicht auf. Mag er noch so sehr die Lippen aufwerfen, wir stoßen ihn mit dem Elbogen weg, aber mögen wir ihn noch so sehr wegstoßen, er kommt wieder.

Das Stadtwappen

Anfangs war beim babylonischen Turmbau alles in leidlicher Ordnung, ja die Ordnung war vielleicht zu groß, man dachte zu sehr an Wegweiser, Dolmetscher, Arbeiterunterkünfte und Verbindungswege, so als habe man Jahrhunderte freier Arbeitsmöglichkeit vor sich. Die damals herrschende Meinung ging sogar dahin, man könne gar nicht langsam genug bauen; man mußte diese Meinung gar nicht sehr übertreiben und konnte überhaupt davor zurückschrecken, die Fundamente zu legen. Man argumentierte nämlich so: Das Wesentliche des ganzen Unternehmens ist der Gedanke, einen bis in den Himmel reichenden Turm zu bauen. Neben diesem Gedanken ist alles andere nebensächlich. Der Gedanke, einmal in seiner Größe gefaßt, kann nicht mehr verschwinden; solange es Menschen gibt, wird auch der starke Wunsch da sein, den Turm zu Ende zu bauen. In dieser Hinsicht also muß man wegen der Zukunft keine Sorgen haben, im Gegenteil, das Wissen der Menschheit steigert sich, die Baukunst hat Fortschritte gemacht und wird weitere Fortschritte machen, eine Arbeit, zu der wir ein Jahr brauchen, wird in hundert Jahren vielleicht in einem halben Jahr geleistet werden und überdies besser, haltbarer. Warum also schon heute sich an die Grenze der Kräfte abmühn? Das hätte nur dann Sinn, wenn man hoffen könnte, den Turm in der Zeit einer Generation aufzubauen. Das aber war auf keine Weise zu erwarten. Eher ließ sich denken, daß die nächste Generation mit ihrem vervollkommneten Wissen die Arbeit der vorigen Generation schlecht finden und das Gebaute niederreißen werde, um von neuem anzufangen. Solche Gedanken lähmten die Kräfte und mehr als um den Turmbau kümmerte man sich um den Bau der Arbeiterstadt. Jede Landsmannschaft wollte das schönste Quartier haben, dadurch ergaben sich Streitigkeiten, die sich bis zu blutigen Kämpfen steigerten. Diese Kämpfe hörten nicht mehr auf; den Führern waren sie ein neues Argument dafür, daß der Turm auch mangels der nötigen Konzentration sehr langsam oder lieber erst nach allgemeinem Friedensschluß gebaut werden sollte. Doch verbrachte man die Zeit nicht nur mit Kämpfen, in den Pausen verschönerte man die Stadt, wodurch man allerdings neuen Neid und neue Kämpfe hervorrief. So verging die Zeit der ersten Generation, aber keine der folgenden war anders, nur die Kunstfertigkeit steigerte sich immerfort und damit die Kampfsucht.

Dazu kam, daß schon die zweite oder dritte Generation die Sinnlosigkeit des Himmelsturmbaues erkannte, doch war man schon viel zu sehr miteinander verbunden, um die Stadt zu verlassen. Alles was in dieser Stadt an Sagen und Liedern entstanden ist, ist erfüllt von der Sehnsucht nach einem prophezeiten Tag, an welchem die Stadt von einer Riesenfaust in fünf kurz aufeinander folgenden Schlägen zerschmettert werden wird. Deshalb hat auch die Stadt die Faust im Wappen.

Der Steuermann

»Bin ich nicht Steuermann?« rief ich. »Du?« fragte ein dunkler hochgewachsener Mann und strich sich mit der Hand über die Augen als verscheuche er einen Traum. Ich war am Steuer gestanden in der dunklen Nacht, die schwachbrennende Laterne über meinem Kopf und nun war dieser Mann gekommen und wollte mich beiseiteschieben. Und da ich nicht wich, setzte er mir den Fuß auf die Brust und trat mich langsam nieder, während ich noch immer an den Naben des Steuerrades hing und beim Niederfallen es ganz herumriß. Da aber faßte es der Mann, brachte es in Ordnung, mich aber stieß er weg. Doch ich besann mich bald, lief zu der Luke, die in den Mannschaftsraum führte und rief: »Mannschaft! Kameraden! Kommt schnell! Ein Fremder hat mich vom Steuer vertrieben!« Langsam kamen sie, stiegen auf aus der Schiffstreppe, schwankende müde mächtige Gestalten. »Bin ich der Steuermann?« fragte ich. Sie nickten, aber Blicke hatten sie nur für den Fremden, im Halbkreis standen sie um ihn herum und als er befehlend sagte: »Stört mich nicht«, sammelten sie sich, nickten mir zu und zogen wieder die Schiffstreppe hinab. Was ist das für Volk! Denken sie auch oder schlurfen sie nur sinnlos über die Erde?

Konsolidierung

Wir waren fünf Angestellte im Geschäft, der Buchhalter, ein kurzsichtiger schwermütiger Mann, der über dem Hauptbuch ausgebreitet lag wie ein Frosch, still, nur von einem mühseligen Atem schwach gehoben und gesenkt, dann der Kommis, ein kleiner Mann mit breiter Turnerbrust, eine Hand brauchte er auf dem Pult aufzustützen und schwang sich hinüber leicht und schön, nur sein Gesicht war dabei ernst und blickte streng ringsum. Dann hatten wir ein Ladenmädchen, ein älteres Fräulein, schmal und zart, mit anliegendem Kleid, meist hielt sie den Kopf zur Seite geneigt und lächelte mit den dünnen Lippen ihres großen Mundes. Ich, der Lehrjunge, der nicht viel mehr zu tun hatte, als mit dem Staubtuch am Pult sich herumzudrücken, hatte oft Lust die Hand unseres Fräuleins, eine lange, schwache, eingetrocknete, holzfarbige Hand, wenn sie nachlässig und selbstvergessen auf dem Pult lag, zu streicheln oder gar zu küssen oder – dies wäre das Höchste gewesen – das Gesicht dort, wo es so gut war, ruhn zu lassen und nur hie und da die Lage zu ändern, damit Gerechtigkeit sei und jede Wange diese Hand auskoste. Aber das geschah niemals, vielmehr streckte das Fräulein, wenn ich näher kam, eben diese Hand aus und wies mir eine neue Arbeit an, irgendwo in einem fernen Winkel oder oben auf der Leiter. Dieses letztere war besonders unangenehm, denn oben war von den offenen Gasflammen mit denen wir leuchteten, bedrückend heiß, auch war ich nicht schwindelfrei, mir war dort oft übel, ich steckte dort manchmal unter dem Vorwand besonders gründlicher Reinigung meinen Kopf in ein Regalfach und weinte ein kleines Weilchen oder ich hielt, wenn niemand hinaufsah, eine kurze stumme Ansprache an das Fräulein unten und machte ihr große Vorwürfe, ich wußte zwar, daß sie beiweitem nicht, weder hier noch anderswo, die entscheidende Macht hatte, aber ich glaubte irgendwie, sie könnte diese Macht haben wenn sie wollte, und sie dann zu meinen Gunsten benützen. Aber sie wollte nicht, sie übte ja nicht einmal die Macht aus die sie hatte. Sie war z. B. die einzige des Personals, welcher der Geschäftsdiener ein wenig folgte, sonst war er der eigenwilligste Mensch, gewiß, er war der älteste im Geschäft, noch unter dem alten Chef hatte er gedient, sovieles hatte er hier mitgemacht wovon wir andern keine Ahnung hatten, aber er zog aus alledem den falschen Schluß, daß er alles besser verstehe als die andern, daß er z. B. nicht nur ebenso gut sondern viel besser als der Buchhalter die Bücher führen könne, besser als der Kommis die Kundschaft bedienen könne u. s. f. und daß er nur aus freiwilligem Entschluß die Geschäftsdienerstelle übernommen habe, weil sich für sie niemand sonst, nicht einmal ein Unfähiger gefunden habe. Und so quälte er sich, der gar nicht sehr stark gewesen sein dürfte und jetzt schon nur ein Wrack war, seit vierzig Jahren mit dem Handkarren, den Kisten und Paketen. Er hatte es freiwillig übernommen, aber das hatte man vergessen, neue Zeiten waren gekommen, man erkannte ihn nicht mehr an und während rings um ihn im Geschäft die ungeheuerlichsten Fehler gemacht wurden, mußte er, ohne daß man ihn eingreifen ließ, die Verzweiflung darüber hinunterwürgen und überdies an seine schwere Arbeit gefesselt bleiben.

Die Prüfung

Ich bin ein Diener, aber es ist keine Arbeit für mich da. Ich bin ängstlich und dränge mich nicht vor, ja ich dränge mich nicht einmal in einer Reihe mit den andern, aber das ist nur die eine Ursache meines Nichtbeschäftigtseins, es ist auch möglich daß es mit meinem Nichtbeschäftigtsein überhaupt nichts zu tun hat, die Hauptursache ist jedenfalls daß ich nicht zum Dienst gerufen werde, andere sind gerufen worden und haben sich nicht mehr darum beworben als ich, ja haben vielleicht nicht einmal den Wunsch gehabt gerufen zu werden, während ich ihn wenigstens manchmal sehr stark habe.

So liege ich also auf der Pritsche in der Gesindestube, schaue zu den Balken auf der Decke hinauf, schlafe ein, wache auf und schlafe schon wieder ein. Manchmal gehe ich hinüber ins Wirtshaus, wo ein saueres Bier ausgeschenkt wird, manchmal habe ich schon vor Widerwillen ein Glas davon ausgeschüttet, dann aber trinke ich es wieder. Ich sitze gern dort, weil ich hinter dem geschlossenen kleinen Fenster ohne von irgendjemandem entdeckt werden zu können, zu den Fenstern unseres Hauses hinübersehn kann. Man sieht ja dort nicht viel, hier gegen die Straße zu liegen, glaube ich, nur die Fenster der Korridore und überdies nicht jener Korridore die zu den Wohnungen der Herrschaft führen. Es ist möglich, daß ich mich auch irre, aber irgendjemand hat es einmal, ohne daß ich ihn gefragt hätte, behauptet und der allgemeine Eindruck dieser Hausfront bestätigt das. Selten nur werden die Fenster geöffnet und wenn es geschieht, tut es ein Diener und lehnt sich dann wohl auch an die Brüstung, um ein Weilchen hinunterzusehn. Es sind also Korridore wo er nicht überrascht werden kann. Übrigens kenne ich diese Diener nicht, die ständig oben beschäftigten Diener schlafen anderswo, nicht in meiner Stube.

Einmal, als ich ins Wirtshaus kam, saß auf meinem Beobachtungsplatz schon ein Gast. Ich wagte nicht genau hinzusehn und wollte mich gleich in der Tür wieder umdrehn und weggehn. Aber der Gast rief mich zu sich und es zeigte sich, daß es auch ein Diener war, den ich schon einmal irgendwo gesehn hatte, ohne aber bisher mit ihm gesprochen zu haben. »Warum willst Du fortlaufen? Setz Dich her und trink. Ich zahl's.« So setzte ich mich also. Er fragte mich einiges, aber ich konnte es nicht beantworten, ja ich verstand nicht einmal die Fragen. Ich sagte deshalb: »Vielleicht reut es Dich jetzt, daß Du mich eingeladen hast, dann gehe ich«, und ich wollte schon aufstehn. Aber er langte mit seiner Hand über den Tisch herüber und drückte mich nieder: »Bleib«, sagte er, »das war ja nur eine Prüfung. Wer die Fragen nicht beantwortet, hat die Prüfung bestanden.«

Der Geier

Es war ein Geier, der hackte in meine Füße. Stiefel und Strümpfe hatte er schon aufgerissen, nun hackte er schon in die Füße selbst. Immer schlug er zu, flog dann unruhig mehrmals um mich und setzte dann die Arbeit fort. Es kam ein Herr vorüber, sah ein Weilchen zu und fragte dann, warum ich den Geier dulde. »Ich bin ja wehrlos«, sagte ich, »er kam und fing zu hacken an, da wollte ich ihn natürlich wegtreiben, versuchte ihn sogar zu würgen, aber ein solches Tier hat große Kräfte, auch wollte er mir schon ins Gesicht springen, da opferte ich lieber die Füße. Nun sind sie schon fast zerrissen.« »Daß Sie sich so quälen lassen«, sagte der Herr, »ein Schuß und der Geier ist erledigt.« »Ist das so?« fragte ich, »und wollten Sie das besorgen?« »Gern«, sagte der Herr, »ich muß nur nachhause gehn und mein Gewehr holen. Können Sie noch eine halbe Stunde warten?« »Das weiß ich nicht«, sagte ich und stand eine Weile starr vor Schmerz, dann sagte ich: »Bitte, versuchen Sie es für jeden Fall.« »Gut«, sagte der Herr, »ich werde mich beeilen.« Der Geier hatte während des Gespräches ruhig zugehört und die Blicke zwischen mir und dem Herrn wandern lassen. Jetzt sah ich, daß er alles verstanden hatte, er flog auf, weit beugte er sich zurück um genug Schwung zu bekommen und stieß dann wie ein Speerwerfer den Schnabel durch meinen Mund tief in mich. Zurückfallend fühlte ich befreit wie er in meinem alle Tiefen füllenden, alle Ufer überfließenden Blut unrettbar ertrank.

Kleine Fabel

»Ach«, sagte die Maus, »die Welt wird enger mit jedem Tag. Zuerst war sie so breit, daß ich Angst hatte, ich lief weiter und war glücklich daß ich endlich rechts und links in der Ferne Mauern sah, aber diese langen Mauern eilen so schnell auf einander zu daß ich schon im letzten Zimmer bin und dort im Winkel steht die Falle, in die ich laufe.« »Du mußt nur die Laufrichtung ändern«, sagte die Katze und fraß sie.

Der Kreisel

Ein Philosoph trieb sich immer dort herum wo Kinder spielten. Und sah er einen Jungen, der einen Kreisel hatte lauerte er schon. Kaum war der Kreisel in Drehung, verfolgte ihn der Philosoph um ihn zu fangen. Daß die Kinder lärmten und ihn von ihrem Spielzeug abzuhalten suchten kümmerte ihn nicht, hatte er den Kreisel, solange er sich noch drehte, gefangen, war er glücklich, aber nur einen Augenblick, dann warf er ihn zu Boden und ging fort. Er glaubte nämlich, die Erkenntnis jeder Kleinigkeit, also z. B. auch eines sich drehenden Kreisels genüge zur Erkenntnis des Allgemeinen. Darum beschäftigte er sich nicht mit den großen Problemen, das schien ihm unökonomisch, war die kleinste Kleinigkeit wirklich erkannt, dann war alles erkannt, deshalb beschäftigte er sich nur mit dem sich drehenden Kreisel. Und immer wenn die Vorbereitungen zum Drehen des Kreisels gemacht wurden, hatte er Hoffnung, nun werde es gelingen und drehte sich der Kreisel, wurde ihm im atemlosen Laufen nach ihm die Hoffnung zur Gewißheit, hielt er aber dann das dumme Holzstück in der Hand, wurde ihm übel und das Geschrei der Kinder, das er bisher nicht gehört hatte und das ihm jetzt plötzlich in die Ohren fuhr, jagte ihn fort, er taumelte wie ein Kreisel unter einer ungeschickten Peitsche.

Der Aufbruch

Ich befahl mein Pferd aus dem Stall zu holen. Der Diener verstand mich nicht. Ich gieng selbst in den Stall, sattelte mein Pferd und bestieg es. In der Ferne hörte ich eine Trompete blasen, ich fragte ihn, was das bedeute. Er wußte nichts und hatte nichts gehört. Beim Tore hielt er mich auf und fragte: »Wohin reitest Du, Herr?« »Ich weiß es nicht«, sagte ich, »nur weg von hier, nur weg von hier. Immerfort weg von hier, nur so kann ich mein Ziel erreichen.« »Du kennst also Dein Ziel?« fragte er. »Ja«, antwortete ich, »ich sagte es doch, ›Weg-von-hier‹, das ist mein Ziel.« »Du hast keinen Eßvorrat mit«, sagte er. »Ich brauche keinen«, sagte ich, »die Reise ist so lang, daß ich verhungern muß, wenn ich auf dem Weg nichts bekomme. Kein Eßvorrat kann mich retten. Es ist ja zum Glück eine wahrhaft ungeheuere Reise.«

Erstes Leid

Ein Trapezkünstler – bekanntlich ist diese hoch in den Kuppeln der großen Varietébühnen ausgeübte Kunst eine der schwierigsten unter allen, Menschen erreichbaren – hatte, zuerst nur aus dem Streben nach Vervollkommnung, später auch aus tyrannisch gewordener Gewohnheit sein Leben derart eingerichtet, daß er, so lange er im gleichen Unternehmen arbeitete, Tag und Nacht auf dem Trapeze blieb. Allen seinen, übrigens sehr geringen Bedürfnissen wurde durch einander ablösende Diener entsprochen, welche unten wachten und alles, was oben benötigt wurde, in eigens konstruierten Gefäßen hinauf- und hinabzogen. Besondere Schwierigkeiten für die Umwelt ergaben sich aus dieser Lebensweise nicht; nur während der sonstigen Programmnummern war es ein wenig störend, daß er, wie sich nicht verbergen ließ, oben geblieben war und daß, trotzdem er sich in solchen Zeiten meist ruhig verhielt, hie und da ein Blick aus dem Publikum zu ihm abirrte. Doch verziehen ihm dies die Direktionen, weil er ein außerordentlicher, unersetzlicher Künstler war. Auch sah man natürlich ein, daß er nicht aus Mutwillen so lebte, und eigentlich nur so sich in dauernder Übung erhalten, nur so seine Kunst in ihrer Vollkommenheit bewahren konnte.

Doch war es oben auch sonst gesund, und wenn in der wärmeren Jahreszeit in der ganzen Runde der Wölbung die Seitenfenster aufgeklappt wurden und mit der frischen Luft die Sonne mächtig in den dämmernden Raum eindrang, dann war es dort sogar schön. Freilich, sein menschlicher Verkehr war eingeschränkt, nur manchmal kletterte auf der

Strickleiter ein Turnerkollege zu ihm hinauf, dann saßen sie beide auf dem Trapez, lehnten rechts und links an den Haltestricken und plauderten, oder es verbesserten Bauarbeiter das Dach und wechselten einige Worte mit ihm durch ein offenes Fenster, oder es überprüfte der Feuerwehrmann die Notbeleuchtung auf der obersten Galerie und rief ihm etwas Respektvolles, aber wenig Verständliches zu. Sonst blieb es um ihn still; nachdenklich sah nur manchmal irgendein Angestellter, der sich etwa am Nachmittag in das leere Theater verirrte, in die dem Blick sich fast entziehende Höhe empor, wo der Trapezkünstler, ohne wissen zu können, daß jemand ihn beobachtete, seine Künste trieb oder ruhte.

So hätte der Trapezkünstler ungestört leben können, wären nicht die unvermeidlichen Reisen von Ort zu Ort gewesen, die ihm äußerst lästig waren. Zwar sorgte der Impresario dafür, daß der Trapezkünstler von jeder unnötigen Verlängerung seiner Leiden verschont blieb: für die Fahrten in den Städten benützte man Rennautomobile, mit denen man, womöglich in der Nacht oder in den frühesten Morgenstunden, durch die menschenleeren Straßen mit letzter Geschwindigkeit jagte, aber freilich zu langsam für des Trapezkünstlers Sehnsucht; im Eisenbahnzug war ein ganzes Kupee bestellt, in welchem der Trapezkünstler, zwar in kläglichem, aber doch irgendeinem Ersatz seiner sonstigen Lebensweise die Fahrt oben im Gepäcknetz zubrachte; im nächsten Gastspielort war im Theater lange vor der Ankunft des Trapezkünstlers das Trapez schon an seiner Stelle, auch waren alle zum Theaterraum führenden Türen weit geöffnet, alle Gänge freigehalten – aber es waren doch immer die schönsten Augenblicke im Leben des Impresario, wenn der Trapezkünstler dann den Fuß auf die Strickleiter setzte und im Nu, endlich, wieder oben an seinem Trapeze hing.

So viele Reisen nun auch schon dem Impresario geglückt

waren, jede neue war ihm doch wieder peinlich, denn die Reisen waren, von allem anderen abgesehen, für die Nerven des Trapezkünstlers jedenfalls zerstörend.

So fuhren sie wieder einmal miteinander, der Trapezkünstler lag im Gepäcknetz und träumte, der Impresario lehnte in der Fensterecke gegenüber und las ein Buch, da redete ihn der Trapezkünstler leise an. Der Impresario war gleich zu seinen Diensten. Der Trapezkünstler sagte, die Lippen beißend, er müsse jetzt für sein Turnen, statt des bisherigen einen, immer zwei Trapeze haben, zwei Trapeze einander gegenüber. Der Impresario war damit sofort einverstanden. Der Trapezkünstler aber, so als wolle er zeigen, daß hier die Zustimmung des Impresario ebenso bedeutungslos sei, wie es etwa sein Widerspruch wäre, sagte, daß er nun niemals mehr und unter keinen Umständen nur auf einem Trapez turnen werde. Unter der Vorstellung, daß es vielleicht doch einmal geschehen könnte, schien er zu schaudern. Der Impresario erklärte, zögernd und beobachtend, nochmals sein volles Einverständnis, zwei Trapeze seien besser als eines, auch sonst sei diese neue Einrichtung vorteilhaft, sie mache die Produktion abwechslungsreicher. Da fing der Trapezkünstler plötzlich zu weinen an. Tief erschrocken sprang der Impresario auf und fragte, was denn geschehen sei, und da er keine Antwort bekam, stieg er auf die Bank, streichelte ihn und drückte sein Gesicht an das eigene, so daß es auch von des Trapezkünstlers Tränen überflossen wurde. Aber erst nach vielen Fragen und Schmeichelworten sagte der Trapezkünstler schluchzend: »Nur diese eine Stange in den Händen – wie kann ich denn leben!« Nun war es dem Impresario schon leichter, den Trapezkünstler zu trösten; er versprach, gleich aus der nächsten Station an den nächsten Gastspielort wegen des zweiten Trapezes zu telegraphieren; machte sich Vorwürfe, daß er den Trapezkünstler so lange

Zeit nur auf einem Trapez hatte arbeiten lassen, und dankte ihm und lobte ihn sehr, daß er endlich auf den Fehler aufmerksam gemacht hatte. So gelang es dem Impresario, den Trapezkünstler langsam zu beruhigen, und er konnte wieder zurück in seine Ecke gehen. Er selbst aber war nicht beruhigt, mit schwerer Sorge betrachtete er heimlich über das Buch hinweg den Trapezkünstler. Wenn ihn einmal solche Gedanken zu quälen begannen, konnten sie je gänzlich aufhören? Mußten sie sich nicht immerfort steigern? Waren sie nicht existenzbedrohend? Und wirklich glaubte der Impresario zu sehn, wie jetzt im scheinbar ruhigen Schlaf, in welchen das Weinen geendet hatte, die ersten Falten auf des Trapezkünstlers glatter Kinderstirn sich einzuzeichnen begannen.

Fürsprecher

Es war sehr unsicher, ob ich Fürsprecher hatte, ich konnte nichts Genaues darüber erfahren, alle Gesichter waren abweisend, die meisten Leute die mir entgegen kamen und die ich wieder und wieder auf den Gängen traf, sahen wie alte dicke Frauen aus, sie hatten große, den ganzen Körper bedeckende, dunkelblau und weiß gestreifte Schürzen, strichen sich den Bauch und drehten sich schwerfällig hin und her. Ich konnte nicht einmal erfahren, ob wir in einem Gerichtsgebäude waren. Manches sprach dafür, vieles dagegen. Über alle Einzelnheiten hinweg erinnerte mich am meisten an ein Gericht ein Dröhnen, das unaufhörlich aus der Ferne zu hören war, man konnte nicht sagen aus welcher Richtung es kam, es erfüllte so sehr alle Räume, daß man annehmen konnte, es komme von überall oder, was noch richtiger schien, gerade der Ort, wo man zufällig stand, sei der eigentliche Ort dieses Dröhnens, aber gewiß war das eine Täuschung, denn es kam aus der Ferne. Diese Gänge, schmal, einfach überwölbt, in langsamen Wendungen geführt, mit sparsam geschmückten hohen Türen, schienen sogar für tiefe Stille geschaffen, es waren die Gänge eines Museums oder einer Bibliotek. Wenn es aber kein Gericht war, warum forschte ich dann hier nach einem Fürsprecher? Weil ich überall einen Fürsprecher suchte, überall ist er nötig, ja man braucht ihn weniger bei Gericht als anderswo, denn das Gericht spricht sein Urteil nach dem Gesetz, sollte man annehmen, daß es hiebei ungerecht oder leichtfertig vorgehe, wäre ja kein Leben möglich, man muß zum Gericht das Zutrauen haben, daß es der Majestät des Gesetzes freien Raum gibt, denn das ist seine einzige

Aufgabe, im Gesetz selbst aber ist alles Anklage, Fürspruch und Urteil, das selbstständige Sicheinmischen eines Menschen hier wäre Frevel. Anders aber verhält es sich mit dem Tatbestand eines Urteils, dieser gründet sich auf Erhebungen, auf Erhebungen hier und dort, bei Verwandten und Fremden, bei Freunden und Feinden, in der Familie und in der Öffentlichkeit, in Stadt und Dorf, kurz überall. Hier ist es dringendst nötig Fürsprecher zu haben, Fürsprecher in Mengen, am besten Fürsprecher, einer eng neben dem andern, eine lebende Mauer, denn die Fürsprecher sind ihrer Natur nach schwer beweglich, die Ankläger aber, diese schlauen Füchse, diese flinken Wiesel, diese unsichtbaren Mäuschen schlüpfen durch die kleinsten Lücken, huschen zwischen den Beinen der Fürsprecher durch. Also Achtung! Deshalb bin ich ja hier, ich sammle Fürsprecher. Aber ich habe noch keinen gefunden, nur diese alten Frauen kommen und gehn, immer wieder, wäre ich nicht auf der Suche, es würde mich einschläfern. Ich bin nicht am richtigen Ort, leider kann ich mich dem Eindruck nicht verschließen, daß ich nicht am richtigen Ort bin. Ich müßte an einem Ort sein, wo vielerlei Menschen zusammenkommen, aus verschiedenen Gegenden, aus allen Ständen, aus allen Berufen, verschiedenen Alters, ich müßte die Möglichkeit haben die Tauglichen, die Freundlichen, die, welche einen Blick für mich haben vorsichtig auszuwählen aus einer Menge. Am besten wäre dazu vielleicht ein großer Jahrmarkt geeignet. Statt dessen treibe ich mich auf diesen Gängen umher, wo nur diese alten Frauen zu sehn sind und auch von ihnen nicht viele und immerfort die gleichen und selbst diese wenigen trotz ihrer Langsamkeit lassen sich von mir nicht stellen, entgleiten mir, schweben wie Regenwolken, sind von unbekannten Beschäftigungen ganz in Anspruch genommen. Warum eile ich denn blindlings in ein Haus, lese nicht die Aufschrift über dem Tor, bin gleich auf den Gängen, setze mich hier mit solcher Verbohrtheit fest, daß ich mich gar nicht erinnern kann, jemals vor dem Haus gewesen, jemals die Treppen hinaufgelaufen zu sein. Zurück aber darf ich nicht, diese Zeitversäumnis, dieses Eingestehn eines Irrwegs wäre mir unerträglich. Wie? In diesem kurzen, eiligen, von einem ungeduldigen Dröhnen begleiteten Leben eine Treppe hinunterlaufen? Das ist unmöglich. Die Dir zugemessene Zeit ist so kurz, daß Du, wenn Du eine Sekunde verlierst, schon Dein ganzes Leben verloren hast, denn es ist nicht länger; es ist immer nur so lang wie die Zeit, die Du verlierst. Hast Du also einen Weg begonnen, setze ihn fort, unter allen Umständen, Du kannst nur gewinnen, Du läufst keine Gefahr, vielleicht wirst Du am Ende abstürzen, hättest Du aber schon nach den ersten Schritten Dich zurückgewendet und wärest die Treppe hinuntergelaufen, wärest Du gleich am Anfang abgestürzt und nicht vielleicht sondern ganz gewiß. Findest Du also nichts hier auf den Gängen, öffne die Türen, findest Du nichts hinter diesen Türen, gibt es neue Stockwerke, findest Du oben nichts, es ist keine Not, schwinge Dich neue Treppen hinauf, solange Du nicht zu steigen aufhörst, hören die Stufen nicht auf, unter Deinen steigenden Füßen, wachsen sie aufwärts.

Ein Hungerkünstler

In den letzten Jahrzehnten ist das Interesse an Hungerkünstlern sehr zurückgegangen. Während es sich früher gut lohnte, große derartige Vorführungen in eigener Regie zu veranstalten, ist dies heute völlig unmöglich. Es waren andere Zeiten. Damals beschäftigte sich die ganze Stadt mit dem Hungerkünstler; von Hungertag zu Hungertag stieg die Teilnahme; jeder wollte den Hungerkünstler zumindest einmal täglich sehn; an den spätern Tagen gab es Abonnenten, welche tagelang vor dem kleinen Gitterkäfig saßen; auch in der Nacht fanden Besichtigungen statt, zur Erhöhung der Wirkung bei Fackelschein; an schönen Tagen wurde der Käfig ins Freie getragen, und nun waren es besonders die Kinder, denen der Hungerkünstler gezeigt wurde; während er für die Erwachsenen oft nur ein Spaß war, an dem sie der Mode halber teilnahmen, sahen die Kinder staunend, mit offenem Mund, der Sicherheit halber einander bei der Hand haltend, zu, wie er bleich, im schwarzen Trikot, mit mächtig vortretenden Rippen, sogar einen Sessel verschmähend, auf hingestreutem Stroh saß, einmal höflich nickend, angestrengt lächelnd Fragen beantwortete, auch durch das Gitter den Arm streckte, um seine Magerkeit befühlen zu lassen, dann aber wieder ganz in sich selbst versank, um niemanden sich kümmerte, nicht einmal um den für ihn so wichtigen Schlag der Uhr, die das einzige Möbelstück des Käfigs war, sondern nur vor sich hinsah mit fast geschlossenen Augen und hie und da aus einem winzigen Gläschen Wasser nippte, um sich die Lippen zu feuchten.

Außer den wechselnden Zuschauern waren auch ständige,

vom Publikum gewählte Wächter da, merkwürdigerweise gewöhnlich Fleischhauer, welche, immer drei gleichzeitig, die Aufgabe hatten, Tag und Nacht den Hungerkünstler zu beobachten, damit er nicht etwa auf irgendeine heimliche Weise doch Nahrung zu sich nehme. Es war das aber lediglich eine Formalität, eingeführt zur Beruhigung der Massen, denn die Eingeweihten wußten wohl, daß der Hungerkünstler während der Hungerzeit niemals, unter keinen Umständen, selbst unter Zwang nicht, auch das Geringste nur gegessen hätte; die Ehre seiner Kunst verbot dies. Freilich, nicht jeder Wächter konnte das begreifen, es fanden sich manchmal nächtliche Wachgruppen, welche die Bewachung sehr lax durchführten, absichtlich in eine ferne Ecke sich zusammensetzten und dort sich ins Kartenspiel vertieften, in der offenbaren Absicht, dem Hungerkünstler eine kleine Erfrischung zu gönnen, die er ihrer Meinung nach aus irgendwelchen geheimen Vorräten hervorholen konnte. Nichts war dem Hungerkünstler quälender als solche Wächter; sie machten ihn trübselig; sie machten ihm das Hungern entsetzlich schwer; manchmal überwand er seine Schwäche und sang während dieser Wachzeit, solange er es nur aushielt, um den Leuten zu zeigen, wie ungerecht sie ihn verdächtigten. Doch half das wenig; sie wunderten sich dann nur über seine Geschicklichkeit, selbst während des Singens zu essen. Viel lieber waren ihm die Wächter, welche sich eng zum Gitter setzten, mit der trüben Nachtbeleuchtung des Saales sich nicht begnügten, sondern ihn mit den elektrischen Taschenlampen bestrahlten, die ihnen der Impresario zur Verfügung stellte. Das grelle Licht störte ihn gar nicht, schlafen konnte er ja überhaupt nicht, und ein wenig hindämmern konnte er immer, bei jeder Beleuchtung und zu jeder Stunde, auch im übervollen, lärmenden Saal. Er war sehr gerne bereit, mit solchen Wächtern die Nacht gänzlich ohne Schlaf zu verbringen; er war bereit, mit ihnen zu scherzen, ihnen Geschichten aus seinem Wanderleben zu erzählen, dann wieder ihre Erzählungen anzuhören, alles nur um sie wachzuhalten, um ihnen immer wieder zeigen zu können, daß er nichts Eßbares im Käfig hatte und daß er hungerte, wie keiner von ihnen es könnte. Am glücklichsten aber war er, wenn dann der Morgen kam, und ihnen auf seine Rechnung ein überreiches Frühstück gebracht wurde, auf das sie sich warfen mit dem Appetit gesunder Männer nach einer mühevoll durchwachten Nacht. Es gab zwar sogar Leute, die in diesem Frühstück eine ungebührliche Beeinflussung der Wächter sehen wollten, aber das ging doch zu weit, und wenn man sie fragte, ob etwa sie nur um der Sache willen ohne Frühstück die Nachtwache übernehmen wollten, verzogen sie sich, aber bei ihren Verdächtigungen blieben sie dennoch.

Dieses allerdings gehörte schon zu den vom Hungern überhaupt nicht zu trennenden Verdächtigungen. Niemand war ja imstande, alle die Tage und Nächte beim Hungerkünstler ununterbrochen als Wächter zu verbringen, niemand also konnte aus eigener Anschauung wissen, ob wirklich ununterbrochen, fehlerlos gehungert worden war; nur der Hungerkünstler selbst konnte das wissen, nur er also gleichzeitig der von seinem Hungern vollkommen befriedigte Zuschauer sein. Er aber war wieder aus einem andern Grunde niemals befriedigt; vielleicht war er gar nicht vom Hungern so sehr abgemagert, daß manche zu ihrem Bedauern den Vorführungen fernbleiben mußten, weil sie seinen Anblick nicht ertrugen, sondern er war nur so abgemagert aus Unzufriedenheit mit sich selbst. Er allein nämlich wußte, auch kein Eingeweihter sonst wußte das, wie leicht das Hungern war. Es war die leichteste Sache von der Welt. Er verschwieg es auch nicht, aber man glaubte ihm nicht, hielt ihn günstigstenfalls für bescheiden, meist aber für reklamesüchtig oder gar für einen Schwindler, dem das Hungern allerdings leicht war, weil er es sich leicht zu machen verstand, und der auch noch die Stirn hatte, es halb zu gestehn. Das alles mußte er hinnehmen, hatte sich auch im Laufe der Jahre daran gewöhnt, aber innerlich nagte diese Unbefriedigtheit immer an ihm, und noch niemals, nach keiner Hungerperiode – dieses Zeugnis mußte man ihm ausstellen – hatte er freiwillig den Käfig verlassen. Als Höchstzeit für das Hungern hatte der Impresario vierzig Tage festgesetzt, darüber hinaus ließ er niemals hungern, auch in den Weltstädten nicht, und zwar aus gutem Grund. Vierzig Tage etwa konnte man erfahrungsgemäß durch allmählich sich steigernde Reklame das Interesse einer Stadt immer mehr aufstacheln, dann aber versagte das Publikum, eine wesentliche Abnahme des Zuspruchs war festzustellen; es bestanden natürlich in dieser Hinsicht kleine Unterschiede zwischen den Städten und Ländern, als Regel aber galt, daß vierzig Tage die Höchstzeit war. Dann also am vierzigsten Tage wurde die Tür des mit Blumen umkränzten Käfigs geöffnet, eine begeisterte Zuschauerschaft erfüllte das Amphitheater, eine Militärkapelle spielte, zwei Ärzte betraten den Käfig, um die nötigen Messungen am Hungerkünstler vorzunehmen, durch ein Megaphon wurden die Resultate dem Saale verkündet, und schließlich kamen zwei junge Damen, glücklich darüber, daß gerade sie ausgelost worden waren, und wollten den Hungerkünstler aus dem Käfig ein paar Stufen hinabführen, wo auf einem kleinen Tischchen eine sorgfältig ausgewählte Krankenmahlzeit serviert war. Und in diesem Augenblick wehrte sich der Hungerkünstler immer. Zwar legte er noch freiwillig seine Knochenarme in die hilfsbereit ausgestreckten Hände der zu ihm hinabgebeugten Damen, aber aufstehen wollte er nicht. Warum gerade jetzt nach vierzig Tagen aufhören? Er hätte es noch lange, unbeschränkt lange ausgehalten; warum gerade jetzt aufhören, wo er im besten, ja noch nicht einmal im besten Hungern war? Warum wollte man ihn des Ruhmes berauben, weiter zu hungern, nicht nur der größte Hungerkünstler aller Zeiten zu werden, der er ja wahrscheinlich schon war, aber auch noch sich selbst zu übertreffen bis ins Unbegreifliche, denn für seine Fähigkeit zu hungern fühlte er keine Grenzen. Warum hatte diese Menge, die ihn so sehr zu bewundern vorgab, so wenig Geduld mit ihm; wenn er es aushielt, noch weiter zu hungern, warum wollte sie es nicht aushalten? Auch war er müde, saß gut im Stroh und sollte sich nun hoch und lang aufrichten und zu dem Essen gehn, das ihm schon allein in der Vorstellung Übelkeiten verursachte, deren Äußerung er nur mit Rücksicht auf die Damen mühselig unterdrückte. Und er blickte empor in die Augen der scheinbar so freundlichen, in Wirklichkeit so grausamen Damen und schüttelte den auf dem schwachen Halse überschweren Kopf. Aber dann geschah, was immer geschah. Der Impresario kam, hob stumm – die Musik machte das Reden unmöglich – die Arme über dem Hungerkünstler, so, als lade er den Himmel ein, sich sein Werk hier auf dem Stroh einmal anzusehn, diesen bedauernswerten Märtyrer, welcher der Hungerkünstler allerdings war, nur in ganz anderem Sinn; faßte den Hungerkünstler um die dünne Taille, wobei er durch übertriebene Vorsicht glaubhaft machen wollte, mit einem wie gebrechlichen Ding er es hier zu tun habe; und übergab ihn – nicht ohne ihn im geheimen ein wenig zu schütteln, so daß der Hungerkünstler mit den Beinen und dem Oberkörper unbeherrscht hin und her schwankte – den inzwischen totenbleich gewordenen Damen. Nun duldete der Hungerkünstler alles; der Kopf lag auf der Brust, es war, als sei er hingerollt und halte sich dort unerklärlich; der Leib war ausgehöhlt; die Beine drückten sich im Selbsterhaltungstrieb fest in den

Knien aneinander, scharrten aber doch den Boden, so, als sei es nicht der wirkliche, den wirklichen suchten sie erst; und die ganze, allerdings sehr kleine Last des Körpers lag auf einer der Damen, welche hilfesuchend, mit fliegendem Atem – so hatte sie sich dieses Ehrenamt nicht vorgestellt – zuerst den Hals möglichst streckte, um wenigstens das Gesicht vor der Berührung mit dem Hungerkünstler zu bewahren, dann aber, da ihr dies nicht gelang und ihre glücklichere Gefährtin ihr nicht zu Hilfe kam, sondern sich damit begnügte, zitternd die Hand des Hungerkünstlers, dieses kleine Knochenbündel, vor sich herzutragen, unter dem entzückten Gelächter des Saales in Weinen ausbrach und von einem längst bereitgestellten Diener abgelöst werden mußte. Dann kam das Essen, von dem der Impresario dem Hungerkünstler während eines ohnmachtähnlichen Halbschlafes ein wenig einflößte, unter lustigem Plaudern, das die Aufmerksamkeit vom Zustand des Hungerkünstlers ablenken sollte; dann wurde noch ein Trinkspruch auf das Publikum ausgebracht, welcher dem Impresario angeblich vom Hungerkünstler zugeflüstert worden war; das Orchester bekräftigte alles durch einen großen Tusch, man ging auseinander, und niemand hatte das Recht, mit dem Gesehenen unzufrieden zu sein, niemand, nur der Hungerkünstler, immer nur er.

So lebte er mit regelmäßigen kleinen Ruhepausen viele Jahre, in scheinbarem Glanz, von der Welt geehrt, bei alledem aber meist in trüber Laune, die immer noch trüber wurde dadurch, daß niemand sie ernst zu nehmen verstand. Womit sollte man ihn auch trösten? Was blieb ihm zu wünschen übrig? Und wenn sich einmal ein Gutmütiger fand, der ihn bedauerte und ihm erklären wollte, daß seine Traurigkeit wahrscheinlich von dem Hungern käme, konnte es, besonders bei vorgeschrittener Hungerzeit, geschehn, daß der Hungerkünstler mit einem Wutausbruch antwortete und zum Schrecken aller wie ein Tier an dem Gitter zu rütteln begann. Doch hatte für solche Zustände der Impresario ein Strafmittel, das er gern anwandte. Er entschuldigte den Hungerkünstler vor versammeltem Publikum, gab zu, daß nur die durch das Hungern hervorgerufene, für satte Menschen nicht ohne weiteres begreifliche Reizbarkeit das Benehmen des Hungerkünstlers verzeihlich machen könne; kam dann im Zusammenhang damit auch auf die ebenso zu erklärende Behauptung des Hungerkünstlers zu sprechen, er könnte noch viel länger hungern, als er hungere; lobte das hohe Streben, den guten Willen, die große Selbstverleugnung, die gewiß auch in dieser Behauptung enthalten seien; suchte dann aber die Behauptung einfach genug durch Vorzeigen von Photographien, die gleichzeitig verkauft wurden, zu widerlegen, denn auf den Bildern sah man den Hungerkünstler an einem vierzigsten Hungertag, im Bett, fast verlöscht vor Entkräftung. Diese dem Hungerkünstler zwar wohlbekannte, immer aber von neuem ihn entnervende Verdrehung der Wahrheit war ihm zu viel. Was die Folge der vorzeitigen Beendigung des Hungerns war, stellte man hier als die Ursache dar! Gegen diesen Unverstand, gegen diese Welt des Unverstandes zu kämpfen, war unmöglich. Noch hatte er immer wieder in gutem Glauben begierig am Gitter dem Impresario zugehört, beim Erscheinen der Photographien aber ließ er das Gitter jedesmal los, sank mit Seufzen ins Stroh zurück, und das beruhigte Publikum konnte wieder herankommen und ihn besichtigen.

Wenn die Zeugen solcher Szenen ein paar Jahre später daran zurückdachten, wurden sie sich oft selbst unverständlich. Denn inzwischen war jener erwähnte Umschwung eingetreten; fast plötzlich war das geschehen; es mochte tiefere Gründe haben, aber wem lag daran, sie aufzufinden; jedenfalls sah sich eines Tages der verwöhnte Hungerkünstler von der vergnügungssüchtigen Menge verlassen, die lieber zu anderen Schaustellungen strömte. Noch einmal jagte der Impresario mit ihm durch halb Europa, um zu sehn, ob sich nicht noch hie und da das alte Interesse wiederfände; alles vergeblich; wie in einem geheimen Einverständnis hatte sich überall geradezu eine Abneigung gegen das Schauhungern ausgebildet. Natürlich hatte das in Wirklichkeit nicht plötzlich so kommen können, und man erinnerte sich jetzt nachträglich an manche zu ihrer Zeit im Rausch der Erfolge nicht genügend beachtete, nicht genügend unterdrückte Vorboten, aber jetzt etwas dagegen zu unternehmen, war zu spät. Zwar war es sicher, daß einmal auch für das Hungern wieder die Zeit kommen werde, aber für die Lebenden war das kein Trost. Was sollte nun der Hungerkünstler tun? Der, welchen Tausende umjubelt hatten, konnte sich nicht in Schaubuden auf kleinen Jahrmärkten zeigen, und um einen andern Beruf zu ergreifen, war der Hungerkünstler nicht nur zu alt, sondern vor allem dem Hungern allzu fanatisch ergeben. So verabschiedete er denn den Impresario, den Genossen einer Laufbahn ohnegleichen, und ließ sich von einem großen Zirkus engagieren; um seine Empfindlichkeit zu schonen, sah er die Vertragsbedingungen gar nicht an.

Ein großer Zirkus mit seiner Unzahl von einander immer wieder ausgleichenden und ergänzenden Menschen und Tieren und Apparaten kann jeden und zu jeder Zeit gebrauchen, auch einen Hungerkünstler, bei entsprechend bescheidenen Ansprüchen natürlich, und außerdem war es ja in diesem besonderen Fall nicht nur der Hungerkünstler selbst, der engagiert wurde, sondern auch sein alter berühmter Name, ja man konnte bei der Eigenart dieser im zunehmenden Alter nicht abnehmenden Kunst nicht einmal sagen, daß ein ausgedienter, nicht mehr auf der Höhe seines Könnens stehender Künstler sich in einen ruhigen Zirkusposten flüchten wolle, im Gegenteil, der Hungerkünstler versicherte, daß er, was durchaus glaubwürdig war, ebensogut hungere wie früher, ja er behauptete sogar, er werde, wenn man ihm seinen Willen lasse, und dies versprach man ihm ohne weiteres, eigentlich erst jetzt die Welt in berechtigtes Erstaunen setzen, eine Behauptung allerdings, die mit Rücksicht auf die Zeitstimmung, welche der Hungerkünstler im Eifer leicht vergaß, bei den Fachleuten nur ein Lächeln hervorrief.

Im Grunde aber verlor auch der Hungerkünstler den Blick für die wirklichen Verhältnisse nicht und nahm es als selbstverständlich hin, daß man ihn mit seinem Käfig nicht etwa als Glanznummer mitten in die Manege stellte, sondern draußen an einem im übrigen recht gut zugänglichen Ort in der Nähe der Stallungen unterbrachte. Große, bunt gemalte Aufschriften umrahmten den Käfig und verkündeten, was dort zu sehen war. Wenn das Publikum in den Pausen der Vorstellung zu den Ställen drängte, um die Tiere zu besichtigen, war es fast unvermeidlich, daß es beim Hungerkünstler vorüberkam und ein wenig dort haltmachte, man wäre vielleicht länger bei ihm geblieben, wenn nicht in dem schmalen Gang die Nachdrängenden, welche diesen Aufenthalt auf dem Weg zu den ersehnten Ställen nicht verstanden, eine längere ruhige Betrachtung unmöglich gemacht hätten. Dieses war auch der Grund, warum der Hungerkünstler vor diesen Besuchszeiten, die er als seinen Lebenszweck natürlich herbeiwünschte, doch auch wieder zitterte. In der ersten Zeit hatte er die Vorstellungspausen kaum erwarten können; entzückt hatte er der sich heranwälzenden Menge entgegengesehn, bis er sich nur zu bald – auch die hartnäckigste, fast bewußte Selbsttäuschung hielt den Erfahrungen nicht stand – davon überzeugte, daß es zumeist der Absicht nach, immer wieder, ausnahmslos, lauter Stallbesucher waren. Und dieser Anblick von der Ferne blieb noch immer der schönste. Denn wenn sie bis zu ihm herangekommen waren, umtobte ihn sofort Geschrei und Schimpfen der ununterbrochen neu sich bildenden Parteien, jener, welche – sie wurde dem Hungerkünstler bald die peinlichere – ihn bequem ansehen wollte, nicht etwa aus Verständnis, sondern aus Laune und Trotz, und jener zweiten, die zunächst nur nach den Ställen verlangte. War der große Haufe vorüber, dann kamen die Nachzügler, und diese allerdings, denen es nicht mehr verwehrt war, stehen zu bleiben, solange sie nur Lust hatten, eilten mit langen Schritten, fast ohne Seitenblick, vorüber, um rechtzeitig zu den Tieren zu kommen. Und es war kein allzu häufiger Glücksfall, daß ein Familienvater mit seinen Kindern kam, mit dem Finger auf den Hungerkünstler zeigte, ausführlich erklärte, um was es sich hier handelte, von früheren Jahren erzählte, wo er bei ähnlichen, aber unvergleichlich großartigeren Vorführungen gewesen war, und dann die Kinder, wegen ihrer ungenügenden Vorbereitung von Schule und Leben her, zwar immer noch verständnislos blieben – was war ihnen Hungern? – aber doch in dem Glanz ihrer forschenden Augen etwas von neuen, kommenden, gnädigeren Zeiten verrieten. Vielleicht, so sagte sich der Hungerkünstler dann manchmal, würde alles doch ein wenig besser werden, wenn sein Standort nicht gar so nahe bei den Ställen wäre. Den Leuten wurde dadurch die Wahl zu leicht gemacht, nicht zu reden davon, daß ihn die Ausdünstungen der Ställe, die Unruhe der Tiere in der Nacht, das Vorübertragen der rohen Fleischstücke für die Raubtiere, die Schreie bei der Fütterung sehr verletzten und dauernd bedrückten. Aber bei der Direktion vorstellig zu werden, wagte er nicht; immerhin verdankte er ja den Tieren die Menge der Besucher, unter denen sich hie und da auch ein für ihn Bestimmter finden konnte, und wer wußte, wohin man ihn verstecken würde, wenn er an seine Existenz erinnern wollte und damit auch daran, daß er, genau genommen, nur ein Hindernis auf dem Weg zu den Ställen war.

Ein kleines Hindernis allerdings, ein immer kleiner werdendes Hindernis. Man gewöhnte sich an die Sonderbarkeit, in den heutigen Zeiten Aufmerksamkeit für einen Hungerkünstler beanspruchen zu wollen, und mit dieser Gewöhnung war das Urteil über ihn gesprochen. Er mochte so gut hungern, als er nur konnte, und er tat es, aber nichts konnte ihn mehr retten, man ging an ihm vorüber. Versuche, jemandem die Hungerkunst zu erklären! Wer es nicht fühlt, dem kann man es nicht begreiflich machen. Die schönen Aufschriften wurden schmutzig und unleserlich, man riß sie herunter, niemandem fiel es ein, sie zu ersetzen; das Täfelchen mit der Ziffer der abgeleisteten Hungertage, das in der ersten Zeit sorgfältig täglich erneut worden war, blieb schon längst immer das gleiche, denn nach den ersten Wochen war das Personal selbst dieser kleinen Arbeit überdrüssig geworden; und so hungerte zwar der Hungerkünstler weiter, wie er es früher einmal erträumt hatte, und es gelang ihm ohne Mühe ganz so, wie er es damals vorausgesagt hatte, aber niemand zählte die Tage, niemand, nicht einmal der Hungerkünstler selbst wußte, wie groß die Leistung schon war, und sein Herz wurde schwer. Und wenn einmal in der Zeit ein Müßiggänger stehen blieb, sich über die alte Ziffer lustig machte und von Schwindel sprach, so war das in diesem Sinn die dümmste Lüge, welche Gleichgültigkeit und eingeborene Bösartigkeit erfinden konnte, denn nicht der Hungerkünstler betrog, er arbeitete ehrlich, aber die Welt betrog ihn um seinen Lohn.

Doch vergingen wieder viele Tage, und auch das nahm ein Ende. Einmal fiel einem Aufseher der Käfig auf, und er fragte die Diener, warum man hier diesen gut brauchbaren Käfig mit dem verfaulten Stroh drinnen unbenützt stehen lasse; niemand wußte es, bis sich einer mit Hilfe der Ziffertafel an den Hungerkünstler erinnerte. Man rührte mit Stangen das Stroh auf und fand den Hungerkünstler darin. »Du hungerst noch immer?« fragte der Aufseher, »wann wirst du denn endlich aufhören?« »Verzeiht mir alle«, flüsterte der Hungerkünstler; nur der Aufseher, der das Ohr ans Gitter hielt, verstand ihn. »Gewiß«, sagte der Aufseher und legte den Finger an die Stirn, um damit den Zustand des Hungerkünstlers dem Personal anzudeuten, »wir verzeihen dir.« »Immerfort wollte ich, daß ihr mein Hungern bewundert«, sagte der Hungerkünstler. »Wir bewundern es auch«, sagte der Aufseher entgegenkommend. »Ihr sollt es aber nicht bewundern«, sagte der Hungerkünstler. »Nun, dann bewundern wir es also nicht«, sagte der Aufseher, »warum sollen wir es denn nicht bewundern?« »Weil ich hungern muß, ich kann nicht anders«, sagte der Hungerkünstler. »Da sieh mal einer«, sagte der Aufseher, »warum kannst du denn nicht anders?« »Weil ich«, sagte der Hungerkünstler, hob das Köpfchen ein wenig und sprach mit wie zum Kuß gespitzten Lippen gerade in das Ohr des Aufsehers hinein, damit nichts verloren ginge, »weil ich nicht die Speise finden konnte, die mir schmeckt. Hätte ich sie gefunden, glaube mir, ich hätte kein Aufsehen gemacht und mich vollgegessen wie du und alle.« Das waren die letzten Worte, aber noch in seinen gebrochenen Augen war die feste, wenn auch nicht mehr stolze Überzeugung, daß er weiterhungre.

»Nun macht aber Ordnung!« sagte der Aufseher, und man begrub den Hungerkünstler samt dem Stroh. In den Käfig aber gab man einen jungen Panther. Es war eine selbst dem stumpfsten Sinn fühlbare Erholung, in dem so lange öden Käfig dieses wilde Tier sich herumwerfen zu sehn. Ihm fehlte nichts. Die Nahrung, die ihm schmeckte, brachten ihm ohne langes Nachdenken die Wächter; nicht einmal die Freiheit schien er zu vermissen; dieser edle, mit allem Nötigen bis knapp zum Zerreißen ausgestattete Körper schien auch die Freiheit mit sich herumzutragen; irgendwo im Gebiß schien sie zu stecken; und die Freude am Leben kam mit derart starker Glut aus seinem Rachen, daß es für die Zuschauer nicht leicht war, ihr standzuhalten. Aber sie überwanden sich, umdrängten den Käfig und wollten sich gar nicht fortrühren.

In unserer Synagoge . . .

In unserer Synagoge lebt ein Tier in der Größe etwa eines Marders. Es ist oft sehr gut zu sehn, bis auf eine Entfernung von etwa zwei Metern duldet es das Herankommen der Menschen. Seine Farbe ist ein helles Blaugrün. Sein Fell hat noch niemand berührt, es läßt sich also darüber nichts sagen, fast möchte man behaupten, daß auch die wirkliche Farbe des Felles unbekannt ist, vielleicht stammt die sichtbare Farbe nur vom Staub und Mörtel die sich im Fell verfangen haben, die Farbe ähnelt ja auch dem Verputz des Synagogeninnern, nur ist sie ein wenig heller. Es ist, von seiner Furchtsamkeit abgesehn, ein ungemein ruhiges seßhaftes Tier; würde es nicht so oft aufgescheucht werden, es würde wohl den Ort kaum wechseln, sein Lieblingsaufenthalt ist das Gitter der Frauenabteilung, mit sichtbarem Behagen krallt es sich in die Maschen des Gitters, streckt sich und blickt hinab in den Betraum, diese kühne Stellung scheint es zu freuen, aber der Tempeldiener hat den Auftrag, das Tier niemals am Gitter zu dulden, es würde sich an diesen Platz gewöhnen und das kann man wegen der Frauen, die das Tier fürchten, nicht zulassen. Warum sie es fürchten, ist unklar. Es sieht allerdings beim ersten Anblick erschreckend aus, besonders der lange Hals, das dreikantige Gesicht, die fast wagrecht vorstehenden Oberzähne, über der Oberlippe eine Reihe langer, die Zähne überragender, offenbar ganz harter heller Borstenhaare, das alles kann erschrecken, aber bald muß man erkennen, wie ungefährlich dieser ganze scheinbare Schrecken ist. Vor allem hält es sich ja von den Menschen fern, es ist scheuer als ein Waldtier, es scheint mit nichts als mit dem Gebäude verbunden und sein persönliches Unglück besteht wohl darin, daß dieses Gebäude eine Synagoge ist, also ein zeitweilig sehr belebter Ort. Könnte man sich mit dem Tier verständigen, könnte man es allerdings damit trösten, daß die Gemeinde unseres Bergstädtchens von Jahr zu Jahr kleiner wird und es ihr schon Mühe macht die Kosten für die Erhaltung der Synagoge aufzubringen. Es ist nicht ausgeschlossen, daß in einiger Zeit aus der Synagoge ein Getreidespeicher wird oder dergleichen und daß das Tier die Ruhe bekommt, die ihm jetzt schmerzlich fehlt.

Es sind allerdings nur die Frauen, die das Tier fürchten, den Männern ist es längst gleichgültig geworden, eine Generation hat es der andern gezeigt, immer wieder hat man es gesehn, schließlich hat man keinen Blick mehr daran gewendet und selbst die Kinder, die es zum erstenmal sehn, staunen nicht mehr. Es ist das Haustier der Synagoge geworden, warum sollte nicht die Synagoge ein besonderes, nirgends sonst vorkommendes Haustier haben? Wären nicht die Frauen man würde kaum mehr von der Existenz des Tieres wissen. Aber selbst die Frauen haben keine wirkliche Furcht vor dem Tier, es wäre auch zu sonderbar, ein solches Tier tagaus, tagein zu fürchten, jahre- und jahrzehntelang. Sie verteidigen sich zwar damit, daß ihnen das Tier meist viel näher ist als den Männern und das ist richtig. Hinunter zu den Männern wagt sich das Tier nicht, niemals hat man es noch auf dem Fußboden gesehn. Läßt man es nicht zum Gitter der Frauenabteilung, so hält es sich wenigstens in gleicher Höhe auf der gegenüberliegenden Wand auf. Dort ist ein ganz schmaler Mauervorsprung, kaum zwei Finger breit, er umläuft drei Seiten der Synagoge, auf diesem Vorsprung huscht das Tier manchmal hin und her, meistens aber hockt es ruhig auf einer bestimmten Stelle gegenüber den Frauen. Es ist fast unbegreiflich wie es diesen schmalen Weg so leicht benützen kann und die Art wie es dort oben, am Ende angekommen, wieder wendet, ist sehenswert, es ist doch schon ein sehr altes Tier, aber es zögert nicht den gewagtesten Luftsprung zu machen, der auch niemals mißlingt, in der Luft hat es sich umgedreht und schon läuft es wieder seinen Weg zurück. Allerdings wenn man das einigemal gesehen hat, ist man gesättigt und hat keinen Anlaß immerfort hinzustarren. Es ist ja auch weder Furcht noch Neugier, welche die Frauen in Bewegung hält, würden sie sich mehr mit dem Beten beschäftigen, könnten sie das Tier völlig vergessen, die frommen Frauen täten das auch, wenn es die andern, welche die große Mehrzahl sind zuließen, diese aber wollen immer gern auf sich aufmerksam machen und das Tier ist ihnen dafür ein willkommener Vorwand. Wenn sie es könnten und wenn sie es wagten, hätten sie gewiß das Tier noch näher zu sich gelockt, um noch mehr erschrecken zu dürfen. Aber in Wirklichkeit drängt sich ja das Tier gar nicht zu ihnen, es kümmert sich, wenn es nicht angegriffen wird, um sie ebensowenig wie um die Männer, am liebsten würde es wahrscheinlich in der Verborgenheit bleiben, in der es in den Zeiten außerhalb des Gottesdienstes lebt, offenbar in irgendeinem Mauerloch, das wir noch nicht entdeckt haben. Erst wenn man zu beten anfängt, erscheint es, erschreckt durch den Lärm, will es sehn was geschehen ist, will es wachsam bleiben, will es frei sein, fähig zur Flucht, vor Angst läuft es hervor, aus Angst macht es seine Kapriolen und wagt sich nicht zurückzuziehn, bis der Gottesdienst zu Ende ist. Die Höhe bevorzugt es natürlich deshalb, weil es dort am sichersten ist und die besten Laufmöglichkeiten hat es auf dem Gitter und dem Mauervorsprung, aber es ist keineswegs immer dort, manchmal steigt es auch tiefer zu den Männern hinab, der Vorhang der Bundeslade wird von einer glänzenden Messingstange getragen, die scheint das Tier zu locken, oft genug schleicht es hin, dort aber sitzt es immer ruhig, nicht einmal wenn es dort knapp bei der Bundeslade ist, kann man sagen daß es stört, mit seinen blanken, immer offenen, vielleicht lidlosen Augen scheint es die Gemeinde anzusehn, sieht aber gewiß niemanden an, sondern blickt nur den Gefahren entgegen, von denen es sich bedroht fühlt.

In dieser Hinsicht schien es, wenigstens bis vor kurzem, nicht viel verständiger als unsere Frauen. Was für Gefahren hat es denn zu fürchten? Wer beabsichtigt ihm etwas zu tun? Lebt es denn nicht seit vielen Jahren völlig sich selbst überlassen? Die Männer kümmern sich nicht um seine Anwesenheit und die Mehrzahl der Frauen wäre wahrscheinlich unglücklich wenn es verschwände. Und da es das einzige Tier im Haus ist, hat es also überhaupt keinen Feind. Das hätte es nachgerade im Laufe der Jahre schon durchschauen können. Und der Gottesdienst mit seinem Lärm mag ja für das Tier sehr erschreckend sein, aber er wiederholt sich doch in bescheidenem Ausmaß jeden Tag und gesteigert an den Feststagen, immer regelmäßig und ohne Unterbrechung, auch das ängstlichste Tier hätte sich schon daran gewöhnen können, besonders wenn es sieht, daß es nicht etwa der Lärm von Verfolgern ist, sondern ein Lärm der es gar nicht betrifft. Und doch diese Angst. Ist es die Erinnerung an längst vergangene oder die Vorahnung künftiger Zeiten? Weiß dieses alte Tier vielleicht mehr, als die drei Generationen, die jeweils in der Synagoge versammelt sind?

Vor vielen Jahren, so erzählt man, soll man wirklich versucht haben das Tier zu vertreiben. Es ist ja möglich daß es wahr ist, wahrscheinlicher aber ist es daß es sich nur um erfundene Geschichten handelt. Nachweisbar allerdings ist, daß man damals vom religionsgesetzlichen Standpunkt aus die Frage untersucht hat, ob man ein solches Tier im Gotteshause dulden darf. Man holte die Gutachten verschiedener berühmter Rabbiner ein, die Ansichten waren geteilt, die Mehrheit war für die Vertreibung und Neueinweihung des Gotteshauses, aber es war leicht von der Ferne zu dekretieren, in Wirklichkeit war es ja unmöglich, das Tier zu vertreiben.

Es war einmal ein Geduldspiel . . .

Es war einmal ein Geduldspiel, ein billiges einfaches Spiel, nicht viel größer als eine Taschenuhr und ohne irgendwelche überraschende Einrichtungen. In der rotbraun angestrichenen Holzfläche waren einige blaue Irrwege eingeschnitten die in eine kleine Grube mündeten. Die gleichfalls blaue Kugel war durch Neigen und Schütteln zunächst in einen der Wege zu bringen und dann in die Grube. War die Kugel in der Grube, dann war das Spiel zuende, wollte man es von neuem beginnen, mußte man die Kugel wieder aus der Grube schütteln. Bedeckt war das Ganze von einem starken gewölbten Glas, man konnte das Geduldspiel in die Tasche stecken und mitnehmen und wo immer man war, konnte man es hervornehmen und spielen.

War die Kugel unbeschäftigt, so ging sie meistens, die Hände auf dem Rücken, auf der Hochebene hin und her, die Wege vermied sie. Sie war der Ansicht, daß sie während des Spieles genug mit den Wegen gequält werde und daß sie reichlichen Anspruch darauf habe, wenn nicht gespielt würde, sich auf der freien Ebene zu erholen. Sie hatte einen breitspurigen Gang und behauptete, daß sie nicht für die schmalen Wege gemacht sei. Das war zum Teil richtig, denn die Wege konnten sie wirklich kaum fassen, es war aber auch unrichtig, denn tatsächlich war sie sehr sorgfältig der Breite der Wege angepaßt, bequem aber durften ihr die Wege nicht sein, denn sonst wäre es kein Geduldspiel gewesen.

Forschungen eines Hundes

Wie sich mein Leben verändert hat und wie es sich doch nicht verändert hat im Grunde! Wenn ich jetzt zurückdenke und die Zeiten mir zurückrufe, da ich noch inmitten der Hundeschaft lebte, teilnahm an allem was sie bekümmert, ein Hund unter Hunden, finde ich bei näherem Zusehn doch, daß hier seit jeher etwas nicht stimmte, eine kleine Bruchstelle vorhanden war, ein leichtes Unbehagen inmitten der ehrwürdigsten volklichen Veranstaltungen mich befiel, ja manchmal selbst im vertrauten Kreise, nein, nicht manchmal, sondern sehr oft, der bloße Anblick eines mir lieben Mithundes, der bloße Anblick, irgendwie neu gesehn, mich verlegen, erschrocken, hilflos, ja mich verzweifelt machte. Ich suchte mich gewissermaßen zu begütigen, Freunde, denen ich es eingestand halfen mir, es kamen wieder ruhigere Zeiten, Zeiten in denen zwar jene Überraschungen nicht fehlten, aber gleichmütiger aufgenommen, gleichmütiger ins Leben eingefügt wurden, vielleicht traurig und müde machten, aber im übrigen mich bestehen ließen als einen zwar ein wenig kalten, zurückhaltenden, ängstlichen, rechnerischen, aber alles in allem genommen doch regelrechten Hund. Wie hätte ich auch ohne diese Erholungspausen das Alter erreichen können, dessen ich mich jetzt erfreue, wie hätte ich mich durchringen können zu der Ruhe, mit der ich die Schrecken meiner Jugend betrachte und die Schrecken des Alters ertrage, wie hätte ich dazu kommen können, die Folgerungen aus meiner, wie ich zugebe, unglücklichen oder um es vorsichtiger auszudrücken nicht sehr glücklichen Anlage zu ziehn und fast völlig ihnen entsprechend zu leben. Zurückgezogen, einsam, nur mit meinen kleinen, hoffnungslosen, aber mir unentbehrlichen Untersuchungen beschäftigt, so lebe ich, habe aber dabei von der Ferne den Überblick über mein Volk nicht verloren, oft dringen Nachrichten zu mir und auch ich lasse hie und da von mir hören. Man behandelt mich mit Achtung, versteht meine Lebensweise nicht, aber nimmt sie mir nicht übel und selbst junge Hunde, die ich hie und da in der Ferne vorüberlaufen sehe, eine neue Generation, an deren Kindheit ich mich kaum dunkel erinnere, versagen mir nicht den ehrerbietigen Gruß. Man darf eben nicht außerachtlassen, daß ich trotz meiner Sonderbarkeiten, die offen zu Tage liegen, doch nicht völlig aus der Art schlage. Es ist ja, wenn ichs bedenke und dies zu tun habe ich Zeit und Lust und Fähigkeit, mit der Hundeschaft überhaupt sonderbar bestellt. Es giebt außer uns Hunden vielerlei Arten von Geschöpfen ringsumher, arme, geringe, stumme, nur auf gewisse Schreie eingeschränkte Wesen, viele unter uns Hunden studieren sie, haben ihnen Namen gegeben, suchen ihnen zu helfen, sie zu veredeln udgl., mir sind sie, wenn sie mich nicht etwa zu stören versuchen, gleichgültig, ich verwechsle sie, ich sehe über sie hinweg, eines aber ist zu auffallend, als daß es mir hätte entgehen können, wie wenig sie nämlich, mit uns Hunden verglichen, zusammenhalten, wie fremd sie aneinander vorübergehn, wie sie weder ein hohes noch ein niedriges Interesse verbindet, wie vielmehr jedes Interesse sie noch mehr von einander abhält, als es schon der gewöhnliche Zustand der Ruhe mit sich bringt. Wir Hunde dagegen! Man darf doch wohl sagen, daß wir alle förmlich in einem einzigen Haufen leben, alle, so unterschieden wir sonst sind durch die unzähligen und tief gehenden Unterscheidungen, die sich im Laufe der Zeiten ergeben haben. Alle in einem Haufen! Es drängt uns zueinander und nichts kann uns hindern, diesem Drängen genugzutun, alle unsere Gesetze und Einrichtungen, die wenigen die ich noch kenne und die zahllosen, die ich vergessen habe, gehen zurück auf dieses höchste Glück dessen wir fähig sind, das warme Beisammensein. Nun aber das Gegenspiel hiezu. Kein Geschöpf lebt meines Wissens so weithin zerstreut wie wir Hunde, keines hat so viele, gar nicht übersehbare Unterschiede der Klassen, der Arten, der Beschäftigungen, wir die wir zusammenhalten wollen – und immer wieder gelingt es uns trotz allem, in überschwänglichen Augenblicken – gerade wir leben weit von einander getrennt, in eigentümlichen, schon dem Nebenhund oft unverständlichen Berufen, festhaltend an Vorschriften, die nicht die der Hundeschaft sind, ja eher gegen sie gerichtet. Was für schwierige Dinge das sind, Dinge, an die man lieber nicht rührt – ich verstehe auch diesen Standpunkt, verstehe ihn besser als den meinen – und doch Dinge, denen ich ganz und gar verfallen bin. Warum tue ich es nicht wie die andern, lebe einträchtig mit meinem Volke und nehme das was die Eintracht stört, stillschweigend hin, vernachlässige es als kleinen Fehler in der großen Rechnung und bleibe immer zugekehrt dem was glücklich bindet, nicht dem, was uns immer wieder unwiderstehlich aus dem Volkskreis zerrt. Ich erinnere mich an einen Vorfall aus meiner Jugend, ich war damals in einer jener seligen unerklärlichen Aufregungen, wie sie wohl jeder als Kind erlebt, ich war noch ein ganz junger Hund, alles gefiel mir, alles hatte Bezug zu mir, ich glaubte daß große Dinge um mich vorgehn, deren Anführer ich sei, denen ich meine Stimme leihen müsse, Dinge die elend am Boden liegen bleiben müßten, wenn ich nicht für sie lief, für sie meinen Körper schwenkte, nun, Phantasien der Kinder, die mit den Jahren sich verflüchtigen, aber damals waren sie sehr stark, ich war ganz in ihrem Bann und es geschah dann auch freilich etwas Außerordentliches, was den wilden Erwartungen Recht zu geben schien. An sich war es nichts Außerordentliches, später habe ich solche und noch merkwürdigere Dinge oft genug gesehn, aber damals traf es mich mit dem starken ersten unverwischbaren, für vieles folgende richtunggebenden Eindruck. Ich traf nämlich eine kleine Hundegesellschaft, vielmehr ich traf sie nicht, sie kam auf mich zu. Ich war damals lange durch die Finsternis gelaufen, in Vorahnung großer Dinge, eine Vorahnung, die freilich leicht täuschte, denn ich hatte sie immer, war lange durch die Finsternis gelaufen, kreuz und quer, geführt von nichts anderem als dem unbestimmten Verlangen, machte plötzlich Halt in dem Gefühl, hier sei ich am rechten Ort, sah auf und es war überheller Tag, nur ein wenig dunstig, ich begrüßte den Morgen mit wirren Lauten, da – als hätte ich sie heraufbeschworen – traten aus irgendwelcher Finsternis unter Hervorbringung eines entsetzlichen Lärms, wie ich ihn noch nie gehört hatte, sieben Hunde ans Licht. Hätte ich nicht deutlich gesehn daß es Hunde waren und daß sie selbst diesen Lärm mitbrachten, trotzdem ich nicht erkennen konnte, wie sie ihn erzeugten – ich wäre sofort weggelaufen, so aber blieb ich. Damals wußte ich noch fast nichts von der nur dem Hundegeschlecht verliehenen Musikalität, sie war meiner sich erst entwickelnden Aufmerksamkeit entgangen, nur in Andeutungen hatte man mich darauf hinzuweisen versucht, umso überraschender, geradezu niederwerfend waren jene sieben großen Musikkünstler für mich. Sie redeten nicht, sie sangen nicht, sie schwiegen im allgemeinen fast mit einer gewissen Verbissenheit, aber aus dem leeren Raum zauberten sie die Musik empor. Alles war Musik. Das Heben und Niedersetzen ihrer Füße, bestimmte Wendungen des Kopfes, ihr Laufen und ihr Ruhen, die Stellungen, die sie zu einander einnahmen, die reigenmäßigen Verbindungen, die sie mit einander eingiengen, indem etwa einer die Vorderpfoten auf des andern Rücken stützte und sie es dann alle sieben so durchführten, daß der erste die Last aller andern trug, oder indem sie mit ihren nah am Boden hinschleichenden Körpern verschlungene Figuren bildeten und niemals sich irrten, nicht einmal der letzte, der noch ein wenig unsicher war, nicht immer gleich den Anschluß an die andern fand, gewissermaßen im Anschlagen der Melodie manchmal schwankte, aber doch unsicher war nur im Vergleich mit der großartigen Sicherheit der andern und selbst bei viel größerer, ja bei vollkommener Unsicherheit nichts hätte verderben können, wo die andern, große Meister, den Takt unerschütterlich hielten. Aber man sah sie ja kaum, man sah sie ja alle kaum. Sie waren hervorgetreten, man hatte sie innerlich begrüßt als Hunde, sehr beirrt war man zwar von dem Lärm, der sie begleitete, aber es waren doch Hunde, Hunde wie ich und Du, man beobachtete sie gewohnheitsmäßig, wie Hunde denen man auf dem Weg begegnet, man wollte sich ihnen nähern, Grüße tauschen, sie waren auch ganz nah, Hunde, zwar viel älter als ich und nicht von meiner langhaarigen wolligen Art, aber doch auch nicht allzu fremd an Größe und Gestalt, recht vertraut vielmehr, viele von solcher oder ähnlicher Art kannte ich, aber während man noch in solchen Überlegungen befangen war, nahm allmählich die Musik überhand, faßte einen förmlich, zog einen hinweg von diesen wirklichen kleinen Hunden und ganz wider Willen, sich sträubend mit allen Kräften, heulend als würde einem Schmerz bereitet, durfte man sich mit nichts anderem beschäftigen, als mit der von allen Seiten, von der Höhe, von der Tiefe, von überall her kommenden, den Zuhörer in die Mitte nehmenden, überschüttenden, erdrückenden, über seiner Vernichtung noch, in solcher Nähe, daß es schon Ferne war, kaum hörbar noch Fanfaren blasenden Musik. Und wieder wurde man entlassen, weil man schon zu erschöpft, zu vernichtet, zu schwach war, um noch zu hören, man wurde entlassen und sah die sieben kleinen Hunde ihre Processionen führen, ihre Sprünge tun, man wollte sie, so ablehnend sie aussahn, anrufen, um Belehrung bitten, sie fragen, was sie denn hier machten – ich war ein Kind und glaubte immer und jeden fragen zu dürfen – aber kaum setzte ich an, kaum fühlte ich die gute vertraute hündische Verbindung mit den sieben, war wieder ihre Musik da, machte mich besinnungslos, drehte mich im Kreise herum, als sei ich selbst einer der Musikanten, während ich doch nur ihr Opfer war, warf mich hierhin und dorthin, so sehr ich auch um Gnade bat, und rettete mich schließlich vor ihrer eigenen Gewalt, indem sie mich in ein Gewirr von Hölzern drückte, das in jener Gegend ringsum sich erhob, ohne daß ich es bisher bemerkt hatte, mich jetzt fest umfieng, den Kopf mir niederduckte und mir, mochte dort im Freien die Musik noch donnern, die Möglichkeit gab, ein wenig zu verschnaufen. Wahrhaftig, mehr als über die Kunst der sieben Hunde, – sie war mir unbegreiflich, aber auch gänzlich unanknüpfbar außerhalb meiner Fähigkeiten – wunderte ich mich über ihren Mut, sich dem, was sie erzeugten, völlig und offen auszusetzen und über ihre Kraft, es ohne daß es ihnen das Rückgrat brach, ruhig zu ertragen. Freilich erkannte ich jetzt aus meinem Schlupfloch bei genauerer Beobachtung daß es nicht so sehr Ruhe, als äußerste Anspannung war, mit der sie arbeiteten, diese scheinbar so sicher bewegten Beine zitterten bei jedem Schritt in unaufhörlicher ängstlicher Zuckung, starr wie in Verzweiflung sah einer den andern an, und die immer wieder bewältigte Zunge hing doch gleich wieder schlapp aus den Mäulern. Es konnte nicht Angst wegen des Gelingens sein, was sie so erregte; wer solches wagte, solches zustandebrachte, der konnte keine Angst mehr haben, wovor denn Angst? Wer zwang sie denn zu tun, was sie hier taten? Und ich konnte mich nicht mehr zurückhalten, besonders da sie mir jetzt so unverständlich hilfsbedürftig erschienen, und so rief ich durch allen Lärm meine Fragen laut und fordernd hinaus. Sie aber – unbegreiflich! unbegreiflich! – sie antworteten nicht, taten als wäre ich nicht da, Hunde, die auf Hundeanruf gar nicht antworten, ein Vergehn gegen die guten Sitten, das dem kleinsten wie dem größten Hunde unter keinen Umständen verziehen wird. Waren es etwa doch nicht Hunde? Aber wie sollten es denn nicht Hunde sein, hörte ich doch jetzt bei genauerem Hinhorchen sogar leise Zurufe, mit denen sie einander befeuerten, auf Schwierigkeiten aufmerksam machten, vor Fehlern warnten, sah ich doch den letzten kleinsten Hund, dem die meisten Zurufe galten, öfters nach mir hinschielen, so als hätte er viel Lust mir zu antworten, bezwänge sich aber, weil es nicht sein dürfe. Aber warum durfte es nicht sein, warum durfte denn das, was unsere Gesetze bedingungslos immer verlangen, diesmal nicht sein? Das Herz empörte sich in mir, fast vergaß ich die Musik. Diese Hunde hier vergingen sich gegen das Gesetz. Mochten es noch so große Zauberer sein, das Gesetz galt auch für sie, das verstand ich Kind schon ganz genau. Und ich merkte von da aus noch mehr. Sie hatten wirklich Grund zu schweigen, vorausgesetzt daß sie aus Schuldgefühl schwiegen. Denn wie führten sie sich auf, vor lauter Musik hatte ich es bisher nicht bemerkt, sie hatten ja alle Scham von sich geworfen, die Elenden taten das gleichzeitig Lächerlichste und Unanständigste, sie gingen aufrecht auf den Hinterbeinen. Pfui Teufel! Sie entblößten sich und trugen ihre Blöße protzig zur Schau; sie taten sich darauf zugute und wenn sie einmal auf einen Augenblick dem guten Trieb gehorchten und die Vorderbeine senkten, erschraken sie förmlich als sei es ein Fehler, als sei die Natur ein Fehler, hoben wieder schnell die Beine und ihr Blick schien um Verzeihung dafür zu bitten, daß sie in ihrer Sündhaftigkeit ein wenig hatten innehalten müssen. War die Welt verkehrt? Wo war ich? Was war denn geschehn? Hier durfte ich um meines eigenen Bestandes willen nicht mehr zögern, ich machte mich los aus den umklammernden Hölzern, sprang mit einem Satz hervor und wollte zu den Hunden, ich kleiner Schüler mußte Lehrer sein, mußte ihnen begreiflich machen, was sie taten, mußte sie abhalten vor weiterer Versündigung. »So alte Hunde, so alte Hunde!« wiederholte ich mir immerfort. Aber kaum war ich frei und nur noch zwei, drei Sprünge trennten mich von den Hunden, war es wieder der Lärm, der seine Macht über mich bekam. Vielleicht hätte ich in meinem Eifer sogar ihm den ich doch nun schon kannte widerstanden, wenn nicht durch alle seine Fülle, die schrecklich war, aber vielleicht doch zu bekämpfen, ein klarer strenger immer sich gleichbleibender, förmlich aus großer Ferne unverändert ankommender Ton, vielleicht die eigentliche Melodie inmitten des Lärms, geklungen und mich in die Knie gezwungen hätte. Ach, was machten doch diese Hunde für eine betörende Musik. Ich konnte nicht weiter, ich wollte sie nicht mehr belehren, mochten sie weiter die Beine spreizen, Sünden begehn und andere zur Sünde des stillen Anschauens verlokken, ich war ein so kleiner Hund, wer konnte so Schweres von mir verlangen, ich machte mich noch kleiner als ich war, ich winselte, hätten mich damals die Hunde um meine Meinung gefragt, ich hätte ihnen vielleicht recht gegeben. Es dauerte übrigens nicht lange und sie verschwanden mit allem Lärm und allem Licht in der Finsternis, aus der sie gekommen waren.

Wie ich schon sagte: dieser ganze Vorfall enthält nichts Außergewöhnliches, im Verlauf eines langen Lebens begegnet einem mancherlei, was aus dem Zusammenhang genommen und mit den Augen eines Kindes angesehn noch viel erstaunlicher wäre. Überdies kann man es natürlich – wie der treffende Ausdruck lautet – »verreden«, so wie alles, dann zeigt sich, daß hier sieben Musiker zusammengekommen waren, um in der Stille des Morgens Musik zu machen, daß ein kleiner Hund sich hinverirrt hatte, ein lästiger Zuhörer, den sie durch besonders schreckliche oder erhabene Musik, leider vergeblich, zu vertreiben suchten. Er störte sie durch Fragen, hätten sie, die schon durch die bloße Anwesenheit des Fremdlings genug gestört waren, auch noch auf diese Belästigung eingehn und sie durch Antworten vergrößern sollen? Und wenn auch das Gesetz befiehlt, jedem zu antworten, ist denn ein solcher winziger hergelaufener Hund überhaupt ein nennenswerter Jemand. Und vielleicht verstanden sie ihn gar nicht, er lallte ja doch wohl seine Fragen recht unverständlich. Oder vielleicht verstanden sie ihn wohl und antworteten in Selbstüberwindung, aber er, der Kleine, der Musik-Ungewohnte, konnte die Antwort von der Musik nicht sondern. Und was die Hinterbeine betrifft, vielleicht gingen sie wirklich ausnahmsweise nur auf ihnen, es ist eine Sünde, wohl! Aber sie waren allein, sieben Freunde, unter Freunden, im vertraulichen Beisammensein, gewissermaßen in den eigenen vier Wänden, gewissermaßen ganz allein, denn Freunde sind doch keine Öffentlichkeit und wo keine Öffentlichkeit ist, bringt sie auch ein kleiner neugieriger Straßenhund nicht hervor, in diesem Fall also: ist es hier nicht so, als wäre nichts geschehn? Ganz so ist es nicht, aber nahezu und die Eltern sollten ihre Kleinen weniger herumlaufen und dafür besser schweigen und das Alter achten lehren.

Ist man so weit, dann ist der Fall erledigt. Freilich was für die Großen erledigt ist, ist es für die Kleinen noch nicht. Ich lief umher, erzählte und fragte, klagte an und forschte und wollte jeden hinziehn zu dem Ort wo alles geschehen war und wollte jedem zeigen, wo ich gestanden hatte und wo die sieben gewesen und wo und wie sie getanzt und musiciert hatten, und wäre jemand mit mir gekommen, statt daß mich jeder abgeschüttelt und ausgelacht hätte, ich hätte dann wohl meine Sündlosigkeit geopfert und mich auch auf die Hinterbeine zu stellen versucht, um alles genau zu verdeutlichen. Nun, einem Kinde nimmt man alles übel, verzeiht ihm aber schließlich auch alles. Ich aber habe dieses kindhafte Wesen behalten und bin darüber ein alter Hund geworden. So wie ich damals nicht aufhörte jenen Vorfall, den ich allerdings heute viel niedriger einschätze, laut zu besprechen, in seine Bestandteile zu zerlegen, an den Anwesenden zu messen ohne Rücksicht auf die Gesellschaft in der ich mich befand, nur immer mit der Sache beschäftigt, die ich lästig fand genau so wie jeder andere, die ich aber – das war der Unterschied – gerade deshalb restlos durch Untersuchung auflösen wollte, um den Blick endlich wieder freizubekommen für das gewöhnliche ruhige glückliche Leben des Tages, ganz so wie damals habe ich, wenn auch mit weniger kindlichen Mitteln – aber sehr groß ist der Unterschied nicht – in der Folgezeit gearbeitet und halte auch heute nicht weiter.

Mit jenem Koncert aber begann es. Ich klage nicht darüber, es ist mein eingeborenes Wesen das hier wirkt und das sich gewiß, wenn das Koncert nicht gewesen wäre, eine andere Gelegenheit gefunden hätte, um durchzubrechen, nur daß es so bald geschah, tat mir früher manchmal leid, es hat mich um einen großen Teil meiner Kindheit gebracht, das glückselige Leben der jungen Hunde, das mancher für sich jahrelang auszudehnen imstande ist, hat für mich nur wenige kurze Monate gedauert. Sei's darum! Es gibt wichtigere Dinge als die Kindheit. Und vielleicht winkt mir im Alter, erarbeitet durch ein hartes Leben, mehr kindliches Glück, als ein wirkliches Kind zu ertragen die Kraft hätte, die ich dann aber haben werde.

Ich begann damals meine Untersuchungen mit den einfachsten Dingen, an Material fehlte es nicht, leider, der Überfluß ist es, der mich in dunklen Stunden verzweifeln läßt. Ich begann zu untersuchen wovon sich die Hundeschaft nährte. Das ist nun wenn man will natürlich keine einfache Frage, sie beschäftigt uns seit Urzeiten, sie ist der Hauptgegenstand unseres Nachdenkens, zahllos sind die Beobachtungen und Versuche und Ansichten auf diesem Gebiete, es ist eine Wissenschaft geworden, die in ihren ungeheueren Ausmaßen nicht nur über die Fassungskraft des einzelnen, sondern über jene aller Gelehrten insgesamt geht und ausschließlich von niemandem andern als von der gesamten Hundeschaft und selbst von dieser nur seufzend und nicht ganz vollständig getragen werden kann, immer wieder abbröckelt in altem längst besessenem Gut und mühselig ergänzt werden muß, von den Schwierigkeiten und kaum zu erfüllenden Voraussetzungen neuer Forschung ganz zu schweigen. Das alles wende man mir nicht ein, das alles weiß ich, wie nur irgendein Durchschnittshund, es fällt mir nicht ein mich in die wahre Wissenschaft zu mengen, ich habe alle Ehrfurcht vor ihr, die ihr gebürt, aber sie zu vermehren fehlt es mir an Wissen und Fleiß und Ruhe und – nicht zuletzt, besonders seit einigen Jahren – auch an Appetit. Ich schlinge das Essen herunter, wenn ich es finde, aber der geringsten vorgängigen geordneten landwirtschaftlichen Betrachtung ist es mir nicht wert. Mir genügt in dieser Hinsicht der Extrakt aller Wissenschaft, die kleine Regel, mit welcher die Mütter die Kleinen von ihren Brüsten ins Leben entlassen: »Mache alles naß, soviel Du kannst.« Und ist hier nicht wirklich fast alles enthalten? Was hat die Forschung, von unsern Urvätern angefangen, entscheidend Wesentliches dem hinzuzufügen? Einzelnheiten, Einzelnheiten und wie unsicher ist alles, diese Regel aber wird bestehn, solange wir Hunde sind. Sie betrifft unsere Hauptnahrung; gewiß, wir haben noch andere Hilfsmittel, aber im Notfall und wenn die Jahre nicht zu schlimm sind, könnten wir von dieser Hauptnahrung leben, diese Hauptnahrung finden wir auf der Erde, die Erde aber braucht unser Wasser, nährt sich von ihm und nur für diesen Preis gibt sie uns unsere Nahrung, deren Hervorkommen man allerdings, dies ist auch nicht zu vergessen, durch bestimmte Sprüche, Gesänge, Bewegungen beschleunigen kann. Das ist aber meiner Meinung nach alles, von dieser Seite her ist über diese Sache Grundsätzliches nicht mehr zu sagen. Hierin bin ich auch einig mit der großen Mehrzahl der Hundeschaft und von allen in dieser Hinsicht ketzerischen Ansichten wende ich mich streng ab. Wahrhaftig, es geht mir nicht um Besonderheiten, um Rechthaberei, ich bin glücklich, wenn ich mit den Volksgenossen übereinstimmen kann und in diesem Falle geschieht es. Meine eigenen Untersuchungen gehn aber in anderer Richtung. Der Augenschein lehrt mich, daß die Erde, wenn sie nach den Regeln der Wissenschaft besprengt und bearbeitet wird, die Nahrung hergibt undzwar in solcher Qualität, in solcher Menge, auf solche Art, an solchen Orten, zu solchen Stunden, wie es die gleichfalls von der Wissenschaft ganz oder teilweise festgestellten Gesetze verlangen. Das nehme ich hin, meine Frage aber ist: »Woher nimmt die Erde diese Nahrung?« Eine Frage, die man im allgemeinen nicht zu verstehen vorgibt und auf die man mir besten Falls antwortet: »Hast Du nicht genug zu essen, werden wir Dir von dem unsern geben.« Man beachte diese Antwort. Ich weiß: Es gehört nicht zu den Vorzügen der Hundeschaft, daß wir Speisen, die wir einmal erlangt haben, zur Verteilung bringen. Das Leben ist schwer, die Erde spröde, die Wissenschaft reich an Erkenntnissen, aber arm genug an praktischen Erfolgen; wer Speise hat behält sie; das ist nicht Eigennutz, sondern das Gegenteil, ist Hundegesetz, ist einstimmiger Volksbeschluß, hervorgegangen aus Überwindung der Eigensucht, denn die Besitzenden sind ja immer in der Minderzahl. Und darum ist jene Antwort: »Hast Du nicht genug zu essen, werden wir Dir von dem unsern geben« eine ständige Redensart, ein Scherzwort, eine Neckerei. Ich habe das nicht vergessen. Aber eine umso größere Bedeutung hatte es für mich, daß man mir gegenüber, damals als ich mich mit meinen Fragen in der Welt umhertrieb, den Spaß beiseite ließ; man gab mir zwar noch immer nichts zu essen – woher hätte man es gleich nehmen sollen? Und wenn man es gerade zufällig hatte, vergaß man natürlich in der Raserei des Hungers jede andere Rücksicht, aber das Angebot meinte man ernst und hie und da bekam ich dann wirklich eine Kleinigkeit, wenn ich schnell genug dabei war sie an mich zu reißen. Wie kam es daß man sich zu mir so besonders verhielt? Mich schonte, mich bevorzugte. Weil ich ein magerer schwacher Hund war, schlecht genährt und zu wenig um Ernährung besorgt? Aber es laufen viel schlecht genährte Hunde herum und man nimmt ihnen selbst die elendste Nahrung vor dem Mund weg, wenn man es kann, oft nicht aus Gier sondern meist aus Grundsatz. Nein, man bevorzugte mich, ich konnte es nicht so sehr mit Einzelnheiten belegen, als daß ich vielmehr den bestimmten Eindruck dessen hatte. Waren es also meine Fragen, über die man sich freute, die man für besonders klug ansah? Nein, man freute sich nicht und hielt sie alle für dumm. Und doch konnten es nur die Fragen sein, die mir die Aufmerksamkeit erwarben. Es war als wolle man lieber das Ungeheuerliche tun, mir den Mund mit Essen zustopfen – man tat es nicht, aber man wollte es – als meine Frage dulden. Aber dann hätte man mich doch besser verjagen können und meine Fragen sich verbitten. Nein, das wollte man nicht, man wollte zwar meine Fragen nicht hören, aber gerade wegen dieser meiner Fragen wollte man mich nicht verjagen. Es war, so sehr ich ausgelacht, als dummes kleines Tier behandelt, hin- und hergeschoben wurde, eigentlich die Zeit meines größten Ansehens, niemals hat sich später etwas derartiges wiederholt, überall hatte ich Zutritt, nichts wurde mir verwehrt, unter dem Vorwand rauher Behandlung wurde mir eigentlich geschmeichelt. Und alles also doch nur wegen meiner Fragen, wegen meiner Ungeduld, wegen meiner Forschungsbegierde. Wollte man mich damit einlullen, ohne Gewalt, fast liebend mich von einem falschen Wege abbringen, von einem Wege, dessen Falschheit doch nicht so über allem Zweifel stand, daß sie erlaubt hätte Gewalt anzuwenden, auch hielt eine gewisse Achtung und Furcht von Gewaltanwendung ab. Ich ahnte schon damals etwas derartiges, heute weiß ich es genau, viel genauer als die welche es damals taten, es ist wahr, man hat mich ablocken wollen von meinem Wege. Es gelang nicht, man erreichte das Gegenteil, meine Aufmerksamkeit verschärfte sich. Es stellte sich mir sogar heraus, daß ich es war, der die andern verlocken wollte und daß mir tatsächlich die Verlockung bis zu einem gewissen Grade gelang. Erst mit der Hilfe der Hundeschaft begann ich meine eigenen Fragen zu verstehn. Wenn ich z. B. fragte: Woher nimmt die Erde diese Nahrung?, kümmerte mich denn dabei, wie es den Anschein haben konnte, die Erde, kümmerten mich etwa der Erde Sorgen? Nicht im geringsten, das lag mir wie ich bald erkannte, völlig fern, mich kümmerten nur die Hunde, gar nichts sonst. Denn was gibt es außer den Hunden? Wen kann man sonst anrufen in der weiten leeren Welt? Alles Wissen, die Gesamtheit aller Fragen und aller Antworten ist in den Hunden enthalten. Wenn man nur dieses Wissen wirksam, wenn man es nur an den hellen Tag bringen könnte, wenn sie nur nicht so unendlich viel mehr wüßten, als sie zugestehn, als sie sich selbst zugestehn. Noch der redseligste Hund ist verschlossener, als es die Orte zu sein pflegen, wo die besten

Speisen sind. Man umschleicht den Mithund, man schäumt von Begierde, man prügelt sich selbst mit dem eigenen Schwanz, man fragt, man bittet, man heult, man beißt und erreicht – nun erreicht das, was man auch ohne jede Anstrengung erreichen würde: liebevolles Anhören, freundliche Berührungen, ehrenvolle Beschnupperungen, innige Umarmungen, mein und Dein Heulen mischt sich in eins, alles ist darauf gerichtet, im Entzücken Vergessen zu finden, aber das eine das man vor allem erreichen wollte: Eingeständnis des Wissens, das bleibt versagt, auf diese Bitte, ob stumm, ob laut, antworten besten Falls, wenn man die Verlockung schon aufs äußerste getrieben hat, nur stumpfe Mienen, schiefe Blicke, verhängte, trübe Augen. Es ist nicht viel anders, als es damals war, da ich als Kind die Musikerhunde anrief und sie schwiegen. Nun könnte man sagen: »Du beschwerst Dich über Deine Mithunde, über ihre Schweigsamkeit hinsichtlich der entscheidenden Dinge, Du behauptest, sie wüßten mehr als sie eingestehn, mehr als sie im Leben gelten lassen wollen und dieses Verschweigen, dessen Grund und Geheimnis sie natürlich auch noch mitverschweigen, vergifte das Leben, mache es Dir unerträglich, Du müssest es ändern oder es verlassen, mag sein, aber Du bist doch selbst ein Hund, hast auch das Hunde-Wissen, nun, sprich es aus, nicht nur in Form der Frage, sondern als Antwort. Wenn Du es aussprichst, wer wird Dir widerstehen? Der große Chor der Hundeschaft wird einfallen, als hätte er darauf gewartet. Dann hast Du Wahrheit, Klarheit, Eingeständnis soviel Du nur willst. Das Dach dieses niedrigen Lebens, dem Du so Schlimmes nachsagst, wird sich öffnen und wir werden alle, Hund bei Hund, aufsteigen in die hohe Freiheit. Und sollte das Letzte nicht gelingen, sollte es schlimmer werden als bisher, sollte die ganze Wahrheit unerträglicher sein als die halbe, sollte sich bestätigen daß die Schweigenden als Erhalter des Lebens im Rechte sind, sollte aus der leisen Hoffnung die wir jetzt noch haben, völlige Hoffnungslosigkeit werden, des Versuches ist das Wort doch wert, da Du, so wie Du leben darfst nicht leben willst. Nun also, warum machst Du den andern ihre Schweigsamkeit zum Vorwurf und schweigst selbst?« Leichte Antwort: Weil ich ein Hund bin. Im Wesentlichen genau so wie die andern fest verschlossen, Widerstand leistend den eigenen Fragen, hart aus Angst. Frage ich denn, genau genommen, zumindest seitdem ich erwachsen bin, die Hundeschaft deshalb, daß sie mir antwortet? Habe ich so törichte Hoffnungen? Sehe ich die Fundamente unseres Lebens, ahne ihre Tiefe, sehe die Arbeiter beim Bau, bei ihrem finstern Werk und erwarte noch immer, daß auf meine Fragen hin alles dies beendigt, zerstört, verlassen wird? Nein, das erwarte ich wahrhaftig nicht mehr. Mit meinen Fragen hetze ich nur noch mich selbst, will mich anfeuern durch das Schweigen, das allein ringsum mir noch antwortet. Wie lange wirst Du es ertragen, daß die Hundeschaft, wie Du Dir durch Deine Forschungen immer mehr zu Bewußtsein bringst, schweigt und immer schweigen wird? Wie lange wirst Du es ertragen, so lautet über allen Einzelfragen meine eigentliche Lebensfrage; sie ist nur an mich gestellt und belästigt keinen andern. Leider kann ich sie leichter beantworten als die Einzelfragen: Ich werde es voraussichtlich aushalten bis zu meinem natürlichen Ende, den unruhigen Fragen widersteht immer mehr die Ruhe des Alters. Ich werde wahrscheinlich schweigend, von Schweigen umgeben, friedlich sterben und ich sehe dem nahezu gefaßt entgegen. Ein bewunderungswürdig starkes Herz, eine vorzeitig nicht abzunützende Lunge sind uns Hunden wie aus Bosheit mitgegeben, wir widerstehen allen Fragen, selbst den eigenen, Bollwerk des Schweigens, das wir sind.

Immer mehr in letzter Zeit überdenke ich mein Leben,

suche den entscheidenden alles verschuldenden Fehler, den ich vielleicht begangen habe und kann ihn nicht finden. Und ich muß ihn doch begangen haben, denn hätte ich ihn nicht begangen und hätte trotzdem durch die redliche Arbeit eines langen Lebens, das was ich wollte nicht erreicht, so wäre bewiesen, daß das was ich wollte unmöglich war und völlige Hoffnungslosigkeit würde daraus folgen. Sieh das Werk Deines Lebens! Zuerst die Untersuchungen hinsichtlich der Frage: Woher nimmt die Erde die Nahrung für uns. Ein junger Hund, im Grunde natürlich gierig und lebenslustig, verzichtete ich auf alle Genüsse, wich allen Vergnügungen im Bogen aus, vergrub vor Verlockungen den Kopf zwischen den Beinen und machte mich an die Arbeit. Es war keine Gelehrtenarbeit, weder was die Gelehrsamkeit, noch was die Methode, noch was die Absicht betrifft. Das waren wohl Fehler, aber entscheidend können sie nicht gewesen sein. Ich habe wenig gelernt, denn ich kam frühzeitig von der Mutter fort, gewöhnte mich bald an Selbstständigkeit, führte ein freies Leben und allzufrühe Selbstständigkeit ist dem systematischen Lernen feindlich. Aber ich habe viel gesehen, gehört, mit vielen Hunden der verschiedensten Arten und Berufe gesprochen und alles wie ich glaube nicht schlecht aufgefaßt und die Einzelbeobachtungen nicht schlecht verbunden, das hat ein wenig die Gelehrsamkeit ersetzt, außerdem aber ist Selbständigkeit, mag sie für das Lernen ein Nachteil sein, für eigene Forschung ein großer Vorzug. Sie war in meinem Fall umso nötiger, als ich nicht die eigentliche Methode der Wissenschaft befolgen konnte, nämlich die Arbeiten der Vorgänger zu benützen und mit den zeitgenössischen Forschern mich zu verbinden. Ich war völlig auf mich allein angewiesen, begann mit dem allerersten Anfang und mit dem für die Jugend beglückenden, für das Alter dann aber äußerst niederdrückenden Bewußtsein, daß der zufällige Schlußpunkt den ich setzen werde, auch der endgültige sein müsse. War ich wirklich so allein mit meinen Forschungen, jetzt und seit jeher? Ja und nein. Es ist unmöglich, daß nicht immer und auch heute einzelne Hunde hier und dort in meiner Lage waren und sind. So schlimm kann es mit mir nicht stehn. Ich bin kein Haar breit außerhalb des Hundewesens. Jeder Hund hat wie ich den Drang zu fragen und ich habe wie jeder Hund den Drang zu schweigen. Jeder hat den Drang zu fragen. Hätte ich denn sonst durch meine Fragen auch nur die leichten Erschütterungen erreichen können, die mir oft mit Entzücken, übertriebenem Entzücken allerdings zu sehen vergönnt war. Und daß ich den Drang zu schweigen habe, bedarf leider keines besondern Beweises. Ich bin also grundsätzlich nicht anders als jeder andere Hund, darum wird mich trotz aller Meinungsverschiedenheiten und Abneigungen im Grunde jeder anerkennen und ich werde es mit jedem Hund nicht anders tun. Nur die Mischung der Elemente ist verschieden, ein persönlich sehr großer, volklich bedeutungsloser Unterschied. Und nun sollte die Mischung dieser immer vorhandenen Elemente innerhalb der Vergangenheit und Gegenwart niemals ähnlich der meinen ausgefallen sein und wenn man meine Mischung unglücklich nennen will, nicht auch noch viel unglücklicher? Das wäre gegen alle übrige Erfahrung. In den sonderbarsten Berufen sind wir Hunde beschäftigt, Berufe, an die man gar nicht glauben würde, wenn man nicht die vertrauenswürdigsten Nachrichten darüber hätte. Ich denke hier am liebsten an das Beispiel der Lufthunde. Als ich zum erstenmal von einem hörte, lachte ich, ließ es mir auf keine Weise einreden. Wie? Es sollte einen Hund von allerkleinster Art geben, nicht viel größer als mein Kopf, auch im hohen Alter nicht größer und dieser Hund, natürlich schwächlich, dem Anschein nach ein künstliches, unreifes, übersorgfältig frisiertes Gebilde, unfähig einen ehrlichen Sprung zu tun, dieser Hund sollte wie man erzählte, meistens hoch in der Luft sich fortbewegen, dabei aber keine sichtbare Arbeit machen sondern ruhn. Nein, solche Dinge mir einreden wollen, das hieß doch die Unbefangenheit eines jungen Hundes gar zu sehr ausnützen, glaubte ich. Aber kurz darauf hörte ich von anderer Seite von einem andern Lufthund erzählen. Hatte man sich vereinigt mich zum Besten zu halten? Dann aber sah ich die Musikerhunde und von dieser Zeit an hielt ich alles für möglich, kein Vorurteil beschränkte meine Fassungskraft, den unsinnigsten Gerüchten ging ich nach, verfolgte sie soweit ich konnte, das Unsinnigste erschien mir in diesem unsinnigen Leben wahrscheinlicher als das Sinnvolle und für meine Forschung besonders ergiebig. So auch die Lufthunde. Ich erfuhr vielerlei über sie, es gelang mir zwar bis heute keinen zu sehn, aber von ihrem Dasein bin ich schon längst fest überzeugt und in meinem Weltbild haben sie ihren wichtigen Platz. Wie meistens so auch hier ist es natürlich nicht die Kunst, die mich vor allem nachdenklich macht. Es ist wunderbar, wer kann das leugnen, daß diese Hunde in der Luft zu schweben imstande sind, im Staunen darüber bin ich mit der Hundeschaft einig. Aber viel wunderbarer ist für mein Gefühl die Unsinnigkeit, die schweigende Unsinnigkeit dieser Existenzen. Im Allgemeinen wird sie gar nicht begründet, sie schweben in der Luft und dabei bleibt es, das Leben geht weiter seinen Gang, hie und da spricht man von Kunst und Künstlern, das ist alles. Aber warum, grundgütige Hundeschaft, warum nur schweben diese Hunde? Was für einen Sinn hat ihr Beruf? Warum ist kein Wort der Erklärung von ihnen zu bekommen? Warum schweben sie dort oben, lassen die Beine, den Stolz des Hundes, verkümmern, sind getrennt von der nährenden Erde, säen nicht und ernten doch, werden angeblich sogar auf Kosten der Hundeschaft besonders gut genährt. Ich kann mir schmeicheln, daß ich durch meine Fragen in diese Dinge doch ein wenig Bewegung gebracht habe. Man beginnt zu begründen, eine Art Begründung zusammenzuhaspeln, man beginnt und wird allerdings auch über diesen Beginn nicht hinausgehn. Aber etwas ist es doch. Und es zeigt sich dabei zwar nicht die Wahrheit – niemals wird man soweit kommen – aber doch etwas von der tiefen Verwurzelung der Lüge. Alle unsinnigen Erscheinungen unseres Lebens und die unsinnigsten ganz besonders lassen sich nämlich begründen. Nicht vollständig natürlich – das ist der teuflische Witz – aber um sich gegen peinliche Fragen zu schützen, reichts hin. Die Lufthunde wieder als Beispiel genommen. Sie sind nicht hochmütig, wie man zunächst glauben könnte, sie sind vielmehr der Mithunde besonders bedürftig, versucht man sich in ihre Lage zu versetzen versteht mans. Sie müssen ja wenn sie es schon nicht offen tun können – das wäre Verletzung der Schweigepflicht – so doch auf irgendeine andere Art für ihre Lebensweise Verzeihung zu erlangen suchen oder wenigstens von ihr ablenken, sie vergessen machen, sie tun das, wie man mir erzählt, durch eine fast unerträgliche Geschwätzigkeit. Immerfort haben sie zu erzählen, teils von ihren philosophischen Überlegungen mit denen sie sich, da sie auf körperliche Anstrengung völlig verzichtet haben, fortwährend beschäftigen können, teils von den Beobachtungen, die sie von ihrem erhöhten Standort aus machen. Und trotzdem sie sich, was bei einem solchen Lotterleben selbstverständlich ist, durch Geisteskraft nicht sehr auszeichnen und ihre Philosophie so wertlos ist wie ihre Beobachtungen und die Wissenschaft kaum etwas davon verwenden kann und überhaupt auf so jämmerliche Hilfsquellen nicht angewiesen ist, trotzdem wird man, wenn man fragt, was die Lufthunde überhaupt sollen, immer wieder zur Antwort bekommen, daß sie zur Wissenschaft viel beitragen. »Das ist richtig«, sagt man darauf, »aber ihre Beiträge sind wertlos und lästig.« Die weitere Antwort ist Achselzucken, Ablenkung, Ärger oder Lachen, und in einem Weilchen, wenn man wieder fragt, erfährt man doch wiederum, daß sie zur Wissenschaft beitragen, und schließlich, wenn man nächstens gefragt wird und sich nicht sehr beherrscht, antwortet man das Gleiche. Und vielleicht ist es auch gut, nicht allzu hartnäckig zu sein und sich zu fügen, die schon bestehenden Lufthunde nicht in ihrer Lebensberechtigung anzuerkennen, was unmöglich ist, aber doch zu dulden. Aber mehr darf man nicht verlangen, das ginge zu weit und man verlangt es doch. Man verlangt die Duldung immer neuer Lufthunde, die heraufkommen. Man weiß gar nicht genau woher sie kommen. Vermehren sie sich durch Fortpflanzung? Haben sie denn noch die Kraft dazu, sie sind ja nicht viel mehr als ein schönes Fell, was soll sich hier fortpflanzen? Und wenn das Unwahrscheinliche möglich wäre, wann sollte es geschehn? Immer sieht man sie doch allein, selbstgenügsam oben in der Luft und wenn sie einmal zu laufen sich herablassen, geschieht es nur ein kleines Weilchen lang, paar gezierte Schritte und immer wieder nur streng allein und in angeblichen Gedanken, von denen sie sich, selbst wenn sie sich anstrengen, nicht losreißen können, wenigstens behaupten sie das. Wenn sie sich aber nicht fortpflanzen, wäre es denkbar, daß sich Hunde finden, welche freiwillig das ebenerdige Leben aufgeben, freiwillig Lufthunde werden und um den Preis der Bequemlichkeit und einer gewissen Kunstfertigkeit dieses öde Leben dort auf den Kissen wählen? Das ist nicht denkbar, weder Fortpflanzung noch freiwilliger Anschluß ist denkbar. Die Wirklichkeit aber zeigt, daß es doch immer wieder neue Lufthunde gibt; daraus ist zu schließen, daß mögen auch die Hindernisse unserem Verstande unüberwindbar scheinen eine einmal vorhandene Hundeart sei sie auch noch so sonderbar nicht ausstirbt, zumindest nicht leicht, zumindest nicht ohne daß in jeder Art etwas wäre, das sich lange erfolgreich wehrt. Muß ich das, wenn es für eine so abseitige sinnlose äußerlich allersonderbarste, lebensunfähige Art wie die der Lufthunde gilt, nicht auch für meine Art annehmen? Dabei bin ich äußerlich gar nicht sonderbar, gewöhnlicher Mittelstand der wenigstens hier in der Gegend sehr häufig ist, durch nichts besonders hervorragend, durch nichts besonders verächtlich, in meiner Jugend und noch teilweise im Mannesalter, solange ich mich nicht vernachlässigte und viel Bewegung machte, war ich sogar ein recht hübscher Hund, besonders meine Vorderansicht wurde gelobt, die schlanken Beine, die schöne Kopfhaltung, aber auch mein grau-weiß-gelbes, nur in den Haarspitzen sich ringelndes Fell war sehr gefällig, das alles ist nicht sonderbar, sonderbar ist nur mein Wesen, aber auch dieses, wie ich niemals außer Acht lassen darf, im allgemeinen Hundewesen wohl begründet. Wenn nun sogar der Lufthund nicht allein bleibt, hier und dort in der großen Hundewelt immer wieder sich einer findet und sie sogar aus dem Nichts immer wieder neuen Nachwuchs holen dann kann auch ich die Zuversicht haben, daß ich nicht verlassen bin. Freilich ein besonderes Schicksal müssen meine Artgenossen haben und ihr Dasein wird mir niemals sichtbar helfen, schon deshalb nicht weil ich sie kaum je erkennen werde. Wir sind die welche das Schweigen drückt, welche es förmlich aus Lufthunger durchbrechen wollen, den andern scheint im Schweigen wohl zu sein, zwar hat es nur diesen Anschein, so wie bei den Musikhunden, die scheinbar ruhig musicierten, in Wirklichkeit aber sehr aufgeregt waren, aber dieser Anschein ist stark, man versucht ihm beizukommen, er spottet jedes Angriffs. Wie helfen sich nun meine Artgenossen? Wie sehen ihre Versuche, dennoch zu leben, aus? Das mag verschieden sein. Ich habe es mit meinen Fragen versucht, solange ich jung war. Ich könnte mich also vielleicht an die halten, welche viel fragen und da hätte ich dann meine Artgenossen. Ich habe auch das eine Zeitlang mit Selbstüberwindung versucht, mit Selbstüberwindung, denn mich kümmern ja vor allem die welche antworten sollen, die welche mir immerfort mit Fragen, die ich meist nicht beantworten kann, dazwischenfahren, sind mir widerwärtig. Und dann wer fragt denn nicht gern solange er jung ist, wie soll ich aus den vielen Fragern die richtigen herausfinden. Eine Frage klingt wie die andere, auf die Absicht kommt es an, die aber ist verborgen, oft auch dem Frager. Und überhaupt, das Fragen ist ja eine Eigentümlichkeit der Hundeschaft, alle fragen durcheinander, es ist, als sollte damit die Spur der richtigen Frager verwischt werden. Nein unter den Fragern, den Jungen, finde ich meine Artgenossen nicht und unter den Schweigern, den Alten, zu denen ich jetzt gehöre, ebensowenig. Aber was sollen denn die Fragen, ich bin ja mit ihnen gescheitert, wahrscheinlich sind meine Genossen viel klüger als ich und wenden ganz andere vortreffliche Mittel an, um dieses Leben zu ertragen, Mittel freilich, die wie ich aus eigenem hinzufüge, vielleicht ihnen zur Not helfen, beruhigen, einschläfern, artverwandelnd wirken, aber in der Allgemeinheit ebenso ohnmächtig sind, wie die meinen, denn soviel ich auch ausschaue, einen Erfolg sehe ich nicht. Ich fürchte, an allem andern werde ich meine Artgenossen eher erkennen, als am Erfolg. Wo sind dann aber meine Artgenossen? Ja das ist die Klage, das ist sie eben. Wo sind sie? Überall und nirgends. Vielleicht ist es mein Nachbar, drei Sprünge weit von mir, wir rufen einander oft zu, er kommt auch zu mir herüber, ich zu ihm nicht. Ist er mein Artgenosse? Ich weiß nicht, ich erkenne zwar nichts dergleichen an ihm, aber möglich ist es. Möglich ist es, aber doch ist nichts unwahrscheinlicher; wenn er fern ist, kann ich zum Spiel mit Zuhilfenahme aller Phantasie manches mich verdächtig Anheimelnde an ihm herausfinden, steht er dann aber vor mir, sind alle meine Erfindungen zum Lachen. Ein alter Hund, noch etwas kleiner als ich, der ich kaum Mittelgröße habe, braun, kurzhaarig, mit müde hängendem Kopf, mit schlürfenden Schritten, das linke Hinterbein schleppt er überdies infolge einer Krankheit ein wenig nach. So nah wie mit ihm verkehre ich schon seit lange mit niemandem, ich bin froh daß ich ihn doch noch leidlich ertrage und wenn er fortgeht schreie ich ihm die freundlichsten Dinge nach, freilich nicht aus Liebe, sondern zornig auf mich, weil ich ihn, wenn ich ihm nachsehe, doch wieder nur ganz abscheulich finde, wie er sich wegschleicht mit dem nachschleppenden Fuß und dem viel zu niedrigen Hinterteil. Manchmal ist mir als wollte ich mich selbst verspotten, wenn ich ihn in Gedanken meinen Genossen nenne. Auch in unsern Gesprächen verrät er nichts von irgendeiner Genossenschaft, zwar ist er klug und, für unsere Verhältnisse hier, gebildet genug und ich könnte viel von ihm lernen, aber suche ich Klugheit und Bildung? Wir unterhalten uns gewöhnlich über örtliche Fragen und ich staune dabei, durch meine Einsamkeit in dieser Hinsicht hellsichtiger gemacht, wieviel Geist selbst für einen gewöhnlichen Hund, selbst bei durchschnittlich nicht allzu ungünstigen Verhältnissen nötig ist, um sein Leben zu fristen und sich vor den größten üblichen Gefahren zu schützen. Die Wissenschaft gibt zwar die Regeln, aber sie auch nur von der Ferne und in den gröbsten Hauptzügen zu verstehn ist gar nicht leicht und wenn man sie verstanden hat, kommt erst das eigentlich Schwere, sie nämlich auf die örtlichen Verhältnisse anzuwenden, hier kann kaum jemand helfen, fast jede Stunde gibt neue Aufgaben und jedes neue Fleckchen Erde seine besondern; daß er für die Dauer irgendwo eingerichtet ist und daß sein Leben nun gewissermaßen von selbst verläuft, kann niemand von sich behaupten, nicht einmal ich, dessen Bedürfnisse sich förmlich von Tag zu Tag verringern. Und alle diese unendliche Mühe – zu welchem Zweck? Doch nur um sich immer weiter zu vergraben im Schweigen und um niemals und von niemand mehr herausgeholt werden zu können. Man rühmt oft den allgemeinen Fortschritt der Hundeschaft durch die Zeiten und meint damit wohl hauptsächlich den Fortschritt der Wissenschaft. Gewiß, die Wissenschaft schreitet fort, das ist unaufhaltsam, sie schreitet sogar mit Beschleunigung fort, immer schneller, aber was ist daran zu rühmen? Es ist so wie wenn man jemanden deshalb rühmen wollte, weil er mit zunehmenden Jahren älter wird und infolgedessen immer schneller der Tod sich nähert. Das ist ein natürlicher und überdies ein häßlicher Vorgang an dem ich nichts zu rühmen finde. Ich sehe nur Verfall, wobei ich aber nicht meine, daß frühere Generationen im Wesen besser waren, sie waren nur jünger, das war ihr großer Vorzug, ihr Gedächtnis war noch nicht so überlastet wie das heutige, es war noch leichter sie zum Sprechen zu bringen und wenn es auch niemandem gelungen ist, die Möglichkeit war größer, diese größere Möglichkeit ist ja das, was uns beim Anhören jener alten, doch eigentlich einfältigen Geschichten so erregt. Hie und da hören wir ein andeutendes Wort und möchten fast aufspringen, fühlten wir nicht die Last der Jahrhunderte auf uns. Nein, was ich auch gegen meine Zeit einzuwenden habe, die früheren Generationen waren nicht besser als die neueren, ja in gewissem Sinn waren sie viel schlechter und schwächer. Die Wunder gingen freilich auch damals nicht frei über die Gassen zum beliebigen Einfangen, aber die Hunde waren, ich kann es nicht anders ausdrücken, noch nicht so hündisch wie heute, das Gefüge der Hundeschaft war noch locker, das wahre Wort hätte damals noch eingreifen, den Bau bestimmen, umstimmen, nach jedem Wunsche ändern, in sein Gegenteil verkehren können und jenes Wort war da, war zumindest nahe, schwebte auf der Zungenspitze, jeder konnte es erfahren, wo ist es heute hingekommen, heute könnte man schon ins Gekröse greifen und würde es nicht finden. Unsere Generation ist vielleicht verloren, aber sie ist unschuldiger, als die damalige. Das Zögern meiner Generation kann ich verstehn, es ist ja auch gar kein Zögern mehr, es ist das Vergessen eines vor tausend Nächten geträumten und tausendmal vergessenen Traumes, wer will uns gerade wegen des tausendsten Vergessens zürnen? Aber auch das Zögern unserer Urväter glaube ich zu verstehn, wir hätten wahrscheinlich nicht anders gehandelt, fast möchte ich sagen, wohl uns, daß nicht wir es waren, die die Schuld auf uns laden mußten, daß wir vielmehr in einer schon von anderen verfinsterten Welt in fast schuldlosem Schweigen dem Tode zueilen dürfen. Als unsere Urväter abirrten, dachten sie wohl kaum an ein endloses Irren, sie sahen ja förmlich noch den Kreuzweg, es war leicht wann immer zurückzukehren und wenn sie zurückzukehren zögerten, so nur deshalb, weil sie noch eine kurze Zeit sich des Hundelebens freuen wollten, es war noch gar kein eigentliches Hundeleben und schon schien es ihnen berauschend schön, wie mußte es erst später werden, wenigstens noch ein kleines Weilchen später und so irrten sie weiter. Sie wußten nicht, was wir bei Betrachtung des Geschichtsverlaufs ahnen können, daß die Seele sich früher wandelt, als das Leben und daß sie, als sie das Hundeleben zu freuen begann, schon eine recht althündische Seele haben mußten und gar nicht mehr so nahe dem Ausgangspunkt waren, wie ihnen schien oder wie ihr in allen Hundefreuden schwelgendes Auge sie glauben machen wollte. Wer kann heute noch von Jugend sprechen. Sie waren die eigentlichen jungen Hunde, aber ihr einziger Ehrgeiz war leider darauf gerichtet alte Hunde zu werden, etwas was ihnen freilich nicht mißlingen konnte, wie alle folgenden Generationen beweisen und unsere, die letzte, am besten. – Über alle diese Dinge rede ich natürlich mit meinem Nachbar nicht, aber ich muß oft an sie denken, wenn ich ihm gegenüber sitze, diesem typisch alten Hund, oder die Schnauze in sein Fell vergrabe, das schon einen Anhauch jenes Geruches hat, den abgezogene Felle haben. Es wäre sinnlos, über jene Dinge zu reden, übrigens mit ihm wie mit jedem andern. Ich weiß wie das Gespräch verlaufen würde. Er hätte einige kleine Einwände hie und da, schließlich würde er zustimmen – Zustimmung ist die beste Waffe – und die Sache wäre begraben, warum sie also überhaupt erst aus ihrem Grab bemühn? Und trotzallem, es gibt doch vielleicht eine über bloße Worte hinausgehende tiefere Übereinstimmung mit meinem Nachbar. Ich kann nicht aufhören das zu behaupten, trotzdem ich keine Beweise dafür habe und vielleicht dabei nur einer einfachen Täuschung unterliege, weil er eben seit langem der einzige ist mit dem ich verkehre und ich mich also an ihn halten muß. »Bist Du doch vielleicht mein Genosse? Auf Deine Art? Und schämst Dich, weil Dir alles mißlungen ist? Sieh, mir ist es ebenso gegangen. Wenn ich allein bin, heule ich darüber, komm, zu zweit ist es süßer.« So denke ich manchmal und sehe ihn dabei fest an. Er senkt dann den Blick nicht, aber auch zu entnehmen ist ihm nichts, stumpf sieht er mich an und wundert sich warum ich schweige und unsere Unterhaltung unterbrochen habe. Aber vielleicht ist gerade dieser Blick seine Art zu fragen und ich enttäusche ihn, so wie er mich enttäuscht. In meiner Jugend hätte ich ihn, wenn mir damals nicht andere Fragen wichtiger gewesen wären und ich allein mir reichlich genügt hätte, vielleicht laut gefragt, hätte eine matte Zustimmung bekommen, also weniger als heute, da er schweigt. Aber schweigen nicht alle ebenso? Was hindert mich zu glauben, daß alle meine Genossen sind, daß ich nicht nur hie und da einen Mitforscher hatte, der mit seinen winzigen Ergebnissen versunken und vergessen ist und zu dem ich auf keine Weise mehr gelangen kann durch das Dunkel der Zeiten oder das Gedränge der Gegenwart, daß ich vielmehr in allen seitjeher Genossen habe, die sich alle bemühn nach ihrer Art, alle erfolglos nach ihrer Art, alle schweigend oder listig plappernd nach ihrer Art, wie es diese hoffnungslose Forschung mit sich bringt. Dann hätte ich mich aber auch gar nicht absondern müssen, hätte ruhig unter den andern bleiben können, hätte nicht wie ein unartiges Kind durch die Reihen der Erwachsenen mich hinausdrängen müssen, die ja ebenso hinaus wollen wie ich und an denen mich nur ihr Verstand beirrt, der ihnen sagt, daß niemand hinauskommt und daß alles Drängen töricht ist.

Solche Gedanken sind allerdings deutlich die Wirkung meines Nachbars, er verwirrt mich, er macht mich ganz melancholisch; und ist für sich fröhlich genug, wenigstens höre ich ihn, wenn er in seinem Bereich ist, schreien und singen, daß es mir lästig ist. Es wäre gut auch auf diesen letzten Verkehr zu verzichten, nicht vagen Träumereien nachzugehn, wie sie jeder Hundeverkehr, so abgehärtet man zu sein glaubt unvermeidlich erzeugt und die kleine Zeit die mir bleibt, ausschließlich für meine Forschungen zu verwenden. Ich werde wenn er nächstens kommt, mich verkriechen und schlafend stellen und das so lange wiederholen, bis er ausbleibt.

Auch ist in meine Forschungen Unordnung gekommen, ich lasse nach, ich ermüde, ich trotte nur noch mechanisch, wo ich begeistert lief. Ich denke zurück an die Zeit, als ich die Frage: »Woher nimmt die Erde unsere Nahrung?« zu untersuchen begann. Freilich lebte ich damals mitten im Volk, drängte mich dorthin wo es am dichtesten war, wollte alle zu Zeugen meiner Arbeiten machen, diese Zeugenschaft war mir sogar wichtiger als meine Arbeit, da ich ja noch irgendeine allgemeine Wirkung erwartete. Davon erhielt ich natürlich eine große Befeuerung, die nun für mich Einsamen vorbei ist. Damals aber war ich so stark, daß ich etwas tat, was unerhört ist, allen unsern Grundsätzen widerspricht und an das sich gewiß jeder Augenzeuge von damals als an etwas Unheimliches erinnert. Ich fand in der Wissenschaft, die sonst zu grenzenloser Specialisierung strebt, in einer Hinsicht eine merkwürdige Vereinfachung. Sie lehrt daß in der Hauptsache die Erde unsere Nahrung hervorbringt und gibt dann, nachdem sie diese Voraussetzung gemacht hat, die Methoden an, mit welchen sich die verschiedenen Speisen in bester Art und größter Fülle erreichen lassen. Nun ist es freilich richtig, daß die Erde die Nahrung hervorbringt, daran kann kein Zweifel sein, aber so einfach, wie es gewöhnlich dargestellt wird, jede weitere Untersuchung ausschließend, ist es nicht. Man nehme doch nur die primitivsten Vorfälle her die sich täglich wiederholen. Wenn wir gänzlich untätig wären, wie ich es nun schon fast bin, nach flüchtiger Bodenbearbeitung uns zusammenrollen würden und warten was kommt, so würden wir allerdings, vorausgesetzt daß sich überhaupt etwas ergeben würde, die Nahrung auf der Erde finden. Aber das ist doch nicht der Regelfall. Wer sich nur ein wenig Unbefangenheit gegenüber der Wissenschaft bewahrt hat – und deren sind freilich wenige, denn die Kreise, welche die Wissenschaft zieht, werden immer größer – wird, auch wenn er gar nicht auf besondere Beobachtungen ausgeht leicht erkennen, daß der Hauptteil der Nahrung, die dann auf der Erde liegt, von oben herabkommt, wir fangen ja je nach unserer Geschicklichkeit und Gier das Meiste sogar ab ehe es die Erde berührt. Damit sage ich noch nichts gegen die Wissenschaft, die Erde bringt ja auch diese Nahrung natürlich hervor, ob sie die eine aus sich heraufzieht oder die andere aus der Höhe herabruft, ist ja vielleicht kein wesentlicher Unterschied und die Wissenschaft welche festgestellt hat, daß in beiden Fällen Bodenbearbeitung nötig ist, muß sich vielleicht mit jenen Unterscheidungen nicht beschäftigen, heißt es doch: »Hast Du den Fraß im Maul, so hast Du für diesmal alle Fragen gelöst.« Nur scheint es mir, daß die Wissenschaft sich in verhüllter Form doch wenigstens teilweise mit diesen Dingen beschäftigt, da sie ja doch zwei Hauptmethoden der Nahrungsbeschaffung kennt, nämlich die eigentliche Bodenbearbeitung und dann die Ergänzungs- und Verfeinerungsarbeit in Form von Spruch, Tanz und Gesang. Ich finde darin eine zwar nicht vollständige, aber doch genug deutliche, meiner Unterscheidung entsprechende Zweiteilung. Die Bodenbearbeitung dient meiner Meinung nach zur Erzielung von beiderlei Nahrung und bleibt immer unentbehrlich, Spruch, Tanz und Gesang aber betreffen weniger die Bodennahrung im engeren Sinn, sondern dienen hauptsächlich dazu die Nahrung von oben herabzuziehn. In dieser Auffassung bestärkt mich die Tradition. Hier scheint das Volk die Wissenschaft richtigzustellen ohne es zu wissen und ohne daß die Wissenschaft sich zu wehren wagt. Wenn wie die Wissenschaft will, jene Ceremonien nur dem Boden dienen sollten, etwa um ihm die Kraft zu geben, die Nahrung von oben zu holen, so müßten sie sich doch folgerichtig völlig am Boden vollziehn, dem Boden müßte alles zugeflüstert, vorgesungen, vorgetanzt werden. Die Wissenschaft verlangt wohl auch meines Wissens nichts anderes. Und nun das Merkwürdige, das Volk richtet sich mit allen seinen Ceremonien in die Höhe. Es ist das keine Verletzung der Wissenschaft, sie verbietet es nicht, läßt dem Landwirt darin die Freiheit, sie denkt bei ihren Lehren nur an den Boden und führt der Landwirt ihre auf den Boden sich beziehenden Lehren aus ist sie zufrieden, aber ihr Gedankengang sollte meiner Meinung nach eigentlich mehr verlangen. Und ich, der ich niemals tiefer in die Wissenschaft eingeweiht worden bin, kann mir gar nicht vorstellen, wie die Gelehrten es dulden können, daß unser Volk, leidenschaftlich wie es nun einmal ist, die Zaubersprüche aufwärts ruft, unsere alten Volksgesänge in die Lüfte klagt und Sprungtänze aufführt, als ob es sich den Boden vergessend für immer empor schwingen wollte. Von der Betonung dieser Widersprüche ging ich aus, ich beschränkte mich, wann immer nach den Lehren der Wissenschaft die Erntezeit sich näherte, völlig auf den Boden, ich scharrte ihn im Tanz, ich verdrehte den Kopf, um nur dem Boden möglichst nahe zu sein, ich machte mir später eine Grube für die Schnauze und sang so und deklamierte daß nur der Boden es hörte und niemand sonst neben oder über mir. Die Forschungsergebnisse waren gering, manchmal bekam ich das Essen nicht und schon wollte ich jubeln über meine Entdeckung, aber dann kam das Essen doch wieder, so als wäre man zuerst beirrt gewesen durch meine sonderbare Aufführung, erkenne aber jetzt den Vorteil, den sie bringe und verzichte gern auf meine Schreie und Sprünge, oft kam das Essen sogar reichlicher als früher, aber dann blieb es doch auch wieder gänzlich aus. Ich machte mit einem Fleiß, der an jungen Hunden bisher unbekannt gewesen war, genaue Aufstellungen aller meiner Versuche, glaubte schon hie und da eine Spur zu finden, die mich weiter führen könnte, aber dann verlief sie sich doch wieder ins Unbestimmte. Es kam mir hiebei unstreitig auch meine ungenügende wissenschaftliche Vorbereitung in die Quere. Wo hatte ich die Bürgschaft, daß z. B. das Ausbleiben des Essens nicht durch mein Experiment, sondern durch unwissenschaftliche Bodenbearbeitung bewirkt war und traf das zu, dann waren alle meine Schlußfolgerungen haltlos. Unter gewissen Bedingungen hätte ich ein fast ganz präcises Experiment erreichen können, wenn es mir nämlich gelungen wäre ganz ohne Bodenbearbeitung einmal nur durch aufwärts gerichtete Ceremonie das Herabkommen des Essens und dann durch ausschließliche Boden-Ceremonie das Ausbleiben des Essens zu erreichen. Ich versuchte auch derartiges, aber ohne festen Glauben und nicht mit vollkommenen Versuchsbedingungen, denn meiner unerschütterlichen Meinung nach ist wenigstens eine gewisse Bodenbearbeitung immer nötig und selbst wenn die Ketzer, die es nicht glauben, recht hätten, ließe es sich doch nicht beweisen, da die Bodenbesprengung unter einem Drang geschieht und sich in gewissen Grenzen gar nicht vermeiden läßt. Ein anderes allerdings etwas abseitiges Experiment glückte mir besser und machte einiges Aufsehen. Anschließend an das übliche Abfangen der Nahrung aus der Luft beschloß ich die Nahrung zwar nicht niederfallen zu lassen, sie aber auch nicht abzufangen. Zu diesem Zwecke machte ich immer wenn die Nahrung kam einen kleinen Luftsprung, der aber so berechnet war daß er nicht ausreichte; meistens fiel sie ja dann doch stumpf-gleichgültig zu Boden und ich warf mich wütend auf sie, in der Wut nicht nur des Hungers sondern auch der Enttäuschung. Aber in vereinzelten Fällen geschah doch etwas anderes, etwas eigentlich Wunderbares, die Speise fiel nicht, sondern folgte mir in der Luft, die Nahrung verfolgte den Hungrigen. Es geschah nicht lange, eine kurze Strecke nur, dann fiel sie doch oder verschwand gänzlich oder – der häufigste Fall – meine Gier beendete vorzeitig das Experiment und ich fraß die Sache auf. Immerhin, ich war damals glücklich, durch meine Umgebung ging ein Raunen, man war unruhig und aufmerksam geworden, ich fand meine Bekannten zugänglicher meinen Fragen, in ihren Augen sah ich irgendein Hilfe suchendes Leuchten, mochte es auch nur der Widerschein meiner eigenen Blicke sein, ich wollte nichts anderes, ich war zufrieden. Bis ich dann freilich erfuhr – und die andern erfuhren es mit mir – daß dieses Experiment in der Wissenschaft längst beschrieben ist, viel großartiger schon gelungen ist als mir, zwar schon lange nicht gemacht worden ist wegen der Schwierigkeit der Selbstbeherrschung die es verlangt, aber wegen seiner angeblichen wissenschaftlichen Bedeutungslosigkeit auch nicht wiederholt werden muß. Es beweise nur das, was man schon wußte, daß der Boden die Nahrung nicht nur gerade abwärts von oben holt, sondern auch schräg, ja sogar in Spiralen. Da stand ich nun, aber entmutigt war ich nicht, dazu war ich noch zu jung, im Gegenteil, ich wurde dadurch aufgemuntert zu der vielleicht größten Leistung meines Lebens. Ich glaubte nicht der wissenschaftlichen Entwertung meines Experiments, aber hier hilft kein Glauben, sondern nur der Beweis und den wollte ich antreten und wollte damit auch dieses ursprünglich etwas abseitige Experiment ins volle Licht, in den Mittelpunkt der Forschung stellen. Ich wollte beweisen, daß wenn ich vor der Nahrung zurückwich, nicht der Boden sie schräg zu sich herabzog, sondern ich es war, der sie hinter mir her lockte. Dieses Experiment konnte ich allerdings nicht weiter ausbauen, den Fraß vor sich zu sehn und dabei wissenschaftlich experimentieren, das hält man für die Dauer nicht aus. Aber ich wollte etwas anderes tun, ich wollte solange ich es aushielt völlig fasten, allerdings dabei auch jeden Anblick der Nahrung, jede Verlockung vermeiden. Wenn ich mich so zurückzog, mit geschlossenen Augen liegen blieb Tag und Nacht, weder um das Aufheben noch um das Abfangen der Nahrung mich kümmerte und wie ich nicht zu behaupten wagte, aber leise hoffte, ohne alle sonstige Maßnahmen nur auf die unvermeidliche unrationelle Bodenbesprengung hin, und stilles Aufsagen der Sprüche und Lieder (den Tanz wollte ich unterlassen um mich nicht zu schwächen) die Nahrung von oben selbst herabkäme und, ohne sich um den Boden zu kümmern, an mein Gebiß klopfen würde, um eingelassen zu werden, – wenn dies geschah, dann war die Wissenschaft zwar nicht widerlegt, denn sie hat genug Elasticität für Ausnahmen und Einzelfälle, aber was würde das Volk sagen, das glücklicher Weise nicht soviel Elasticität hat? Denn es würde das ja auch kein Ausnahmsfall von der Art sein, wie sie die Geschichte überliefert, daß etwa einer wegen körperlicher Krankheit oder wegen Trübsinn sich weigert die Nahrung vorzubereiten, zu suchen, aufzunehmen und dann die Hundeschaft in Beschwörungsformeln sich vereinigt und dadurch ein Abirren der Nahrung von ihrem gewöhnlichen Weg geradewegs in das Maul des Kranken erreicht. Ich war dagegen in voller Kraft und Gesundheit, mein Appetit so prächtig, daß er mich tagelang hinderte an etwas anderes zu denken als an ihn, ich unterzog mich, mochte man es glauben oder nicht, dem Fasten freiwillig, war selbst imstande für das Herabkommen der Nahrung zu sorgen und wollte es auch tun, brauchte also auch keine Hilfe der Hundeschaft und verbat sie mir sogar auf das Entschiedenste. Ich suchte mir einen geeigneten Ort in einem entlegenen Gebüsch, wo ich keine Eßgespräche, kein Schmatzen und Knochenknacken hören würde, fraß mich noch einmal völlig satt und legte mich dann hin. Ich wollte womöglich die ganze Zeit mit geschlossenen Augen verbringen; solange kein Essen kommen sollte, würde es für mich ununterbrochen Nacht sein, mochte es Tage und Wochen dauern. Dabei durfte ich allerdings, dies war eine große Erschwerung, wenig oder am besten gar nicht schlafen, denn ich mußte ja nicht nur die Nahrung herabbeschwören sondern auch auf der Hut sein, daß ich die Ankunft der Nahrung nicht etwa gar verschlafe, andererseits wiederum war Schlaf sehr willkommen, denn schlafend würde ich viel länger hungern können, als im

Wachen. Aus diesen Gründen beschloß ich die Zeit vorsichtig einzuteilen und viel zu schlafen, aber immer nur ganz kurze Zeit. Ich erreichte dies dadurch, daß ich den Kopf im Schlaf immer auf einen schwachen Ast stützte, der bald einknickte und mich dadurch weckte. So lag ich, schlief oder wachte, träumte oder sang still für mich hin. Die erste Zeit verging ereignislos, noch war es vielleicht dort, woher die Nahrung kommt, irgendwie unbemerkt geblieben, daß ich mich hier gegen den üblichen Verlauf der Dinge stemmte, und so blieb alles still. Ein wenig störte mich in meiner Anstrengung die Befürchtung daß die Hunde mich vermissen, bald auffinden und etwas gegen mich unternehmen würden. Eine zweite Befürchtung war, daß auf die bloße Besprengung hin, der Boden, trotzdem es ein nach der Wissenschaft unfruchtbarer Boden war, die sogenannte Zufalls-Nahrung hergeben und ihr Geruch mich verführen würde. Aber vorläufig geschah nichts dergleichen und ich konnte weiterhungern. Abgesehn von diesen Befürchtungen war ich zunächst ruhig, wie ich es an mir noch nie bemerkt hatte. Trotzdem ich hier eigentlich an der Aufhebung der Wissenschaft arbeitete, erfüllte mich Behagen und fast die sprichwörtliche Ruhe des wissenschaftlichen Arbeiters. In meinen Träumereien erlangte ich von der Wissenschaft Verzeihung, es fand sich in ihr auch ein Raum für meine Forschungen, trostreich klang es mir in den Ohren, daß ich, mögen auch meine Forschungen noch so erfolgreich werden und besonders dann, keineswegs für das Hundeleben verloren sei, die Wissenschaft sei mir freundlich geneigt, sie selbst werde die Deutung meiner Ergebnisse vornehmen und dieses Versprechen bedeute schon die Erfüllung selbst, ich werde, während ich mich bisher im Innersten ausgestoßen fühlte und die Mauern meines Volkes berannte wie ein Wilder, in großen Ehren aufgenommen werden, die ersehnte Wärme versammelter Hundeleiber werde mich umströmen, hochgepriesen werde ich auf den Schultern meines Volkes schwanken. Merkwürdige Wirkung des ersten Hungerns. Meine Leistung erschien mir so groß, daß ich aus Rührung und aus Mitleid mit mir selbst dort in dem stillen Gebüsch zu weinen anfing, was allerdings nicht ganz verständlich war, denn wenn ich den verdienten Lohn erwartete, warum weinte ich dann? Wohl nur aus Behaglichkeit. Niemals hat mir mein Weinen gefallen. Immer nur wenn mir behaglich war, selten genug, habe ich geweint. Damals ging es freilich bald vorüber. Die schönen Bilder verflüchtigten sich allmählich mit dem Ernster-werden des Hungers, es dauerte nicht lange und ich war, nach schneller Verabschiedung aller Phantasien und aller Rührung, völlig allein mit dem in den Eingeweiden brennenden Hunger. »Das ist der Hunger«, sagte ich mir damals unzähligemal, so als wollte ich mich glauben machen, Hunger und ich seien noch immer zweierlei und ich könnte ihn abschütteln wie einen lästigen Liebhaber, aber in Wirklichkeit waren wir höchst schmerzlich Eines und wenn ich mir erklärte: »Das ist der Hunger«, so war es eigentlich der Hunger der sprach und sich damit über mich lustig machte. Eine böse, böse Zeit! Mich schauert wenn ich an sie denke, freilich nicht nur wegen des Leides, das ich damals durchlebt habe, sondern vor allem deshalb, weil ich damals nicht fertig geworden bin, weil ich dieses Leiden noch einmal werde durchkosten müssen, wenn ich etwas erreichen will, denn das Hungern halte ich noch heute für das letzte und stärkste Mittel meiner Forschung. Durch das Hungern geht der Weg, das Höchste ist nur der höchsten Leistung erreichbar, wenn es erreichbar ist, und diese höchste Leistung ist bei uns freiwilliges Hungern. Wenn ich also jene Zeiten durchdenke – und für mein Leben gern wühle ich in ihnen – durchdenke ich auch die Zeiten die mir drohen. Es scheint, daß man fast ein Leben verstreichen lassen muß, ehe man sich von einem solchen Versuch erholt, meine ganzen Mannesjahre trennen mich von jenem Hungern, aber erholt bin ich noch nicht. Ich werde wenn ich nächstens das Hungern beginne, vielleicht mehr Entschlossenheit haben als früher, infolge meiner größeren Erfahrung und besserer Einsicht in die Notwendigkeit des Versuches, aber meine Kräfte sind geringer noch von damals her, zumindest werde ich schon ermatten in der bloßen Erwartung der bekannten Schrecken. Mein schwächerer Appetit wird mir nicht helfen, er entwertet nur ein wenig den Versuch und wird mich wahrscheinlich noch zwingen länger zu hungern als es damals nötig gewesen wäre. Über diese und andere Voraussetzungen glaube ich mir klar zu sein, an Vorversuchen hat es ja nicht gefehlt in dieser langen Zwischenzeit, oft genug habe ich das Hungern förmlich angebissen, war aber noch nicht stark zum Äußersten und die unbefangene Angriffslust der Jugend ist natürlich für immer dahin. Sie schwand schon damals inmitten des Hungerns. Mancherlei Überlegungen quälten mich. Drohend erschienen mir unsere Urväter. Ich halte sie zwar, wenn ich es auch öffentlich nicht zu sagen wage, für schuld an allem, sie haben das Hundeleben verschuldet, und ich könnte also ihren Drohungen leicht mit Gegendrohungen antworten, aber vor ihrem Wissen beuge ich mich, es kam aus Quellen, die wir nicht mehr kennen, deshalb würde ich auch, sosehr es mich gegen sie anzukämpfen drängt, niemals ihre Gesetze geradezu überschreiten, nur durch die Gesetzes-Lücken, für die ich eine besondere Witterung habe schwärme ich aus. Hinsichtlich des Hungerns berufe ich mich auf das berühmte Gespräch, im Laufe dessen einer unserer Weisen die Absicht aussprach, das Hungern zu verbieten, worauf ein Zweiter davon abriet mit der Frage: »Wer wird denn jemals hungern?« und der Erste sich überzeugen ließ und das Verbot zurückhielt. Nun entsteht aber wieder die Frage: »Ist nun das

Hungern nicht eigentlich doch verboten?« Die große Mehrzahl der Kommentatoren verneint sie, sieht das Hungern für freigegeben an, hält es mit dem zweiten Weisen und befürchtet deshalb auch von einer irrtümlichen Kommentierung keine schlimmen Folgen. Dessen hatte ich mich wohl vergewissert ehe ich mit dem Hungern begann. Nun aber, als ich mich im Hunger krümmte, schon in einiger Geistesverwirrung immerfort bei meinen Hinterbeinen Rettung suchte und sie verzweifelt leckte, kaute, aussaugte bis zum After hinauf, erschien mir die allgemeine Deutung jenes Gespräches ganz und gar falsch, ich verfluchte die kommentatorische Wissenschaft, ich verfluchte mich der ich mich von ihr hatte irreführen lassen, das Gespräch enthielt ja, wie ein Kind erkennen mußte – freilich ein hungerndes – mehr als nur ein einziges Verbot des Hungerns, der erste Weise wollte das Hungern verbieten, was ein Weiser will, ist schon geschehn, das Hungern war also verboten, der zweite Weise stimmte ihm nicht nur zu, sondern hielt das Hungern sogar für unmöglich, wälzte also auf das erste Verbot noch ein zweites, das Verbot der Hundenatur selbst, der Erste erkannte dies an und hielt das ausdrückliche Verbot zurück, d. h. er gebot den Hunden nach Darlegung alles dessen, Einsicht zu üben und sich selbst das Hungern zu verbieten. Also ein dreifaches Verbot statt des üblichen einen und ich hatte es verletzt. Nun hätte ich ja wenigstens jetzt verspätet gehorchen und zu hungern aufhören können, aber mitten durch den Schmerz ging auch eine Verlockung, weiter zu hungern und ich folgte ihr, lüstern wie einem unbekannten Hund. Ich konnte nicht aufhören, vielleicht war ich auch schon zu schwach um aufzustehn und in bewohnte Gegenden mich zu retten. Ich wälzte mich hin und her auf der Waldstreu, schlafen konnte ich nicht mehr, ich hörte überall Lärm, die während meines bisherigen Lebens schlafende Welt schien durch mein Hungern erwacht zu sein, ich bekam die Vorstellung, daß ich nie mehr werde fressen können, denn dadurch mußte ich die freigelassen lärmende Welt wieder zum Schweigen bringen und das würde ich nicht imstande sein, den größten Lärm allerdings hörte ich in meinem Bauche, ich legte oft das Ohr an ihn und muß entsetzte Augen gemacht haben, denn ich konnte kaum glauben was ich hörte. Und da es nun zu arg wurde, schien der Taumel auch meine Natur zu ergreifen, sie machte sinnlose Rettungsversuche, ich begann Speisen zu riechen, auserlesene Speisen, die ich längst nicht mehr gegessen hatte, Freuden meiner Kindheit, ja ich roch den Duft der Brüste meiner Mutter; ich vergaß meinen Entschluß Gerüchen Widerstand leisten zu wollen oder richtiger, ich vergaß ihn nicht, mit dem Entschluß, so als sei es ein Entschluß der dazu gehöre, schleppte ich mich nach allen Seiten, immer nur paar Schritte und schnupperte, so als suchte ich die Speisen nur, um mich vor ihnen zu hüten. Daß ich nichts fand, enttäuschte mich nicht, die Speisen waren da, nur waren sie immer paar Schritte zu weit, die Beine knickten mir vorher ein. Gleichzeitig allerdings wußte ich, daß gar nichts da war, daß ich die kleinen Bewegungen nur machte aus Angst vor dem endgiltigen Zusammenbrechen auf einem Platz, den ich nicht mehr verlassen würde. Die letzten Hoffnungen schwanden, die letzten Verlockungen, elend würde ich hier zugrundegehn, was sollten meine Forschungen, kindliche Versuche aus kindlich glücklicher Zeit, hier und jetzt war Ernst, hier hätte die Forschung ihren Wert beweisen können, aber wo war sie? Hier war nur ein hilflos ins Leere schnappender Hund, der zwar noch krampfhaft eilig ohne es zu wissen immerfort den Boden besprengte, aber in seinem Gedächtnis aus dem ganzen Wust der Zaubersprüche nicht das geringste mehr auftreiben konnte, nicht einmal das Verschen, mit dem sich die Neugeborenen unter ihre Mutter ducken. Es war mir, als sei ich hier nicht durch einen kurzen Lauf von den Brüdern getrennt, sondern unendlich weit fort von allen, und als stürbe ich eigentlich gar nicht durch Hunger sondern infolge meiner Verlassenheit. Es war doch ersichtlich, daß sich niemand um mich kümmerte, niemand unter der Erde, niemand auf ihr, niemand in der Höhe, ich ging an ihrer Gleichgültigkeit zugrunde, ihre Gleichgültigkeit sagte: er stirbt und so würde es geschehn. Und stimmte ich nicht bei? Sagte ich nicht das Gleiche? Hatte ich nicht diese Verlassenheit gewollt? Wohl, ihr Hunde, aber nicht um hier so zu enden, sondern um zur Wahrheit hinüber zu kommen, aus dieser Welt der Lüge, wo sich niemand findet, von dem man Wahrheit erfahren kann, auch von mir nicht, eingeborenem Bürger der Lüge. Vielleicht war die Wahrheit gar nicht mehr allzuweit, nur für mich zu weit, der ich versagte und starb. Vielleicht war sie nicht allzuweit, und ich also nicht so verlassen wie ich dachte, nicht von den andern verlassen, nur von mir, der ich versagte und starb. Doch man stirbt nicht so eilig wie ein nervöser Hund glaubt. Ich fiel nur in Ohnmacht und als ich aufwachte und die Augen erhob, stand ein fremder Hund vor mir. Ich fühlte keinen Hunger, ich war sehr kräftig, in den Gelenken federte es meiner Meinung nach, wenn ich auch keinen Versuch machte, es durch Aufstehn zu erproben. Ich sah an und für sich nicht mehr als sonst, ein schöner aber nicht allzu ungewöhnlicher Hund stand vor mir, das sah ich, nichts anderes und doch glaubte ich mehr an ihm zu sehn als sonst. Unter mir lag Blut, im ersten Augenblick dachte ich, es sei Speise, ich merkte aber gleich, daß es Blut war, das ich ausgebrochen hatte. Ich wandte mich davon ab und dem fremden Hunde zu. Er war mager, hochbeinig, braun, hie und da weiß gefleckt und hatte einen schönen, starken, forschenden Blick. »Was machst Du hier?« sagte er, »Du mußt von hier fortgehn.« »Ich kann jetzt nicht fortgehn«, sagte ich, ohne weitere Erklärung, denn wie hätte ich ihm alles erklären sollen, auch schien er in Eile zu sein. »Bitte, geh fort«, sagte er und hob unruhig ein Bein nach dem andern. »Laß mich«, sagte ich, »geh und kümmere Dich nicht um mich, die andern kümmern sich auch nicht um mich.« »Ich bitte Dich um Deinetwillen«, sagte er. »Bitte mich aus welchem Grunde Du willst«, sagte ich, »ich kann nicht gehn selbst wenn ich wollte.« »Daran fehlt es nicht«, sagte er lächelnd. »Du kannst gehn. Eben weil Du schwach zu sein scheinst, bitte ich Dich, daß Du jetzt langsam fortgehst, zögerst Du wirst Du später laufen müssen.« »Laß das meine Sorge sein«, sagte ich. »Es ist auch meine«, sagte er, traurig wegen meiner Hartnäckigkeit, und wollte nun offenbar mich also schon vorläufig hier lassen, aber die Gelegenheit benützen und sich liebend an mich heranmachen. Zu anderer Zeit hätte ich es gerne geduldet von dem Schönen, damals aber, ich begriff es nicht, faßte mich ein Entsetzen davor, »Weg«, schrie ich, umso lauter, als ich mich anders nicht verteidigen konnte. »Ich lasse Dich ja«, sagte er, langsam zurücktretend. »Du bist sonderbar. Gefalle ich Dir denn nicht?« »Du wirst mir gefallen, wenn Du fortgehst und mich in Ruhe läßt«, sagte ich, aber ich war meiner nicht mehr so sicher, wie ich ihn glauben machen wollte. Irgendetwas sah oder hörte ich an ihm mit meinen durch das Hungern geschärften Sinnen, es war erst in den Anfängen, es wuchs, es näherte sich und ich wußte schon: dieser Hund hat allerdings die Macht dich fortzutreiben, wenn Du Dir jetzt auch noch nicht vorstellen kannst, wie Du Dich jemals wirst erheben können. Und ich sah ihn, der auf meine grobe Antwort nur sanft den Kopf geschüttelt hatte, mit immer größerer Begierde an. »Wer bist Du?« fragte ich. »Ich bin ein Jäger«, sagte er. »Und warum willst Du mich nicht hier lassen?« fragte ich. »Du störst mich«, sagte er. »Ich kann nicht jagen, wenn Du hier bist.« »Versuch es«, sagte ich,

»vielleicht wirst Du doch jagen können.« »Nein«, sagte er, »es tut mir leid, aber Du mußt fort.« »Laß heute das Jagen!« bat ich. »Nein«, sagte er, »ich muß jagen.« »Ich muß fortgehn, Du mußt jagen«, sagte ich, »lauter müssen. Verstehst Du es, warum wir müssen?« »Nein«, sagte er, »es ist daran aber auch nichts zu verstehn, es sind selbstverständliche natürliche Dinge.« »Doch nicht«, sagte ich, »es tut Dir ja leid, daß Du mich verjagen mußt, und dennoch tust Du es.« »So ist es«, sagte er. »So ist es«, wiederholte ich ärgerlich, »das ist keine Antwort. Welcher Verzicht fiele Dir leichter, der Verzicht auf die Jagd oder darauf mich wegzutreiben?« »Der Verzicht auf die Jagd«, sagte er ohne Zögern. »Nun also«, sagte ich, »hier ist doch ein Widerspruch.« »Was für ein Widerspruch denn?« sagte er. »Du lieber kleiner Hund, verstehst Du denn wirklich nicht daß ich muß? Verstehst Du denn das Selbstverständliche nicht?« Ich antwortete nichts mehr, denn ich merkte – und neues Leben durchfuhr mich dabei, Leben wie es der Schrecken gibt – ich merkte an unfaßbaren Einzelheiten, die vielleicht niemand außer mir hätte merken können, daß der Hund aus der Tiefe der Brust zu einem Gesange anhob. »Du wirst singen«, sagte ich. »Ja«, sagte er ernst, »ich werde singen, bald, aber noch nicht.« »Du beginnst schon«, sagte ich. »Nein«, sagte er, »noch nicht. Aber mach Dich bereit.« »Ich höre es schon, trotzdem Du es leugnest«, sagte ich zitternd. Er schwieg. Und ich glaubte damals etwas zu erkennen, was kein Hund je vor mir erfahren hat, wenigstens findet sich in der Überlieferung nicht die leiseste Andeutung dessen, und ich versenkte eilig in unendlicher Angst und Scham das Gesicht in der Blutlache vor mir. Ich glaubte nämlich zu erkennen, daß der Hund schon sang ohne es noch zu wissen, ja mehr noch, daß die Melodie, von ihm getrennt, nach eigenem Gesetz durch die Lüfte schwebte und über ihn hinweg, als gehöre er nicht dazu, nach mir, nur nach mir hin zielte. Heute leugne ich natürlich alle derartigen Erkenntnisse und schreibe sie meiner damaligen Überreiztheit zu, aber wenn es auch ein Irrtum war, so hat er doch eine gewisse Großartigkeit, ist die einzige wenn auch nur scheinbare Wirklichkeit die ich aus der Hungerzeit in diese Welt herübergerettet habe und zeigt zumindest, wie weit bei völligem Außer-sich-sein wir gelangen können. Und ich war wirklich völlig außer mir. Unter gewöhnlichen Umständen wäre ich schwer krank gewesen, unfähig mich zu rühren, aber der Melodie, die nun bald der Hund als die seine zu übernehmen schien, konnte ich nicht widerstehn. Immer stärker wurde sie; ihr Wachsen hatte vielleicht keine Grenzen und schon jetzt sprengte sie mir fast das Gehör. Das Schlimmste aber war, daß sie nur meinetwegen vorhanden zu sein schien, diese Stimme, vor deren Erhabenheit der Wald verstummte, nur meinetwegen, wer war ich, der ich noch immer hier zu bleiben wagte und mich vor ihr breitmachte in meinem Schmutz und Blut. Schlotternd erhob ich mich, sah an mir herab, »dieses wird doch nicht laufen«, dachte ich noch, aber schon flog ich von der Melodie gejagt in den herrlichsten Sprüngen dahin. Meinen Freunden erzählte ich nichts, gleich bei meiner Ankunft hätte ich wahrscheinlich alles erzählt, aber da war ich zu schwach, später schien es mir wieder nicht mitteilbar. Andeutungen, die zu unterdrücken ich mich nicht bezwingen konnte verloren sich spurlos in den Gesprächen. Körperlich erholte ich mich übrigens in wenigen Stunden, geistig trage ich noch heute die Folgen.

Meine Forschungen aber erweiterte ich auf die Musik der Hunde. Die Wissenschaft war gewiß auch hier nicht untätig, die Wissenschaft von der Musik ist, wenn ich gut berichtet bin, vielleicht noch umfangreicher, als jene von der Nahrung und jedenfalls fester begründet. Es ist das dadurch zu erklären, daß auf diesem Gebiet leidenschaftsloser gearbeitet werden kann als auf jenem, und daß es sich hier mehr um bloße Beobachtungen und Systemisierungen handelt, dort dagegen vor allem um praktische Folgerungen. Damit hängt zusammen, daß der Respekt vor der Musikwissenschaft größer ist als vor der Nahrungswissenschaft, die erstere aber niemals so tief ins Volk dringen konnte wie die zweite. Auch ich stand der Musikwissenschaft, ehe ich die Stimme im Wald gehört hatte, fremder gegenüber als irgendeiner andern. Zwar hatte mich schon das Erlebnis mit den Musikhunden auf sie hingewiesen, aber ich war damals noch zu jung, auch ist es nicht leicht an diese Wissenschaft auch nur heran zu kommen, sie gilt als besonders schwierig und schließt sich vornehm gegen die Menge ab. Auch war zwar die Musik bei jenen Hunden das zunächst Auffallendste gewesen, aber wichtiger als die Musik schien mir ihr verschwiegenes Wesen, für ihre schreckliche Musik fand sich vielleicht überhaupt keine Ähnlichkeit anderswo, ich konnte sie eher vernachlässigen, aber ihr Wesen begegnete mir von damals an in allen Hunden überall. In das Wesen der Hunde einzudringen, schienen mir aber Forschungen über die Nahrung am geeignetesten und ohne Umweg zum Ziele führend. Vielleicht hatte ich darin Unrecht. Ein Grenzgebiet der beiden Wissenschaften lenkte allerdings schon damals meinen Verdacht auf sich. Es ist die Lehre von dem die Nahrung herabrufenden Gesang. Wieder ist es hier für mich sehr störend, daß ich auch in die Musikwissenschaft niemals ernstlich eingedrungen bin und mich in dieser Hinsicht beiweitem nicht einmal zu den von der Wissenschaft immer besonders verachteten Halbgebildeten rechnen kann. Dies muß mir immer gegenwärtig bleiben. Vor einem Gelehrten würde ich, ich habe leider dafür Beweise, auch in der leichtesten wissenschaftlichen Prüfung sehr schlecht bestehn. Das hat natürlich, von den schon erwähnten Lebensumständen abgesehn, seinen Grund zunächst in meiner wissenschaftlichen Unfähigkeit, geringen Denkkraft, schlechtem Gedächtnis, und vor allem in dem Außerstandesein, das wissenschaftliche Ziel mir immer vor Augen zu halten. Das alles gestehe ich mir offen ein, sogar mit einer gewissen Freude. Denn der tiefere Grund meiner wissenschaftlichen Unfähigkeit scheint mir ein Instinkt und wahrlich kein schlechter Instinkt zu sein. Wenn ich bramarbasieren wollte, könnte ich sagen, daß gerade dieser Instinkt meine wissenschaftlichen Fähigkeiten zerstört hat, denn es wäre doch eine zumindest sehr merkwürdige Erscheinung, daß ich, der ich in den gewöhnlichen täglichen Lebensdingen, die gewiß nicht die einfachsten sind, einen erträglichen Verstand zeige und vor allem, wenn auch nicht die Wissenschaft, so doch die Gelehrten sehr gut verstehe, was an meinen Resultaten nachprüfbar ist, von vornherein unfähig gewesen sein sollte, die Pfote auch nur zur ersten Stufe der Wissenschaft zu erheben. Es war der Instinkt, der mich vielleicht gerade um der Wissenschaft willen, aber einer andern Wissenschaft als sie heute geübt wird, einer allerletzten Wissenschaft, die Freiheit höher schätzen ließ als alles andere. Die Freiheit! Freilich die Freiheit, wie sie heute möglich ist, ein kümmerliches Gewächs. Aber immerhin Freiheit, immerhin ein Besitz.

Das Ehepaar

Die allgemeine Geschäftslage ist so schlecht, daß ich manchmal, wenn ich im Bureau Zeit erübrige, selbst die Mustertasche nehme, um die Kunden persönlich zu besuchen. Unter anderem hatte ich mir schon längst vorgenommen, einmal zu K. zu gehn, mit dem ich früher in ständiger Geschäftsverbindung gewesen bin, die sich aber im letzten Jahr aus mir unbekannten Gründen fast gelöst hat. Für solche Störungen müssen auch gar nicht eigentliche Gründe vorhanden sein; in den heutigen labilen Verhältnissen entscheidet hier oft ein Nichts, eine Stimmung und ebenso kann auch ein Nichts, ein Wort das Ganze wieder in Ordnung bringen. Es ist aber ein wenig umständlich zu K. vorzudringen; er ist ein alter Mann, in letzter Zeit sehr kränklich und wenn er auch noch die geschäftlichen Angelegenheiten in seiner Hand zusammenhält, so kommt er doch selbst kaum mehr ins Geschäft; will man mit ihm sprechen, muß man in seine Wohnung gehn und einen derartigen Geschäftsgang schiebt man gern hinaus.

Gestern abend nach sechs Uhr machte ich mich aber doch auf den Weg; es war freilich keine Besuchszeit mehr, aber die Sache war ja nicht gesellschaftlich sondern kaufmännisch zu beurteilen. Ich hatte Glück, K. war zuhause; er war eben, wie man mir im Vorzimmer sagte, mit seiner Frau von einem Spaziergang zurückgekommen und jetzt im Zimmer seines Sohnes, der unwohl war und im Bett lag. Ich wurde aufgefordert, auch hinzugehn; zuerst zögerte ich, dann aber überwog das Verlangen, den leidigen Besuch möglichst schnell zu beenden, und ich ließ mich, so wie ich war, im Mantel, Hut und Mustertasche in der Hand, durch ein dunkles Zimmer in ein matt beleuchtetes führen, in welchem eine kleine Gesellschaft beisammen war.

Wohl instinktmäßig fiel mein Blick zuerst auf einen mir nur allzugut bekannten Geschäftsagenten, der zum Teil mein Konkurrent ist. So hatte er sich denn also noch vor mir heraufgeschlichen. Er saß bequem knapp beim Bett des Kranken, so als wäre er der Arzt; in seinem schönen, offenen, aufgebauschten Mantel saß er großmächtig da; seine Frechheit ist unübertrefflich; etwas ähnliches mochte auch der Kranke denken, der mit ein wenig fiebergeröteten Wangen dalag und manchmal nach ihm hinsah. Er ist übrigens nicht mehr jung, der Sohn, ein Mann in meinem Alter mit einem kurzen, infolge der Krankheit etwas verwilderten Vollbart. Der alte K., ein großer, breitschultriger Mann, aber durch sein schleichendes Leiden zu meinem Erstaunen recht abgemagert, gebückt und unsicher geworden, stand noch, so wie er eben gekommen war, in seinem Pelz da und murmelte etwas gegen den Sohn hin. Seine Frau, klein und gebrechlich, aber äußerst lebhaft, wenn auch nur soweit es ihn betraf – uns andere sah sie kaum – war damit beschäftigt, ihm den Pelz auszuziehn, was infolge des Größenunterschiedes der Beiden einige Schwierigkeiten machte, aber schließlich doch gelang. Vielleicht lag übrigens die eigentliche Schwierigkeit darin, daß K. sehr ungeduldig war und unruhig mit tastenden Händen immerfort nach dem Lehnstuhl verlangte, den ihm dann auch, nachdem der Pelz ausgezogen war, seine Frau schnell zuschob. Sie selbst nahm den Pelz, unter dem sie fast verschwand, und trug ihn hinaus.

Nun schien mir endlich meine Zeit gekommen oder vielmehr, sie war nicht gekommen und würde hier wohl auch niemals kommen; wenn ich aber überhaupt noch etwas versuchen wollte, mußte es gleich geschehn, denn meinem Gefühl nach konnten hier die Voraussetzungen für eine geschäftliche Aussprache nur noch immer schlechter werden; mich hier aber für alle Zeiten festzusetzen, wie es der Agent scheinbar beabsichtigte, das war nicht meine Art; übrigens wollte ich auf ihn nicht die geringste Rücksicht nehmen. So begann ich denn kurzerhand, trotzdem ich merkte, daß K. gerade Lust hatte, sich ein wenig mit seinem Sohn zu unterhalten, meine Sache vorzutragen. Leider habe ich die Gewohnheit, wenn ich mich ein wenig in Erregung gesprochen habe – und das geschieht sehr bald und geschah in diesem Krankenzimmer noch früher als sonst – aufzustehn und während des Redens auf- und abzugehn. Im eigenen Bureau eine recht gute Einrichtung, ist es in einer fremden Wohnung doch ein wenig lästig. Ich konnte mich aber nicht beherrschen, besonders da mir die gewohnte Cigarette fehlte. Nun, jeder hat seine schlechten Gewohnheiten, dabei lobe ich noch die meinen im Vergleich zu denen des Agenten. Was soll man z. B. dazu sagen, daß er seinen Hut, den er auf dem Knie hält und dort langsam hin und herschiebt, manchmal, plötzlich, ganz unerwartet aufsetzt; er nimmt ihn zwar gleich wieder ab, als sei ein Versehn geschehn, hat ihn aber doch einen Augenblick lang auf dem Kopf gehabt, und das wiederholt er immer wieder von Zeit zu Zeit. Eine solche Aufführung ist doch wahrhaftig unerlaubt zu nennen. Mich stört es nicht, ich gehe auf und ab, bin ganz von meinen Dingen in Anspruch genommen und sehe über ihn hinweg, es mag aber Leute geben, welche dieses Hutkunststück gänzlich aus der Fassung bringen kann. Allerdings beachte ich im Eifer nicht nur eine solche Störung nicht, sondern überhaupt niemanden, ich sehe zwar was vorgeht, nehme es aber, solange ich nicht fertig bin oder solange ich nicht geradezu Einwände höre, gewissermaßen nicht zur Kenntnis. So merkte ich z. B. wohl, daß K. sehr wenig aufnahmsfähig war; die Hände an den Seitenlehnen drehte er sich unbehaglich hin und her, blickte nicht zu mir auf, sondern sinnlos suchend ins Leere und sein Gesicht schien so unbeteiligt, als dringe kein Laut meiner Rede, ja nicht einmal ein Gefühl meiner Anwesenheit zu ihm. Dieses ganze, mir wenig Hoffnung gebende krankhafte Benehmen sah ich zwar, sprach aber trotzdem weiter, so als hätte ich doch noch Aussicht durch meine Worte, durch meine vorteilhaften Angebote – ich erschrak selbst über die Zugeständnisse, die ich machte, Zugeständnisse, die niemand verlangte – alles schließlich wieder ins Gleichgewicht zu bringen. Eine gewisse Genugtuung gab es mir auch, daß der Agent, wie ich flüchtig bemerkte, endlich seinen Hut ruhen ließ und die Arme über der Brust verschränkte; meine Ausführungen, die ja auch zum Teil für ihn berechnet waren, schienen seinen Plänen einen empfindlichen Stich zu geben. Und ich hätte in dem dadurch erzeugten Wohlgefühl vielleicht noch lange fortgesprochen, wenn nicht der Sohn, den ich als für mich nebensächliche Person bisher vernachlässigt hatte, plötzlich sich im Bette halb erhoben und mit drohender Faust mich zum Schweigen gebracht hätte. Er wollte offenbar noch etwas sagen, etwas zeigen, hatte aber nicht genug Kraft. Ich hielt das alles zuerst für Fieberwahn, aber als ich unwillkürlich gleich darauf nach dem alten K. hinblickte, verstand ich es besser.

K. saß mit offenen, glasigen, aufgequollenen, nur für die Minute noch dienstbaren Augen da, zitternd nach vorne geneigt, als hielte oder schlüge ihn jemand im Nacken, die Unterlippe, ja der Unterkiefer selbst mit weit entblößtem Zahnfleisch hing unbeherrscht hinab, das ganze Gesicht war aus den Fugen; noch atmete er, wenn auch schwer, dann aber wie befreit fiel er zurück gegen die Lehne, schloß die Augen, der Ausdruck irgendeiner großen Anstrengung fuhr noch über sein Gesicht und dann war es zuende. Schnell sprang ich zu ihm, faßte die leblos hängende, kalte, mich durchschauernde Hand; da war kein Puls mehr. Nun also, es war vorüber. Freilich, ein alter Mann. Mochte uns das Sterben nicht schwerer werden. Aber wie vieles war jetzt zu tun! Und was in der Eile zunächst? Ich sah mich nach Hilfe um; aber der Sohn hatte die Decke über den Kopf gezogen, man hörte sein endloses Schluchzen; der Agent, kalt wie ein Frosch, saß fest in seinem Sessel, zwei Schritte gegenüber K. und war sichtlich entschlossen, nichts zu tun, als den Zeitablauf abzuwarten; ich also, nur ich blieb übrig etwas zu tun und jetzt gleich das Schwerste, nämlich der Frau irgendwie, auf eine erträgliche Art, also eine Art, die es in der Welt nicht gab, die Nachricht zu vermitteln. Und schon hörte ich die eifrigen schlürfenden Schritte aus dem Nebenzimmer.

Sie brachte – noch immer im Straßenanzug, sie hatte noch keine Zeit gehabt sich umzukleiden – ein auf dem Ofen durchwärmtes Nachthemd, das sie ihrem Mann jetzt anziehn wollte. »Er ist eingeschlafen«, sagte sie lächelnd und kopfschüttelnd, als sie uns so still fand. Und mit dem unendlichen Vertrauen des Unschuldigen nahm sie die gleiche Hand, die ich eben mit Widerwillen und Scheu in der meinen gehalten hatte, küßte sie wie in kleinem ehelichen Spiel und – wie mögen wir drei andern zugesehn haben! – K. bewegte sich, gähnte laut, ließ sich das Hemd anziehn, duldete mit ärgerlich-ironischem Gesicht die zärtlichen Vorwürfe seiner Frau wegen der Überanstrengung auf dem allzu großen Spaziergang, und sagte dagegen, um sein Einschlafen anders zu erklären, merkwürdiger Weise etwas von Langerweile. Dann legte er sich, um sich auf dem Weg in ein anderes Zimmer nicht zu verkühlen, vorläufig zu seinem Sohn ins Bett; neben die Füße des Sohnes wurde auf zwei von der Frau eilig herbeigebrachten Polstern sein Kopf gebettet. Ich fand nach dem Vorangegangenen nichts Sonderbares mehr daran. Nun verlangte er die Abendzeitung, nahm sie ohne Rücksicht auf die Gäste vor, las aber noch nicht, sah nur hie und da ins Blatt und sagte uns dabei mit einem erstaunlichen geschäftlichen Scharfblick einiges recht Unangenehme über unsere Angebote, während er mit der freien Hand immerfort wegwerfende Bewegungen machte und durch Zungenschnalzen den schlechten Geschmack im Munde andeutete, den ihm unser geschäftliches Gebahren verursachte. Der Agent konnte sich nicht enthalten einige unpassende Bemerkungen vorzubringen, er fühlte wohl sogar in seinem groben Sinn, daß hier zu dem, was geschehen war, irgendein Ausgleich geschaffen werden mußte, aber auf seine Art ging es freilich am allerwenigsten. Ich verabschiedete mich nun schnell, ich war dem Agenten fast dankbar; ohne seine Anwesenheit hätte ich nicht die Entschlußkraft gehabt schon fortzugehn.

Im Vorzimmer traf ich noch Frau K. Im Anblick ihrer armseligen Gestalt sagte ich aus meinen Gedanken heraus, daß sie mich ein wenig an meine Mutter erinnere. Und da sie still blieb, fügte ich bei: »Was man dazu auch sagen mag: die konnte Wunder tun. Was wir schon zerstört hatten, machte sie noch gut. Ich habe sie schon in der Kinderzeit verloren.« Ich hatte absichtlich übertrieben langsam und deutlich gesprochen, denn ich vermutete, daß die alte Frau schwerhörig war. Aber sie war wohl taub, denn sie fragte ohne Übergang: »Und das Aussehn meines Mannes?« Aus paar Abschiedsworten merkte ich übrigens, daß sie mich mit dem Agenten verwechselte; ich wollte gern glauben, daß sie sonst zutraulicher gewesen wäre.

Dann ging ich die Treppe hinunter. Der Abstieg war schwerer als früher der Aufstieg und nicht einmal dieser war leicht gewesen. Ach, was für mißlungene Geschäftswege es gibt und man muß die Last weitertragen.

Ein Kommentar

Es war sehr früh am Morgen, die Straßen rein und leer, ich ging zum Bahnhof. Als ich eine Turmuhr mit meiner Uhr verglich, sah ich daß schon viel später war als ich geglaubt hatte, ich mußte mich sehr beeilen, der Schrecken über diese Entdeckung ließ mich im Weg unsicher werden, ich kannte mich in dieser Stadt noch nicht sehr gut aus, glücklicherweise war ein Schutzmann in der Nähe, ich lief zu ihm und fragte ihn atemlos nach dem Weg. Er lächelte und sagte: »Von mir willst Du den Weg erfahren?« »Ja«, sagte ich, »da ich ihn selbst nicht finden kann.« »Gibs auf, gibs auf«, sagte er und wandte sich mit einem großen Schwunge ab, so wie Leute, die mit ihrem Lachen allein sein wollen.

Viele beklagten sich . . .

Viele beklagten sich, daß die Worte der Weisen immer wieder nur Gleichnisse seien, aber unverwendbar im täglichen Leben und nur dieses allein haben wir. Wenn der Weise sagt: »Gehe hinüber« so meint er nicht, daß man auf die andere Straßenseite hinüber gehn solle, was man immerhin noch leisten könnte, wenn das Ergebnis des Weges wert wäre, sondern er meint irgendein sagenhaftes Drüben, etwas was wir nicht kennen, was auch von ihm nicht näher zu bezeichnen ist und was uns also hier gar nichts helfen kann. Alle diese Gleichnisse wollen eigentlich nur sagen, daß das Unfaßbare unfaßbar ist und das haben wir gewußt. Aber das womit wir uns eigentlich jeden Tag abmühn, sind andere Dinge.

Darauf sagte einer: Warum wehrt Ihr Euch? Würdet Ihr den Gleichnissen folgen, dann wäret Ihr selbst Gleichnisse geworden und damit schon der täglichen Mühe frei.

Ein anderer sagte: Ich wette daß auch das ein Gleichnis ist.

Der erste sagte: Du hast gewonnen.

Der zweite sagte: Aber leider nur im Gleichnis.

Der erste sagte: Nein, in Wirklichkeit; im Gleichnis hast Du verloren.

Ich bin zurückgekehrt . . .

Ich bin zurückgekehrt, ich habe den Flur durchschritten und blicke mich um. Es ist meines Vaters alter Hof. Die Pfütze in der Mitte. Altes unbrauchbares Gerät in einander verfahren verstellt den Weg zur Bodentreppe. Die Katze lauert auf dem Geländer. Ein zerrissenes Tuch einmal im Spiel um eine Stange gewunden hebt sich im Wind. Ich bin angekommen. Wer wird mich empfangen? Wer wartet hinter der Tür der Küche? Rauch kommt aus dem Schornstein, der Kaffee zum Abendessen wird gekocht. Ist Dir heimlich, fühlst Du Dich zuhause? Ich weiß es nicht, ich bin sehr unsicher. Meines Vaters Haus ist es, aber kalt steht Stück neben Stück als wäre jedes mit seinen eigenen Angelegenheiten beschäftigt, die ich teils vergessen habe teils niemals kannte. Was kann ich ihnen nützen, was bin ich ihnen und sei ich auch des Vaters, des alten Landwirts Sohn. Und ich wage nicht an der Küchentür zu klopfen, nur von der Ferne horche ich, nur von der Ferne horche ich stehend, nicht so daß ich als Horcher überrascht werden könnte. Und weil ich von der Ferne horche, erhorche ich nichts, nur einen leichten Uhrenschlag höre ich oder glaube ihn vielleicht nur zu hören herüber aus den Kindertagen. Was sonst in der Küche geschieht ist das Geheimnis der dort Sitzenden, das sie vor mir wahren. Je länger man vor der Tür zögert, desto fremder wird man. Wie wäre es wenn jetzt jemand die Tür öffnete und mich etwas fragte. Wäre ich dann nicht selbst wie einer der sein Geheimnis wahren will.

Der Bau

Ich habe den Bau eingerichtet und er scheint wohlgelungen. Von außen ist eigentlich nur ein großes Loch sichtbar, dieses führt aber in Wirklichkeit nirgends hin, schon nach paar Schritten stößt man auf natürliches festes Gestein, ich will mich nicht dessen rühmen diese List mit Absicht ausgeführt zu haben, es war vielmehr der Rest eines der vielen vergeblichen Bauversuche, aber schließlich schien es mir vorteilhaft, dieses eine Loch unverschüttet zu lassen. Freilich manche List ist so fein, daß sie sich selbst umbringt, daß weiß ich besser als irgendwer sonst und es ist gewiß auch kühn, durch dieses Loch überhaupt auf die Möglichkeit aufmerksam zu machen, daß hier etwas Nachforschungswertes vorhanden ist. Doch verkennt mich wer glaubt daß ich feige bin und etwa nur aus Feigheit meinen Bau anlege. Wohl tausend Schritte von diesem Loch entfernt liegt von einer abhebbaren Moosschichte verdeckt der eigentliche Zugang zum Bau, er ist so gesichert, wie eben überhaupt auf der Welt etwas gesichert werden kann, gewiß, es kann jemand auf das Moos treten oder hineinstoßen, dann liegt mein Bau frei da und wer Lust hat – allerdings sind wohlgemerkt auch gewisse nicht allzuhäufige Fähigkeiten dazu nötig – kann eindringen und für immer alles zerstören. Das weiß ich wohl und mein Leben hat selbst jetzt auf seinem Höhepunkt kaum eine völlig ruhige Stunde, dort an jener Stelle im dunkeln Moos bin ich sterblich und in meinen Träumen schnuppert dort oft eine lüsterne Schnauze unaufhörlich herum. Ich hätte, wird man meinen, auch dieses wirkliche Eingangsloch zuschütten können, oben in dünner Schicht mit fester, weiter unten mit lockerer Erde, so daß es mir immer nur wenig Mühe gegeben hätte, mir immer wieder von neuem den Ausweg zu erarbeiten. Es ist aber doch nicht möglich, gerade die Vorsicht verlangt, daß ich eine sofortige Auslaufmöglichkeit habe, gerade die Vorsicht verlangt wie leider so oft, das Risiko des Lebens; das alles sind recht mühselige Rechnungen und die Freude des scharfsinnigen Kopfes an sich selbst ist manchmal die alleinige Ursache dessen, daß man weiterrechnet. Ich muß die sofortige Auslaufmöglichkeit haben, kann ich denn trotz aller Wachsamkeit nicht von ganz unerwarteter Seite angegriffen werden? Ich lebe im innersten meines Baues in Frieden und inzwischen bohrt sich langsam und still der Gegner von irgendwoher an mich heran, ich will nicht sagen, daß er bessern Spürsinn hat als ich, vielleicht weiß er ebensowenig von mir wie ich von ihm, aber es gibt leidenschaftliche Räuber, die blindlings die Erde durchwühlen und bei der ungeheueren Ausdehnung meines Baues haben selbst sie Hoffnung irgendwo auf einen meiner Wege zu stoßen, freilich ich habe den Vorteil in meinem Haus zu sein, alle Wege und Richtungen genau zu kennen, der Räuber kann sehr leicht mein Opfer werden und ein süß schmeckendes, aber ich werde alt, es gibt viele die kräftiger sind als ich und meiner Gegner gibt es unzählige, es könnte geschehn, daß ich vor einem Feind fliehe und dem andern in die Fänge laufe, ach was könnte nicht alles geschehn, jedenfalls aber muß ich die Zuversicht haben, daß irgendwo vielleicht ein leicht erreichbarer, völlig offener Ausgang ist, wo ich, um hinauszukommen, gar nicht mehr zu arbeiten habe, so daß ich nicht etwa, während ich dort verzweifelt grabe, sei es auch in leichter Aufschüttung, plötzlich – bewahre mich der Himmel – die Zähne des Verfolgers in meinen Schenkeln spüre. Und es sind nicht nur die äußern Feinde die mich bedrohen, es gibt auch solche im Innern der Erde, ich habe sie noch nie gesehn, aber die Sagen erzählen von ihnen und ich glaube fest an sie. Es sind Wesen der innern Erde, nicht einmal die Sage kann sie beschreiben, selbst wer ihr Opfer geworden ist hat sie kaum gesehn, sie kommen, man hört das Kratzen ihrer Krallen knapp unter sich in der Erde, die ihr Element ist, und schon ist man verloren. Hier gilt auch nicht daß man in seinem Haus ist, vielmehr ist man in ihrem Haus. Vor ihnen rettet mich auch jener Ausweg nicht, wie er mich ja wahrscheinlich überhaupt nicht rettet, sondern verdirbt, aber eine Hoffnung ist er und ich kann ohne ihn nicht leben.

Außer diesem großen Weg verbinden mich mit der Außenwelt noch ganz enge, ziemlich ungefährliche Wege, die mir gut atembare Luft verschaffen, sie sind von den Waldmäusen angelegt, ich habe es verstanden sie in meinen Bau richtig einzubeziehn, sie bieten mir auch die Möglichkeit weitreichender Witterung und geben mir so Schutz, auch kommt durch sie allerlei kleines Volk zu mir das ich verzehre, so daß ich eine gewisse für einen bescheidenen Lebensunterhalt ausreichende Niederjagd haben kann ohne überhaupt meinen Bau zu verlassen, das ist natürlich sehr wertvoll.

Das schönste an meinem Bau ist aber seine Stille, freilich sie ist trügerisch, plötzlich einmal kann sie unterbrochen werden und alles ist zu ende, vorläufig aber ist sie noch da, stundenlang kann ich durch meine Gänge schleichen und höre nichts als manchmal das Rascheln irgendeines Kleintiers, das ich dann gleich zwischen meinen Zähnen auch zur Ruhe bringe, oder das Rieseln der Erde, das mir die Notwendigkeit irgendeiner Ausbesserung anzeigt, sonst ist es still. Die Waldluft weht herein, es ist gleichzeitig warm und kühl, manchmal strecke ich mich aus und drehe mich in dem Gang rundum vor Behagen. Schön ist es für das nahende Alter einen solchen Bau zu haben, sich unter Dach gebracht zu haben, wenn der Herbst beginnt.

Alle hundert Meter etwa habe ich die Gänge zu kleinen runden Plätzen erweitert, dort kann ich mich bequem zusammenrollen, mich an mir wärmen und ruhen. Dort schlafe ich den süßen Schlaf des Friedens, des beruhigten Verlangens, des erreichten Zieles, des Hausbesitzes. Ich weiß nicht ob es eine Gewohnheit aus alten Zeiten ist oder ob doch die Gefahren auch dieses Hauses stark genug sind mich zu wecken, regelmäßig von Zeit zu Zeit schrecke ich auf aus tiefem Schlaf und lausche, lausche in die Stille, die hier unverändert herrscht bei Tag und Nacht, lächle beruhigt und sinke mit gelösten Gliedern in noch tiefern Schlaf. Arme Wanderer, ohne Haus, auf Landstraßen, in Wäldern, bestenfalls verkrochen in einem Blätterhaufen oder in einem Rudel der Genossen, ausgeliefert allem Verderben des Himmels und der Erde. Ich liege hier auf einem allseits gesicherten Platz, – mehr als fünfzig solcher Art gibt es in meinem Bau – und zwischen Hindämmern und bewußtlosem Schlaf vergehn mir die Stunden, die ich nach meinem Belieben dafür wähle.

Nicht ganz in der Mitte des Baues, wohlerwogen für den Fall der äußersten Gefahr, nicht geradezu einer Verfolgung, aber einer Belagerung, liegt der Hauptplatz. Während alles andere vielleicht mehr eine Arbeit angestrengtesten Verstandes als des Körpers ist, ist dieser Burg-Platz das Ergebnis allerschwerster Arbeit meines Körpers in allen seinen Teilen. Einigemale wollte ich in der Verzweiflung körperlicher Ermüdung von allem ablassen, wälzte mich auf dem Rükken und fluchte dem Bau, schleppte mich hinaus und ließ den Bau offen daliegen, konnte es ja tun, da ich nicht mehr zu ihm zurückkehren wollte, bis ich dann nach Stunden oder Tagen reuig zurückkam, fast einen Gesang erhoben hätte über die Unverletztheit des Baus und in aufrichtiger Fröhlichkeit mit der Arbeit von neuem begann. Die Arbeit am Burgplatz erschwerte sich auch unnötig, unnötig will sagen, daß der Bau von der Mehrarbeit keinen eigentlichen Nutzen hatte, dadurch, daß gerade an der Stelle wo der Platz plangemäß sein sollte, die Erde recht locker und sandig war, die Erde mußte dort geradezu festgehämmert werden, um den großen schön gewölbten und gerundeten Platz zu bilden. Für eine solche Arbeit aber habe ich nur die Stirn. Mit der Stirn also bin ich tausend und tausend mal tage- und nächtelang gegen die Erde angerannt, war glücklich wenn ich sie mir blutig schlug, denn dies war ein Beweis der beginnenden Festigung der Wand, und habe mir auf diese Weise, wie man mir vielleicht zugestehen wird, meinen Burgplatz wohl verdient.

Auf diesem Burgplatz sammle ich meine Vorräte, alles was ich über meine augenblicklichen Bedürfnisse hinaus innerhalb des Baues erjage und alles was ich von meinen Jagden außer dem Hause mitbringe, häufe ich hier auf. Der Platz ist so groß, daß ihn Vorräte für ein halbes Jahr nicht füllen. Infolgedessen kann ich sie wohl ausbreiten, zwischen ihnen herumgehn, mit ihnen spielen, mich an der Menge und an den verschiedenen Gerüchen freuen und immer einen genauen Überblick über das Vorhandene haben. Ich kann dann auch immer Neuordnungen vornehmen und entsprechend der Jahreszeit die nötigen Vorausberechnungen und Jagdpläne machen. Es gibt Zeiten, in denen ich so wohl versorgt bin, daß ich aus Gleichgültigkeit gegen das Essen überhaupt das Kleinzeug, das hier herumhuscht, gar nicht berühre, was allerdings aus andern Gründen vielleicht unvorsichtig ist. Die häufige Beschäftigung mit Verteidigungsvorbereitungen bringt es mit sich, daß meine Ansichten hinsichtlich der Ausnützung des Baues für solche Zwecke sich ändern oder entwickeln, in kleinem Rahmen allerdings. Es scheint mir dann manchmal gefährlich die Verteidigung ganz auf dem Burgplatz zu basieren, die Mannigfaltigkeit des Baues gibt mir doch auch mannigfaltigere Möglichkeiten und es scheint mir der Vorsicht entsprechender die Vorräte ein wenig zu verteilen und auch manche kleine Plätze mit ihnen zu versorgen, dann bestimme ich etwa jeden dritten Platz zum Reservevorratsplatz oder jeden vierten Platz zu einem Haupt- und jeden zweiten zu einem Nebenvorratsplatz udgl. Oder ich schalte manche Wege zu Täuschungszwecken überhaupt aus der Behäufung mit Vorräten aus oder ich wähle ganz sprunghaft, je nach ihrer Lage zum Hauptausgang, nur wenige Plätze. Jeder solche neue Plan verlangt allerdings schwere Lastträgerarbeit, ich muß die neue Berechnung vornehmen und trage dann die Lasten hin und her. Freilich kann ich das in Ruhe ohne Übereilung machen und es ist nicht gar so schlimm die guten Dinge im Maule zu tragen, sich auszuruhen wo man will, und was einem gerade schmeckt zu naschen. Schlimmer ist es, wenn es mir manchmal, gewöhnlich beim Aufschrecken aus dem Schlaf, scheint, daß die gegenwärtige Aufteilung ganz und gar verfehlt ist, große Gefahren herbeiführen kann und sofort eiligst ohne Rücksicht auf Schläfrigkeit und Müdigkeit richtiggestellt werden muß, dann eile ich, dann fliege ich, dann habe ich keine Zeit zu Berechnungen, der ich gerade einen neuen ganz genauen Plan ausführen will, fasse willkürlich, was mir unter die Zähne kommt, schleppe, trage, seufze, stöhne, stolpere und nur irgendeine beliebige Veränderung des gegenwärtigen mir so übergefährlich scheinenden Zustandes will mir schon genügen. Bis allmählich mit völligem Erwachen die Ernüchterung kommt, ich die Übereilung kaum verstehe, tief den Frieden meines Hauses einatme, den ich selbst gestört habe, zu meinem Schlafplatz zurückkehre, in neugewonnener Müdigkeit sofort einschlafe und beim Erwachen als unwiderleglichen Beweis der schon fast traumhaft erscheinenden Nachtarbeit etwa noch eine Ratte an den Zähnen hängen habe.

Dann gibt es wieder Zeiten, wo mir die Vereinigung aller Vorräte auf einem Platz das Allerbeste scheint. Was können mir die Vorräte auf den kleinen Plätzen helfen, wieviel läßt sich denn dort überhaupt unterbringen und was man immer auch hinbringt, es verstellt den Weg und wird mich vielleicht einmal bei der Verteidigung, beim Laufen eher hindern. Außerdem ist es zwar dumm aber wahr, daß das Selbstbewußtsein darunter leidet, wenn man nicht alle Vorräte beisammen sieht und so mit einem einzigen Blick weiß was man besitzt. Kann nicht auch bei diesen vielen Verteilungen vieles verloren gehn? Ich kann nicht immerfort durch meine Kreuz- und Quergänge galoppieren um zu sehn ob alles in richtigem Stande ist. Der Grundgedanke einer Verteilung der Vorräte ist ja richtig, aber eigentlich nur dann wenn man mehrere Plätze von der Art meines Burgplatzes hat. Mehrere solche Plätze! Freilich! Aber wer kann das schaffen? Auch sind sie im Gesamtplan meines Baues jetzt nachträglich nicht mehr unterzubringen. Zugeben aber will ich, daß darin ein Fehler des Baues liegt, wie überhaupt dort immer ein Fehler ist wo man von irgendetwas nur ein Exemplar besitzt. Und ich gestehe auch ein, daß in mir während des ganzen Baues dunkel im Bewußtsein, aber deutlich genug wenn ich den guten Willen gehabt hätte, die Forderung nach mehreren Burgplätzen lebte, ich habe ihr nicht nachgegeben, ich fühlte mich zu schwach für die ungeheuere Arbeit, ja ich fühlte mich zu schwach mir die Notwendigkeit der Arbeit zu vergegenwärtigen, irgendwie tröstete ich mich mit Gefühlen von nicht minderer Dunkelheit, nach denen das, was sonst nicht hinreichen würde, in meinem Fall einmal, ausnahmsweise, gnadenweise, wahrscheinlich weil der Vorsehung an der Erhaltung meiner Stirn, des Stampfhammers, besonders gelegen ist, hinreichen werde. Nun so habe ich nur einen Burgplatz, aber die dunklen Gefühle, daß der eine diesmal hinreichen werde, haben sich verloren. Wie es auch sei, ich muß mich mit dem einen begnügen, die kleinen Plätze können ihn unmöglich ersetzen und so fange ich dann, wenn diese Anschauung in mir gereift ist, wieder an alles aus den kleinen Plätzen zum Burgplatz zurückzuschleppen. Für einige Zeit ist es mir dann ein großer Trost, alle Plätze und Gänge frei zu haben, zu sehen wie auf dem Burgplatz sich die Mengen des Fleisches häufen und weithin bis in die äußersten Gänge die Mischung der vielen Gerüche senden, von denen jedes in seiner Art mich entzückt und die ich aus der Ferne genau zu sondern imstande bin. Dann pflegen besonders friedliche Zeiten zu kommen, in denen ich meine Schlafplätze langsam, allmählich von den äußern Kreisen nach innen verlege, immer tiefer in die Gerüche tauche, bis ich es nicht mehr ertrage und eines Nachts auf den Burgplatz stürze, mächtig unter den Vorräten aufräume und bis zur vollständigen Selbstbetäubung mit dem Besten, was ich habe mich fülle. Glückliche, aber gefährliche Zeiten, wer sie auszunützen verstünde, könnte mich leicht ohne sich zu gefährden, vernichten. Auch hier wirkt das Fehlen eines zweiten oder dritten Burgplatzes schädigend mit, die große einmalige Gesamtanhäufung ist es die mich verführt. Ich suche mich verschiedentlich dagegen zu schützen, die Verteilung auf die kleinen Plätze ist ja auch eine derartige Maßnahme, leider führt sie, wie andere ähnliche Maßnahmen, durch Entbehrung zu noch größerer Gier, die dann mit Überrennung des Verstandes, die Verteidigungspläne zu ihren Zwecken willkürlich ändert.

Nach solchen Zeiten pflege ich um mich zu sammeln den Bau zu revidieren und nachdem die nötigen Ausbesserungen vorgenommen sind, ihn öfters wenn auch immer nur für kürzere Zeit zu verlassen. Die Strafe ihn lange zu entbehren scheint mir selbst dann zu hart, aber die Notwendigkeit zeitweiliger Ausflüge sehe ich ein. Es hat immer eine gewisse Feierlichkeit, wenn ich mich dem Ausgang nähere. In den Zeiten des häuslichen Lebens weiche ich ihm aus, vermeide sogar den Gang, der zu ihm führt in seinen letzten Ausläufern zu begehn, es ist auch gar nicht leicht dort herumzuwandern, denn ich habe dort ein kleines tolles Zickzackwerk von Gängen angelegt; dort fing mein Bau an, ich durfte damals noch nicht hoffen ihn je so beenden zu können, wie er in meinem Plane dastand, ich begann halb spielerisch an diesem Eckchen und so tobte sich dort die erste Arbeitsfreude in einem Labyrintbau aus, der mir damals die Krone aller Bauten schien, den ich aber heute wahrscheinlich richtiger als allzu kleinliche, des Gesamtbaues nicht recht würdige Bastelei beurteile, die zwar teoretisch vielleicht köstlich ist – hier ist der Eingang zu meinem Haus, sagte ich damals ironisch zu den unsichtbaren Feinden und sah sie sämtlich schon in dem Eingangslabyrint ersticken – in Wirklichkeit aber eine viel zu dünnwandige Spielerei darstellt, die einem ernsten Angriff oder einem verzweifelt um sein Leben kämpfenden Feind kaum widerstehen wird. Soll ich diesen Teil deshalb umbauen? Ich zögere die Entscheidung hinaus und es wird wohl schon so bleiben wie es ist. Abgesehen von der großen Arbeit, die ich mir damit zumuten würde, wäre es auch die gefährlichste die man sich denken kann, damals als ich den Bau begann, konnte ich dort verhältnismäßig ruhig arbeiten, das Risiko war nicht viel größer als irgendwann sonst, heute aber hieße es, fast mutwillig die Welt auf den ganzen Bau aufmerksam machen zu wollen, heute ist es nicht mehr möglich. Es freut mich fast, eine gewisse Empfindsamkeit für dieses Erstlingswerk ist ja auch vorhanden. Und wenn ein großer Angriff kommen sollte, welcher Grundriß des Eingangs könnte mich retten? Der Eingang kann täuschen, ablenken, den Angreifer quälen, das tut auch dieser zur Not. Aber einem wirklich großen Angriff muß ich gleich mit allen Mitteln des Gesammtbaues und mit allen Kräften des Körpers und der Seele zu begegnen suchen – das ist ja selbstverständlich. So mag also dieser Eingang schon bleiben. Der Bau hat soviele von der Natur ihm aufgezwungene Schwächen, mag er auch noch diesen von meinen Händen geschaffenen und wenn auch erst nachträglich, so doch genau erkannten Mangel behalten. Mit dem allen ist freilich nicht gesagt, daß mich dieser Fehler nicht von Zeit zu Zeit oder vielleicht immer doch beunruhigt. Wenn ich bei meinen gewöhnlichen Spaziergängen diesem Teil des Baues ausweiche, so geschieht es hauptsächlich deshalb, weil mir sein Anblick unangenehm ist, weil ich nicht immer einen Mangel des Baues in Augenschein nehmen will, wenn dieser Mangel schon in meinem Bewußtsein nur allzusehr rumort. Mag der Fehler dort oben am Eingang unausrottbar bestehn, ich aber mag solange es sich vermeiden läßt, von seinem Anblick verschont bleiben. Gehe ich nur in der Richtung zum Ausgang, sei ich auch noch durch Gänge und Plätze von ihm getrennt, glaube ich schon in die Atmosphäre einer großen Gefahr zu geraten, mir ist manchmal als verdünne sich mein Fell, als könnte ich bald mit bloßem kahlen Fleisch dastehn und in diesem Augenblick vom Geheul meiner Feinde begrüßt werden. Gewiß, solche ungesunde Gefühle bringt schon an und für sich der Ausgang selbst hervor, das Aufhören des häuslichen Schutzes, aber es ist doch auch dieser Eingangsbau, der mich besonders quält. Manchmal träume ich, ich hätte ihn umgebaut, ganz und gar geändert, schnell, mit Riesenkräften, in einer Nacht, von niemandem bemerkt und nun sei er uneinnehmbar, der Schlaf in dem mir das geschieht ist der süßeste von allen, Tränen der Freude und Erlösung glitzern noch an meinen Barthaaren, wenn ich erwache.

Die Pein dieses Labyrinthes muß ich also auch körperlich

überwinden, wenn ich ausgehe, und es ist mir ärgerlich und rührend zugleich, wenn ich mich manchmal in meinem eigenen Gebilde für einen Augenblick verirre und das Werk sich also noch immer anzustrengen scheint, mir, dessen Urteil schon längst feststeht, doch noch seine Existenzberechtigung zu beweisen. Dann aber bin ich unter der Moosdecke, der ich manchmal Zeit lasse – solange rühre ich mich nicht aus dem Hause –, mit dem übrigen Waldboden zusammenzuwachsen und nun ist nur noch ein Ruck des Kopfes nötig und ich bin in der Fremde. Diese kleine Bewegung wage ich lange nicht auszuführen, hätte ich nicht wieder das Eingangslabyrinth zu überwinden, gewiß würde ich heute davon ablassen und wieder zurückwandern. Wie? Dein Haus ist geschützt, in sich abgeschlossen, Du lebst in Frieden, warm, gut genährt, Herr, alleiniger Herr über eine Vielzahl von Gängen und Plätzen, und alles dieses willst Du, hoffentlich nicht opfern, aber doch gewissermaßen preisgeben, hast zwar die Zuversicht es zurückzugewinnen, aber läßt Dich doch darauf ein, ein hohes, ein allzuhohes Spiel zu spielen. Es gäbe vernünftige Gründe dafür? Nein, für etwas derartiges kann es keine vernünftigen Gründe geben. Aber dann hebe ich doch vorsichtig die Falltüre und bin draußen; lasse sie vorsichtig sinken und jage, so schnell ich kann, weg von dem verräterischen Ort.

Aber im Freien bin ich eigentlich nicht, zwar drücke ich mich nicht mehr durch die Gänge, sondern jage im offenen Wald, fühle in meinem Körper neue Kräfte, für die im Baue gewissermaßen kein Raum ist, nicht einmal auf dem Burgplatz und wäre er zehnmal größer, auch ist die Ernährung draußen eine bessere, die Jagd zwar schwieriger, der Erfolg seltener, aber das Ergebnis in jeder Hinsicht höher zu bewerten, das alles leugne ich nicht und verstehe es wahrzunehmen und zu genießen, zumindest so gut wie jeder andere, aber wahrscheinlich viel besser, denn ich jage nicht wie ein Landstreicher aus Leichtsinn oder Verzweiflung, sondern zweckvoll und ruhig. Auch bin ich nicht dem freien Leben bestimmt und ausgeliefert, sondern ich weiß, daß meine Zeit gemessen ist, daß ich nicht endlos hier jagen muß sondern daß mich, gewissermaßen wenn ich will und des Lebens hier müde bin, jemand zu sich rufen wird, dessen Einladung ich nicht werde widerstehen können. Und so kann ich diese Zeit hier ganz auskosten und sorgenlos verbringen, vielmehr ich könnte es und kann es doch nicht. Zuviel beschäftigt mich der Bau. Schnell bin ich vom Eingang fortgelaufen, bald aber komme ich zurück. Ich suche mir ein gutes Versteck und belauere den Eingang meines Hauses – diesmal von außen – tage- und nächtelang. Mag man es töricht nennen, es macht mir aber eine unsagbare Freude, mehr noch, es beruhigt mich. Mir ist dann, als stehe ich nicht vor meinem Haus, sondern vor mir selbst, während ich schlafe, und hätte das Glück gleichzeitig tief zu schlafen und dabei mich scharf bewachen zu können. Ich bin gewissermaßen ausgezeichnet, die Gespenster der Nacht nicht nur in der Hilflosigkeit und Vertrauensseligkeit des Schlafes zu sehn, sondern ihnen gleichzeitig in Wirklichkeit bei voller Kraft des Wachseins in ruhiger Urteilsfähigkeit zu begegnen. Und ich finde daß es merkwürdiger Weise nicht so schlimm mit mir steht, wie ich oft glaubte und wie ich wahrscheinlich wieder glauben werde, wenn ich in mein Haus hinabsteige. In dieser Hinsicht – wohl auch in anderer, aber in dieser besonders – sind diese Ausflüge wahrhaftig unentbehrlich. Gewiß, so sorgfältig ich den Eingang abseitsliegend gewählt habe – der Gesamtplan legte mir allerdings darin gewisse Einschränkungen auf – der Verkehr der sich dort vollzieht ist doch, wenn man die Beobachtungen etwa einer Woche zusammenfaßt, sehr groß, aber so ist es vielleicht überhaupt in allen bewohnbaren Gegenden und wahrscheinlich ist es sogar besser einem größeren Verkehr sich auszusetzen, der infolge seiner Größe sich selbst mit weiterreißt, als in völliger Einsamkeit dem ersten besten langsam suchenden Eindringling ausgeliefert zu sein. Hier gibt es viele Feinde und noch mehr Helfershelfer der Feinde, aber sie bekämpfen sich auch gegenseitig und jagen in diesen Beschäftigungen am Bau vorbei. Niemanden habe ich in der ganzen Zeit geradezu am Eingang forschen sehn, zu meinem und zu seinem Glück, denn ich hätte mich, besinnungslos vor Sorge um den Bau, gewiß an seine Kehle geworfen. Freilich es kam auch Volk, in dessen Nähe ich nicht zu bleiben wagte und vor denen ich, wenn ich sie nur in der Ferne ahnte, fliehen mußte, über ihr Verhalten zum Bau dürfte ich mich eigentlich mit Sicherheit nicht äußern, doch genügt es wohl zur Beruhigung, daß ich bald zurückkam, niemanden von ihnen mehr vorfand und den Eingang unverletzt. Es gab glückliche Zeiten, in denen ich mir fast sagte, daß die Gegnerschaft der Welt gegen mich vielleicht aufgehört oder sich beruhigt habe oder daß die Macht des Baues mich heraushebe aus dem bisherigen Vernichtungskampf. Der Bau schützt vielleicht mehr, als ich jemals gedacht habe oder im Innern des Baues zu denken wage. Es ging so weit daß ich manchmal den kindischen Wunsch bekam überhaupt nicht mehr in den Bau zurückzukehren sondern hier in der Nähe des Eingangs mich einzurichten, mein Leben in der Beobachtung des Eingangs zu verbringen und immerfort mir vor Augen zu halten und darin mein Glück zu finden, wie fest mich der Bau, wäre ich darin, zu sichern imstande wäre. Nun es gibt ein schnelles Aufschrecken aus kindischen Träumen. Was ist es denn für eine Sicherung, die ich hier beobachte? Darf ich denn die Gefahr, in welcher ich im Bau bin, überhaupt nach den Erfahrungen beurteilen, die ich hier draußen mache. Haben denn meine Feinde überhaupt die richtige Witterung, wenn ich nicht im Bau bin? Einige Witterung von mir haben sie gewiß, aber die volle nicht. Und ist nicht erst der Bestand der vollen Witterung die Voraussetzung der normalen Gefahr? Es sind also nur Halb- und Zehntelversuche, die ich hier anstelle, geeignet mich zu beruhigen und durch falsche Beruhigung aufs höchste zu gefährden. Nein, ich beobachte doch nicht wie ich glaubte meinen Schlaf, vielmehr bin ich es der schläft, während der Verderber wacht. Vielleicht ist er unter denen, die achtlos am Eingang vorüberschlendern, sich immer nur vergewissern, nicht anders als ich, daß die Tür noch unverletzt ist und auf ihren Angriff wartet, und nur vorübergehn, weil sie wissen daß der Hausherr nicht im Innern ist oder weil sie vielleicht gar wissen, daß er unschuldig nebenan im Gebüsche lauert. Und ich verlasse meinen Beobachtungsplatz und bin satt des Lebens im Freien, mir ist, als könnte ich nichts mehr hier lernen, nicht jetzt und nicht später. Und ich habe Lust, Abschied zu nehmen von allem hier, hinabzusteigen in den Bau und niemals mehr zurückzukommen, die Dinge ihren Lauf nehmen zu lassen und sie durch unnütze Beobachtungen nicht aufzuhalten. Aber verwöhnt dadurch, daß ich solange alles gesehen habe, was über dem Eingang vor sich ging, ist es mir jetzt sehr quälend, die an sich geradezu Aufsehen machende Procedur des Hinabsteigens durchzuführen und nicht zu wissen, was im ganzen Umkreis hinter meinem Rücken und dann hinter der wieder eingefügten Falltür geschehen wird. Ich versuche es zunächst in stürmischen Nächten mit dem schnellen Hineinwerfen der Beute, das scheint zu gelingen, aber ob es wirklich gelungen ist, wird sich erst zeigen, wenn ich selbst hineingestiegen bin, es wird sich zeigen, aber nicht mehr mir oder auch mir, aber zu spät. Ich lasse also ab davon und steige nicht ein. Ich grabe, natürlich in genügender Entfernung vom wirklichen Eingang, einen Versuchsgraben, er ist nicht länger als ich selbst bin und auch von einer Moosdecke abgeschlossen. Ich krieche in den Graben, decke ihn hinter mir zu, warte sorgfältig berechnete kürzere und längere Zeiten zu verschiedenen Tagesstunden, werfe dann das Moos ab, komme hervor und registriere meine Beobachtungen. Ich mache die verschiedensten Erfahrungen, guter und schlimmer Art, ein allgemeines Gesetz oder eine unfehlbare Methode des Hinabsteigens finde ich aber nicht. Ich bin infolgedessen glücklich noch nicht in den wirklichen Eingang hinabgestiegen zu sein und verzweifelt es doch bald tun zu müssen. Ich bin nicht ganz fern von dem Entschluß in die Ferne zu gehn, das alte trostlose Leben wieder aufzunehmen, das gar keine Sicherheit hatte, das eine einzige ununterscheidbare Fülle von Gefahren war und infolgedessen die einzelne Gefahr nicht so genau sehen und fürchten ließ, wie es mich der Vergleich zwischen meinem sichern Bau und dem sonstigen Leben immerfort lehrt. Gewiß, ein solcher Entschluß wäre eine völlige Narrheit, hervorgerufen nur durch allzulanges Leben in der sinnlosen Freiheit, noch gehört der Bau mir, ich habe nur einen Schritt zu tun und bin gesichert. Und ich reiße mich los von allen Zweifeln und laufe geradewegs bei hellem Tag auf die Tür zu, um sie nun ganz gewiß zu heben, aber ich kann es doch nicht, ich überlaufe sie, und werfe mich mit Absicht in ein Dornengebüsch um mich zu strafen, zu strafen für eine Schuld die ich nicht kenne. Denn allerdings muß ich mir letzten Endes sagen, daß ich doch recht habe und daß es wirklich unmöglich ist, hinabzusteigen, ohne das Teuerste was ich habe, allen ringsherum, auf dem Boden, auf den Bäumen, in den Lüften wenigstens für ein Weilchen offen preiszugeben. Und die Gefahr ist keine eingebildete, sondern eine sehr wirkliche. Es muß ja kein eigentlicher Feind sein, dem ich die Lust errege mir zu folgen, es kann recht gut irgendeine beliebige kleine Unschuld, irgendein widerliches kleines Wesen sein, welches aus Neugier mir nachgeht und damit, ohne es zu wissen, zur Führerin der Welt gegen mich wird, es muß auch das nicht sein, vielleicht ist es – und das ist nicht weniger schlimm als das andere, in mancher Hinsicht ist es das schlimmste – vielleicht ist es irgendjemand von meiner Art, ein Kenner und Schätzer von Bauten, irgendein Waldbruder, ein Liebhaber des Friedens, aber ein wüster Lump, der wohnen will ohne zu bauen. Wenn er doch jetzt käme, wenn er doch mit seiner schmutzigen Gier den Eingang entdeckte, wenn er doch daran zu arbeiten begänne, das Moos zu heben, wenn es ihm doch gelänge, wenn er doch sich flink hineinzwängte und schon darin so weit verschwunden wäre, daß nur sein Hinterer für einen Augenblick gerade noch auftauchte, wenn das alles doch geschähe, damit ich endlich in einem Rasen hinter ihm her, frei von allen Bedenken ihn anspringen könnte, ihn zerbeißen, zerfleischen, zerreißen und austrinken und seinen Kadaver gleich zur andern Beute stopfen könnte, vor allem aber, das wäre die Hauptsache, endlich wieder in meinem Bau wäre, gern diesmal sogar das Labyrint bewundern wollte, zunächst aber die Moosdecke über mich ziehen und ruhen wollte, ich glaube, den ganzen noch übrigen Rest meines Lebens. Aber es kommt niemand und ich bleibe auf mich allein angewiesen. Ich verliere, immerfort nur mit der Schwierigkeit der Sache beschäftigt, viel von meiner Ängstlichkeit, ich weiche dem Eingang auch äußerlich nicht mehr aus, ihn in Kreisen zu umstreichen wird meine Lieblingsbeschäftigung, es ist schon fast so, als sei ich der Feind und spioniere die passende Gelegenheit aus um mit Erfolg einzubrechen. Hätte ich doch irgendjemanden, dem ich vertrauen könnte, den ich auf meinen Beobachtungsposten stellen könnte, dann könnte ich wohl getrost hinabsteigen. Ich würde mit ihm, dem ich vertraue, vereinbaren, daß er die Situation bei meinem Hinabsteigen und eine lange Zeit hinterher genau beobachtet, im Falle von gefährlichen Anzeichen an die Moosdecke klopft, sonst aber nicht. Damit wäre über mir völlig reiner Tisch gemacht, es bliebe kein Rest, höchstens mein Vertrauensmann. Denn wird er nicht eine Gegenleistung verlangen, wird er nicht wenigstens den Bau ansehen wollen, schon dieses, jemanden freiwillig in meinen Bau zu lassen, wäre mir äußerst peinlich, ich habe ihn für mich, nicht für Besucher gebaut, ich glaube, ich würde ihn nicht einlassen; selbst um den Preis, daß er es mir ermöglicht in den Bau zu kommen, würde ich ihn nicht einlassen. Aber ich könnte ihn gar nicht einlassen, denn entweder müßte ich ihn allein hinablassen und das ist doch außerhalb jeder Vorstellbarkeit oder wir müßten gleichzeitig hinabsteigen, wodurch dann eben der Vorteil den er mir bringen soll, hinter mir Beobachtungen anzustellen, verloren ginge. Und wie ist es mit dem Vertrauen? Kann ich dem, welchem ich Aug in Aug vertraue noch ebenso vertrauen wenn ich ihn nicht sehe und wenn die Moosdecke uns trennt. Es ist verhältnismäßig leicht jemandem zu vertrauen, wenn man ihn gleichzeitig überwacht oder wenigstens überwachen kann, es ist vielleicht sogar möglich jemandem aus der Ferne zu vertrauen, aber aus dem Innern des Baues, also einer andern Welt heraus, jemandem außerhalb völlig zu vertrauen, ich glaube, das ist unmöglich. Aber solche Zweifel sind noch nicht einmal nötig, es genügt ja schon die Überlegung, daß während oder nach meinem Hinabsteigen alle die unzähligen Zufälle des Lebens den Vertrauensmann hindern können seine Pflicht zu erfüllen und was für unberechenbare Folgen kann seine kleinste Verhinderung für mich haben. Nein, faßt man alles zusammen, muß ich es gar nicht beklagen, daß ich allein bin und niemanden habe, dem ich vertrauen kann. Ich verliere dadurch gewiß keinen Vorteil und erspare mir wahrscheinlich Schaden. Vertrauen aber kann ich nur mir und dem Bau. Das hätte ich früher bedenken und für den Fall, der mich jetzt so beschäftigt Vorsorge treffen sollen. Es wäre am Beginne des Baues wenigstens zum Teil möglich gewesen. Ich hätte den ersten Gang so anlegen müssen, daß er, in gehörigem Abstand voneinander zwei Eingänge gehabt hätte, so daß ich durch den einen Eingang mit aller unvermeidlichen Umständlichkeit hinabgestiegen wäre, rasch den Anfangsgang bis zum zweiten Eingang durchlaufen, die Moosdecke dort, die zu dem Zwecke entsprechend hätte eingerichtet sein müssen, ein wenig gelüftet und von dort aus die Lage einige Tage und Nächte zu überblicken versucht hätte. So allein wäre es richtig gewesen, zwar verdoppeln zwei Eingänge die Gefahr, aber dieses Bedenken hätte hier schweigen müssen, zumal der eine Eingang, der nur als Beobachtungsplatz gedacht war, ganz eng hätte sein können. Und damit verliere ich mich in technische Überlegungen, ich fange wieder einmal meinen Traum eines ganz vollkommenen Baues zu träumen an, das beruhigt mich ein wenig, entzückt sehe ich mit geschlossenen Augen klare und weniger klare Baumöglichkeiten, um unbemerkt aus- und einschlüpfen zu können. Wenn ich so daliege und daran denke, bewerte ich diese Möglichkeiten sehr hoch, aber doch nur als technische Errungenschaften, nicht als wirkliche Vorteile, denn dieses ungehinderte Aus- und Einschlüpfen, was soll es? Es deutet auf unruhigen Sinn, auf unsichere Selbsteinschätzung, auf unsaubere Gelüste, schlechte Eigenschaften, die noch viel schlechter werden angesichts des Baus der doch dasteht und Frieden einzugießen vermag, wenn man sich ihm nur völlig öffnet. Nun bin ich freilich jetzt außerhalb seiner und suche eine Möglichkeit der Rückkehr, dafür wären die nötigen technischen Einrichtungen sehr erwünscht. Aber vielleicht doch nicht gar so sehr. Heißt es nicht in der augenblicklichen nervösen Angst den Bau sehr unterschätzen, wenn man ihn nur als eine Höhlung ansieht in die man sich mit möglichster Sicherheit verkriechen will. Gewiß er ist auch diese sichere Höhlung oder sollte es sein, und wenn ich mir vorstelle, ich sei mitten in einer Gefahr, dann will ich mit zusammengebissenen Zähnen und mit aller Kraft des Willens, daß der Bau nichts anderes sei als das für meine Lebensrettung bestimmte Loch und daß er diese klar gestellte Aufgabe mit möglichster Vollkommenheit erfülle und jede andere Aufgabe bin ich bereit ihm zu erlassen. Nun verhält es sich aber so, daß er in Wirklichkeit – und für die hat man in der großen Not keinen Blick und selbst in ungefährdeten Zeiten muß man sich diesen Blick erst erwerben – zwar viel Sicherheit gibt, aber durchaus nicht genug, hören denn jemals die Sorgen völlig in ihm auf, es sind andere, stolzere, inhaltsreichere, oft weit zurückgedrängte Sorgen, aber ihre verzehrende Wirkung ist vielleicht die gleiche wie jene der Sorgen, die das Leben draußen bereitet. Hätte ich den Bau nur zu meiner Lebenssicherung aufgeführt, wäre ich zwar nicht betrogen, aber das Verhältnis zwischen der ungeheueren Arbeit und der tatsächlichen Sicherung, wenigstens soweit ich sie zu empfinden imstande bin und soweit ich von ihr profitieren kann, wäre ein für mich nicht günstiges. Es ist sehr schmerzlich sich das einzugestehn, aber es muß geschehn, gerade angesichts des Eingangs dort, der sich jetzt gegen mich den Erbauer und Besitzer abschließt, ja förmlich verkrampft. Aber der Bau ist eben nicht nur ein Rettungsloch! Wenn ich auf dem Burgplatz stehe, umgeben von den hohen Fleischvorräten, das Gesicht zugewendet den zehn Gängen, die von hier ausgehn, jeder besonders dem Gesamtplan entsprechend gesenkt oder gehoben, gestreckt oder gerundet, sich erweiternd oder sich verengend und alle gleichmäßig still und leer und bereit, jeder in seiner Art, mich weiterzuführen zu den vielen Plätzen und auch alle diese still und leer – dann liegt mir der Gedanke an Sicherheit fern, dann weiß ich genau, daß hier meine Burg ist, die ich durch Kratzen und Beißen, Stampfen und Stoßen dem widerspenstigen Boden abgewonnen habe, meine Burg die auf keine Weise jemandem andern angehören kann und die so sehr mein ist, daß ich hier letzten Endes ruhig von meinem Feind auch die tödliche Verwundung annehmen kann, denn mein Blut versickert hier in meinem Boden und geht nicht verloren. Und was ist denn auch anderes als dies der Sinn der schönen Stunden, die ich halb friedlich schlafend, halb fröhlich wachend in den Gängen zu verbringen pflege, in diesen Gängen, die ganz genau für mich berechnet sind, für wohliges Strecken, kindliches Sich-wälzen, träumerisches Daliegen, seliges Entschlafen. Und die kleinen Plätze, jeder mir wohlbekannt, jeder trotz völliger Gleichheit von mir mit geschlossenen Augen schon nach dem Schwung der Wände deutlich unterschieden, sie umfangen mich friedlich und warm, wie kein Nest keinen Vogel umfängt. Und alles, alles still und leer.

Wenn es aber so ist, warum zögere ich dann, warum fürchte ich den Eindringling mehr, als die Möglichkeit, vielleicht niemals meinen Bau wiederzusehn? Nun, dieses letztere ist glücklicher Weise eine Unmöglichkeit, es wäre gar nicht nötig mir durch Überlegungen erst klar zu machen, was mir der Bau bedeutet, ich und der Bau gehören so zusammen, daß ich ruhig, ruhig bei aller meiner Angst, mich hier niederlassen könnte, gar nicht versuchen müßte, mich zu überwinden, um den Eingang entgegen allen Bedenken zu öffnen, es würde durchaus genügen, wenn ich untätig warte, denn nichts kann uns auf die Dauer trennen und irgendwie komme ich schließlich ganz gewiß hinab. Aber freilich wieviel Zeit kann bis dahin vergehn und wieviel kann in dieser Zeit sich ereignen, hier oben sowohl wie dort unten. Und es liegt doch nur an mir diesen Zeitraum zu verkürzen und das Notwendige gleich zu tun.

Und nun, schon denkunfähig von Müdigkeit, mit hängendem Kopf, unsicheren Beinen, halb schlafend, mehr tastend als gehend nähere ich mich dem Eingang, hebe langsam das Moos, steige langsam hinab, lasse aus Zerstreutheit den Eingang überflüssig lange unbedeckt, erinnere mich dann an das Versäumte, steige wieder hinauf um es nachzuholen, aber warum denn hinaufsteigen? nur die Moosdecke soll ich zuziehn, gut, so steige ich wieder hinunter und nun endlich ziehe ich die Moosdecke zu. Nur in diesem Zustand, ausschließlich in diesem Zustand kann ich diese Sache ausführen. Dann also liege ich unter dem Moos oben auf der eingebrachten Beute, umflossen von Blut und Fleischsäften, und könnte den ersehnten Schlaf zu schlafen beginnen. Nichts stört mich, niemand ist mir gefolgt, über dem Moos scheint es wenigstens bis jetzt ruhig zu sein und selbst wenn es nicht ruhig wäre, ich glaube, ich könnte mich jetzt nicht mit Beobachtungen aufhalten, ich habe den Ort gewechselt, aus der Oberwelt bin ich in meinen Bau gekommen und ich fühle die Wirkung dessen sofort. Es ist eine neue Welt, die neue Kräfte gibt und was oben Müdigkeit ist, gilt hier nicht als solche. Ich bin von einer Reise zurückgekehrt, besinnungslos müde von den Strapazen, aber das Wiedersehn der alten Wohnung, die Einrichtungsarbeit, die mich erwartet, die Notwendigkeit, schnell alle Räume wenigstens oberflächlich zu besichtigen, vor allem aber eiligst zum Burgplatz vorzudringen, das alles verwandelt meine Müdigkeit in Unruhe und Eifer, es ist, als hätte ich während des Augenblicks, da ich den Bau betrat, einen langen und tiefen Schlaf getan. Die erste Arbeit ist sehr mühselig und nimmt mich ganz in Anspruch: die Beute nämlich durch die engen und schwachwandigen Gänge des Labyrinthes zu bringen. Ich drücke vorwärts mit allen Kräften und es geht auch, aber mir viel zu langsam; um es zu beschleunigen reiße ich einen Teil der Fleischmassen zurück und dränge mich über sie hinweg, durch sie hindurch, nun habe ich bloß einen Teil vor mir, nun ist es leichter ihn vorwärtszubringen, aber ich bin derart mitten darin in der Fülle des Fleisches hier in den engen Gängen, durch die es mir, selbst wenn ich allein bin, nicht immer leicht wird durchzukommen, daß ich recht gut in meinen eigenen Vorräten ersticken könnte, manchmal kann ich mich schon nur durch Fressen und Trinken vor ihrem Andrang bewahren. Aber der Transport gelingt, ich beende ihn in nicht zu langer Zeit, das Labyrint ist überwunden, aufatmend stehe ich in einem regelrechten Gang, treibe die Beute durch einen Verbindungsgang in einen für solche Fälle besonders vorgesehenen Hauptgang der in starkem Gefälle zum Burgplatz hinabführt. Nun ist es keine Arbeit mehr, nun rollt und fließt das Ganze fast von selbst hinab. Endlich auf meinem Burgplatz! Endlich werde ich ruhen dürfen. Alles ist unverändert, kein größeres Unglück scheint geschehen zu sein, die kleinen Schäden, die ich auf den ersten Blick bemerke, werden bald verbessert sein. Nur noch vorher die lange Wanderung durch die Gänge, aber das ist keine Mühe, das ist ein Plaudern mit Freunden, so wie ich es tat in alten Zeiten oder – ich bin noch gar nicht so alt, aber für vieles trübt sich die Erinnerung schon völlig – wie ich es tat oder wie ich hörte, daß es zu geschehen pflegt. Ich beginne jetzt mit dem zweiten Gang, absichtlich langsam, nachdem ich den Burgplatz gesehen habe, habe ich endlose Zeit, immer innerhalb des Baues habe ich endlose Zeit, denn alles, was ich dort tue, ist gut und wichtig und sättigt mich gewissermaßen. Ich beginne mit dem zweiten Gang, und breche die Revision in der Mitte ab und gehe zum dritten Gang über und lasse mich von ihm zum Burgplatz zurückführen und muß nun allerdings wieder den zweiten Gang von neuem vornehmen und spiele so mit der Arbeit und vermehre sie und lache vor mich hin und freue mich und werde ganz wirr von der vielen Arbeit, aber lasse nicht von ihr ab. Euretwegen Ihr Gänge und Plätze, und Du vor allem Burgplatz, bin ich ja gekommen, habe mein Leben für nichts geachtet nachdem ich lange Zeit die Dummheit hatte seinetwegen zu zittern und die Rückkehr zu Euch zu verzögern. Was kümmert mich die Gefahr jetzt, da ich bei Euch bin. Ihr gehört zu mir, ich zu Euch, verbunden sind wir, was kann uns geschehn. Mag sich oben auch das Volk schon drängen und die Schnauze bereit sein, die das Moos durchstoßen wird. Und mit seiner Stummheit und Leere begrüßt nun auch mich der Bau und bekräftigt was ich sage.

Nun aber überkommt mich doch eine gewisse Lässigkeit und auf einem Platz, der zu meinen Lieblingen gehört, rolle ich mich ein wenig zusammen, noch lange habe ich nicht alles besichtigt, aber ich will ja auch noch weiter besichtigen bis zum Ende, ich will hier nicht schlafen, nur der Lockung gebe ich nach mich hier so einzurichten, wie wenn ich schlafen wollte, nachsehn will ich, ob das hier noch immer so gut gelingt, wie früher. Es gelingt, aber mir gelingt es nicht mich loszureißen, ich bleibe hier in tiefem Schlaf. Ich habe wohl sehr lange geschlafen, erst aus dem letzten von selbst schon sich auflösenden Schlaf werde ich geweckt, der Schlaf muß nun schon sehr leicht sein, denn ein an sich kaum hörbares Zischen weckt mich. Ich verstehe es sofort, das Kleinzeug, viel zu wenig von mir beaufsichtigt, viel zu sehr von mir geschont, hat in meiner Abwesenheit irgendwo einen neuen Weg gebohrt, dieser Weg ist mit einem alten zusammengestoßen, die Luft verfängt sich dort und das ergibt das zischende Geräusch. Was für ein unaufhörlich tätiges Volk das ist und wie lästig sein Fleiß. Ich werde genau horchend an den Wänden meines Ganges durch Versuchsgrabungen den Ort der Störung erst feststellen müssen und dann erst das Geräusch beseitigen können. Übrigens kann der neue Graben, wenn er den Verhältnissen des Baues irgendwie entspricht, als neue Luftzuführung mir auch willkommen sein. Aber auf die Kleinen will ich nun viel besser achten als bisher, keines darf geschont werden.

Da ich große Übung in solchen Untersuchungen habe, wird es wohl nicht lange dauern und ich kann gleich damit beginnen, es liegen zwar noch andere Arbeiten vor, aber diese ist die dringendste, es soll still sein in meinen Gängen. Dieses Geräusch ist übrigens ein verhältnismäßig unschuldiges; ich habe es gar nicht gehört, als ich kam, trotzdem es gewiß schon vorhanden war; ich mußte erst wieder völlig heimisch werden, um es zu hören, es ist gewissermaßen nur mit dem Ohr des wirklichen sein Amt ausübenden Hausbesitzers hörbar. Und es ist nicht einmal ständig, wie sonst solche Geräusche zu sein pflegen, es macht große Pausen, das geht offenbar auf Anstauungen des Luftstromes zurück. Ich beginne die Untersuchung, aber es gelingt mir nicht die Stelle, wo man eingreifen müßte, zu finden, ich mache zwar einige Grabungen, aber nur aufs geratewohl, natürlich ergibt sich so nichts und die große Arbeit des Grabens und die noch größere des Zuschüttens und Ausgleichens ist vergeblich. Ich komme gar nicht dem Ort des Geräusches näher, immer klingt es unverändert dünn in regelmäßigen Pausen, einmal wie Zischen, einmal eher wie Pfeifen. Nun ich könnte es auch vorläufig auf sich beruhen lassen, es ist zwar sehr störend, aber an der von mir angenommenen Herkunft des Geräusches kann kaum ein Zweifel sein, es wird sich also kaum verstärken, im Gegenteil, es kann auch geschehn – bisher habe ich allerdings niemals so lange gewartet – daß solche Geräusche im Laufe der Zeit durch die weitere Arbeit der kleinen Bohrer von selbst verschwinden, und abgesehen davon, oft bringt ein Zufall leicht auf die Spur der Störung, während systematisches Suchen lange versagen kann. So tröste ich mich und wollte viel lieber weiter durch die Gänge schweifen und die Plätze besuchen, von denen ich noch viele nicht einmal wiedergesehen habe und dazwischen immer ein wenig mich auf dem Burgplatz tummeln, aber es läßt mich doch nicht, ich muß weitersuchen. Viel Zeit, viel Zeit, die besser verwendet werden könnte kostet mich das kleine Volk. Bei solchen Gelegenheiten ist es gewöhnlich das technische Problem, das mich lockt, ich stelle mir z. B. nach dem Geräusch, das mein Ohr in allen seinen Feinheiten zu unterscheiden die Übung hat, ganz genau, aufzeichenbar, die Veranlassung vor und nun drängt es mich nachzuprüfen, ob die Wirklichkeit dem entspricht. Mit gutem Grund, denn solange hier eine Feststellung nicht erfolgt ist, kann ich mich auch nicht sicher fühlen, selbst wenn es sich nur darum handeln würde zu wissen, wohin ein Sandkorn, das eine Wand herabfällt, rollen wird. Und gar ein solches Geräusch, das ist in dieser Hinsicht eine gar nicht unwichtige Angelegenheit. Aber wichtig oder unwichtig, wie sehr ich auch suche, ich finde nichts, oder vielmehr ich finde zuviel. Gerade auf meinem Lieblingsplatz mußte dies geschehn, denke ich, gehe recht weit von dort weg, fast in die Mitte des Weges zum nächsten Platz, das ganze ist eigentlich ein Scherz, so als wollte ich beweisen, daß nicht etwa gerade mein Lieblingsplatz allein mir diese Störung bereitet hat, sondern daß es Störungen auch anderwärts gibt und ich fange lächelnd an zu horchen, höre aber bald zu lächeln auf, denn, wahrhaftig, das gleiche Zischen gibt es auch hier. Es ist ja nichts, manchmal glaube ich, niemand außer mir würde es hören, ich höre es freilich jetzt mit dem durch die Übung geschärften Ohr immer deutlicher, trotzdem es in Wirklichkeit überall ganz genau das gleiche Geräusch ist, wie ich mich durch Vergleichen überzeugen kann. Es wird auch nicht stärker, wie ich erkenne, wenn ich, ohne direkt an der Wand zu horchen, mitten im Gang lausche. Dann kann ich überhaupt nur mit Anstrengung, ja mit Versenkung hie und da den Hauch eines Lautes mehr erraten, als hören. Aber gerade dieses Gleichbleiben an allen Orten stört mich am meisten, denn es läßt sich mit meiner ursprünglichen Annahme nicht in Übereinstimmung bringen. Hätte ich den Grund des Geräusches richtig erraten, hätte es in größter Stärke von einem bestimmten Ort, der eben zu finden gewesen wäre, ausstrahlen und dann immer kleiner werden müssen. Wenn aber meine Erklärung nicht zutraf, was war es sonst? Es bestand noch die Möglichkeit, daß es zwei Geräuschcentren gab, daß ich bis jetzt nur weit von den Centren gehorcht hatte und daß wenn ich mich dem einen Centrum näherte, zwar seine Geräusche zunahmen, aber infolge Abnehmens der Geräusche des andern Centrums das Gesamtergebnis für das Ohr immer ein annähernd gleiches blieb. Fast glaubte ich schon wenn ich genau hinhorchte, Klangunterschiede, die der neuen Annahme entsprachen, wenn auch nur sehr undeutlich zu erkennen. Jedenfalls mußte ich das Versuchsgebiet viel weiter ausdehnen als ich bisher getan hatte. Ich gehe deshalb den Gang abwärts bis zum Burgplatz und beginne dort zu horchen. Sonderbar, das gleiche Geräusch auch hier. Nun es ist ein Geräusch, erzeugt durch die Grabungen irgendwelcher nichtiger Tiere, die die Zeit meiner Abwesenheit in infamer Weise ausgenützt haben, jedenfalls liegt ihnen irgendeine gegen mich gerichtete Absicht fern, sie sind nur mit ihrem Werk beschäftigt und solange ihnen nicht ein Hindernis in den Weg kommt, halten sie die einmal genommene Richtung ein, das alles weiß ich, trotzdem ist es mir unbegreiflich und erregt mich und verwirrt mir den für die Arbeit sehr notwendigen Verstand, daß sie es gewagt haben bis an den Burgplatz heranzugehn. Ich will in der Hinsicht nicht unterscheiden: war es die immerhin bedeutende Tiefe, in welcher der Burgplatz liegt, war es seine große Ausdehnung und die ihr entsprechende starke Luftbewegung, welche die Grabenden abschreckte, oder war einfach die Tatsache daß es der Burgplatz war durch irgendwelche Nachrichten bis an ihren stumpfen Sinn gedrungen, die Feierlichkeit des Ortes, Grabungen hatte ich jedenfalls bisher in den Wänden des Burgplatzes nicht beobachtet. Tiere kamen zwar, angezogen von den kräftigen Ausdünstungen in Mengen her, hier hatte ich meine beste Jagd, aber sie hatten sich irgendwo oben in meine Gänge durchgegraben und kamen dann beklommen zwar, aber mächtig angezogen die Gänge herabgelaufen. Nun aber bohrten sie also auch in den Wänden. Hätte ich doch wenigstens die wichtigsten Pläne meines Jünglings- und frühen Mannesalters ausgeführt oder vielmehr hätte ich die Kraft gehabt sie auszuführen, denn an dem Willen hat es nicht gefehlt. Einer dieser Lieblingspläne war es gewesen, den Burgplatz loszulösen von der ihn umgebenden Erde, d. h. seine Wände nur in einer etwa meiner Höhe entsprechenden Dicke zu belassen, darüber hinaus aber rings um den Burgplatz bis auf ein kleines von der Erde leider nicht loslösbares Fundament einen Hohlraum im Ausmaß der Wand zu schaffen. In diesem Hohlraum hatte ich mir immer, und wohl kaum mit Unrecht, den schönsten Aufenthaltsort vorgestellt, den es für mich geben könnte. Auf dieser Rundung hängen, hinauf sich ziehen, hinab zu gleiten, sich überschlagen und wieder Boden unter den Füßen haben und alle diese Spiele förmlich auf dem Körper des Burgplatzes spielen und doch nicht in seinem eigentlichen Raum; den Burgplatz meiden können, die Augen ausruhn lassen können von ihm, die Freude ihn zu sehen auf eine spätere Stunde verschieben und doch ihn nicht entbehren müssen, sondern ihn förmlich fest zwischen den Krallen halten, etwas was unmöglich ist, wenn man nur den einen gewöhnlichen offenen Zugang zu ihm hat; vor allem aber ihn bewachen können, für die Entbehrung seines Anblickes also derart entschädigt werden, daß man gewiß, wenn man zwischen dem Aufenthalt im Burgplatz oder im Hohlraum zu wählen hätte, den Hohlraum wählte für alle Zeit seines Lebens, nur immer dort auf- und abzuwandern und den Burgplatz zu schützen. Dann gäbe es keine Geräusche in den Wänden, keine frechen Grabungen bis an den Platz heran, dann wäre dort der Friede gewährleistet und ich wäre sein Wächter, nicht die Grabungen des kleinen Volkes hätte ich mit Widerwillen zu behorchen, sondern mit Entzücken etwas, was mir jetzt völlig entgeht: das Rauschen der Stille auf dem Burgplatz. Aber alles dieses Schöne besteht nun eben nicht und ich muß an meine Arbeit, fast muß ich froh sein, daß sie nun auch in direkter Beziehung zum Burgplatz steht, denn das beflügelt mich. Ich brauche freilich, wie sich immer mehr herausstellt alle meine Kräfte zu dieser Arbeit, die zuerst eine ganz geringfügige schien. Ich horche jetzt die Wände des Burgplatzes ab und wo ich horche, hoch und tief, an den Wänden oder am Boden, an den Eingängen oder im Innern, überall, überall das gleiche Geräusch. Und wieviel Zeit, wieviel Anspannung erfordert dieses lange Horchen auf das pausenweise Geräusch. Einen kleinen Trost zur Selbsttäuschung kann man wenn man will darin finden, daß man hier auf dem Burgplatz, wenn man das Ohr vom Erdboden entfernt, zum Unterschied von den Gängen wegen der Größe des Platzes gar nichts hört. Nur zum Ausruhn, zum Selbstbesinnen mache ich häufig diese Versuche, horche angestrengt und bin glücklich nichts zu hören. Aber im übrigen, was ist denn geschehn? Vor dieser Erscheinung versagen meine ersten Erklärungen völlig. Aber auch andere Erklärungen, die sich mir anbieten muß ich bald ablehnen. Man könnte daran denken, daß das was ich höre eben das Kleinzeug selbst bei seiner Arbeit ist. Das würde aber aller Erfahrung widersprechen; was ich nie gehört habe, trotzdem es immer vorhanden war, kann ich doch nicht plötzlich zu hören anfangen. Meine Empfindlichkeit gegen Störungen ist vielleicht im Bau größer geworden mit den Jahren, aber das Gehör ist doch keineswegs schärfer geworden. Es ist eben das Wesen des Kleinzeugs, daß man es nicht hört, hätte ich es denn sonst jemals geduldet; auf die Gefahr hin zu verhungern, hätte ich es ausgerottet. Aber vielleicht, auch dieser Gedanke schleicht sich mir ein, handelt es sich hier um ein Tier, das ich noch nicht kenne. Möglich wäre es, zwar beobachte ich schon lange und sorgfältig genug das Leben hier unten, aber die Welt ist mannigfaltig und an schlimmen Überraschungen fehlt es niemals. Aber es wäre ja nicht ein einzelnes Tier, es müßte eine große Herde sein, die plötzlich in mein Gebiet eingefallen wäre, eine große Herde kleiner Tiere, die zwar, da sie überhaupt hörbar sind, über dem Kleinzeug stehn, aber es doch nur wenig überragen, denn das Geräusch ihrer Arbeit ist an sich nur gering. Es könnten also unbekannte Tiere sein, eine Herde auf der Wanderschaft, die nur vorüberziehn, die mich stören, aber deren Zug bald ein Ende nehmen wird. So könnte ich also eigentlich warten und müßte keine schließlich überflüssige Arbeit tun. Aber wenn es fremde Tiere sind, warum bekomme ich sie nicht zu sehn. Nun habe ich schon viele Grabungen gemacht, um eines von ihnen zu fassen, aber ich finde keines. Es fällt mir ein, daß es vielleicht ganz winzige Tiere sind, viel kleiner als die welche ich kenne und daß nur das Geräusch welches sie machen, ein größeres ist. Ich untersuche deshalb die ausgegrabene Erde, ich werfe die Klumpen in die Höhe, daß sie in allerkleinste Teilchen zerfallen, aber die Lärmmacher sind nicht darunter. Ich sehe langsam ein daß ich durch solche kleine Zufallsgrabungen nichts erreichen kann, ich durchwühle damit nur die Wände meines Baues, scharre hier und dort in Eile, habe keine Zeit die Löcher zuzuschütten, an vielen Stellen sind schon Erdhaufen, die den Weg und Ausblick verstellen, freilich stört mich das alles nur nebenbei, ich kann jetzt weder wandern noch umherschauen noch ruhn, öfters bin ich schon für ein Weilchen in irgendeinem Loch bei der Arbeit eingeschlafen, die eine Pfote eingekrallt oben in der Erde, von der ich im letzten Halbschlaf ein Stück niederreißen wollte. Ich werde nun meine Methode ändern. Ich werde in der Richtung zum Geräusch hin einen regelrechten großen Graben bauen und nicht früher zu graben aufhören bis ich, unabhängig von allen Theorien, die wirkliche Ursache des Geräusches finde. Dann werde ich sie beseitigen wenn es in meiner Kraft ist, wenn aber nicht, werde ich wenigstens Gewißheit haben. Diese Gewißheit wird mir entweder Beruhigung oder Verzweiflung bringen, aber wie es auch sein wird, dieses oder jenes, es wird zweifellos und berechtigt sein. Dieser Entschluß tut mir wohl, alles was ich bisher getan habe, kommt mir übereilt vor, in der Aufregung der Rückkehr, noch nicht frei von den Sorgen der Oberwelt, noch nicht völlig aufgenommen in den Frieden des Baues, überempfindlich dadurch gemacht, daß ich ihn solange hatte entbehren müssen, habe ich mich durch eine, zugegebener Weise sonderbare Erscheinung, um jede Besinnung bringen lassen. Was ist es denn? Ein leichtes Zischen, in langen Pausen nur hörbar, ein Nichts, an das man sich, ich will nicht sagen, gewöhnen könnte, nein gewöhnen könnte man sich daran nicht, das man aber, ohne vorläufig geradezu etwas dagegen zu unternehmen, eine Zeitlang beobachten könnte, beobachten, d. h. alle paar Stunden gelegentlich hinhorchen und das Ergebnis geduldig registrieren, aber nicht wie ich das Ohr die Wände entlang schleifen und fast bei jedem Hörbarwerden des Geräusches die Erde aufreißen, nicht um eigentlich etwas zu finden sondern um etwas der innern Unruhe Entsprechendes zu tun. Das wird jetzt anders werden, hoffe ich. Und hoffe es auch wieder nicht, – wie ich mit geschlossenen Augen wütend über mich selbst mir eingestehe – denn die Unruhe zittert in mir noch genau so wie seit Stunden und wenn mich der Verstand nicht zurückhielte würde ich wahrscheinlich am liebsten an irgendeiner Stelle, gleichgültig ob etwas dort zu hören ist oder nicht, stumpfsinnig, trotzig nur des Grabens wegen zu graben anfangen, schon fast ähnlich dem Kleinzeug, welches entweder ganz ohne Sinn gräbt oder nur weil es die Erde frißt. Der neue vernünftige Plan lockt mich und lockt mich nicht. Es ist nichts gegen ihn einzuwenden, ich wenigstens weiß keinen Einwand, er muß, soweit ich es verstehe zum Ziele führen. Und trotzdem glaube ich ihm nicht im Grunde, glaube ihm so wenig, daß ich nicht einmal die möglichen Schrecken seines Ergebnisses fürchte, nicht einmal an ein schreckliches Ergebnis glaube ich, ja es scheint mir ich hätte, schon seit dem ersten Auftreten des Geräusches, an ein solches konsequentes Graben gedacht und nur weil ich kein Vertrauen dazu hatte, bisher damit nicht begonnen. Trotzdem werde ich natürlich den Graben beginnen, es bleibt mir keine andere Möglichkeit, aber ich werde nicht gleich beginnen, ich werde die Arbeit ein wenig aufschieben, wenn der Verstand wieder zu Ehren kommen soll, soll es ganz geschehn, ich werde mich nicht in diese Arbeit stürzen. Jedenfalls werde ich vorher die Schäden gutmachen, die ich durch meine Wühlarbeit dem Bau verursacht habe; das wird nicht wenig Zeit kosten, aber es ist notwendig; wenn der neue Graben wirklich zu einem Ziel führen sollte, wird er wahrscheinlich lang werden, und wenn er zu keinem Ziel führen sollte wird er endlos sein, jedenfalls bedeutet diese Arbeit ein längeres Fernbleiben vom Bau, kein so schlimmes wie jenes auf der Oberwelt, ich kann die Arbeit wann ich will unterbrechen und zubesuch nachhause gehn und selbst wenn ich das nicht tue wird die Luft des Burgplatzes zu mir hinwehn und bei der Arbeit mich umgeben, aber eine Entfernung vom Bau und die Preisgabe an ein ungewisses Schicksal bedeutet es dennoch, deshalb will ich hinter mir den Bau in guter Ordnung zurücklassen, es soll nicht heißen, daß ich, der ich um seine Ruhe kämpfe, selbst sie gestört und nicht gleich wiederhergestellt habe. So beginne ich denn damit die Erde in die Löcher zurückzuscharren, eine Arbeit, die ich genau kenne, die ich unzähligemal fast ohne das Bewußtsein einer Arbeit getan habe und die ich, besonders was das letzte Pressen und Glätten betrifft – es ist gewiß kein bloßes Selbstlob, es ist einfach Wahrheit – unübertrefflich auszuführen imstande bin. Diesmal aber wird es mir schwer, ich bin zu zerstreut, immer wieder mitten in der Arbeit drücke ich das Ohr an die Wand und horche und lasse gleichgültig unter mir die kaum gehobene Erde wieder in den Hang zurückrieseln. Die letzten Verschönerungsarbeiten, die eine stärkere Aufmerksamkeit erfordern, kann ich kaum leisten. Häßliche Buckel, störende Risse bleiben, nicht zu reden davon, daß sich auch im Ganzen der alte Schwung einer derart geflickten Wand nicht wieder einstellen will. Ich suche mich damit zu trösten, daß es nur eine vorläufige Arbeit ist. Wenn ich zurückkomme, der Friede wieder verschafft ist, werde ich alles endgültig verbessern, im Fluge wird sich das dann alles machen lassen. Ja in Märchen geht alles im Fluge und zu den Märchen gehört auch dieser Trost. Besser wäre es gleich jetzt vollkommene Arbeit zu tun, viel nützlicher, als sie immer wieder zu unterbrechen, sich auf Wanderschaft durch die Gänge zu begeben und neue Geräusch-Stellen festzustellen; was wahrhaftig sehr leicht ist, denn es erfordert nichts als an einem beliebigen Orte stehn zu bleiben und zu horchen. Und noch weitere unnütze Entdeckungen mache ich. Manchmal scheint es mir, als habe das Geräusch aufgehört, es macht ja lange Pausen, manchmal überhört man ein solches Zischen, allzu sehr klopft das eigene Blut im Ohr, dann schließen sich zwei Pausen zu einer zusammen und ein Weilchen lang glaubt man, das Zischen sei für immer zuende. Man horcht nicht mehr weiter, man springt auf, das ganze Leben macht eine Umwälzung, es ist als öffnete sich die Quelle, aus welcher die Stille des Baues strömt. Man hütet sich die Entdeckung gleich nachzuprüfen, man sucht jemanden dem man sie vorher unangezweifelt anvertrauen könnte, man galoppiert deshalb zum Burgplatz, man erinnert sich, da man mit allem was man ist zu neuem Leben erwacht ist, daß man schon lange nichts gegessen hat, man reißt irgendetwas von den unter der Erde halb verschütteten Vorräten hervor und schlingt daran noch, während man zu dem Ort der unglaublichen Entdekkung zurückläuft, man will sich zuerst nur nebenbei, nur flüchtig während des Essens von der Sache nochmals überzeugen, man horcht, aber das flüchtigste Hinhorchen zeigt sofort, daß man sich schmählich geirrt hat, unerschüttert zischt es dort weit in der Ferne. Und man speit das Essen aus und möchte es in den Boden stampfen und man geht zu seiner Arbeit zurück, weiß gar nicht zu welcher, irgendwo wo es nötig zu sein scheint und solcher Orte gibt es genug, fängt man mechanisch etwas zu tun an, so als sei nur der Aufseher gekommen und man müsse ihm eine Komödie vorspielen. Aber kaum hat man ein Weilchen derart gearbeitet, kann es geschehn, daß man eine neue Entdeckung macht. Das Geräusch scheint stärker geworden, nicht viel stärker natürlich, hier handelt es sich immer nur um feinste Unterschiede, aber ein wenig stärker doch, deutlich dem Ohre erkennbar. Und dieses Stärkerwerden scheint ein Näherkommen, noch viel deutlicher als man das Stärker-Werden hört, sieht man förmlich den Schritt mit dem es näherkommt. Man springt von der Wand zurück, man sucht mit einem Blick alle Möglichkeiten zu übersehn, welche diese Entdeckung zur Folge haben wird. Man hat das Gefühl, als hätte man den Bau niemals eigentlich zur Verteidigung gegen einen Angriff eingerichtet, die Absicht hatte man, aber entgegen aller Lebenserfahrung schien einem die Gefahr eines Angriffs und daher die Einrichtungen der Verteidigung fernliegend oder nicht fernliegend (wie wäre das möglich!), aber im Rang tief unter den Einrichtungen für ein friedliches Leben, denen man deshalb im Bau überall den Vorzug gab. Vieles hätte in jener Richtung eingerichtet werden können, ohne den Grundplan zu stören, es ist in einer eigentlich unverständlichen Weise versäumt worden. Ich habe viel Glück gehabt in allen diesen Jahren, das Glück hat mich verwöhnt, unruhig war ich gewesen, aber Unruhe innerhalb des Glücks führt zu nichts. Was jetzt zunächst zu tun wäre, wäre eigentlich, den Bau genau auf die Verteidigung und auf alle bei ihr vorstellbaren Möglichkeiten hin zu besichtigen, einen Verteidigungs- und einen zugehörigen Bauplan auszuarbeiten und dann mit der Arbeit gleich, frisch wie ein Junger, zu beginnen. Das wäre die notwendige Arbeit, für die es, nebenbei gesagt natürlich viel zu spät ist, aber die notwendige Arbeit wäre es, und keineswegs die Grabung irgendeines großen Forschungsgrabens, der eigentlich nur den Zweck hat, verteidigungslos mich mit allen meinen Kräften auf das Aufsuchen der Gefahr zu verlegen, in der närrischen Befürchtung, sie könne nicht genug bald selbst herankommen. Ich verstehe plötzlich meinen frühern Plan nicht, ich kann in dem ehemals verständigen nicht den geringsten Verstand finden, wieder lasse ich die Arbeit und lasse auch das Horchen, ich will jetzt keine weiteren Verstärkungen entdecken, ich habe genug der Entdeckungen, ich lasse alles, ich wäre schon zufrieden, wenn ich nur den innern

Widerstreit beruhigte. Wieder lasse ich mich von meinen Gängen wegführen, komme in immer entferntere, seit meiner Rückkehr noch nicht gesehene, von meinen Scharrpfoten noch völlig unberührte, deren Stille aufwacht bei meinem Kommen und sich über mich senkt. Ich gebe mich nicht hin, ich eile hindurch, ich weiß gar nicht was ich suche, wahrscheinlich nur Zeitaufschub. Ich irre soweit ab, daß ich bis zum Labyrint komme, es lockt mich an der Moosdecke zu horchen, so ferne Dinge, für den Augenblick so ferne, haben mein Interesse. Ich dringe bis hinauf vor und horche. Tiefe Stille; wie schön es hier ist, niemand kümmert sich dort um meinen Bau, jeder hat seine Geschäfte, die keine Beziehung zu mir haben, wie habe ich es angestellt das zu erreichen. Hier an der Moosdecke ist vielleicht jetzt die einzige Stelle in meinem Bau, wo ich stundenlang vergebens horchen kann. Eine völlige Umkehrung der Verhältnisse im Bau, der bisherige Ort der Gefahr ist ein Ort des Friedens geworden, der Burgplatz aber ist hineingerissen worden in den Lärm der Welt und ihrer Gefahren. Noch schlimmer, auch hier ist in Wirklichkeit kein Frieden, hier hat sich nichts verändert, ob still ob lärmend, die Gefahr lauert wie früher über dem Moos, aber ich bin unempfindlich gegen sie geworden, allzu sehr in Anspruch genommen bin ich von dem Zischen in meinen Wänden. Bin ich davon in Anspruch genommen? Es wird stärker, es kommt näher, ich aber schlangele mich durch das Labyrint und lagere mich hier oben unter dem Moos, es ist ja fast, als überließe ich dem Zischer schon das Haus, zufrieden wenn ich nur hier oben ein wenig Ruhe habe. Dem Zischer? Habe ich etwa eine neue bestimmte Meinung über die Ursache des Geräusches? Das Geräusch stammt doch wohl von den Rinnen, welche das Kleinzeug gräbt? Ist das nicht meine bestimmte Meinung? Von ihr scheine ich doch noch nicht abgegangen zu sein. Und wenn es nicht direkt von den Rinnen stammt, so irgendwie indirekt. Und wenn es gar nicht mit ihnen zusammenhängen sollte, dann läßt sich von vornherein wohl gar nichts annehmen und man muß warten bis man die Ursache wirklich findet oder sie selbst sich zeigt. Mit Annahmen spielen könnte man freilich auch noch jetzt, es ließe sich z. B. sagen daß irgendwo in der Ferne ein Wassereinbruch stattgefunden hat und das, was mir Zischen oder Pfeifen scheint wäre dann eigentlich ein Rauschen. Aber abgesehen davon daß ich in dieser Hinsicht gar keine Erfahrungen habe – das Grundwasser, das ich zuerst gefunden habe, habe ich gleich abgeleitet und es ist nicht wiedergekommen in diesem sandigen Boden – abgesehen davon ist es eben ein Zischen und in ein Rauschen nicht umzudeuten. Aber was helfen alle Mahnungen zur Ruhe, die Einbildungskraft will nicht stillstehn und ich halte tatsächlich dabei zu glauben – es ist zwecklos, sich das selbst abzuläugnen –, das Zischen stamme von einem Tier undzwar nicht von vielen und kleinen sondern von einem einzigen Großen. Es spricht manches dagegen: daß das Geräusch überall zu hören ist und immer in gleicher Stärke, und überdies regelmäßig bei Tag und Nacht. Gewiß, zuerst mußte man eher dazu neigen viele kleine Tiere anzunehmen, da ich sie aber bei meinen Grabungen hätte finden müssen und nichts gefunden habe, bleibt nur die Annahme der Existenz des großen Tieres, zumal das was der Annahme zu widersprechen scheint, bloß Dinge sind, welche das Tier nicht unmöglich, sondern nur über alle Vorstellbarkeit hinaus gefährlich machen. Nur deshalb habe ich mich gegen diese Annahme gewehrt. Ich lasse von dieser Selbsttäuschung ab. Schon lange spiele ich mit dem Gedanken, daß es deshalb selbst auf große Entfernung hin zu hören ist, weil es rasend arbeitet, es gräbt sich so schnell durch die Erde, wie ein Spaziergänger im freien Gange geht, die Erde zittert rings in seinem Graben, auch wenn er schon vorüber ist, dieses Nachzittern und das Geräusch der Arbeit selbst vereinigen sich in der großen Entfernung und ich, der ich nur das letzte Verebben des Geräusches höre, höre es überall gleich. Dabei wirkt mit, daß das Tier nicht auf mich zugeht, darum ändert sich das Geräusch nicht, es liegt vielmehr ein Plan vor, dessen Sinn ich nicht durchschaue, ich nehme nur an daß das Tier, wobei ich gar nicht behaupten will daß es von mir weiß, mich einkreist, wohl einige Kreise hat es schon um meinen Bau gezogen, seitdem ich es beobachte. Und jetzt wird nun das Geräusch doch stärker, die Kreise also enger. Viel zu denken gibt mir die Art des Geräusches, das Zischen oder Pfeifen. Wenn ich in meiner Art an der Erde kratze und scharre, ist es doch ganz anders anzuhören. Ich kann mir das Zischen nur so erklären, daß das Hauptwerkzeug des Tieres nicht seine Krallen sind, mit denen es vielleicht nur nachhilft, sondern seine Schnauze oder sein Rüssel, die allerdings abgesehen von ihrer offenbar ungeheueren Kraft wohl auch irgendwelche Schärfen haben. Wahrscheinlich bohrt es mit einem einzigen mächtigen Stoß den Rüssel in die Erde und reißt ein großes Stück heraus, während dieser Zeit höre ich nichts, das ist die Pause, dann aber zieht es wieder Luft ein zum neuen Stoß, dieses Einziehn der Luft, das ein die Erde erschütternder Lärm sein muß, nicht nur wegen der Kraft des Tieres sondern auch wegen seiner Eile, seines Arbeitseifers, diesen Lärm höre ich dann als leises Zischen. Gänzlich unverständlich bleibt mir allerdings seine Fähigkeit unaufhörlich zu arbeiten, vielleicht enthalten die kleinen Pausen auch die Gelegenheit für ein winziges Ausruhen, aber zu einem wirklichen großen Ausruhen ist es scheinbar noch nicht gekommen, Tag und Nacht gräbt es, immer in gleicher Kraft und Frische, seinen eiligst auszuführenden Plan vor Augen, den zu verwirklichen es alle Fähigkeiten besitzt. Nun einen solchen Gegner habe ich nicht erwarten können. Aber abgesehen von seinen Eigentümlichkeiten ereignet sich jetzt doch nur etwas, was ich eigentlich immer zu befürchten gehabt hätte, etwas wogegen ich immer Vorbereitungen hätte treffen sollen: es kommt jemand heran. Wie kam es nur daß so lange Zeit alles still und glücklich verlief? Wer hat die Wege der Feinde gelenkt, daß sie den großen Bogen machten um meinen Besitz? Warum wurde ich so lange beschützt, um jetzt so geschreckt zu werden? Was waren alle kleinen Gefahren, mit deren Durchdenken ich die Zeit hinbrachte gegen diese eine! Hoffte ich, als Besitzer des Baues die Übermacht zu haben gegen jeden der käme? Eben als Besitzer dieses großen empfindlichen Werkes bin ich wohlverstanden gegenüber jedem ernsteren Angriff wehrlos, das Glück seines Besitzes hat mich verwöhnt, die Empfindlichkeit des Baues hat mich empfindlich gemacht, seine Verletzungen schmerzen mich als wären es die meinen. Eben dieses hätte ich voraussehen müssen, nicht nur an meine eigene Verteidigung denken – und wie leichthin und ergebnislos habe ich selbst das getan – sondern an die Verteidigung des Baues. Es müßte vor allem Vorsorge dafür getroffen sein, daß einzelne Teile des Baues und möglichst viele einzelne Teile, wenn sie von jemandem angegriffen werden, durch Erdverschüttungen, die in kürzester Zeit erzielbar sein müßten, von den weniger gefährdeten Teilen getrennt werden undzwar durch solche Erdmassen und derart wirkungsvoll getrennt werden könnten, daß der Angreifer gar nicht ahnte, daß dahinter erst der eigentliche Bau ist. Noch mehr, diese Erdverschüttungen müßten geeignet sein nicht nur den Bau zu verbergen sondern auch den Angreifer zu begraben. Nicht den kleinsten Anlauf zu etwas derartigem habe ich gemacht, nichts, gar nichts ist in dieser Richtung geschehn, leichtsinnig wie ein Kind bin ich gewesen, meine Mannesjahre habe ich mit kindlichen Spielen verbracht, selbst mit den Gedanken an die Gefahren habe ich nur gespielt, an die wirklichen Gefahren wirklich zu denken habe ich versäumt. Und an Mahnungen hat es nicht gefehlt. Etwas, was an das jetzige heranreichen würde, ist allerdings nicht geschehn, aber doch immerhin etwas ähnliches in den Anfangszeiten des Baues. Der Hauptunterschied war eben daß es die Anfangszeiten des Baues waren. Ich arbeitete damals förmlich als kleiner Lehrling noch am ersten Gang, das Labyrint war erst in grobem Umriß entworfen, einen kleinen Platz hatte ich schon ausgehöhlt, aber er war im Ausmaß und in der Wandbehandlung ganz mißlungen, kurz alles war derartig am Anfang, daß es überhaupt nur als Versuch gelten konnte, als etwas, das man, wenn einmal die Geduld reißt ohne großes Bedauern plötzlich liegen lassen könnte. Da geschah es daß ich einmal in der Arbeitspause – ich habe in meinem Leben immer zu viel Arbeitspausen gemacht – zwischen meinen Erdhaufen lag und plötzlich ein Geräusch in der Ferne hörte. Jung wie ich war, wurde ich dadurch mehr neugierig als ängstlich. Ich ließ die Arbeit und verlegte mich aufs Horchen, immerhin horchte ich und lief nicht oben unter das Moos um mich dort zu strecken und nicht horchen zu müssen. Wenigstens horchte ich. Ich konnte recht wohl unterscheiden, daß es sich um ein Graben handelte, ähnlich dem meinen, etwas schwächer klang es wohl, aber wieviel davon der Entfernung zuzurechnen war, konnte man nicht wissen. Ich war gespannt, aber sonst kühl und ruhig. Vielleicht bin ich in einem fremden Bau, dachte ich, und der Besitzer gräbt sich jetzt an mich heran. Hätte sich die Richtigkeit dieser Annahme herausgestellt, wäre ich, da ich niemals eroberungssüchtig oder angriffslustig gewesen bin, weggezogen, um anderswo zu bauen. Aber freilich ich war noch jung und ich hatte noch keinen Bau, ich konnte noch kühl und ruhig sein. Auch der weitere Verlauf der Sache brachte mir keine wesentliche Aufregung, nur zu deuten war er nicht leicht. Wenn der welcher dort grub, wirklich zu mir hinstrebte, weil er mich graben gehört hatte, so war es, wenn er wie es jetzt tatsächlich geschah, die Richtung änderte, nicht festzustellen, ob er dies tat, weil ich durch meine Arbeitspause ihm jeden Anhaltspunkt für seinen Weg nahm, oder vielmehr weil er selbst seine Absicht änderte. Vielleicht aber hatte ich mich überhaupt getäuscht und er hatte sich niemals geradezu gegen mich gerichtet, jedenfalls verstärkte sich das Geräusch noch eine Zeitlang, so als nähere er sich, ich Junge wäre damals vielleicht gar nicht damit unzufrieden gewesen, den Graber plötzlich aus der Erde hervortreten zu sehn, es geschah aber nichts dergleichen, von einem bestimmten Punkte an begann sich das Graben abzuschwächen, es wurde leiser und leiser, so als schwenke der Graber allmählich von seiner ersten Richtung ab und auf einmal brach es ganz ab, so als habe er sich jetzt zu einer völlig entgegengesetzten Richtung entschlossen und rücke geradewegs von mir weg in die Ferne. Lange horchte ich ihm noch in die Stille nach, ehe ich wieder zu arbeiten begann. Nun diese Mahnung war deutlich genug, aber bald vergaß ich sie und auf meine Baupläne hat sie kaum einen Einfluß gehabt. Zwischen damals und heute liegt mein Mannesalter, ist es aber nicht so als liege gar nichts dazwischen, noch immer mache ich eine große Arbeitspause und horche an der Wand und der Graber hat neuerlich seine Absicht geändert, er hat Kehrt gemacht, er kommt zurück von seiner Reise, er glaubt, er hätte mir inzwischen genug Zeit gelassen, mich für seinen Empfang einzurichten. Aber auf meiner Seite ist alles weniger eingerichtet als es damals war, der große Bau steht da, wehrlos, und ich bin kein kleiner Lehrling mehr sondern ein alter Baumeister und was ich an Kräften noch habe, versagt mir, wenn es zur Entscheidung kommt. Aber wie alt ich auch bin, es scheint mir, daß ich recht gern noch älter wäre als ich bin, so alt, daß ich mich gar nicht mehr erheben könnte von meinem Ruhelager unter dem Moos. Denn in Wirklichkeit ertrage ich es hier doch nicht, erhebe mich und jage als hätte ich mich hier statt mit Ruhe mit neuen Sorgen erfüllt, wieder hinunter ins Haus. Wie standen die Dinge zuletzt? Das Zischen war schwächer geworden? Nein es war stärker geworden. Ich horche an zehn beliebigen Stellen und merke die Täuschung deutlich, das Zischen ist gleich geblieben, nichts hat sich geändert. Dort drüben gehen keine Veränderungen vor sich, dort ist man ruhig und über die Zeit erhaben, hier aber rüttelt jeder Augenblick am Horcher. Und ich gehe wieder den langen Weg zum Burgplatz zurück, alles ringsherum scheint mit mir erregt, scheint mich anzusehn, scheint dann auch gleich wieder wegzusehn, um mich nicht zu stören und strengt sich doch wieder an von meinen Mienen die rettenden Entschlüsse abzulesen. Ich schüttele den Kopf, ich habe noch keine. Auch zum Burgplatz gehe ich nicht, um dort irgendeinen Plan auszuführen. Ich komme an der Stelle vorüber, wo ich den Forschungsgraben hatte anlegen wollen, ich prüfe sie nochmals, es wäre eine gute Stelle gewesen, der Graben hätte in der Richtung geführt, in welcher die meisten kleinen Luftzuführungen liegen, die mir die Arbeit sehr erleichtert hätten, vielleicht hätte ich gar nicht sehr weit graben müssen, hätte mich gar nicht herangraben müssen an den Ursprung des Geräusches, vielleicht hätte das Horchen an den Zuführungen genügt. Aber keine Überlegung ist stark genug, um mich zu dieser Grabungsarbeit aufzumuntern. Dieser Graben soll mir Gewißheit bringen? Ich bin so weit, daß ich Gewißheit gar nicht haben will. Auf dem Burgplatz wähle ich ein schönes Stück enthäuteten roten Fleisches aus und verkrieche mich damit in einen der Erdhaufen, dort wird jedenfalls Stille sein, soweit es hier überhaupt eigentliche

Stille noch gibt. Ich lecke und nasche am Fleisch, denke abwechselnd einmal an das fremde Tier, das in der Ferne seinen Weg zieht, und dann wieder daran, daß ich, solange ich noch die Möglichkeit habe ausgiebigst meine Vorräte genießen sollte. Dieses letztere ist wahrscheinlich der einzige ausführbare Plan, den ich habe. Im übrigen suche ich den Plan des Tiers zu enträtseln. Ist es auf Wanderschaft oder arbeitet es in seinem eigenen Bau? Ist es auf Wanderschaft dann wäre vielleicht eine Verständigung mit ihm möglich. Wenn es wirklich bis zu mir durchbricht gebe ich ihm einiges von meinen Vorräten und es wird weiterziehn. Wohl, es wird weiterziehn. In meinem Erdhaufen kann ich natürlich von allem träumen, auch von Verständigung, trotzdem ich genau weiß, daß es etwas derartiges nicht gibt und daß wir in dem Augenblick, wenn wir einander sehn, ja wenn wir einander nur in der Nähe ahnen, gleich besinnungslos, keiner früher keiner später, mit einem neuen andern Hunger, auch wenn wir sonst völlig satt sind, Krallen und Zähne gegeneinander auftun werden. Und wie immer, so auch hier mit vollem Recht, denn wer wenn er auch auf Wanderschaft ist, würde angesichts des Baues seine Reise- und Zukunftspläne nicht ändern. Aber vielleicht gräbt das Tier in seinem eigenen Bau, dann kann ich von einer Verständigung nicht einmal träumen. Selbst wenn es ein so sonderbares Tier wäre, daß sein Bau eine Nachbarschaft vertragen würde, mein Bau verträgt sie nicht, zumindest eine hörbare Nachbarschaft verträgt er nicht. Nun scheint das Tier freilich sehr weit entfernt, wenn es sich nur noch ein wenig weiter zurückziehn würde, würde wohl auch das Geräusch verschwinden, vielleicht könnte dann noch alles gut werden wie in den alten Zeiten, es wäre dann nur eine böse aber wohltätige Erfahrung, sie würde mich zu den verschiedensten Verbesserungen anregen, wenn ich Ruhe habe und die Gefahr nicht unmittelbar drängt, bin ich noch zu allerlei ansehnlicher Arbeit sehr wohl fähig. Vielleicht verzichtet das Tier angesichts der ungeheueren Möglichkeiten die es bei seiner Arbeitskraft zu haben scheint auf die Ausdehnung seines Baues in der Richtung gegen den meinen und entschädigt sich auf einer andern Seite dafür. Auch das läßt sich natürlich nicht durch Verhandlungen erreichen, sondern nur durch den eigenen Verstand des Tieres oder durch einen Zwang, der von meiner Seite ausgeübt würde. In beider Hinsicht wird entscheidend sein, ob und was das Tier von mir weiß. Je mehr ich darüber nachdenke, desto unwahrscheinlicher scheint es mir, daß das Tier mich überhaupt gehört hat, es ist möglich wenn auch mir unvorstellbar, daß es sonst irgendwelche Nachrichten über mich hat, aber gehört hat es mich wohl nicht. Solange ich nichts von ihm wußte, kann es mich überhaupt nicht gehört haben, denn da verhielt ich mich still, es gibt nichts Stilleres als das Wiedersehen mit dem Bau, dann als ich die Versuchsgrabungen machte, hätte es mich wohl hören können, trotzdem meine Art zu graben sehr wenig Lärm macht; wenn es mich aber gehört hätte, hätte doch auch ich etwas davon bemerken müssen, es hätte doch wenigstens in der Arbeit öfters innehalten müssen und horchen, aber alles blieb unverändert, das

Eine kleine Frau

Es ist eine kleine Frau; von Natur aus recht schlank, ist sie doch stark geschnürt; ich sehe sie immer im gleichen Kleid, es ist aus gelblich-grauem, gewissermaßen holzfarbigem Stoff und ist ein wenig mit Troddeln oder knopfartigen Behängen von gleicher Farbe versehen; sie ist immer ohne Hut, ihr stumpf-blondes Haar ist glatt und nicht unordentlich, aber sehr locker gehalten. Trotzdem sie geschnürt ist, ist sie doch leicht beweglich, sie übertreibt freilich diese Beweglichkeit, gern hält sie die Hände in den Hüften und wendet den Oberkörper mit einem Wurf überraschend schnell seitlich. Den Eindruck, den ihre Hand auf mich macht, kann ich nur wiedergeben, wenn ich sage, daß ich noch keine Hand gesehen habe, bei der die einzelnen Finger derart scharf voneinander abgegrenzt wären, wie bei der ihren; doch hat ihre Hand keineswegs irgendeine anatomische Merkwürdigkeit, es ist eine völlig normale Hand.

Diese kleine Frau nun ist mit mir sehr unzufrieden, immer hat sie etwas an mir auszusetzen, immer geschieht ihr Unrecht von mir, ich ärgere sie auf Schritt und Tritt; wenn man das Leben in allerkleinste Teile teilen und jedes Teilchen gesondert beurteilen könnte, wäre gewiß jedes Teilchen meines Lebens für sie ein Ärgernis. Ich habe oft darüber nachgedacht, warum ich sie denn so ärgere; mag sein, daß alles an mir ihrem Schönheitssinn, ihrem Gerechtigkeitsgefühl, ihren Gewohnheiten, ihren Überlieferungen, ihren Hoffnungen widerspricht, es gibt derartige einander widersprechende Naturen, aber warum leidet sie so sehr darunter? Es besteht ja gar keine Beziehung zwischen uns, die sie zwingen würde, durch mich zu leiden. Sie müßte sich nur entschließen, mich als völlig Fremden anzusehn, der ich ja auch bin und der ich gegen einen solchen Entschluß mich nicht wehren, sondern ihn sehr begrüßen würde, sie müßte sich nur entschließen, meine Existenz zu vergessen, die ich ihr ja niemals aufgedrängt habe oder aufdrängen würde – und alles Leid wäre offenbar vorüber. Ich sehe hiebei ganz von mir ab und davon, daß ihr Verhalten natürlich auch mir peinlich ist, ich sehe davon ab, weil ich ja wohl erkenne, daß alle diese Peinlichkeit nichts ist im Vergleich mit ihrem Leid. Wobei ich mir allerdings durchaus dessen bewußt bin, daß es kein liebendes Leid ist; es liegt ihr gar nichts daran, mich wirklich zu bessern, zumal ja auch alles, was sie an mir aussetzt, nicht von einer derartigen Beschaffenheit ist, daß mein Fortkommen dadurch gestört würde. Aber mein Fortkommen kümmert sie eben auch nicht, sie kümmert nichts anderes als ihr persönliches Interesse, nämlich die Qual zu rächen, die ich ihr bereite, und die Qual, die ihr in Zukunft von mir droht, zu verhindern. Ich habe schon einmal versucht, sie darauf hinzuweisen, wie diesem fortwährenden Ärger am besten ein Ende gemacht werden könnte, doch habe ich sie gerade dadurch in eine derartige Aufwallung gebracht, daß ich den Versuch nicht mehr wiederholen werde.

Auch liegt ja, wenn man will, eine gewisse Verantwortung auf mir, denn so fremd mir die kleine Frau auch ist, und so sehr die einzige Beziehung, die zwischen uns besteht, der Ärger ist, den ich ihr bereite, oder vielmehr der Ärger, den sie sich von mir bereiten läßt, dürfte es mir doch nicht gleichgültig sein, wie sie sichtbar unter diesem Ärger auch körperlich leidet. Es kommen hie und da, sich mehrend in letzter Zeit, Nachrichten zu mir, daß sie wieder einmal am Morgen bleich, übernächtig, von Kopfschmerzen gequält und fast arbeitsunfähig gewesen sei; sie macht damit ihren Angehörigen Sorgen, man rät hin und her nach den Ursachen ihres Zustandes und hat sie bisher noch nicht gefunden. Ich allein kenne sie, es ist der alte und immer neue Ärger. Nun teile ich freilich die Sorgen ihrer Angehörigen nicht; sie ist stark und zäh; wer sich so zu ärgern vermag, vermag wahrscheinlich auch die Folgen des Ärgers zu überwinden; ich habe sogar den Verdacht, daß sie sich – wenigstens zum Teil – nur leidend stellt, um auf diese Weise den Verdacht der Welt auf mich hinzulenken. Offen zu sagen, wie ich sie durch mein Dasein quäle, ist sie zu stolz; an andere meinetwegen zu appellieren, würde sie als eine Herabwürdigung ihrer selbst empfinden; nur aus Widerwillen, aus einem nicht aufhörenden, ewig sie antreibenden Widerwillen beschäftigt sie sich mit mir; diese unreine Sache auch noch vor der Öffentlichkeit zu besprechen, das wäre für ihre Scham zu viel. Aber es ist doch auch zu viel, von der Sache ganz zu schweigen, unter deren unaufhörlichem Druck sie steht. Und so versucht sie in ihrer Frauenschlauheit einen Mittelweg; schweigend, nur durch die äußern Zeichen eines geheimen Leides will sie die Angelegenheit vor das Gericht der Öffentlichkeit bringen. Vielleicht hofft sie sogar, daß, wenn die Öffentlichkeit einmal ihren vollen Blick auf mich richtet, ein allgemeiner öffentlicher Ärger gegen mich entstehen und mit seinen großen Machtmitteln mich bis zur vollständigen Endgültigkeit viel kräftiger und schneller richten wird, als es ihr verhältnismäßig doch schwacher privater Ärger imstande ist; dann aber wird sie sich zurückziehen, aufatmen und mir den Rükken kehren. Nun, sollten dies wirklich ihre Hoffnungen sein, so täuscht sie sich. Die Öffentlichkeit wird nicht ihre Rolle übernehmen; die Öffentlichkeit wird niemals so unendlich viel an mir auszusetzen haben, auch wenn sie mich unter ihre stärkste Lupe nimmt. Ich bin kein so unnützer Mensch, wie sie glaubt; ich will mich nicht rühmen und besonders nicht in diesem Zusammenhang; wenn ich aber auch nicht durch besondere Brauchbarkeit ausgezeichnet sein sollte, werde ich doch auch gewiß nicht gegenteilig auffallen; nur für sie, für ihre fast weißstrahlenden Augen bin ich so, niemanden andern wird sie davon überzeugen können. Also könnte ich in dieser Hinsicht völlig beruhigt sein? Nein, doch nicht; denn wenn es wirklich bekannt wird, daß ich sie geradezu krank mache durch mein Benehmen, und einige Aufpasser, eben die fleißigsten Nachrichten-Überbringer, sind schon nahe daran, es zu durchschauen oder sie stellen sich wenigstens so, als durchschauten sie es, und es kommt die Welt und wird mir die Frage stellen, warum ich denn die arme kleine Frau durch meine Unverbesserlichkeit quäle und ob ich sie etwa bis in den Tod zu treiben beabsichtige und wann ich endlich die Vernunft und das einfache menschliche Mitgefühl haben werde, damit aufzuhören – wenn mich die Welt so fragen wird, es wird schwer sein, ihr zu antworten. Soll ich dann eingestehn, daß ich an jene Krankheitszeichen nicht sehr glaube und soll ich damit den unangenehmen Eindruck hervorrufen, daß ich, um von einer Schuld loszukommen, andere beschuldige und gar in so unfeiner Weise? Und könnte ich etwa gar offen sagen, daß ich, selbst wenn ich an ein wirkliches Kranksein glaubte, nicht das geringste Mitgefühl hätte, da mir ja die Frau völlig fremd ist und die Beziehung, die zwischen uns besteht, nur von ihr hergestellt ist und nur von ihrer Seite aus besteht. Ich will nicht sagen, daß man mir nicht glauben würde; man würde mir vielmehr weder glauben noch nicht glauben; man käme gar nicht so weit, daß davon die Rede sein könnte; man würde lediglich die Antwort registrieren, die ich hinsichtlich einer schwachen, kranken Frau gegeben habe, und das wäre wenig günstig für mich. Hier wie bei jeder andern Antwort wird mir eben hartnäckig in die Quere kommen die Unfähigkeit der Welt, in einem Fall wie diesem den Verdacht einer Liebesbeziehung nicht aufkommen zu lassen, trotzdem es bis zur äußersten Deutlichkeit zutage liegt, daß eine solche Beziehung nicht besteht und daß, wenn sie bestehen würde, sie eher noch von mir ausginge, der ich tatsächlich die kleine Frau in der Schlagkraft ihres Urteils und der Unermüdlichkeit ihrer Folgerungen immerhin zu bewundern fähig wäre, wenn ich nicht eben durch ihre Vorzüge immerfort gestraft würde. Bei ihr aber ist jedenfalls keine Spur einer freundlichen Beziehung zu mir vorhanden; darin ist sie aufrichtig und wahr; darauf ruht meine letzte Hoffnung; nicht einmal, wenn es in ihren Kriegsplan passen würde, an eine solche Beziehung zu mir glauben zu machen, würde sie sich soweit vergessen, etwas derartiges zu tun. Aber die in dieser Richtung völlig stumpfe Öffentlichkeit wird bei ihrer Meinung bleiben und immer gegen mich entscheiden.

So bliebe mir eigentlich doch nur übrig, rechtzeitig, ehe die Welt eingreift, mich soweit zu ändern, daß ich den Ärger der kleinen Frau nicht etwa beseitige, was undenkbar ist, aber doch ein wenig mildere. Und ich habe mich tatsächlich öfters gefragt, ob mich denn mein gegenwärtiger Zustand so befriedige, daß ich ihn gar nicht ändern wolle, und ob es denn nicht möglich wäre, gewisse Änderungen an mir vorzunehmen, auch wenn ich es nicht täte, weil ich von ihrer Notwendigkeit überzeugt wäre, sondern nur, um die Frau zu besänftigen. Und ich habe es ehrlich versucht, nicht ohne Mühe und Sorgfalt, es entsprach mir sogar, es belustigte mich fast; einzelne Änderungen ergaben sich, waren weithin sichtbar, ich mußte die Frau nicht auf sie aufmerksam machen, sie merkt alles derartige früher als ich, sie merkt schon den Ausdruck der Absicht in meinem Wesen; aber ein Erfolg war mir nicht beschieden. Wie wäre es auch möglich? Ihre Unzufriedenheit mit mir ist ja, wie ich jetzt schon einsehe, eine grundsätzliche; nichts kann sie beseitigen, nicht einmal die Beseitigung meiner selbst; ihre Wutanfälle etwa bei der Nachricht meines Selbstmordes wären grenzenlos. Nun kann ich mir nicht vorstellen, daß sie, diese scharfsinnige Frau, dies nicht ebenso einsieht wie ich, und zwar sowohl die Aussichtslosigkeit ihrer Bemühungen als auch meine Unschuld, meine Unfähigkeit, selbst bei bestem Willen ihren Forderungen zu entsprechen. Gewiß sieht sie es ein, aber als Kämpfernatur vergißt sie es in der Leidenschaft des Kampfes, und meine unglückliche Art, die ich aber nicht anders wählen kann, denn sie ist mir nun einmal so gegeben, besteht darin, daß ich jemandem, der außer Rand und Band geraten ist, eine leise Mahnung zuflüstern will. Auf diese Weise werden wir uns natürlich nie verständigen. Immer wieder werde ich etwa im Glück der ersten Morgenstunden aus dem Hause treten und dieses um meinetwillen vergrämte Gesicht sehn, die verdrießlich aufgestülpten Lippen, den prüfenden und schon vor der Prüfung das Ergebnis kennenden Blick, der über mich hinfährt und dem selbst bei größter Flüchtigkeit nichts entgehen kann, das bittere in die mädchenhafte Wange sich einbohrende Lächeln, das klagende Aufschauen zum Himmel, das Einlegen der Hände in die Hüften, um sich zu festigen, und dann in der Empörung das Bleichwerden und Erzittern.

Letzthin machte ich, überhaupt zum erstenmal, wie ich mir bei dieser Gelegenheit erstaunt eingestand, einem guten Freund einige Andeutungen von dieser Sache, nur nebenbei, leicht, mit ein paar Worten, ich drückte die Bedeutung des Ganzen, so klein sie für mich nach außen hin im Grunde ist, noch ein wenig unter die Wahrheit hinab. Sonderbar, daß der Freund dennoch nicht darüber hinweghörte, ja sogar aus eigenem der Sache an Bedeutung hinzugab, sich nicht ablenken ließ und dabei verharrte. Noch sonderbarer allerdings, daß er trotzdem in einem entscheidenden Punkt die Sache unterschätzte, denn er riet mir ernstlich, ein wenig zu verreisen. Kein Rat könnte unverständiger sein; die Dinge liegen zwar einfach, jeder kann sie, wenn er näher hinzutritt, durchschauen, aber so einfach sind sie doch auch nicht, daß durch mein Wegfahren alles oder auch nur das Wichtigste in Ordnung käme. Im Gegenteil, vor dem Wegfahren muß ich mich vielmehr hüten; wenn ich überhaupt irgendeinen Plan befolgen soll, dann jedenfalls den, die Sache in ihren bisherigen, engen, die Außenwelt noch nicht einbeziehenden Grenzen zu halten, also ruhig zu bleiben, wo ich bin, und keine großen, durch diese Sache veranlaßten, auffallenden Veränderungen zuzulassen, wozu auch gehört, mit niemandem davon zu sprechen, aber dies alles nicht deshalb, weil es irgendein gefährliches Geheimnis wäre, sondern deshalb, weil es eine kleine, rein persönliche und als solche immerhin leicht zu tragende Angelegenheit ist und weil sie dieses auch bleiben soll. Darin waren die Bemerkungen des Freundes doch nicht ohne Nutzen, sie haben mich nichts Neues gelehrt, aber mich in meiner Grundansicht bestärkt.

Wie es sich ja überhaupt bei genauerem Nachdenken zeigt, daß die Veränderungen, welche die Sachlage im Laufe der Zeit erfahren zu haben scheint, keine Veränderungen der Sache selbst sind, sondern nur die Entwicklung meiner Anschauung von ihr, insofern, als diese Anschauung teils ruhiger, männlicher wird, dem Kern näher kommt, teils allerdings auch unter dem nicht zu verwindenden Einfluß der fortwährenden Erschütterungen, seien diese auch noch so leicht, eine gewisse Nervosität annimmt.

Ruhiger werde ich der Sache gegenüber, indem ich zu erkennen glaube, daß eine Entscheidung, so nahe sie manchmal bevorzustehen scheint, doch wohl noch nicht kommen wird; man ist leicht geneigt, besonders in jungen Jahren, das

Tempo, in dem Entscheidungen kommen, sehr zu überschätzen; wenn einmal meine kleine Richterin, schwach geworden durch meinen Anblick, seitlich in den Sessel sank, mit der einen Hand sich an der Rückenlehne festhielt, mit der anderen an ihrem Schnürleib nestelte, und Tränen des Zornes und der Verzweiflung ihr die Wangen hinabrollten, dachte ich immer, nun sei die Entscheidung da und gleich würde ich vorgerufen werden, mich zu verantworten. Aber nichts von Entscheidung, nichts von Verantwortung, Frauen wird leicht übel, die Welt hat nicht Zeit, auf alle Fälle aufzupassen. Und was ist denn eigentlich in all den Jahren geschehn? Nichts weiter, als daß sich solche Fälle wiederholten, einmal stärker, einmal schwächer, und daß nun also ihre Gesamtzahl größer ist. Und daß Leute sich in der Nähe herumtreiben und gern eingreifen würden, wenn sie eine Möglichkeit dazu finden würden; aber sie finden keine, bisher verlassen sie sich nur auf ihre Witterung, und Witterung allein genügt zwar, um ihren Besitzer reichlich zu beschäftigen, aber zu anderem taugt sie nicht. So aber war es im Grunde immer, immer gab es diese unnützen Eckensteher und Lufteinatmer, welche ihre Nähe immer auf irgendeine überschlaue Weise, am liebsten durch Verwandtschaft, entschuldigten, immer haben sie aufgepaßt, immer haben sie die Nase voll Witterung gehabt, aber das Ergebnis alles dessen ist nur, daß sie noch immer dastehn. Der ganze Unterschied besteht darin, daß ich sie allmählich erkannt habe, ihre Gesichter unterscheide; früher habe ich geglaubt, sie kämen allmählich von überall her zusammen, die Ausmaße der Angelegenheit vergrößerten sich und würden von selbst die Entscheidung erzwingen; heute glaube ich zu wissen, daß das alles von altersher da war und mit dem Herankommen der Entscheidung sehr wenig oder nichts zu tun hat. Und die Entscheidung selbst, warum benenne ich sie mit einem so großen Wort? Wenn es einmal – und gewiß nicht morgen und übermorgen und wahrscheinlich niemals – dazu kommen sollte, daß sich die Öffentlichkeit doch mit dieser Sache, für die sie, wie ich immer wiederholen werde, nicht zuständig ist, beschäftigt, werde ich zwar nicht unbeschädigt aus dem Verfahren hervorgehen, aber es wird doch wohl in Betracht gezogen werden, daß ich der Öffentlichkeit nicht unbekannt bin, in ihrem vollen Licht seit jeher lebe, vertrauensvoll und Vertrauen verdienend, und daß deshalb diese nachträglich hervorgekommene leidende kleine Frau, die nebenbei bemerkt ein anderer als ich vielleicht längst als Klette erkannt und für die Öffentlichkeit völlig geräuschlos unter seinem Stiefel zertreten hätte, daß diese Frau doch schlimmstenfalls nur einen kleinen häßlichen Schnörkel dem Diplom hinzufügen könnte, in welchem mich die Öffentlichkeit längst als ihr achtungswertes Mitglied erklärt. Das ist der heutige Stand der Dinge, der also wenig geeignet ist, mich zu beunruhigen.

Daß ich mit den Jahren doch ein wenig unruhig geworden bin, hat mit der eigentlichen Bedeutung der Sache gar nichts zu tun; man hält es einfach nicht aus, jemanden immerfort zu ärgern, selbst wenn man die Grundlosigkeit des Ärgers wohl erkennt; man wird unruhig, man fängt an, gewissermaßen nur körperlich, auf Entscheidungen zu lauern, auch wenn man an ihr Kommen vernünftigerweise nicht sehr glaubt. Zum Teil aber handelt es sich auch nur um eine Alterserscheinung; die Jugend kleidet alles gut; unschöne Einzelheiten verlieren sich in der unaufhörlichen Kraftquelle der Jugend; mag einer als Junge einen etwas lauernden Blick gehabt haben, er ist ihm nicht übelgenommen, er ist gar nicht bemerkt worden, nicht einmal von ihm selbst, aber, was im Alter übrigbleibt, sind Reste, jeder ist nötig, keiner wird erneut, jeder steht unter Beobachtung, und der lauernde Blick eines alternden Mannes ist eben ein ganz deutlich lauernder Blick, und es ist nicht schwierig, ihn festzustellen. Nur ist es aber auch hier keine wirkliche sachliche Verschlimmerung.

Von wo aus also ich es auch ansehe, immer wieder zeigt sich und dabei bleibe ich, daß, wenn ich mit der Hand auch nur ganz leicht diese kleine Sache verdeckt halte, ich noch sehr lange, ungestört von der Welt, mein bisheriges Leben ruhig werde fortsetzen dürfen, trotz allen Tobens der Frau.

Josefine, die Sängerin
oder
Das Volk der Mäuse

Unsere Sängerin heißt Josefine. Wer sie nicht gehört hat, kennt nicht die Macht des Gesanges. Es gibt niemanden, den ihr Gesang nicht fortreißt, was umso höher zu bewerten ist, als unser Geschlecht im ganzen Musik nicht liebt. Stiller Frieden ist uns die liebste Musik; unser Leben ist schwer, wir können uns, auch wenn wir einmal alle Tagessorgen abzuschütteln versucht haben, nicht mehr zu solchen, unserem sonstigen Leben so fernen Dingen erheben, wie es die Musik ist. Doch beklagen wir es nicht sehr; nicht einmal so weit kommen wir; eine gewisse praktische Schlauheit, die wir freilich auch äußerst dringend brauchen, halten wir für unsern größten Vorzug, und mit dem Lächeln dieser Schlauheit pflegen wir uns über alles hinwegzutrösten, auch wenn wir einmal – was aber nicht geschieht – das Verlangen nach dem Glück haben sollten, das von der Musik vielleicht ausgeht. Nur Josefine macht eine Ausnahme; sie liebt die Musik und weiß sie auch zu vermitteln; sie ist die einzige; mit ihrem Hingang wird die Musik – wer weiß wie lange – aus unserem Leben verschwinden.

Ich habe oft darüber nachgedacht, wie es sich mit dieser Musik eigentlich verhält. Wir sind doch ganz unmusikalisch; wie kommt es, daß wir Josefinens Gesang verstehn oder, da Josefine unser Verständnis leugnet, wenigstens zu verstehen glauben. Die einfachste Antwort wäre, daß die Schönheit dieses Gesanges so groß ist, daß auch der stumpfste Sinn ihr nicht widerstehen kann, aber diese Antwort ist nicht befriedigend. Wenn es wirklich so wäre, müßte man vor diesem Gesang zunächst und immer das Gefühl des Außerordentlichen haben, das Gefühl, aus dieser Kehle erklinge etwas, was wir nie vorher gehört haben und das zu hören wir auch gar nicht die Fähigkeit haben, etwas, was zu hören uns nur diese eine Josefine und niemand sonst befähigt. Gerade das trifft aber meiner Meinung nach nicht zu, ich fühle es nicht und habe auch bei andern nichts dergleichen bemerkt. Im vertrauten Kreise gestehen wir einander offen, daß Josefinens Gesang als Gesang nichts Außerordentliches darstellt.

Ist es denn überhaupt Gesang? Trotz unserer Unmusikalität haben wir Gesangsüberlieferungen; in den alten Zeiten unseres Volkes gab es Gesang; Sagen erzählen davon und sogar Lieder sind erhalten, die freilich niemand mehr singen kann. Eine Ahnung dessen, was Gesang ist, haben wir also und dieser Ahnung nun entspricht Josefinens Kunst eigentlich nicht. Ist es denn überhaupt Gesang? Ist es nicht vielleicht doch nur ein Pfeifen? Und Pfeifen allerdings kennen wir alle, es ist die eigentliche Kunstfertigkeit unseres Volkes, oder vielmehr gar keine Fertigkeit, sondern eine charakteristische Lebensäußerung. Alle pfeifen wir, aber freilich denkt niemand daran, das als Kunst auszugeben, wir pfeifen, ohne darauf zu achten, ja, ohne es zu merken und es gibt sogar viele unter uns, die gar nicht wissen, daß das Pfeifen zu unsern Eigentümlichkeiten gehört. Wenn es also wahr wäre, daß Josefine nicht singt, sondern nur pfeift und vielleicht gar, wie es mir wenigstens scheint, über die Grenzen des üblichen Pfeifens kaum hinauskommt – ja vielleicht reicht ihre Kraft für dieses übliche Pfeifen nicht einmal ganz hin, während es ein gewöhnlicher Erdarbeiter ohne Mühe den ganzen Tag über neben seiner Arbeit zustandebringt – wenn das alles wahr wäre, dann wäre zwar Josefinens angebliche Künstlerschaft widerlegt, aber es wäre dann erst recht das Rätsel ihrer großen Wirkung zu lösen.

Es ist aber eben doch nicht nur Pfeifen, was sie produziert. Stellt man sich recht weit von ihr hin und horcht, oder noch besser, läßt man sich in dieser Hinsicht prüfen, singt also Josefine etwa unter andern Stimmen und setzt man sich die Aufgabe, ihre Stimme zu erkennen, dann wird man unweigerlich nichts anderes heraushören, als ein gewöhnliches, höchstens durch Zartheit oder Schwäche ein wenig auffallendes Pfeifen. Aber steht man vor ihr, ist es doch nicht nur ein Pfeifen; es ist zum Verständnis ihrer Kunst notwendig, sie nicht nur zu hören sondern auch zu sehn. Selbst wenn es nur unser tagtägliches Pfeifen wäre, so besteht hier doch schon zunächst die Sonderbarkeit, daß jemand sich feierlich hinstellt, um nichts anderes als das Übliche zu tun. Eine Nuß aufknacken ist wahrhaftig keine Kunst, deshalb wird es auch niemand wagen, ein Publikum zusammenzurufen und vor ihm, um es zu unterhalten, Nüsse knacken. Tut er es dennoch und gelingt seine Absicht, dann kann es sich eben doch nicht nur um bloßes Nüsseknacken handeln. Oder es handelt sich um Nüsseknacken, aber es stellt sich heraus, daß wir über diese Kunst hinweggesehen haben, weil wir sie glatt beherrschten und daß uns dieser neue Nußknacker erst ihr eigentliches Wesen zeigt, wobei es dann für die Wirkung sogar nützlich sein könnte, wenn er etwas weniger tüchtig im Nüsseknacken ist als die Mehrzahl von uns.

Vielleicht verhält es sich ähnlich mit Josefinens Gesang; wir bewundern an ihr das, was wir an uns gar nicht bewundern; übrigens stimmt sie in letzterer Hinsicht mit uns völlig überein. Ich war einmal zugegen, als sie jemand, wie dies natürlich öfters geschieht, auf das allgemeine Volkspfeifen aufmerksam machte und zwar nur ganz bescheiden, aber für Josefine war es schon zu viel. Ein so freches, hochmütiges Lächeln, wie sie es damals aufsetzte, habe ich noch nicht gesehn; sie, die äußerlich eigentlich vollendete Zartheit ist, auffallend zart selbst in unserem an solchen Frauengestalten reichen Volk, erschien damals geradezu gemein; sie mochte es übrigens in ihrer großen Empfindlichkeit auch gleich selbst fühlen und faßte sich. Jedenfalls leugnet sie also jeden Zusammenhang zwischen ihrer Kunst und dem Pfeifen. Für die, welche gegenteiliger Meinung sind, hat sie nur Verachtung und wahrscheinlich uneingestandenen Haß. Das ist nicht gewöhnliche Eitelkeit, denn diese Opposition, zu der auch ich halb gehöre, bewundert sie gewiß nicht weniger als es die Menge tut, aber Josefine will nicht nur bewundert, sondern genau in der von ihr bestimmten Art bewundert sein, an Bewunderung allein liegt ihr nichts. Und wenn man vor ihr sitzt, versteht man sie; Opposition treibt man nur in der Ferne; wenn man vor ihr sitzt, weiß man: was sie hier pfeift, ist kein Pfeifen.

Da Pfeifen zu unseren gedankenlosen Gewohnheiten gehört, könnte man meinen, daß auch in Josefinens Auditorium gepfiffen wird; es wird uns wohl bei ihrer Kunst und wenn uns wohl ist, pfeifen wir; aber ihr Auditorium pfeift nicht, es ist mäuschenstill, so als wären wir des ersehnten Friedens teilhaftig geworden, von dem uns zumindest unser eigenes Pfeifen abhält, schweigen wir. Ist es ihr Gesang, der uns entzückt oder nicht vielmehr die feierliche Stille, von der das schwache Stimmchen umgeben ist? Einmal geschah es, daß irgendein törichtes kleines Ding während Josefinens Gesang in aller Unschuld auch zu pfeifen anfing. Nun, es war ganz dasselbe, was wir auch von Josefine hörten; dort vorne das trotz aller Routine immer noch schüchterne Pfeifen und hier im Publikum das selbstvergessene kindliche Gepfeife; den Unterschied zu bezeichnen, wäre unmöglich gewesen; aber doch zischten und pfiffen wir gleich die Störerin nieder, trotzdem es gar nicht nötig gewesen wäre, denn sie hätte sich gewiß auch sonst in Angst und Scham verkrochen, während

Josefine ihr Triumphpfeifen anstimmte und ganz außer sich war mit ihren ausgespreizten Armen und dem gar nicht mehr höher dehnbaren Hals.

So ist sie übrigens immer, jede Kleinigkeit, jeden Zufall, jede Widerspenstigkeit, ein Knacken im Parkett, ein Zähneknirschen, eine Beleuchtungsstörung hält sie für geeignet, die Wirkung ihres Gesanges zu erhöhen; sie singt ja ihrer Meinung nach vor tauben Ohren; an Begeisterung und Beifall fehlt es nicht, aber auf wirkliches Verständnis, wie sie es meint, hat sie längst verzichten gelernt. Da kommen ihr denn alle Störungen sehr gelegen; alles, was sich von außen her der Reinheit ihres Gesanges entgegenstellt, in leichtem Kampf, ja ohne Kampf, bloß durch die Gegenüberstellung besiegt wird, kann dazu beitragen, die Menge zu erwecken, sie zwar nicht Verständnis, aber ahnungsvollen Respekt zu lehren.

Wenn ihr aber nun das Kleine so dient, wie erst das Große. Unser Leben ist sehr unruhig, jeder Tag bringt Überraschungen, Beängstigungen, Hoffnungen und Schrecken, daß der Einzelne unmöglich dies alles ertragen könnte, hätte er nicht jederzeit bei Tag und Nacht den Rückhalt der Genossen; aber selbst so wird es oft recht schwer; manchmal zittern selbst tausend Schultern unter der Last, die eigentlich nur für einen bestimmt war. Dann hält Josefine ihre Zeit für gekommen. Schon steht sie da, das zarte Wesen, besonders unterhalb der Brust beängstigend vibrierend, es ist, als hätte sie alle ihre Kraft im Gesang versammelt, als sei allem an ihr, was nicht dem Gesange unmittelbar diene, jede Kraft, fast jede Lebensmöglichkeit entzogen, als sei sie entblößt, preisgegeben, nur dem Schutze guter Geister überantwortet, als könne sie, während sie so, sich völlig entzogen, im Gesange wohnt, ein kalter Hauch im Vorüberwehn töten. Aber gerade bei solchem Anblick pflegen wir angeblichen Gegner uns zu sagen: »Sie kann nicht einmal pfeifen; so entsetzlich muß sie sich anstrengen, um nicht Gesang – reden wir nicht von Gesang – aber um das landesübliche Pfeifen einigermaßen sich abzuzwingen.« So scheint es uns, doch ist dies, wie erwähnt, ein zwar unvermeidlicher, aber flüchtiger, schnell vorübergehender Eindruck. Schon tauchen auch wir in das Gefühl der Menge, die warm, Leib an Leib, scheu atmend horcht.

Und um diese Menge unseres fast immer in Bewegung befindlichen, wegen oft nicht sehr klarer Zwecke hin- und herschießenden Volkes um sich zu versammeln, muß Josefine meist nichts anderes tun, als mit zurückgelegtem Köpfchen, halboffenem Mund, der Höhe zugewandten Augen jene Stellung einnehmen, die darauf hindeutet, daß sie zu singen beabsichtigt. Sie kann dies tun, wo sie will, es muß kein weithin sichtbarer Platz sein, irgendein verborgener, in zufälliger Augenblickslaune gewählter Winkel ist ebensogut brauchbar. Die Nachricht, daß sie singen will, verbreitet sich gleich, und bald zieht es in Prozessionen hin. Nun, manchmal treten doch Hindernisse ein, Josefine singt mit Vorliebe gerade in aufgeregten Zeiten, vielfache Sorgen und Nöte zwingen uns dann zu vielerlei Wegen, man kann sich beim besten Willen nicht so schnell versammeln, wie es Josefine wünscht, und sie steht dort diesmal in ihrer großen Haltung vielleicht eine Zeitlang ohne genügende Hörerzahl – dann freilich wird sie wütend, dann stampft sie mit den Füßen, flucht ganz unmädchenhaft, ja sie beißt sogar. Aber selbst ein solches Verhalten schadet ihrem Rufe nicht; statt ihre übergroßen Ansprüche ein wenig einzudämmen, strengt man sich an, ihnen zu entsprechen; es werden Boten ausgeschickt, um Hörer herbeizuholen; es wird vor ihr geheim gehalten, daß das geschieht; man sieht dann auf den Wegen im Umkreis Posten aufgestellt, die den Herankommenden zuwinken, sie möchten sich beeilen; dies alles so lange, bis dann schließlich doch eine leidliche Anzahl beisammen ist.

Was treibt das Volk dazu, sich für Josefine so zu bemühen? Eine Frage, nicht leichter zu beantworten als die nach Josefinens Gesang, mit der sie ja auch zusammenhängt. Man könnte sie streichen und gänzlich mit der zweiten Frage vereinigen, wenn sich etwa behaupten ließe, daß das Volk wegen des Gesanges Josefine bedingungslos ergeben ist. Dies ist aber eben nicht der Fall; bedingungslose Ergebenheit kennt unser Volk kaum; dieses Volk, das über alles die freilich harmlose Schlauheit liebt, das kindliche Wispern, den freilich unschuldigen, bloß die Lippen bewegenden Tratsch, ein solches Volk kann immerhin nicht bedingungslos sich hingeben, das fühlt wohl auch Josefine, das ist es, was sie bekämpft mit aller Anstrengung ihrer schwachen Kehle.

Nur darf man freilich bei solchen allgemeinen Urteilen nicht zu weit gehn, das Volk ist Josefine doch ergeben, nur nicht bedingungslos. Es wäre z. B. nicht fähig, über Josefine zu lachen. Man kann es sich eingestehn: an Josefine fordert manches zum Lachen auf; und an und für sich ist uns das Lachen immer nah; trotz allem Jammer unseres Lebens ist ein leises Lachen bei uns gewissermaßen immer zu Hause; aber über Josefine lachen wir nicht. Manchmal habe ich den Eindruck, das Volk fasse sein Verhältnis zu Josefine derart auf, daß sie, dieses zerbrechliche, schonungsbedürftige, irgendwie ausgezeichnete, ihrer Meinung nach durch Gesang ausgezeichnete Wesen ihm anvertraut sei und es müsse für sie sorgen; der Grund dessen ist niemandem klar, nur die Tatsache scheint festzustehn. Über das aber, was einem anvertraut ist, lacht man nicht; darüber zu lachen, wäre Pflichtverletzung; es ist das Äußerste an Boshaftigkeit, was die Boshaftesten unter uns Josefine zufügen, wenn sie manchmal sagen: »Das Lachen vergeht uns, wenn wir Josefine sehn.«

So sorgt also das Volk für Josefine in der Art eines Vaters, der sich eines Kindes annimmt, das sein Händchen – man weiß nicht recht, ob bittend oder fordernd – nach ihm ausstreckt. Man sollte meinen, unser Volk tauge nicht zur Erfüllung solcher väterlicher Pflichten, aber in Wirklichkeit versieht es sie, wenigstens in diesem Falle, musterhaft; kein Einzelner könnte es, was in dieser Hinsicht das Volk als Ganzes zu tun imstande ist. Freilich, der Kraftunterschied zwischen dem Volk und dem Einzelnen ist so ungeheuer, es genügt, daß es den Schützling in die Wärme seiner Nähe zieht, und er ist beschützt genug. Zu Josefine wagt man allerdings von solchen Dingen nicht zu reden. »Ich pfeife auf eueren Schutz«, sagt sie dann. »Ja, ja, du pfeifst«, denken wir. Und außerdem ist es wahrhaftig keine Widerlegung, wenn sie rebelliert, vielmehr ist das durchaus Kindesart und Kindesdankbarkeit, und Art des Vaters ist es, sich nicht daran zu kehren.

Nun spricht aber doch noch anderes mit herein, das schwerer aus diesem Verhältnis zwischen Volk und Josefine zu erklären ist. Josefine ist nämlich der gegenteiligen Meinung, sie glaubt, sie sei es, die das Volk beschütze. Aus schlimmer politischer oder wirtschaftlicher Lage rettet uns angeblich ihr Gesang, nichts weniger als das bringt er zuwege, und wenn er das Unglück nicht vertreibt, so gibt er uns wenigstens die Kraft, es zu ertragen. Sie spricht es nicht so aus und auch nicht anders, sie spricht überhaupt wenig, sie ist schweigsam unter den Plappermäulern, aber aus ihren Augen blitzt es, von ihrem geschlossenen Mund – bei uns können nur wenige den Mund geschlossen halten, sie kann es – ist es abzulesen. Bei jeder schlechten Nachricht – und an manchen Tagen überrennen sie einander, falsche und halbrichtige darunter – erhebt sie sich sofort, während es sie sonst müde zu Boden zieht, erhebt sich und streckt den Hals und sucht den Überblick über ihre Herde wie der Hirt vor dem Gewitter. Gewiß, auch Kinder stellen ähnliche Forderungen in ihrer wilden, unbeherrschten Art, aber bei Josefine sind sie doch nicht so unbegründet wie bei jenen. Freilich, sie rettet uns nicht und gibt uns keine Kräfte, es ist leicht, sich als Retter dieses Volkes aufzuspielen, das leidensgewohnt, sich nicht schonend, schnell in Entschlüssen, den Tod wohl kennend, nur dem Anscheine nach ängstlich in der Atmosphäre von Tollkühnheit, in der es ständig lebt, und überdies ebenso fruchtbar wie wagemutig – es ist leicht, sage ich, sich nachträglich als Retter dieses Volkes aufzuspielen, das sich noch immer irgendwie selbst gerettet hat, sei es auch unter Opfern, über die der Geschichtsforscher – im allgemeinen vernachlässigen wir Geschichtsforschung gänzlich – vor Schrecken erstarrt. Und doch ist es wahr, daß wir gerade in Notlagen noch besser als sonst auf Josefinens Stimme horchen. Die Drohungen, die über uns stehen, machen uns stiller, bescheidener, für Josefinens Befehlshaberei gefügiger; gern kommen wir zusammen, gern drängen wir uns aneinander, besonders weil es bei einem Anlaß geschieht, der ganz abseits liegt von der quälenden Hauptsache; es ist, als tränken wir noch schnell – ja, Eile ist nötig, das vergißt Josefine allzuoft – gemeinsam einen Becher des Friedens vor dem Kampf. Es ist nicht so sehr eine Gesangsvorführung als vielmehr eine Volksversammlung, und zwar eine Versammlung, bei der es bis auf das kleine Pfeifen vorne völlig still ist; viel zu ernst ist die Stunde, als daß man sie verschwätzen wollte.

Ein solches Verhältnis könnte nun freilich Josefine gar nicht befriedigen. Trotz all ihres nervösen Mißbehagens, welches Josefine wegen ihrer niemals ganz geklärten Stellung erfüllt, sieht sie doch, verblendet von ihrem Selbstbewußtsein, manches nicht und kann ohne große Anstrengung dazu gebracht werden, noch viel mehr zu übersehen, ein Schwarm von Schmeichlern ist in diesem Sinne, also eigentlich in einem allgemein nützlichen Sinne, immerfort tätig, – aber nur nebenbei, unbeachtet, im Winkel einer Volksversammlung zu singen, dafür würde sie, trotzdem es an sich gar nicht wenig wäre, ihren Gesang gewiß nicht opfern.

Aber sie muß es auch nicht, denn ihre Kunst bleibt nicht unbeachtet. Trotzdem wir im Grunde mit ganz anderen Dingen beschäftigt sind und die Stille durchaus nicht nur dem Gesange zuliebe herrscht und mancher gar nicht aufschaut, sondern das Gesicht in den Pelz des Nachbars drückt und Josefine also dort oben sich vergeblich abzumühen scheint, dringt doch – das ist nicht zu leugnen – etwas von ihrem Pfeifen unweigerlich auch zu uns. Dieses Pfeifen, das sich erhebt, wo allen anderen Schweigen auferlegt ist, kommt fast wie eine Botschaft des Volkes zu dem Einzelnen; das dünne Pfeifen Josefinens mitten in den schweren Entscheidungen ist fast wie die armselige Existenz unseres Volkes mitten im Tumult der feindlichen Welt. Josefine behauptet sich, dieses Nichts an Stimme, dieses Nichts an Leistung behauptet sich und schafft sich den Weg zu uns, es tut wohl, daran zu denken. Einen wirklichen Gesangskünstler, wenn einer einmal sich unter uns finden sollte, würden wir in solcher Zeit gewiß nicht ertragen und die Unsinnigkeit einer solchen Vorführung einmütig abweisen. Möge Josefine beschützt werden vor der Erkenntnis, daß die Tatsache, daß wir ihr zuhören, ein Beweis gegen ihren Gesang ist. Eine Ahnung dessen hat sie wohl, warum würde sie sonst so leidenschaftlich leugnen, daß wir ihr zuhören, aber immer wieder singt sie, pfeift sie sich über diese Ahnung hinweg.

Aber es gäbe auch sonst noch immer einen Trost für sie: wir hören ihr doch auch gewissermaßen wirklich zu, wahrscheinlich ähnlich, wie man einem Gesangskünstler zuhört; sie erreicht Wirkungen, die ein Gesangskünstler vergeblich bei uns anstreben würde und die nur gerade ihren unzureichenden Mitteln verliehen sind. Dies hängt wohl hauptsächlich mit unserer Lebensweise zusammen.

In unserem Volke kennt man keine Jugend, kaum eine winzige Kinderzeit. Es treten zwar regelmäßig Forderungen auf, man möge den Kindern eine besondere Freiheit, eine besondere Schonung gewährleisten, ihr Recht auf ein wenig Sorglosigkeit, ein wenig sinnloses Sichherumtummeln, auf ein wenig Spiel, dieses Recht möge man anerkennen und ihm zur Erfüllung verhelfen; solche Forderungen treten auf und fast jedermann billigt sie, es gibt nichts, was mehr zu billigen wäre, aber es gibt auch nichts, was in der Wirklichkeit unseres Lebens weniger zugestanden werden könnte, man billigt die Forderungen, man macht Versuche in ihrem Sinn, aber bald ist wieder alles beim Alten. Unser Leben ist eben derart, daß ein Kind, sobald es nur ein wenig läuft und die Umwelt ein wenig unterscheiden kann, ebenso für sich sorgen muß wie ein Erwachsener; die Gebiete, auf denen wir aus wirtschaftlichen Rücksichten zerstreut leben müssen, sind zu groß, unserer Feinde sind zu viele, die uns überall bereiteten Gefahren zu unberechenbar – wir können die Kinder vom Existenzkampfe nicht fernhalten, täten wir es, es wäre ihr vorzeitiges Ende. Zu diesen traurigen Gründen kommt freilich auch ein erhebender: die Fruchtbarkeit unseres Stammes. Eine Generation – und jede ist zahlreich – drängt die andere, die Kinder haben nicht Zeit, Kinder zu sein. Mögen bei anderen Völkern die Kinder sorgfältig gepflegt werden, mögen dort Schulen für die Kleinen errichtet sein, mögen dort aus diesen Schulen täglich die Kinder strömen, die Zukunft des Volkes, so sind es doch immer lange Zeit Tag für Tag die gleichen Kinder, die dort hervorkommen. Wir haben keine Schulen, aber aus unserem Volke strömen in allerkürzesten Zwischenräumen die unübersehbaren Scharen unserer Kinder, fröhlich zischend oder piepsend, solange sie noch nicht pfeifen können, sich wälzend oder kraft des Druckes weiterrollend, solange sie noch nicht laufen können, täppisch durch ihre Masse alles mit sich fortreißend, solange sie noch nicht sehen können, unsere Kinder! Und nicht wie in jenen Schulen die gleichen Kinder, nein, immer, immer wieder neue, ohne Ende, ohne Unterbrechung, kaum erscheint ein Kind, ist es nicht mehr Kind, aber schon drängen hinter ihm die neuen Kindergesichter ununterscheidbar in ihrer Menge und Eile, rosig vor Glück. Freilich, wie schön dies auch sein mag und wie sehr uns andere darum auch mit Recht beneiden mögen, eine wirkliche Kinderzeit können wir eben unseren Kindern nicht geben. Und das hat seine Folgewirkungen. Eine gewisse unerstorbene, unausrottbare Kindlichkeit durchdringt unser Volk; im geraden Widerspruch zu unserem Besten, dem untrüglichen praktischen Verstande, handeln wir manchmal ganz und gar töricht, und zwar eben in der Art, wie Kinder töricht handeln, sinnlos, verschwenderisch, großzügig, leichtsinnig und dies alles oft einem kleinen Spaß zuliebe. Und wenn unsere Freude darüber natürlich nicht mehr die volle Kraft der Kinderfreude haben kann, etwas von dieser lebt darin noch gewiß. Von dieser Kindlichkeit unseres Volkes profitiert seit jeher auch Josefine.

Aber unser Volk ist nicht nur kindlich, es ist gewissermaßen auch vorzeitig alt, Kindheit und Alter machen sich bei uns anders als bei anderen. Wir haben keine Jugend, wir sind gleich Erwachsene, und Erwachsene sind wir dann zu lange, eine gewisse Müdigkeit und Hoffnungslosigkeit durchzieht von da aus mit breiter Spur das im ganzen doch so zähe und hoffnungsstarke Wesen unseres Volkes. Damit hängt wohl auch unsere Unmusikalität zusammen; wir sind zu alt für Musik, ihre Erregung, ihr Aufschwung paßt nicht für unsere Schwere, müde winken wir ihr ab; wir haben uns auf das Pfeifen zurückgezogen; ein wenig Pfeifen hie und da, das ist das Richtige für uns. Wer weiß, ob es nicht Musiktalente unter uns gibt; wenn es sie aber gäbe, der Charakter der Volksgenossen müßte sie noch vor ihrer Entfaltung unterdrücken. Dagegen mag Josefine nach ihrem Belieben pfeifen oder singen oder wie sie es nennen will, das stört uns nicht, das entspricht uns, das können wir wohl vertragen; wenn darin etwas von Musik enthalten sein sollte, so ist es auf die möglichste Nichtigkeit reduziert; eine gewisse Musiktradition wird gewahrt, aber ohne daß uns dies im geringsten beschweren würde.

Aber Josefine bringt diesem so gestimmten Volke noch mehr. Bei ihren Konzerten, besonders in ernster Zeit, haben nur noch die ganz Jungen Interesse an der Sängerin als solcher, nur sie sehen mit Staunen zu, wie sie ihre Lippen kräuselt, zwischen den niedlichen Vorderzähnen die Luft ausstößt, in Bewunderung der Töne, die sie selbst hervorbringt, erstirbt und dieses Hinsinken benützt, um sich zu neuer, ihr immer unverständlicher werdender Leistung anzufeuern, aber die eigentliche Menge hat sich – das ist deutlich zu erkennen – auf sich selbst zurückgezogen. Hier in den dürftigen Pausen zwischen den Kämpfen träumt das Volk, es ist, als lösten sich dem Einzelnen die Glieder, als dürfte sich der Ruhelose einmal nach seiner Lust im großen warmen Bett des Volkes dehnen und strecken. Und in diese Träume klingt hie und da Josefinens Pfeifen; sie nennt es perlend, wir nennen es stoßend; aber jedenfalls ist es hier an seinem Platze, wie nirgends sonst, wie Musik kaum jemals den auf sie wartenden Augenblick findet. Etwas von der armen kurzen Kindheit ist darin, etwas von verlorenem, nie wieder aufzufindendem Glück, aber auch etwas vom tätigen heutigen Leben ist darin, von seiner kleinen, unbegreiflichen und dennoch bestehenden und nicht zu ertötenden Munterkeit. Und dies alles ist wahrhaftig nicht mit großen Tönen gesagt, sondern leicht, flüsternd, vertraulich, manchmal ein wenig heiser. Natürlich ist es ein Pfeifen. Wie denn nicht? Pfeifen ist die Sprache unseres Volkes, nur pfeift mancher sein Leben lang und weiß es nicht, hier aber ist das Pfeifen freigemacht von den Fesseln des täglichen Lebens und befreit auch uns für eine kurze Weile. Gewiß, diese Vorführungen wollten wir nicht missen.

Aber von da bis zu Josefinens Behauptung, sie gebe uns in solchen Zeiten neue Kräfte usw. usw., ist noch ein sehr weiter Weg. Für gewöhnliche Leute allerdings, nicht für Josefinens Schmeichler. »Wie könnte es anders sein« – sagen sie in recht unbefangener Keckheit – »wie könnte man anders den großen Zulauf, besonders unter unmittelbar drängender Gefahr, erklären, der schon manchmal sogar die genügende, rechtzeitige Abwehr eben dieser Gefahr verhindert hat.« Nun, dies letztere ist leider richtig, gehört aber doch nicht zu den Ruhmestiteln Josefinens, besonders wenn man hinzufügt, daß, wenn solche Versammlungen unerwartet vom Feind gesprengt wurden, und mancher der unserigen dabei sein Leben lassen mußte, Josefine, die alles verschuldet, ja, durch ihr Pfeifen den Feind vielleicht angelockt hatte, immer im Besitz des sichersten Plätzchens war und unter dem Schutze ihres Anhanges sehr still und eiligst als erste verschwand. Aber auch dieses wissen im Grunde alle, und dennoch eilen sie wieder hin, wenn Josefine nächstens nach ihrem Belieben irgendwo, irgendwann zum Gesange sich erhebt. Daraus könnte man schließen, daß Josefine fast außerhalb des Gesetzes steht, daß sie tun darf, was sie will, selbst wenn es die Gesamtheit gefährdet, und daß ihr alles verziehen wird. Wenn dies so wäre, dann wären auch Josefinens Ansprüche völlig verständlich, ja, man könnte gewissermaßen in dieser Freiheit, die ihr das Volk geben würde, in diesem außerordentlichen, niemand sonst gewährten, die

Gesetze eigentlich widerlegenden Geschenk ein Eingeständnis dessen sehen, daß das Volk Josefine, wie sie es behauptet, nicht versteht, ohnmächtig ihre Kunst anstaunt, sich ihrer nicht würdig fühlt, dieses Leid, das es Josefine tut, durch eine geradezu verzweifelte Leistung auszugleichen strebt und, so wie ihre Kunst außerhalb seines Fassungsvermögens ist, auch ihre Person und deren Wünsche außerhalb seiner Befehlsgewalt stellt. Nun, das ist allerdings ganz und gar nicht richtig, vielleicht kapituliert im einzelnen das Volk zu schnell vor Josefine, aber wie es bedingungslos vor niemandem kapituliert, also auch nicht vor ihr.

Schon seit langer Zeit, vielleicht schon seit Beginn ihrer Künstlerlaufbahn, kämpft Josefine darum, daß sie mit Rücksicht auf ihren Gesang von jeder Arbeit befreit werde; man solle ihr also die Sorge um das tägliche Brot und alles, was sonst mit unserem Existenzkampf verbunden ist, abnehmen und es – wahrscheinlich – auf das Volk als Ganzes überwälzen. Ein schnell Begeisterter – es fanden sich auch solche – könnte schon allein aus der Sonderbarkeit dieser Forderung, aus der Geistesverfassung, die eine solche Forderung auszudenken imstande ist, auf deren innere Berechtigung schließen. Unser Volk zieht aber andere Schlüsse, und lehnt ruhig die Forderung ab. Es müht sich auch mit der Widerlegung der Gesuchsbegründung nicht sehr ab. Josefine weist z. B. darauf hin, daß die Anstrengung bei der Arbeit ihrer Stimme schade, daß zwar die Anstrengung bei der Arbeit gering sei im Vergleich zu jener beim Gesang, daß sie ihr aber doch die Möglichkeit nehme, nach dem Gesang sich genügend auszuruhen und für neuen Gesang sich zu stärken, sie müsse sich dabei gänzlich erschöpfen und könne trotzdem unter diesen Umständen ihre Höchstleistung niemals erreichen. Das Volk hört sie an und geht darüber hinweg. Dieses so leicht zu rührende Volk ist manchmal gar nicht zu rühren. Die Abweisung ist manchmal so hart, daß selbst Josefine stutzt, sie scheint sich zu fügen, arbeitet wie sichs gehört, singt so gut sie kann, aber das alles nur eine Weile, dann nimmt sie den Kampf mit neuen Kräften – dafür scheint sie unbeschränkt viele zu haben – wieder auf.

Nun ist es ja klar, daß Josefine nicht eigentlich das anstrebt, was sie wörtlich verlangt. Sie ist vernünftig, sie scheut die Arbeit nicht, wie ja Arbeitsscheu überhaupt bei uns unbekannt ist, sie würde auch nach Bewilligung ihrer Forderung gewiß nicht anders leben als früher, die Arbeit würde ihrem Gesang gar nicht im Wege stehn, und der Gesang allerdings würde auch nicht schöner werden – was sie anstrebt, ist also nur die öffentliche, eindeutige, die Zeiten überdauernde, über alles bisher Bekannte sich weit erhebende Anerkennung ihrer Kunst. Während ihr aber fast alles andere erreichbar scheint, versagt sich ihr dieses hartnäckig. Vielleicht hätte sie den Angriff gleich anfangs in andere Richtung lenken sollen, vielleicht sieht sie jetzt selbst den Fehler ein, aber nun kann sie nicht mehr zurück, ein Zurückgehen hieße sich selbst untreu werden, nun muß sie schon mit dieser Forderung stehen oder fallen.

Hätte sie wirklich Feinde, wie sie sagt, sie könnten diesem Kampfe, ohne selbst den Finger rühren zu müssen, belustigt zusehen. Aber sie hat keine Feinde, und selbst wenn mancher hie und da Einwände gegen sie hat, dieser Kampf belustigt niemanden. Schon deshalb nicht, weil sich hier das Volk in seiner kalten richterlichen Haltung zeigt, wie man es sonst bei uns nur sehr selten sieht. Und wenn einer auch diese Haltung in diesem Falle billigen mag, so schließt doch die bloße Vorstellung, daß sich einmal das Volk ähnlich gegen ihn selbst verhalten könnte, jede Freude aus. Es handelt sich eben auch bei der Abweisung, ähnlich wie bei der Forderung, nicht um die Sache selbst, sondern darum, daß sich das Volk gegen einen Volksgenossen derart undurchdringlich abschließen kann und um so undurchdringlicher, als es sonst für eben diesen Genossen väterlich und mehr als väterlich, demütig sorgt.

Stünde hier an Stelle des Volkes ein Einzelner: man könnte glauben, dieser Mann habe die ganze Zeit über Josefine nachgegeben unter dem fortwährenden brennenden Verlangen endlich der Nachgiebigkeit ein Ende zu machen; er habe übermenschlich viel nachgegeben im festen Glauben, daß das Nachgeben trotzdem seine richtige Grenze finden werde; ja, er habe mehr nachgegeben als nötig war, nur um die Sache zu beschleunigen, nur, um Josefine zu verwöhnen und zu immer neuen Wünschen zu treiben, bis sie dann wirklich diese letzte Forderung erhob; da habe er nun freilich, kurz, weil längst vorbereitet, die endgültige Abweisung vorgenommen. Nun, so verhält es sich ganz gewiß nicht, das Volk braucht solche Listen nicht, außerdem ist seine Verehrung für Josefine aufrichtig und erprobt und Josefinens Forderung ist allerdings so stark, daß jedes unbefangene Kind ihr den Ausgang hätte voraussagen können; trotzdem mag es sein, daß in der Auffassung, die Josefine von der Sache hat, auch solche Vermutungen mitspielen und dem Schmerz der Abgewiesenen eine Bitternis hinzufügen.

Aber mag sie auch solche Vermutungen haben, vom Kampf abschrecken läßt sie sich dadurch nicht. In letzter Zeit verschärft sich sogar der Kampf; hat sie ihn bisher nur durch Worte geführt, fängt sie jetzt an, andere Mittel anzuwenden, die ihrer Meinung nach wirksamer, unserer Meinung nach für sie selbst gefährlicher sind.

Manche glauben, Josefine werde deshalb so dringlich, weil sie sich alt werden fühle, die Stimme Schwächen zeige, und es ihr daher höchste Zeit zu sein scheine, den letzten Kampf um ihre Anerkennung zu führen. Ich glaube daran nicht.

Josefine wäre nicht Josefine, wenn dies wahr wäre. Für sie gibt es kein Altern und keine Schwächen ihrer Stimme. Wenn sie etwas fordert, so wird sie nicht durch äußere Dinge, sondern durch innere Folgerichtigkeit dazu gebracht. Sie greift nach dem höchsten Kranz, nicht, weil er im Augenblick gerade ein wenig tiefer hängt, sondern weil es der höchste ist; wäre es in ihrer Macht, sie würde ihn noch höher hängen.

Diese Mißachtung äußerer Schwierigkeiten hindert sie allerdings nicht, die unwürdigsten Mittel anzuwenden. Ihr Recht steht ihr außer Zweifel; was liegt also daran, wie sie es erreicht; besonders da doch in dieser Welt, so wie sie sich ihr darstellt, gerade die würdigen Mittel versagen müssen. Vielleicht hat sie sogar deshalb den Kampf um ihr Recht aus dem Gebiet des Gesanges auf ein anderes ihr wenig teures verlegt. Ihr Anhang hat Aussprüche von ihr in Umlauf gebracht, nach denen sie sich durchaus fähig fühlt, so zu singen, daß es dem Volk in allen seinen Schichten bis in die versteckteste Opposition hinein eine wirkliche Lust wäre, wirkliche Lust nicht im Sinne des Volkes, welches ja behauptet, diese Lust seit jeher bei Josefinens Gesang zu fühlen, sondern Lust im Sinne von Josefinens Verlangen. Aber, fügt sie hinzu, da sie das Hohe nicht fälschen und dem Gemeinen nicht schmeicheln könne, müsse es eben bleiben, wie es sei. Anders aber ist es bei ihrem Kampf um die Arbeitsbefreiung, zwar ist es auch ein Kampf um ihren Gesang, aber hier kämpft sie nicht unmittelbar mit der kostbaren Waffe des Gesanges, jedes Mittel, das sie anwendet, ist daher gut genug.

So wurde z. B. das Gerücht verbreitet, Josefine beabsichtige, wenn man ihr nicht nachgebe, die Koloraturen zu kürzen. Ich weiß nichts von Koloraturen, habe in ihrem Gesange niemals etwas von Koloraturen bemerkt. Josefine aber will die Koloraturen kürzen, vorläufig nicht beseitigen, sondern nur kürzen. Sie hat angeblich ihre Drohung wahr gemacht, mir allerdings ist kein Unterschied gegenüber ihren früheren Vorführungen aufgefallen. Das Volk als Ganzes hat zugehört wie immer, ohne sich über die Koloraturen zu äußern, und auch die Behandlung von Josefinens Forderung hat sich nicht geändert. Übrigens hat Josefine, wie in ihrer Gestalt, unleugbar auch in ihrem Denken manchmal etwas recht Graziöses. So hat sie z. B. nach jener Vorführung, so als sei ihr Entschluß hinsichtlich der Koloraturen gegenüber dem Volk zu hart oder zu plötzlich gewesen, erklärt, nächstens werde sie die Koloraturen doch wieder vollständig singen. Aber nach dem nächsten Konzert besann sie sich wieder anders, nun sei es endgültig zu Ende mit den großen Koloraturen, und vor einer für Josefine günstigen Entscheidung kämen sie nicht wieder. Nun, das Volk hört über alle diese Erklärungen, Entschlüsse und Entschlußänderungen hinweg, wie ein Erwachsener in Gedanken über das Plaudern eines Kindes hinweghört, grundsätzlich wohlwollend, aber unerreichbar.

Josefine aber gibt nicht nach. So behauptete sie z. B. neulich, sie habe sich bei der Arbeit eine Fußverletzung zugezogen, die ihr das Stehen während des Gesanges beschwerlich mache; da sie aber nur stehend singen könne, müsse sie jetzt sogar die Gesänge kürzen. Trotzdem sie hinkt und sich von ihrem Anhang stützen läßt, glaubt niemand an eine wirkliche Verletzung. Selbst die besondere Empfindlichkeit ihres Körperchens zugegeben, sind wir doch ein Arbeitsvolk und auch Josefine gehört zu ihm; wenn wir aber wegen jeder Hautabschürfung hinken wollten, dürfte das ganze Volk mit Hinken gar nicht aufhören. Aber mag sie sich wie eine Lahme führen lassen, mag sie sich in diesem bedauernswerten Zustand öfters zeigen als sonst, das Volk hört ihren Gesang dankbar und entzückt wie früher, aber wegen der Kürzung macht es nicht viel Aufhebens.

Da sie nicht immerfort hinken kann, erfindet sie etwas anderes, sie schützt Müdigkeit vor, Mißstimmung, Schwäche. Wir haben nun außer dem Konzert auch ein Schauspiel. Wir sehen hinter Josefine ihren Anhang, wie er sie bittet und beschwört zu singen. Sie wollte gern, aber sie kann nicht. Man tröstet sie, umschmeichelt sie, trägt sie fast auf den schon vorher ausgesuchten Platz, wo sie singen soll. Endlich gibt sie mit undeutbaren Tränen nach, aber wie sie mit offenbar letztem Willen zu singen anfangen will, matt, die Arme nicht wie sonst ausgebreitet, sondern am Körper leblos herunterhängend, wobei man den Eindruck erhält, daß sie vielleicht ein wenig zu kurz sind – wie sie so anstimmen will, nun, da geht es doch wieder nicht, ein unwilliger Ruck des Kopfes zeigt es an und sie sinkt vor unseren Augen zusammen. Dann allerdings rafft sie sich doch wieder auf und singt, ich glaube, nicht viel anders als sonst, vielleicht wenn man für feinste Nuancen das Ohr hat, hört man ein wenig außergewöhnliche Erregung heraus, die der Sache aber nur zugute kommt. Und am Ende ist sie sogar weniger müde als vorher, mit festem Gang, soweit man ihr huschendes Trippeln so nennen kann, entfernt sie sich, jede Hilfe des Anhangs ablehnend und mit kalten Blicken die ihr ehrfurchtsvoll ausweichende Menge prüfend.

So war es letzthin, das Neueste aber ist, daß sie zu einer Zeit, wo ihr Gesang erwartet wurde, verschwunden war. Nicht nur der Anhang sucht sie, viele stellen sich in den Dienst des Suchens, es ist vergeblich; Josefine ist verschwunden, sie will nicht singen, sie will nicht einmal darum gebeten werden, sie hat uns diesmal völlig verlassen.

Sonderbar, wie falsch sie rechnet, die Kluge, so falsch, daß man glauben sollte, sie rechne gar nicht, sondern werde nur weiter getrieben von ihrem Schicksal, das in unserer Welt nur ein sehr trauriges werden kann. Selbst entzieht sie sich dem

Gesang, selbst zerstört sie die Macht, die sie über die Gemüter erworben hat. Wie konnte sie nur diese Macht erwerben, da sie diese Gemüter so wenig kennt. Sie versteckt sich und singt nicht, aber das Volk, ruhig, ohne sichtbare Enttäuschung, herrisch, eine in sich ruhende Masse, die förmlich, auch wenn der Anschein dagegen spricht, Geschenke nur geben, niemals empfangen kann, auch von Josefine nicht, dieses Volk zieht weiter seines Weges.

Mit Josefine aber muß es abwärts gehn. Bald wird die Zeit kommen, wo ihr letzter Pfiff ertönt und verstummt. Sie ist eine kleine Episode in der ewigen Geschichte unseres Volkes und das Volk wird den Verlust überwinden. Leicht wird es uns ja nicht werden; wie werden die Versammlungen in völliger Stummheit möglich sein? Freilich, waren sie nicht auch mit Josefine stumm? War ihr wirkliches Pfeifen nennenswert lauter und lebendiger, als die Erinnerung daran sein wird? War es denn noch bei ihren Lebzeiten mehr als eine bloße Erinnerung? Hat nicht vielmehr das Volk in seiner Weisheit Josefinens Gesang, eben deshalb, weil er in dieser Art unverlierbar war, so hoch gestellt?

Vielleicht werden wir also gar nicht sehr viel entbehren, Josefine aber, erlöst von der irdischen Plage, die aber ihrer Meinung nach Auserwählten bereitet ist, wird fröhlich sich verlieren in der zahllosen Menge der Helden unseres Volkes, und bald, da wir keine Geschichte treiben, in gesteigerter Erlösung vergessen sein wie alle ihre Brüder.

Nachbemerkung

»... dieses weiße Papier, das kein Ende nehmen will, brennt einem die Augen aus und darum schreibt man.«
Franz Kafka, Brief an Milena Jesenská vom 31. Mai 1920

In einem Brief an seinen Jugendfreund Oskar Pollak schreibt Kafka im Jahre 1903: »Übrigens ist schon eine Zeit lang nichts geschrieben worden. Es geht mir damit so: Gott will nicht, daß ich schreibe, ich aber, ich muß. So ist es ein ewiges Auf und Ab, schließlich ist doch Gott der Stärkere und es ist mehr Unglück dabei, als Du Dir denken kannst.« (Br 21) Das »Schreiben« galt Franz Kafka schon früh als seine eigentliche – wenn auch problematische – Berufung, wobei er den Begriff »Schreiben« in seiner umfassendsten Bedeutung auch für das Führen eines Tagebuches oder das Abfassen eines Briefes verwendete und nicht nur auf die abendliche bzw. nächtliche literarische Arbeit beschränkte. Der Versicherungsangestellte, der Schriftsteller und der Korrespondenzpartner Franz Kafka wurde so durch den Tag und die Nacht begleitet von seinem »Schreiben«.

Jene Ergebnisse dieses »Schreibens«, die allgemein als »Erzählungen« des Prager Dichters gelten, werden in dem vorliegenden Band versammelt, wobei sich eine gewisse Problematik in der Verwendung des Begriffes »Erzählung« für die hier dargebotenen Texte nicht übersehen läßt. Der Autor selbst versieht seine Erzähltexte nämlich mit eher unbestimmten Bezeichnungen: Die im Band ›Betrachtung‹ veröffentlichte Prosa nennt Kafka beispielsweise nicht nur dem Freund Max Brod, sondern auch seinem Verleger gegenüber ausschließlich »Stücke« oder »Stückchen«; andere Texte werden schlicht als »Geschichten« bezeichnet. Den Begriff »Erzählung« verwendet der Autor dagegen nur äußerst selten. Auch die Literaturwissenschaft greift nur ungern auf diese Bezeichnung zurück und behilft sich häufig mit Wortschöpfungen wie »prose poems« oder »Memoirenfragment«. Daß der Begriff »Erzählung« heute dennoch allgemein Anwendung findet, ist vor allem auf die postumen Editionen zurückzuführen, die unter diesem Terminus eine Sammlung unterschiedlichster Texte in die Rezeption des Kafkaschen Werkes einführten.

Dabei wurde und wird etwas rezipiert, das der Autor durch seine testamentarischen Verfügungen nach seinem Tod zum größten Teil – wenn nicht sogar vollständig – lieber vernichtet als publiziert gesehen hätte. Der Freund und Nachlaßverwalter Max Brod setzte sich über diese Verfügungen hinweg und machte die Herausgabe des Nachlasses zu seiner Lebensaufgabe. Die Prinzipien der Edition wurden von Brod mit seiner intimen Kenntnis sowohl der Persönlichkeit als auch der Schaffensweise des langjährigen Freundes begründet; die dabei geübte Praxis hatte ihr Vorbild in dem von Kafka zu seinen Lebzeiten angewandten Verfahren. Die Arbeitshefte, die Kafka für seine literarischen Arbeiten und biographischen Aufzeichnungen benutzte (und aus denen er Texte zur Veröffentlichung herauslöste), enthalten Texte unterschiedlichster Länge, manche von ihnen mehr oder minder abgeschlossen, andere offenkundig Fragment geblieben. Diese Hefte gleichen durch diesen »Rohzustand« eher der »Werkstatt« des Dichters als dem »geordneten Ausstellungsraum« der Publikationen zu seinen Lebzeiten. Für seine Edition der bis dahin unveröffentlichten Texte isolierte Brod (wie es auch Kafka getan hatte) jene Passagen aus ihrem Kontext, die ihm nicht nur als gelungen, sondern auch als hinlänglich abgeschlossen erschienen. Da die meisten dieser Texte zudem von Kafka unbetitelt waren, versah Brod sie – wohl auch um den Lesern den Zugang zu erleichtern – mit einem Titel. Vor diesem Hintergrund muß nicht nur die vielgeübte Praxis, den Titel zum Ausgangspunkt einer Interpretation zu machen, bei mancher Erzählung Kafkas zweifelhaft erscheinen. Die Konsequenzen dieses Vorgehens sind weitreichend, und die Auswirkungen eines solchen editorischen Eingriffes bestimmen noch heute in großem Maße die Rezeption einzelner Erzählungen, was beispielsweise an dem Text ›Der Jäger Gracchus‹ gezeigt werden kann. Durch die im Nachlaß enthaltene Reihe von fragmentarischen Texten wird die Beschäftigung Kafkas mit der Gestalt des Jäger Gracchus zwar belegt, aber eine Erzählung, wie sie dem Leser aus den bisherigen Editionen vertraut ist, existiert in dieser Form nicht. Brod nahm bei seiner Edition des Textes das umfangreichste der Fragmente, kürzte es, glättete so den fragmentarischen Charakter und erfand einen Titel. In dem vorliegenden Band wird man die Erzählung ›Der Jäger Gracchus‹ in der bislang bekannten Form nicht finden. Vielmehr werden die einzelnen Fragmente, also die verschiedenen Anläufe Kafkas zu einem Erzähltext um die Figur des Jäger Gracchus, nebeneinander dargeboten.

Neben den von Brod aus dem Nachlaß herausgegebenen Erzählungen finden sich natürlich auch die von Kafka zu seinen Lebzeiten veröffentlichten sowie eine Reihe von Texten aus dem Nachlaß, die keinen Eingang in die bisherigen Ausgaben der Erzählungen gefunden haben, aber einen erweiterten Eindruck vom Arbeiten Kafkas in bestimmten Schaffensperioden vermitteln. Bei der Darbietung wird – entgegen der bislang geübten Praxis – nicht zwischen zu Kafkas Lebzeiten erschienenen und aus seinem Nachlaß veröffentlichten Erzählungen unterschieden; Ordnungsprinzip ist die Reihenfolge ihrer (vermutlichen) Entstehung. Eine Ausnahme bildet hierbei der Text ›Wunsch, Indianer zu werden‹. Er findet sich, da keinerlei Hinweise für den Zeitraum seines Entstehens gegeben sind, an erster Stelle. Texte, deren Entstehung nur einem größeren, ungefahren Zeitraum zugeordnet werden kann, werden am Ende dieses Zeitraumes eingeordnet. Handelt es sich dabei um mehrere Texte, werden sie in der Abfolge ihrer Niederschrift dargeboten. Auf Brod zurückgehende Titel werden, da sie als eingeführt gelten müssen, aus Erwägungen der Benutzerfreundlichkeit beibehalten, aber als solche gekennzeichnet; bei neu in diesen Band aufgenommenen, von Kafka nicht betitelten Erzählungen wird der jeweilige Textanfang als Titel verzeichnet. Im Fall des 1920 entstandenen Textes ›*Unser Städtchen liegt* ...‹ wird der von Brod gewählte Titel zugunsten des Textanfanges verworfen, da es bereits eine von Kafka ›Die Abweisung‹ betitelte Erzählung gibt.

Bei den von Kafka zum Druck beförderten Texten wurde die jeweils letzte autorisierte Fassung zugrunde gelegt. Für alle Texte ist die Kritische Kafka-Ausgabe (KKA) die Textgrundlage. Abweichungen von heutigen – und zum Teil auch damaligen – Regeln in Orthographie und Interpunktion, die auf den ersten Blick irritierend wirken mögen, gehen auf das in dieser Ausgabe angewandte Prinzip zurück, die Textgestalt der Handschrift mit ebendiesen Eigentümlichkeiten Kafkas beizubehalten, also einen authentischen Text zu bieten. Nur bei offensichtlichen Verschreibungen oder Anomalien, die das Leseverständnis unnötig erschweren würden, wurde korrigierend eingegriffen. Durch dieses Verfahren wird der fragmentarische Charakter einer Reihe von Texten wieder erkennbar; die Beschwerlichkeit, die zunächst mit der Rezeption der in dieser ungewohnten Form präsentierten Texte verbunden sein mag, wird sicherlich durch die Möglichkeit aufgewogen, sich den authentischen, weil auf die Handschrift zurückgehenden Text zu »erlesen« und so die Art und Weise der Textentstehung bei Kafka nachzuvollziehen. Darüber hinaus wird es möglich, einen Eindruck von der Bedeutung des »Schreibens« für Kafka zu bestimmten Zeiten zu erhalten.

Dieses Schreiben war für Kafka immer auch mit dem Streben verbunden, sein Schreibideal zu verwirklichen. Ausgelöst durch seine Dickens-Lektüre erkennt er 1911 vermutlich erstmals dieses Ideal der Textproduktion: »Ist es so schwer und kann es ein Außenstehender begreifen, daß man eine Geschichte von ihrem Anfang in sich erlebt vom fernen Punkt bis zu der heranfahrenden Lokomotive aus Stahl, Kohle und Dampf, sie aber auch jetzt noch nicht verläßt sondern von ihr gejagt sein will und Zeit dazu hat, also von ihr gejagt wird und aus eigenem Schwung vor ihr läuft wohin sie nur stößt und wohin man sie lockt.« (T1 33) Es ist dieses bewußt-unbewußte Schreiben, das Kafka immer wieder gleichsam zu inszenieren versucht, sei es durch halbschlafartige Zustände, die er herbeizuführen sucht, sei es durch nächtliches Schreiben. Mit der Niederschrift der Erzählung ›Das Urteil‹ in einer einzigen Nacht im September 1912 erfährt Kafka dieses Schreibideal vermutlich erstmals ganz konkret; ekstatisch notiert er in sein Tagebuch: »Nur so kann geschrieben werden, nur in einem solchen Zusammenhang, mit solcher vollständigen Öffnung des Leibes und der Seele.« (T2 101) Diese Erzählung markiert im Selbstverständnis Kafkas nicht nur seinen Durchbruch als Schriftsteller, sondern auch einen Höhepunkt in seinem Schaffen. Die Befriedigung über eine solche Arbeit bildet die Grundlage für die fruchtbare Arbeit in den folgenden zwei Jahren: längere Erzählungen wie ›Die Verwandlung‹ entstehen, und voller Selbstvertrauen nimmt er die Arbeit an dem Roman ›Der Verschollene‹ auf. Doch ein Arbeiten wie bei der Niederschrift des ›Urteils‹ gelingt Kafka, auch aufgrund seiner Doppelbelastung als Versicherungsangestellter am Tage und

Schriftsteller in der Nacht, nicht. Dennoch beginnt er kaum mehr als ein Jahr nach dem Scheitern des ›Verschollenen‹ mit der Niederschrift des Romans ›Der Proceß‹. Als er im Januar 1915 die Arbeit auch an diesem Manuskript abbricht, notiert er verzweifelt im Tagebuch: »Ende des Schreibens. Wann wird es mich wieder aufnehmen?« (T3 73)

Immer häufiger äußert sich Kafka während der folgenden Jahre in resignativem Ton über seine körperliche Verfassung, seine Lebenssituation und die aus ihr resultierenden, das Schreiben hemmenden Bedingungen. Seinem Verleger Kurt Wolff gegenüber klagt er in einem Brief vom 11. Oktober 1916 mit Bezug auf die zwei Jahre zuvor entstandene Erzählung ›In der Strafkolonie‹: »Gott weiß wie tief ich auf diesem Weg gekommen wäre, wenn ich weitergeschrieben hätte oder besser, wenn mir meine Verhältnisse und mein Zustand das, mit allen Zähnen in allen Lippen, ersehnte Schreiben erlaubt hätten.« (KW 41)

Auch über die während des Winters 1916/1917 – einer Arbeitsphase, an die er vor Aufnahme des Schreibens große Hoffnungen knüpfte – entstandenen Arbeiten wie ›Ein Landarzt‹ oder ›Auf der Galerie‹ urteilt Kafka nur vorsichtig: »Zeitweilige Befriedigung kann ich von Arbeiten wie ›Landarzt‹ noch haben, vorausgesetzt daß mir etwas derartiges noch gelingt (sehr unwahrscheinlich) Glück aber nur, falls ich die Welt ins Reine, Wahre, Unveränderliche heben kann.« (T3 166f.)

Das Auftreten einer Lungenerkrankung im August 1917 ist für ihn dann schließlich der auch faktisch erbrachte Beweis, daß sein Schreiben und seine äußeren Lebensumstände in einem unauflösbaren Antagonismus stehen. Die später diagnostizierte Tuberkulose hat für Kafka ihre Ursache in diesem Konflikt und ist daher in seinen Augen weniger eine physische als eine »geistige Krankheit«. (O 40) Das Schreiben wird unter diesem Eindruck zum »Hinabgehn zu den dunklen Mächten, diese Entfesselung von Natur aus gebundener Geister, fragwürdige Umarmungen und was alles noch unten vor sich gehen mag, von dem man oben nicht mehr weiß, wenn man im Sonnenlicht Geschichten schreibt«. (BKB 378) In den nächsten Jahren findet Kafka nicht mehr die erhoffte Erlösung in seinem Schreiben, sondern »Lohn für Teufelsdienst«. (BKB 378) Erst 1922 – nach nahezu zwei Jahre anhaltender Literaturferne – wird das Schreiben für Kafka noch einmal zu dem »vielleicht erlösenden Trost«. (T3 210) Erneut versucht er, sich in dieser Zeit im oder durch das Schreiben »vor dem, was man Nerven nennt, zu retten«. (Br 374) Neben der – zu einem späteren Zeitpunkt aufgegebenen – Arbeit am Roman ›Das Schloß‹ entstehen u.a. jene Erzählungen, die den Künstler und die Besonderheit seiner Existenz zum Thema haben. Ob Zirkusartist oder Varietékünstler, sie alle scheitern an dem Konflikt zwischen ihrem eigenen Selbstverständnis und dem Unverständnis ihrer Umgebung angesichts ihrer Kunst. Es ist diese resignative Haltung, die die Verwandtschaft zwischen Kafka und seinen Protagonisten herstellt. Die verzweifelte Niedergeschlagenheit des Trapezkünstlers in ›Erstes Leid‹ findet ihre Entsprechung in Kafkas verzagtem Verhältnis zu seinem eigenen Schreiben, wenn er in sein Tagebuch notiert: »Immer ängstlicher im Niederschreiben. Es ist begreiflich. Jedes Wort, gewendet in der Hand der Geister – dieser Schwung der Hand ist ihre charakteristische Bewegung – wird zum Spieß, gekehrt gegen den Sprecher.« (T3 236)

Erst in den letzten Monaten seines Lebens wandelt sich Kafkas Verhältnis zu seinem Schreiben erneut. Die Arbeiten des Winters 1923/24 entstehen unter dem Eindruck einer für ihn neuen Symbiose zwischen Leben und Werk. Zum ersten Mal in seiner Schriftstellerexistenz kann Kafka mit seinem

Schreiben über seine ganz persönlichen Erwartungen hinaus finanzielle Überlegungen zu seiner Existenzabsicherung verbinden, denn lukrative Verträge mit seinem neuen Verlag Die Schmiede in Berlin geben Anlaß zu der Hoffnung, Berufung und Beruf schließlich zu einer Synthese zu bringen.

Die Erfüllung dieser Hoffnung erlebt Kafka allerdings nicht mehr, am 3. Juni 1924 stirbt er in Kierling bei Klosterneuburg. Über das Leben und Sterben des Schriftstellers hat er einmal ebenso unsentimental wie nachdenklich bemerkt: »Der Schriftsteller in mir wird natürlich sofort sterben, denn eine solche Figur hat keinen Boden, hat keinen Bestand, ist nicht einmal aus Staub.« (BKB 378) Über die Wirkung des Schriftstellers und seines Schreibens heißt es weiter: »Er ist der Sündenbock der Menschheit, er erlaubt den Menschen eine Sünde schuldlos zu genießen, fast schuldlos.« (BKB 380)

Wuppertal, August 1996 — Roger Hermes

Überlieferungs- und entstehungsgeschichtliche Anmerkungen zu den einzelnen Texten

Mitgeteilt wird in diesen Anmerkungen, in welcher Form der jeweilige Text überliefert ist, sowie der Zeitpunkt oder Zeitraum der Niederschrift. Wo notwendig, wird auf die ausführlichen Darlegungen in den jeweiligen Apparatbänden der ›Kritischen Ausgabe der Schriften, Tagebücher und Briefe‹ hingewiesen. Bei sämtlichen Texten wird die Fundstelle in den ›Gesammelten Werken in zwölf Bänden‹ angegeben; bei von Franz Kafka veröffentlichten Texten wird zusätzlich der Erstdruck verzeichnet. In den Fällen, in denen Titel auf Max Brods Editionen zurückgehen, wird dies mitgeteilt.

In der Nachbemerkung und in den Anmerkungen finden folgende Siglen Verwendung:

KKA Franz Kafka, ›Kritische Ausgabe der Schriften, Tagebücher und Briefe‹. Hrsg. von Jürgen Born, Gerhard Neumann, Malcolm Pasley und Jost Schillemeit. Frankfurt am Main 1982ff. Mit Zusatzbuchstaben für die Apparatbände:

- SApp ›Das Schloß‹. Hrsg. von Malcolm Pasley (1982)
- VApp ›Der Verschollene‹. Hrsg. von Jost Schillemeit (1983)
- PApp ›Der Proceß‹. Hrsg. von Malcolm Pasley (1990)
- NIIApp ›Nachgelassene Schriften und Fragmente II‹. Hrsg. von Jost Schillemeit (1992)
- NIApp ›Nachgelassene Schriften und Fragmente I‹. Hrsg. von Malcolm Pasley (1993)

BBC Franz Kafka, ›Beim Bau der chinesischen Mauer und andere Schriften aus dem Nachlaß‹. Frankfurt am Main 1994 [= Bd. 6 der ›Gesammelten Werke in zwölf Bänden‹. Nach der Kritischen Ausgabe herausgegeben von Hans-Gerd Koch; Fischer Taschenbuch Bd. 12446].

BEK Franz Kafka, ›Beschreibung eines Kampfes und andere Schriften aus dem Nachlaß‹. Frankfurt am Main 1994 [= Bd. 5 der ›Gesammelten Werke in zwölf Bänden‹. Nach der Kritischen Ausgabe herausgegeben von Hans-Gerd Koch; Fischer Taschenbuch Bd. 12445].

EHE Franz Kafka, ›Das Ehepaar und andere Schriften aus dem Nachlaß‹. Frankfurt am Main 1994 [= Bd. 8 der ›Gesammelten Werke in zwölf Bänden‹. Nach der Kritischen Ausgabe herausgegeben von Hans-Gerd Koch; Fischer Taschenbuch Bd. 12448].

EL Franz Kafka, ›Ein Landarzt und andere Drucke zu Lebzeiten‹. Frankfurt am Main 1994 [= Bd. 1 der ›Gesammelten Werke in zwölf Bänden‹. Nach der Kritischen Ausgabe herausgegeben von Hans-Gerd Koch; Fischer Taschenbuch Bd. 12441].

T1 Franz Kafka, ›Tagebücher 1909–1912‹. Frankfurt am Main 1994 [= Bd. 9 der ›Gesammelten Werke in zwölf Bänden‹. Nach der Kritischen Ausgabe herausgegeben von Hans-Gerd Koch; Fischer Taschenbuch Bd. 12449].

T2 Franz Kafka, ›Tagebücher 1912–1914‹. Frankfurt am Main 1994 [= Bd. 10 der ›Gesammelten Werke in zwölf Bänden‹. Nach der Kritischen Ausgabe herausgegeben von Hans-Gerd Koch; Fischer Taschenbuch Bd. 12450].

T3 Franz Kafka, ›Tagebücher 1914–1923‹. Frankfurt am Main 1994 [= Bd. 11 der ›Gesammelten Werke in zwölf Bänden‹. Nach der Kritischen Ausgabe herausgegeben von Hans-Gerd Koch; Fischer Taschenbuch Bd. 12451].

ZFG Franz Kafka, ›Zur Frage der Gesetze und andere Schriften aus dem Nachlaß‹. Frankfurt am Main 1994 [= Bd. 7 der ›Gesammelten Werke in zwölf Bänden‹. Nach der Kritischen Ausgabe herausgegeben von Hans-Gerd Koch; Fischer Taschenbuch Bd. 12447].

BKB Max Brod, Franz Kafka, ›Eine Freundschaft‹. Bd. 2, Briefwechsel. Hrsg. von Malcolm Pasley. Frankfurt am Main 1989.

Br Franz Kafka, ›Briefe 1902–1924‹. Hrsg. von Max Brod. Frankfurt am Main 1958.

F Franz Kafka, ›Briefe an Felice und andere Korrespondenz aus der Verlobungszeit‹. Hrsg. von Erich Heller und Jürgen Born. Frankfurt am Main 1967.

O Franz Kafka, ›Briefe an Ottla und die Familie‹. Hrsg. von Hartmut Binder und Klaus Wagenbach. Frankfurt am Main 1974.

Sym Kafka-Symposion. Hrsg. von Jürgen Born u.a. Berlin 1965.

BuI Martin Buber, ›Briefwechsel aus sieben Jahrzehnten‹. Bd. I: 1897–1918. Hrsg. von Grete Schaeder. Heidelberg 1972.

KW Kurt Wolff, ›Briefwechsel eines Verlegers. 1911–1963‹. Hrsg. von Bernhard Zeller und Ellen Otten. Frankfurt am Main 1966.

7 Wunsch, Indianer zu werden

Überlieferung und Entstehung: Handschriftlich nicht überliefert. Keine Anhaltspunkte zur Datierung gegeben.
Erstdruck in: ›Betrachtung‹, Leipzig: Ernst Rowohlt Verlag 1913 [noch 1912 erschienen], S. 77–78.
Abdruck nach: EL 30

8 Die Abweisung

Überlieferung und Entstehung: Beilage zu einem undatierten Brief von Oktober/November 1907 an Hedwig Weiler. In der Beilage schickt Kafka »eine schlechte, vielleicht ein Jahr alte Kleinigkeit«. (Br 50) Das beigelegte Blatt trägt mit der Überschrift ›Die Begegnung‹ den Text von ›Die Abweisung‹; die Entstehung kann also für das Jahr 1906 angenommen werden.
Erstdruck in: ›Hyperion‹. Eine Zweimonatsschrift. [1. Folge] 1. Band, Heft 1 [Januar–Februar 1908], S. 94.
Abdruck nach: EL 28

9 Die Bäume

Überlieferung und Entstehung: Handschriftlich überliefert in der Fassung A von ›Beschreibung eines Kampfes‹, dort unbetitelt. Die Fassung A von ›Beschreibung eines Kampfes‹ entstand zwischen September und Dezember 1907. In die Niederschrift dieser reinschriftlichen Fassung haben schon zu einem früheren Zeitpunkt entstandene Texte Eingang gefunden.
Erstdruck in: ›Hyperion‹. Eine Zweimonatsschrift. [1. Folge] 1. Band, Heft 1 [Januar–Februar 1908], S. 94.
Abdruck nach: EL 30

10 Kleider

Überlieferung und Entstehung: Handschriftlich überliefert in der Fassung A von ›Beschreibung eines Kampfes‹; siehe die Ausführungen zu ›Die Bäume‹.
Erstdruck in: ›Hyperion‹. Eine Zweimonatsschrift. [1. Folge] 1. Band, Heft 1 [Januar–Februar 1908], S. 93.
Abdruck nach: EL 27

11 Der Kaufmann

Überlieferung und Entstehung: Handschriftlich nicht überliefert, daher ist eine Datierung aufgrund des Manuskriptbefundes nicht möglich; Äußerungen Kafkas oder inhaltliche Anhaltspunkte, die eine eindeutige zeitliche Zuordnung ermöglichen würden, sind nicht gegeben, ebenso fehlen andere Hinweise. Der Text muß auf jeden Fall vor Ende 1907 entstanden sein, da er zu diesem Zeitpunkt schon der Redaktion des ›Hyperion‹ für ihr im März 1908 erschienenes Heft vorlag.
Erstdruck in: ›Hyperion‹. Eine Zweimonatsschrift. [1. Folge] 1. Band, Heft 1 [Januar–Februar 1908], S. 91–92.
Abdruck nach: EL 22–24

14 Der Nachhauseweg

Überlieferung und Entstehung: Handschriftlich nicht überliefert; siehe auch die Ausführungen zu ›Der Kaufmann‹.
Erstdruck in: ›Hyperion‹. Eine Zweimonatsschrift. [1. Folge] 1. Band, Heft 1 [Januar–Februar 1908], S. 92.
Abdruck nach: EL 25

15 Zerstreutes Hinausschaun

Überlieferung und Entstehung: Handschriftlich nicht überliefert; siehe auch die Ausführungen zu ›Der Kaufmann‹.
Erstdruck in: ›Hyperion‹. Eine Zweimonatsschrift. [1. Folge] 1. Band, Heft 1 [Januar–Februar 1908], S. 92.
Abdruck nach: EL 24

16 Die Vorüberlaufenden

Überlieferung und Entstehung: Handschriftlich nicht überliefert; siehe auch die Ausführungen zu ›Der Kaufmann‹.
Erstdruck in: ›Hyperion‹. Eine Zweimonatsschrift. [1. Folge] 1. Band, Heft 1 [Januar–Februar 1908], S. 92–93.
Abdruck nach: EL 25–26

17 Der Fahrgast

Überlieferung und Entstehung: Handschriftlich nicht überliefert; siehe auch die Ausführungen zu ›Der Kaufmann‹.
Erstdruck in: ›Hyperion‹. Eine Zweimonatsschrift. [1. Folge] 1. Band, Heft 1 [Januar–Februar 1908], S. 93–94.
Abdruck nach: EL 26–27

18 Zum Nachdenken für Herrenreiter

Überlieferung und Entstehung: Handschriftlich nicht überliefert. Vermutlich ist dieser Text zwischen Ende 1907 und Anfang 1910 entstanden. Er gehörte nicht zu den im März 1908 im ›Hyperion‹ veröffentlichten Stücken, sondern – zusammen mit vier aus dem ›Hyperion‹ entnommenen – zu den 1910 in der ›Bohemia‹ gedruckten. Hinweise in Briefen und Tagebuchaufzeichnungen belegen Kafkas Interesse für den Reitsport in dem angenommenen Entstehungszeitraum.
Erstdruck in: ›Bohemia‹, 83. Jg., Nr. 86 (27. März 1910, Morgen-Ausgabe, Oster-Beilage), S. 39.
Abdruck nach: EL 28–29

20 Unglücklichsein

Überlieferung und Entstehung: Handschriftlich bis auf den Schluß im zweiten Tagebuchheft überliefert; die vollständige Fassung im Erstdruck. Die Niederschrift des Textes ist vermutlich im November 1909 begonnen worden und hat sich über drei Etappen bis etwa Ende Februar/Anfang März 1911 hingezogen.
Erstdruck in: ›Betrachtung‹, Leipzig: Ernst Rowohlt Verlag 1913 [noch 1912 erschienen], S. 80–99.
Abdruck nach: EL 31–36

26 Der Ausflug ins Gebirge

Überlieferung und Entstehung: Handschriftlich überliefert in der Fassung B von ›Beschreibung eines Kampfes‹. Aufgrund handschriftlicher Befunde ist der Text wohl wenige Tage nach dem 14. März 1910 niedergeschrieben worden (vgl. KKA NIApp. 54). Möglicherweise handelt es sich um einen bereits früher entstandenen Text, der bei der Niederschrift der zweiten Fassung von ›Beschreibung eines Kampfes‹ gleichsam eingebaut wurde.
Erstdruck in: ›Betrachtung‹, Leipzig: Ernst Rowohlt Verlag 1913 [noch 1912 erschienen], S. 36–38.
Abdruck nach: EL 21

27 Kinder auf der Landstraße

Überlieferung und Entstehung: Der Text ist Teil der zwischen 1909 und 1910 entstandenen Fassung B von ›Beschreibung eines Kampfes‹. Aus handschriftlichen Befunden kann geschlossen werden, daß die Niederschrift von ›Kinder auf der Landstraße‹ nach dem 14. März 1910 begonnen worden sein muß; inhaltliche Bezüge einer Textpassage nach der Niederschrift von ›Kinder auf der Landstraße‹ zu einer datierten Tagebucheintragung Max Brods lassen vermuten, daß ›Kinder auf der Landstraße‹ vor dem 11. Juni 1910 fertiggestellt war (vgl. KKA NIApp. 52ff.). Andererseits besteht aber durchaus die Möglichkeit, daß es sich um einen bereits früher entstandenen Text handelt, der bei der Niederschrift der zweiten Fassung von ›Beschreibung eines Kampfes‹ gleichsam eingebaut wurde.
Erstdruck in: ›Betrachtung‹, Leipzig: Ernst Rowohlt Verlag 1913 [noch 1912 erschienen], S. 1–16.
Abdruck nach: EL 13–16

31 Entlarvung eines Bauernfängers

Überlieferung und Entstehung: Handschriftlich nicht überliefert. Da sowohl handschriftliche als auch biographische Hinweise zur Aufnahme der Arbeit an diesem Text fehlen, kann anhand von Parallelen zu ›Beschreibung eines Kampfes‹ und einer Reihe von Tagebucheintragungen aus dem Jahr 1910 nur vermutet werden, daß die Arbeit nicht vor Oktober 1910 aufgenommen wurde (vgl. KKA NIApp. 52ff.). Am 8. August 1912 stellt Kafka im Tagebuch fest: »›Bauernfänger‹ zur beiläufigen Zufriedenheit fertiggemacht.« (T2 75)
Erstdruck in: ›Betrachtung‹, Leipzig: Ernst Rowohlt Verlag 1913 [noch 1912 erschienen], S. 17–26.
Abdruck nach: EL 17–19

34 Das Gassenfenster

Überlieferung und Entstehung: Handschriftlich nicht überliefert; einzige Erwähnung durch die in einem Quartheft notierte Vorform des Titels »Erkenntnis eines Bauernfängers | Unumgänglichkeit eines Gassenfensters« (vgl. KKA NIIApp. 123). Die Nennung im Zusammenhang mit dem später ›Entlarvung eines Bauernfängers‹ betitelten Text verweist möglicherweise auf eine etwa gleichzeitige Entstehung der beiden Texte zwischen Oktober 1910 und Anfang August 1912.
Erstdruck in: ›Betrachtung‹, Leipzig: Ernst Rowohlt Verlag 1913 [noch 1912 erschienen], S. 75–76.
Abdruck nach: EL 29–30

35 Die städtische Welt

Überlieferung und Entstehung: Niederschrift im zweiten Tagebuchheft zwischen Eintragungen vom 21. Febr. und 26. März 1911.
Abdruck nach: T1 118–124

42 Großer Lärm

Überlieferung und Entstehung: Niederschrift im dritten Tagebuchheft. Die Niederschrift erfolgt nach einer auf den 5. November und vor einer auf den 7. November 1911 datierten Eintragung.
Erstdruck in: ›Herderblätter‹, 1. Jg., Nr. 4–5 (Oktober 1912), S. 44.
Abdruck nach: EL 343

43 Das Unglück des Junggesellen

Überlieferung und Entstehung: Eine erste Niederschrift findet sich im Tagebuch unter dem Datum des 14. November 1911. Für die Veröffentlichung hat Kafka den Text überarbeitet und gekürzt.
Erstdruck in: ›Betrachtung‹, Leipzig: Ernst Rowohlt Verlag 1913 [noch 1912 erschienen], S. 39–41.
Abdruck nach: EL 21–22

44 Der plötzliche Spaziergang

Überlieferung und Entstehung: Niederschrift im fünften Tagebuchheft nach einer Eintragung vom 5. Januar und vor einer Eintragung vom 6. Januar 1912. Die Zeitangabe am Anfang des Textes könnte darauf hindeuten, daß die Niederschrift am Abend des 5. oder in der Nacht vom 5. zum 6. Januar erfolgte. Für den Druck wurde der Text von Kafka überarbeitet.
Erstdruck in: ›Betrachtung‹, Leipzig: Ernst Rowohlt Verlag 1913 [noch 1912 erschienen], S. 27–31.
Abdruck nach: EL 19–20

46 Entschlüsse

Überlieferung und Entstehung: Der Text findet sich im fünften Tagebuchheft nach einer auf den 5. Februar und vor einer auf den 7. Februar 1912 datierten Eintragung. Für den Druck hat Kafka den Text leicht überarbeitet, vor allem Bezüge zur tatsächlichen Lebenssituation herausgenommen.
Erstdruck in: ›Betrachtung‹, Leipzig: Ernst Rowohlt Verlag 1913 [noch 1912 erschienen], S. 32–35.
Abdruck nach: EL 20

47 Das Urteil

Überlieferung und Entstehung: Niederschrift im sechsten Tagebuchheft. Entstanden ist diese Erzählung in einer einzigen Nacht, wie Kafka in seinem Tagebuch notiert: »Diese Geschichte ›das Urteil‹ habe ich in der Nacht vom 22 zum 23 [September 1912] von 10 Uhr abends bis 6 Uhr früh in einem Zug geschrieben.« (T2 101)
Erstdruck in: ›Arkadia‹. Ein Jahrbuch für Dichtkunst, 1913, S. 53 bis 65.
Abdruck nach: EL 37–52

61 Der Heizer

Überlieferung und Entstehung: Niederschrift im sechsten und im zweiten Tagebuchheft. Vermutlich hat Kafka die Arbeit an dieser Erzählung, die eigentlich das erste Kapitel des Romans ›Der Verschollene‹ bildet, in der Nacht vom 26. zum 27. September 1912 aufgenommen. Der Beginn findet sich im sechsten Tagebuchheft unmittelbar nach einer auf den 25. September 1912 datierten Eintragung, in der es heißt: »Vom Schreiben mich mit Gewalt zurückgehalten.« (T2 103) Nachdem Kafka bei der Niederschrift das Ende des Heftes erreicht hat, setzt er die Arbeit auf den freigebliebenen Seiten des früher benutzten zweiten Tagebuchheftes fort. Abgeschlossen hat Kafka die Arbeit offenbar entweder in der Nacht vom 30. September zum 1. Oktober oder in der Nacht vom 1. zum 2. Oktober 1912 (vgl. KKA VApp. 54ff.).
Erstdruck: ›Der Heizer‹. Ein Fragment. Leipzig: Kurt Wolff Verlag 1913 [= Bd. 3 in der Bücherei Der Jüngste Tag].
Abdruck nach: EL 53–89

96 Die Verwandlung

Überlieferung und Entstehung: Niederschrift in einem braunen Quartheft. Die Entstehung des Textes wird vor allem durch die Erwähnungen in den Briefen an Felice Bauer dokumentiert. Vermutlich hat Kafka in der Nacht vom 17. auf den 18. November 1912 mit der Arbeit begonnen; über den Fortgang der Niederschrift heißt es in einem Brief vom 23. 11. 12: »ich habe meine kleine Geschichte weggelegt, an der ich allerdings schon zwei Abende gar nichts gearbeitet habe und die sich in der Stille zu einer größern Geschichte auszuwachsen beginnt [. . .]. Sie heißt ›Verwandlung‹ [. . .].« (F 116) In der Nacht vom 23. zum 24. November ist sie dann »schon ein Stück über ihre Hälfte fortgeschritten«. (F 117) In der nächsten Nacht arbeitet Kafka an der ›Verwandlung‹ »gar nicht so viel« und muß sie dann aufgrund seiner durch eine Dienstreise bedingten Abwesenheit von Prag »einen oder gar zwei Tage ruhen lassen«. (F 125) Am 1. Dezember berichtet Kafka Felice Bauer über den

Fortgang der Arbeiten: »ein dritter Teil, aber nun ganz bestimmt [...] der letzte, hat begonnen sich anzusetzen« (F 145); und später in der Nacht heißt es: »ich bin jetzt endlich bei meiner kleinen Geschichte ein wenig ins Feuer gerathen«. (F 147) Den Abschluß der Arbeit kommentiert Kafka schließlich in der Nacht vom 5. zum 6. Dezember in einem weiteren Brief an Felice Bauer: »Weine, Liebste, weine, jetzt ist die Zeit des Weinens da! Der Held meiner kleinen Geschichte ist vor einer Weile gestorben.« (F 160)
Erstdruck in: ›Die weißen Blätter‹. Eine Monatsschrift, 2. Jg., H. 10 (Oktober 1915), S. 1177–1230.
Abdruck nach: EL 91–158

2 Vor dem Gesetz

Überlieferung und Entstehung: Der Text ist Bestandteil der Handschrift des ›Proceß‹-Romans (Kapitel ›Im Dom‹). Nach Ausweis der Handschrift muß die Arbeit an dem Text um Anfang Oktober 1914 aufgenommen und spätestens am 13. Dezember 1914 beendet worden sein, da Kafka zu diesem Zeitpunkt bereits an der »Exegese der Legende« (T3 63) arbeitete (vgl. auch KKA PApp. 78f. und 83).
Erstdruck in: ›Selbstwehr‹. Unabhängige jüdische Wochenschrift, 9. Jg., Nr. 34 (7. September 1915, Neujahrsfestnummer), S. 2–3.
Abdruck nach: EL 211–212

4 In der Strafkolonie

Überlieferung und Entstehung: Handschriftlich nicht überliefert. Am 31. Dezember 1914 notiert Kafka in seinem Tagebuch: »Seit August gearbeitet, im allgemeinen nicht wenig und nicht schlecht [...]. An Fertigem nur: In der Strafkolonie und ein Kapitel des Verschollenen, beides während des 14tägigen Urlaubs.« (T3 68) Diesen Urlaub nahm Kafka zwischen dem 4. und 18. Oktober 1914.
Erstdruck: Leipzig: Kurt Wolff Verlag 1919.
Abdruck nach: EL 159–195

199 Der Dorfschullehrer

Überlieferung und Entstehung: Handschriftlich überliefert auf zehn losen Blättern (vgl. KKA NIApp. 68). Unter dem Datum des 19. Dezember 1914 findet sich in Kafkas Tagebuch die Eintragung: »Gestern den ›Dorfschullehrer‹ fast bewußtlos geschrieben« (T3 65), was auf die Aufnahme der Arbeit am 18. Dezember 1914 hindeutet. Abgebrochen hat Kafka die Arbeit wohl Anfang Januar 1915, wie aus dem folgenden Tagebucheintrag vom 6. Januar 1915 hervorgeht: »Dorfschullehrer [. . .] vorläufig aufgegeben.« (T3 69)
Abdruck nach: BEK 154–170

216 *Ein junger ehrgeiziger Student . . .*

Überlieferung und Entstehung: Niederschrift im sogenannten »Elberfeldheft«. Die Erzählung ist (bis auf den letzten Satz, der sich in diesem Heft erst nach einer Reihe von weiteren Texten findet) noch vor der Aufgabe der Arbeit am Roman ›Der Proceß‹, d. h. vor dem 20. Januar 1915, entstanden (vgl. KKA PApp. 75f.). Wann Kafka die Niederschrift begonnen hat, kann nicht eindeutig festgestellt werden. Konzeptionelle Ähnlichkeiten mit dem ›Dorfschullehrer‹ (siehe dort) und mögliche Einflüsse eines Aufsatzes von Maurice Maeterlinck (›Die denkenden Pferde von Elberfeld‹, in: ›Die neue Rundschau‹, 1914, S. 782–820) lassen eine Entstehung im Dezember 1914 und Januar 1915 wahrscheinlich erscheinen.
Abdruck nach: BEK 177–179

219 *Blumfeld ein älterer Junggeselle . . .*

Überlieferung und Entstehung: Niederschrift auf 15 losen Blättern. Begonnen hat Kafka die Niederschrift dieses Textes am 8. Februar 1915. In einer Tagebucheintragung vom 9. Februar 1915 heißt es auf die als »Hundegeschichte« bezeichnete Erzählung bezogen: »Gestern und heute ein wenig geschrieben.« (T3 77) Mögliche motivische Verbindungen zur Lebenssituation Kafkas lassen sich – in bezug auf die lärmenden Bälle – einem Brief vom 21. März 1915

entnehmen. In diesem Brief an Felice Bauer schildert Kafka die akustische Belästigung durch einen »Lärmapparat« in dem Atelier über dem von ihm angemieteten Zimmer, »der die Illusion eines Kegelspiels erzeugt. [...] Die Dame, von der ich das Zimmer gemietet habe, hört es zwar auch, versucht aber [...] den Lärm logisch zu negieren, indem sie darauf hinweist, daß das Atelier unvermietet und leer ist. Worauf ich nur antworten kann, daß dieser Lärm nicht die einzige grundlose und deshalb nicht zu beseitigende Quälerei in der Welt ist.« (F 631) Wann Kafka die Niederschrift des Textes aufgegeben hat, läßt sich nicht eindeutig feststellen.
Abdruck nach: BEK 180–208

48 Ein Traum

Überlieferung und Entstehung: Als Typoskript überliefert. Eine erste Erwähnung des Textes findet sich am 21. Juni 1916 in einem Brief Max Brods an Martin Buber. Aufgrund des Fehlens anderer Hinweise kann eine genauere Datierung nur über eine inhaltliche Deutung vorgenommen werden. Konkurrierende Theorien verweisen die Entstehung entweder – aufgrund der Namensverwandtschaft der Protagonisten – in eine zeitliche Nähe zur Arbeit an dem Roman ›Der Proceß‹ im Juli/August 1914 oder – aufgrund von erzähltechnischen und thematischen Verbindungen (Verantwortung des Künstlers, Erlösung im Schaffen) zu anderen ab April 1916 entstandenen Texten – in den Zeitraum zwischen April und Juni 1916.
Erstdruck in: ›Das jüdische Prag‹. Eine Sammelschrift, 1917 [noch 1916 erschienen], S. 32f.
Abdruck nach: EL 232–234

51 Auf der Galerie

Überlieferung und Entstehung: Handschriftlich nicht überliefert; die Niederschrift erfolgte vermutlich (zusammen mit weiteren) in einem nicht überlieferten Oktavheft, das zwischen etwa Mitte Dezember 1916 und Mitte Januar 1917 von Kafka benutzt wurde.

Der Titel ›Auf der Galerie‹ begegnet das erste Mal in einer Titelliste, die auf der letzten Seite von »Oktavheft B« überliefert und Ende Februar 1917 entstanden ist. Diese Titelliste belegt Kafkas Plan, aus den bis dahin in der neuen Arbeitsphase entstandenen Stücken (unter Berücksichtigung zweier bereits vorliegender Texte) einen Band mit Erzählungen zusammenzustellen (vgl. KKA NIApp. 82f.).
Erstdruck in: ›Ein Landarzt‹. Kleine Erzählungen, Kurt Wolff Verlag 1919, S. 34–38.
Abdruck nach: EL 207–208

253 Ein Landarzt

Überlieferung und Entstehung: Handschriftlich nicht überliefert; die Niederschrift erfolgte vermutlich in einem nicht überlieferten Oktavheft (siehe die Ausführungen zu ›Auf der Galerie‹). Auch der Titel dieses Textes begegnet das erste Mal in einer Titelliste in »Oktavheft B« (siehe die Ausführungen zu ›Auf der Galerie‹).
Erstdruck in: ›Die neue Dichtung‹. Ein Almanach, 1918 [noch 1917 erschienen], S. 17–26.
Abdruck nach: EL 200–207

261 Ein Brudermord

Überlieferung und Entstehung: Handschriftlich nicht überliefert; die Niederschrift erfolgte vermutlich in einem nicht überlieferten Oktavheft (siehe die Ausführungen zu ›Auf der Galerie‹).
Erstdruck in: ›Marsyas‹. 1. Jg., H. 1 (Juli/August 1917), S. 82f.
Abdruck nach: EL 229–231

264 *Die Brücke*

Überlieferung und Entstehung: Titel von Max Brod. Niederschrift im »Oktavheft B«, das mit diesem Text etwa Mitte Januar 1917 eröffnet wird. Kurz vor Ende des Heftes findet sich eine auf den 19. Februar 1917 datierte Eintragung, wenige Tage später war das

»Oktavheft B« vermutlich vollgeschrieben (vgl. KKA NIApp. 82f.).
Abdruck nach: BBC 39–40

56 *Texte zum Jäger Gracchus-Thema*

Überlieferung und Entstehung: Niederschrift in den Oktavheften »B« und »D« im März und April 1917; im Tagebuch ist eine Eintragung zum ›Jäger Gracchus‹-Thema unter dem Datum des 6. April 1917 überliefert (T3 143). Der umfangreichste fragmentarische Text wurde von Brod unter dem Titel ›Der Jäger Gracchus‹ herausgegeben.
Abdruck nach: BBC 40–43, 44–45, 96–100

7 Der Kübelreiter

Überlieferung und Entstehung: Niederschrift im »Oktavheft B«. Zur Datierung der Eintragungen in diesem Heft siehe die Ausführungen zu ›*Die Brücke*‹.
Erstdruck in: ›Prager Presse‹, 1. Jg., Nr. 270 (25. Dezember 1921), S. 22.
Abdruck nach: EL 345–347

0 Schakale und Araber

Überlieferung und Entstehung: Niederschrift im »Oktavheft B«. Zur Datierung der Eintragungen in diesem Heft siehe die Ausführungen zu ›*Die Brücke*‹.
Erstdruck in: ›Der Jude‹. Eine Monatsschrift, 2. Jg. (Oktoberheft 1917), S. 488–490.
Abdruck nach: EL 213–217

285 Der neue Advokat

Überlieferung und Entstehung: Niederschrift im »Oktavheft B«. Zur Datierung der Eintragungen in diesem Heft siehe die Ausführungen zu ›*Die Brücke*‹.
Erstdruck in: ›Marsyas‹, 1. Jg., H. 1 (Juli/August 1917), S. 81.
Abdruck nach: EL 199–200

287 *Gestern kam eine Ohnmacht ...*

Überlieferung und Entstehung: Niederschrift im »Oktavheft B«. Zur Datierung der Eintragungen in diesem Heft siehe die Ausführungen zu ›*Die Brücke*‹. Abdruck nach: BBC 57

288 *Ich hätte mich ...*

Überlieferung und Entstehung: Niederschrift im »Oktavheft C«. Eine Datierung der Eintragungen im »Oktavheft C« ergibt sich durch die zeitliche Einordnung des vorhergehenden »Oktavheft B«, das wenige Tage nach dem 19. Februar 1917 vollgeschrieben war, und des nachfolgenden »Oktavheft D«, das Ende März 1917 (etwa eine Woche vor Anfang April) eröffnet wurde. Da mit ›*Ich hätte mich ...*‹ das »Oktavheft C« eröffnet wird, ist dieser Text vermutlich in der letzten Februarwoche 1917 entstanden (vgl. KKA NIApp. 86).
Abdruck nach: BBC 63

289 Beim Bau der chinesischen Mauer

Überlieferung und Entstehung: Niederschrift im »Oktavheft C«. Zur Datierung der Eintragungen in diesem Heft siehe die Ausführungen zu ›*Ich hätte mich ...*‹. Vermutlich ist ›Beim Bau der chinesischen Mauer‹ einige Tage vor dem 29. März 1917 entstanden, wie eine auf den Text bezogene Buchwidmung Kafkas an seine Schwester Ottla vom 29. März 1917 nahelegt (vgl. KKA NI 86f.).
Abdruck nach: BBC 65–80

5 Eine kaiserliche Botschaft

Überlieferung und Entstehung: Niederschrift im »Oktavheft C« im Rahmen des Textes ›Beim Bau der chinesischen Mauer‹. Zur Datierung dieses Textes siehe die Ausführungen dort.
Erstdruck in: ›Die Selbstwehr‹. Unabhängige jüdische Wochenschrift, 13. Jg., Nr. 38/39 (24. September 1919, Neujahrsnummer), S. 4.
Abdruck nach: EL 221–222

7 Ein altes Blatt

Überlieferung und Entstehung: Niederschrift im »Oktavheft C«. Zur Datierung der Eintragungen in diesem Heft siehe die Ausführungen zu ›*Ich hätte mich . . .*‹.
Erstdruck in: ›Marsyas‹. Eine Zweimonatsschrift, 1. Jg., H. 1 (Juli/August 1917), S. 80f.
Abdruck nach: EL 208–210

0 *Es war im Sommer . . .*

Überlieferung und Entstehung: Niederschrift im »Oktavheft C«. Zur Datierung der Eintragungen in diesem Heft siehe die Ausführungen zu ›*Ich hätte mich . . .*‹. Da der Text sich am Ende des Heftes findet, ist eine Entstehung um Mitte März 1917 anzunehmen.
Abdruck nach: BBC 83–85

2 Elf Söhne

Überlieferung und Entstehung: Als Typoskript überliefert. Der Titel begegnet erstmals in der gegen Ende März entstandenen Titelliste in »Oktavheft C«. Ist der Text, wie Malcolm Pasley annimmt, eine verschleierte Reflexion Kafkas über die elf weiteren, in dieser Liste genannten Geschichten (vgl. Sym 17–29), kann ›Elf Söhne‹ erst nach der Fertigstellung der zuletzt entstandenen (d. i. ›Ein altes Blatt‹) niedergeschrieben worden sein, also nach dem 20. März

1917, aber vor der Aufnahme der Arbeiten in »Oktavheft D« in der letzten Märzwoche (vgl. KKA NIApp. 89), da der Text in keinem auf diesen Zeitraum zu datierenden Oktavheft überliefert ist.
Erstdruck in: ›Ein Landarzt‹. Kleine Erzählungen, Kurt Wolff Verlag 1919, S. 102–124.
Abdruck nach: EL 224–229

318 *Mein Geschäft . . .*

Überlieferung und Entstehung: Niederschrift im »Oktavheft D«, das mit diesem Text eröffnet wird. Im Zusammenhang mit der Datierung des zuvor benutzten »Oktavheft C« kann der Beginn der Arbeit in »Oktavheft D« auf die letzte Märzwoche 1917 angesetzt werden (vgl. KKA NIApp. 88f.).
Abdruck nach: BBC 90–91

320 Eine Kreuzung

Überlieferung und Entstehung: Niederschrift im »Oktavheft D«. Dieser Text findet sich im Anschluß an ›*Mein Geschäft . . .*‹, die Entstehung kann also für die letzte Märzwoche 1917 angenommen werden. Siehe die Ausführungen zu ›*Mein Geschäft . . .*‹.
Abdruck nach: BBC 92–93

322 Ein Bericht für eine Akademie
und andere Texte zum Rotpeter-Thema

Überlieferung und Entstehung: Niederschrift im »Oktavheft D« (siehe die Ausführungen zu ›*Mein Geschäft . . .*‹), bis auf den Schlußteil ab »Jedenfalls aber beobachtete ich«, der handschriftlich nicht überliefert ist. Die fragmentarischen Vorarbeiten und die Niederschrift des Textes folgen im Heft auf das ›Jäger Gracchus‹-Fragment, das auf den 6. April 1917 datiert werden kann (siehe dort); die Aufnahme der Arbeiten erfolgte also nach dem 6. April. Am 22. April schickt Kafka neben zwölf anderen Stücken auch den ›Bericht für eine Akademie‹ zur Auswahl für eine Veröffentlichung

an Martin Buber. In dem den Manuskripten beigelegten Brief heißt es: »Meine Antwort hat sich um einige Tage verzögert, da die Sachen erst abgeschrieben werden mußten.« (BuI 491f.) Die Niederschrift des ›Berichtes‹ beschließt das »Oktavheft D«; im Zusammenhang mit der aus dem zitierten Brief entnommenen Datierung und Aussage ist dieser Text also vermutlich einige Tage vor dem 22. April 1917 fertiggestellt worden.
Erstdruck (der Erzählung) in: ›Der Jude‹. Eine Monatsschrift, 2. Jg. (Novemberheft 1917), S. 559–565.
Abdruck nach: EL 234–245, BBC 100–104, 125

38 Ein Besuch im Bergwerk

Überlieferung und Entstehung: Handschriftlich nicht überliefert. Der Titel ist in keiner der Titellisten in »Oktavheft B« und »C« aufgeführt und befindet sich auch nicht unter den am 22. April 1917 an Martin Buber gesandten Stücken. Die Vermutung liegt nahe, daß ›Ein Besuch im Bergwerk‹ also zu diesem Zeitpunkt noch nicht fertiggestellt war. Der Titel der Erzählung wird das erste Mal in einem Brief an den Verleger Kurt Wolff vom 20. August 1917 genannt. Malcolm Pasley zufolge ist dieser Text möglicherweise bald nach dem 22. April entstanden (vgl. Sym 31–37).
Erstdruck in: ›Ein Landarzt‹. Kleine Erzählungen, Kurt Wolff Verlag 1919, S. 75–87.
Abdruck nach: EL 217–220

42 Das nächste Dorf

Überlieferung und Entstehung: Handschriftlich nicht überliefert. Der Titel wird in keiner der Titellisten in »Oktavheft B« und »C« verzeichnet und befindet sich auch nicht unter den Stücken, die Kafka an Martin Buber sendet. Dies verweist auf eine Entstehung nach dem 22. April 1917. Erstmals erwähnt wird der Titel in einem Brief an Kurt Wolff vom 20. August 1917 (vgl. hierzu die Ausführungen zu ›Ein Besuch im Bergwerk‹). Möglicherweise ist ›Das nächste Dorf‹ aber auch in dem nicht überlieferten Oktavheft im

Zeitraum zwischen etwa Mitte Dezember und Mitte Januar (vgl. ›Auf der Galerie‹) entstanden und in den Titellisten unter einem jener Titel verzeichnet, die bisher keinem überlieferten Text zugeordnet werden können. Daher kann auch eine Entstehung zwischen Mitte Dezember 1916 und Mitte Januar 1917 angenommen werden.
Erstdruck in: ›Ein Landarzt‹. Kleine Erzählungen, Kurt Wolff Verlag 1919, S. 88–89.
Abdruck nach: EL 220–221

343 Die Sorge des Hausvaters

Überlieferung und Entstehung: Handschriftlich nicht überliefert. Der Titel ist weder auf einer der Titellisten vom Frühjahr 1917 verzeichnet noch in der Sendung an Martin Buber vom 22. April 1917 enthalten. Die erste Erwähnung des Titels findet sich in dem Brief an Kurt Wolff vom 20. August 1917. Folgt man der Annahme Malcolm Pasleys, daß eine inhaltliche Beziehung zu dem Text ›Die Sorge des Hausvaters‹ besteht (vgl. auch ›Elf Söhne‹), ist dieser Text möglicherweise im selben Zeitraum, also Anfang April 1917, entstanden (vgl. Sym 26–31).
Erstdruck in: ›Ein Landarzt‹. Kleine Erzählungen, Kurt Wolff Verlag 1919, S. 95– 101.
Abdruck nach: EL 222–223

345 *K. war ein großer Taschenspieler . . .*

Überlieferung und Entstehung: Niederschrift im »Oktavheft E«, vermutlich Ende August 1917 (vgl. KKA NIApp. 93f.).
Abdruck nach: BBC 118

346 *Neue Lampen*

Überlieferung und Entstehung: Titel von Max Brod; Niederschrift im »Oktavheft E«, vermutlich Ende August 1917 (vgl. KKA NIApp. 93f.).
Abdruck nach: BBC 119–121

48 *Eine alltägliche Verwirrung*

Überlieferung und Entstehung: Titel von Max Brod; Niederschrift im »Oktavheft G«, wohl am 21. oder in der Nacht vom 21. zum 22. Oktober 1917 (vgl. KKA NIIApp. 44).
Abdruck nach: BBC 165

50 *Die Wahrheit über Sancho Pansa*

Überlieferung und Entstehung: Titel von Max Brod; Niederschrift im »Oktavheft G«, vermutlich unmittelbar im Anschluß an ›*Eine alltägliche Verwirrung*‹ (siehe dort).
Abdruck nach: BBC 167

51 *Das Schweigen der Sirenen*

Überlieferung und Entstehung: Titel von Max Brod; Niederschrift im »Oktavheft G«, vermutlich am 24. Oktober 1917.
Abdruck nach: BBC 168–170

53 *Eine Gemeinschaft von Schurken*

Überlieferung und Entstehung: Titel von Max Brod; Niederschrift im »Oktavheft G«, nach dem 25. Oktober und vor dem 3. November 1917.
Abdruck nach: BBC 170–171

54 *Bei den Toten zu Gast*

Überlieferung und Entstehung: Titel von Max Brod; Niederschrift im 51 lose Blätter umfassenden »Konvolut 1920«; aufgrund inhaltlicher Indizien und Anhaltspunkten, die aus der Papierbeschaffenheit und der Beschriftung gewonnen werden können, gehört dieser Text zu der Gruppe von Texten, die am Anfang einer neuen Schaffensphase entstanden ist. Vermutlich nahm Kafka um den 21. August

1920 wieder seine literarischen Arbeiten auf; der Text dürfte wenige Tage danach entstanden sein (vgl. KKA NIIApp. 70ff.).
Abdruck nach: ZFG 74–76

357 *Nachts*

Überlieferung und Entstehung: Titel von Max Brod; Niederschrift im »Konvolut 1920«. Da der Text unmittelbar der Niederschrift von ›*Unser Städtchen liegt* ...‹ vorausgeht (siehe dort), dürfte er kurz vor dem 29. August 1920 entstanden sein.
Abdruck nach: ZFG 99

358 *Unser Städtchen liegt* ...

Überlieferung und Entstehung: Titel von Max Brod; Niederschrift im »Konvolut 1920«. Aufgrund graphischer Besonderheiten und Ähnlichkeiten zu anderen Dokumenten kann die Entstehung dieses Textes vermutlich auf die Nacht vom 29. zum 30. August 1920 datiert werden (vgl. KKA NIIApp. 75ff.).
Abdruck nach: ZFG 100–106

365 Zur Frage der Gesetze

Überlieferung und Entstehung: Niederschrift im »Konvolut 1920« in einer Sequenz von Texten, die sich aufgrund von handschriftlichen Befunden auf den 30. August 1920 datieren läßt (vgl. KKA NIIApp. 79).
Abdruck nach: ZFG 106–108

368 *Die Truppenaushebung*

Überlieferung und Entstehung: Titel von Max Brod; Niederschrift im »Konvolut 1920«. Zur Datierung siehe die Ausführungen zu ›Zur Frage der Gesetze‹.
Abdruck nach: ZFG 109–111

71 *Poseidon*

Überlieferung und Entstehung: Titel von Max Brod; Niederschrift im »Konvolut 1920«. Der Text steht am Anfang einer Sequenz von Texten, die vermutlich zwischen dem 8. September und – möglicherweise – dem 14. September 1920 entstanden ist (vgl. KKA NIIApp. 90f.).
Abdruck nach: ZFG 130–131

73 *Gemeinschaft*

Überlieferung und Entstehung: Titel von Max Brod; Niederschrift im »Konvolut 1920« nach dem Text von ›*Poseidon*‹ (siehe dort).
Abdruck nach: ZFG 139–140

74 *Das Stadtwappen*

Überlieferung und Entstehung: Titel von Max Brod; handschriftlich nicht erhalten, bis auf die abschließende Passage ab »Dazu kam ...«. Der handschriftlich nicht überlieferte Textteil muß auf einem nicht erhaltenen Blatt gestanden haben, das aber in die Chronologie des »Konvolutes 1920« eingeordnet werden kann (vgl. KKA NIIApp. 93f.). Der Text ist vermutlich kurz vor dem 15. September entstanden (vgl. KKA NIIApp. 90f.).
Abdruck nach: ZFG 143–144, 147

76 *Der Steuermann*

Überlieferung und Entstehung: Titel von Max Brod; Niederschrift im »Konvolut 1920«, um Ende September 1920, wie motivische Entsprechungen in Briefen an Milena Jesenská aus diesem Zeitraum nahelegen (vgl. KKA NIIApp. 88f.).
Abdruck nach: ZFG 147–148

377 Konsolidierung

Überlieferung und Entstehung: Niederschrift im »Konvolut 1920«, auf demselben Blatt wie ›*Der Steuermann*‹ (siehe dort), also gleichfalls vermutlich um Ende September 1920 entstanden (vgl. KKA NIIApp. 89).
Abdruck nach: ZFG 148– 150

379 *Die Prüfung*

Überlieferung und Entstehung: Titel von Max Brod; Niederschrift im »Konvolut 1920«, auf einem Blatt, das aufgrund graphischer Kriterien nach dem Blatt, das die Texte ›*Der Steuermann*‹ und ›Konsolidierung‹ trägt, beschrieben wurde, also um oder nach Ende September 1920 (vgl. KKA NIIApp. 88f.).
Abdruck nach: ZFG 150–151

381 *Der Geier*

Überlieferung und Entstehung: Titel von Max Brod; Niederschrift im »Konvolut 1920« im Anschluß an ›*Die Prüfung*‹ (siehe dort).
Abdruck nach: ZFG 151–152

382 *Kleine Fabel*

Überlieferung und Entstehung: Titel von Max Brod; Niederschrift im »Konvolut 1920« auf einem Blatt, dessen Texte durch inhaltliche Bezüge zu einer am 24. Oktober 1920 erschienenen tschechischen Übersetzung von ›Vor dem Gesetz‹ auf einen Zeitraum um den 24. Oktober 1920 datiert werden können (vgl. KKA NIIApp. 82f.).
Abdruck nach: ZFG 163

83 *Der Kreisel*

Überlieferung und Entstehung: Titel von Max Brod; Niederschrift im »Konvolut 1920« auf einem Einzelblatt, das vermutlich kurz vor dem 18. Dezember beschriftet worden sein dürfte (vgl. KKA NIIApp. 85f.).
Abdruck nach: ZFG 176–177

84 *Der Aufbruch*

Überlieferung und Entstehung: Titel von Max Brod; Niederschrift im sogenannten ›Hungerkünstler‹-Heft. Aus inhaltlichen Gründen läßt sich die Vermutung aufstellen, daß die Niederschrift während eines Aufenthaltes in Matliary um Februar 1921 erfolgte (vgl. KKA NIIApp. 111f.).
Abdruck nach: EHE 11

85 Erstes Leid

Überlieferung und Entstehung: Niederschrift auf einem Einzelblatt, das ursprünglich Bestandteil des zwölften Tagebuchheftes war. Das Einzelblatt wurde zusammen mit vier weiteren Blättern, die bei der Niederschrift des Romans ›Das Schloß‹ benutzt wurden, herausgerissen. Handschriftbefunde verweisen die Niederschrift von ›Erstes Leid‹ in die Zeit nach der Beschriftung dieser vier Blätter mit Romantext, etwa nach dem 17. Februar und vor dem 4. April 1922 (vgl. KKA SApp. 63–67).
Erstdruck in: ›Genius‹. Zeitschrift für werdende und alte Kunst, drittes Jahr, zweites Buch (1921) [Januar 1923 erschienen], S. 312f.
Abdruck nach: EL 249–252

389 *Fürsprecher*

Überlieferung und Entstehung: Titel von Max Brod; Niederschrift im sogenannten ›Hungerkünstler‹-Heft, vermutlich im Frühjahr 1922, vor der Niederschrift von ›Ein Hungerkünstler‹ (vgl. KKA NIIApp. 109f.).
Abdruck nach: EHE 13–15

392 Ein Hungerkünstler

Überlieferung und Entstehung: Niederschrift im sogenannten ›Hungerkünstler‹-Heft. Eine Erwähnung dieser Erzählung findet sich unter dem Datum des 25. Mai 1922 im Tagebuch: »Vorgestern ›H.-K.‹ [= Hungerkünstler].« (T3 233), was auf eine Entstehung um den 23. Mai 1922 hinweist.
Erstdruck in: ›Die neue Rundschau‹. 33. Jg. der freien Bühne, Oktoberheft (1922), S. 983–992.
Abdruck nach: EL 261–273

405 *In unserer Synagoge . . .*

Überlieferung und Entstehung: Niederschrift im sogenannten ›Hungerkünstler‹-Heft, nach Ende Mai 1920 und vor der Niederschrift von ›*Es war einmal ein Geduldspiel . . .*‹ (vgl. KKA NIIApp. 110).
Abdruck nach: EHE 34–38

410 *Es war einmal ein Geduldspiel . . .*

Überlieferung und Entstehung: Niederschrift im sogenannten ›Hungerkünstler‹-Heft. Handschriftenbefunde (Wechsel der Tinte) lassen eine Datierung auf einen Zeitraum um den 23. Juni 1922 zu (vgl. KKA NIIApp. 109).
Abdruck nach: EHE 41–42

11 *Forschungen eines Hundes*

Überlieferung und Entstehung: Titel von Max Brod; Niederschrift im sogenannten ›Hungerkünstler‹-Heft, fortgesetzt im zwölften Tagebuchheft. Der Beginn der Niederschrift kann für den Sommer 1922 in Planá angenommen werden; die Arbeit wurde in Prag fortgesetzt und im Oktober 1922 aufgegeben (vgl. KKA NIIApp. 108).
Abdruck nach: EHE 48–93

56 Das Ehepaar

Überlieferung und Entstehung: Niederschrift im sogenannten ›Ehepaar‹-Heft, vermutlich im Oktober 1922. Nach Mitte Oktober (aber vor Mitte November) fertigte Kafka eine reinschriftliche Abschrift des Textes an (vgl. KKA NIIApp. 126–130).
Abdruck nach: EHE 133–138

62 Ein Kommentar

Überlieferung und Entstehung: Niederschrift im sogenannten ›Ehepaar‹-Heft, vermutlich zwischen Mitte November und Mitte Dezember 1922 (vgl. KKA NIIApp. 127). Von Brod mit dem Titel ›*Gib's auf!*‹ veröffentlicht.
Abdruck nach: EHE 130

63 *Viele beklagten sich ...*

Überlieferung und Entstehung: Niederschrift im sogenannten ›Ehepaar‹-Heft, spätestens im Dezember 1922 (vgl. KKA NIIApp. 126).
Abdruck nach: EHE 131–132

464 *Ich bin zurückgekehrt . . .*

Überlieferung und Entstehung: Niederschrift in einem blauen Schulheft. Sowohl Qualität des verwendeten Heftes als auch das benutzte Schreibmaterial verweisen die Entstehung dieses Textes in den Berliner Winter 1923/24, vermutlich zwischen Ende November 1923 und spätestens Anfang Januar 1924 (vgl. KKA NIIApp. 140ff.).
Abdruck nach: EHE 162–163

465 *Der Bau*

Überlieferung und Entstehung: Titel von Max Brod; Niederschrift im 16 lose Blätter umfassenden ›Bau‹-Konvolut. Dora Diamant, die letzte Lebensgefährtin Kafkas, erinnert sich, daß diese Erzählung zwischen Ende November und Ende Dezember, während des gemeinsam in Berlin verbrachten Winters 1923/24, entstanden ist (vgl. KKA NIIApp. 141f.).
Abdruck nach: EHE 165–208

508 Eine kleine Frau

Überlieferung und Entstehung: Niederschrift im vier Blätter umfassenden ›Eine kleine Frau‹-Konvolut. Der Papierbefund weist auf eine Entstehung nach Ende November 1923 hin; Max Brod hat in seinem Tagebuch festgehalten, daß Kafka ihm den Text Ende Januar vorgelesen hat. Da der Text nach ›*Der Bau*‹ entstanden ist, kann eine Entstehungszeit zwischen Dezember 1923 und Januar 1924 angenommen werden.
Erster vollständiger Druck in: ›Ein Hungerkünstler‹. Vier Geschichten, Berlin: Verlag Die Schmiede 1924 (=Die Romane des XX. Jahrhunderts), S. 15–30. Gekürzter Erstdruck in: ›Prager Tagblatt‹, 49. Jg., Nr. 95 (20. April 1924, Osterbeilage), S. 5.
Abdruck nach: EL 252–261

18 Josefine, die Sängerin oder Das Volk der Mäuse

Überlieferung und Entstehung: Niederschrift in dem zehn Blätter umfassenden ›Josefine‹-Konvolut. Den Erinnerungen Robert Klopstocks zufolge hat Kafka diesen Text 1924 während des Aufenthaltes in Prag (18. März bis 5. April) niedergeschrieben, als sich die ersten Anzeichen einer Kehlkopferkrankung bemerkbar machten (vgl. Br 521, Anm. 12).
Erstdruck in: ›Prager Presse‹, 4. Jg., Nr. 110 (20. April 1924, Morgenausgabe, Beilage ›Dichtung und Welt‹), S. IV–VII.
Abdruck nach: EL 274–294

Inhalt

[Nicht von Kafka formulierte Überschriften sind *kursiv* gesetzt]

[Überschriften alphabetisch]